シルバーレイン
アーリーデイズ

友野詳
監修：上村大

目次

カバーイラスト　左

プロローグ　銀の雨、戻る

夜空に、細いひび割れが生じた。

空そのものに、である。

むろん、空間にひびなど入るはずはない。

それが「常識」だ。

だが――。

この世界の「常識」とは、さまざまなものを守るために作られた、偽りでしかない。

現実に起こった出来事の前には、思いこみによる「常識」など、無力だ。


繰り返して言おう。

夜空に、細いひび割れが生じた。

それは、ありえざることだ。しかし、ありえざることは、もう起きてしまった。

かくて、七百年にわたって守られ続けてきた「常識」という偽りは、ついにほころんだ。

空間そのものに、ごくわずかながら「外」に通じる隙間《すきま》が、できてしまったのだ。

最も遠い星より、それは小さくしか見えなかった。

最初のひび割れには、誰一人として気づく者もおらず、ゆえに修復もなされなかった。

髪を数万に裂いたより細いひび割れ。

そこから、じわりとにじみ出てきたものがあった。特別な〝眼〟を持った者には、それが銀色に見えるはずだ。

その不思議な物質は、やがて地上めがけて、細い糸のようなしたたりとなって落ちていった。

銀色の雨。

後に、シルバーレインと呼ばれる現象だった。

この出来事の意味。

世界への「超常」の帰還《きかん》。

あらゆる魔法と、超常の能力を、超自然の存在を支える根源《こんげん》物質が、七百年の追放から帰還した。

銀の雨は、大地にただよう、さまざまな「心」に降りそそいだ。闇に濁った心が、歪んだ歓喜《かんき》に身を震わせた。遠い昔に失った、世界に憎しみをぶつけるための力が、還ってきたことを知ったからだ。また、淡い光をたたえた心は、自らのうちに奔騰する力に戸惑った。すっかり忘れ去られていた力は、光を強めすぎて、力の持ち主すら焼いた。

銀の雨は、形のない「心」にも降った。死者が遺した、願いに、想いに、恨みに、さまざまな思念にも降る。

銀の雨は、形なきものに形を与える。やがて、さまざまな姿のものがうごめきはじめる。醜悪《しゅうあく》なモノが多いのは、安らかな想いなら、強くその場にこびりつくことが少ないからだろう。

遺《のこ》された負の思念は、銀の雨によってゴーストと呼ばれる異形のものになってゆく。

一度、世にあらわれたものは、あり続けようとする。

たとえ、他の命を喰《く》らってでも。

たとえ、あるべからざるものであっても。

銀の雨は、ほんのわずかずつではあるが、世界にふりそそぎ続けた。

そして。

やがて、夜空に二つめ、三つめのひび割れが生じた。

ひびは、ゆっくりとではあるが、着実に増えていった。

この世界最大の大陸、その東端にある弧状列島を、まんべんなく覆《おお》うように。

ときおり、地上で、恐怖と苦悶に満ちた悲鳴があがる。

その叫びが、夜空を引き裂いてでもいるように、夜空に、世界のほころびが広がっていった。

さらに銀の雨は降り、生ける人々の心も、気づかれぬうちに濡らしていった。

たとえば、その一人。

その列島の、ほぼ中心部に住む、とある少年の心に、銀の雨が降った。

彼の心には、多くの暗い想いが澱《よど》んでいた。苦痛の記憶。孤独の憂鬱《ゆううつ》。愛されてはいないのだという諦《あきら》め。

なのに彼は、これまで泣いたことがなかった。

銀の雨は、彼の胸のいちばん奥にしまいこまれた涙に、ゆっくりまざりあっていく。

たとえば、もう一人。

その列島の、海沿《うみぞ》いの町に住む、とある少女の心に、銀の雨がふった。

彼女の心には、本人も気づかぬ亀裂《きれつ》があった。

たくさんの愛を彼女は抱えていた。それを、多くの人に、さまざまなものにそそいでいる。

けれど、愛というのは、本当に無限に湧き出してくるものなのだろうか。

銀の雨は、彼女が秘めている柔らかな輝きを、ひそやかに染めあげてゆく。


そして、少年が少女の夢を見た。少女は、青白い輝きの中で、微笑《ほほえ》んでいた。

かくて、少女は少年の夢を見た。少年は、冷たい雨に打たれて、俯《うつむ》いていた。

二十一世紀まで、あと数年を残した、ある夜のことだ。

魔法をはじめとする超常の現象と存在が還ったことで、これから、世界と人々が、どのように揺れ動き、どのように変貌してゆくのか。

物語は、そこからはじまる。

第一章　壊れる世界

1.

九月末の、朝。

もうすぐ始業時刻。

盾哉《じゅんや》は、自分の通う中学をめざして、足を重くひきずるように歩いている。

雨の中を。

傘はさしていない。

それほど激しい雨ではないけれど、朝の市街を行きかう人々のうち、自分から雨に濡《ぬ》れることを選択しているのは、盾哉だけだ。

彼も好きで、しとしと降る雨に身をさらしているわけではない。うんざりした顔つきだ。

「だりぃ」

ぼそっと呟《つぶや》いて、足を引きずるようにして歩く。

背中も丸まっているし、肩も落ちている。小柄な体躯《たいく》が、さらに小さく見える姿勢だ。

ただ、髪だけは、まっすぐ天を向いていた。雨に濡れても、つんと尖《とが》っている。

盾哉は、ふと、足を止めた。

数歩先に路地がある。そこから、ぼそぼそと声が聞こえてくる。脅《おど》しの響き。反抗する声。嘲笑《ちょうしょう》のまじる要求。さらなる反抗。そして小さな悲鳴。脅している側は複数の少年で、脅されているほうは一人の少女だ。

盾哉は、苦いものを呑《の》みこんだ顔になった。このまま進めば、その路地の前を通り過ぎることになる。

「めんどくさいな、もう」

周囲を見回す。

遠くに紺色《こんいろ》の傘がひとつ。年老いた男性だ。それから、黄色と白と赤の、小さな傘の集団。小学生だ。どちらも遠ざかってゆく。助けは、ない。

遠回りするなら遅刻だ。それをしないなら、見ないふりをするしかない。

盾哉の表情が、くしゃりと歪んだ。

一歩だけ踏み出して、そこで躊躇《ちゅうちょ》する。

雨が、激しくなってゆく。

それにまぎれて、さっきより大きな悲鳴。

盾哉の瞳《ひとみ》に、怯《おび》えの色が浮かぶ。

彼は、歩きはじめる。

大またで、さっさと歩く。路地とは逆の方角に、いささか不自然に首をねじって。路地の奥で起こっているのであろう騒ぎからは、できるかぎり目をそむけて。

路地の前にさしかかる。ここさえ行き過ぎれば、もうトラブルなんて知ったことではない。忘れられる。自分は忘れるのは得意なのだと、盾哉は思いこむようにしている。本当は、それが、ただ胸の奥に、濁《にご》った暗闇《くらやみ》をぎゅうぎゅうと押しこんでいるだけだとしても、そう思いこむことにしている。

『何が起きているのか知らなければ、そんなのは起こっていないのと同じなんだ』

いつものその言葉を、自分に言い聞かせたその時。

「やだぁっ」

ひときわ大きな悲鳴が聞こえた。

反射的にそちらを見てしまった。

ビルとビルの隙間《すきま》の路地《ろじ》に、ピンク色の傘がころがっている。さらにその奥。風向きと、はりだした看板やベランダのおかげで、あまり雨もふりこまないあたり。

安っぽいビニール傘を手にした、三人の高校生が、女の子を取り囲んでいた。一人が可愛らしい財布を手にして、別の一人が少女の手首を掴《つか》んでいる。もう一方の手は胸《むな》もと。少女と、目があってしまった。

「変人雨堂《うどう》だろ、あんた！　ちょっと、助けろよっ。困ってんだよっ」

困ったことに、相手はクラスメート。名前は……。

「おい、おまえ。ちょっとこっちこいや」

盾哉が決断する前に、最後の一人に声をかけられた。

「こっちこいっつってんだろ。おまえだ。ずぶ濡れのおまえ。傘もささねーで。おっかしいぃんじゃねえか⁉」

男がどなる。

盾哉は、ぽつんと呟《つぶや》いた。

「だから、めんどくさいんだってば」

やっぱり逃《に》げようと、盾哉は思った。全力でダッシュすれば、わざわざ追いかけてこないんじゃないだろうかと、そう考えた。

雨がさらに激しくなって、盾哉の服を濡らす。もう下着にまでしみこんでいる。かすかな吐《は》き気《け》と頭痛。どち

らも精神的なものだ。発作的な恐怖で、体が震えだす。何に
「ふるえてんじゃねえよ。いいから、こっちこいや。何にもしねえから」

男が手まねきする。無精《ぶしょう》ひげが目立っている、人相《にんそう》の悪い男だ。着ているものから高校生だと判断したけれど、顔つきからは信じられない。

その、無精ひげの高校生の後ろから、名前を覚えていないクラスメートが怒鳴《どな》った。

「雨堂、男だったら、なんとかしてよ、こいつら。逃げたら殺すぞ、こら！」

その言葉が、盾哉の記憶《きおく》を刺激する。いちばん奥底《おくそこ》に沈めていた記憶を。盾哉は、ひくっと、まるでしゃっくりでもしたかのように、大きく体を痙攣《けいれん》させた。

その一瞬の動きが止むと、さっきまでの小刻みな震えもおさまっていた。

クラスメートは、その盾哉の目を見て、息を呑んだ。

自分の瞳が、猛獣めいた光をたたえているだろうことを、盾哉は自覚する。

「……！」

けれど、彼女を捕まえている三人は、まったく何も気づいていない。ゆっくりと近づいてくる盾哉を、にやにやと笑って見つめている。服の上からは華奢《きゃしゃ》に見える体格に、油断しきっているのだろう。

少女の手首を掴んでいた一人が言う。

「オレたち、この子ともりあがっちゃって、これから遊びに行くとこなんだけど、ちょっとだけ寄付してくれると助かるなあ」

手首をつかんだ不良は、頬《ほお》にうっすらと傷があった。その傷を見せつけるように、顔を傾けている。

盾哉は、何も言わずに、路地に入りこんだ。ころがっていたピンクの傘を拾いあげ、たたむ。

傘の取っ手ではなく、先端《せんたん》を掴む。

さすがに三人組の高校生たちも、おかしな気配《けはい》を感じたらしい。

「……おい？」

財布をもてあそんでいた小太りの一人が、盾哉の肩を掴もうと手を伸ばした。

雨が激しくなる。

まるで、水量を最大にしたシャワーのように。

あるいは、滝の中にでもいるように。

そして、盾哉の姿が消える。

まるで雨に溶《と》けこみでもしたように。

「……？」

小太りの高校生が、目を大きく見開き、そのままうずくまった。胃の中にあったものを、地面にぶちまける。

ピンクの傘の取っ手部分をみぞおちに突きこまれたのだが、盾哉以外、それを理解した者はいない。

「どうした！」

「なんだ、これ⁉」

無精ひげと、傷痕《きずあと》が、それぞれ叫ぶ。

叫んだときには、もう盾哉は、傷痕の若者に、よりそうような位置に立っていた。

まるで、雨に溶け、雨から凝縮《ぎょうしゅく》したように。

実のところは、単に気配《けはい》を消して移動しただけだが。

傷痕の高校生は、そこに盾哉がいることにすら気がついていなかった。盾哉の腕が、やつの首にするりと巻きついた。意識を失わせるまでほんの5秒。

「この野郎ッ！」

無精ひげが、ようやく盾哉のしていることに気づいて、殴りかかってきた。

ただし、彼にわかっているのは、傘もささずに歩いていた、変なちびの中学生が、自分たちに喧嘩《けんか》を売っているということだけ。

無精ひげのくりだした中段突《ちゅうだんつ》きは、堂に入ったものだった。おそらく空手の有段者だ。彼の拳《こぶし》は、数えきれない雨つぶを、粉々《こなごな》に砕《くだ》いた。

どれほど筋肉や脂肪がたっぷりした相手だろうと、転倒させるのに筋力は必要ない。バランスを見切れば、わずかな力でいい。ピンクの傘の取っ手でひっかけ、ころばせる。そして顔面に蹴《け》り。

終わった。

盾哉は、名前を知らないクラスメートに近づいた。捕まえていた男は、もう気絶している。彼女は自由だ。

「だりぃよな、ホント」

肩を丸めて呟くと、ピンクの傘をさしだしてやった。

彼女は、大きく目を見開いている。その瞳いっぱいの驚愕《きょうがく》と恐怖《きょうふ》。

盾哉は目をそらした。乱暴な動作で、ピンクの傘を突き出し、口の中でもごもごと言った。

「傘。……もう濡れちゃったから、いまさらだけど。さしてくんだろ？」

言葉が終わらないうちに、盾哉の手から、傘がもぎとられた。名を知らないクラスメートの少女は、すでに、ものすごい勢いで、路地を飛び出していった。

「まあ……そんなもんだよな」

　盾哉は、もう遅刻でいいやとあきらめ、ゆっくりと歩きはじめた。

2.

　雨堂盾哉《うどうじゅんや》は、二ヵ月ほど前に十四歳になった。

　十四歳になったのは、夏休みのさなかで、誰にも祝《いわ》ってもらわなかった。

　長野県《ながのけん》の小さな街に住みはじめたのは、一年生の春だ。そろそろ半年を超える。

　彼が通う中学は、一年から二年にあがるとき、クラス替えがない。だからグループはできあがっていた。一学期中に、盾哉はどのグループにも入りこめず、友だちらしい友だちは、いまだにいない。

　積極的に作ろうともしなかった。

　はじめのうちは、話しかけてくれる者もいた。けれど、雨のたびに、盾哉はずぶ濡れで学校にやってくる。それを繰り返すうち、誰も彼と話をしなくなった。

　だが、いじめられることもなかった。雨のたびに濡れている彼に、ネチネチといやみを口にした教師を、一睨《ひとにら》みで黙らせた彼に、明白な敵意《てきい》を向ける者はいない。

　短い夏休みもずっと一人ですごして、二学期になってから、誰かと話した記憶《きおく》はない。

　かまわなかった。人づきあいは、面倒くさい。

　もうすぐ文化祭だ。クラスでは、去年から今年の春まで放送されていた、なんとかガンダムというのを芝居にアレンジして演じることになっている。キャスト連中は武闘《ぶとう》シーンの訓練にはげみ、手先の器用なやつらは衣装というか着ぐるみ作りに忙しい。

　盾哉は、番組を見たこともない。去年、クラスでブームだったらしいが、その時にはこちらにいなかった。

　そもそも興味が持てない。

　それを公言《こうげん》したからなのか、他の理由があるのか、盾哉にはなんの仕事もわりふられていない。小道具のノルマはあるが、教室に残って仕上げる必要はなかった。

　だから、放課後、すぐに教室を出たところで、誰も止めはしない。

　昼過ぎに、雨は止んでいる。

　盾哉の背は、朝に比べるとまっすぐに伸《の》びていた。歩き方も、いくらか軽快だ。

　雨が、彼の気分を重苦しくさせる。記憶を刺激する。

廊下《ろうか》を盾哉が歩いてゆくと、隣のクラスからあらわれた少女が声をかけてきた。

「もう、じゅんくん。一緒に帰ろって言ったのにっ！」

ぶんぶんと腕をふりまわしながら言う。ショートカットで、動きが妙にうるさい。

「……逃げるつもりなら、前は通んないよ、あきちゃん」

津島秋那《つしまあきな》は盾哉のまた従妹《いとこ》にあたる、らしい。こちらに来るまで、存在すら知らなかった親戚だ。

持ち前の性格なのだろうか、彼女はあっという間に盾哉に打ち解け、三日に一度は押しかけてきて、祖父《そふ》と盾哉の二人ぶんの食事を作りおいてくれる。

彼女は、盾哉が、鎌倉《かまくら》の実家から、この街の祖父のもとへ引き取られてきた事情を知っている。

盾哉と肩を並べた。秋那は、中学生女子としては平均的な身長だ。盾哉は、その秋那と目の高さが同じになる。逆立った髪のぶんだけ、盾哉のほうが背が高く見える。

「よかったね。雨、やんで」

秋那は、にこにこと話しかけてきた。

「……ん」

盾哉は、あいまいにうなずいた。

「やっぱり、まだ雨は……気持ち悪くなるの？」

秋那は、盾哉の顔をのぞきこもうとした。盾哉は、顔をそむけた。

「……む」

喉《のど》の奥でくぐもった声を立てる。

「ええと……、ごめんね」

秋那の顔から、微笑《びしょう》が消える。

「……いや」

盾哉は、わずかに首を左右にふった。

「別に、あきちゃんが悪いんじゃないし」

盾哉の歩く速度が、極端《きょくたん》に遅くなっている。

「悪いのはウチの親父で。……それも病気のせいだったたってことだし……っ」

「雨堂っ！」

思い切り背中を叩かれて、盾哉はつんのめった。ぎょっとしてふりむくと、そこに同じクラスの女生徒がいた。秋那の黒いショートカットと対象的な、薄《うす》い色あいのロングヘア。

朝、盾哉が助けたクラスメートだ。彼女は、何か戸惑ったようすで、自分のてのひらを呆然と見つめている。はっと視線を盾哉の顔に戻して、謝った。

「あー、えーと……ごめん」

「椚原《くぬぎはら》さん？」

秋那が、名前を呼んだ。

「ああ、うん」

クラスメートが、ちらりと秋那を見て、あいまいに首を動かした。視線を盾哉に戻す。かすかに頬《ほお》を赤らめ、落ち着かないようすで言葉を継《つ》いだ。

「朝のさ、礼をしようと思って。なんか、すごかったよね。雨堂ってすごいって噂《うわさ》は聞いてたんだけど。あんな、すごかったんだね」

椚原が言いつのるたびに、横で、秋那の機嫌《きげん》が悪くなってゆく。どうして悪くなるのか、盾哉にはピンとこないのだが。それはおいても、面と向かって褒《ほ》められるのは居心地《いごこち》が悪かった。すごいという噂だったとか、理解できない。噂になるようなことは、特にしていないはずだが。逃げたいのだが、椚原が息も継がずにまくしたててくるので、隙《すき》が見当たらない。

「朝はさ、なんかビックリしちゃって。逃げるみたいになって。ごめんね。今日はずっと考えてたんだけど……」

「なんだー、くぬぎん。告白かー？」

通りすがりに、盾哉が見も知らぬ女生徒が、声を投げかけてくる。

「るっせーよ！　雨堂はすげーんだよ」

椚原が怒鳴《どな》り返したが、女生徒は、その声も聞かずに行ってしまった。しかし、これでようやく、盾哉は口をはさむ隙を得た。

「……あー、勘弁《かんべん》してくんないかな。喧嘩が強いとか……そういう評判《ひょうばん》が立つと、すげぇめんどーになるから」

床を見たまま、ぼそぼそと言った。

「え？　あ！　うん。もちろん。言いふらしたりしないから。うん。ただ、礼が言いたかっただけだから。だからさ……うん。それだけ」

椚原の声が、少し湿《しめ》ったように聞こえて、盾哉は顔をあげた。

「じゃあね。今日はありがと。誰にも言わないから。……雨堂も誰にも言うなよ。ヒミツにしようぜ」

白い歯を光らせて、椚原はにっと笑った。

「また、あしたね！」

ばいばいと手をふって、彼女は、走り去っていった。

盾哉は、それをぽかんと見送っていた。

「言っちゃだめって……わたしが聞いてたんだけど？」

ほぼ無視された形の秋那が、憮然《ぶぜん》とした口調《くちょう》で言った。

「……だよな」

と、盾哉が言った途端《とたん》に、だだだっと足音も高く、椚原が戻ってきた。

「これ！　渡そうと思って忘れてた！　昼、購買《こうばい》で買ったの。おそろい」

素速《すば》やく盾哉の手をとって、何かを握らせる。

「あんた強いからさあ、絶対、あたしのパンチとかよけられると思ってたけど！　意外《いがい》と隙だらけだよねー」

たたたっと数歩離れて、くるんと身をひるがえして、にかっと笑う。

「……別に武術の達人とかじゃないし。……いつも警戒《けいかい》とかしてたら、めんどうだし……」

盾哉がもごもごと言っている間に、椚原は、もう遥《はる》か向こうに走りさっていた。

本当に、武術など心得はない。叩《たた》きこまれたのは『敵を無力化《むりょくか》する技術』だ。気を精一杯にはっていなければ、使えるものではない。だからこそ「面倒《めんどう》」なのだ。

盾哉は、手もとを見た。柔らかい感触《かんしょく》に気をとられて、何をもらったのか確かめるのを忘れていた。

シャープペンシルだった。

ピンク色で、ファンシーなキャラクターがちりばめられている。中二男子としては、かなり使いにくい。


秋那は、椚原が去った方向を眺めている。その間に、盾哉はシャープペンシルを胸のポケットにしまった。

ちょうど秋那がふりかえった。

「ねえ、じゅんくん、助けたってどういうこと？」

微笑んでいる。瞳《ひとみ》以外は。

「……秘密にするって約束しちゃったから、な」

困った顔つきの盾哉を、秋那がのぞきこんでくる。

「椚原さんと、友だちなの？」

「……そういう名前だったんだな、あいつ」

盾哉の返事に嘘《うそ》がないのを悟《さと》って、秋那が苦笑いした。

「同じクラスになって半年だよ？」

盾哉は目をそらした。小さく肩をゆすると、さっきより早い歩調で校舎の外を目指《めざ》した。

「クラスのやつらとつきあうのも、面倒《めんどう》なんだよ」

「それはどうなのかなぁ？　じゅんくん、子供のときは誰でも遊ぼう遊ぼうってやかましかったって、おじいちゃんが……ちょっと、じゅんくんっ」

盾哉の足はますます速くなり、秋那との間には、ずいぶんと距離が離れた。待ってくれとは、秋那は言わない。小走りで追いかけてゆく。

校舎の外へ出た。ようやく秋那が追いついてきた。

彼女は、何も言わない。

盾哉は、歩調をゆるめた。

しばらく、肩を並べて歩く。しなの鉄道ぞいの道。列車が、がたごとと近づいて、去っていった。

騒音がおさまったところで、秋那が口を開いた。

「最近、お父さんから……連絡は？」

「祖父《じい》ちゃん経由でなら。母さんの命日《めいにち》が、来月だからな。そのへんのことで」

「……帰るの？　会えるの？」

そう秋那に問われた途端、ぶるっと盾哉の体が震えた。

「祖父ちゃんは、一度、そうしろって、言う、けどな」

まるで痙攣《けいれん》しているかのように、とぎれとぎれに応じた。盾哉の声には、憤怒《ふんぬ》の熱気と、恐れの冷気が同居している。彼をよく知ったものでなければ、相殺《そうさい》されて、常温にしか思えない。単に、しゃべるのがかったるいのだろう、としか。

「ずっといれば、いいよ。こっちに。……あ」

秋那が立ち止まって、空を指さした。

過剰《かじょう》なほどおっくうそうに、盾哉は、ゆっくりとその指先を追った。

鳥が飛んでいる。

「鷹《たか》だね」

「うん」

「いいねえ、鳥は。どこまでも飛んでいけて」

こういうときは、こういうのが当然だ。そう思いこんでいるような、どこかぎこちない口調で、秋那が言った。

そんな口調だったから、盾哉は、こう言い返すにも、たいして罪悪感《ざいあくかん》は持たなかった。

「……どこまでもなんて飛べやしないさ。どっかで力を使い果たして地上に落ちるんだ」

そんなふうに言いながら、盾哉の目は、ずっと鷹を追い続けている。

「でもさ、せっかく飛べるならさ、どこまで飛べるか、試してみたいよね」

秋間近の空に溶けこむような口調で言うと、秋那の指が、鷹からそれて空の一点を指差《ゆびさ》した。

「あんなところくらいまで」

鷹の飛んでゆく、東の空のまだ低い位置に、白い昼間の月が浮かんでいた。

「……絶対にたどりつけない。……だろうけどな」

盾哉の口もとが、きゅっと歪《ゆが》んだ。

二人は、その後、黙々《もくもく》と歩いた。いつものように公園の手前で左右に分かれて、家に戻った。

そして、翌日。

この半年とまったく変わらぬ日常が、またやってくるのだと、盾哉は思っていた。

また、夜明けごろから雨がふっていた。例によって、盾哉は傘を持たずに登校した。

ずぶ濡れだ。

盾哉の席は、教室の最後列《さいこうれつ》になる。クラスメートたちの机は、ふだんから微妙に距離を置かれているけれど、今日はもう露骨《ろこつ》に避けられていた。床に広がる雨のしみに触《ふ》れるのも、なぜかクラスメートには恐ろしいらしい。それも気にはならない。盾哉は、なかば溶け崩れたようなだらしない姿勢で、自分の席に座っていた。

本鈴《ほんれい》が鳴った。

担任教師が入ってきた。なんだか、ようすがおかしい。表情が暗い。彼は、教壇《きょうだん》に立ち、大きく息を吸った。教室内を見回す。空いた席が一つあった。それを見て、目をうるませる。

「みんなに哀《かな》しい知らせがある」

沈痛な声。少し、空虚《くうきょ》。

ざわざわしていた教室が、静まり返った。何かを予測《よそく》した、ひきつったような表情に、みなが変わってゆく。

「昨夜、栩原が亡《な》くなった。交通事故だ」

教室のそこここから、ひっという、短い声が漏《も》れた。

盾哉は、まばたきを繰り返した。

そっと胸ポケットを押さえた。昨日もらったシャープペンシルは、まだそこに入ったままだ。

盾哉の背筋《せすじ》がのびる。くしゃりとその顔が歪んだ。くちびるがわななないた。

だが、それだけだった。

飛び出そうとした言葉を、呑みこんで、彼はそのまま、じっと座っていた。

昨日、言葉をかわしたあのクラスメートの顔すらも、はっきり思い出せない自分を、嫌悪《けんお》しながら。

盾哉のまわりで、静かに泣き声が広がってゆく。

3.

その日のうちに通夜があり、葬儀《そうぎ》は翌日の午後からということだった。

通夜《つや》が終わるまで雨だったから、もちろん、盾哉《じゅんや》は行かなかった。

翌日は、雨は止んだ。

しかし、盾哉は、葬式《そうしき》にも出るつもりはなかった。

授業はなくなっている。

行くのは、クラスの半分くらいだ。

通夜にしてもそうだったのだが。クラス委員が、全員で行こうと提案したら、椚原《くぬぎはら》のいちばん親しい友人だった一人が、拒否《きょひ》したのだ。

『成績が悪いからってバカにしてたようなヤツに、いい子ちゃんぶるためだけに来てもらっても、くぬぎんは嬉《うれ》しくない』

こんな啖呵《たんか》をきった、そのクラスメートに、盾哉は、フルーツの香りのする消しゴムを一つ託《たく》した。

もらった物の、お返しだけはしておきたかったのだ。

教室を出かけたところで呼び止められたクラスメートは、いささか怪訝《けげん》な顔をしたが、棺に入れといてあげる、と引き受けてくれた。

そして、『あんた、思ってたよりいいやつだね』とも言われた。

もちろん『そんなことはない』と返した。

相手は、さらに奇妙《きみょう》な顔になったが、怒《おこ》りだしたりはしなかった。けれど、会話のつなぎに困ったのだろう。妙な話題を持ち出してきた。無理せず、そのまま会話を打ち切ってくれるのがいちばんだったのだが、頼みごとをした以上、いきなりさよならというわけにもいかない。

これだから、人づきあいは面倒《めんどう》だと思いながら、盾哉は、そのクラスメートの話を聞いた。

……人が殺《ころ》されている、という話だった。

この街で、何人もの人が殺されたり、行方不明になっている。けれど、それは全部、事故や自殺として隠蔽《いんぺい》されてしまっているのだという。椚原も、この連続殺人の犠牲者《ぎせいしゃ》なのじゃないかと、クラスメートは言った。

なぜ秘密《ひみつ》にされるかというと、これには二つの説《せつ》がある。

まず『この世のものではない化け物がやったから』というもの。もちろん、こんなことはあるわけがないと、クラスメートは一蹴《いっしゅう》した。それから『何か政府の陰謀《いんぼう》が絡《から》んでいる』という説。よくわからないけど、本当だったら絶対許さないと、彼女は拳《こぶし》を握《にぎ》った。

殺された人はみな、それは残酷《ざんこく》な死にざまだったらしいと、彼女は言った。

彼女は、友人の死を、不謹慎《ふきんしん》な噂の対象にしているわけではなさそうだった。真剣《しんけん》に、椚原が、犯罪の犠牲者になったと考えているらしい。

クラスメートの真剣な瞳に、盾哉は、ただ当惑することしかできなかった。クラスメートは（そういえば彼女の名も知らない）一方的にまくしたてると、遅れてしまうと、急いで駆け去っていった。

どうして栩原が殺されたと考えたのか、それを説明しないままで。

少し気になったが、自分から尋《たず》ねにいくなど、盾哉には思いもよらなかった。

どうせすることもない。自宅に戻ることにする。

秋那《あきな》は、クラスの友人といっしょに、葬儀に参列するということだったので、一人で帰った。すれちがうとき、秋那は『どうして行かないのか』という風に、とがめるような視線を送ってきたけれど、盾哉は目をそらした。

雨も降っていないのに、背を丸め、足をひきずるようにして、歩いて帰った。ひきずるというより、もつれるような気がした。腹の底に、何かムカムカするようなかたまりがあって、すっきりしない。

盾哉の祖父《そふ》は、バイクの修理工場を営んでいる。

祖父といっても、まだそんなに年でもない。若いころに盾哉の母が生まれたので、五十代のなかばだ。肉体的にも精神的にも、衰えはない。体力なら、いまだに盾哉を圧倒できるだろう。ほぼ一人で、仕事をこなしている。バイトを二人ほど雇《やと》っているが、来るのは不定期だし、来ても工場のすみで黙々《もくもく》と整備作業を行っているだけだ。盾哉は、話したこともなければ、彼らの名も知らない。

今日は、祖父が一人で作業をしていた。油まみれのつなぎを着て、黙々と分解掃除をこなしている。

盾哉が工場に入っていくと、じろりと孫を見た。

それから、壁にかけてある時計を見上げる。

もの問いたげに、片方の眉《まゆ》をあげた。白いもじゃもじゃした眉は、祖父のトレードマークだ。

盾哉も眉は太いほうである。写真で見たことがあるだけだが、母もそうだった。

結局、祖父は、眉をあげただけで、早い時間の帰宅にも、何も問いかけてはこなかった。

そうだろうなと、盾哉は思っていた。

祖父と言葉をかわすのなど、週に一度か二度くらいだ。自分のことなど、気にもしていないのだと、盾哉は決めてかかっている。

そもそも祖父が、誰ともほとんど話さない無口な人物であることや、その無口さは自分にも伝わっていることに気づいていないわけではないが。

工場を通って、母屋にあがる。かばんを自室にほうりこみ、制服を脱ぎ捨て、ラフな服に着替える。

台所に行く。冷蔵庫の中身をのぞき、少し考える。冷凍食品のピラフをひっぱりだした。野菜入れからキャベツとにんじんをとりだす。時々、秋那が補充《ほじゅう》してくれるから、まだ新鮮だ。手早く刻む。ついでにあらびきソーセージも。こちらは手で折った。包丁《ほうちょう》をいれると、金属臭《きんぞくしゅう》がつくような気がして嫌《いや》なのだ。フライパンに油をひいて野菜を炒《いた》める。しんなりしてきたところで、冷凍のピラフとソーセージをほうりこみ、軽く塩コショウ。最後に、カレールゥのかけらを入れた。カレーピラフになるほど大量ではなく、ほんの少量で香りつけ。

ざっと皿にあける。

香りはまあまあ。たまにこうして、自分のためだけに一工夫する。秋那も知らない。祖父もたぶん気づいていない、盾哉の秘密《ひみつ》。

かすかな満足感。

冷蔵庫から、こんどはペットボトルのジャスミンティを取り出し、コップにそそぐ。

スプーンをとりだして、ゆっくりと食べた。

テレビをつけてみる。

バラエティ番組も、ドラマの再放送も、興味をかきたてるようなものはない。ニュースも、なかった。

椚原の死について、事故だとも殺人だとも、テレビから得られるものなどなかった。

わかりきっていたことだが。

ピラフを食べ終わって、盾哉はテレビを消した。

このあいだ中古で買ったゲームでもやるほうがいいんだけれど……と、そう思った。

けれどクラスメートが口にした『化け物に殺された』という噂《うわさ》が、何かひっかかっていた。彼女が言ったように、そんなことあるわけがないと、盾哉だってわかっている。わかっているけれど、それを確信したかった。

確信できないと、不安だった。もしかすると、という思いをぬぐいきれない。

立ち上がった。

古い新聞を、まとめてとりだしてくる。

こういうとき、パソコンがあれば、インターネットというやつで、調べられるのかもしれない、と思う。だが、パソコンなんて、クラスで持っているのは一人か二人。インターネットは、大人のビジネスマンや学者が使うものだろうというのが、いまの盾哉のイメージだった。あと数年して二十一世紀になれば、状況がガラリと変わったりするのだろうか、と空想してみる。

すぐ空想を打ち切って、新聞の社会面をたどってみた。

一ヵ月分をチェックするのに、三十分ほどかかった。

この市どころか、県内の殺人事件すら、ほとんど見当たらない。

いや、そうじゃないんだ、と盾哉は思いなおした。

殺人ではない。報道されているのは、事故か自殺だ。

そう考え直して、地域面を見てみた。さらに一時間ほどかけた。いくつか交通事故や火事、飛びこみ自殺といった記事はある。たくさんある。一ヶ月ほどさかのぼってみたが、ほぼ毎日のようにあった。中には悲惨な状況のものもある。車が家に飛び込んできて、団欒《だんらん》中だった一家四人、すべて首がとれていた、だの。焼身《しょうしん》自殺で、燃えたまま百メートルも走った、だの。

それが事故や自殺としてありえるのか、こういう報道が毎日あるのは多いのか少ないのか、盾哉にはわからない。こういうものなのかもしれない。

『なら、比較してみろ。さかのぼって、たとえば去年の同じ時期と比べるんだ』

脳裏《のうり》で声がした。


瞬間、盾哉の体に震えが疾《はし》った。それが、父の声だったから。思い出してしまった。こういう風に調べればいい……というのも、父に教えこまれた。

『この痛《いた》みと一緒に、はっきり覚えておけ』

盾哉は、自分のてのひらにくちびるを押しつけた。そこにはもうないはずの灼熱《しゃくねつ》を取り去ろうとして。たばこの火で与えられた痛みの記憶が、心臓を締《し》めつけた。

呼吸する。ゆっくり呼吸する。ＰＴＳなんとか。略称すら覚えていない、くだされた診断名《しんだんめい》。

盾哉は、新聞をほうりだした。もうそれは、耐え難いほど、過去の嫌な記憶と結びついてしまっていた。父と、そして化け物と。

吐《は》き気《け》をこらえながら立ち上がる。

ここにいると息苦しい。行くあてはないけれど、とにかくどこかに出かけようと思った。

ふらふらと、工場のほうに歩く。

じつのところ、裏口から出入りするという手だってある。けれど、盾哉はいつもそうしない。無意識《むいしき》にだけれど、つねに、祖父の見ている前で出入りする。いったん座りこんで、スニーカーの紐《ひも》をといて、また締《し》める。

そうやって、のろのろと出かける支度《したく》をしていると、とても珍《めずら》しいことが起こった。

祖父が、話しかけてきたのだ。

「直美の墓参りには、わしも行こうと思う」

視線は手元に落としたままだ。

一瞬《いっしゅん》、何を言ってるのか、理解できなかった。一呼吸ほどの時間がすぎて、ようやく母のことだと気がついた。

盾哉は、祖父を見た。そして、スニーカーの紐をつまんだまま、うう、と小さくうなった。

何か返事をするべきだろうかと思った。

うん、そうしようか。

行くつもりはない。

それは……あいつも一緒にってことか。

どれも言えず、手を動かした。

「……槍哉《そうや》くんも、お前を嫌《きら》ってるわけじゃないんだ」

祖父は、父の名を出した。父は槍《やり》、自分は盾《たて》、名のつながりを誇らしく思った時期もあった。

「どうだか……っ」

怒りの言葉なら、スムーズに口から出た。盾哉は、紐を結《むす》び終わると、顔をふりあげた。睨《にら》みつけるつもりが、ひるんだ。祖父が、こちらをまっすぐ見ていたからだ。

てっきり、まだ作業を続けていると思ったのに。


しかも、驚いたことに、祖父は微笑《ほほえ》んでいた。この家に引き取られてきて半年。一度も見たことのない、笑顔だった。笑うと目がなくなって眉《まゆ》がたれさがって、ほとんど眉だけになるんだな。そう盾哉は思った。

「昨日、槍哉くんとも、いろいろと電話で話してな。彼も反省しているようだし」

……カウンセラーの人がだまされるなって言ったじゃないか……盾哉は、その言葉を呑《の》みこんだ。

『児童虐待《じどうぎゃくたい》をする親は、愛しているんだと涙ながらに訴《うった》えて、子供を取り戻そうとします』

祖父への説明を、隣の部屋で盗《ぬす》み聞いていたのだ。

盗み聞きでもなんでも、自分が置かれている状況については、正確な情報を集めておけ。——これもまた、痛みとともに、父に教えこまれたこと。

もっとも、盾哉の父が、自分のしたことを虐待と認識しているかどうかも怪しいが。

だが、父が自分を嫌っていないなどとは思えない。生まれてくるために、母の命のなかばを奪った自分を。自分で自分が好きになれやしないのに。

こちらをじっと見ている孫に戸惑ったのか、祖父の顔から微笑みが消えた。

『やっぱり無理してたんだな』

盾哉が思うと同時に、祖父は、手元に視線を戻した。

そして、ふと思いついたという調子で呟いた。

「盾哉。おまえ、バイクをどう思う?」

「嫌いじゃない」

これは即答《そくとう》できた。バイクそのものというより、嫌いじゃないのは機械いじりだ。暇な時、祖父やバイトの人たちの作業をじっと見つめている。一度、バイトの大学生が、やってみるかと声をかけてくれたが、盾哉は返事もしないで、母屋《おもや》の奥へ逃げた。

「なら……どっちが欲しい?」

祖父は、こちらを見ないまま、作業台を離れて、工場の片隅《かたすみ》に移動した。そこに置いてあった工具箱とヘルメットを持ち上げる。

工具箱は古く、ヘルメットは新品のようだった。

祖父は、バイクをいじるほうが好きか、それとも乗るほうがいいか、と尋ねているのだ。

「……メット」

盾哉は、祖父の横顔を見たまま、呟くようにそう答えた。

バイクに乗りたかったわけではない。工具箱を選ぶと、整備を祖父に教わることになる。それこそ、今日からだって学べる。だが、乗るほうなら、免許《めんきょ》をとれるようになるまで、決断を保留できる。

「そうか」

祖父は、いささか、がっかりしたようにうなずいた。

彼が、自分に何かを期待していたという事実に、盾哉は驚き、かすかな罪悪感を覚えた。

「置いておくから。いつでも好きなときに、好きなほうを持ってっていいぞ」

それだけ言うと、祖父は、作業に戻った。

盾哉は立ち上がり、表に出た。

4.

本当に、行くところがないな、と思った。

この街に来て半年、決まりきったところと自宅の往復しかしていない。近くのコンビニとスーパーマーケットくらいだ。暇《ひま》つぶしはプレステ。こっちに来て、秋那《あきな》の両親がプレゼントしてくれた。そのソフトを買いにいく中古ゲームショップ。

財布《さいふ》の中身に、あまり余裕《よゆう》はないし、そもそも買っても家に戻れない。

どっと押し寄せてきた記憶《きおく》が、またゆっくり胸《むね》の底に沈んでゆくまでは、散らかした新聞を見たくもなかった。祖《そ》父《ふ》とも会いたくない。これまで、ほとんど自分に関心も持たなかった。最低限、保護者代理としてすべきことしかしなかった祖父が、どうして急に、バイクのことや母の墓参《はかまい》りのことなど言い出したのか。

自分を産《う》んだことがきっかけで体を壊《こわ》して、三年ほど寝たり起きたりをくりかえし、そして逝《い》ってしまった母。

盾哉《じゅんや》は、ふらふらと歩き出した。何も考えたくないのに、歩いていると考えることしかできない。

コンビニに入って、マンガ雑誌を手にとった。開いて立ち読みをはじめる。お気に入りの連載が、クライマックスバトルで盛り上がっている。

なのに、何も頭に入ってこなかった。

すぐに閉じる。腹はすいていなかったが、駄菓子《だがし》をひとつ買って、外に出た。スティック状のそれをかじってみた。味はよくわからない。かまわなかった。イライラを、顎《あご》を動かす動作にぶつけたかっただけだ。

そして何気なく、道路を見た。

目の前を、霊柩車《れいきゅうしゃ》が走っていった。

マイクロバスが続いている。タクシーが何台かと、自家用車も。

そして、首が背中の側《がわ》にぶらんと垂《た》れた女の子が、飛ぶような足取りで、ついていった。

跳《は》ねるたびに、ぐらんぐらんと揺《ゆ》れる頭。大きく裂《さ》けた口に、にんまりと笑《え》みを浮かべて。着ているのは、盾哉たちの中学の制服。ずたずたに引き裂かれて、血にまみれている。

あんな風に、首が背中に垂れ下がっていては、前をゆく自動車が見えないだろうと思うのだけれど、血まみれの少女は、迷いもなく霊柩車の後についていった。

その姿が視野《しや》から消えるまで、盾哉は、じっと息を詰《つ》めていた。

あれは、椚原《くぬぎはら》だったろうか？　それとも別のものだったんだろうか。今日という日に、彼女以外にだって葬儀《そうぎ》はあっただろうし。

姿形《すがたかたち》からでは、盾哉には、判別《はんべつ》できなかった。

化け物の姿が完全に消える。あたりには誰もいない。

盾哉の喉《のど》が、けくっと奇妙《きみょう》な音をたてた。表情が歪《ゆが》む。

盾哉は、道端《みちばた》に駆《か》け寄って、そこにあった植えこみに、腹の中のものを全部ぶちまけた。すべてからっぽになっても、それはこみあげ続けてきた。

こみあげてくるのは、何よりも記憶だった。

子供のころから、たまにそういうことがあった。

そこにいるはずのないものを、見てしまうことが。

鎖《くさり》に縛《しば》られて吠《ほ》え猛《たけ》る二メートルほどもある赤ん坊。

蛇《へび》を我が身に巻きつけ、両腕《りょううで》が骸骨《がいこつ》になっている女。

そういったものを見てしまうたびに、盾哉は必死になって逃げた。そして父に報告した。

父は、そういうものから身を守るためだと称して、盾哉を鍛《きた》えた。無茶《むちゃ》な鍛錬《たんれん》だった。

だが、そういった「見てしまったもの」によって傷つけられたことなど、実はなかった。

盾哉が出会ったそういう「もの」は、実体のない幻みたいで、悪意のある視線を送ってくる程度しかできなかった。空間にこびりついたただの怨念《おんねん》でしかない。

しかし、父は『油断するな』と言い続け、幼かった盾哉も、彼の言葉に従った。

雨がふると、必ず、鍛錬は行われた。一晩中でも、屋外に放置された。雨具を身につけることは許されず、濡れることを強要された。そうすることで、普通の人の目に見えないああいったものから、自分の身を守れる力が身につくのだと、父は言った。

特訓《とっくん》はエスカレートしていった。豪雨《ごうう》の日、地すべりの起こりかねない崖から、盾哉を突《つ》き落とした時、近所の住人が、何が起きているかに気がついた。時を同じくして父が、関西地方に転勤《てんきん》することになった。今年に入って早々に起きた巨大地震で、神戸《こうべ》支社が大きな被害を受け、人材を必要としている、というのだった。

これを機に、離れて暮らさせたほうがいいと、盾哉たち父子を取り巻く人々が考え、それは手早く実行された。

そして盾哉は、この街の祖父のもとにやってきたのだ。

この半年ほどは、何も見ずにすんでいたのに。

いや。見ずにすんでいたのは、この間までだ——。

胃液《いえき》まで吐《は》ききると同時に、盾哉は、回想からも醒《さ》めた。夏の終わりごろから何度か、この街でも異様《いよう》な影を見かけていた。けれど認めたくなくて、目をそらし続けてきた。盾哉が見ないようにしていれば、それはないのと同じだった。誰かに危害をくわえるでもない。そこに「ある」だけなのだ。きっと、あの霊柩車についていったやつも、そんなものだろう。

盾哉は、化け物が消えた方向に背をむけて、ふらふらと歩き出した。吐ききっても、気分は最悪のままだ。頭がふらふらしている。眩暈《めまい》がひどい。横になれば眠ってしまいそうだ。まだ家に戻る気にはなれないが、せめてどこかで腰をおろしたかった。喫茶店やファミレスに入る気はない。地面に座りこむのもいやだ。

ぼんやりした頭で思いだした。もう一つ向こうの通りには、観光客用のベンチがあったはずだ。

広い道をたどると、かなり遠回りになってしまう、盾哉はビルとビルの合間に入りこんだ。

昼間でも、陽光が届かず、薄暗い。

数歩、入りこんだところで、失敗したと思った。こういうところで、アレを目撃《もくげき》した経験が多いではないか。

盾哉は、きびすを返して、この狭く暗い空間を抜け出そうとした。

もう遅かった。

足元で、何かが鳴いた。異様な声だった。金属をこすりあわせる音と猛獣の唸《うな》りをかけあわせ、そこにこの世の外から何かをつけくわえたような声。

盾哉は、足元を見おろしてしまった。

確認などせずに、即座《そくざ》に逃《に》げていれば、あるいはかわせたかもしれない。けれど、そんな判断が可能なほどには、盾哉はまだ研《と》ぎ澄《す》まされてはいなかった。


「ジャウッ！」

また異様な唸りをあげ、足元にいた異形《いぎょう》のものが飛びかかってきた。垂直《すいちょく》に一メートルほども跳躍《ちょうやく》をして。

「あうぅっ！」

盾哉は悲鳴をあげた。すさまじい痛みが、腕をかけのぼってきた。異形のモノの醜《みにく》い牙が、手の甲に深々と食いこんでいる。

盾哉の赤い血が、食いついている黒い獣を染めた。そいつの頭部はネズミに似ていた。ただし、前歯はまるで黄色い釘《くぎ》だ。そして、なんともおぞましいことに、油ぎったぬめる蟲《むし》の羽を生やしている。

こんなものがこの世にいるはずはなかった。

だが、痛みは現実だ。

「うわわっ」

盾哉は、食いつかれている右腕をふりまわし、壁に叩きつけようとした。父に叩きこまれたはずの戦闘術も、いまは脳裏から吹き飛んでいた。痛みより気味悪さが、彼をつき動かした。

がつんと音がして、盾哉は自分自身の手を、したたかにコンクリート壁《かべ》に叩きつけてしまっていた。一瞬だけ先んじて、ゴキブリネズミは牙を抜き、逃げたのだ。

噛みつかれたのとは質の違う激痛《げきつう》が、脳天まで突き抜けた。骨が砕《くだ》けたかもしれない。うずくまって呻《うめ》きでもあげたいところだが、そんな余裕《よゆう》もない。

ばたたたた、という羽の音。ゴキブリネズミが、大きく口をあけて、盾哉の正面から飛びこんでくる。こちらの顔面に噛《か》みつこうとしているのだ。

「……っ！」

盾哉は無我夢中で、まだ無事なほうの腕を振り回した。幸運にもゴキブリネズミをはたきおとせた。

異形のものがどうなったか確かめることもなく、盾哉は駆《か》けだした。けれど、今度は彼の脚が主人を裏切った。わずか3歩目でもつれた。

転倒する前に、もう視界が暗くなっていた。さっきからの眩暈のせいだろうか。受け身もとれず、額をがつんと地面に打ちつけた。だが、それも意識しないくらい、腕の傷が痛かった。燃え上がっているかのようだ。毒《どく》、黴菌《ばいきん》、病気、という単語が脳裏《のうり》に明滅《めいめつ》する。明滅するだけで、もう何もできない。

うつぶせになったまま、盾哉は、意識を失った。

そして——。


——雨が降っていた。

冷たい雨に打たれて、盾哉は目覚めた。

熱かったはずの腕は、もうすっかり冷え切っている。腕だけではなく、全身が。

目を開けているのに何も見えない。もしかして視力を奪われたのか。そう思って、パニックにおちいる寸前、さあっと目の前を光が流れた。

数歩先の道路を、車が走り去っていったのだ。なんのことはない。もう、夜が訪れていたのだった。ずいぶんと長く、意識を失っていたのだ。

盾哉は、立ち上がろうとした。無理だ。あおむけになり、上半身を起こしたところで動けなくなった。ビルの壁に背を預け、道に両足を投げ出して座る。地面はすっかり雨に濡れているが、どうせとっくに下着まで雨が染みていた。だが、雨が、盾哉の体力を奪うことはない。腹が、ぐうと鳴った。力が入らないのは、空腹のせいかもしれない。

怪我の具合を見ようと、盾哉は、右手を持ち上げた。手は、きれいなものだった。傷など、どこにもない。

あのネズミとゴキブリの化け物は、悪夢にすぎなかったのか？　確かに、現実にありえるはずもないが。

「は……」

盾哉の喉の奥から、かすかな笑いが漏《も》れた。

「はははははは」

力のない、ほんのかすかな笑い。自分を嘲る笑いでも、笑いは活力《かつりょく》をもたらしてくれる。

盾哉は、よろめきながらもどうにか立ち上がった。

「全部、夢だったんだ。夢だったんだ。あんなめんどくさいこと、あるわけない」

そう、自分に言い聞かせる。何かの理由で記憶が混乱しているだけだと信じこもうとした。きっと、霊柩車についてゆくアレを見たと思ったのも、夢だったのだ。あのときから、もう悪夢は、はじまっていたのだと……。

そんな偽りをおのれ自身に強要した。手の甲に傷がない事実が、それを補強《ほきょう》してくれた。袖の破れや、赤い汚れのことは無視する。

さすがに、家に戻るしかない、と思った。眠っている間に、少しは気持ちが修復されたのか、戻ることを考えても、呼吸も心臓も苦しくならない。

「だるいな……」

盾哉は、雨に打たれながら歩いた。

雨は、さほど激しくもないが、霧雨というほどではない。顔に当たる雨つぶの大きさが、はっきりとわかる。

雨のカーテンが、音を吸い取っている。夜は暗く、そして静かだ。

ときおり自動車のライトが、一瞬だけ盾哉を照《て》らし、そしてすぎ去ってゆく。傘もささず、肩を落として歩く小柄な少年に、誰も関心を示さない。

家に近づくにつれ、盾哉は、何か違和感のようなものを覚えた。歩いているうちに、やがて、それは匂いという形をとった。焦げ臭い匂い。何もかもが焼ける匂《にお》い。

気持ちはあせったが、身体はまるで動かない。空を見上げても、ただ暗いだけだ。一瞬《いっしゅん》、ふりそそぐ雨に煌《きら》めきがまじったように見えた。銀色の光が。確信は持てない。光っていたとしても関係はないだろう。

盾哉は、角《かど》を曲がった。

家が見えた。燃えていた。

それを見ても、盾哉の歩調は、早くならなかった。体調のせいというよりは、見ている光景が信じられなかったからだ。もしかして、まだ自分は、悪夢の中にいるのではないかと思った。

祖父の工場が燃えている。完全に炎がまわっていて、焼け落ちるほかにないように思えた。

それなのに、消防車もおらず、近所の誰一人、姿をあらわしていない。

異常だった。

呆然《ぼうぜん》と、盾哉は、雨のふりそそぐ夜空を、赤い炎が焦《こ》がすのを見つめていた。

――炎の中で、何かが動いた。

5.

そんなことをするつもりはなかったのだ。

消防がいたり、野次馬が取り巻いていれば、逆に近づこうとは思わなかったかもしれない。だが、だれもいなかった。だから、止められることもなく、盾哉《じゅんや》は、燃え盛る家の中に飛びこんでいった。

工場のシャッターは、あがったままだった。

祖父《そふ》も、そこにいた。

生きているようには見えなかったが、確実に死んでいるのかどうかは、まだわからなかった。血だまりに沈んでいた。腹部と頭部に、大きな傷があって、大量の血はすべてそこから流れ出たもののようだ。

盾哉は、呆然と立ち尽くしていた。

祖父との関係は、そっけないものだったと思うが、生死不明の状態だというのに駆《か》け寄らないほど、冷たいものでもなかった。

盾哉が、祖父に近づけないでいるのは、彼の周囲に、何人か他にもいたからだ。

いや、何人と数えていいものだろうか？　全身に釘を打ちこまれ、鎖に巻きつかれている男を、いくらビジネススーツをまとっていても一人と呼べるか？　セーラー服を着たガイコツは、一人と数えていいのか？　赤青黒黄の四つの頭を持つ大トカゲはかなりの率で一頭だろうが、その頭《あたま》が人の顔を持っているとしたら？　もしかして四人と数えるべきなのか？

異形のモノが、祖父をとりまいていた。燃え盛っている炎すら、それらを忌避しているかのように近づかない。

ただ――。

そいつらの真ん中にいる女だけは「一人」と呼んでいいように思えた。

「はぁい、坊や」

黒い革《かわ》のレオタードを押し上げる巨大な胸。ふたつに結われた濃紫《こむらさき》の髪。その女は、艶《つや》っぽく美しい顔に、微笑《ほほえ》みを刻《きざ》んだ。

鼠《ねずみ》をなぶり殺す虎《とら》のような笑みを。

それまで、驚愕《きょうがく》で真っ白だった心が、圧倒的な恐怖に塗《ぬ》り潰された。

盾哉は、逃げた。

後ろを向く時間が惜しかった。前を見たまま、地面を蹴《け》った。

鋭い痛み。気がつけば盾哉は倒れていて、細くとがったヒールが、肩に食いこんでいた。

女が、盾哉を踏《ふ》みつけている。どうころんで、どうして行く手にまわられたのか、まるで理解できない。

芝居がかっているほど甘い声で、女が囁《ささや》いた。

「いいわネ、坊や。とてもいい感じ。自分の祖父が死にかけてるのに、躊躇《ちゅうちょ》せずに逃げた」

ヒールより深く、女の言葉が、盾哉の胸に突き刺さった。盾哉の呼吸が詰《つ》まる。

「……嘘よ。死にかけてなんかいないわ。アタシがやったのだもの。確実よ。死んでるわ」

いまさらそう言われても、つきつけられた事実は消えない。祖父を見捨てた罪悪感《ざいあくかん》から、逃れられはしない。

けれど、だからって、その罪《つみ》ゆえに自分を消し去っていいとは思えない。


「ああはなりたくないでしょう？」

がくがくと首が動いた。うなずいているのか震えているのか、盾哉自身にもわからない。

女が、低く笑った。官能的な響き。盾哉にそれを感じる余裕はなかったが。異様な気配が、盾哉と女を押しつつんでゆく。あの怪物たちだ。盾哉は、今度は純粋に震えた。すすり泣くのだけは、必死で我慢した。

「いいわネ。かわいいわ。熟成《じゅくせい》してから食べたいところよ、坊や」

盾哉の耳たぶに、何かが触れた。冷たくて湿《しめ》ったもの。舌だ。女のではない、もちろん。見えないが、ハイヒールで肩を踏《ふ》みつけたまま、耳を舐《な》めるのは人間には無理だ……人間なら。この女は何者だろう。人間なのか？　見た目は人間だ。町中《まちなか》で、異様な飾《かざ》りのついた黒革のレオタードなんて、イカれきった恰好《かっこう》でいることは無視すれば。けれど、さっき見た印象では、あの化け物たちは、まるでこの女にかしづいているように見えた。

そもそも、化け物たちは何だ？　盾哉がこれまで見てきたものたちと、この世ならざる姿だという点だけは同じだ。しかし、こうまでしっかりとした存在感をはなつものなどいなかった。

――そう。あのネズミゴキブリに出会うまでは。

「顔を、あげなさい」

女が言った。首が自動的に動いているような気がした。目があったのは、淡《あわ》いパープルの蜥蜴《とかげ》。耳を舐めていたのは、こいつだったようだ。そいつの目には、知性の光らしきものがあった。舌がちろりとのぞいた。笑われたような気がした。

「いいわ、その目。そそられる」

女の顔は、盾哉の視界には入っていない。

「逃げていい。そうして、熟成《じゅくせい》してから食べさせてもらう。あなたの祖父は、もう干《ひ》からびてて、たいして美味《おい》しくなかったから」

ぶるっと盾哉の体が震《ふる》えた。さっきまでとは、質の違う震えだった。

「誰かに助けを求めてもいいわ。一緒に襲《おそ》ってあげる」

女が、盾哉の肩からヒールをどけた。動けない。動いた瞬間に、襲われるのではないかと疑った。

「道を空《あ》けてやりなさいな」

女が言った。動く気配がした。盾哉が立ち上がる。外が見えた。雨がふっている。そこまで、数歩だ。

「さあ、逃げるのよ。逃げれば逃げるほど、きっと坊やは美味しくなるわ」

女は、盾哉のすぐ後ろにいる。その声は、はっきりと舌舐めずりしていた。右にも左にも、異形の怪物がいる。

「うわあああああっ!」

盾哉は、渾身《こんしん》の力で女を押しのけた。やつらがわざわざ空けた逃げ道など、使うわけがなかった。

「祖父ちゃん!」

怪物たちが、女の指示をこう一瞬の隙《すき》をついて、包囲をくぐりぬけ、倒れている祖父に駆け寄った。

頭の傷はひどいものだった。生きている可能性は、ない。何度か、父の特訓で大きな怪我《けが》をしたことがある。だからわかった。

できること――。

祖父が送ろうとしていたものを受け取ること。単純な閃《ひらめ》き。どうでもいいことのはずなのに、その瞬間は大切なことだと思った。

手が届くのはヘルメットだけだ。工具箱までは一歩、いまと違う方向に踏み出す必要がある。もちろん武器にもなるだろうが、そのぶん工具箱は重い。

祖父の望みを裏切るような気はしたが、盾哉は、ヘルメットを選んだ。

風を切る音――。

とっさにヘルメットをかざした。何かがぶつかった。ヘルメットに、ひどい傷がついた。

衝撃に押されるように、盾哉は走った。燃え盛っている母屋にとびこんだ。廊下《ろうか》を走る。火の粉がふりそそぐ。煙で呼吸もできない。とにかく熱い。

ここへ戻ってくるまでに、雨で心底まで濡《ぬ》れそぼっていたことが、盾哉に幸《さいわ》いした。

炎の塊《かたまり》をくぐりぬける。

「AAAAA、GAAAAAH、DAAAAAAH」

何かが追いすがってきた。左の肘を掴《つか》まれる。

盾哉はふりかえった。

そいつは燃えていた。おおまかに人の形をしていることしかわからない。なのに、動きに遅滞《ちたい》はない。あんぐりと口を開けた。明々とした炎の中に、ぽっかりと暗い空洞《くうどう》が出現する。無数の牙をそなえている。

「うわあああああ！」

無我夢中《むがむちゅう》で右腕を突き出した。握ったままのヘルメットが、怪物の顔面にヒットする。炎のせいか、もともと脆《もろ》かったのか、粉々に砕けた。まだ動いている。しかし、掴まれた左肘をふりほどくことはできた。


「るううううううううううううううう」

野獣が唄うような声とともに、黒く焦げた頭蓋骨《ずがいこつ》が、炎のベールの向こうからあらわれた。人間の頭の、数倍も大きな髑髏《どくろ》だ。顎をがたがたと鳴らしながら、盾哉に襲いかかってくる。

盾哉は右にジャンプした。右足が、火事で弱っていた床板を踏みぬいた。大きく体が傾く。

髑髏が、また襲いかかってくる。

盾哉の動きは終わっていなかった。傾《かたむ》いた体が、壁にぶつかる。壁が崩れた。

流れこんでくる、外の空気。

炎が爆発的に拡大した。

悲鳴をあげることさえできず、盾哉は吹き飛ばされた。意識が遠のいた。今度の気絶《きぜつ》は、ほんの一瞬だった。雨が盾哉の顔を打って、引き戻してくれた。

盾哉は外にいた。あちこちに火傷《やけど》を負っているが、まだ生きていた。自分でも信じられないが、確かにまだ生きている。雨は、さっきより激しくなっていた。全身を打ち続け、炎熱を駆逐《くちく》してゆく。

雨のまじった冷たい空気が、もう少しだけ走り続ける体力を与えてくれた。

行く手から、消防車のサイレンが聞こえた。ようやく誰かが火事に気がついたのだろう。

盾哉は走った。そんなに長い距離を走る必要はなかった。工場の前に、人々が集っている。消防が活動している。それは、こうあるべき世界の姿に思えた。帰れる日常だった。怪物たちなど、火事という異常事態《いじょうじたい》で見た幻覚《げんかく》だ。日常に駆けこんで、そして、また意識を失った。

——誰かが自分を見ている。

誰だろう？　少女だ。ああ、何度も出会ったあのひとだ。夢の中だけで会える。いつも光に包まれて、安らかな気持ちになる微笑をくれる、あの少女——

はっと、盾哉は目覚めた。夢の記憶は急速に薄《うす》れて、見ていたことさえ忘れていた。

今度は、布団に寝かされていた。

「よかったああああああ」

秋那が、ぼろぼろと泣いている。

「大丈夫、痛いところとかない？　ねえ、大丈夫？」

しがみつくようにして、訊《たず》ねてくる。秋那《あきな》の部屋だ。

「……何が……どうなった？」

「火事だよ、火事！　覚えてないの⁈」

秋那の大きな瞳から、涙がぼろぼろとこぼれ落ちる。

盾哉は、何度か口をぱくぱくと動かすと、ようやく台詞《せりふ》をしぼりだした。

「思い出すの、めんどうくさい」

それが、いちばん素直な気持ちだった。

「もう」

べそをかきながら、秋那は笑った。

「お医者さんは、ちょっとした火傷だけだって言ってたけど。ほんとに痛いところとかない？」

「……うん」

盾哉は、半身を起こした。布団がずり落ちる。見たことのないTシャツを着せられていた。秋那のものだろうか。誰かが着替えさせてくれたんだろうが、それよりは、シャツの下のことだ。脱《ぬ》ぐわけにもいかないので、とりあえず、あちこち触れてみた。痛みはない。本当に怪我はしていないようだ。そんなはずはないのに。あれだけの炎をつっきったのに。

「……痛いとこは、ない」

秋那は、こっちをじっと見つめている。涙はどんどん膨らんでいる。何かを言わねばならないと思っている瞳だ。彼女は、必死で言葉をしぼりだした。

「あのね、じゅんくん……」

「祖父《じい》ちゃんのことなら、わかってる」

先《さき》んじて言った。秋那が、少しだけ楽になった顔つきになる。盾哉は、わずかにほっとした。

「なんで火事になったかは……知ってる？」

他に、あの怪物を見たものがいるのか、それがいちばん気になったが、訊ねることなどできるわけもなかった。

「わからない」

秋那はそう答えた。工場が火事だと、近所の人が知らせてくれたのを受けて津島夫妻が駆けつけ、中から飛び出してきて気絶した盾哉を引き取ってきたのだという。

怪我《けが》はなかったようなので、病院への搬送《はんそう》を断り、ここへ運びこんだ。

「知らない病院とかに泊まるより、うちのほうが。……心細《こころぼそ》くないかと思ったから」

「……ありがと」

秋那の言葉もなかば上の空で、盾哉はうなずいた。とにかく、まだ混乱しっぱなしだ。自分が置かれている状況が理解できない。

「警察の人が事情を聞きたいって言ってたけど、お父さんが、明日にしてもらうように言って帰ってもらったし」

「……ありがと」

他に口にできる言葉がない。

「警察も今日は忙しいだろうし。事故のことも……」

「事故？」

「……知らないの？」

秋那が、露骨《ろこつ》に『失敗した』という顔つきになった。

「いまさら……なんでもないって言うなよ」

盾哉は、それがどんな悪いニュースであろうが、聞きたかった。聞かねばならないと思った。それは、自分のこれからを左右するかもしれないと直感した。

「……椚原さんをね、火葬《かそう》するとこに運ぶ途中で、バスがトラックと正面衝突《しょうめんしょうとつ》して……」

椚原の親族とクラスメートたちが死んだ。

誰が亡くなったのか、名前は聞かなかった。聞いても知らない。盾哉が消しゴムを託したあのクラスメートも、おそらく死んだのだろう。

この『死』はマイクロバスを追いかけていったあいつの仕業《しわざ》なのだ。証拠はないが、確信できる。だからといって、盾哉が何か責任を負う必要はない。必要はないけれど、胃袋に石を詰められたような気分になった。

何かが狂ったのだと、盾哉は思った。

正常な世の中に、ひびが入りつつあるのだと。これまでは、そこにいるだけだったアレたちが、違う動きをしようとしている。

くうううっ、と盾哉の腹がなった。

秋那が、笑った。それは、盾哉の肉体が、生きようとしている証拠だったからだ。

「よかった。ご飯、すぐに持ってくるからね」

秋那が立ち上がった。あ、と言って、布団の足もとを指差《ゆびさ》す。

「じゅんくんの服はぼろぼろだったから。そのTシャツ、あたしのなんだ。男もののほうがよかったら、お父さんのパジャマかトレーニングウェア、使って」

秋那が戻ってくるまでに、着替えをすませた。本当に怪我はなかった。体は、普通に動いた。気分は悪かったが、それは暴力的な体験による当然の結果だろう。

「はい、あーんして」

粥《かゆ》を持って戻ってきた秋那は、布団の上であぐらをかいている盾哉に、スプーンをさしだした。

「いいっ、自分で食べるっ。……というか、しばらく一人に……してくれない、かな」

キツい口調で言いかけて、途中で秋那の心配そうな瞳を見つめてしまい、盾哉の語尾《ごび》は弱々しくなった。

「大丈夫?」

問いかけられて、盾哉は小さく二度、うなずいた。

「気持ちを整理する時間が欲しい……ちょっと」

「……わかった」

しばらく躊躇《ちゅうちょ》したが、秋那は立ち上がった。ドアノブに手をかけたところでふりかえり、笑ってみせた。

「言っとくけど、タンスとか勝手に開けるなよ? ま、パンツくらいで元気が出るなら……いいけどさっ」

途中で顔が赤くなり、冗談に失敗したことを悟って、あわてて逃げるように部屋を出ていった。

盾哉はそれを見送り、粥を食べた。土鍋《どなべ》に一杯あったが、驚《おどろ》いたことに、あっという間に食べ切った。もちろん、腹は空《あ》いていたが、あんな経験の後に食事ができる自分も信じられなかった。

食べ終えて、これからどうしようと、考えこんだ。

何が起こったか正直に話したとして、警察どころか秋那でさえ、信じてくれるとは思えない。

『逃《に》げるのよ』

あの女の声が、耳の奥によみがえった。

「……そんな、めんどくさいこと……」

盾哉は、膝をかかえた。

だが、逃げなければどうなる？　あいつは遊びたいのだろうか。逃げる盾哉を追いかけて。だったら、逃げないと諦めるか？　戦うなんて無理だ。誰かに助けを求められるか。でも、いったい誰に……？

奇妙な音が、思考を中断させた。

窓のほうからだ。ぐじゅりと、何かが動く音だ。

はじかれたように顔をあげ、盾哉はそちらを見た。カーテンはひかれていない。雨はまだ激しく降っている。そこに白い顔が浮かんでいた。いや、窓にはりついているのだ。蛸の吸盤《きゅうばん》のようなものをついた触手《しょくしゅ》で。

顔から触手《しょくしゅ》が伸びている。首のところから。そして顔は、盾哉が消しゴムを託した、あのクラスメートの少女のものだった。名前を聞きそびれていた、彼女の。

盾哉は立ちあがり、駆け寄って、窓を開けた。

そいつは、いなくなっていた。

風が吹きこみ、雨つぶが盾哉の顔を叩いた。

『誰かに助けを求めてもいいわ。一緒に襲ってあげる』

女の声がまた耳の奥で響く。

「……めんどくさいな……誰かを守るのは」

ぼそっと呟いて、盾哉は、一人で行くことに決めた。


ぐるっと部屋をみまわす。秋那の財布《さいふ》の隣に、捨てられた服のポケットの中にあったものと、盾哉の財布が置かれていた。この財布だけが、自分の持ち物なのかと思った。他の全て奪われ、焼かれた。

いや、もう一つあった。あのヘルメット。

「どうでもいいんだけどな……」

そう言いつつ、とりあげた。財布を、トレーニングウェアのポケットに入れた。三十秒ほど思い悩んで、秋那の財布も手にした。中身は、一万円二千三百五十七円。

「ずいぶん持ってるな」

呟いて、自分の財布に移しかえる。机の上にあったメモ帳を手にする。一枚破る。

そして、書くものを探した。見当たらない。鞄か引出しをあければ見つかっただろうが、それよりも置いていこうと思ったものを使うことにした。

捨てられた服のポケットにあったもの。椚原にもらった、シャープペンシル。

『旅に出る。心配いらない。金は借りた。必ず返す』

それだけ書き残して、盾哉は、窓から抜け出した。

雨が、すっぽりと少年をつつんだ。

第二章　守られる世界

1.

長野《ながの》で、雨堂盾哉《うどうじゅんや》の運命が大きくターンした日の、その朝に、物語は巻き戻る。

その朝、鎌倉《かまくら》で、少女は誰かの夢《ゆめ》を見ていた。少年の夢だ。彼に、何か大きな黒い影が迫っている……。

だが、目覚《めざ》めてしまうと、彼女は、夢のことをすっかり忘れていた。

そして三十分後。

鎌倉市の一角にある、かなりの風格《ふうかく》を感じさせる屋敷《やしき》から、黒く長い髪《かみ》の、その少女が出てきた。前髪は額でぴったりと切りそろえられている。大きな眼鏡《めがね》と、その眼鏡からさえはみ出そうな、大きな瞳《ひとみ》が印象的だった。

彼女は、矛城晴恋菜《むじょうせれな》という。

横浜《よこはま》の高校に通っている。二年生だ。

「いってきまーす」

晴恋菜が、出てきた戸をがらがらと丁寧《ていねい》に閉めて、一歩踏み出したとたんに。

「お嬢《じょう》さま！　またまたお弁当をお忘れです！」

「あ、すみませーん」

くるっとふりむく。閉めたばかりの戸を開けるのを忘れて、そのまま前進。がつんと顔面が衝突《しょうとつ》。

「ひゃうっ」

悲鳴をあげてすわりこんだら、戸が開《あ》いた。

「あらあら、またまたうっかりされたのですね」

重箱《じゅうばこ》のお弁当を持ってあらわれたのは、古風《こふう》なエプロンドレスの若い女性だった。

晴恋菜は、あたふたと意味なく手を動かしている。

「はい、もちろん。もちろん大丈夫です。あれ？　どうしてカナカさんはお弁当箱を三つも持ってますか？」

「もしかして、あたくしも三人おりませんか」

冷静な声に、晴恋菜は、はっと気がついた。眼鏡がずれている。そそくさとかけ直した。

「もし次がありましたら——ないにこしたことはないので

すが、おそらくあるでしょうから。そのときは、まずスカートをお先に直されたほうがよいかと」

「うはひゃあっ」

晴恋菜がぴょんと跳ねるように立ちあがる。カナカと呼ばれた女性が、どこからともなく取り出したブラシで、スカートの埃《ほこり》を落としてくれる。

「はい、これで大丈夫ですわ」

カナカは、晴恋菜のカバンを拾いあげて、重箱を入れた。流れるようにスムーズな動作《どうさ》だった。

けれど、晴恋菜は、そのカナカを見ていなかった。

「……お嬢さま？」

眼鏡の奥の、大きな目を細めて、晴恋菜はじっとあらぬ方をにらみつけている。

「あたくしには何も見えませんが……またまた、あそこに何かおりますので？」

カナカは、晴恋菜の視線《しせん》を正確にトレースしている。数十メートル先にある電柱の、てっぺんを見ていた。

「大きな猫の頭に鳥の羽がはえているようなのが電柱にとまっているんですけど……」

「見えておりません」

「でも、あのう……本当にいるんです」

「はい、わかっております。でも、いまは人通りがございますから、もうしばらくお待ちください」

カナカの声は真摯なもので、決して、単に調子をあわせているようには聞こえなかった。

だが、他にもこの道を通る者はいるが、その誰《だれ》一人として、晴恋菜のいう化け物が見えたようすはない。

たまに何かのはずみで空をふりあおぐ人はいるが、電柱の上を見てもちょっと変わった鳥がいるな——その程度に表情が変化するだけだ。

十分ほど、晴恋菜は、じっと身じろぎもせずに、電柱の上をにらみつけていた。

すでに、行きかう人が、やや不審そうな目で見ている。晴恋菜は、視線そのものを気にしてはいなかったが、やがてもじもじしたようすを見せはじめた。

「あのう、カナカさん。まだ、ダメですか？」

カナカは、鋭い視線を左右に投げた。人目はまだまだ多い。むしろ増えている。この家は、住宅街から鎌倉駅へ向かう道すがらにあるのだ。

矛城家のメイドは、眉をひそめて言った。

「お急ぎなのですか、お嬢さま？」

「……はあ。学校に行かないと」

晴恋菜の返答に、カナカは、レモンでも丸かじりしたような顔になった。

「……あたくしが悪《わる》うございました。人目を気にしている場合ではありませんでしたね」

カナカは、一歩、晴恋菜の前に出て、爛々《らんらん》と目を光らせはじめた。これからお嬢さまのなされることに、文句など言わせない、という威嚇《いかく》。

結局、待たされている間に、いちばん人通りが多い時間になってしまった。

「さ、どうぞ、ご存分《ぞんぶん》になさいませ」

カナカがうながす。

「あ、はい」

晴恋菜は、カバンの中から、ごそごそと何かを取り出した。長さ三十センチほどの木の棒だ。

晴恋菜が、自分の手でこしらえた、魔術《まじゅつ》用のワンドである。古来《こらい》から魔力の源泉として知られるトネリコの木を、自分の手で削《けず》って形を整えた。あまり器用ではないので、でこぼこしている。西洋魔術の師である母によると『ワンドなんてこんなものよ』ということなのだが。

晴恋菜は、口の中でもごもごと呪文を唱えると、腕を大きく振り回し、ワンドの先端を電柱のほうに向けた。

ワンドの表面をぐるりとめぐって刻まれた魔術文字が、高速での回転をはじめる。同時に、晴恋菜の頭部が、余人《よじん》には見えぬ輝きにつつまれた。

通りかかった近所のおばさんが、また晴恋菜ちゃんが妙なことをしてるのね、という気分をこめて、なまぬるい視線を投げかけてゆく。

もちろん、そのおばさんの目には、晴恋菜のワンドからはなたれた、炎の塊《かたまり》も見えていない。

晴恋菜が、ワンドをおろして、小さなため息をついた。

「おすみになりましたか？」

カナカが、丁寧《ていねい》な口調で尋《たず》ねる。どことなく満足そうな響《ひび》きだ。

「はい。ちょっとかわいそうでしたけど……」

晴恋菜の目には、彼女自身がはなった炎の魔弾《まだん》によって、怪物が粉々《こなごな》になるようすが見えていた。

「でも、ほうっておくと、ひとさまを襲うのでしょう？」

「……ええ、そうです。だから、駆除《くじょ》しておかないといけないんです。ですけれど……」

「お嬢さまは、ご自分の義務を果たされただけですわ。お気になさいませず。このままでは遅くなりそうですから、今日は、駅まで自転車でお送りします」

「え、でも……ふたり乗りは禁止ですよ。法律で」

生真面目《きまじめ》な顔で晴恋菜が言う。

「緊急時はかまわないと、法律に書いてありますから、大丈夫ですわ」

「そうなんですか」

カナカの大嘘《おおうそ》を、晴恋菜は素直《すなお》に信じこんだ。

「いま、自転車をとってまいります。そのあいだに、おぐしを学校用の色にしておいてくださいまし」

晴恋菜は、はっとして自分のまっすぐで長い髪をてのひらに載せた。腰までのストレートヘアは、根元から先端まで、銀の色に戻っている。毛染めでは傷《いた》むので、魔術で染めている。炎の術を使って、それが維持できなくなったのである。

晴恋菜は、またワンドをとりだして、櫛《くし》をあてるように、髪を撫《な》でた。母から受け継いだきらめく銀色が、父の髪に似た落ち着いた黒に変わってゆく。最後に、眼鏡のレンズを軽く叩《たた》く。これで、目も日本人として普通の色に認識《にんしき》されるはずだ。本来の色では目立ちすぎる。

「さあ、お嬢さま。後ろにどうぞ」

カナカが、自転車に乗って戻ってきた。晴恋菜は、その荷台に、横座りでちょこんと乗った。カナカは、モデル体型で手足が長い。ツーテールにまとめた髪をたなびかせていると、単なるママチャリでもスポーツタイプに見えてくるから不思議なものである。

「なんですか、この一月、化け物が増えましたね?」

「そうなんです。なんだか、退治すればするほど増えてゆくみたいで……」

風で乱れる髪をかかえこみながら、晴恋菜は応じた。

「あたくしが、矛城家《け》にお仕えして二年になりますが、お嬢さまが、ああいうものをごらんになってしまうのなど、せいぜい月に一度くらいでしたのにね」

優雅にペダルをこぎながら、淡々とカナカが言った。

「はい。それに、人を襲うようなそぶりも、そうそうはみせなかったんですけど……」

魔術が実際に効果を出しはじめたのも、こんな風に怪物があらわれるようになってからだ。

はじめて魔術が働いた時のことは、どちらかというと、晴恋菜の心をちくりと刺すたぐいの思い出だ。思い出しかけたことを、晴恋菜は胸の奥にまた押しこめた。

「早く、旦那《だんな》さまと奥さまが戻られるといいですね」

カナカが、はげますように言った。

「……本当に」

晴恋菜はうなずいた。戻ってきて欲しいのは、怪物のことより、自分がちゃんと魔術を使えるようになったところを見て欲しいからだが。エアメールや国際電話で報告しているし、両親は娘の言うことなら無条件に信じてくれるけれど、やはり実際に目にすれば、もっと喜んでもらえると思うのだ。

「あ、すみません。ちょっと」

晴恋菜は、ポストの前で、自転車を止めてもらった。カバンから二つの封筒を取り出すと、投函《とうかん》した。一通は父母に、もう一通は魔術修行仲間の文通相手に。文通は、ふだんはパソコン通信での電子メールでやりとりしているのだが、ここ数日、返事がないので、普通の手紙を送ってみることにしたのだった。

文通相手は同年代の女の子で、晴恋菜にとっては、いまのところ唯一の、同じ世代の友人である。

ことんと手紙が落ちる音を確かめて、晴恋菜は、空を見上げた。雲のほとんどない青空。今日も、よく晴れている。夏は去り、秋が訪れようとしていた。空が高く、深い。どこまでも続いている。

——別の世界にまで、広がっていそうな空。

気持ちのいい一日でありますように、と晴恋菜は祈った。

祈りは、空に吸いこまれて、彼方へ消える——。

2.

晴恋菜《せれな》が、はじめて人を襲う怪物を見たのは、二学期の始業式だ。まだ一ヶ月すぎていない。晴恋菜にとって、夏は、父や母と、山奥で自然の精気をあびたり、刃弥彦《はやひこ》に魔術《まじゅつ》の理論を教わったりする季節だ。

この夏も、同じだった。

前半は、山梨《やまなし》県にある別荘におもむき、日本に戻っていた父や母といっしょに、森の奥で瞑想《めいそう》し、あるいは一晩、月光を浴び続けるという、修行の日々。

父母がまた魔術師協会の仕事で海外に戻った後半は、住みこみの家庭教師である——正確には父母の内弟子なのだが——竹乃内《たけのうち》刃弥彦に、古代英語やラテン語で書かれた魔術書、あるいは日本の古代文書などを学んだ。

刃弥彦の、正確な年齢を、晴恋菜は知らない。彼女がものごころついたころには、もう、矛城家《け》にいた。東洋と西洋の魔術を修め、ハイブリッドな魔術師になるために、晴恋菜の両親に弟子入りをしたのだという。晴恋菜にとっては、兄のような人だ。

　そんな人々に囲まれて晴恋菜は育ち『魔術は実在する』と信じてきた。だが、習い覚えた呪文を何度繰《く》り返しても、実際に、魔術が発動することはなかった。

　あの日――始業式の朝までは。

　始業式に登校した晴恋菜は、校門のすぐ横に、妙な男が立っているのをみた。ぼろぼろの服を着て、じろじろといやらしい視線を、登校する学生たちに向けている。

　晴恋菜は、変質者かな、と思った。

　違っていた。変質者は、スカートの中をのぞこうとするのに、だらんと眼窩《がんか》からたれさがった目玉を使ったりはしない。視神経でつながった目玉を、つぶれて長く伸びた手に持って、スカートの中身をのぞいている。

　よく見ると、ぼろぼろなのは服というより、むしろその男全体だった。体の右半分が、何かローラーのようなものでひきつぶされたらしく、ぺらんと長くのびて、何中身がはみ出ている。

　そんな状態で、女子高生のスカートの中身をのぞこうとしているのだ。

　もちろん、校門に入ってゆく誰も、その男が見えているようすはなかった。

「……どうしよう」

　晴恋菜は、立ち止まったまま、口の中で呟いた。これまでにも、こういうものを、ときどき見ている。たいてい、実害はなかったのでほうっておいたし、なんとかしようとしても、あまりうまくいったことはない。

「なんだよ、つったってんなよ。邪魔《じゃま》だよ！」

　ぱん、と背中を叩かれた。同じクラスの木菅玲香《こすげれいか》だ。夏休み前にはまだ茶色だった髪が、もう金髪といっていいくらいの色になっている。

「まぁた、なんか見てえんのか、マジョっ子」

　けらけらと笑いながら、彼女は、半分つぶれた男のかたわらを通り過ぎていく。

「木管さん！」

　反射的に、晴恋菜は声をかけていた。

「ああん」

　ちょっとくちびるを曲げて、玲香がふりかえる。ちょうど、半つぶれ男の真横だった。男が、右半分がべったりつぶれた顔に、にやにや笑いを浮かべ、文字通り、舐《な》めるように、ルーズソックスに包まれた玲香の脚《あし》をみて、やがてスカートの中へ入りこもうとした。

「だめーっ」

　晴恋菜は、とっさに玲香の腕《うで》にしがみついて、引き戻した。半つぶれ男が、晴恋菜をにらみつけ、シャーッと威嚇《いかく》の声をあげる。

「おい、なんだよ、マジョっ子」

玲香は、むっとした顔で晴恋菜をふりかえった。乱暴に腕をふりほどく。

「あの、そこに……変なものが……いたりするかも」

晴恋菜は、指を上げかけては下げる動作《どうさ》をくりかえした。玲香には見えないはずなので言い切れない。

「うん……？」

玲香はしばらく晴恋菜を見つめた。指先を追って視線を校門のほうに投げて、目をじぃっと細めた。

「どーしたー、れーかー？」

茶髪の男の子たちが、カバンをぶんぶんとふりまわしながら、近づいてくる。玲香のかたわらに晴恋菜がいるのを見つけて、にやにやと笑った。

「なんだー、またマジョっ子の霊感《れいかん》ごっこかあ？」

男の子たちは、玲香が見ているほうに、ずかずかと歩いていった。

「このへんにいんのか？　このへんに」

晴恋菜は、もちまえの人見知りが出て、何も言えなかった。特に男の子は苦手だ。すぐ真っ赤になってしまう。

「なにがいるんだー？　じばくれーか？　それとも、しゅごれーってやつかー？」

男の子たちが、ぶんぶんとカバンをふりまわしている。それは、半つぶれ男の顔、ぎりぎりをかすめた。

「ばか、やめろよ。そこにおっさんがいるじゃねえかよ」

玲香が、男の子たちを軽くしかりつけた。

えっ、と驚いて、晴恋菜は玲香を見た。

「すまねえな、おっさん。気ぃつかなくて。踏《ふ》みそうにでもなってたか、あたし？」

言葉の後半は、ふりかえって晴恋菜に。でも、晴恋菜はうなずきもできず、呆然《ぼうぜん》と玲香を見返していた。

「ああん？　何がいるって？」

男の子の声に、晴恋菜は我《われ》に返った。半つぶれ男だと思っていたのは、勘違《かんちが》いで、ふつうに誰もが見える人がそこにいるのだろうか。だが、玲香はこう言った。

「あれ、そこに汚い服のおっさんが……いたよな？」

「……いた、と思ったんですけど……」

どちらの目にも、もう何も見えなくなっていた。

最初からいなかったのか、晴恋菜たちが目を離した、あのわずかな一瞬で逃げたとでもいうのだろうか。

「まあ、いいや。おらおら、いくぞ、ヤローども。遅刻《ちこく》しちまう。マジョっ子もおいで」

ばんばんと男の子たちの背中をはたくと、威風堂々と歩いてゆく。かっこいいなあ、と思いながら、晴恋菜はちょこちょこと、彼女と同じ方角に歩いていった。

校門をくぐって、グラウンドを横切り、校舎《こうしゃ》の玄関へ。そこで上履《うわば》きに変えて、階段をあがれば、すぐに教室だ。教室にカバンをおいて、始業式が行われる講堂《こうどう》兼体育館へと向かった。校舎の反対側にある階段を下りて、渡り廊下《ろうか》を歩く。

晴恋菜が通う私立高校は、設立百年を超える歴史と伝統を誇りにしている。図書館に行けば、明治どころか江戸時代の本まであって、近くの大学の研究者が借りにくることさえあるらしい。歴史と伝統、そして風格《ふうかく》がそろっているからには、校舎も、かなり古い。

講堂はいくらか新しい。三十年ほど前に建て替えられたという話だ。しかしもちろん、空調《くうちょう》などはない。夏は暑く、冬は寒かった。

そして、校長の話は長い。

冬休み明けの始業式には生徒の三分の一が風邪をひき、夏休み明けの始業式は一割が熱中症《ねっちゅうしょう》で倒れると言われていた。晴恋菜は、その長い話に対抗するべく、瞑想用の呼吸法で、精神を賦活《ふかつ》しながら、講堂に入った。校門でのことは、もう忘れかけていた。奇妙《きみょう》なモノの目撃をいちいち気に病んでいては、ストレスでまいってしまう。

ところが、だ。

校長の話が、さらに盛り下がった（在学一年半にして、晴恋菜は校長の話が盛り上がったのは聞いたことがない）タイミングで、ガララっという奇妙な音が聞こえた。

なんだろうと晴恋菜は天井をふりあおいだ。

高いその天井から、奇妙なものがぶらさがっていた。

鎖《くさり》でぐるぐる巻きにされた、白い服の女だ。

絶句《ぜっく》するほかない。

女は、逆《さか》さづりにされている。まとっているのは、制服だ。顔は、色が真っ白なのと、目がぽっかり黒い空洞になっているのさえ別にすれば、普通といえただろう。

晴恋菜は、軽い眩暈《めまい》を感じた。こう立て続けにあちら側のモノを見るのは、さすがに生まれてはじめてだ。

「ちょ？　だいじょぶ？」

すぐそばにいた、耳に大きなピアスをしたショートカットの同級生が、晴恋菜の肩をゆすった。

「倒れないでよ。あたしが、保健室まで連れてかなきゃいけないんだから。あんた、でっかいから面倒なのよ」

クラスでいちばん小柄《こがら》な同級生だ。晴恋菜は、イギリス人である母の血もあって、百六十九センチある。

「あのう……大丈夫です。ちょっと驚いただけで」

「驚いた？」

保健委員が、きょとんとした表情になる。

「おう、マジョっ子。どうかしたのか？」

少し前にいた玲香が、こちらをふりむいてくれた。

「あ、いえ。なんでも。なんでもないですから」

晴恋菜は、ぱたぱたと手をふった。

「どーせ、またなんか、お化けを見たんだろ」

さっき校門でもからんできた男の子が、にやにや笑いながら言う。

「よくわかりましたね」

晴恋菜は目を丸くして彼を見つめた。本気で感心《かんしん》しているようすに、男の子が、バツの悪そうな顔になる。

「そこっ！　静かにしろっ！」

前方から、体育教師の叱声《しっせい》が飛んできた。全員、口を閉《と》じ、そろって前を向く。晴恋菜のように急いでと、玲香のようにのろのろと、という差はあったけれど。

だが、晴恋菜は、校長の話に対して、もはや神経を集中させることができなかった。真上から、がらがらがらという鎖の音が、しつこく聞こえ続けている。これを我慢していられるほど、晴恋菜の神経は太くない。

首をのけぞらせて、音の源《みなもと》を見た。

化け物と、目があった。いや、正確には目と空洞《くうどう》が出くわしたというべきか。

そいつが、晴恋菜めがけて、ねじくれた爪《つめ》の生《は》えた手をのばしてくる。晴恋菜は、悲鳴《ひめい》をあげることさえできず、目をぎゅっとつぶって、恐怖に身をすくめた。

だが、怪物の爪は、晴恋菜には届かなかった。

がらがらという音が遠ざかる。晴恋菜は、恐る恐る目を開けて、頭上《ずじょう》を見た。

白い女が、講堂の天井まで引き戻されてゆく。そして、逆さづりになったまま、ガラガラと移動してゆく。景品を掴《つか》む、ゲームのクレーンのようだ。

晴恋菜は、愛用の魔法のワンドを、カバンに入れたまま教室においてきたことを後悔《こうかい》した。

逆さ吊りの白い女が、ぴたりと止まった。三年生のあたりだ。また、ガラララとくだってゆく。ねじくれた鉤爪の生えた手を、真下に伸ばして――。

あれを防がなくちゃ。

晴恋菜は、とっさにそう思った。さっき自分が襲われたときのように、どうせ戻ってゆく――という楽観《らっかん》は、彼女の思考パターンにはない。自分が襲われた時には対抗することを忘れても、誰かが危険だと思ったなら、まったく違う行動をする。

いままで魔術に成功したことがないというのも、助けになるワンドがないことも考えず、晴恋菜は、何百回も試してきた呪文《じゅもん》を、喉《のど》からほとばしらせた。

「炎の王、火トカゲよ。我が召喚《しょうかん》に応じよ！　アルカム・ジェ・サラーム！　炎よ！」

右手をふりあげ、ふりおろす。

何も起こらない。

そして、逆さ吊りの女は、やはり晴恋菜のときと同じように、寸前《すんぜん》で止まって、ガラガラと戻っていった。そのまま天井に吸いこまれるように消えていく。

晴恋菜の周囲では、クラスメートたちが、まじまじと彼女を見つめていた。

「矛城！　アトラクションなら、戻って教室でやれっ！」

体育教師に怒鳴《どな》られた。体育館が、爆笑《ばくしょう》に包まれる。

晴恋菜は、顔を真《ま》っ赤《か》にして縮こまりながら、誰にも危害がなかったことに安心していた。やっぱり魔術が働かなかったのは、ちょっと悲しかったけれど。

まわりが笑っているのは、気にならない。自分は、やらなければならないことをやったのだし。それにむしろ、まわりが楽しそうになったので、結果としてよかったんじゃないかと思うので。

壇上の校長先生が、むっとしているのは気になるが。

でもまあ、いつも話が長すぎるので、このくらいは許してもらいたいとは思う晴恋菜だった。

3.

始業式の後、少しのお小言《こごと》をくらっただけで、晴恋菜《せれな》は教室に戻ることができた。

矛城《むじょう》晴恋菜が変わり者だというのは、もはや定着した評判である。担任も風紀《ふうき》担当の体育教師も、多少のことなら、ため息まじりの短い説教ですませてくれる。晴恋菜は、失敗の後、心の底から反省して、誠心誠意《せいしんせいい》に謝《あやま》るので、叱《しか》るほうも自分のほうが悪いことをしているような気になって、長く続ける気になれないのだった。

教室に戻ってきても、誰も晴恋菜に目を向けない。いつものことなので、気にはならなかった。みんなが、夏休みのできごとを楽しそうに話している。そのようすを眺めていると、晴恋菜は楽しい。

いつものように、そうっと静かに席につく。もちろん、晴恋菜だって、こういうときに愚痴《ぐち》を言える友だちがいればいいなあ、と思う。けれど、自分はしゃべるのが下手だし、迷惑をかけたくない気持ちが先に立つ。

とりあえず、家に帰れば、電子メールで『ALC《アルク》』に送ればいい。

リアルタイムでおしゃべりはできないけれど『ALC』は、大切な友人だった。パソコン通信の魔術会議室で知り合い、同年代で、同じように魔術を修行《しゅぎょう》しているのだと知って、電子メールをやりとりするようになった。

夏休みの前に住所と本名を教えてもらったけれど、結局、会いに行く時間はなかった。向こうも、いろいろ忙しいようではあったし。

いったい『ALC』は、どんな見かけをしているのだろう。晴恋菜は、ぼうっとそんなことを考えていた。

彼女の席は、いちばん後ろの窓ぎわ。教室は2階だ。晴恋菜は、誰もいない校庭を、眺《なが》めるともなく、眺めていた。――また、校門の近くに、誰かいた。

右半分がつぶれていた、あの男ではない。距離があるので、はっきりとはしないが、まともな人間のようだ。顔もわからず、年をとっているのか、若いのかも断言できない。すくなくとも、背はまっすぐ伸びていた。服装は、不思議なシルエットだった。和服だろうか。

校門の外に立って、校内をじぃっとながめている。いったい、なんだろう？

晴恋菜が気になってしまうのは、先ほど、右半分のつぶれた男がいた場所にいるからだけではない。

じっと動かない、その男のすぐ目の前で、黒いものがくるくると踊っているからだ。葉っぱでも風に舞っているのかと思ったが、どうも違うらしい。

それは、くるくると渦を巻きながらどんどんと大きくなっている。黒いかたまりが、一分ほどで犬ほどの大きさになった。晴恋菜は目をこらした。

そのとたん、どんっと背中をはたかれた。

衝撃でつんのめり、おどろいてふりむく。

「よーう、マジョっ子」

木菅玲香《こすげれいか》が、にやりと笑っていた。二人いる。

晴恋菜は、あわててずれた眼鏡を直した。ふつうと違っていて、この眼鏡でないと、うまく見えない。

「あんたなら、英訳の課題、やってきてるよね？」

「あ、はい。必要ですか？」

晴恋菜は、カバンを開けて、ノートを取り出した。

「わりぃ！」

片方の手で晴恋菜を拝《おが》むと、そのまま隣《となり》の席に腰掛《こしか》けて、玲香はノートを写しはじめた。晴恋菜は、少しの驚きとかなりの嬉しさで、そのようすをながめていた。

二年生になってこのかた、ノートを貸してくれと頼まれたのは、初めてだったので。

晴恋菜は、はっと思い出して、また校庭を見た。

先ほどの男性も、くるくると舞《ま》っていた影も、もう消えている。影は、風のいたずらで、あの男性は面白がって見ていただけなのかもしれない。

晴恋菜は、そう自分に言い聞かせた。これまで、月に一度くらいしか見なかったモノを一日に三度も見るはずはない。しかも、これまでになくはっきりと。まるで触《ふ》れられそうなくらい。

晴恋菜は、カバンの中に、魔法のワンドがあることを確かめた。これを持っていれば、いつかは魔法が使える日がくる。母の言葉を疑《うたが》ったことはない。

「あれっ、れーりん。そのノート、誰の〜」

玲香に、クラスメートが話しかけている。

いけないっ、と晴恋菜は思った。

「ん？　マジョっ子のだけど？」

「えっ、イタっ子のなの？」

クラスメートが、声をひそめた。いちおう、こちらに聞こえないように気を使っている。

「なんだよ、イタコって？　マジョっ子だろ。矛城のあだ名。魔法が使えるマジョっ子」

玲香のほうは遠慮のない大声だ。

「だから痛《イタ》ッ子なんじゃん。ねえ、あの子にちょっかいかけると呪われるって……」

「はあ？　呪《のろ》いとか、あるわけねーだろ。常識で考えろ、常識で。なんでイタコなんだよ。霊を呼んでんのかよ」

クラスメートが、首をかしげる。

「なんで痛いコだと、おばけが呼べるの？」

「痛いコじゃなくてイタコだっての。ああ、もうっ。お前と話してると、アタシまで頭悪くなってくるわ」

と大きな声で言ってから、玲香は『あ、しまった』という顔つきになって、晴恋菜を見て、また片方の手だけで拝んだ。

晴恋菜は、笑ってうなずいた。

——つもりである。本人としては。

晴恋菜の笑顔を見て、あれこれ言っていたクラスメートのほうが、びくっと引いた。

　当の晴恋菜は気づいていないが、彼女は笑顔を無理に作ろうとすると、ひきつって怖い表情になってしまうのだ。別に自分は気にしていない。父から交霊術《こうれいじゅつ》も学んでいるから、ある意味ではイタコなんだよ……というセリフも思いついたのだが、そこにちょうど、担任《たんにん》が入ってきてしまった。

　話しかけていたクラスメートは、そそくさと席に戻った。晴恋菜も、ぴしっと背筋をのばして前を見た。

　ちらりと視線を横に投げると、玲香は、堂々と課題《かだい》を書き写し続けている。

　そのようすに、晴恋菜はくすりと微笑んだ。

　玲香が、晴恋菜を見て、白い歯を見せて笑った。

　担任から短い話があって、課題を提出して、その日は終わりだ。玲香は『もうちょっとで終わるから待ってー』と大胆に主張し、担任の苦笑いに迎えられていた。『これで加点してもらえると思うなよ』というのが、提出のため教壇《きょうだん》まで出て行ったときの担任の言葉だったが。

　玲香から返してもらって、晴恋菜が提出に行ったときには、担任は苦笑いして『ほどほどにな』と叱った。

　晴恋菜が席に戻る途中で、よく知らないクラスメートが、そっぽを向いたまま、聞こえよがしに言った。

「やっぱ、先生も呪われるのが怖いと、キツく叱《しか》れないよねー」

　晴恋菜は、きょとんとして、それから慌《あわ》てて言った。

「そんな。先生を呪うだなんて、とんでもないです。わたしの呪いなんか、古い牛乳を飲んだときに、おなかを壊すくらいしか効かないいんですよ」

　晴恋菜の大真面目《おおまじめ》な声音《こわね》に、教室中に、げらげらという笑いが響《ひび》いた。玲香だ。

「古い牛乳飲んだら、誰だって、腹ぁこわすってば！　マジョっ子、マジ天然。マジっ子だな、これから」

　一拍遅《いっぱくおく》れて、教室中がどっと笑いに包まれた。

『ウケちゃった……』

　なんとなく嬉《うれ》しくなって、晴恋菜は、頰《ほお》を紅潮《こうちょう》させながらぺこりと玲香にお辞儀《じぎ》をして、席に戻った。

　静かになるまでしばらくかかったが、もうその後は、何もなかった。担任が教室を出ると、生徒たちは、互いにご飯でも食べていこうか、などと声をかけあっている。

　さっき、晴恋菜にいやがらせを言った黄色い髪の女子は、他の数人のとりまきっぽいのに声をかけ、晴恋菜に一瞥《いちべつ》も与えず、あっという間に教室から出ていった。

特に急ぐ必要もなかったので、晴恋菜は、教室でだらだらとおしゃべりしている級友たちを、ぼんやりとながめていた。ああいう風に夏休みの報告をしあったり、どこかに遊びに行こうさそいあったりしてるのが、正直に言ってうらやましい。でも、自分は話題も乏《とぼ》しいし、そもそも話すのがうまくない。無理にわりこんで、つまらない思いをさせるのも迷惑だ。そう思うので、晴恋菜はいつもだまって見ている。

あそこに遊びに行ったのが面白《おもしろ》かった、あの時の食べ歩きは美味《おい》しかった、そういう話に内心でうなずいたりして、おしゃべりに参加している気分になっていたら、いきなり、背中をばんと叩かれた。

「マジ子さあ、今日なんか用事あるの？」

玲香だ。自分に声をかけてくれたというのが信じられなくて、晴恋菜は確かめずにはいられなかった。

「えと……わたし、ですか？」

「言ったじゃん。あんた矛城で、ほんで魔女っ子で、天然で、いつも真面目だから、あんた、今日からマジ子ね。どう？　あたしのネーミングセンスって冴えてるだろ？」

百人いれば九十五人までは「ＮＯ」と答えるだろう。

「はい。すごいと思います」

すなおにうなずく晴恋菜は、少数派であった。

「ほんでさ、ヒマ？」

「ちょっと待ってくださいね」

晴恋菜は手帳をとりだした。本当は全部頭に入っているのだが、念のためだ。開いた拍子《ひょうし》に、はさまっていた買い物メモが落ちた。

「ん？　なに？　なんでケーキばっか書いてあんの？」

玲香は、メモを遠慮なく拾いあげて開いた。

「あ、はい。刃弥彦《はやひこ》さんとカナカさんが、どちらもケーキがお好きなので、買って帰ろうかと。あ、刃弥彦さんは魔術の家庭教師で、カナカさんは家のことをいろいろお手伝いしてくださっている方です」

「あんたんチ、お手伝いさんがいるんだ！　もしかしてお金持ち?!」

玲香が、目を丸くした。

これまでは『魔術の家庭教師』にひく人のほうが多かったな、と思いながら、晴恋菜は小さくうなずいた。

「よくは知らないんですけど、お金はあるらしいです。わたしのお小遣《こづか》いは月に五千円ですけど」

「あんた、やっぱり面白いわ。一学期から狙《ねら》ってたんだけど、ケーキ、買いにいくのつきあうから、いろいろとおしゃべりしよーぜ」

　玲香は、晴恋菜の肩にぐっと手をまわした。

「ええと……いいんですけど、わたし、面白くはないと思います。おしゃべりとか、すごくヘタだし」

　顔を真っ赤にして、晴恋菜はなんとかそれだけ言った。

「面白いっていうのは、見てて面白いとか、いじってて面白いってのもあんだよ。心配すんな」

　晴恋菜の肩をかかえたまま、玲香が歩き出した。

　今日、見てしまった異形の存在のことを、晴恋菜は、すっかり忘れていた。

4.

「なあ、マジ子。あんた、本気で、自分は呪《のろ》いとか魔法とかできると思ってんの？」

　階段をおりている途中で、玲香《れいか》が言った。

「はい。……いまは、まだできませんけど」

　晴恋菜《せれな》に迷いはない。両親という証拠《しょうこ》がいるからだ。

「まあさあ、手品がうまいのは知ってるけど」

　クラスのC＆R、つまりコミュニケーションとレクリエーションという時間が月に一度ある。一学期に、そこで披露《ひろう》したことがあるのだ。

　父の言によると、手品は、本当の魔術に必要な手先の器用さや集中力を鍛錬《たんれん》するのに、最適なのだそうだ。

　口上など述べることなく、淡々《たんたん》とボールを宙に舞《ま》わせたり、カードの数字をあてていたら、なぜかクラスの大半が怯《おび》えた顔つきになってしまったのだが。

「あんときからさあ、こいつは絶対におもしろいと思ってて、いつか話そうと思って狙《ねら》ってたんだけど、一学期のうちは、なんか機会がなくてさ」

「そうだったんですか」

　晴恋菜は、まるで気がついていなかった自分を恥《は》ずかしく思った。

「申し訳ありませんでした」

　立ち止まって、深々とおじぎする。そんな晴恋菜を見て、玲香が、ぷっとふきだした。

「やっぱり、あんた面白すぎ。だからさ、朝、見かけて声をかけてみたわけさ」

「そうだったんですか？」

　そうだったんだよ、と、玲香は白い歯を見せた。

「手品とかすごいよな。あたしさー、ダメなんだよねー。手先とか不器用で。マジ子だったら、お菓子とかも得意なんじゃねえの？」

「それなり、には」

カナカに教わって、洋菓子なら一通りは作れる。

「おー、すげーっ。今度、何か作ってきてくんね？」

「はい。いいですよ」

しゃべっているうちに、どんどん顔がほてってくる。

玲香は、まだ肩にまわした腕を放してくれていない。

階段をおりきって廊下《ろうか》を曲がる。そこで、晴恋菜は、異常に気がついた。

ゲタ箱の前で、みんな固まって、ざわざわと騒《さわ》がしい。

「どしたー？」

玲香が、顔見知りらしい別のクラスの子に尋《たず》ねた。

「うーん、なんかね。野犬《やけん》がいるみたいなの」

その子は、顔をしかめて言った。

「どっかの子が、校門を出たとこで噛まれたって」

「そうなのか？　誰か、犬を見たのか？」

玲香が、憤然《ふんぜん》とした口調《くちょう》で言った。

「知らないけど」

「だったら犬のせいにするなよ。かわいそうじゃん」

ああ、木管《こすげ》さんは犬好きなんだな、と晴恋菜は思った。

「でも、とにかく血まみれだったって」

「違う違う。あたしが聞いたんじゃ……」

あたりにいたほかの女の子たちもくわわってきた。

「それで何？　危ないから帰るなとか言われてんの？」

玲香に問われて、彼女たちは顔を見合わせた。

「いや、別に……」

「でもやっぱ、怖いじゃん？」

「つうか、気味《きみ》悪いし」

彼女たちは口々に言いたてた。

「男どもは帰ってんじゃないの。かーっ。まったく、うちのボーイズは、女の子を守ろうって気合もねーか」

確かに、そこに残っているほとんどは女の子のようだ。

「じゃ、帰るか」

玲香は、けれどあっさりとそう言ってのけた。

「あー、でも、あんたはひょっとして怖いかもだな。なあ、マジ子？」

ふりかえって問いかけた玲香を、晴恋菜は、きょとんと見返した。

「……怖くはなさそうだな」

玲香は、にやっと笑った。けれどそのとき、出入り口から大きなざわめきが聞こえてきた。

「なんだ？」

玲香が『行くか？』と目で問いかけてきたので、晴恋菜は、こくりとうなずいた。玲香と話していた三人は、好奇心に爛々《らんらん》と目を輝かせて、すでに駆《か》け寄っている。

出入り口近辺は、ちょっとした人だかりになっていた。中心に誰かいるのか、まるで見えない。

晴恋菜はぴょんぴょんと跳《と》び上がった。着地でよろけて、前の誰かにぶつかる。そのまま次々に前のめり。

「ほらほら、ちょっとどいてよ。どうしたのさ」

玲香が、人ごみをかきわけようとした。その声が聞こえたのか、人間の壁《かべ》の向こうから、返事があった。

「おう、レーカ。上条《かみじょう》がなんかにやられたんだ」

半泣きの声に、晴恋菜も聞き覚えがあった。同じクラスの男子だ。今朝、校門で晴恋菜をからかっていた一人。上条も同級生で、たしかあの場にいた一人のはず。

「なんかって何だよ、どういうことさ」

「わかんねえよ。お化けトンネルのところでさ。みんなで通りかかったら、上条が倒れてたんだよ。なんか用事だって一人で先に行って……」

そこまで聞いたところで、ようやく玲香が人ごみを抜けた。晴恋菜も、後についてゆき、そして息を呑んだ。

上条の右足は、ずたずたに引き裂《さ》かれていた。しかも、そこに小さなモノが、何匹も喰らいついていたのだ。虫ほどのサイズの〝犬〟だ。指先ほどの小さな黒犬が、傷口から血を舐めている。もちろん、晴恋菜のほかの誰にも見えていないようだ。

「おい、誰か、先生。救急車《きゅうきゅうしゃ》。それから包帯」

なかばパニックにおちいりながらも、玲香は、まわりに指示を出している。自分の脚が血で汚れるのもかまわず、上条のそばにしゃがみこんだ。

「上条、何がどうしたんだ？」

「なんか……黒い化け物……」

目の焦点《しょうてん》があっていない状態で、上条はうわごとのように呟いた。

「しっかりしろよ。化け物なんかいるわけねえって」

玲香が、頬《ほお》を軽く叩《たた》くと、急に目の焦点があった。

「いてえ、いってえよお、レーカぁ」

玲香の腕にすがりついてくる。

「野犬だよぅ。黒いでっかい犬に噛《か》まれたんだ」

「わかった、わかった。すぐに先生がくっから。血ィ止《と》めて、病院行こうな」

玲香が上条の頭を、豊かな胸にかかえてやる。

その間、晴恋菜は、じっと傷から血を舐める犬どもをにらんでいた。そいつらの姿は徐々《じょじょ》に薄れており、もう消え去りそうだ。傷がはっきり見える。噛み傷ではない。父母に連れられて、深山《しんざん》に入ることもある晴恋菜は、獣《けもの》が、獲物を捕《と》らえて食った残骸《ざんがい》も見たことがある。そのへんの少年少女と違って、血では動じない。

晴恋菜の目には、刃物で切り裂《さ》いた傷に見えた。

何にせよ、尋常《じんじょう》のものではない。

唐突《とうとつ》に、さっき校庭にいた、あやしい影のことが思いだされた。それは直感にすぎない。論理的な根拠などない。

しかし、晴恋菜は、魔術師は勘《かん》に従えと、父に教育させてきた。そして、母からは、魔術を使うべき時は、迷うことなく使えと教わっている。

「ごめんなさい、木管さん。わたし、どうしてもやらなければいけないことが」

突然、話しかけられて、玲香がふりかえった。

「え？　なにさ、急に？」

「すみません。今日はもう、いっしょに行けません。ごめんなさい」

胸がふともにくっつくほどに深々とお辞儀《じぎ》をして、晴恋菜は、身をひるがえした。よほどの顔つきをしていたのか、人ごみはさあっと左右に開いて、道ができる。

「おい、マジ子？」

戸惑っている玲香の声に、他のクラスメートたちの声が重なった。

「友だちが大怪我《おおけが》してるのに……」

「今朝、上条クン、イタっ子に絡《から》んで……」

「まさか、ほんとに呪《のろ》い……」

ざわつくささやきが、晴恋菜にねばりつく。

「レーカ、先生、きたよー」

最後に聞こえてきたのは保健委員の声だ。それが、ふたたび閉じる人ごみの向こうに消えた。晴恋菜は、歯をくいしばるようにして、声をふりきった。

上条が襲われたというお化けトンネルのことは、この高校の生徒なら、誰でも知っている。トンネルと呼ばれるが、実際はいわゆる高架《こうか》下にすぎない。ごく短い、道路の下をくぐっているだけの空間。

ただ、あたりに雑木が繁《しげ》っていたり、古い空《あ》き家《や》があったり、道が複雑に曲がっていたりするので、人の目が届かない。夜になれば街灯《がいとう》もないので、真《ま》っ暗《くら》だ。

いまは昼間。しかも空はよく晴れて、夏の終わりの陽《ひ》が、ぎらぎらと照《て》っている。だというのに、トンネルの周囲だけは、やはりどんよりと暗かった。

入り口のかたわらには『痴漢《ちかん》に注意』という看板《かんばん》が立てかけられている。薄汚《うすよご》れて、古ぼけていた。

晴恋菜は、カバンから魔術に使うワンドをとりだした。そして、トンネルの中に踏《ふ》み入ろうとして、ころんだ。脚が震《ふる》えて、動いてくれない。

よろめきながら、晴恋菜は立ち上がった。

何かが、唸《うな》る声が聞こえている。闇《やみ》の向こうから。

昼間なのに、闇はひどく濃かった。突き抜けた向こうの風景は見えず、ただ何かおぞましい影がうごめいているとしか感じられなかった。

晴恋菜は、かちかちと歯を鳴らした。震えている自分を意識する。震えを止めるのは無理だった。なので、歯が噛み鳴る音を「かみなり」へと変じた。さらには「神鳴《かみな》り」へと。名には魔が宿り、また神が宿る。言葉をいかにとらえるか、その意識の変換が魔術の基本だ。

歯がカチカチと鳴るその音を、自分で意識したリズムにする。晴恋菜の父母は、専門以外のものでもあらゆる魔術を学び、家庭教師である刃弥彦《はやひこ》を通じて、晴恋菜に伝授《でんじゅ》してくれている。歯をかみ合わせて魔を払うのは、陰陽道《おんみょうどう》や巫術《ふじゅつ》に伝わる叩歯法《こうしほう》の我流《がりゅう》アレンジだ。

わきでてくるツバを何度かにわけて飲みこむ。そうすることで、体内の気力、魔力を練《ね》ることが可能だと、晴恋菜は教わっている。

魔術の行使に重要なのは、何よりも信じることだ。世の「常識」を捨てて、世界をおのれの意識に従わせるのが魔術である――という、父母の受け売り。

自分が相手をしているのが、もし生まれてはじめて、家族以外に出会う同類だとしたら、いまこそ魔術を信じねば――晴恋菜は、強く念じた。

ぼうっと、赤い光が闇の奥にともった。

ちょうど、晴恋菜の胸ほどの高さに、並んで二つ。

眼光《がんこう》だ。

それが晴恋菜に伝えてきたのは、強烈な飢《う》えだ。そいつは飢えている。飢えが、物理的な痛みすらともなう苦しみなのだと、晴恋菜は知った。

怪物は、それを癒《いや》すために、晴恋菜を欲《ほっ》している。あらゆる命を欲している。赫《あか》い眼光が、晴恋菜の瞳《ひとみ》を通じて、怪物の感じていることを送りこんできたのだ。

そして、本当の恐怖《きょうふ》の下では、震《ふる》えることすらできないのだと、晴恋菜は知った。

顎《あご》は固まった。あれほどツバがわきでていた口内《こうない》は、一瞬《いっしゅん》でからからに乾《かわ》いている。晴恋菜は前に出ていないのに、まわりの闇が濃くなってきた。

あたりに、闇に劣らぬほどに濃厚な獣臭《じゅうしゅう》が満ちる。

はあっ、と何かが息《いき》を吐いた。

晴恋菜は、まだ動けない。赫い眼光は、もう彼女と五十センチも離れていない。怪物は、歓喜《かんき》している。先ほどは味わう前に獲物《えもの》を逃《のが》してしまった。だが、今度こそ。

怪物がさらに近づいてくる。

晴恋菜の頭の中は真っ白だ。こいつを倒す方法を知っているはずなのに、何も思い出せない。

獲物が、おのれの赫い眼光で、完全に凍《こお》りついていることを知っているのか、闇の中の獣は、触れるほどの間近にやってきても、晴恋菜を噛み裂こうとも、押し倒そうともしなかった。

ねっとりした長い長い舌が、晴恋菜の脚をなめあげる。

おぞましい感触が、ふくらはぎからふとものの内側、さらにあがってくる。そこに熱はなく、死者のひんやりしたねばつきしかない。

『……母さまっ、父さまっ、刃弥彦さんっ、カナカさんっ、ALCさんっ……』

助けてを求め、頼りになる人々の名を念じて……。

「おーい、マジ子ぉ？　心配ねえぞー、上条、見た目ほどの怪我じゃねえってよー。つか、ほんとにここか？」

次に呼ぼうとしていた人の声が聞こえた。

彼女が、いる。来てくれたのだ。なぜなのか。疑問《ぎもん》と同時に、気づいた。呼んでどうする？　ここにいるのが、晴恋菜が想像したようなものだったなら、いままで、この世ならざるものに牙を剥《む》かれたことはなかった。でも、いま、本当の怪物に出会っているのだとしたら……。

戦えるのは、自分だ。

そのことを思いだした瞬間、体が動いた。

わたしは、力なき人々のための……。

「天に祈《いの》り奉《たてまつ》る。雷霆《らいてい》を遣《つか》わし、天地《あめつち》の法破りしものの罰をくだされたく。アラカラム！」

何か堰《せき》を破ったかのように、幾年も練習した呪文《じゅもん》がすらすらと口をついた。魔法のワンドをふりおろす。

闇を、銀色の光が裂いた。びしいっと、巨大な何かが割れ砕ける音が、晴恋菜の耳にはっきり聞こえた。

彼女の視界のすべてが銀色に染まって——。

それは一瞬のことだった。

聞こえたと思った、鼓膜《こまく》をつんざく轟音《ごうおん》も、もはやかけらも感じられない。

そしてあたりは、ごく平凡な日常の光景に戻っていた。

ついさっきまでの濃く果てのない闇が、ただの悪夢か何かにすぎなかったように。壁に暴走族の残した落書きがあり、かたすみにヌード写真の載った週刊誌がころがっている。ただ、晴恋菜の足元には、なんだかよくわからないものがころがっていた。

それだけが、日常にふさわしくないものだった。いや、もう一つ。晴恋菜が手にしている、ワンドもだ。それにはまた、かすかな火花がまとわりついている。

「マジ子、あんたっ……！」

玲香の怒声が響いた。晴恋菜は自失《じしつ》の状態から引き戻された。

「まだ子犬じゃないか……！　なんで、あんた……！」

晴恋菜は、玲香に指をつきつけられて、困惑《こんわく》した。何を言われているのか、理解できない。危ないからと帰すこともできない。もう危険はないと、晴恋菜の超常能力者としての本能がささやいている。

「そんなスタンガンなんかで、子犬をいじめるなんて！　そいつが上条を襲ったわけでもないだろ！」

ようやく、玲香の言葉と、晴恋菜の現実認識がつながりはじめた。

晴恋菜は、足元を見下ろした。そこには、黒い大きな何かが横たわっている。四本足の生き物に見えなくはない。いや、より正確には、その死骸に。

どう無理をしても、晴恋菜には、子犬だとは思えない。

それから、ワンド。とっさに、稲妻を呼ぶ魔術を使ったこの木の棒をさして、玲香は、スタンガンだと言っているのだろうか。

玲香には何が見えているのか？

もちろん、自分と違うものが見えているんだろう。そして、正しいのはどっちなのか。

ずんずんと大またで近づいてくる玲香が、はたと足を止めた。怒りは消えないが、そこに別の驚きが重なった。

「あんた……なんで？　髪の毛？」

晴恋菜は、自分の髪を掴んで持ち上げた。

それは銀色に戻っていた。

「……これは……あの」

説明したいことが、どっと晴恋菜の舌の上に押し寄せた。ほんの十五分前なら、これは先祖伝来の魔術の効果だと、堂々と説明できていただろう。

けれどいまは、そうする気になれない。

自分は、たったいま、本格的な魔術に、生まれてはじめて成功したのだろう。けれど、それを誇《ほこ》らしく思えることはなく、いまはただ、ぐったりと疲れていて、ひたすらに休みたかった。

「マジ子……なんか、言えよ」

　玲香が、低い押し殺した声で言った。けれど、どう返事をしていいのか、わからなかった。

「……子犬を……いじめたんじゃないんですっ。でも……っ。ごめんなさい」

　晴恋菜は、顔をくしゃっとゆがめた。自分が泣いたら、玲香を、友だちになりかけた人を傷つけてしまうんじゃないかと思った。だから晴恋菜は、その場を逃げ出した。

　玲香は、追ってこなかった。ただ声が聞こえた。

「なんだ……これ？　消える……？」

　それがどういう意味なのか、戻って問い正す度胸《どきょう》は、もちろん晴恋菜にはなかった。

5.

それが始業式の日のできごと。

晴恋菜《せれな》が、はじめて魔術を使えた日のことだ。

　家に戻って、何も考えたくなかったので、さらにくたくたになって倒れるまで、魔術の練習をした。

　まぐれではなく、晴恋菜は、敵を討ち滅ぼす、戦いの魔術を使いこなせるようになっていた。

　もちろん、それほどたいしたものではない。ちょっとした炎と稲妻くらいだ。しかし、カナカと刃弥彦《はやひこ》は、練習場でそのようすを見て、手を拍って喜んでくれた。

　家族の笑顔に、晴恋菜は、ぼろぼろと涙をこぼし、今日のできごとを打ち明けた。玲香のことも含めて、あらいざらい報告する。

「何にせよ、わずかな時間で、たいした進歩。重畳重畳《ちょうじょうちょうじょう》」

　まず、刃弥彦は魔術の進歩のことを言った。彼らしい淡々とした口調だったが、心の底から喜んでくれているのが、晴恋菜にはわかる。

　いままで、ちょっとした失せ物探しや動物の意志制御《いしせいぎょ》といった、偶然でなかったとは言い切れないような成功しかしたことがなかったのだから、それに比べれば、明らかな超常現象といえる。

「でも、どうして急に？　それにあのお化けは、いったい何なのでしょう？」

　晴恋菜は、刃弥彦なら、きっと答えを出してくれると思った。けれど、記憶にある限りはじめて、刃弥彦が答えを出せなかった。

「人を傷つける魔物《まもの》が出たという事実は、師匠《ししょう》たちにご報告して、相談してみよう。あるいは、晴恋菜くんが見た、あやしい男があやつっているのかもしれん。何にしても性急に結論は出せんよ」

「またまた。刃弥彦さんは、いつものんびりですねえ。待つとなったら、いつまでも待てる」

メイドのカナカがまぜっかえす。

「だから、師匠方の弟子《でし》がつとまっているのだよ」

涼しい顔で、刃弥彦は受け流した。

「あと、わたしの家庭教師も、ですね」

晴恋菜は、フォローのつもりでつけくわえた。

「自分で、言うものではないよ、晴恋菜くん」

刃弥彦にたしなめられて、晴恋菜はきょとんとした。

「お嬢さまは、別に自虐《じぎゃく》のつもりでおっしゃったわけではないですよ。またまた、いつもの天然ボケです」

カナカが解説してくれて、理解した晴恋菜は、また腰を百二十度くらいに曲げる深々としたお辞儀をした。

刃弥彦が苦笑いする。

竹乃内《たけのうち》刃弥彦は、十年以上も前に、矛城家《むじょうけ》にやってきた。東洋と西洋と、二つの系統の魔術をハイブリッドさせようという、晴恋菜の両親の目標に共感し、弟子入りしたのだという。正確な年齢は教えてもらっていないが、晴恋菜より十歳ほどは年長の見かけだ。物心ついたときから変わっていない気もするのだが。

じつは、晴恋菜の、長くまっすぐに伸ばした髪型は、彼を真似したものであったりする。古風な言い回しも、彼からうつったものだ。

魔術についてだけではなく、世の中のいろんなこともよく知っている。若い外見に似合わず、矛城家に来るまでには、さまざまな経験を積み重ねてきたようだ。

その刃弥彦も、今度のことには明確な答えがなかった。

「怪物のことはわかりませんが、晴恋菜くんが、魔術を使いこなせるようになった理由は……追いつめられたから、ではないかな。晴恋菜くん自身ではなく、お友だちが。練習で失敗しても失うものはない」

父母の希望が削れていきました、と晴恋菜は思ったが、口にはしなかった。

「でも、今度は違っていたね。これがうまくゆかなければ、友だちが危険にさらされていたかもしれない。つまり、友だちを守ろうとする意志が、魔力発現のきっかけになった可能性がある。いやあ、なるほど。そういう方法があるとは。これまで考えてもみなかったが」

「もともと才能がおありになったんだから、つまりはその日がきたってだけですよ」

カナカが言ってくれるのを嬉しく思いつつ、晴恋菜は、刃弥彦の言葉を舌の上でころがしてみた。

「守ろうとする、意志？」

不思議な舌触《したざわ》りだった。少し、ざらつくような違和感《いわかん》があった。

「晴恋菜くんが進歩するには、いろいろな人を守ったりとか、そういう経験を重ねるといいのかもしれんねえ」

彼は、いつも優しげに細められている目をいっそう細めて言った。

以後、晴恋菜は、少なくとも自分の身近で怪物を見たら、退治するように心がけはじめたのだ。

体育館の逆《さか》さづり女は、始業式の翌日にさっそく。半つぶれ男は、三日後にまた登校する女生徒のスカートをのぞいていたので、そのときに。

かくして、一ヶ月がすぎた。

幸い、いまのところ、手に負えないような怪物には出会っていない。

父母は、最初『できるかぎり早く戻る』と連絡してきた。だが、その後『今回の件に関係しているかもしれない情報を掴《つか》んだ』という手紙をよこした。

『魔術関係者全てを巻きこむ大きな事態《じたい》かもしれない』

『しばらくは戻れない。くれぐれも我が身に気をつけること。といっても、あまり怯えすぎないこと』

と、手紙の内容が変化してきて、今日になっている。

両親に、晴恋菜は絶大な信頼を寄せているので、まったくといっていいくらい、心配していない。

むしろ気になるのは、パソコン通信で電子メールを交換していた『ＡＬＣ』が、ここしばらく返事をくれないことだ。最近のメールに『彼が、ちょっと大変』『もしかしたら何か相談することになるかも』と書いてあったので、もし恋愛関係の相談をされても、何もアドバイスできないと気が気ではない。

さらにもう一つの、ある意味で最大の晴恋菜の悩みは、玲香《れいか》のことだ。

あれから、玲香と言葉をかわしたことはない。すれ違うと視線は送ってくる。それが怒《いか》りを意味しているのか、それとも和解を提案してくれているのか、晴恋菜は怖《こわ》くて確かめていない。

そして、九月も終わろうとしている今日がきた。

いつものように登校した。

始業式に、大怪我《おおけが》を負ったクラスメートは、まだ登校してこない。先日、退院はしたらしいのだが。

彼の怪我は、晴恋菜をからかって呪《のろ》われたせいだ、という噂《うわさ》が、まことしやかに流れている。

始業式の次の日、席替えがあった。クラスの女子の何人かが、一緒になって希望を訴えたのだ。

晴恋菜の席は、窓際いちばん後ろで変わらなかった。すぐ前は、野球部の男子。このクラスでいちばん体が大きく、無口。そして隣《となり》は、空いている。上条が登校してくればそこになるのかもしれないし、また席替えがあるのかもしれない。

玲香は、抽選で、教室の廊下側になった。

晴恋菜は、席につくと、文庫本を取り出した。岩波文庫の『金枝篇《きんしへん》』だ。刃弥彦から読んでおくように言われている。数ページ読み進めて、ふと気がついた。始業式以来、ちらちら視線を感じることが多かったのだが、今日はそれがない。ひそひそした噂話とともに、晴恋菜を見る者がいないようだ。

これまでは、恐ろしげに噂をするわりには、三日に一度くらい『恋敵《こいがたき》を呪って』だの『もっとお小遣《こづか》いがもらえるよう親を操《あやつ》れないか』だの、あやしげな依頼を持ちこんでくる同級生がいたのだが、それもない。やっと、ほとぼりが冷《さ》めてくれたのかな、と晴恋菜は思った。

だったら、玲香に話しかけても迷惑じゃないかもしれない。いまさら友だちになってくれというつもりはないけど、始業式の日に怒らせてしまったことを謝りたい。

だが、もう朝のHRがはじまろうとしていた。

そして、晴恋菜は、クラスメートの関心が、自分から離れた理由を知った。

担任の後に、金髪《きんぱつ》の少女がついて入ってきたのだ。

身長は百五十センチない。くるくると豊かにロールする髪が、豪奢《ごうしゃ》に広がって、いささか幼げだが、整った顔を飾《かざ》っている。高校生に見えない童顔だが、制服に豊かなバストが、誤解をすぐに視覚的に訂正するだろう。

クラスの男子と女子が、微妙にニュアンスの異なるため息をいっせいに漏《も》らした。

だが、晴恋菜は、声も出せずに凍《こお》りついていた。彼女にだけは、他の誰にも見えていないらしい、転校生のある特徴《とくちょう》が見えていたのだ。

見えていないはずだ。もし見えているなら、いまごろ教室はパニック状態になっている。

担任が、紹介の言葉を口にした。

「海外からじゃないぞ。京都からの転校生だ。生まれも育ちも関西で、英語は不得意だそうだからな」

「その代わり、フランス語どしたら少しは話せますえ」

ちょっと変わったアクセントで言って、少女は、にこりと笑った。クラスの男子が歓声《かんせい》をあげる。声をあげなかったのは、晴恋菜と、いまも内職を続けている学年一位くらいだろう。

「アーマリア・ラルカンスィエルと申しますぅ。どうぞよろしゅう」

ぺこりと頭をあげる彼女に、さっそく質問が飛んだ。

「スリーサイズはぁ？」

「彼氏はいるの？」

顔をあげた彼女は、さらりと答えた。

「サイズは秘密ですけども、寄せてあげてます。母がランジェリーの会社につとめてますよって、女子の方はよかったら聞いてちょうだいね。あと、彼氏は、一つ年上で、とっても優《やさ》しい人どす」

男子が失望の呻《うめ》きをもらし、女子が歓声《かんせい》をあげる。

「質問会は、休み時間にでもしろ。で、ラルカンスィエルの席は……」

「先生、言いにくいようどしたら『虹野《にじの》』でもよろしおす。母も仕事で使こうとる名前ですよって。うちの苗字《みょうじ》は、フランス語でそういう意味どすねん」

「そうか。まあ検討《けんとう》しておこう。とりあえず、矛城の隣が空いてるから、あそこで」

担任の言葉に、教室内の温度が一度か二度下がった。

転校生は、気づかないようすで、つかつかと歩いてくる。

晴恋菜は、全身をこわばらせて、彼女が近づいてくるのを待ち受けた。右手はカバンの中に入って、魔術のワンドを握っている。金髪の転校生は、晴恋菜のすぐかたわらまでくると、真剣な顔つきで、いきなりこう言った。

「晴恋菜ちゃん。あんた、シルバーレインちゅうもんについて、聞かはったことある？」

「え？」

晴恋菜は、きょとんとして金髪の転校生の、翠色《みどりいろ》をした大きな目を見つめた。どうして彼女は、自分の名を知っているのだ。そして、いまの問いかけはどういう意味？

「しるばー、れいん？　……銀色の雨？」

「そう。銀色の雨どす。見たこと、あるえ？　浴びたこと、あるえ？　なにもかもを変えてしまう、あの雨を」

転校生が問いかける。彼女のかたわらには、繊細《せんさい》な骨格の、骸骨《がいこつ》がたたずんでいた。

その骸骨がセーラー服をまとっていることが、何より晴恋菜を困惑《こんわく》させている最大の理由であった。

第三章　走り抜ける

ざあああ――――。

また、朝からどんよりとした雲がたれこめていた。

雨が、山を濡《ぬ》らしている。

雨は、盾哉《じゅんや》も濡らしている。

　ガードレールに身をこすりつけるように、盾哉は、舗装《ほそう》された峠道を歩いている。杉の木が密集《みっしゅう》して生えている。雨にけぶって、いただきもふもとも見えない。

　水滴は、ひっきりなしに盾哉の体を叩《たた》いている。服はもう、何の役にも立っていない。祖父《そふ》からもらったヘルメットは、邪魔《じゃま》だと思いつつ、まだ手放していなかった。わずか八十時間あまりで、半年をともに暮らした祖父本人は、顔すらおぼろになりつつあるのに。

　逃げ続けるプレッシャーが、心をむしばんでいる。

　この三日、盾哉は、山中を歩いている。

　幼《おさな》いころからの鍛練《たんれん》が、役に立っていた。夏の終わりの山には、果実《かじつ》など、火を熾《おこ》さず食べられるものがあった。水は豊富に飲めた。雨水だが。この三日、盾哉は、晴れ間をまったく見ていない。もちろん、睡眠《すいみん》もほとんどとっていない。眠れたのは、どこかのバス停留所で三時間ほどと、朽ちかけた山小屋で二時間ほどだ。

　あいつらには、盾哉の居場所がわかるのだろうか。しばらく足を止めると、必ず襲《おそ》いかかってくる。

　あの、蛇《へび》をまとわりつかせた女が、指示を下しているのだろう。イカれきったことに、盾哉が逃《に》げ切れないような襲い方はしない。言っていたように、盾哉が『熟《じゅく》して』から喰《く》らい尽《つ》くすつもりなのだろうか。

　盾哉は、もう何も考えられなくなっている。

　この道が、どこからどこに向かう道なのかすら、盾哉にはわからない。確かめる意欲もなかった。どうせ目的地などないのだ。あてもなく逃げていた。追っ手が出現するのに怯《おび》えながら、重い足をひきずるようにして、歩き続ける。他に何もできないから。降りしきる雨の中を、ずぶ濡れになって、誰とも言葉をかわさず、重い足をひきずりながら、盾哉は歩き続けていた。

——が。その足が、止まった。

ぴくりと体をふるわせ、盾哉は、けわしい表情でふりむいた。ざざざと、雨をかきわける音が近づいてくる。かなり大きい。逃げるとしたら、ガードレールを飛び越えて、また森に入りこむしかない。

そうしようとして、ガードレールに手をかけた。

けれど、そのまま盾哉は、ずるずると崩《くず》れ落ちた。ガードレールにすがるようにして、座りこむ。

「ちくしょう……なんだよ、もう」

力ない呟《つぶや》きが、盾哉のくちびるから漏《も》れた。

限界がきたのだ。

食料も睡眠も不足している。歩き続けることができたのは、気力でなんとか支えていたからだ。

だが、希望という食事がなければ、精神の支えも、また尽きるのが当然だった。死にたくはない。だが、死に何がなんでもあらがってやろうという意志が、いまの盾哉には、もう湧いてこないのだ。

巨大なものが、雨のベールを次々に突き破って、近づいてくる。

『もうダメだとなったら、あの女が出てくるのかな……』

どこかで見ているのか。そして、最後の最後に、盾哉を喰らおうとするのか、あの女は。

祖父を殺した女。——そう考えても、たいした憎しみも湧《わ》いてこない。必要を感じていなかったものを奪《うば》われても、たいして怒りは生じないということか。

だがそれでも、このまま唯々諾々《いいだくだく》と食われるのだけは、我慢《がまん》ならなかった。そんな意地だけは、かろうじて残っている。

——そうだ、あの女が出てきたら、これで一発殴《なぐ》ってやろう。

盾哉は、地面にころがしていたヘルメットのストラップを握《にぎ》りなおし、ひきよせた。

黒い大きな影が、盾哉のすぐ近くまでやってくる——。

「もしもし、きみ。大丈夫ですか？　乗りなさい。送っていってあげるから。ね？」

人の良さそうな声だった。

盾哉は、ぼんやりとまばたきをした。自分の視野《しや》が、かなり狭くなり、まともな判断力もなくしていたことを、ようやく悟った。

近づいてきたのは、あいつらの仲間ではなかった。

ごく平凡なトラックだ。運転席から、中年の男性が顔を出している。三十代か、それとも四十代か。整った顔といえなくはないが、これといって目立つところはない。ただ、窓からはみだした腕は、太くてたくましかった。その肉体と、丁寧《ていねい》なものいいとのギャップが、特徴《とくちょう》といえなくもない。

『こんな人を巻きこんじゃいけないな』

盾哉は、なんとなくそう思った。

ヘルメットを掴んでいないほうの手をあげる。犬を追い払うような動作《どうさ》。でも、相手はそれを笑い飛ばした。

「だめですよ。こんな雨の中で座りこんでる小学生をほうっていけるわけないじゃないですか。なんか事情があるのかもしれないけれど……」

「中学生だ、バカやろうっ」

盾哉本人としては、鋭《するど》い語気で叩《たた》きつけたつもりだったのだが、実際には、ほとんど声にならなかった。

「いや、悪かったですね。言われてみれば、しっかりした顔をしてる。でも、小学生でも中学生でも、いや大人だって、雨の中にほうってはいけないですよ」

運転手は、わざわざ雨の中におりてきた。盾哉は、よろよろと立ち上がった。手を伸《の》ばしてくる運転手から逃れようと、身をよじる。

「オレにかかわると、危ないんだ、バカ。ほっとけ」

「危ないってなんです？　ヤクザにでも狙われてる？」

体格からして、暴力沙汰《ぼうりょくざた》には耐性《たいせい》があるのかもしれない。盾哉は、せいいっぱい、恐ろしげな顔つきを作って、言ってやった。

「そんなんじゃない。もっと怖いもんだ。オレを狙《ねら》ってる。いいから、ほっとけ」

盾哉は、運転手に背を向けると、すたすたと歩きだした。『すたすた』というのはこれも主観で、運転手からは『よたよた』としか見えなかっただろう。

「ヤクザより怖いものねえ。それなら、ぼくもこないだ出くわしたところです。きみが何に追っかけられてるのかしらんですが、あれより怖いってことは、まあないでしょうね」

あっさりと追いつかれて、引き寄せられた。

「離せよ、おっさん……！」

「ふりほどく力もないくせに、何を言ってるんですか。さあ、いらっしゃい」

「……ホントに危ないんだよ。あんたが」

「うん。でもですね、こちらも、つい先日、かなり危ない目にあったところでして。慣《な》れているんですよ。あれですね、専門家さんが言う〝運命の糸〟ってやつかな」

「意味がわかんねえ」

「ぼくも、よくはわかってないんですけどね」

逆らおうにも力が入らない。男は、盾哉をトラックの運転席に引きずりあげた。

「座席が、びしょびしょになるぞ」

そんな理由もあげてみたが、もちろんいまさら男が躊躇《ちゅうちょ》するはずもなかった。

「それはまあ、仕方ないですな。ほら、汚いですけど、これでちょっと拭《ふ》きなさい」

座席の後ろからタオルをとりだそうとする。

運転手の手が離れたとき、盾哉は、外に飛び出そうとした。だが、疲れきった体、特に脚が、盾哉を裏切った。一度、腰を下ろしてしまうと、どうにも動いてくれなかったのだ。腕も、盾哉の意志とはうらはらに、タオルを受け取って、水をぬぐっている。汗臭《あせくさ》いな、と思った。

「砂糖とミルクはたっぷりにしましたから」

さしだされたカップからは湯気がたちのぼり、コーヒーのいい香りがした。

くう、と盾哉の腹がなった。

「ちょっと待って？　うん、賞味期限は大丈夫ですね」

ころがっていたコンビニ袋から、運転手はおにぎりを取り出し、ぐっとつきつけた。

「甘いコーヒーと米って、合わない」

今度は、口が盾哉の思惑《おもわく》を裏切った。運転手は、盾哉の憎まれ口を、さらりと受け流した。

「贅沢《ぜいたく》を言うもんじゃないですよ。なんだったら街まで出てから、どっかに寄って……」

「街はダメだ。あいつらがくる」

盾哉の体がこわばる。この八十時間……いや祖父が亡くなる前の時間も含めて百時間あまりで出くわした、異形《いぎょう》のものどもの記憶《きおく》がどっと押し寄せた。本能的に、その身ががたがたと震えはじめる。

「おっと、寒かったですか。そりゃそうですね。ついに十月になっちゃいましたからねえ。雨にそれだけ濡れてると風邪をひきかねませんな」

運転手は、ヒーターのスイッチに手をのばした。

「待ってなさい。すぐにあったまるから」

盾哉は、手を伸ばして、それを制した。

「コーヒーは飲んだ。おにぎりはもらってく。でも、本当に危ないんだ。オレのことは、おいてってくれ」

盾哉の、活力《かつりょく》をいくらか取り戻した真剣《しんけん》な声に、運転手は何かを感じたらしい。太い手首を、盾哉の華奢に見える手に掴まれたまま、じっと聞いている。あるいは、見かけにそぐわない握力に驚いているのかもしれない。

盾哉は、言葉を続けようとして、少しためらった。

だが、やはり口にした。

「おっさん……一昨日、じゃなくて、その前かな。列車の脱線事故があったの、知ってるか？」

「始発で事故があったというやつですか？」

唐突《とうとつ》な問いに戸惑《とまど》っている。

「どのくらい、怪我人が出たかも、知ってるか？」

「運転手が重傷《じゅうしょう》で……後はくわしくは知らんですが、四、五人が骨折とかしたって話でしたかな」

「死人は……出なかったのか……？」

「大きな事故のわりにね。速度もたいして出ていなかったし、乗ってる人数がそもそも少なかったらしいですから。……それがどうかしましたか？　よろしければ、そろそろ手を離していただけませんかね？」

盾哉は、その運転手の要求に、首を左右にふることで答えると、言葉を続けた。

「あの事故は、オレのせいなんだ」

まじまじと自分を見つめる視線に、盾哉は誤解を招いたことを知った。

「違う。そうじゃない。オレがやったんじゃなくて、オレを追いかけてきたやつらが……」

説明しようとして、盾哉は絶句《ぜっく》した。

何を言えばいい？　電車の天井で、どんどんと大きなモノが跳《は》ねていたことか？　窓を、赤ん坊のそれのように小さな、真っ白な手型が、一瞬で埋め尽くしたことをか？　最後尾の車両からやってきた古臭《ふるくさ》い車掌服《しゃしょうふく》の男が、前をはだけると、そこに胴体がなく、虚空《こくう》からミニサイズの電車が走り出てきて、盾哉を撥《は》ね飛ばそうとしたことをか？　ぬめぬめと油をしたたらせた、人間サイズのガマガエルが線路に飛びこんで、そのせいで脱線《だっせん》したのだなんて、言ったところで、信じてもらえるはずもないではないか。

盾哉は、助けてくれようとしている男をにらみつけた。あの電車で、巻きこまれた老人があげた悲鳴《ひめい》が、耳の奥にこびりついている。冗談ではない。誰かが傷つく責任なんて、とらされてたまるものか。

「こんなやつにかかわってたら、ロクなことになんないってわかったろ。さあ、ほっといてくれ」

説明するのは、とにかくめんどうでしょうがなかった。誤解でもなんでも、こちらの願ったように放置してくれるなら、それでいい。突き飛ばすようにして、運転手の手を離すと、盾哉は、トラックのドアに手をかけた。

「待ちなさい。行かせるわけにいかんのですってば」

だが、今度は運転手のほうが、盾哉の手首を掴《つか》んだ。彼も、力は強かった。

「電車を脱線させたとか言ってる中学生を、そのまま放置できるわけありませんでしょう」

声に、怒りがまじっている。自分の失敗を悟《さと》って、盾哉はふりむいた。

「そうじゃない。オレがやったんじゃない！　そうじゃなくて……っ」

どんっ！！！！！

何かが重いものが、窓にぶつかる音。そのおぞましい音が、盾哉の言葉をさえぎった。

顔をひきつらせて、盾哉は、トラックのフロントウィンドウを見た。

それは、雨にまじって、空からふってきたのだろう。トラックの屋根の上にいて、そこから身を乗り出している。女の姿をしていた。白い寝巻きのようなものをまとった女。雨の中なのに、その服は濡れていない。目だけをぎょろつかせ、女が、逆《さか》さになって車内をのぞきこんでいる。


本当に『目』だけだ。顔には、口も鼻もない。

「……！」

運転手が息を呑んだ。盾哉は迷った。どうすればいい。逃げれば、こいつは自分を追ってくるだろうか。それとも、この運転手を狙うか……。

「まさか、ゴーストですか？」

運転手が、盾哉と、そして窓の外のモノをまじまじと見つめて、呟《つぶや》いた。

「え……なに？」

彼の言葉に、確信のようなものを感じて、盾哉は戸惑《とまど》った。まるで、そこに何がいるのかを知っている口調《くちょう》。

問いただす機会は、後回しになった。

「うおおおおおおっ」

突然、運転手が吠《ほ》えた。彼がハンドルに右手を伸ばした。もう一方の手がギアを操作する。

がくんと、盾哉の体がつんのめる。トラックが、出来る限りの速度でバックしたのだ。

ずるるるると、女が落ちた。身にまとった布は、やたら長い。ぬるりとうごめく。

ようやく消えた。

「しっかりつかまってて！」

運転手が怒鳴《どな》った。

すぐ目の前に、口と鼻のない女が立っている。いや、浮かんでいる。

どん！

まったく躊躇することなく、運転手はトラックをそいつにぶつけた。

そのまま、さらに加速する。

「まずいですな、こりゃあ。こんな山ン中じゃあ、連中の好き放題ですぞ」

呟《つぶや》きながら、運転手はアクセルを踏みこんだ。

「おっさん……あんた……」

「田中《たなか》です。ぼくの名は田中雄大《ゆうだい》ですからな。大人のことは、もっとちゃんと呼ばれたほうがよろしい」

「ンなことどうでもいいだろっ。あんた、何を知ってるんだっ？　ゴーストってなんだ?!」

「はいはい。ということは、きみも何も知らずに巻きこまれた口ですな？　ところで、きみの名も教えてはもらえんですか？」

「オレは……」

答えるのに、少し躊躇《ちゅうちょ》した。

だが、思い切った。あいつらについて知るためなら、多少の危険はやむをえない。

「オレは雨堂《うどう》盾哉っていう」

「盾哉くんですか」

「雨堂だっ」

名前で呼ばれるのは、悪い記憶しか刺激しない。

「どっちでもいいですが……また出ましたぞっ！」

正面に、何かでかいものが横たわっている。でっぷりと太った、紫色《むらさきいろ》の相撲《すもう》取りのようなものが。ぶつかったら、トラックのほうが撥ね飛ばされるかもしれない。

「シートベルト締《し》めてっ！」

急カーブを切った。すごい音がしたのは、トラックがガードレールにぶつかったからに違いない。

盾哉は、あやうく舌を噛《か》むところだった。しっかり座席にしがみつく。あえてシートベルトは締めない。飛び出す必要ができた時に手間取るから――。

べちゃり。

トラックが、道の中央に戻った途端《とたん》、今度は側面《そくめん》の窓に何かが貼りついた。形と大きさはヒトデに似ている。びっしりと生えた歯が、がりがりと窓を削った。

「開けないで！　はがすより前に、入りこまれます」

前をにらんだまま、田中が指示を飛ばしてきた。彼の、声に怯えはある。だが、まだ理性を失っていない。

「おっさん、あんた、いったい何を知ってるんだ?!」

その冷静さは、盾哉にとって不可解なものだった。

「何も知りゃあしませんよ」

田中の返答は、にべもないものだった。

「ゴーストとか言ってたじゃないか。ゴーストって、あれだろ? 英語で幽霊《ゆうれい》って意味だろ?!」

「らしいですな。ぼくを助けてくれたひとたちが、そう呼んでただけで、本当に幽霊なのか、それとも他の何かなのかは、よく知らんのですが」

がりがりがりがりっ。

何かが、トラックの側面を引っかいていった。

「こんな道を、雨の中、このスピードで下るのは、ものすごく神経を使うんですよ。事故らせたくなければ、できれば会話させないよう……」

ばんっ。激突音とともに、フロントウィンドウが真《ま》っ赤《か》に染まった。何かがぶつかって、はじけたのだ。

「うおおおっ」

何も見えない。さすがに田中も声をあげた。反射的に急ブレーキを踏んだようだ。


『雨が、この血を洗い流してくれればっ』

盾哉が、ありえない期待に心を焦《こ》がしたその時。

その、ありえないはずのことが起こった。

激しくなった雨が、本当にフロントグラスを染めたものを、洗い流したのである。

鮮血だけではない。カリカリと、神経に障《さわ》る音を立てていた、ヒトデモドキも洗い流されていった。

「こりゃあ驚きましたな。矢澤《やざわ》くんかアーマちゃんか、誰かが、何か仕掛けといてくれましたかな?」

田中が、弾《はず》んだ声をあげた。

一瞬《いっしゅん》、とてつもなく激しくなった雨だったが、すぐに雨脚《あまあし》はゆるんだ。

しばらく、盾哉も田中も緊張を持続させていた。だが、襲撃はなかった。何かがぶつかってくることも、異様なものが見えることもない。

二人は、徐々に緊張をゆるめはじめた。

気がつくと、もう峠《とうげ》はほとんど抜けている。斜度《しゃど》もカーブもゆるやかになっていた。

「対向車《たいこうしゃ》が来なくて助かりましたよ。あやうく大事故になるとこだったですからな」

田中が、ずっと閉じていた口を、ようやく開いた。

「それは、もう、話をしてもいいってこと？」

「ぼくが話せることは、たいしてないんですが」

はぐらかされていると感じて、盾哉は、むっとした顔つきになった。

「まあ、最後までお聞きなさい」

田中が苦笑して、教え諭《さと》すような口調《くちょう》になった。

「ぼくには娘がいましてね。その子が、行方不明《ゆくえふめい》になったんです」

「……え？」

「いいひとですなあ、雨堂くんは」

動揺《どうよう》のあらわれた盾哉の顔をちらりとミラーで確かめ、田中は微笑《びしょう》を浮かべた。

「別に……オレは……」

「娘はすぐに帰ってきました、ご安心を。正確には、連れ戻してもらったのですがね。それをやってくれたのが、矢澤《やざわ》浮雲《うきぐも》って変わった名前の高校生と、アーマリア・ラルカンスィエルっていうやっぱり高校生の女の子です」

田中は、鏡《かがみ》で盾哉の表情を確かめた。

「関係のない話をしてるわけじゃないですから、ちゃんと聞いてください。あとで役に立つと思いますよ。うちの娘は、死人に狙《ねら》われてました。生きてるように見えて、歩いて、話しました。でも死人です。生きた人間の血と肉を欲しがる、ね」

「……それって……もしかして！　……女じゃなかった？　変な格好した」

「いや、男でしたな。やたら美形でしたけれども。そいつの配下には、女みたいな姿形《すがたかたち》をしたのもいましたがね。そいつらのことを、浮雲くんとアーマちゃんは、ゴーストって呼んでました。詳しいことは教えてくれなかったんですがね」

ほんの十日ほど前のことだ、と田中は告げた。

「後はシルバーレインがどうとか言ってましたね。意味はわかりますか？」

「シルバーは銀、レインは雨。そのくらいは知ってる。小学生じゃないって言っただろ」

「そうでしたな。これは失敬」

いくらか気持ちがときほぐされ、盾哉は、ふと何気ない日常の言葉を口にした。

「なんか、田中さんって、先生みたいな話し方するね」

「もとは私立高校の教師でした。いろいろあって、学校そのものがなくなりましてね……」

田中は、盾哉の表情を見ようと、ちらりとミラーに視線を走らせた。

鏡一杯に、真っ青な顔《かお》の女が写っていた。

頬《ほお》と額に、膿《う》み崩《くず》れた傷《きず》がある。

「雨堂くんっ!」

叫《さけ》んだときには、ぬるりとその女が、鏡の中から這《は》い出ていた。首から下は、まるで真っ青なナメクジだ。

田中が急ブレーキを踏む。

だが、トラックはうまく止まらなかった。大きく尻をふって、それがガードレールにぶつかる。激しい衝撃《しょうげき》が、盾哉たちを揺《ゆ》らす。シェイクされているようだ。

だが、青ナメクジのような女は、その揺れをまったく意に介《かい》さず、大きな口を開けて、盾哉にかぶりついてきた。口の中には、鋭《するど》く尖《とが》った牙《きば》。

音を立てて、牙が食いついたのはヘルメットだった。

「うおおおお!」

盾哉は、頭を押さえこんだ。牙を抜かせないために。

トラックが、ようやく完全に止まった。

「うおおおおおお!」

盾哉は、叫び声をあげ続けていた。どうして叫ぶのか、自分でもよくわからない。悲鳴《ひめい》でもない、気合を入れているのでもない。叫びでもしなければ、正気をたもっていられなかった。

自分でも信じられないほど、すばやく体が動いた。後ろ手でドアを開けた。体ごと、倒れこむように外に出た。自分の体を重しにして、青ナメクジ女を運転席からひきずり出した。

田中から引き離そうとしていたのだ。それを、盾哉は意識していない。

背中から、地面に落ちた。水しぶきがあがった。ほとんど受け身のとりようもない。目の前に火花が散ったような気がした。痛みがワンテンポ遅れてやってくる。

それから、ぬめりというおぞましい感触。

青ナメクジ女が、盾哉の上に、のしかかってきたのだ。

「うわああああっ!」

叫び続けながら、盾哉は、ごろごろところがった。止まったとき、彼が上で、青ナメクジ女が下になっていた。

牙は、すでにヘルメットから外れている。

盾哉は、そのヘルメットをふりあげた。

渾身《こんしん》の力をこめて、ふりおろした。

ぐちゃりという嫌《いや》な感触が伝わってくる。

ざあああああ――――。

ようやく、盾哉の耳に、雨音が聞こえてきた。そうだ、雨はまだ止んでいない。降りそそいでいる。盾哉がまたがっている青ナメクジ女も、雨に打たれている。水滴が当たるごとに、その体に、ぼつぼつと、無数の小さな穴がうがたれて——怪物の姿は溶けるように消えた。これまでと同じだ。証拠は残らない。何があったのか、誰にも説明できない。

ざあああああ————————。

盾哉は、そのまましばらく雨に打たれていた。

だが、はっと我に返った。

誰にも説明できないと思っていた。だが、ここに一人いたではないか。この化け物のことを知っている人が。

「田中さんっ！」

盾哉は、運転席に駆け戻った。そこに田中がいる。額から血を流し、目を閉じてぐったりとしている。

「……！」

蒼白になった盾哉だったが、田中は目を開いた。

「……心配、しなくていいですよ」

ごそごそとあたりを手探りしている。

「そのへんに、タオルはありませんかね」

言われて、呆然としていた盾哉は、やっと反応できた。

「ごめん。さっき使った濡れてるのしか……」

「ないよりはましですかな」

受け取って、傷口をぬぐおうとした。だが、触れたとたん、田中は小さく悲鳴をあげた。

「公衆電話を探して、警察でも救急でもよろしい、通報してくれませんか」

田中は、情けなさそうな顔で言った。

「これ以上つきあえなくて、すまないことです。けれど、トラックは動かんですし、ぼくは足手まといです」

「わかってる。最初から、かかわるなって言った」

田中を見たまま、盾哉はそろそろと後ずさった。盾哉は、すでに心を閉ざしている。また、あきらめた。

「待ちなさい。電話代がないと通報もできんでしょう」

田中が、財布をとりだす。

「いらない。緊急通報は、金は要らないはずだ」

「いいから、持っていきなさい。鎌倉《かまくら》までは、交通費も必要でしょう」

盾哉は驚き、そして警戒心《けいかいしん》をあらわにして、田中を睨みつけた。いつでも、ヘルメットを叩きつけられるよう、両手でかまえる。

「おっさん、なんで鎌倉って……？」

自分でも忘れかけていた。

たった一箇所《かしょ》の『帰れる』場所。

「ああ、いかん。頭を打って記憶が混乱してるな。浮雲くんとアーマちゃんが、次は鎌倉にいる知り合いを訪《たず》ねるって言ってたんです。あいつが出る直前に、きみに、二人を捜してみたらどうかって言うつもりで……」

「いらない」

言葉が終わるのを待たず、盾哉はきっぱりと拒否した。

「巻きこめない」

「向こうは巻きこまれたがりますよ。というより、彼らのかかわってることに、きみが巻きこまれたんじゃないかと思うんですが」

その言葉に、盾哉は、いぶかしげな表情を浮かべて、田中を見た。田中は、財布から一万円札を二枚取り出して、盾哉にさしだした。

「そのうち返してくれればいいです。浮雲くんに訊《き》けば、ぼくの住所はわかりますから。浮雲くんを見つけるのは難しくないですよ。忍者と金髪美少女のカップルを見なかったかって、訊いてまわればいいんです」

「意味がわからない」

盾哉は迷いながら、おずおずと手を伸ばした。札を掴《つか》む。田中が離す。

「あいつらは、むしろ人の目の多いところのほうが動きにくいと、浮雲くんは言っていました。娘を守るため、繁華街のど真ん中に行けって言われたんですよ」

「そんなこと……っ」

盾哉は吐《は》き捨てるように応じた。あんな怪物が、人目を気にするなんて信じられなかった。

田中は、表情を引き締《し》めた。そして一拍だけ迷ってから、こう告げた。

「どっかの中学生が、自分の家に放火して、お祖父《じい》さんを殺して逃げたんじゃないかって、そういう報道がね、ありましてね」

「……そんなばかなっ……！」

足元の何もかもががらがらと崩れて、落ちてゆくような感覚が、盾哉を襲った。

「ああ。ばかなことですね。きみと話してそう思いました。こう見えてもね、教師時代から、人を見る目には定評があるんですよ」

田中の言葉も、盾哉には届いていない。これまで、あれが世間にどう捉えられているのかなど考えてみたこともなかったのだ。だが、火事と他殺死体と行方不明の孫を結びつけるとしたら……秋那《あきな》も迷惑しているのではないだろうか。

　田中は、なんとか言葉を盾哉に届かせようと、傷の痛みをこらえて、声をはりあげた。

「だけど、残念なことに、世間には、ぼくやきみのようでない人間のほうが多いのです。ですから、その金で身なりを整えて、ちゃんと食べて、急いで鎌倉へいきなさい。浮雲くんたちを探すんです」

　盾哉は返事をしなかった。田中が自分を信じてくれているということを、盾哉は信じられなかった。

　答えないまま、盾哉は歩き出した。田中が、苦い表情で自分を見送っていることも気づかない。

　盾哉の姿は、雨の中に消えた。

　事故を通報したのは、一時間後に通りかかった宅配便のドライバーだった。

第四章　晴恋菜が惑う

1.

転校生がやってきた、九月終わりの、その日。

晴恋菜《せれな》は、彼女たちのほかには誰もいない、昼休みの屋上に、連れ出されていた。

シルバーレインという言葉についてと、そして魔術について話があるから、と。

晴恋菜の眼前には、謎めいた黒装束《くろしょうぞく》の男がいる。よく晴れた青空を背景にするには、かなりありえない姿だ。

そして彼は、きっぱりとこう言った。

「拙者《せっしゃ》は矢澤浮雲《やざわうきぐも》。先祖《せんぞ》代々の忍者《にんじゃ》でござる」

大真面目《おおまじめ》な顔であった。

晴恋菜は、なぜ自分がここにいるのだろうと、心の底から疑問に思った。今日こそは、玲香に、始業式の日のことを謝れると思っていたのに。

「うむ。本物の忍者に出会うたからといって、そう感動せんでくだされ。照《て》れもうす」

浮雲と名乗った青年は、やはり大真面目な表情を崩さないままで、言った。

「……晴恋菜ちゃん？　念のために言うときますけど、全部、わかった上でやってますからね、このお人は」

アーマリアが、あきれた顔つきで、ゆるゆると首をふりながら言った。豪奢《ごうしゃ》な金髪《きんぱつ》が、さらさら揺《ゆ》れる。

「えっ……？　あのう、それはどういう……」

戸惑う晴恋菜に、浮雲は重々《おもおも》しくうなずき返した。

「ううむ。アーマがバラしてしまったので、しょうがないから説明すると、矛城《むじょう》くんが忍者の存在に感動したのではなく、忍者と名乗るすっとんきょうさに戸惑《とまど》って黙っているだけだとわかってはいたが、そこをあえて誤解しているふりをして、会話を自分のペースで進めようとしたわけだ。わかったかね？」

晴恋菜には、さっぱりわからなかった。

なので、どう返事をしたものかと困っていると、浮雲は、ふむうと長い顎《あご》をつまんだ。

顎がちょっと大きなことをのぞけば、浮雲は、古風なハンサムだった。背は高い。百九十センチを超えているのではないだろうか。肉体は引き締《し》まっており、俊敏《しゅんびん》そうだ。額《ひたい》に巻いた鉢金《はちかね》や手甲《てっこう》も、似合《にあ》っていると言えなくはない。

彼は忍者と名乗り、そしてそれにふさわしい武装《ぶそう》をしているのだった。

街を歩いていれば、間違いなく変人《へんじん》扱いだろうが。

というか、転校半日にして、彼はすでに全校的に変人として知れ渡っていた。どう言いくるめたのか、この格好を学校で最もうるさい教師《きょうし》にもこの姿を認めさせ、堂々と廊下《ろうか》を闊歩しているのである。

アーマリアが一緒でなければ、晴恋菜も、話があると言われても、余人《よじん》のいない昼休みの屋上にやってきたりしなかっただろう。アーマリアが、晴恋菜の文通相手である『ALC』でなければ絶対に断っていた。

彼女の名である「Amaria・l'arc-en-ciel」からとって、パソコン通信で使っていた名前だ。

「で、おたくら、いつまでお見合いしとる気ぃどす?」

アーマリアが、こほんと咳払《せきばら》いをした。

だが、浮雲は、じっと晴恋菜の顔を見つめたままだ。

晴恋菜のほうが、いたたまれない気分になってきた。

「あのう……私に御用というのはなんなのでしょう」

例によって顔を赤くしながら、晴恋菜はようやく言葉をしぼりだした。

「まだアーマリアは何も言うておらんのでござるか?」

「……あ、やっぱり忍者キャラ……」

「いやいや、ふだんは拙者ともござるとも言わないでござるよ。これはつまり、あなたをケムに巻いて、本音を引き出すための工夫でござる」

もう、何がどこまで本当で、どこからか出鱈目《でたらめ》なのか、晴恋菜にはさっぱりわからない。

「ケムって、なんですか? 何を巻きつけられるんでしょうか、わたし」

大真面目な表情の晴恋菜と、大真面目な表情の浮雲が、ふたたび見つめあった。

アーマリアが、今度は長い長いため息をついた。

「あんな、うっきー。ケムに巻くとか、いまどき死語《しご》やから。うちらみたいな若い子は使わへんから」

「おーい、二歳しか違わんのに、年寄りあつかいは」

「うっきーが年寄り呼ばわりされるんは、実年齢やのうて、言動《げんどう》のせい。こないだかて、田中《たなか》のおっちゃんとえらい話がおうとったやん……あ、ごめんな。内輪《うちわ》の話でおいてきぼりにして」

「いえ、それはいいですけれども」

晴恋菜は、指を二本、ぴんと伸ばして、不思議《ふしぎ》そうに見つめている。

「矢澤先輩は、二年に転校してらっしゃったと聞いていますが……。私たちは一年生ですし……」

「ああ。留年しとんねんやわ、うっきーは」

転入試験は、全教科ほぼ満点だったそうだ。これもまた、変人浮雲の評判として、その風貌《ふうぼう》とともに一瞬で全校を駆《か》けめぐった噂《うわさ》の一つである。

留年と聞いて、かすかに眉をひそめた晴恋菜に向かって、アーマリアは、あわてて手をふりまわした。

「勉強ができんかったんとちがうねんで？　世の中の学校は融通《ゆうずう》がきかんねん。世のため人のために走り回ってると出席日数も足りへんようなるん。大目に見てくれて、補習とか代用出席とか認めてくれるような学校があったら、うっきーも留年せんかったんやけどなあ」

ぺらぺらとまくしたてるアーマリアに、晴恋菜は、さっきの表情を謝罪《しゃざい》するヒマもなかった。

「まあ、そうでなければ、影武者《かげむしゃ》でも用意するかだなあ。パーマンのコピーロボットとか欲しいねえ」

「せやから、それが古いっちゅうのん」

アーマリアが、裏拳《うらこぶし》でツッコミを入れる。

それを見て、晴恋菜は思わず呟《つぶや》いていた。

「ラルカンスィエルさんは……」

「アーマでええよ。なんやのん、あらたまって。長いつきあいやないの。顔は見てなかったけど」

「はい」

晴恋菜は、緊張しながらうなずいた。

「アーマさんは、教室とは、話し方の印象が、かなり違ってらっしゃいますね」

「うん。あっちでは、特大の猫をかぶってるから。同し関西弁でも、京風と大阪風を使い分けると、いろいろ切り替えがきくのん」

「そういうものなんですか？」

「うむ。ちなみに、拙者がござる言葉を使うのは、伊賀弁《いがべん》をごまかすためであったりもするのでござる」

「イガ……というと、栗《くり》の？」

「甲賀《こうが》と並ぶ忍者の名産地なんでござるが。ご存知《ぞんじ》なくてらっしゃる？」

「はあ……そちらの方面には、とんといものですから。

申し訳ありません」

晴恋菜が、また深々と腰を曲げてお辞儀《じぎ》をした。

憮然《ぶぜん》としている浮雲と、アーマリアの肩を、セーラー服の骸骨《がいこつ》が、ちょんちょんとつついた。

はっとしたアーマが、浮雲をうながす。

「お姉ちゃんが、そろそろ本題に入れ、言うてるで」

「そうであった。忠告、感謝するぞ、シールディア」

浮雲はあらためて切り出した。

「近頃、この世ならざる者を多数見ると、そういうメールを、アーマリアに送ってこられたでござろう?」

浮雲の言葉に、晴恋菜は、はいとうなずいた。

「信じていただきたいが、あなたがごらんになったものは、真実、この世の外のものであって」

「それはもちろん。信じないと……そちらのお姉さまは何なのか、ということになってしまいますし」

セーラー服の骸骨が、胸《むね》の前で、骨の拳《こぶし》をきゅっとあわせ、いやいやをするように身をよじった。

彼女の名は、シールディア・ラルカンスィエル。二年前に亡くなった、アーマリアの姉なのだという。

メール交換で聞いていたが、アーマリアは、ヨーロッパに古くから伝わる交霊術《こうれいじゅつ》を伝える家系《かけい》の生まれだ。その秘術で、姉の魂《たましい》をこの世にとどめているのだという。

「シールディアは例外としても、だ。この世の外から来たモノが実在するのは確かなのでござる。アーマや、矛城どののような方もその証拠ではあるのだが」

「うちらは、この世の外の怪物どもを『ゴースト』て呼んでる。できれば、あわせてもらえると助かるわ」

「はい。いいですよ」

晴恋菜はうなずいた。あいつらはゴーストと呼ばれる。カナカと刃弥彦《はやひこ》にも、そう報告しようと思った。

浮雲が、眉《まゆ》をくらもせつつ、言葉を続ける。

「近頃、そのゴーストが、格段に増えているようなのでござる。それだけではない。我《われ》らのように、常識のことわりを外れた力を持つ者……その数も増え、能力も強くなっている気配《けはい》がある」

「……そう、なんですか?」

にわかには信じかねた。確かに自分の身の回りで起こっていることはその通りなのだけれど。

「正確に統計《とうけい》をとったわけではござらぬ。じゃが、拙者とアーマリア、シールディアは、とある事件をきっかけに、そういう者どもと戦い、あるいは絆を結んだ。そして、三人で日本各地をめぐり、調べておる。で——」

彼が一息をついた隙に、アーマリアがその先の言葉を奪いとった。

「——その手がかりになりそうなのが、シルバーレイン……銀色の雨、やのん」

教室でいきなり問われて、動揺してしまった単語。

晴恋菜は、また自分の髪に触れた。『晴恋菜の髪は、銀色の雨みたいねえ』と、母は、ブラッシングしながらいつも言ってくれた。回想をふりはらい、晴恋菜は、アーマリアの言葉の続きに耳を傾けた。

「何か事件が起こる前に、銀色の雨がふるのを見た人がおるの。特別な力のない人が多いねんけどね」

晴恋菜は首をかしげた。彼女は見たこともない。

「特別な力のない人が見てるほうが多いから」

アーマリアの言葉に晴恋菜は真顔で答えた。

「ええ。ですから、私は見てませんが……」

晴恋菜の返答に、アーマリアは目をぱちくりとした。そのかたわらで、浮雲が微笑《ほほえ》む。

「なるほど、こういうお人なのだな」

「わかってたつもりなんやけど。ここまでとは予想外」

そう言って、アーマリアは、くすりと笑った。晴恋菜に向かって、ひらひらと手を舞《ま》わせる。

「気にせんといて。勝手に感想を言うてるだけやから」

「はい、気にしていません」

晴恋菜は、にこやかにそう答えた。

「まだ話さねばならぬことは、いくつかあるが、一度に告げても、矛城どのも混乱される。それに、昼休みは、すでになかばがすぎた。急ぎ食事に向かわれるがよい」

はっとして、晴恋菜は腕時計を確認した。購買《こうばい》部のパンは売り切れるのが早い。あせりが顔に出た。

晴恋菜たちが、急いで階段をおりてみると、やはりパンは売り切れていた。がっくりしている晴恋菜とアーマリアに対して、浮雲は平気そうだった。

「よろしければ、矛城くんもどうかね」

彼がさしだしたのは、指先ほどのサイズをした真っ黒い粒である。

「これぞ忍びの秘伝。飲めば、一粒で丸一日活動できる、矢澤流兵糧丸《ひょうろうがん》だ」

「はい。ありがとうございます。では、いただきます」

「あ……それ……」

アーマリアの制止は間に合わず、何の疑いも持たなかった晴恋菜は、それをひょいと口に含んだ。

即座に卒倒《そっとう》した。気絶したというわけではないが、その味に、動けなくなるほどの衝撃を受けたのだ。

「……死ぬほど苦《にが》いねん、その丸薬《がんやく》。ほら、うっきー。背負うてあげて」

「うむ。失策であった。拙者は慣れておるものでな」

浮雲は右腕だけで晴恋菜をかつぎあげ、肩に座らせた。

「いえ、あの大丈夫……」

おりようとする晴恋菜を、背後からセーラー服の骸骨、シルーディアが支えた。

アーマリアは、自力で、反対の方に乗った。

「晴恋菜ちゃん、ええから、運んでもらい」

かくして、転校生二人と矛城晴恋菜は、その日から、学園の三変人と認識されることになったのである。

2.

——そして。

浮雲《うきぐも》とアーマリアが転校してきて、一週間ほどがすぎた。十月に入って、数日になる。

その朝。今日も、空は高く晴れている。

昨夜も、晴恋菜《せれな》は少年の夢を見た。闇の中を一人で、とぼとぼと歩いている、少年の夢を。


もちろん、目覚《めざ》めると忘れていたが。

衣替《ころもが》えもすんで、秋の制服を身に着けた晴恋菜が、身支度《みじたく》を終えて部屋から出てきたとき、すでに朝食の用意が調えられていた。

刃弥彦《はやひこ》が、六十二時間ぶりに、自室から出てきていた。彼の長い髪も作務衣《さむえ》も、こざっぱりとしており、部屋に閉じこもりきりだったようには見えなかったが。

「あ……おはようございます」

晴恋菜が、いつものように深々と頭をさげる。

「はい、おはよう」

ハンサムな家庭教師は、にこやかに晴恋菜を迎えた。

「わたしにとっては夕食なので、いささか量が多いが」

支度《したく》したのは、刃弥彦である。貯蔵庫から取り出してきて、並べただけだが。刃弥彦は、おそらく徹夜《てつや》で研究か調査を行っていたに違いない。

家事担当のカナカは、何か用を言いつかったとかで、昨日から出かけている。二人きりの朝食だ。家族以外が見れば、そうとは信じられない卓上であったが。

「どういう調子かね、晴恋菜くん。あれこれのほうは」

「ええと……順調です」

饅頭《まんじゅう》と羊羹《ようかん》が山盛りの食卓を見つめていた晴恋菜は、

かなり困った顔つきで座ると、そう答えた。

「何がどう順調なのかな？」

端正《たんせい》な顔で、饅頭を口いっぱいにほおばりながら、刃弥彦は眉《まゆ》を片方だけあげた。饅頭の餡《あん》と皮がみっちり詰《つ》まっていても、彼の言語はなぜか明瞭《めいりょう》である。

「あの……刃弥彦さん。お饅頭と羊羹以外に、何かないのでしょうか」

刃弥彦は、細めた目をさらに細めて、かたわらの急須《きゅうす》を手にとった。

「そうだねえ……。外郎《ういろう》ときな粉餅《こもち》？　はい、お茶」

こぽこぽと音を立てて玄米《げんまい》茶がそそがれ、あたりに香《こう》ばしい匂いが広がった。

「洋食がよいのであれば、カナカさんが焼いておいてくれたチーズケーキ、シフォンケーキ、チョコケーキが。中華なら桃饅頭、あるいは杏仁《あんにん》豆腐……」

「いただきます。これでいいです」

がっくりとうなだれて、晴恋菜は饅頭をぱくついた。何かを確かめるように、自分の横腹の肉をつまんでみる。

「ラルカンスィエル家については確認がとれたよ」

唐突《とうとつ》に、刃弥彦が言った。五つ目の饅頭を咀嚼《そしゃく》している。ちなみに栗餡であった。

「確認といいますと……」

晴恋菜は、饅頭を二つに割ったところで手を止めた。

「実在する、ということだ、晴恋菜くん」

刃弥彦は、一杯のお茶も飲まず、羊羹を三切れまとめて口にほうりこんだ。超がつく美形がやると、それすらも優雅《ゆうが》に見えるのがすごい。

「ヨーロッパの魔導師《まどうし》協会、すなわちヘカテさまのご実家のコネで確認した。ラルカンスィエル家は二十年前、フランスから日本に越している。奥様や旦那《だんな》様と同様のことを考えたのではないかということだった」

ヨーロッパにせよ東洋にせよ、第二次世界大戦裏面の魔術《まじゅつ》戦争以来、あまり正統派魔術界はぱっとしない。そこで、それまで閉鎖的だった各流派が、交《ま》じり合って新たな可能性を探ろうという動きが出てきた。

晴恋菜の母、ヘカテ・フォーチュンは、かくしてヨーロッパ魔導師協会を代表して、日本伝統呪術《じゅじゅつ》の宗家《そうけ》たる、この矛城《むじょう》家にとついできたのである。もっとも、娘である晴恋菜は、両親の日ごろの言動に、そういった政治的な都合で結ばれた気配など、毛ほども感じていないが。

晴恋菜の母であるヘカテは、その立場ゆえにヨーロッパの魔術界で顔が広い。彼女の名を出して問いあわせれば、かなり確実な情報が得られる。

「最近、どうしていたのかという詳細《しょうさい》は、交流がなくて情報が得られなかったのだがね」

「アーマちゃんはいい人です」

晴恋菜の声は、確信に満ちている。

「それはけっこうなことだ。では、忍者と名乗っておられる方は、いかがなものかね？」

晴恋菜は、うぐっと言葉に詰《つ》まった。

「……よくわかりません」

浮雲が聞いたら、つれないなあ、と嘆《なげ》くであろう晴恋菜の返答だった。

「言われることが冗談《じょうだん》か本当か、わたしには区別できません。でも、アーマリアさんが本当だとおっしゃるので、きっと間違いないのだと思います」

「信じる人が信じている相手だから信じる。……よい心がけではあるよ」

晴恋菜が、こくこくとうなずいた。

それに対して、刃弥彦は、微笑《ほほえ》んだまま、こう続けた。

「けれど、そういった無条件な信頼は、時として、友人を、救いあげるのではなく、もろともに崖からころがり落ちることにもなりかねん。ご注意あれ」

「あ、はい。すみません」

「二十世紀も終わろうかというこの時代に、忍者《にんじゃ》とはねえ。申し訳ないが、それはどうも信じがたいな」

刃弥彦が首をかしげる。

浮雲にしてみれば、魔術師に、忍者の存在を疑われるのは理不尽《りふじん》だと言いたいかもしれない。

「ともかく、彼らの言う銀色の雨については、まだ確認できてない。ゴーストだったかね。化け物を生み出し、魔力を増幅する何かがある可能性は否定しない」

刃弥彦は、栗饅頭に続いて栗羊羹を飲み下すと、それらがまるで苦味《にがみ》の塊《かたまり》だったかのような表情を作った。

「逆《さか》さに聞こえるかもしれないが、古来《こらい》から、我々の魔力を阻害する何かの存在は、ささやかれてきた。超常の力を妨害するものがある、とね」

「そうなんですか？」

初耳だった晴恋菜は、目を丸くした。

「ある程度、魔術の修練を重ねると、自然とわかってくることだ。長老がたは、何か知っておられるのかもしれん。しかし、明確なことは何も言ってくださらん」

首を左右にふってから、刃弥彦は、ふふっと悪戯《いたずら》めいた笑いを浮かべた。

「もしかすると、誰が誰に秘密にしているのかさえ、秘密だという可能性もあるなあ」

晴恋菜のきょとんとした顔つきを見て、刃弥彦の口調が、教師《きょうし》っぽいものになる。

「彼らのいう銀の雨は、その魔力を阻害《そがい》する何かを弱らせる作用があるのかもしれない……と考えることができる。ゴーストとやらは、いかにも超常的な存在だから、魔術が関わっていて不思議はないしね。しかし、魔術が産んだものだと仮定すれば、この街にゴーストが頻繁《ひんぱん》にあらわれる理由を、その銀の雨以外にも考えることはできる。晴恋菜くんは、他の説明を思いつくかい？」

晴恋菜は、目を伏せて、手に持ったままの饅頭を左右交互に見ながら、じっと考えた。刃弥彦が言葉を継ぐ。

「たとえば、何者かが、人為的にゴーストを創りあげている、ということが考えられないか？　師匠《ししょう》たちには式神《しきがみ》や使い魔といった魔術がある。他の系統の魔術師なら、そういった術をアレンジしたものを使うかもしれん」

しばらく、何を言われているのか飲みこめなかった。考えて、ようやく理解した。彼女は、まったくはじめての概念に遭遇《そうぐう》していたのだ。邪悪な人間、悪の魔術師、という概念に。


晴恋菜は、呆然と呟いた。

「……どんな人なら、そんなことができるんでしょう？」

彼女の『どんな』は、能力をさすのか、人格をさすのか、どちらについてともつかなかった。

「あくまで可能性があるというだけだからね。犯人については推理どころか憶測すら成立せんが……、まあそうだね、たとえば、始業式の日に晴恋菜くんが見かけたという怪しい男などという答えはどうだい？」

そう答えながら、皿の上に三十個近くあった饅頭が、もうほとんど消えていた。

「晴恋菜さんが見た男というのは、和風の服をまとっていたそうだね？　それは忍者の装束《しょうぞく》ではなかったかい？」

「……！」

晴恋菜は、一瞬、混乱したが、あることに気がついて、呼吸を落ち着かせた。

「……先生の作務衣にも似ていたかもしれません」

いくらか口もとをひきつらせながらではあったけれど、笑みを含んで切り返した。

「ふむ。回答としては七十五点というところだね」

真面目《まじめ》な顔でうなずき、刃弥彦は茶を口にした。すっかり冷めている。

「まあよろしい。その和風の男が私でなかったのは確かだ。信じてくれるかい」

いたずらめいた笑みを浮かべて、刃弥彦が尋ねる。

「それはもちろん」

晴恋菜が、こくこくと繰《く》り返しうなずく。

「いつも言うがね、何事も信じこむ前に一度は疑ってくれよ。それは、アーマリアさんのことも含めて、だよ?」

晴恋菜が、しゅんとうなだれる。

「疑わないといけないでしょうか……」

「そう問いかける段階で、疑えなくなっているね」

刃弥彦は苦笑《くしょう》した。晴恋菜が、彼自身を疑えないでいることは、あえて指摘《してき》しない。

「無理をしても成果《せいか》はあがらないから、疑えないのは仕方ないけどね。まあ、用心が必要なのは事実だ。ゴーストの出現は、各地で起きているようだし。もうちょっと調べてはみるが――しかし、こちらでは、晴恋菜くんの学校近くに偏《かたよ》っているようなのでね」

「それは、わたしが学校の近くまでしか、手が回っていないからでは……?」

通学の帰りに、ぐるりとパトロールするのが、ここのところの晴恋菜の習慣になっている。ゴーストが出たという報告も、彼女の目撃証言だけだ。だが、彼女の言葉に、刃弥彦は否定のしぐさを見せた。

「いや。それだけではなく。いろいろと独自に調べてみたのだよ。魔術修行者は、我々だけではないからね。問い合わせることができるわけだよ」

晴恋菜の顔に、不安とも不満ともつかぬ色が浮かぶ。

「刃弥彦さんが、それを強調されるのはさっきの……つまり、浮雲さんが、学校にやってきたから、そのまわりにゴーストが出た可能性を考えろ、ということですか?」

やや子供っぽいすねたような気配《けはい》を見てとって、刃弥彦はなだめるような口調《くちょう》になった。

「単純にそういうわけではないよ。常にあらゆる可能性を検討しなさい……ところで、いいのかね、時間は?」

刃弥彦は、古風《こふう》な柱時計の文字板を指差《ゆびさ》した。

「もうこんな時間!　いってきまふっ!」

晴恋菜が、手にもったままだった饅頭を、口に詰めこみながら立ち上がった。そのまま足をもつれさせて、ころびそうになったが、完全に転倒する寸前で踏《ふ》みとどまり、テーブル上の包みを掴みとると、だだっと駆け出していった。

見送りながら、刃弥彦がのんびりと声をかける。

「今日の夕飯だけどねえ、みたらし団子の……」

「……っくん。遅くなります。夕飯はいりませんんん」

饅頭を飲みこんだ、晴恋菜の声が遠ざかってゆく。

「ころばないように」

刃弥彦が、のんびりした声でいったとたん、玄関で大音響がとどろいた。

だが、刃弥彦は特にあわてもせず、入れなおしたお茶をゆっくり飲んでから、片付けに向かった。

案の定、下駄箱がひっくり返っていたが、修復不能なほど壊《こわ》れたものはない。

元に戻し終えて、食堂に戻ってきた刃弥彦は、胸もとに手をあてた。それまで、優しげな微笑《びしょう》を浮かべていた彼の口もとが、きゅっとひきしまった。

細めた瞳に、厳しげな光が浮かぶ。ふところから取り出したものを口と耳に寄せて、呟いた。

「もしもし?」

携帯電話も普及してきたが、まだ誰でも持っているとは言いがたい。刃弥彦がふところから取り出したのは、機能は似ているが、原理の異なるものだ。

刃弥彦が手にした片方は巻貝であり、もう一方は人間のそれにそっくりだが小さすぎる頭蓋骨《ずがいこつ》だ。レプリカなのか、本物なのか。

「……ああ、晴恋菜くんなら、いま出ていったところ。え? お弁当? ……ふふ、もちろん大丈夫だとも。小豆のいいのが手に入ってねえ」

刃弥彦は快活《かいかつ》に言葉を続けた。

「……残念ながら、転校生とやらの正体は、まだわからんよ。晴恋菜くんに悪影響がなければいいんだけどね。ともあれ、こちらは順調。そちらは、いい加減、その気になってくれたかね?」

しばらく、刃弥彦は彼方《かなた》からの報告に耳を傾けていた。

「追いつめ方がたらんのじゃないか? わかっているよ。死なせては苦労が無駄になるんだが」

そこまでは気楽《きらく》そうたっだ刃弥彦が、表情を変えた。口もとの笑みが消える。

「確かに、能力者は殺されている、……ああ、私たちがまったくあずかり知らぬゴーストによるものが。それも考えていたより、ずっと多く」

刃弥彦の瞳《ひとみ》の奥に、晴恋菜には見せたことのない危険な光が宿っている。

「それらの事件も『あれ』が弱りはじめたせいだと、私は思うよ。いや、よそで暴れているモノたちが、邪魔《じゃま》になることはないと思うね。むしろ『あれ』を弱らせる助けになるのではないかな」

少し、相手の言うことを聞いていた。

「そうだ。『あれ』の仕組みは、まだよくわかっていないからね。用心にしくはない。しかし、きみはまず、そちらをよろしく頼むよ。では……え？　夕飯？」

刃弥彦の表情が、日常のものが戻ってきた。

「通信販売で取り寄せた、絶品のみたらし団子が……」

そこで刃弥彦は、怒鳴《どな》られたようで、首をすくめた。

「わかったわかった。どうしても戻ってくるのかい？　少年のほうは大丈夫なんだろうね？　……確かに、その程度を生き延びられないようでは、晴恋菜くんの役には立たないが……。ああ、わかったとも」

刃弥彦は、軽くため息をついて、頭蓋骨と巻貝をしまいこんだ。

「食事なんてものはエネルギーさえ補給できればいいんだ。なんで、ああ急いで戻ってくるのかな。カナカは、ちと晴恋菜くんに思い入れがすぎる」

ぼやきながら、彼は、自室へと戻っていった。

途中、冷蔵庫から、チョコレートバーを十本ほど取り出していったが。ちなみに刃弥彦は、贅肉《ぜいにく》のいっさいない、スマートな体形だ。

3.

「……始業式の時に見た人影？」

登校直後の教室で、いきなりアーマリアに問われた。

「せや。メールには和風の人影を見た、だけやったやん？　もうちょっと詳しいこと、覚《おぼ》えてへん？」

今朝の、刃弥彦《はやひこ》との会話を思い出し、晴恋菜《せれな》は複雑な気分になった。

「どないしたん？　なんか悪いこと言うた？」

「いえ、なんでもありません……。ただ、詳《くわ》しくと言われても、本当にちらりと見えただけで……」

「うーん、そうか。なんかない？　和風の衣装《いしょう》て言うても、ほら。紋付袴《もんつきはかま》とか振袖《ふりそで》とか色々あるやん？」

「……そう、ですね。ええと……そうだ！」

晴恋菜は、古文の教科書を開いて一枚の絵を示した。

「公家《くげ》？　烏帽子直垂《えぼしひたたれ》とか、そんな感じ？　狩衣《かりぎぬ》とか」

金髪《きんぱつ》にエメラルド色の瞳《ひとみ》をしたアーマリアからすらすらとそんな単語が出てくるのは、いささか違和感があった。

もっとも、晴恋菜とて魔術《まじゅつ》のカムフラージュを解くと、銀の髪にサファイア色の瞳だったりするのだが。

「こんな格好《かっこう》で道を歩いていたら目立ちますよね……」

晴恋菜は、自分自身の目撃情報を信用しかねていた。

「ううん。そうとは限らへんの」

アーマリアが、真剣な表情で晴恋菜を見つめた。顔を近づけて、声をひそめて話しはじめる。

「晴恋菜ちゃんが見たのが、ほんまに『人』やったならともかく……」

「……あの人は確かに人間に見えました」

ゴーストの可能性に思い至《いた》って身をすくめる晴恋菜に、アーマリアは、不安を増すような言葉を返してきた。

「そういうのもおるねん」

あっさりと言ってのけ、これまで浮雲とともに遭遇《そうぐう》した、生きた人間にしか見えぬゴーストのことを教えてくれた。つい先日も、そういったゴーストに狙われた少女を守って戦ったのだという。

「そのコのお父さんが、田中《たなか》さん言うて、トラックの運転手をしてはるねんけど。これがなかなかの人物で……」

「ちょっと、そこでひそひそやってる人たちー」

「は、はいっ」

教室の向こうから、声が飛んできた。

晴恋菜は、くっつきそうなくらいアーマリアに近づいていた顔を、ぴょんと跳《は》ねあげた。

「今日の、文化祭準備なんだけど」

そう声をかけてきたのは、ショートカットにピアスの女の子だった。保健委員だ。鷲尾芹《わしおせり》、という。クラスでいちばん小柄な体に似合わぬ豪胆《ごうたん》な性格で、クラスをまとめる影のリーダーだ。わずか数日で、学校一の変人コンビとして名をあげた二人に、平然と声をかけてくるのは、彼女くらいしかいなかった。

「手伝えるよね。クラブ入ってないし」

芹は、拒否されるなどまったく考えていないようすだ。

晴恋菜は、一瞬《いっしゅん》だけ返答に躊躇《ちゅうちょ》した。

彼女のかたわらで、むすっとした顔つきの玲香《れいか》が、こちらを見ていたからだ。だが、一緒に仕事をすれば、話す機会があるんじゃないかと、自分をはげました。

「はい。大丈夫です」

勇気をふりしぼって、晴恋菜はそう答えていた。芹は満足そうにうなずき、玲香は表情を変えずに晴恋菜を見つめ、そして他のクラスメートは戦々恐々《せんせんきょうきょう》と興味津々《きょうみしんしん》がまじりあった顔つきで、こちらを注視している。もちろん、晴恋菜とは目をあわせないようにしているが。

「ちょっと、晴恋菜ちゃん。そんなこと言うても。あの、あれがほれ……」

　あわてたようすで晴恋菜の袖をつまむアーマリアを、芹がじろりとにらんだ。

「あぁん？　虹《にじ》っちゃぁん？」

　アーマリアは、初日『虹野《にじの》』でもよいと宣言して以来、親しみをこめて「虹ちゃん」と呼ばれていた。親しくなりたいと思うクラスメートが多かったからだ。だが、芹の口調は、親しげとは言いがたいものだった。

「なんか用事でもあるの？　あるってぇの？　クラスの文化祭準備より重要なことがあるなら聞いてやんよ？」

　百四十センチちょっと。アーマリアより低い身長が、ごごごと音を立てて伸びてくるような迫力だ。

「……ありません。喜んで参加させていただきます」

　アーマリアも深々とお辞儀《じぎ》をしていた。


　――そして。昼休み。

「むう。だとすると、今日のパトロールは、拙者《せっしゃ》が一人で行わねばならぬのう」

　三人は、秋晴れの空が気持ちいい屋上に集まっている。

　これが、毎日の習慣だ。晴恋菜が、ゴーストについてのレクチャーを受け、浮雲《うきぐも》とアーマリアが鎌倉について色々と教わるという、そういう日々である。

　もっとも、浮雲とアーマリアにしても、何匹かのゴーストを退治した経験以外に、いまの事態についての知識があるわけでもなかった。銀の雨の正体も、ゴーストがどのような存在であるかの分析も、まだまだ体験によってデータを収集している段階でしかない。失敗もあり、人の死に出くわしたことも一度や二度ではないようで、何回か、晴恋菜は、はぐらかされたり、黙りこまれたりした。二人とも、ごまかすのは器用ではないらしく、つらさが瞳ににじみでる。

　そういうときは、ぎこちなく晴恋菜が鎌倉《かまくら》案内に話題を切り替えるのだが、そちらも、あまり実のあるものではなかった。歴史的なことについては、刃弥彦から講義も受けていて詳しい。だが、いま流行のスポットや人気のある場所、学生たちが囁《ささや》く都市伝説的なものなどは、とんとうとい。

　かくして、昼食時のひと時は、おおよそ、雑談会と言ったほうがいいような雰囲気になっている。

「さて……拙者《せっしゃ》ひとりでとなると、どういうルートでパトロールに回るべきでござるかな」

浮雲が、腕を組んで考えこむ。

「そない深刻にならんでもええやん」

アーマリアが、三段重ねの重箱を開けた。

「今日も豪華《ごうか》ですねえ」

のぞきこんだ晴恋菜が、感動の声をあげる。アーマリアの背後で、シルーディアがもじもじした。この弁当は、彼女とアーマリアが共同作業で作っているというのだが、晴恋菜がアーマリアに『どのへんがアーマさんの？』と尋ねたところ『主として味見』という答えが戻ってきた。

アーマリアが、重箱の一段目を、ぐいっと浮雲につきつけた。

「ま、ええから、お食べ。おなかがからっぽでは、ろくな思いつきも出てけえへん」

みっちり並んだおにぎりから、浮雲は、上に小さなツナフレークが乗ったのをつまみあげた。見事な三角形で、とても骨だけの指で握ったとは思えない。

「うむ。うまい。塩加減も絶妙」

浮雲が言うと、シルーディアのもじもじっぷりがさらに激しくなった。

それを見ながら、晴恋菜は、自分の弁当箱を取り出した。包みの結び目をほどき、ふたを開ける。

「…………」

硬直《こうちょく》した晴恋菜をいぶかしく思ったのか、浮雲が弁当箱をのぞきこみ、口笛を吹いた。

「いや、これはまた大胆でござるな」

弁当箱には、びっしりと隙間《すきま》なく、おはぎ『だけ』が詰めこまれていた。箸《はし》やお手拭《てふ》きすら入っていない。

「刃弥彦さん……」

晴恋菜は、がっくりと脱力した。

「うわあ。晴恋菜ちゃんて、意外と豪快《ごうかい》やねえ。ひとつ、いただいてもよろし？」

「いえ、これはその私ではなく……よろしければ、どうぞ。一つといわず」

むしろ丸ごとと……と言おうとした時、おはぎの詰まった弁当箱が、晴恋菜の手元から消えうせていた。

「えっ？」

晴恋菜が、ぽかんと空になった手元を見つめていると、いきなりシルーディアが、がばっとのしかかってきた。

「へわっ？」

のしかかられて妙な声をあげてしまった。

晴恋菜の視界を、黒い奇怪《きかい》な影が横切った。鼓動《こどう》二回ぶんほど時間をついやして、晴恋菜は、何が起こるはずだったか理解した。シルーディアが押し倒してくれなければ、その奇怪な影は、晴恋菜の頭にぶつかっていた。

「クケェーッ！」

――ぶつかってどうなるかは、想像さえもおぞましい。

奇怪な声をあげるそいつは、鳥に似ていた。だが四枚の翼《つばさ》と、そして腹部に人間の顔を持つ鳥など、この世に存在するはずはない。

「クエケケーッ！」

ならば何か？　世界の外側にいるものだ。

ゴースト。

シルーディアが離れた。ばね仕掛けのように俊敏《しゅんびん》に立ち上がる。彼女のスカートがひるがえり、その手に細身の剣があらわれた。いわゆるレイピアだ。

晴恋菜は、立ち上がらなかった。自分の動きがにぶいのは知っている。無駄な時間を費やす必要はない。晴恋菜は、上半身だけ起こして、カバンにしまったワンドを手に取ろうとした。

その段階でようやく、カバンごと教室に置いてきてしまったことに気がついた。

「……あ」

「隠《かく》れよっ」

かがんだ姿勢でアーマリアが駆《か》け寄ってくる。ぐいっと手を掴《つか》み、ひきずられた。

そこに鳥に似たゴーストが襲いかかってくる。蹴爪《けづめ》は、ナイフほども鋭く長い。

「しぇいっ！」

裂帛《れっぱく》の気合がほとばしり、ゴーストの動きが、がくんと止まった。

浮雲の指先から、ほとんど視覚に捉えられないほど細い糸が伸びている。特殊な製法で鍛《きた》えられた鋼《はがね》の糸なのだと、晴恋菜は教えられた。それが、ゴーストを、がんじがらめに捕らえていた。

浮雲はオープンフィンガーグローブのようなものをはめている。鉄の板を縫《ぬ》いこみ、上腕部のなかばまでを覆《おお》うそれを、手甲《てっこう》というのだそうだ。浮雲が念を凝らすと、その手の甲の部分に、奇妙な紋様が浮かび上がり、ほのかな輝きを帯びて高速で回転した。

浮雲が、鋼糸をひきしぼった。

「りゃあっ！」

次の刹那《せつな》、爆発するように黒い羽毛が飛び散った。

忍者がこういう武器を使うものなのかどうか、晴恋菜は知らないが、なんにしても浮雲の戦闘能力が常人《じょうじん》離れしているのは間違いない。

飛び散った羽毛は、まだ空中にあるうちに、霧のように分解してさらさら虚空《こくう》へ流れた。それは陽光を反射してきらりと光った。

「あっ……」

アーマリアが手をさしのべる。だがそれは、彼女の指先をかすめることさえなく、床にこぼれ落ちた。そして、銀色のしみになってしまう。

「また、コレ……。昨日と一緒や」

アーマリアの白い指先が、しみをなぞった。

「なんか、字ぃが並んでるみたいにも見えるけど。こんな字ぃ、ないよねえ……」

「……ですよね」

晴恋菜ものぞきこんだ。ふと記憶の隅が刺激される。だが、形にはならなかった。

アーマリアは、首をかしげ続けている。

「これまでのゴーストと、なんで違うんやろ」

昨日、戦って駆除《くじょ》した、歩く死骸《しがい》のようなゴーストが、やはりこういう痕跡《こんせき》を残した。これまでのゴーストは、銀色の塵《ちり》に分解され、消えるだけだったのだが。

「分解した残骸《ざんがい》を回収できたら、ゴーストの正体を探る手がかりになると思うんやけど。銀色のところなんか、いかにも証言にあった銀の雨と関連あるっぽいのにな」

アーマリアが、悔《くや》しげにため息をついた。

その彼女の肩を、姉のシルーディアが、ちょんちょんとつついた。

「なに、お姉ちゃん？　ん？　なんでまだ、レイピアをかたづけ……ありゃま」

シルーディアの指さす先を見つめて、アーマリアは目を丸くした。彼女の表情を見ていた晴恋菜は、その視線を追いかけた。

この屋上には、水道用の給水タンクがある。

そのタンクの上に、先ほどの、鳥に似たゴーストとそっくりなやつらが十数羽、止まっていたのだった。

「くけぇーーーーっ」

声が屋上全体に響いた。それは、くちばしではなく、腹にはりついた顔が叫んでいるのだった。

地獄からやってきたかのような、醜悪《しゅうあく》な鳥どもが一斉《いっせい》に飛び上がり、晴恋菜たちに襲《おそ》いかかった。晴恋菜たちに群がり、蹴爪とくちばしで引き裂《さ》こうとする。

むろん、黙って餌食にされるわけにはいかない。浮雲の鋼糸は間断《かんだん》なくゴーストを捕《と》らえては屠《ほふ》ってゆく。アーマリアの身ごなしはたいしたもので、うまくゴーストを惹きつけては、姉のレイピアの前に誘導している。

十数羽のゴーストも、そう時間をかけず、片付けられていた。

晴恋菜は、何もしなかった――できなかった。

4.

「ちょっと、たかが昼食に、いつまでかかってんの！」

晴恋菜《せれな》が、教室に戻るなり、鷲尾芹《わしおせり》に一喝《いっかつ》された。怒鳴《どな》っておいてから、芹の顔に、いぶかしげな表情が浮かぶ。

「……どうしたのよ、その格好《かっこう》」

制服があちこちすりきれて、汚れている。

「いろいろと、ありまして」

晴恋菜は、疲れきった顔で答えた。

肉体的な疲労より、精神的消耗《しょうもう》が激しい。何もできずに逃げ回るだけというのは、心理的に負担がかかる。逃げていただけなのに、多少のすり傷と服の汚れだけですんだのが、また申し訳ない。

その罪悪感はおいても、もちろん、ゴーストと戦っていましたなどと、正直に話すわけにはいかない。『虹《にじ》っちゃんはどうしたのか』と問われても、ごまかすしかなかった。アーマリアは、肩口に傷を負い、保健室に行っている。浮雲がついていってやるのかと思ったら、少し調べることがあると屋上に残った。芹がうるさいからと、晴恋菜は言い訳しに帰されたのだ。だが何を言えばいいのか思いつけず、ただ謝《あやま》るだけだ。

「たくもう、しょうがないわね。あんたらのことも計算して仕事を割り振ってんだからさあ」

昼休みにも、作業は行われているのだった。

このクラスの出し物は、ＲＰＧ喫茶。スーファミのゲームの仮装をして『やくそう』や『ポーション』と称したオヤツやジュースを出そう、というものだった。発案者は『世間に十年先行したアイディアだ』と自画自賛《じがじさん》していたが、テレビゲームを遊ばない晴恋菜には、何がなんだかわからない。ともかく、小道具や仮装の衣装をたくさん作る手伝いをしていた。

「文化祭まで、もう時間がないんだから、決まった通りにやんなきゃ間に合わないよ」

芹が、教室の壁に貼られたスケジュール表をびしりと指差す。もちろん、作成したのも芹である。

「わかる？　そもそも、文化祭ってのは……」

「やめときなよ、芹ちゃん」

　クラスメートの一人が、くどくどと説教を続ける鷲尾芹の袖《そで》を引いた。

「あん？　なんだよ」

　その女生徒が、芹の耳元に口をよせて何かささやいている。晴恋菜には『のろい』というくちびるの動きが見て取れた。芹はあきれた顔でその生徒を見たが、やがて晴恋菜の顔をのぞきこみ、小さくため息をついた。

「あんたも、色々苦労すんね」

「はい。ありがとうございます」

　晴恋菜は、素直《すなお》にぺこりと頭をさげた。それを見て、芹がぼりぼりと頭を掻く。

「放課後は、ちゃんと手伝いな」

　もちろんです、と返事をしかけて、晴恋菜は、こちらを怯《おび》えた目で見つめるクラスメートに気がついた。迷惑じゃないかな、と思う。

「わたしは持ち帰って作業をするとかでも……」

「準備から一緒に！　みんなでやることに意味があんだよ。一緒にできるのは、一生に一回だけなんだから……あんたも、いつまでも掴《つか》んでんじゃないよ」

　芹は、もうひとりの女子の手をふりはらい、晴恋菜にくるりと背を向けた。顔をごしごしとこすりながら、芹が向かった先を何気なく追うと、玲香《れいか》と視線があった。

　硬《かた》い表情で、こちらを見ている。晴恋菜も、どういう顔をすればいいのかわからなくて、かちんとこわばった。

　そうしたら、晴恋菜のおなかがぐうと鳴った。

　同時にチャイムが鳴って、先生が入ってきた。


——五時限目が終わった休み時間。

　いきなり浮雲《うきぐも》が飛びこんできた。窓からである。

　この教室は二階で、彼の教室は三階。ほぼ真上。だからといって窓からやってくるというのは、無茶だ。しかも彼は、忍者《にんじゃ》の黒装束《しょうぞく》だった。手甲までつけている。

　学園三変人《へんじん》としての評判は定着しているが、それでもこれは驚きで迎えられた。クラス中から、好奇心いっぱいの視線が集中する。とはいえ、近づいてきて、会話に耳をそばだてるような者はいない。

「敵の目的がわかった」

　浮雲の言葉は、じつに簡潔だった。緊迫した空気に、晴恋菜とアーマリアは、ごくりと唾を飲んだ。

　二人の視線を浴びて、浮雲はこう続けた。

「いや、本当はよくわからんのだが」

「どっちやねん！」

小声でアーマリアがツッコミをいれる。

「ゴーストを送りこんでくる狙いはわかった。だが、真の目的はわからん」

「せやから、どっちゃやねんっ」

アーマリアが、小さく吠える。

だが、わかったのかわからないのか以前に、晴恋菜には気になる単語がまじっていた。日常で使うとは思ってもみなかった言葉。最初に言われた『敵』。そして。

「送りこんで？　あの……」

あれは本当に、誰かが意図《いと》的にやっているというのか？

朝、刃弥彦《はやひこ》に示唆《さ》されていなければ、理解するまで、かなり説明してもらわねばならなかったかもしれない。それは、晴恋菜の中に、まったくなかった発想だから。

晴恋菜の顔に浮かんだ不安の表情に気づいたのか、アーマリアが、申し訳なさそうに言った。

「ああ、ごめんしてや。余計な心配をさせたらあけへんと思て、口をつぐんでたんやけど。……ちょっと、なんでいきなり、晴恋菜ちゃんに」

アーマリアは、浮雲の足の甲をかかとで踏んだ。

「急ぐからだ」

こめかみに汗を浮かべて、浮雲が答えた。

「証拠を掴《つか》んでから、ショックが少ない形で説明しようと、アーマは言ってたんだが……」

と、そこまで言ってから、浮雲は台詞を巻き戻した。

「アーマは、申しておったのでござるが」

「わざわざ言い直さんでええのん」

ツッコんだアーマリアの、口もとが少しゆるんだ。浮雲が、忍者口調になったのは冷静さを取り戻した証拠。そうと悟って、彼女も緊張がほぐれたのだろう。

「敵の正体も、最終的な目的もまだ謎でござるが。これをごらんあれい」

ふところから一枚の半紙を取り出した。屋上で倒したゴーストが残した紋様《もんよう》が、筆《ふで》で書き写されている。

「これをファックスで知り合いに送ってみたのでござる。その方が言うには。昔の魔術《まじゅつ》やら呪術《じゅじゅつ》やらに使われるものだそうな。何度も重ねて書いて、何かの封印《ふういん》を破るためのもの。つまり、この学校に封じられる何かを呼び覚ますために、ゴーストを送りこんでおる、と」

ふつうなら、笑い出すか小馬鹿にするしかないような言葉を、真剣きわまりない口調で、浮雲は言った。もちろん、アーマリアも晴恋菜も、どちらの反応もしない。

細い金色の眉をひそめて、アーマリアは尋ねた。

「昔の魔術って、どのくらい昔なんやろか？　明治《めいじ》とか江戸《えど》時代とか？　この学校、創立百年とかいうけど？」

「これは、何千年も前に使われておった日本独自のなんとか文字じゃそうな」

言いつつ、浮雲は、眉にツバをつける動作をしている。

「神代《じんだい》文字、ですか？」

晴恋菜は言った。古代文字についての基礎知識くらいはある。浮雲がうなずいた。

「そのうちの、なんとかいう文字だと聞いたでござる」

「ぜんぜん、わからんわ。晴恋菜ちゃん、わかる？」

アーマリアが、顔をのぞきこんでくる。何かというと、顔をむやみに近づけてくるのが、彼女のくせだ。

「門前《もんぜん》の小僧、ですが。父の専門ですので……」

古い日本の呪術、神代文字なら研究対象だし、守りの封印《ふういん》といえば、父が得意としているジャンルだ。

「今日にでも、父と連絡をとってみましょうか？」

「それは助かるが、返事がいつ、いただけるものか」

浮雲たちも晴恋菜の両親が海外にいるのは知っている。

「こうも立て続けにゴーストがあらわれたからには、封印とやらが、すでに解《と》けかけている可能性もある」

「文字になったんは、昨日からやん」

「これまでに倒したゴーストにも、何か意味があったのかもしれん。封印解放の布石《ふせき》として」

アーマリアと浮雲のやりとりに、晴恋菜は悪寒《おかん》を覚えていた。たくさんのゴーストを、誰かが送りこんできたのだとしたら、ゴーストを倒せる者がいると知っていたことになるのではないか。これまで遭遇《そうぐう》したどのゴーストより、その考えは、晴恋菜を戦慄《せんりつ》させた。

「ゴーストに人を襲わせ、封印を解こうとしていたのが、方針を変えたんかもしれんやん」

アーマリアの言葉を聞いて、晴恋菜は呼吸することを思い出した。それなら、晴恋菜の存在を知らずに送りこんできた可能性はある。そして、自分がいたから、誰かがゴーストの犠牲《ぎせい》にならずにすんだのかもしれない。この思いつきは、いくらか晴恋菜の心を温めてくれた。

「拙者らという退治人《たいじにん》の出現で、あるいは方針を変えたのかもしれん」

晴恋菜にとって、これまでゴーストは自然災害に近いものだった。だが、悪意としてのゴーストは、はじめての経験だ。晴恋菜は、どこからかカタカタという音がするのに気づいた。いったい何の音だろうと思ったが、そんなことより、浮雲の言葉が重要だ。

「さっきの大量の鳥は、封印解放にいよいよ本腰をいれてきた証《あかし》ではあるまいか」

「なるほど。うっきーが、あれがわかった、これがわからん、いうてたことはだいたい理解でけたけども。ほんで、これからどないしよういうのん？」

「むろん。迎え撃《う》つ。いったいどのような封印が、何を封じておるのか知らぬが、ゆるめたからには、中身を取りにこよう。仕掛けた本人が」

「……ここへ？」

　アーマリアが眉間にしわを寄せ、浮雲はうなずいた。

「ゆえに、待ち伏せ、捕らえて、真意を聞き出す。銀の雨やゴーストについても情報を持っているやも知れぬ」

　アーマリアがうなずいた。

「わかった。そいつをやっつけたら、鎌倉のゴースト事件も解決、いうことやね。……準備がいるわな」

　晴恋菜は、愕然《がくぜん》として言った。

「ええと、そ、それは放課後、す、すぐにでしょうか。きょ、今日は……」

「放課後ではござらん。いまからさっそくでござる」

「……六時限めをサボれと⁉」

　晴恋菜は、驚きのあまり、教室中にひびく声をあげた。散りかけていた注目が、ふたたび集まる。

「あう」

　晴恋菜は、あわてて口元を押さえた。歯が人差し指を小刻みに噛《か》む。ぎゅっと噛みついて、きょろきょろとまわりを見回した。こちらを見ていたクラスメートたちが、そそくさと視線をそらした。

　ただ、芹と玲香だけは、憮然とこちらを見ている。特に芹は『なに言ってんだ、てめえ』と目だけで伝えてくる。たいした迫力だ。目を合わせたまま、晴恋菜は固まってしまった。

「いいえ、うちら二人とも抜けるんは、あきません」

　突然、アーマリアが、晴恋菜の頭を掴んで、自分のほうに向けさせた。キスでもするような距離で、ぐいっと瞳をのぞきこむ。

「クラスのみなに、余計な心配かけたらあかん。それに、スケジュールも守らんと。あんたは、ここでちゃんと授業を受けて、ほんで文化祭の手伝いをするんや」

　晴恋菜は、反論しようとした。なのに、舌が凍《こお》りついたようになって、言葉が出てこない。一緒に行くべきだと、理性ではわかっているのに、そうすると言えない。

「いや。ちょっと待て。晴恋菜どのは貴重な……」

「矢澤《やざわ》くん」

アーマリアが、珍しくも、浮雲を苗字《みょうじ》で呼んだ。

「うちらが、日本のあちこちを旅してるのはなんのためやったっけ？」

二人が見つめあう。

「そうでござったな」

浮雲が、おだやかな声で言った。

「考えてみれば、敵も、生徒が大勢いるところに、わざわざ来るまい。念のための見張りでござるよ」

「ていうことや。まあ、目はうちらで充分やろ」

微笑みを残し、晴恋菜の肩を軽く叩いて、アーマリアは立ち上がった。さわやかな香りを残して、彼女たちが教室を出てゆく。

それを呆然と見つめて、晴恋菜はやっと気がついた。

先ほどから続く、かたかたという音は、自分が震えている音だということに。

5.

六時限めは、数学だった。色々な数学者のエピソードや、数学の実用面についての解説をまじえた授業は、楽しくわかりやすく、人気がある。数学は苦手だった晴恋《せれ》菜《な》も、成績が伸びた。

といっても、晴恋菜は、もともと学年で十位以下に落ちたことがない。授業に集中し、綿密《めんみつ》にノートをとる勉強法のおかげだ。家に帰ってからは、魔術の練習で、学校の勉強などする時間がない。だが魔術師にもっとも重要なのは、集中力だ。修行で鍛《きた》えた集中力で、授業時間を無駄にしないのが、晴恋菜の学校生活だった。

そのはずだった。

だから、授業をさぼるなど考えられない。いや、そんな理由がなくても、決まりごとを破るなんて、考えてみたこともない。晴恋菜は、これまでずっとあらかじめ定まったことを、きちんと守ってきた。魔術の修行もそうだ。立派な魔法使いになるのだと、両親が決めてくれて、スケジュールも立ててくれた。

だから、六時限めをサボれと言われて、あんな声をあげてしまった。そうまでして受けている授業だけれど、今日はまったく中身が頭に入らない。何もかも、右の耳から入って、左の耳から抜けてゆく。

『どうしよう』

ずっと考えている。

『私は、どうしたらよかったんだろう』

まわりのようすにも、晴恋菜は、まるで気づいていなかった。クラスメートの何人かは、ひそひそ囁《ささや》きあったり、手紙を回したりしている。

そういった者たちが、ちらちらと視線を投げているのは、晴恋菜の隣《となり》だ。空いている。アーマリアの席だからだ。浮雲と、彼女たちの会話は、聞こえていなかったはずだ。晴恋菜があげてしまった大声をのぞいては。

クラスのうち二人だけ、真っ白なままのノートを見つめて、じっと手を動かさない晴恋菜を見ている。

アーマリアは、わざと、浮雲と腕を絡ませるようにして、はしゃいだようすで出ていってみせた。

命がけの戦いに挑むのだとは、誰も思うまい。

『どうするべきだったんだろう』

晴恋菜は考えている。本当は、答えなどとっくに出ている。考えているふりをしているだけだ。

『わたしが怖がってたから、アーマさんは、連れていってくれなかったのかな』

昼間、屋上では、足手まといだった。でもそれは、魔術《まじゅつ》武器のワンドがなかったからだ。いまは大丈夫。ちゃんとカバンに入っている。

『本当なら、いつも持ち歩かなきゃいけなかったのに。私が無用心《ぶようじん》すぎるから、愛想をつかされたんだろうか』

だとしたら、名誉挽回《めいよばんかい》をしたい。

『でも、できるかな』

ゴーストは退治できる。でも、もしかすると相手は人間だ。人間を傷つける。考えただけでぞっとする。

刃弥彦《はやひこ》さんが、あんなことを言わなければ、そんな可能性を考えなくてよかったのなら、こうも悩まずにすんだのに。刃弥彦との会話から、もっとイヤなことを思いついてしまう。

『もしかしたら、わたしを連れていかなかったのは、浮雲《うきぐも》さんが、封印《ふういん》を破る本人だからかもしれない……』

うん、そんなことはない。晴恋菜は、アーマリアが信じている人を信じようとした。だいたい、張本人なら、封印を解《と》く儀式があるなんて話をするわけない。……と、油断したころを、背後から襲うため？　魔術《まじゅつ》には、力ある乙女の生贄がつきもので……。

「おい、矛城」

前の席に座っている男子が、いきなりふりむいた。顔をあげたら、目と目があった。

「え、あ、はい」

驚いた。この席になってから、彼に話しかけられるのは、はじめてだ。いや、このクラスになってから、声を聞くのがはじめてかもしれない。

「ぶつぶつ言うのやめてくんねーか」

それだけ告げて、彼はまた前を向いてしまった。

「わたし……ぶつぶつ言ってました？」

「うん」

そっけない返事。まるで意識していなかった。考えが口から漏《も》れたのだろうか。

「き、聞こえてましたか？」

「何言ってんのかはわかんなかったけどな……なあ、さっきの。二年の人、虹野《にじの》の、噂のカレシ？」

「あ、はい」

なんだろうと思いつつ、晴恋菜は、素直《すなお》に返事をする。

「あれかあ。ヤローどもが嘆《なげ》くわけだな。まあ、なんだって、オレは別にいいんだけど」

そうだろうな、と思った。


彼にとっては、どうでもいいことだ。

でも、自分にとっては？

アーマリアと浮雲が、ううん、シルーディアも入れて三人が、本当はどういう関係なのか、大事なことじゃないのか。本当に恋人同士なのか。それとも、片方はそう装っているだけなのか。

なぜそれが大事なのか？　その関係が偽りだったとして、どう自分に影響するというんだろう。ほうっておいても、たぶん、自分はこのまま暮らしてゆける。以前と同じように、これからも。

わざわざ、怖い思いをしにいく必要がどこにある？

手元を見ていると、もっと考えこんでしまいそうで嫌《いや》だった。でも、授業は頭に入らない。だから黒板は見たくない。校庭は見下ろせない。また何か、見てしまうかもしれない。

晴恋菜は、教室を見た。机を並べているクラスメートたちを。こちらをちらちらと、おもしろがって見つめたり、怯《おび》えたりする者たちを。

どきりとした。なぜか、玲香《れいか》が、まっすぐに、こっちを見ていた。責められていると晴恋菜は思った。彼女の瞳に、晴恋菜自身が写っていた。

責めているのは、玲香ではない。

彼女とは、友だちでいたかった。なのに、この一月、まったく言葉をかわしていない。

なぜだろう、と思った。

自分に、勇気がなかったからかもしれない。

なすべきことをして、後悔《こうかい》をしたことはない。けれど、すべきことをせずに、後悔したことはある。怯えが、晴恋菜の中から消えた。くびきが、外れた。

「先生っ！」

晴恋菜は、立ち上がっていた。

「用事があるので、授業をさぼらせてください！」

言い訳のしようは、いくらでもあったはずだ。この教師《きょうし》は、そういったことにも鷹揚《おうよう》で、だからなおさら人気があった。なのに、晴恋菜が口にしたのは、こんなストレートな言葉だ。教師は苦笑《にがわら》いした。

「おいおい、矛城。いくらなんでも、それはないだろう。用事の中身はなんだ？　言えないなら……」

教師の言葉を、けたたましい笑いがさえぎった。

げらげらと笑っているのは、玲香だ。

「行ってこいよ、マジ子」

信じられなかった。彼女が、こちらを見ている。晴恋菜を見ている。しかも、白い歯を見せて、笑っている。

「なんかしんねーけど、ワケアリだろ？　行ってこいって。いいだろ、センセ」

「何を言ってるんだ、木菅《こすげ》！」

さすがに、教師の声に怒りがまじる。だが、玲香はそれをするりと無視した。

「マジ子さあ、あんた、何かこそこそやってるよね。虹っちゃんとさ、あのコのカレシと。あたしたちに言えないようなことを」

すうっと、玲香が瞳を細めた。

「あたしさあ、自分の人を見る目には自信があったんだよね。だから、この一ヶ月、迷いながらあんたのこと見てたけど……いいよ。やっぱ、あんたは面白いわ」

玲香が、親指を立てる。行ってこいよと、肩越しに、教室のドアを指差す。

「先生っ！」

鷲尾芹が、高々と手をあげた。発言の許可をもらう前に、話し出す。

「どうしても、文化祭の準備で必要なものがありまして。いまから行ってもらわないと売り切れます」

きっぱりと言ってのけた。

そして視線を晴恋菜に投げてくる。これは貸しだよと語りかけていた。

「売り切れるのか？」

怒りの矛先《ほこさき》をそらされ、気の抜けた声で教師が言った。

「売り切れるのです」

芹は、にこやかに笑った。百獣の王の笑いだった。

「……行ってこい」

教師が、ため息とともに言った。

晴恋菜は、迷わず窓から飛び出した。教室中が、わっと湧《わ》いて、彼女を送り出してくれた。


――だが、晴恋菜は知らない。彼女だけでなく、誰も知らない。複雑によりあわさった運命の糸の存在を。宿命が、虎視眈々《こしたんたん》と人々を翻弄《ほんろう》すべく狙《ねら》っていることを。うち捨てたつもりの、定めが、絡《から》みついていることを。

運命の糸車が回る。それは、人に幸せな出会いをもたらすだけではないのだ。不幸と、凶運と、破滅《はめつ》とに、導くこともある。

自分が多くの物を持っている。そのことに気づいて、それらすべてを守ろうとして、少女は戦いを決意した。

行く手に待つものも知らず、晴恋菜は走った。


ラルカンスィエル姉妹《しまい》と浮雲が、どこにいるのかは、わからない。だが、きっとわかると信じた。校内のどこかだ。さほど広いわけではない。

校庭を走っていると、ぽつりと、雨が頬にぶつかるのを感じた。

晴恋菜は、空を見上げた。雨雲が押し寄せてきている。不吉な予感が、晴恋菜の胸に押し寄せた。

彼女の運命の糸が、また一本、結ばれようとしている。それが幸運な出会いをもたらすのか、不幸と絶望にいろどられるのか――いまだ彼女に知るすべはない。

第五章　盾哉がつきぬける

1.

晴恋菜《せれな》が、持っているものを失うまいと走り出したその前日――。

彼女がいる街から、いくらか北にさかのぼった一点に、盾哉《じゅんや》はいる。歩き続けている。一人で。孤独に。山の中を。雨に打たれながら。

大勢の中にいたほうがいい……という忠告を信じきることができなかった。相変わらず人の目を避《さ》けている。ただし、これまでと一つだけ異なる点があった。

目的地がある。鎌倉《かまくら》だ。

田中雄大《たなかゆうだい》の忠告に従おうと思ったわけではない。見も知らぬ人間に頼るつもりもない。

あの街は、盾哉が生まれ育った土地だ。誰も住んではいないとはいえ、まだ『家』もある。すっかり忘れていたが、とりあえず行ってみようと思った。

近所づきあいも、ほとんどしていない。小中学校でも友人はほとんどいなかった。誰も、自分を助けてなどくれないのだ。鎌倉にたどりついたからとて、どうなるわけでもない。家だからといって安心して眠れるわけでもない。やつらは、おかまいなしに襲ってくるだろう。

それでも、あてもなく歩くよりは、目的地があるのだという意識は、心を支えてくれる。

『誰もいなくても、怖くも寂しくもない――こちらも誰も助けなくていい。身軽だ――』

盾哉は、自分に言い聞かせている。

足運びは、田中に出会う前よりは、いくらかしっかりしたものになっていた。もらった金のおかげで、食べ物だけは、ぎりぎりの量ではあるが得ている。自動販売機で買った。店には入れなかった。他人がいる。山近くの道端《みちばた》には、無人販売所の野菜や果物もあって助かった。

使ったのは、食料にだけだ。雨に打たれ続けた盾哉の服は、もはや機能を果たしていないが、新しいものを買うだけ無駄なので、そのままだ。

盾哉は、なるべく人のいない道を選んで、ひたすら徒歩で、鎌倉を目指している。道もよくわかっていない。鎌倉は南にある――。それだけが、盾哉の把握しているすべてだった。

そして目の前で、道は西と東に分岐《ぶんき》していた。

こんなこと、何度も出くわしている。

盾哉はどちらにしようかと思い迷うことはしなかった。空を見上げる。雨雲の動きを見る。つまりは風の方向。それに従って、東に曲がった。

いつもこうしてきた。不思議と間違ったことはない。いや、本当に間違わなかったのかどうかは、不確定だ。ただ、行き止まりになっていないだけ。

進んでゆくうちに、道はどんどんと荒れてきた。だが、広さは変わらない。左右に人家がないのは望むところ。だが、舗装《ほそう》が途切れがちになってきた。

やがて道は、ただ石が敷き詰められているだけになった。水溜りが広がり、歩きにくい。

そして、道は、行き止まりになっていた。

今度は、風も雲も間違ったのだろうか。

まだ、道路そのものが工事中のようだ。砂利の広場にブルドーザーなどの重機が駐車されている。

どっと倦怠《けんたい》感に襲《おそ》われた。ブルドーザーの運転席は、扉が開いたままだ。あそこなら横になれそうだ。しばらく、何もかも忘れて休むのだ。ぐっすりと。

盾哉は、空を見た。どんよりと垂れこめる雨雲。水滴が、開かれた眼球に飛びこんできたが、盾哉は気にしなかった。雲の向こうの太陽は、まだかなり高い。あたりがうす暗いのは、雨雲が陽光をさえぎっているからだ。

盾哉は、まだ眠るには早い、と思った。

顔を雨に打たせているうちに、倦怠感が、汐が引くように消えていった。少年は、自分が死の誘惑をふりはらったことに気づいていない。

眠らないなら、来た道を引き返すしかないな、と盾哉は思った。くるりとふりむく。

目の前に、シャベルをふりあげた人影がいる。ランニングシャツにニッカボッカ、そして腹巻。これで顔が青黒く腐《くさ》り果ててさえいなければ――。

「うわああっ」

盾哉は、声をあげて背後にとびすさった。

刹那《せつな》、シャベルが宙を割るようにふりおろされる。

ふりむくのが一瞬《いっしゅん》でも遅れていれば、盾哉の頭はつぶれていた。

「またかよっ、畜生」

砂利道《じゃり》と水溜《みずたま》りに足をとられながら、盾哉は、必死で走った。数歩行くたびに、背後から『ぐしゃん』『ぐしゃん』と、地面に鉄板が突き刺さる音が聞こえてくる。

その音は、聞こえるたびに近づいてきた。

次は、すぐ真後《まうし》ろか、それとも自分の体が貫かれる音か――盾哉は、とっさに次の一歩を斜め前に踏《ふ》み出した。ぎりぎりで盾哉をそれたシャベルが、深々と地面にめりこむ。はねあげられた泥が、盾哉の膝から下をぐっしょりと汚した。

盾哉は、つんのめるように斜めに走った。

背後で、怒りの唸《うな》りがあがった。近くに一つ。さらに、まだ距離はあるが、くわえて複数。三……四……五か？　どんなモノが追いかけてきているのか。ふりかえって、確かめている時間はない。捕まってはならないという点では同じ。確認するその一瞬の遅滞が、生死を分けるかもしれない。休みたいとか、だるいだとか、そんなことを考えている一瞬の余裕もなかった。死にたくないという意識すらない。本能が盾哉を突き動かしている。

盾哉は、自分が曲がる方向の選択を間違えたと知った。目の前に、ぐんぐんとブルドーザーが近づいてくる。右によけても、左によけても、回りこまれて捕らえられる。

一瞬の閃きで、最善の判断をくださねばならない。

まっすぐか？　いや、一歩半だけ右へ。そして、上へ。ステップに足をかけて、盾哉は運転席へころがりこんだ。

視界の隅に、キーが突き刺さったままなのが見えた。

このブルドーザーが、巨大なブレードをふりあげて、ゴーストたちを一掃する。そんな光景を、盾哉は夢想《むそう》さえしなかった。重機《じゅうき》の操作など知らないけれど、試してみることはできたはずだ。

けれど、立ち向かうことは、彼の本能にはなかった。

手を前に伸ばし、運転席を掴み、体を引き寄せ、這うように進む。狭いトンネルをくぐりぬけるように。

盾哉は、頭からころげ落ちるように、運転席から抜け出した。また雨が、盾哉の背に激しくぶつかる。後押ししているかの勢いだ。

その後押しがなければ、掴みかかられていた――と思えるほどのすれすれを、おぞましい死斑の浮いた手がかすめていった。ぶんという空気を裂く唸りが、ごく至近距離で鼓膜《こまく》をふるわせた。もう心臓も破れそうだが、さらに加速しなければならない。

「ひゃひゃひゃひゃひゃひゃひゃっ」

けたたましい笑いが、聞こえた。その笑いにまじって小型のエンジン音が聞こえてくる。チェーンソー？ それとも道路工事に使われる何か。

脳裏《のうり》にうかぶ、さまざまに恐ろしげなイメージ。かつて見た映画の悪役ども。血塗られた肉斬り包丁を持つピエロ。人皮のマスクをつけ、斧をふりあげる大男。下半身のない、異形の怪物。

そのイメージを振り切り、置き去りにするために、盾哉はさらに逃げた。恐怖を直視せず、逃げた。だが、また行く手に道が途切れている。

砂利《じゃり》を敷き詰めた広場は、すぐに尽きる。木々が生え並ぶ、森が目の前だ。

そこに入れば、やつらの目をくらまして逃げ切れるだろうか。それとも、動きが鈍くなって、追いつめられてしまうか？ ――迷っている時間はない。盾哉は、ただ足が動くまま、森に飛びこんでいた。

そのとき、ぱん、という音がした。風船の破裂音をもっと重くしたような音だ。ほとんど同時に、強烈な衝撃が、盾哉の意識を真っ白に灼いた。

痛みもきわまれば、痛みとして感じられなくなる。

空気圧でリベットを打ち出すマシン。それが、盾哉のふとももをぶちぬいたのだ。

盾哉は宙を泳いだ。踏みしめる力が奪われただけでなく、踏むべき地面がなかった。木々に隠されて気がつかなかったが、森は平坦《へいたん》ではなかったのだ。崖になっていた。くだっている。

盾哉は、そのまま、崖をころがり落ちた。あちこちをぶつけ、すりきれながら。

意識が遠くなる。意志の力で支えようとした。ここで気を失えば、目覚めることもなくやつらに貪られる。それは嫌《いや》だ。だが、また痛みが意識を白く灼《や》く。そして、今度は黒に飲みこまれてゆく。

気を失ったまま負けると思った時、悔《くや》しさが、腹の底から湧《わ》いてきた。その時、遠くから声が聞こえた。

「……そこまでになさい。まだ……」

祖父を殺したあの『女』の声ではないかと思ったが、もう闇に落ちてゆく自分を止めようがなかった。

2.

盾哉《じゅんや》は、夢を見ていた。

以前にも見たことのある夢だが、久しぶりだった。

特にストーリーのある夢ではない。ただ、同じ少女が登場するだけの夢だ。場所がどこなのかもわからない。どこかで、女の子が笑っているだけの夢だ。この夢を見ると、盾哉はいつも幸福な気分になれた。彼女の微笑《びしょう》が、自分にだけ向けられているように思えたから。

だが、今日の夢は違っていた。

彼女は、微笑《ほほえ》んでいない。怒っている。それは、盾哉への怒りではないようだ。いつもの夢なら、盾哉にだけ向けられている目が、あらぬ方を見つめている。怒っていてもいい、自分を見て——。

「——くれよ！」

声が出て、目が覚《さ》めた。

目を覚ますと、また彼女が目覚めたのか、盾哉は自信がもてなかった。

本当に自分が目覚めたのか、盾哉は自信がもてなかった。あたりが真っ暗だったからだ。

闇の中で、横たわっている全身を打つ水滴が、自分がまだ生きているのだと、盾哉に確信を持たせてくれた。

雨雲のせいで、星明りすらない。盾哉は、上半身を起こした。あちこちが痛む。ゆっくりと手をのばして、右のふとももに触れた。予想していた激痛《げきつう》は、襲《おそ》ってこなかった。探っていると、ジーンズの破れ目に指が触れた。

しかし、傷はない。破れがリベットの貫通痕《かんつうこん》なのか、ほかの原因によるものなのか、判別できない。

撃ちぬかれたと思ったのは、勘違いだったのだろうか。すぐかたわらに、木が生えている。まっすぐなそれを支えに、盾哉は立ち上がった。

ヤツらの気配はない。

なぜ、気絶した自分を襲わなかったのだ。先ほど、逃げている途中にわきあがった感情が、ふたたびどっと押し寄せた。盾哉は、それが『屈辱感』という感情なのだと、知らずにいる。

立ち上がった。暗闇の中、しかも山中を歩くのは、とんでもなく危険だ。そもそも、自分がどちらに向かっているのかすらわからない。だが、じっとしていてヤツらに襲われるのは、たぶん山道を踏み外すより危険だ。

どこを目指《めざ》しているのかわからないという件についても、問題はなかった。行く手など、とうに見えない。

秋那の部屋を逃げ出した、あの時から。

一緒にいては巻きこむ、と思った。へたに連絡して、探されても困る、とも思っていた。

だが、いまなら、いいのではないかと思った。

自分自身、どこにいるのかわからないのだ。逃げ戻る気になっても、どうしていいかわからないし、見つけてもらうこともできない。

連絡をとってみるべきかもしれない。電話をかけただけで、秋那《あきな》が襲われることはないだろう。

幸い、電話代はある。田中《たなか》にもらった金だ。

盾哉は歩き続けた。手を前につきだして、足も小刻みに。何かぶつかるものはないか探り、おろす先にきちんと地面があるのかどうかに怯えながら。ときおり、立ち止まって、耳を澄ませた。近づいてくる足音はない。聞こえるのは、雨の音だけ。

目が慣れてきてさえ、捉えられるほどの光はなかった。代わりに、耳が教えてくれた。地面を、木々を、あらゆるものを打つ雨滴の音が、そこに何があるのかを知らせてくれるようになっていたのだ。

盾哉の歩調は、徐々に加速していった。

自分がどこに向かっているかはわからなかったが。

そして、昼間と大差ない速度で歩けるようになった時に、わずかずつあたりが明るくなりはじめた。夜明けだ。半日ほど、あそこで気を失っていたらしい。

あたりがすっかり明るくなると同時に、盾哉は、森を抜け出した。


目の前に、広い水面が開けていた。ダムだ。

盾哉は、ぽかんとその風景を眺めた。灰色の水面に、無数の小さな輪が、生じては消え、消えては生じている。空は水面と同じ色だ。けれど、その両者にはさまれた木々の緑は、雨に洗われたせいだろうか、鮮やかに美しい。

いま、盾哉が見ているのは、ダムに蓄えられた水の、湖面だった。どうどうと流れ出る水の轟《とどろ》きが、雨のカーテンごしに聞こえてくる。溜《た》まりすぎた水を排水しているのだろう。

よく見ると、湖面に雨滴が落ちたとき、まれにきらりと輝きが生じているようだった。なんだろう？　雲の隙間から、陽光が洩れて反射しているのか？　銀色の光が、波紋になって水面に広がっているように見えた。

なぜかそれが気になって、けっこうな時間、盾哉は、ダムをぼうっと見つめていた。

——と、彼は、身をすくませた。湖のほとりに、動くものを認めたからだ。目立つ、黄色いレインコートをまとっている。

ヤツらではない。生きた人間の動きに見える。

盾哉は、ダムには、管理事務所があるはずだ、ということに思い至った。

このまま無視して進んでもよかった。ダムに続く、ちゃんと舗装された道路はあるはずで、それは広い道に続いているだろうし、鎌倉《かまくら》にもつながっているはずだ。少なくとも、いつかはたどりつけるはずだった。

しかし、管理事務所には、電話があるはずだ。道を歩いてゆけば、公衆電話を見つけられるのは、いつになるか。今日中か、それとも明日になるだろうか。

盾哉は、思い迷いながら、波紋の広がる湖面を見つめていた。広がる円が、互いを打ち消しあい、ときには融合している。

ひどい眠気《ねむけ》が襲ってきた。

「おーい、きみ」

声がかけられたのは、盾哉が、そのまま、ここで眠ってしまおうかと思ったときだった。

眠気はふきとび、盾哉は凍りついたようにその場に立ち尽くした。

「どうしたんだ？　なぜ、そんなところにいる？」

声の主は、黄色いレインコートの人物だった。

盾哉は、動けなかった。最初の一言で身をひるがえし、森に身を隠していれば、追いかけられはしなかっただろう。だが、眠気のせいで反応が遅れた。その遅れが、迷いにつながった。

「降りてきなさーい。雨具くらいなら貸してあげるから。足もとに気をつけて」

とがめる響きはなかった。どちらかというと、なだめるように聞こえた。もしかすると自殺志願者か何かだと思われているのかもしれない。

「動けないのか？　だったら迎えに行くよ？」

「行きます」

盾哉は、とっさにそう応じていた。まだ顔は見えないが、ダム職員の言動は、あのトラック運転手、田中雄大のことをなんとなく思い出させる。結局、事故を通報せずに来てしまったが、彼は無事だろうか。

その罪悪感が、盾哉を動かしたのかもしれない。あるいは、単に心細かったのだ。誰も巻きこみたくないと考えていても、盾哉はまだ中学二年生でしかないのだ。

盾哉は、坂をすべりおり、歩いていった。

「怪我《けが》してるじゃないか！」

ある程度近づいたら、向こうが走りよってきた。ダム職員は、三十代か四十代の、人のよさそうな男性だ。盾哉の惨状に気がついたのだろう。ダム職員の視線は、盾哉の太ももに向かっている。盾哉は、ようやく、そこから下が赤黒く汚れていることに気がついた。

「血じゃないです。汚れてるだけです」

もちろん、それは血のはずだ。やはり撃《う》ちぬかれていたに違いない。傷はどこにもないが。

どうしてここにいるのか、適当な話をでっちあげた。

友人たちとハイキングに来た。はぐれて道に迷った。そして崖《がけ》からすべり落ち、さらに彷徨《さまよ》っているうちに、偶然、ここにたどりついた。

三割の嘘を七割の真実でくるむ。

「そうか。大変だったねえ。でも、遭難《そうなん》したときは動かずに救助を待ったほうがいいよ」

ダム職員は、盾哉を上から下までじろじろと見た。

「あのう……電話を貸してもらえますか」

盾哉は、おずおずと申し出た。

「え？　ああ、もちろん。こっちだ。歩けるかい？」

ダム職員は、あわてて歩き出した。かなりの早足だったが、ついていくのに苦労はない。

管理事務所まで五分ほどかかった。入るなり、彼はレインコートもそのまま、ロッカーを開けた。

「本当なら、もう何人かいるんだが。雨で、道が通行止めになったりしてるみたいでね」

言いながら、ロッカーからタオルをとりだし、盾哉を椅子に座らせると、温かいコーヒーを入れてくれた。

トラックの運転手と似たような反応だ。彼をもっと信頼すべきだったのかもしれない――という後悔《こうかい》が、盾哉にはある。ここで、やり直せるだろうか。もしかして万が一……この人もゴーストに襲われた経験があったりしないだろうか。

「着替えは何かあったかな……」

ダム職員の男性は、ロッカーを探っている。

「いえ、平気ですから」

盾哉の声が聞こえなかったのか、ダム職員はまだ探し続けている。その背中を見ているうち、盾哉は、ふとさきほどの思いつきを問いかけていた。

「あの、変なことを訊《き》きますけど。お化けとか、見たことはありますか？」

「は？」

ダム職員は、ジャンパーを取り出したところで、ぽかんとした顔でふりかえった。

「……なんでもないです。気にしないでください。それより、電話を貸してください」

「ああ、そうだったね。自由に使ってくれ」

デスクの上にあるものを指差《ゆびさ》した。

「本当なら、車で警察か病院まで送っていくべきなんだろうが、いまは私しかいなくてね。ここをがら空きにはできないんだ。いや、そもそも道がね」

職員は、壁にかけてある地図をさして、ここが通行止めだと連絡があって、と指先でたどった。地図を見て、盾哉は、自分がすでに、鎌倉までの道の、半ばまでは来ていたことを知った。

「同僚が見にいってる。まあ、電話は切れてないから、冠水で道路が通れないだけだろう。雨さえ止めば、すぐに迎えがくるさ」

彼は、デスクの上に手を伸ばして、電話機をひょいと取り上げた。ダイヤル式だ。

盾哉は、自分が膝の上に、ヘルメットを置いていることに気づいた。いままで、持ち運んできたことにすら気づいていなかった。それをどけて机の上に置くと、代わりに電話が膝《ひざ》の上に置かれた。

盾哉は、受話器を取り上げた。

ダム職員が、にこりと笑った。

「早く親御さんに電話して、安心してもらいなさい」

受話器を掴んだ手が、それを持ち上げる前に、ぴたりと止まった。親への連絡など、考えてもみなかった。

「私は向こうで仕事をしてるから、何かあったら呼んでくれたまえ」

そう言って、ダム職員は、ドアを開けて、隣の部屋に移動した。ただ、完全には閉められていない。

何かがおかしいと、ダム職員は感じている。だからといって、盾哉は、なすすべがない。

盾哉の正面に窓があって、そこからダムの湖面が見えていた。相変わらず、雨は激しい。雨にけぶる湖を見つめて、盾哉は、父に電話をかけるべきかどうか考えた。

父の電話番号は覚えている。外はもうかなり明るいが、まだ朝のうちだ。出勤が遅い父は、まだいるだろう。

だが、何を言えばいい？　ニュースは嘘《うそ》で、自分は祖父《そふ》に危害をくわえたり、家を燃やしたりはしていない、と。あるいは怪物に襲われているんだが、どうすればいい、とか。

……父が自分に戦う手段を叩きこんだのは、こんな風になることを知っていたからなのか？　何か、いまの状況について説明してくれるのではないか？

盾哉は、ためらいをふりきった。ダイヤルを回す。呼び出し音が四度響き、かちゃりと回線がつながった。

「もしもし……父さん？」

喉をつまらせた盾哉の問いに、重い声が戻ってきた。

「盾哉か。ちゃんと鍛《きた》えてるのか」

「あの、父さん。教えて欲しいことが……」

「いざという時にそなえろ、戦うための力をつけておかねばいかん。いいか……」

「それだよ。聞きたいのは、なんのために⁉　何と戦えっていうのさ。あいつらは何なの⁉」

父と子は、互いの言葉を聞かず、自分の言いたいことだけをぶつけあった。子が、まずくじけた。

父は、盾哉の質問には一切答えようとせず、どのように鍛えるべきかを、延々と語り続けた。父は、何一つ、変わっていなかった。一緒に暮らしていた頃、これが、父の自分に対する愛情なのだと思っていた。いまはもう、わからない。父には、何かたった一つのことしか見えておらず、それについて盾哉に説明するつもりはなさそうだ。

絶望的な気分で、盾哉は、こう言ってみた。

「父さん……。お祖父《じい》さんが死んだよ？」

一瞬だけ、間があった。ようやく対話が成立しようとしているのかと、盾哉は虚《むな》しい期待を抱いた。

「知っている」

はじめて父が、鍛《きた》え方以外の言葉を口にした。けれど、その応答には、感情の揺らぎはひとかけらもなかった。

そして、盾哉の期待は、すぐ粉々に打ち砕かれた。

「私は仕事が忙しくてな。始末は、近所に頼んである。そんなことより……」

「なんだよ！　そんなことって！　始末《しまつ》って！」

怒鳴りつけて、盾哉は、がしゃんと電話を叩きつけた。

3.

しばらくの間、盾哉《じゅんや》は電話を抱えたまま、まったく動かなかった。表情も動かない。全ての感情を奥底に押しこめた顔つきだった。

そして、盾哉は、もう一度、電話をかけた。感情は、顔つきからは消えている。しかし、ダイヤルを回す盾哉の指は、震《ふる》えていた。受話器を耳にあてる。

「もしもし、津島《つしま》です」

期待していた相手が出た。

「……オレ」

一言だけ。かすれた声で呟いた。それでわかってもらえなければ、電話を切るつもりだった。

「……え？」

戸惑《とまど》っている声が聞こえた。受話器を耳から外した。フックに戻そうとする。回線が切れる寸前。

「じゅんくんっ?!」

秋那《あきな》の声が聞こえた。盾哉は手を止めた。どうしようかと思った。戻すべきか、戻さざるべきか。秋那も何か迷っているようだ。沈黙がしばらく続いた。

「じゅんくん、元気なの？　どこにいるの？　教えて。おまわりさんとかには連絡しないから。お父さんとお母さんにもないしょにしておくから……」

がちゃんと音を立てて、盾哉は、受話器をフックに置いた。なだめるような、どこか計算された響きのまじる口調だった。秋那の真意は、さまざまな解釈が可能だった。希望を持って受け止めることもできたはずだ。彼女が、自分を疑っているとは思わない。思わないが——。

盾哉は、デスクに電話を戻し、ヘルメットを取り上げた。自分がいまから何をするべきか、なんの意志も発想もわいてこなかった。ぼんやりと、隣の部屋に通じるドアを見つめていた。

このままだと、めんどうなことになる気はしていた。だが、逃げだすのも、もうおっくうだった。


ドアが開いて、ダム職員が顔を出した。

「もう、終わったかい？」

瞳《ひとみ》の奥に怯《おび》えがある。盗み聞きされているのも、わかっていた。彼は、盾哉をなんだと思っているだろう。ただの家出少年か。それとも何かの犯罪者か。

男の視線が、ジーンズのふとももあたりに一瞬だけ向けられては、ぱっと逃《に》げさる。

なるほど、血がついているのに怪我がないとなれば、返り血だと誤解もされるだろう。やはり、田中のような人物は、世間にそうはいないらしい。

何も言わず、じっと自分を見つめる盾哉に、ダム職員の男は、不気味《ぶきみ》さを感じたらしい。猫なで声で言った。

「迎えには来てもらえるのかな？　もし……」

どどどどどどどん。

乱打が、その声をさえぎった。表に通じるドアだ。ダム職員は、そちらを見た。驚き、怯えている。

盾哉は、驚かなかった。怯えも、もうない。そんな感情はすりきれている。

あいつらが来たのだ。

「さがったほうがいいよ」

盾哉は、投げやりにそう言った。ダム職員の男は、状況をまったく理解できない顔つきで、盾哉を見た。何か、怒《いか》りに似たものが、その顔を横切った。けれど、さらに激しくなった乱打が、浮かぶ表情を怒りから怯えに変えた。みしり、とドアが歪んだ。あと少しで、蝶番がはじけとび、やつらがなだれこんでくるだろう。

「裏口はある？　そっちから逃げたほうがいい。オレは、そこの窓から出るから。……おじさんは、ちょっと間を空《あ》けて出なよ」

いい終わった時、ドアに限界がやってきた。ただし、予想していたのとは、別の形で。

めきいっという音とともに、合板製ドアの真ん中を突き抜けて、青黒い腕が飛び出してきたのだ。

殴りつけたからか、拳《こぶし》は砕《くだ》けて、黄色く変色した骨が突き出ている。赤い血ではなく、白くねっとりした、謎めいた液体がしたたっていた。腕は、何かを探るように、ぐねぐねと動きまわり、あたりをばんばんと叩いた。

「に、逃げようっ」

ダム職員が、盾哉の腕を掴んだ。そのまま、身をひるがえして、隣の部屋へのドアに向かう。だが、彼がドアノブに手を伸ばすと同時に、めしゃっという音とともに、シャベルの先端が突き出た。

がんっ、がんっ、と二度ふるわれ、大きく開いた破砕孔《はさいこう》から、腐《くさ》りただれた顔が、ぬっと突き出される。

「うひひゃははは」

ダム職員が、笑いとも悲鳴ともつかない声をあげた。壊《こわ》れかけている。今度は、盾哉が彼をひきよせた。

「しっかりしろ！」

盾哉は、彼をひきずって、窓に向かった。

手が届いた。同時に、窓の向こう側で、窓枠の下から、ぬっと巨体が立ち上がった。あまりの場違いさに、笑い出しそうになった。割烹着《かっぽうぎ》のおばさんだ。天然らしいチリチリパーマ。ただし体重は二百キログラム。その大半が筋肉。盾哉の太ももより太い腕。左手には肉切り包丁、右手にはチェーンソー。

割烹着は、べっとりと血にまみれている。

両腕をいっぺんにふりあげ、Xを描くようにふりおろした。一瞬で、窓全体が細かい破片《はへん》に変わる。

室内に、きらめく凶器がふりそそぐ。

「こっちへ……」

「ひぃやはあああっ」

盾哉がダム職員を引き寄せようとするのと同時に、彼が盾哉を突き飛ばそうとした。力加減の噛みあいで、盾哉は、チェーンソーの正面に吹っ飛ばされた。

ふりおろされたチェーンソーの先端が、盾哉の肩を深くえぐった。皮膚《ひふ》を裂《さ》き、肉をちぎり、骨《ほね》を削《けず》る。痛みは激烈だった。血が、びしゃりと床を汚した。

「あああああああ」

苦鳴をほとばしらせ、盾哉は身をよじった。床に倒れこんで、二撃目をかわした。

盾哉を、文字通り盾にした当人は、吐きそうな顔つきで、震えながらあとずさった。

「俺は関係ないっ。知らないっ」

怯えきった顔つきで言い訳しながら、ダム職員の男は逃《に》げた。部屋の隅へ。盾哉は顔をあげた。

そっちはダメだ、と苦痛をこらえて、盾哉は言おうとした。これまで、一週間以上も逃げ続けてきた盾哉には、ゴーストどもの手口が、いくらかわかってきていた。三ヶ所の入り口それぞれから姿をあらわす。でも入りこんではこない。壁のあるほうに逃げる。そこ以外は無防備に思えるから。背後を壁に守らせたくて。しかし、声をあげる体力が残っていなかった。痛みで、視界もおぼろにかすんでいる。

「うひひぃひぃひひぃ」

盾哉を生贄にさしだし、稼いだわずかな時間で、ダム職員の手が壁《かべ》に届いた。

「ひ」

そこまでだった。

足元に、大穴が開いた。それは盾哉にとっても予想外だった。ダム職員の男は、一瞬でそこに落ちこんだ。スイッチの切れた照明のように、あっけなく消える。

『……殺した』

盾哉の脳裏に、そんな単語が浮かんだ。

巻きこんで、死なせた。

予想していたほどの罪悪感《ざいあくかん》はなかった。むしろ『巻きこんだのが秋那でなくてよかった』と、そんな風に感じていた。自分が、その程度の、器の小さい人間だったことを、冷笑的に見ているもう一人の自分もいた。さっきは、秋那に見捨てられたとすねていたくせに、と。

ふと、まだあそこに落ちただけで死んだとは限っていないと、盾哉は思いついた。もしかしたら、捕《つか》まっているだけなのかもしれない。

そう祈った。盾哉自身は、さまざまな思考が脳内を疾ったせいで長く感じていたが、本当は、ダム職員の男が落ちて、ほんの三秒。

穴から、巨大な蚯蚓《みみず》のようなものが、にゅるりと頭部を突き出した。牙と、十個の光る目をそなえた怪物だ。

牙は、鮮血に濡れていた。巨大蚯蚓が、口を大きく開いて、盾哉を威嚇《いかく》した。その端に、人間の肉体の一部がひっかかっていた。

「ふへっ」

自分の口から、おかしな声が漏《も》れるのを、盾哉は聞いた。人間は、本当にどうしようもなくなると、笑うのだな、と思った。

「ふふふふふふふ」

笑いを止められない。そのまま盾哉は、身を起こした。膝をついた。起き上がれた。

背後から風を切る音が迫る。

前に倒れこむようにしてかわした。

同時に、表へのドアが、ついに壊れた。蝶番《ちょうつがい》がはずれたのだ。ドアを腕にはめたまま、腐《ふ》敗ガスで膨れた死体が、中に入ってきた。降りこむ雨とともに。

前転して、盾哉はその脇をすりぬけた。ヘルメットを、自分の内側にかかえこむように。

ざあああああ――。

ふたたび、降りしきる雨の中へ、ころがり出る。しのつく雨が、右肩の傷から血をしぼりだす。雨に濡れたコンクリートの上に、鮮やかな赤がまじる。

ぶるっと、盾哉は身をふるわせた。

チェーンソーと肉切り包丁をかまえた主婦が、追いすがってくる。凶器がふりおろされた。

ざざあああああっと、雨脚が強くなった。

さあああ。

雨が弱まった時、盾哉は数歩離れた場所に立っていた。自分でも、何が起きたのかよくわかっていない。

その盾哉めがけて、空気を割ってドアが投げつけられる。膨れた死体のしわざだ。

盾哉は、投げつけられた扉をかわした。だが、その直後に、槍《やり》のように飛来したシャベルはよけきれなかった。右ふとももの脇をざっくりえぐられた。

「くはっ！」

盾哉は転倒した。ぺたんとしりもちをついた。

もう少しずれていたら、脚を引きちぎられる重傷だったかもしれない。血と一緒に、小銭が、じゃらじゃらと音を立てて地面に落ちた。それにぶつかって、ぎりぎりで致命傷にならずにすんだのだ。

田中にもらった金のおかげだ。全部、もう地面にこぼれてしまったが。

「くそっ」

盾哉は立ち上がろうとした。痛みが脳天を突き抜けた。右足に力がまったく入らない。

ここまでなのか――。

盾哉は、荒い息をつきながら、座りこんだまま、あたりをみまわした。

怪物たちが、ゆっくりと近づいてくる。一気に襲いかかってこないのは、いたぶって楽しみながら殺すつもりだからか。あの『女』なら、たぶんそうするだろう。そうするために、ここまで自分を追いこんだのだ。

「まだ出てこないのか？」

出てこない。あの『女』が、またぎりぎりで止めてくれるのではないかと心のどこかで期待していたことを悟って、盾哉は自分に呆れた。

しかし、女は出てこない。

もう充分に盾哉は熟《じゅく》したということだろうか。こいつらに引き裂かれるようすを、楽しむつもりなのか。

それとも、盾哉が熟することなどないと、もう見切ってしまったのだろうか。

「たぶん、見切ったほうだよな」


どうしようもないとき、人間は笑う。

絶望の一番底までたどりつくと、どうなるかは、人によって異なる。盾哉は、まだ絶望を実感していない。だから、どうなるのか、わからない。わからないまま死ぬのかもしれなかった。

彼が、ぼんやりとしているうちに、ゴーストたちが、眼前に迫っていた。

びしゃりと飛び散った水滴《すいてき》が、座りこんだままの盾哉の顔を汚した。チェーンソーと肉斬り包丁をかまえた大女の、特大の足が、水溜りを踏んだのだ。

はるかに高いところから、黄色く濁った眼級が、盾哉を見下ろしている。やつが左右の腕をふりあげて――。

――Xの形にふりおろした。交差する、その一点が、盾哉の首であるように狙って。

無事なほうの足一本。その力だけで、盾哉は、我が身の位置をずらした。それだけでは、逃げ切れなかったろう。左手に持っていた、あのヘルメットを、とっさに凶器の軌跡《きせき》が交差する一点に突き出したのだ。

ヘルメットは、粉々に砕け散った。奇妙なほど細かく分解されて、きらめく粒子のように消え去ってしまった。

その一瞬《いっしゅん》、盾哉は、ヘルメットにこめられた、祖父《そふ》の想いを感じた気がした。不器用で口下手で、極端に照れ屋だったあの老人が、孫を心配していてくれたことを。

だが、彼の想いが託されたヘルメットは、ゴーストによって破壊された。

これでもう本当に、何もかもなくした。

本当の絶望。

先ほどの疑問の答えを、盾哉は知った。人は、絶望の一番底まで落ちた時、どんな感情を抱くか？　悲しみか、自己憐憫《れんびん》か、自暴自棄《じぼうじき》か、憎悪か、諦観《ていかん》か。

盾哉の場合、そのどれでもなかった。

腹の底から、猛然と、怒った。

「どこまで人をなめてんだ、ちくしょうっ」

どこへも逃げられなくなった。利き腕は斬られて動かず、立ちあがることさえできない。もう何もない。何もなくなって、はじめて盾哉は戦いたいと念じた。

巨体の女が、チェーンソーと肉斬り包丁をふりあげる。歩く死骸が、シャベルを拾いあげた。溺死体がよたよたと近づいてくる。巨大蚯蚓が、おぞましい泣き声をあげながら盾哉の背後に回りこんだ。

前後左右を、確実な死に囲まれた。

しかし――。

『腕一本、脚一本でも、できることはあるんだ……』

一体くらいは道連れにしてやる――。

そう盾哉が決意した時、奇怪な現象が起こった。

彼が手をついている水溜りが、銀色に輝いたのだ。

盾哉も驚いたが、ゴーストたちも意表をつかれたらしい。まるで怯えたように、一歩ずつさがった。

銀色の光は、ほんの一瞬、あらわれただけだった。あっという間に光は消え、そして水溜りもなくなっていた。その代わり、剣がそこに出現していた。まるで、光る水が集まり、その形に凝り固まったかのように。

奇妙な形の剣だ。左右に三本ずつ鉤型《かぎがた》に曲がった角が突き出ている。切尖が七つに分岐しているようでもある。

盾哉は知らなかったが、それは七支刀《ななつさやのたち》と呼ばれるものによく似ていた。

発掘されるそれと違うのは、柄の部分に、奇妙な文字のようなものが刻まれた、リングのようなものがついていることだ。

「これ……武器か？」

恐れる意味はない。盾哉はそれを手にした。すると、リングがゆっくりと回転をはじめた。

――雨が、その刀身に集まってくる。

ぞくりと、盾哉は全身が総毛立つのを感じた。何かが、自分の中を駆け回っている。これまで存在すら知らなかった——いや、知っている。力そのものは初体験だ。だが、この力をどうすれば解放できるのか、自分は知っている。幼い頃から雨の中にほうりだされ、殴られ、蹴られて、そして体に染みついた、あの動き。

この満身創痍《まんしんそうい》の体でもできるはずだ。

ゴーストどもが、さらに一歩さがった。盾哉からあふれてきた何かを、感じ取ったのかもしれない。盾哉が動くためのスペースが空いた。

七支刀を杖の代わりに、盾哉は、ひょいと立ち上がった。必要なのはバランスだ。片方の脚だけですっくと立ち、左手に握った七支刀を、肩にかつぎ——。

そこで、四体のゴーストが動いた。ある動作から動作に移る、その一瞬の隙を見極めたように。まったく同時の攻撃。さがったのも、この連携を可能にする間合いを得るためだったのか。

チェーンソーと肉斬り包丁のX攻撃が、首を狙う。

突きこまれるシャベルが、腹を掘り返そうとする。

滑るように迫る巨大蚯蚓の牙が、左足のアキレス腱をえぐろうとする。

そして溺死体は、ぶよぶよと膨れた我が身に、盾哉の武器をとらえようとする。

だが、そのどれもが届くより先に、雨が渦を巻いた。無数の水滴に、無数の盾哉が写しだされる。そのどれが本物で、どれが鏡像なのか。それを決めるのは、物理の法則でも因果関係でもない。先にどこに立っていようが、次にある位置は、盾哉が決める。彼の意志が、おのれのある位置がいずこかを決定するのだ。

蚯蚓の背後——。

盾哉は、七支刀をふるった。易々《やすやす》と、巨大蚯蚓の先端部が断ち落とされる。だが、ゴーストはそのくらいでは滅びなかった。うねった後半身が、したたかに盾哉のわき腹を打ち据《す》える。

盾哉はふっとんだ。だが、驚嘆《きょうたん》すべきバランス感覚で、みごとに着地する。深々と膝を曲げて衝撃を殺す。むしろ、打撃の勢いを利用して、距離をとったとも見える。

その盾哉へと、ゴーストどもが殺到した。盾哉は、ダムを背にしている。逃げ場はない。そしてもちろん、すでに彼は逃げる意志を捨てている。

盾哉は、父に何度となく強いられ、全て失敗した、あれを試そうとしていた。

皮膚のすべて、毛穴のすべて、五感のすべてで雨を感じる。そして、雨に、おのれを送り返す。生き物の根源は水。命は海からやってきた。だが太古の昔、海を形作ったのは雨だ。空から降りそそいだ雨こそは、すべての命をはぐくんできた。

　根源的な生のエネルギーを、雨から受け取り、そして送り返す。盾哉は、生命使いとなる。雨は、川に海に湖になり、そこから天に還る。無限の循環《じゅんかん》に、おのれの身を割りこませて、その力を汲みだす。

　盾哉の背後で、ダムの湖面が、渦《うず》を巻いた。通常の渦のように、へこんでゆくのではなく、激しく盛り上がった。まるで、天地が逆転した竜巻のように。

「天雨豪龍《ヘブンリィレインプレッシャー》……」

　技の名を大きく叫べと父には教えられていたが、盾哉は、大声をはりあげることはしなかった。精神の統一には、ぽつりと口の中で呟《つぶや》くだけでも充分だったから。

　言葉を投げ捨てるように、そっけなく宣言。

　灰色の螺旋龍《らせんりゅう》が、怒涛《どとう》の水流が、盾哉の頭上を乗り越え、敵に躍《おど》りかかった。龍が、吠え哮るようにくわっと口を開き、それがそのまま分解し、無数の雨滴となる。命を帯びた水滴は、死してなお迷うゴーストたちにとっては、超絶の破壊力を持った弾丸に匹敵した。

　四体のゴーストは、数限りない穴を開けられて、瞬時《しゅんじ》に消失した。

　ざあああああああああああ。

　ゴーストが倒れても、雨は降り続いている。

　そして盾哉の手には、まだ七支刀が握られていた。

　盾哉は、それを見下ろした。なぜ、そんなものが出現したのか。わからない。だが、恐怖はなかった。理不尽《りふじん》には、もうなれた。敵にまわる理不尽ばかりでなく、味方になってくれる理不尽があってもいいではないか。

　何もかもなくした時。なくしたと信じた時。

　盾哉は、戦う力を得た。

　これからどうするのか。結論は出ていた。

「行ってみよう……」

　鎌倉《かまくら》へ、やはり行ってみようと思った。このゴーストたちについて知ってみたいと考えた。

　破れたポケットから落ちた金は、押し流されたのか回収できなかった。だが、もう歩いてゆく気はない。ダムの管理事務所を探れば、金は見つかるだろう。

　探《さぐ》る――と考えた時、盾哉は、しゃがみこんで吐いた。出てきたのは、さきほど飲んだコーヒーだけだけれど。

死んだあの人の素性は知っておかなければ、と思った。巻きこんで死なせてしまった罪を償うには、いったい世界に何が起きているのかを知らねばならなかった。

事務所に入って、地図を確認した。バスと電車を乗継げば、午後なかばには、鎌倉にたどりつけるはずだ。

公共交通機関を使えば誰かが巻きこまれるかもしれない。だが、巻きこまれても守ればいいのだ。

オレは覚悟《かくご》を決めたぞと、盾哉は震《ふる》える我が身を押さえこんだ。逃げるのではなく、戦うなら、それはやむをえないことだ。

戦いの熱は、雨に冷やされた彼をも、たかぶらせていた。盾哉は、まだ十四歳の少年なのだ。

鎌倉のことを考えると、夢で見た少女の面影《おもかげ》が、なぜかちらりと盾哉の心を横切った。

見も知らぬ彼女。すぐに、そのことは振り捨てた。

金を見つけ、ダム職員の名が『常旗春誓《つねはたはるのぶ》』だと知って、盾哉は外に出た。背後で電話が鳴った。常旗が行方不明になったことは、どう処理されるのだろう。

床の穴は消えていた。

扉と窓は壊れている。暴漢《ぼうかん》が押し入ったことにでもなるのだろうか。盾哉が語らぬ限り、真相は誰も知らないままだ。そして、盾哉が語ったところで、誰も信じることはないだろう。

いつか、詫《わ》びが言えるときまで、盾哉はこの重荷を抱えたままでいるしかない。

盾哉は、雨の中を歩き出した。

あれほど深かった、肩と太ももの傷も、もうふさがっている。雨はさらに激しくなり、そして歩きはじめた盾哉の姿を、すうっと溶けこませ、見えなくしてしまった。

4.

そして、晴れた空の下。

その日の、午後の鎌倉《かまくら》。

学園で、戦う者たちがいた。舞台は、図書館だ。

書棚《しょだな》の間を走りぬけ、外への扉に向かう男を、浮雲《うきぐも》が追う。青年忍者《にんじゃ》は、書棚の間ではなく、書棚の上を走り抜けることで、敵に先んじた。だんっと棚を蹴《け》って宙に舞《ま》い、机の上に飛び降りる。誰からも、文句は出ない。利用者はおらず、司書は気絶《きぜつ》している。

気絶させたのは、浮雲が対峙《たいじ》している、この男。

「おぬしが、こたびのことの黒幕でござるな」

浮雲の問いに、男は答えない。その手には、古びた和綴《わと》じの書籍が一冊。

「狙《ねら》っとったんは、その本？」

と、アーマリアが言った瞬間《しゅんかん》、男は身をひるがえして、窓に体当たりした。気配《けはい》を消して背後に回りこんでいたシルーディアのレイピアが、むなしく床に突き刺さる。

「あいつっ……！」

三人は後を追った。

創立百年を超えるこの学校の図書館には、そのへんの大学より充実した蔵書がある。特に、かつてここに在籍した教師《きょうし》が寄贈した魔術《まじゅつ》関係書のコレクションは、その道のプロが借り出しにくるほど充実している。

敵が破ろうとしている封印《ふういん》について調べに来たら、封印は図書館にほどこされていたという、そんな顛末《てんまつ》。

浮雲は、窓枠《まどわく》に足をかけると、躊躇《ちゅうちょ》なくその身を躍《おど》らせた。一旦、窓のすぐそばにある木に飛びつき、それを蹴《け》って反動で校舎の壁に、壁を蹴って地面に。

「お姉《ねえ》ちゃんっ」

アーマリアは、シルーディアを呼ぶと、彼女に我が身をかかえてもらって、それに続いた。ほとんどまっすぐに落下して、地面に激突するように着地。右膝がはずれたり、肋骨《ろっこつ》と背骨《せぼね》が衝撃《しょうげき》でずれたりしたが、すぐに骨《ほね》を拾《ひろ》って、シルーディアは自分を修繕《しゅうぜん》した。

浮雲に一呼吸遅れて走り出す。

敵はまだ視野《しや》の中だ。校舎の裏庭を、すべるような足取りで駆《か》けている。しかし、どうやってここまで入りこんできたのだろう。あの格好《かっこう》で歩いていては、目だって仕方がないだろう。

烏帽子《えぼし》に狩衣《かりぎぬ》だ。まさに、晴恋菜《せれな》が目撃したと言っていた通り、平安《へいあん》初期の貴族の姿である。

謎は捕《と》らえて問いただせばわかる。しかし、敵の足は速い。アーマリアはともかく、忍者の浮雲でさえ距離が縮まらない。すぐに裏門だ。しかも、そこには。

「なにっ？　車っ？」

裏門にベンツが待っている。ドアが開いた。迎えだというのか。あと十歩で、逃げ切られてしまう……。

「逃がしませんっ！」

鮮やかなレモンイエローの電光《でんこう》が、烏帽子の男を打ちのめした。真横から飛んできたその電光は、男にとっても予想外だった。直撃だ。烏帽子の男は吹き飛び、地面に倒れた。その手から、書物がこぼれ落ちる。電撃のショックで、しびれて動けないようすだ。

「晴恋菜ちゃん⁉」

アーマリアが驚きと喜びの声をあげる。

電光は、晴恋菜がはなった稲妻《いなずま》の魔術だったのだ。

ワンドをふりおろした姿勢で硬直していた晴恋菜は、はっとして、友人たちのほうを見た。そして、その場に両膝をついて、深々とお辞儀をした。

「ほんとうぅうっにっ、ごめんなさい！」

晴恋菜は、一瞬《いっしゅん》とはいえ、浮雲を疑ったことを謝罪《しゃざい》していたのだ。もちろん、そんなことはアーマリアにも浮雲にも、わかるわけがない。

「なんでもいいから！　早く立てっ！　敵がくるっ！」

ござる言葉を忘れて、浮雲が叫んだ。倒れた烏帽子の男を救うべく、ベンツから黒いスーツの男たちが、ぞろぞろおりてきた。大柄で、でっぷりと腹の出た、手足の短い、同じような体形の者ばかり。それが、一人、二人、三人、四人五人六人七人……。ありえない。いくら大型車でも、十人もの屈強な男が乗れるはずはない。

——男、だろうか。人間は、しゃがみこんで手を地面につけ、喉《のど》を膨《ふく》らませ、げこげこと鳴いたりしない。

「蛙《かえる》……？」

アーマリアが呟《つぶや》いた。皮膚《ひふ》は緑色でぶつぶつと疣《いぼ》が浮き出ている。ばさりと、髪《かみ》が落ちた。どいつもこいつもカツラだ。目がぎょろりどころか、ぎょぎょぎょろりりりと飛び出した。

「なんだこりゃ。こんなのを見られたら、大騒ぎだぞ」

浮雲の声にあせりの色がまじった。ゴーストについて秘密にしようと考えているわけではないが、あえて宣伝したいわけではない。無用の混乱を招いたり、騒動になって拘束《こうそく》されたりするのは望ましくない。だが、その時、彼らの戦いを隠すベールを空が送ってくれた。

ざああああああああああああああ。

激しい雨がふりそそぎはじめたのだ。

「これで、誰も出てけえへんし。喧騒《けんそう》も伝わらへんね」

アーマリアが、ほっと安心した声で言う。しかし、浮雲は、さらに厳しい声音《こわね》で返した。

「だが……雨は蛙に有利かもしれん。……で、ござる」

浮雲は、そう言ってにやりと笑った。

本当の危地におちいった。それを覚悟したがゆえに、恋人を安心させようと、平静な自分を装ったのだ。

ゲロロロロロロロロロロロ……。

雨音に、蛙どもの唸《うな》りがまじる。十人の蛙男のうち、五人が浮雲たちに、三人が晴恋菜に、そして二人が烏帽子男の回収にかかる。

「いかんっ。アーマは、晴恋菜どのを助けに参れ！」

こちらに向かって跳ね寄ってくる蛙男たちを迎え撃とうと走りながら、浮雲が指示を飛ばした。

「……せやけどっ」

アーマリアとシルーディアは二身一体の連携使い。アーマが誘いこんでシルーディアが撃つ。一人ずつでは、戦力にならない。だが、二人がそろって晴恋菜のところに行っては、浮雲が五対一になる。

「わたしは大丈夫ですっ」

晴恋菜の叫びが、アーマリアに決断を下させた。

「お姉ちゃん。数の少ないほうを集中攻撃。殲滅《せんめつ》してからさらに戦力を集中しよ」

三対三で、まず晴恋菜に向かった敵を倒す。そして、三対五で残りを。

「身ぃ守るだけにしとくんやでっ」

浮雲を気遣う言葉をかけて、アーマリアは、姉とともに晴恋菜のもとへ急ごうとした。

だが、それは敵の計算のうちだったのだ。

いかに浮雲の体術をもってしても、五体の蛙男をひきつけ、移動させずにおくことはできない。


蛙男のうち二体が、隊列を離れて、アーマリアに殺到《さっとう》した。それだけではなく、烏帽子の男を車内に運びこみ終えた二体が、晴恋菜のほうへ走った。

「しもたっ！」

分散した敵を、集中して迎え撃つつもりが、一瞬《いっしゅん》にしてこちらが分散させられ、各個に包囲されてしまった。

「晴恋菜！　逃げて！」

友人のアドバイスに、晴恋菜は従わない。晴恋菜は、自分がいかに多くの宝を持っていたのかに気づいた直後だ。それを守りたい、守るのだという強い決意とともにここに駆けつけている。逃げるはずがない。

「邪魔《じゃま》しないでくださいっ」

晴恋菜は、目前の蛙男たちを迂回しようとして走った。蛙男どもは、前に前に回りこもうとする。走りながらでは、精神集中がうまくゆかず、魔術の呪文が唱えられない。ふりきれない。いまのところ、蛙男たちは、彼女の行く手をはばむだけで、攻撃はしてこない。機会をうかがっているのだろうか。

「きゃっ」

晴恋菜の足元が、ずるりとすべった。彼女は一冊の本……ノートを踏みつけていたのだ。晴恋菜は、それが烏帽子の男が、図書館から盗み出したものであることに気づいていなかった。いや、そもそも知らなかった。

「どうしたんっ！　……あっ」

「気をそらすなっ、アーマ！　……ぬおっ」

晴恋菜に気をとられたアーマリアが、蛙男の口からくりだされた分銅のような舌に打ち据えられた。それを警告した浮雲が、隙をつかれて舌による強烈なストレートパンチを喰らう。不注意の連鎖《れんさ》で、二人が傷を負った。アーマリアの肋骨にひびを入れた蛙男は、シールディアに舌を落とされた。たいして痛くもなかったようだ。その蛙男は、すぐさま二枚めの舌をくりだした。

「アーマちゃん！　浮雲さん！」

晴恋菜は立ち直り、叫んだ。彼女の足が、踏みつけていた本から離れる。そこへ、蛙男が飛びかかった。

「えっ？」

晴恋菜が踏みつけていた本を奪いさると、そいつは一目散《いちもくさん》にベンツへと向かったのだ。

「待って！　あなたは……」

晴恋菜の叫びが届くはずもない。音高くドアを閉めたそのベンツは、残る九人の蛙男を回収することもなく、即座に走り出したのだ。

ちょうど、裏門の前を通りかかった一人の少年を、あやうく撥《は》ねとばすところだった。

「待ってください！　あなたはいったい！」

無駄だとわかってはいても、自動車を追って、晴恋菜は駆け出さずにいられなかった。だが、四人の蛙男が、彼女を取り囲み、移動を封じた。

ケロロロロロロロロ。

おぞましい鳴き声をあげる、蛙男どもの大きな目に、晴恋菜の姿が映《うつ》っている。その瞳は、なにか異常な欲望に歪《ゆが》んでいた。情欲、だろうか。

晴恋菜はぞっとした。蛙男どもが包囲の輪を縮めてくる。互いの、鏡のような巨大な瞳に、いく人もいく人もの、晴恋菜が写っている。空からふりそそぐ水滴にも、また晴恋菜の姿が。

そして、もう一人の、少年の姿も。

「あのさあ、この学校に、忍者と金髪《きんぱつ》美少女のコンビっている？」

投げやりで、捨《す》て鉢《ばち》で、尋《たず》ねてはみているが、本当は答えが返ってこようがくるまいが、どうでもいいと思っている声で。少年が、晴恋菜にそう尋ねた。

いつの間に、どうやってか、中学生くらいの小柄な少年が、蛙男の包囲の内側に入りこんでいた。だが、彼の出現より、その顔立ちが晴恋菜に衝撃《しょうげき》を与えていた。

「あなた……あなたはっ⁈」

確かに、その少年の顔に、晴恋菜は見覚えがあった。どこで見たのかも、誰なのかも知らないのだけれど。

「……どっかで会ったっけ」

こちらも心あたりがある――そんな顔つきで少年が首をかしげた。

「グェロロッロロ！」

怒りの叫びとともに、蛙男の一人が、少年の真後《まうし》ろから、舌をくりだした。それをさりげなく腰をかがめるだけで、少年はかわしてのけた。

彼が幻《まぼろし》だったかのように、舌はその空間を貫いて、地面に突き刺さった。はげしくめりこみ、破片を飛び散らせ……その舌は縦に二つに裂けた。

「ゲ……っ」

舌だけでなくそれをくりだした口も、ないも同然の鼻も、額《ひたい》も裂《さ》けた。

蛙男が崩《くず》れ落ち、雨に打たれて、溶《と》けてゆく。

そのときになってようやく、晴恋菜は、少年が武器を手にしていることに気がついた。左右にそれぞれ三つずつ、合計六つの鉤状《かぎじょう》の角《つの》と、切尖《きっさき》を持つ剣。七支刀《ななつさやのたち》。

だが、それは刃物《はもの》のことなど、ろくに知らぬ晴恋菜の目にも、ものが切れるようには見えない剣だった。そもそも刃がついていないのだ。

「オレ狙《ねら》いかと思ったけど。そうじゃないのか。そうじゃなくてもな……もう、オレは戦うって決めたから」

少年の口もとが、きゅっとつりあがった。目が細められた。彼が泣いているのか、笑っているのか、それが晴恋菜にはわからない。けれど、このまま戦わせてはいけないと、晴恋菜は直感した。彼は、とてもつらい思いをしていると……。

けれど、晴恋菜の制止は間に合わなかった。

「天雨豪龍《ヘブンリィレインブレッシャー》……」

少年の呟きとともに、雨がその様相を一変させた。牙《きば》を剥《む》いた。それまで、雨はただの雨にすぎなかった。だが、少年の意志がこめられた瞬間、それは敵を引き裂く恐ろしい武器となった。

三体の蛙男が、一瞬で穴だらけになり、次々に大地に倒れた。雨が、彼らを無に帰してゆく。浄化《じょうか》であるようにも思え、隠蔽《いんぺい》であるとも理解できた。

「……忍者と、金髪。知ってる？」

少年の問いが重ねられる。

反射的に、晴恋菜は、もう一つの戦いの場を指差《ゆびさ》した。

ラルカンスィエル姉妹と浮雲は、どうにか合流を果たしている。すでに二体の蛙男が滅ぼされていた。だが、アーマリアも浮雲も、傷を負っている。

「……手助けしたほうがいいのかなあ」

心底からめんどうそうに思っている口調で、少年は言った。晴恋菜が、なんとも返事ができないでいるうちに、彼の姿が、雨に溶けてしまったように消えた。

次の瞬間、彼は、アーマリアを狙っていた蛙男を、両断していた。その動きは、優雅《ゆうが》なダンスのようでもあり、なおざりで捨て身なようでもあった。

『わたし……彼を知っている』

名前もまだ聞いていないけれど、確かに知っていると、晴恋菜は思った。

それから彼女は、あわてて、炎の弾丸を撃ち出した。


彼女の足元には、まだ先ほどのノートの一部が落ちている。ひきちぎられ、表紙とごく一部だけが、そこに残っていたのだ。昔ながらの大学ノートだった。残された表紙には、タイトルが太いマジックで記されている。

『竹取物語の真実』

そうあった。

第六章　幕間の短劇

「やはり参考にはなりませぬのう。並みの人なぞが記したものに、あれの隠し場所の手がかりがあるなどとは、はじめから期待はしておりませなんだが」

　ばさりと音を立てて、表紙のとれた、古い手書きのノートが、籐《とう》のクズカゴにほうりこまれた。何の価値もないと、あっさりと捨てられた。

　捨てた公家装束《くげしょうぞく》の人物に向かって、ぶつぶつと泡《あわ》がはじけるような音のまじった、奇怪《きかい》な声が投げられた。

「……ぶぶ、壱千年を経た悪霊《あくりょう》じゃろう、わしらは。それが、きちんとゴミをゴミ箱に捨てるってのは、ないんじゃないかの、ぶぶぶ」

　床にべっとりと広がった、灰色の泥のような何かが、表面をはじけさせて、濁《にご》った声を発したのだ。

「そなたがクズカゴに入りやれ。せっかくのペルシャ絨毯《じゅうたん》が台無しになりますわえ」

　その灰色の泥を蹴飛《けと》ばすように、公家装束の人物は部屋を横切り、ソファに腰をおろした。まとうものはともかく、身ごなしは、現代人と何の変わりもない。女とも男ともつかぬ、整った顔だちだ。

　その美しい顔にはめこまれた、ガラス玉のような目が、蔑《さげす》みの色をたたえて、灰色の汚泥《おでい》を見下ろしている。

「怪物になりはてたそなたと違いましての、人としての顔を持っておりますのよ。屍《しかばね》だからとて、麿《まろ》はまだ、快適に暮らしてならぬという法はありますまいが？」

　妙に体をくねらせながら抗弁《こうべん》する。

「ぶぶぶ。そりゃそうじゃがな。しかし、数千数万の善男善女の命を吸うてきたおぬしが、決まった収集日に、ちまちまとゴミを出しになあ、ぐぶぶぶぶ」

　灰色の汚泥が、沸騰《ふっとう》しているかのように泡立《あわだ》つ。

「笑いますなっ。しぶきが壁《かべ》に飛ぶでありましょう」

　公家装束は、手にした扇《おうぎ》で、一瞬その口元を隠した。ぱっとその扇が取り払われた時、その口はくわっと大きく開かれていた。平安貴族らしい鉄漿色《おはぐろいろ》に染まった歯のせいで、それは黒い洞窟《どうくつ》のように見えた。いや、歯のせいだけではない。最も深い夜より深い闇《やみ》がある。

「ぶぶ、おいおい、本気でやるつもりか……」

灰色の汚泥が、わずかに引く。しずくが飛んで、パープルの壁紙を汚した。

「麿の部屋を汚すなと申しております……！」

闇が、口腔外《こうこうがい》へあふれ出た。飛び散った汚泥のしずくに、闇が触れる。瞬時の後、何もかもなくなる。

「本体ごと消してさしあげましょうかえ？」

本気の目つきで、公家装束は、灰色の汚泥を睨《にら》んだ。

「ぶぶぶ、掃除《そうじ》には向いておるの、おぬしの力……じゃがわしを消しきれるか……」

汚泥が渦をまいて、触手《しょくしゅ》に変化する。広く豪華なその部屋に、異様な殺気が満ちた。

「そそそ、そこまででにしろ、ろろろろ」

頭上から落ちてくる声。奇妙なエコーがかかかかって、聞き取りにくい。

「あああ遊んでいる場合、かかかかか」

天井から木乃伊《みいら》がぶらさがっている。

豪華なシャンデリアのすぐ横に、ぼろぼろの僧衣《そうい》をまとった、干《ひ》からびた死体が、上下さかさまにぶらんとつりさがっていた。衣装《いしょう》からすれば、木乃伊ではなく、即《そく》身仏《しんぶつ》というべきなのかもしれないが。仮にも「仏《ほとけ》」が、これほどに禍々《まがまが》しい、そして下卑《げび》た雰囲気《ふんいき》であるはずもない。腰から下がサソリの尾になっており、その毒針を天井《てんじょう》に突き刺して、支えにしていた。

「御行《みゆき》も中納言《ちゅうなごん》も、ももも、仲間内で争うておる場合でなかろう、ううう」

ぶらんぶらんと振り子のように揺れながら、サソリの尾を持つ木乃伊が言った。

「ぶぶぶ。車持皇子《くるまもちのみこ》さまよ、いつから、わしらが『仲間』になったのじゃ？　わしら、一千と三百年の間、ずうっと恋敵《こいがたき》であったではないか。ぶぶぶ」

中納言、と呼ばれた灰色の汚泥が、さらに激しくうねり、ねじれ、沸き立った。

「昔の名ででで、呼ぶのはははは、やめよよよよ」

木乃伊の声に、いらだちがまじった。

「ぶぶ、わしもじゃ。もはや、中納言石上麻呂《いそのかみのまろ》ではない。いまのわしは〈ヘドロの王ナゴン〉ぞ、ぶぶぶ」

「見た目通りでございますのう」

公家装束が、扇で口元を隠してあざ笑う。

「ぶぶぶ、そういう大伴御行《おおとものみゆき》どのは、いまはなんと呼ばれておる？　異国の魔術師《まじゅつし》とも、さまざまな交流があるぞうではないか。異国語の名でもあるか？　ぶぶ」

「あなたのヘドロも異国語でござりましょうが」

ひらりと扇をひるがえし、公家装束は気取った声音で告げた。

「欧羅巴《ヨーロッパ》の大魔術師たちからは、麻呂は〈デューク・ゴブリンリリィ〉と呼ばれておりますのよ」

「鬼百合公爵《おにゆりこうしゃく》？　ぶぶぶ、これはまたいやいや、実にお似合いで……」

ナゴンの表面で、ぶつぶつと泡がはじけた。

「本当に消されたいようですわの、ヘドロどの！」

鬼百合《ゴブリンリリィ》が、扇で口元を隠した。瞳《ひとみ》は、怒りで赤く染まっている。

「ぶぶ、ところで、車持皇子さまは、いまはなんと名乗っておられるんじゃ、ぶぶぶ？」

ナゴンは、頭上にぶらさがる木乃伊へ問いかけた。

「ささささ、サソリ上人、んんんん……」

「ぶぶぶ。蠍の下半分と、坊主の上半分で、サソリ上人かや。わかりやすい。ぶぶぶ」

「……気にいってててて、おるるるる」

ぶらぶらと揺れながら、サソリ上人は気にしたようすもなく、そう返した。

「ぶぶ、じゃが、おぬしのその姿は、むしろ蜘蛛に見えるがのう、ぶぶ」

「蜘蛛《くも》でもありりり、蜈蚣《むかで》でもありりり、あらゆる毒蟲《どくむし》でもあるるるる」

大伴御行、中納言石上麻呂、車持皇子。史書《ししょ》にも実在の人物として記録されるが、この名を知るほとんどの日本人は、物語の登場人物として認識しているはずだ。

その物語の題名は、鬼百合《ゴブリンリリィ》が捨てたノートにも、何度も繰り返して出てくる。

世にはかぐや姫のストーリーとして知られている。それが『竹取物語』。この三人の名は、かぐや姫に対する求婚者として登場する。だが、いまの彼らは、人にあらざる屍となりてなお動く邪悪な存在だ。

「そろそろろろろ、本題に、入らぬかかか。どうだったのだだだだ、成果ははははは？」

サソリ上人の視線がノートに向かう。それについて、鬼百合《ゴブリンリリィ》は何の手がかりも見つからぬと、はっきり言って捨てたはずだが。

しかし、あらためて問われて、鬼百合《ゴブリンリリィ》は、そっけない口調ではあるがこう答えた。

「うまくいきましたわよ。……おおむねは」

「ぶぶぶ、それだけではわからぬ、ぶぶ」

ナゴンが、表面で泡をはじけさせる。

「覚醒《かくせい》はははははは……なされたかかかか？」

ナゴンとサソリ上人が、代わる代わるに問いかける。

彼らの声音には、怪物にあるまじき感情がまじっている。

恋慕《れんぼ》……あるいは憧憬《どうけい》。

「そなたらは気が早い」

鬼百合《ゴブリンリリィ》が、眉をひそめた。

「まず、ようやっと、とっかかりをつくったばかり。ありもせぬ結界を壊す小芝居までして、このノートを重要なものと確信させたのです。これで、みずから『竹取物語』の真実を追おうとなさるはず。その過程で、目覚めてくださるでしょう」

「……せせせ、千三百年待った、あと数ヶ月くらいどうということはないがががが」

「ぶぶ。だがな、わしらを騙《だま》して独り占め、などと考えておるまいな、ぶぶぶ」

問われて、鬼百合《ゴブリンリリィ》は、一瞬の間を置いて答えた。

「まさか、そのようなこと。思うはずがございませぬわ」

にこりと笑う。あからさまに怪しいが、ナゴンもサソリ上人も追及はしなかった。

「ぶぶぶ。ならば、わしらは後はもう、待っていればよいということか？　ぶぶぶ。それは楽でよいのう」

「そうはいきませぬわねえ。男のほうで、わりとうまくいったことがあるなら、こちらでも試してみてはと、初代《しょだい》さまからの御提案がございますゆえ」

「おお……つまり……殺してよいということか、ぶぶ」

灰色の汚泥が、ぷるぷると震えた。半蟲半屍《はんこはんし》の魔人も、我が身を震わせた。

恐れではなく、歓喜《かんき》の震えであったろう。

「さすがは初代さまままままま。我らも暴れてよいということかかかかかか」

サソリ上人は、畏怖をこめて『初代さま』という呼び名を口にした。この怪物どもをして、恐れを抱かせる何者かであるらしい。

「さようさよう。御方《おんかた》の身辺におるものを狙《ねら》い、殺すのですわ。男のほうではうまくいったそうですし。いよいよ、我らが手ずからやってよいというおおせ。雑魚《ざこ》どもをけしかけ、見守るだけの退屈とも、いよいよおさらば」

鬼百合の言葉に、ナゴンとサソリ上人が、楽しげな笑いを響かせる。彼らにとっては、人の命を奪うことこそが、日常であり、食事であり、遊戯《ゆうぎ》であるからだ。

「ではははは……誰からゆくかかかか」

「ぶぶ、くじを引こう。はらわたのくじがよい。ぶぶ。たくわえがあるだろう」

「……ゆっくり味わうつもりだったのですけれどねえ。まあよいでしょう。ストックはまだありますし」

鬼百合《ゴブリンリリィ》は、大儀《たいぎ》そうな動作で指をはじいた。どこからともなく配下のカエル人間が二体、あらわれる。その間に、ぐったりとした若い男性がはさまれていた。

これから、三体の魔物は、この男性のはらわたを裂《さ》いて、内臓をのぞき、誰から殺しの宴《うたげ》を開くか、賭《か》けを行うのだ。三体そろって出かけるなど、プライドが許さないということだろう。

鬼百合《ゴブリンリリィ》が精気を喰《く》らうために誘惑《ゆうわく》し、捕らえられていた人間が、そのために連れてこられた。妖気にあてられて、すっかり正気を失っているが、もうすぐ痛みが彼を我に返らせるだろう。返らぬほうが幸せなのだが。

闇に囚《とら》われた犠牲者の悲鳴は、哀《かな》しいかな、どこにも届かない。

第七章　月が夢をさそう

1.

怪物たちはいなくなっている。

名残《なごり》は、地面に広がるわずかな銀の水たまりだけ。

雨は止んでいる。

名残は、ほんのわずかな水たまりだけ。少年は、その水たまり——普通の水たまりのほうに頭のなかばを沈める姿勢で、気持ち良さそうに寝息を立てている。張《は》り詰《つ》めきったものが、すべて切れてしまったようだ。

「……どうしましょう?」

そのかたわらに、ぺたんと座りこんだ姿勢のまま、矛《む》城晴恋菜《じょうせれな》は、浮雲《うきぐも》とアーマリアを見上げた。

「どうするもこうするも。とりあえず、休まして」

アーマリアが翠色《みどりいろ》の瞳《ひとみ》を近づけ、晴恋菜の目をのぞきこんできた。彼女の額《ひたい》と頬《ほお》は泥で汚れ、右の袖《そで》は引き裂《さ》かれ、あちこちに打撲《だぼく》の痕《あと》と擦《す》り傷《きず》がある。晴恋菜も浮雲も、似たようなものだ。何が起こったのか、わかっていない点でも同じこと。三人それぞれの瞳に、困惑《こんわく》がある。

眠っている少年だけは、目に見える傷はなく、そして閉ざされているゆえに、瞳にこもる感情も見えない。

浮雲が、少年の上にかがみこんだ。

「この少年が、我ら以上に何か知っていることを期待したいがな。いまは起こしても無駄そうでござる」

浮雲は、少年の体をひょいと肩にかついだ。

「……見かけより重い。かなり鍛《きた》えた体でござるな」

浮雲は、眉間《みけん》にしわをきざんで呟《つぶや》いた。まだ少年が手にしたままだった七支刀《ななつさやのたち》を、手放させた。少年の力は強かったが、浮雲がコツを心得ている。

「はい。これでくるんどこ」

アーマリアが、引き裂《さ》かれてボロボロになった上着をさしだした。彼女の目は、けわしい表情をたたえて浮雲がかついだ少年に向けられている。

「この子……何もン? ものすごい戦いぶりやった。それに……雨を操《あやつ》ってるように見えた」

アーマリアは、晴れ上がった空をふりあおいだ。いや、見上げようとした。

「あいたっ」

彼女は、悲鳴をあげて胸元《むなもと》を押さえた。かたわらにいた姉が支えなければ、倒れていたかもしれない。アーマリアの姉、シールディア。彼女の姿は、限られた人間にしか認識されない。なぜなら、彼女は既《すで》に死んでいるからだ。セーラー服をまとった骸骨《がいこつ》。それがアーマリアの姉の姿。だが、固定された骨しかなくとも、妹を案じる気持ちは、はっきりわかった。

「ほ、保健室行きましょう!」

晴恋菜は、ぴょんと跳《は》ねるように立ち上がった。

そしてころんだ。

まだ、足に力が戻っていなかったのだ。顔からまっすぐ、水たまりにつっこんだ。

「ちょっ……! 大丈夫、晴恋菜ちゃ……おうあはっ」

手をさしのべようとして、アーマリアも、また痛みの発作《ほっさ》に襲われた。かなりのダメージを負っている。骨《ほね》が折れているのだろう。

「ほ、保健室? 保健室ですよね?!」

晴恋菜は、くじけず、がばっと起き上がった。

「あ、ちがう! 救急車? ひゃくじゅうきゅうばん!」

うろたえて目をぐるぐる回しはじめそうな晴恋菜に、アーマリアが苦笑する。

「それじゃおおっつかへんと思う。それに、あっちの男の子を、この学校の保健室へ連れてはいかれへんやん?

……どうでもええけど、何持ってるのん?」

晴恋菜は、自分が起き上がる時、そこいらに落ちていた紙くずを掴《つか》んだことに気がついた。しげしげと見つめて、はっと悟った。

「これ! あの変な人が持っていった本の表紙です!」

「ホンマ?!」

のぞきこもうとして、またアーマリアは痛みにのたうった。すぐそばで、シールディアがおろおろしている。

「少し落ち着くでござる、アーマ。……といっても、グラウンドでは落ち着きようもないが。一般の病院も、いささか気まずい」

「あ、じゃあ、うちはどうでしょう! 刃弥彦《はやひこ》さんにお願いして、まとめての早退、学校にお願いしてもらいます。うちなら手当ても大丈夫です」

「早退?」

「あ、ほら、まだ授業時間、終わってませんし」

ちょっとずれているほどに、生真面目《きまじめ》な晴恋菜であった。だが、戦う仲間たちが、晴恋菜に向ける表情は、決して不愉快《ふゆかい》そうなものではなかった。

「では、お世話になるといたそう」

浮雲の言葉にうなずいた晴恋菜は、はがれた表紙を、丁寧《ていねい》に折りたたんでポケットに仕舞った。

学校の公衆電話で連絡した数分後には、迎《むか》えのハイヤーがやってきた。

服はぼろぼろ、あちこちはドロドロ、傷だらけのあげく、一人は忍者服《にんじゃ》。だが、そんな不審な学生たちをとがめるでもなく、運転手は、車を出した。

少年は、目覚《めざ》める気配がない。

「どこか悪いところでも打ったんじゃないでしょうか？」

助手席からふりかえって、心配そうに尋ねた晴恋菜に、浮雲は、きっぱりと首をふった。

「息と鼓動《こどう》の音からして、ただ寝ているだけでござる。ひどく疲れきって。拙者《せっしゃ》にも覚えがある。いまは眠らせておけばよろしい」

「……そう、ですか」

「いったい、どこの誰どすねんやろな。……あどけない顔して眠ってはる。……嘘《うそ》みたいや」

アーマリアの呟《つぶや》きに、晴恋菜はうなずいた。

彼女たちが多勢《たぜい》に無勢《ぶぜい》で追いつめられたところへ、雨とともにこの少年がやってきた。

晴恋菜は、ポケットをそっと押さえた。

はがれた表紙を見れば、あいつらがどんな本を狙《ねら》っていたかわかる。素性《すじょう》に迫る手がかりになるかもしれない。

だが、いまは休息のときだ。

家が近づくにつれて、だんだん気がゆるんでいた晴恋菜だが、ようやく矛城《むじょう》家の玄関が見えてきたとき、ぎくりと身をこわばらせた。

「……おっきー家やな。それに旧《ふる》い。うちの、京都のおばあちゃんとこも、エエかげん旧いとは思てたけど」

「そ、そうですか。ええと、そうですね」

いきなり緊張しはじめた晴恋菜の顔を、アーマリアが不思議そうに見つめたとき、ハイヤーが止まった。

「お嬢さま！　ムチャなさらないでください！」

ドアが開くと同時に、一喝《いっかつ》された。

矛城家の玄関では、メイド服をまとった女性が、腕を組んで仁王《におう》立ちになって、待ちかまえていた。晴恋菜は、彼女の姿を認めて、そわそわしていたのである。

「ごめんなさい！」

車から飛び出して、晴恋菜は、百六十度に腰を曲げた。

「怪我《けが》には気をつけるって約束したのに、怪我しちゃいましたっ。ごめんなさいっ」

身を縮める晴恋菜の破れた服やすり傷を、カナカは、潤《うる》む瞳で見つめた。それからアーマリアと浮雲を一瞬だけ睨《にら》みつけ、口元に苦笑《にがわら》いが浮かぶ。

「……わかりました、お嬢《じょう》さま。そのお二人は、お嬢さまのお友だちなのですね。……お嬢さまが、お友だちを家にお連れになるのは、はじめてですもの。できるかぎり、歓迎させていただきます」

カナカは、口もとだけで笑ってこうつけくわえた。

「あとできちんと反省していただきます……いまから、刃弥彦さんの治療がありますから、その必要もないかもしれませんが」

カナカは、玄関の戸をがらりと開けた。奥から、異様な匂いがただよってきた。強烈な青臭さと、アンモニアめいた刺激臭と、両生類の生臭さがまじりあっている。

「なに、コレ？」

アーマリアが鼻をつまもうとして、途中で、ぐっと唸って硬直《こうちょく》した。動いた拍子に、傷が痛んだらしい。

「ふむ、里のおジジどのの薬に似た匂いでござるな」

浮雲は、くすんと鼻を鳴らした。

「はい。刃弥彦さんのお薬です。とてもよく効きます」

晴恋菜は、医者の世話になったことがない。病気も怪我も、刃弥彦の煎《せん》じ薬と膏薬《こうやく》で治《なお》してきた。もっとも、かすり傷と腹痛以外の経験はないのだが。

「いくら効くいうても、この匂いは……」

「お早くなさってください、お嬢さまも！」

アーマリアに、カナカの声がびしりと飛ぶ。うへっと首を縮めて、それからにこりと笑った。

「よっぽど、あんたが大事やねんな、あのヒト」

「すみません」

晴恋菜は、しょんぼりと背を丸めた。二人の身長差が、いくらかは縮まる。

「本当はいい人なんですよ？」

「わかってる。あんたを心配してはるからやん。うちらが怪我さしたようなもんやし」

「それは違います！」

思いもかけぬ激しい語気で言われて、アーマリアは、ぱちくりとまばたいた。

「私は、やらなくちゃいけないことをやっただけです。そうでないと後悔するって思ったから、お二人と一緒に戦ったんです。この傷は、誇《ほこ》らしく思ってます！」

無我夢中で言いつのる晴恋菜を、アーマリアは、きょとんとした顔で見つめていたが、やがて、にこりと微笑んだ。同時に、奥から、長い髪の男性が顔を出した。

「ようし、できたよ。おいでなさい」

手招きしているのは、晴恋菜の家庭教師にして、矛城家の住み込み弟子、竹乃内《たけのうち》刃弥彦だ。

アーマリアが、声に出さずに『ＷＡＯ』という形に口を動かした。たぶん、刃弥彦があまりにも端正《たんせい》な顔をしていたからだろう。アーマリアの隣《となり》で、浮雲が、いささかむっとした表情になっている。

だが、アーマリアの感嘆《かんたん》も、刃弥彦がその手に、いかがわしい匂いを放つ膏薬をべっとり塗った、大きな葉っぱを持っていることに気づくまでだった。

アーマリアの顔に『逃げたい』という表情が浮かんだ。

実際に手当てを受けたら、今度は感嘆《かんたん》と驚愕《きょうがく》になった。

触診《しょくしん》どころか、服の上から見ただけで、アーマリアの肋骨《ろっこつ》にひびが入っていると看破《かんぱ》し、自分は背を向けて見ないまま、カナカに指示して手当てさせた。

異様な匂いの膏薬だが、それをあてて、きっちりさらしで固定すると、嘘《うそ》のように楽になったのだ。痛みも消えたし、ほぼ自由に動ける。

アーマリアの手当てが終わると、カナカは、すっと立ち上がって、部屋を出た。

すぐに戻ってくる。

「こちらにお着替えを。お嬢さまも、手当てがすんだら、汚れた服を洗濯《せんたく》しますから、出しておいてください」

そういうと、カナカはまた出て行った。

アーマリアの着替えを、シールディアが手伝う。

「ええと、浮雲さんのぶんもありますよ」

着替えを確かめて、晴恋菜が言った。

「いや、拙者はこれが……」

「ええから、うっきーも替えなさい」

アーマリアにぴしゃりといわれて、浮雲がしぶしぶと忍者服を脱ぐ。たくましい上半身が、あらわになった。

「はわっ」

晴恋菜は顔を赤くして、急いで背を向けた。アーマリアは、口もとに笑みをうかべゆったりと目をそむける。

「シールもな」

浮雲に言われて、アーマリアは、姉の頭蓋骨《ずがいこつ》をくるりと回した。

「脱いだついでに、治療をしてしまおう。きみは、かすり傷程度のようだし。時間はかかるまい」

「刃弥彦さん、あの……」

アーマリアの治療が行われている間、浮雲がかついできた少年は、ずうっと、板の間に寝かされていたのだ。

晴恋菜の視線で、それと悟《さと》った刃弥彦は、彼女が問う前に答えを返していた。

「眠っているだけだからね。心配はいらないよ」

だが、刃弥彦にしては珍しく、それは晴恋菜が求めていた回答としては、充分なものではなかったらしい。

「ええ、それは浮雲さんもおっしゃっていたので……。でも、板の上にじかにというのは……その」

「お嬢さま、向こうの部屋に、お布団を用意しました」

部屋に戻ってきたカナカが言う。

どこか勝ち誇った顔つきで、刃弥彦を見た。

彼は、なんとなく悔《くや》しそうだった。

2.

空の半分を、青白い月が占めていた。

残りの半分は、月の軍勢が占めている。ほのかな銀色に輝く雲は、魔術によって、月と地球を結ぶ転移の門と化しているのだ。

大地は、空より来る敵を迎え撃つ地上の軍勢が、すべてを占めている。広大な草原を、超常の力を持つ者たちが埋め尽くしていた。その総勢は十万であろうか百万であろうか、あるいはそれをも越える数だろうか。

それも当然。

天に輝く月と、足下に広がる大地と、その両者を支配する王がどちらになるか、それを決める戦だ。

盾や鎧で身を守り、弓や刀で武装した地上を守る軍勢。

その中心に、雨堂盾哉《うどうじゅんや》はいた。兵士たちを率《ひき》いて、いま、この大戦に決着をつけようとしている。

『いや……オレじゃない』

盾哉は思った。

『だけど……これはオレだ』

とも、盾哉は思った。

戦っているのが、雨堂盾哉という、二十世紀に生きている少年ではないことは理解している。しかし、戦っているのは自分自身であると、心の奥で何かが囁《ささや》いた。

たとえ、本来の自分より、優に三十センチは背が高く、五十キロは体重が多くて、胸囲も腕もふとももの周囲も倍以上あっても、これが自分だ。

「嵐獅丸《あらしまる》、あれを！」

指揮官を守る兵士が、空の一角を指差した。

いま、自分の名は嵐獅丸なのだな、と納得し、盾哉は指差《ゆびさ》された方角を見た。

空が、斜めに切り取られている。

『富士山？』

だと思うが、どこか知っている形とは違う山が見えた。その山の向こうから、とてつもなく巨大な、円盤状の物体が飛来してくる。

その速度は燕に勝り、形状は貝のごとく。本来の名は太古の昔に失われ、いまは……

『あれはメガリス〈燕《つばめ》の子安貝《こやすがい》〉だ』

そんな知識が、どこからか盾哉の脳裏《のうり》に流れこんできた。

メガリス、超古代より存在する、強大な魔術の結晶をそう呼ぶ。この〈燕の子安貝〉、牧歌的な印象もある呼び名だが、その飛翔能力、ひいては運搬能力は、あなどれるものではない。飛行するメガリスは、かなりの低高度で侵入してきた。

共通の敵に対して同盟を結んだ〈土蜘蛛《つちぐも》〉の一団から、まずは巫女《みこ》たちが矢を放った。続いて、地上軍の戦士たちが魔弾や呪符を叩きつける。だが、その一斉攻撃も、メガリスには、ろくな打撃を与えられなかった。

逆に猛速度で接近し、空気そのものを武器として、地上の戦士たちを無力化してゆく。

「違う、違う！　退がらせろ！　射《う》つのはまだだ」

盾哉は、自分が——嵐獅丸がそう怒鳴《どな》るのを聞いた。

そして、おのれの言葉が、空中に光の文字として描かれてゆくのを見た。背後に控えた、光を操る術者たちが、命令を空に描き出し、それを次々に広げてゆく。

「唱え弓《キャスター》をつぶさせるな。護壁士《ディフェンダー》と後詰め《ラストスタンド》に支えさせろ。潰し槍《クラッシャー》は突撃の用意」

命令の伝達は迅速だった。むろんそれは、こちらの手の内が敵に掴まれるのと引き換えではあったが。

地上の戦士たちが退き、態勢を整える。吹き飛ばされた者たちのぶんも含めて。

陣に空白ができた。そこをめがけて〈燕の子安貝〉に乗っていた月の戦士たちが飛び降りてくる。ふわりとした落下は、月光によって重みを消す術を心得た、月の戦士たち特有のもの。いかな高みからでも舞い降りることが可能で、これまでも奇襲に活用されてきた。

だが、総力のぶつかりあいである今日の戦いに、奇襲《きしゅう》はない。あまりに高空からであれば、落下に時間がかかるぶん、かえって狙い撃ちにされる。

「我らのただ中にわずかな人数をおろしてどうする？」

嵐獅丸の呟きに、側近が悲鳴めいた叫びで応じた。

「なんだっ！　あの数は」

通常であれば、いかに巨大メガリスといえ、載せられるのは数百人が限界。だが、どのような魔術を使ったのか、数千を越えてなおも月の戦士はあふれ出る。

「嵐獅丸さまっ！　潰し槍《クラッシャー》に突撃の御命令をっ！」

「無駄だ。機を外されたわ。あれは場を作っておるだけにすぎん。唱え弓《キャスター》の建て直しを急げ。きゃつらが来る」

嵐獅丸は、おのが名のごとく渦を巻く黒髪をふりたて、きっと月を見上げた。青白い輝きが、真紅に変わる。

空も大地も、血の色に染まった。そして次の刹那、雲が強い銀色に煌いた。さらに一瞬の後、雲は漆黒の闇へと変じた。——いや、違う。空のなかばを占める雲は、変わらず白銀に煌きを帯びている。

その、雲という門から瞬間転移によって湧き出てきた、月の戦士たちが、雲の輝きを覆い隠しているのだ。空が三分に、つわものが七分。空のなかばを覆う大軍勢。

「こうでなくてはな！　まだだぞ、唱え弓《キャスター》！　ぎりぎりまで引きつけてからだ。祈り刃《ポゼッショナー》も、射《う》ち術《じゅつ》を使える者は用意をせい！」

命令をくだすが早いか、嵐獅丸は、またがる白馬を駆《か》け出させていた。陣取っていたのは、小高い丘を猛然《もうぜん》と駆け下りる。側近たちが、あわてて追いすがった。

「嵐獅丸さま！　いずこへっ」

「オレは、アイツの気性を知っているっ。こういうやり口なら、アイツは上からじゃあないっ」

嵐獅丸が『アイツ』と言った時、盾哉は、胸がかっと熱くなるのを感じた。歓喜《かんき》がほとばしった。戦うことへの喜び？　それはある。それもある、確かに。だが、それだけではない、確かに。

胸だけではない。腹の一番奥で、何かがたぎっている。頭の芯《しん》で何かがうずいている。

走っている嵐獅丸には、その気持ちが何なのか、はっきりとわかっている。しかし、嵐獅丸と自身を同一視している盾哉には、その気持ちが何なのかわからない。これまでに経験のない、胸の高鳴りだった。

「おおおっ、あれは！」

かたわらを走る側近が、前方を見て、声をあげた。

空に浮かぶ〈燕の子安貝〉の真下、土がむき出しになっている大地が、盛り上がりはじめている。

「やはりな！　そこから来ると思ったぞ、カグヤ！」

嵐獅丸が声をあげた。むしろ吠えたというべきか。

その咆哮に呼応したかのように、大地が一気に裂けた。黄金色に光る、巨大な柱が突き出てくる。あたりは、激しい地震のように揺れた。側近たちの何人かは、馬を操りきれずに落馬した。嵐獅丸の白馬は、その震動も、ものともせず、風のような速度で駆けた。

「あれは……月帝姫《ルナエンプレス》カグヤの要塞……地底を移動できるという噂《うわさ》は真実でしたか」

かろうじてついてきている側近が、わかりきったことを問いかけてくる。

「それだけではないっ。もう一つの噂も真実だ。……出てくるぞっ」

まるで竹のような形をした、巨大な柱に縦のひびが入った。地震のような震動はおさまらず、さらに激しくなる。柱が割れてゆく。

そこから姿をあらわしたのは。

「龍……ッ⁉　まさか……九頭の龍だというかっ」

「いや、七つだ。頭は七つあるぞ？」

「数え間違えるなッ。狼狽《うろた》えるなッ！　あれは八頭龍だ」

「いくつでもかまわんわッッ！」

あわてる配下を、嵐獅丸は一喝《いっかつ》した。

彼は、白い歯を輝かせながら、宙の一点を見つめた。

その身を大地に横たえるだけで、数千のつわものを下敷きにして潰してしまえるであろう、巨大な多頭龍。いくつもの頭のひとつに、小さな小さな人影が座している。

嵐獅丸が見ているのは、その人影だ。

「落ち着け、きさまら！　大地にオレがいるかぎり、どのような怪物とて、もの数ではない。メガリスとて、超絶の力をそなえておろうが、人が破壊できるものよっ！」

朗々と語り、そして嵐獅丸は、高々と右腕を突き上げた。その手に握られているのは、右に三つ、左に三つの牙をそなえ、切尖とあわせて七つの先端を持つ、七支刀《ななつさやのたち》。

「来たれ、詠唱銀《えいしょうぎん》よっ。我らの力を支えよっ」

嵐獅丸が咆哮《ほうこう》する。と同時に、七支刀の先端から、目に見えぬ何かがはなたれた。見えないのに、それがはなたれたことは、はっきりとわかったのだ。

そして、嵐獅丸が手にしていた、旧《ふる》い刀が、さらさらと粉になって砕《くだ》け散った。

切尖からはなたれた、目に見えぬ何かは、天上へと突き刺さった。銀に輝く雲の形が崩れる。

その雲から落ちてくる、月の戦士たちは、ようやく地上へ到達しようとしていた。

「射てぇぇいッッ！」

雲のさなかに、稲妻《いなずま》がとどろいた。側近たちが空中に描く命令に、光の文字に、稲妻が絡みつく。

地上からも、稲妻が打ちあがった。魔弾《まだん》を操るものたちが、月の戦士を射たのだ。

それと同時に。

炎が。熱が。

風が。真空が。

水が。打撃が。

氷が。冷気が。

光と闇《やみ》が。

地表から天へ叩きつけられる。矢が飛び交い、刃が宙を裂く。さらには、頭上の雲から、激しい雨がふりそそいだ。ただの雨ではない。銀色に輝く、奇怪な雨だ。

『知っている……』

嵐獅丸と同化している盾哉は、その光景に思った。

『オレはこの雨を知っている……。いや、雨だけではない。この大地と空とを循環する、あらゆる命と想いに、それは満ちている。……詠唱銀？　そうだ……オレは詠唱銀を知っている……あらゆる超常の源を。命を』

銀色のしのつく雨は、大地を濡らさない。戦士たちを濡らすこともない。ただ、力に変わってゆく。詠唱銀が、戦士たちの力を反映して、実体となる。詠唱銀が凝り、魔術詠唱と等しき効果があるゆえに、詠唱兵器と呼ばれる武具が、戦士たちの手のうちに、あるいは身をよろうように、次々に形成されてゆく。むろん、それだけではない。魔力の根源そのものとなってゆくのだ。

嵐獅丸の左右で、雄たけびがあがった。

「おうらあああああっ、喰ぅぅらえやぃ、水刃手裏剣《みずじんしゅりけん》超奥義《ちょうおうぎ》ィイイッッ！」

さしわたしが家一軒ほどもある水の渦。それが空を飛翔《ひしょう》し、数人の月の戦士を上下に分断する。

「消えてぇぇぇなくなれッッ！」

天の川を地上に引きおろしたような無数の煌《きらめ》きが、十数人の月の戦士を呑みこむ。これぞ白燐蟲大拡散砲《びゃくりんちゅうだいかくさんほう》。

だが、月の戦士もただ迎撃《げいげき》されるばかりではない。大地におりたつと同時に、すさまじい速度で駆けた。その身は、羽ほどに軽く動く。だが、三日月の軌跡を残してくりだされる斬撃《ざんげき》打撃は、重みを持って敵を屠《ほふ》ってゆく。

そして、戦士たちが場を確保したところで、強力な術使いたちが、月光に乗って転移してきた。出現の瞬間が弱点である月光の魔女たち。だが、月光をきわめたその術は、一度ふるわれれば強力そのもの。

　大地からの輝きを反映して、強大巨大な多頭の龍が、雄たけびをあげる。その頂点に、女の姿がある。

　彼女の姿を捉えて、嵐獅丸は白馬のわき腹を蹴《け》った。

　詠唱銀の雨を浴びて、白馬の背には、その膚《はだ》と同じ、真っ白な翼《つばさ》が生じている。

「いま行くぞ、カグヤ」

　これまでの咆哮《ほうこう》とはうってかわった、小さな呟《つぶや》き。だが、不思議なことに、その呟きこそが、龍を統《す》べる女に届いたようだった。

「来よ、嵐獅丸」

　女がささやく。ささやきであっても、その言葉は嵐獅丸の耳に、はっきりと届いた。

　同時に、白馬が大地を蹴り、宙に舞っていた。

「嵐獅丸さまっ！」

「ご自重をっ！」

　側近たちの叫びをふりきり、彼は飛翔する。

「邪魔だてするなっ！　カグヤとの決着、オレがこの手でつけねばならんのだっ」

　飛ぶ。


　女の姿が近づいてくる。

　自分の身長よりも長い、もしかすると身長の二倍か三倍はあるだろう、長い長い銀の髪。まとっているのは、十二枚の防具を重ねたもの。一枚は冷気を、一枚は稲妻を、一枚は炎を……十二の力を防ぐ、絶対の壁。

　彼女がまとう、これもメガリス——そういう知識が、盾哉の意識に流れこんでくる。いにしえより存在する、大いなる魔術の産物。

　だが、一言でメガリスとまとめても、その強さには個々に大きな差がある。女がまとう〈十二単衣《じゅうにひとえ》〉など〈燕の子安貝〉に比べればどうということはなく、そしてその〈子安貝〉も、この多頭龍を産んだメガリスに比べれば何ほどのこともない。だが、最も恐れるべきはそのメガリスを制し、従わせる、ひとの心。

「嵐獅丸、今宵《こよい》こそっ！」

　女の——カグヤの声は、歓喜に満ちている。

「おお、今夜こそはっ」

　嵐獅丸は、カグヤの美しい顔をひたと見据えた。その瞳も鼻も口も、くっきりと見てとれる距離になった。

『オレは——』

　盾哉は思う。

『この女を知っている――？　――いや違う。知っている女に、似ているんだ』

女と目があった――その時。

……ああ、これは夢なのだな、と盾哉は気づいた。そして、カグヤに似ているのは、夢の中で、何度も何度も何度も出会い、目覚めるたびに存在すら忘れていた、ひとりの少女なのだと、気づいた。


……そう、これは夢なのだ、と晴恋菜《せれな》は気づいた。

いつの間にか眠ってしまったらしい。

少年の枕元で、寝顔を見守っているうちに、うたた寝をして、夢を見ているのだ。

晴恋菜は、戦っていた。吹き荒れる嵐の中で、ほのかな銀を含んだ、激しい雨の中で。彼女は、自分がカグヤという女であることを、夢の中で受け入れていた。

自分は、多頭龍の、額のひとつにいる。龍の頭部は激しく移動するが、決してふりおとされることはない。常に、彼女はすっくと仁王立ちだ。

その頭部に、翼をそなえた白馬が近づいてくる。

男が、またがっている。強大な詠唱兵器をかざした、この大地で随一の戦士が。別の頭が炎を吐きかけた。白馬の主人がまとっていた鎧《よろい》が、はじけて飛んで、炎をしりぞけた。たくましい胸があらわになる。

さらに白馬が加速する。もう、龍の他の首は攻められない。同士討ちになるからだ。

「きた……」

胸の高鳴りを、晴恋菜は呟きに変えた。

晴恋菜ではなくカグヤ。これは夢。わかってはいるが、少女の気持ちは、この猛々《たけだけ》しき女帝と不可分に融合してしまっている。夢から押し寄せる想いに圧倒されて、晴恋菜はこの感情移入をいぶかしがる余裕《よゆう》をもてない。

「あはははははは！　きたわね、嵐の王《ストームブリンガー》。」

「応ッッ！」

白馬が迫る。目の前の男が、刃をふるった。剣撃そのものではなく、刃からほとばしった稲妻が、晴恋菜＝カグヤに挑みかかる。電光の直撃を受けて、十二枚に重ねた防御の衣が、結晶化し、粉々に砕けた。

さらに二撃。二枚めの衣が、雪と化して飛び散る。雨が雪を飲みこむ。

かくて三撃、三枚めは水となって流れ去った。雨に溶けこみ、消えてゆく。

むろん、晴恋菜＝カグヤも、黙って攻撃を受けているだけではない。その右手は月光を束ね、銀色の奔流として叩きつける。その左手は、月光を織《お》り、布とし束《たば》ねて、槍《やり》とも鞭《むち》ともなって、男を襲う。

死角から、渦動《かどう》を伴いつつ襲った月光の布棍《ふこん》は、男の右肩を直撃した。

腕が吹き飛ぶ。いや、吹き飛びかけた。男は、飛びかけた腕を文字通り食い止めた。がっしと、そのたくましい顎で噛みついて、拾ったのだ。刃を握ったままの右腕。

大きく首をふる。またエネルギーがほとばしる。だが、さすがに狙いが甘い。カグヤ＝晴恋菜は、楽々とそれをかわした。かわす動きで生じる隙、稼《かせ》げる時間が男の狙《ねら》いだ。左手で、ちぎれた右腕を掴み、傷口同士を押し当てる。そこに、かすかな銀色を帯びた雨がふりそそいだ。

カグヤ＝晴恋菜がはなった月光の槍を、男の刃が打ち払った。右腕は、すでにつながっている。

「さっきの技は、はじめて見たな」

男が笑う。晴恋菜の――カグヤの胸《むね》が熱く燃える。

ああ、これは恋なのだ、と晴恋菜は思った。

女の子は、生まれおちた時にもう、恋がなんだか知っているのだ。

そして二人の戦いは続いた。

龍の首がうねる。

白馬が飛翔する。

幾度もの、幾度もの攻防。

むろん彼女と彼の周囲で、あるいは遥か足下で、月と大地の軍勢はぶつかりあっている。もはや、そこに統制はなく、混沌と混沌の激突となっていた。

「嵐獅丸っ！　本当にしぶとい男。わたしを裏切ったあの時、八つ裂《ざ》きにしてやったというのに！」

言葉の内容は怒りのようではあるけれど、その表情は楽しげに笑っている。

「オレは裏切ってなどいねえ！　おまえが、月の民を操り、この母星を攻めるなら、オレは何度でも立ちはだかってやる。オレがだ。他の〈嵐の王〉に託すことなどせん！　オレ自身でなきゃ、いかんのだ」

嵐獅丸が、そのたくましい顔を、赤く染めて吠える。彼が七支刀をふるった。ほとばしるは、世界のすべての雷を束ねたかのような、まっすぐな輝き。それを受けて、カグヤの衣が熱のない炎となって消失する。

失われた防具は、これで十二枚。

「だから……だわ」

うすぎぬ一枚きりをまとっただけの姿で、カグヤがささやく。晴恋菜は、同じ気持ちでいる。

「この星を攻めれば、お前が来るから。だから攻める……お前に会うために戦う……」

カグヤは両手をさしあげた。その長い長い銀の髪の、無数の先端にそれぞれ月光が宿る。束ねられた銀の髪が、月光の布棍以上の巧みさで動く。足元の龍が吠えた。龍の喉《のど》の奥から、溶岩《ようがん》がせりあがる。

恋。

たぎる気持ちをぶつけたい。おのがものにならぬなら、この世から消してしまいたい。歪みはてたカグヤの想いに、晴恋菜は惹《ひ》かれる。酔わされている。憧《あこが》れに似た気持ち。晴恋菜の胸は、高鳴り続けている。

そして――。

――そして、盾哉は胸に重苦しいものをかかえている。

「ははは、阿呆《あほう》だな、お前は！　どうして、オレのもとにずっといられない。なぜ、世界をそうも憎む。オレも憎いくせに、なぜ会いたがる」

嵐獅丸が怒鳴る。盾哉には理解できない。女の気持ちが。嵐獅丸の気持ちはなおのこと。ああ言いながら、嵐獅丸も会いたがっているのと同時に、遠ざけたがっている。


彼は、激しい痛みを覚えている。肉体より、なお心に。なのに、彼は前進する。この女に対する、熱くたぎる想いは、嵐獅丸から押し寄せてくる。それに飲みこまれるのがイヤだ。

『オレは雨堂盾哉だ。あんたじゃない』

ここまでひきずられてきた。苦痛まで共有させられた。

恋。

自分でコントロールのできぬもの。激しい狂気。恐ろしくて面倒なもの。

だが、盾哉が忌避をしても。

晴恋菜が、忘我のさなかにあっても。

二人の意志とはかかわりなく、夢は進む。カグヤと嵐獅丸は、その強大な力をぶつけあう。

カグヤの、最後の衣が砕けた。詠唱銀の雨をくぐりぬけて、月光が届く。その白い、完璧な均整のとれた裸身を、冴《さ》え冴《ざ》えとした月光が、銀色に染めあげる。

嵐獅丸も、その身に下帯しかまとっていない。彼が、愛馬の背から、宙へと翔んだ。一気に、カグヤとの距離を詰める。渦巻いた銀の雨が、彼の跳躍《ちょうやく》を支える。

抱き合うように。

刺し違えるように。

二人の軌跡が交錯する。

――そして。

――瞳と瞳が出会う。

カグヤと嵐獅丸の瞳の奥に、もう一人いることを、自分以外にもこの夢を見つめている誰かがいる
『この男は――』

『この女は――』

盾哉はカグヤを見て、晴恋菜は嵐獅丸を見て、そして直観したのだ。

『あの人だ――』

これまで、いくつもの夢の中で出会ってきた、あの。

それに気づいた時、盾哉と晴恋菜の視界に変化が生じた。空間を、煌《きら》めく糸が埋め尽くしたのだ。人と人を結びつける、想いのつながりのような。願いを導き、祈りがすがる、命綱のような。人形を操る、大いなる意志を伝えるような。無限に織り重ねられ命という色で染められるタペストリーのような。

糸が、世界を、すべてをつないでいるのが、見えた。

その糸は、何本も何百本も何万本も、カグヤと嵐獅丸を結びつけていた。無数に煌き絡みあうこの糸は、夢の中にだけあるのではない。夢の向こうから、それは伸びてくる。晴恋菜に、盾哉に、伸びてくる。

『運命……』

同時にその言葉が囁かれた。

晴恋菜は、糸に向かって、精一杯にすがる手を伸ばした。月光が、あふれた。

盾哉は、糸に向かって、精一杯に拒絶の意志を叩きつけた。雨が、荒れ狂った。

月光が目を灼き、雨がすべてを洗い流す。

そして夢が、粉々に砕け散った。


「……うぐっ」

眠る二人から、ほんのわずかな距離をへだてたところで、苦鳴を漏《も》らした人物がいる。

「遠い親族として誇らしくは思うが、目的にとっては困りものだね」

その人物は、小さく呟いた。床に描かれた、奇怪な図形の中央に座り、奇妙な匂いの香に包まれている。なんらかの魔術を行使していたことは間違いがない。

「むろん、思い出など単なるきっかけ。押しつけて刷りこんだ感情など、どうせあっさりはがれようが……にしても、

きつい反動だな」

　その人物は、上着をはだけた。心臓の真上に深々と、蹄《ひづめ》に蹴られでもしたかのような打撲傷がある。肋骨は砕けているだろう。肺に刺さっているかもしれぬ。呪術《じゅじゅつ》には、破られれば、術者に返るものがある。臭気をはなつ軟膏《なんこう》を手に、彼はおのれの傷の手当てをはじめた。

3.

「……あらあら、二人仲良う、おやすみどすか」

　眠りから覚めかけていた盾哉《じゅんや》の耳に、声が届いた。

　知らない声だ。だが、その警戒心《けいかいしん》は、動作《どうさ》に結びつかない。心は目覚《めざ》めかけていても、体が眠ったままだ。

「ちょっと、晴恋菜《せれな》ちゃん？」

「ふえ……？」

　呼びかける声と応じる声。

「はっ？　はわわわっ！」

「ひゃっ。きゃうわっ」

　あわてる叫びが、連鎖《れんさ》する。

　その切迫した声に、盾哉が、はっと目を開いた瞬間、彼の視界は真っ暗になった。

　同時に、冷たい液体が浴びせられた。

「あわわわわ！　す、すいません！！」

　ひどくあわてた女の子の声が聞こえて、目の粗い布が、顔に押し当てられた。ごしごしこすられるのと同時に、異臭が鼻をつく。

「あかん、晴恋菜ちゃん。それ、雑巾《ぞうきん》や！」

　関西弁《かんさいべん》の叫びが割って入った。

「ごごごご、ごめんなさいっ。ふわっ」

　ひどく柔らかくて、そして温かな何かが、盾哉にのしかかってきた。自分が、はたから見てとんでもない状況になっているのではないか、という自覚はあった。

　けれど盾哉は、上で柔らかくて温かい誰かがもがいている間、微動《びどう》だにしなかった。

　なんだか、何をしても無駄なような気がしたからだ。無駄というより、事態がさらに悪化するだけのような。

　遠い日々の記憶だか、あるいは無意識の直感だかが、それを教えてくれていた。

　——しばらくの後。

　清潔な蒸《む》しタオルで、盾哉はあらためて顔をぬぐわれた。ぶちまけられたのは、オレンジジュースだったらしい。

ぐしゃぐしゃになった服も着替えている。トレーナーと、すそを何度も折ったジーンズ。寝ていた布団も片付けられた。

古風な膳《ぜん》を前に、座布団《ざぶとん》を敷いて。

やっぱり、盾哉は、動こうとしない。

「ええと、いやもう、なんとお詫《わ》びしていいのやら」

そう言って身を縮めている女子高校生を、ぼんやりと見つめることしかできずにいた。

盾哉は、その娘の、腰よりも長い黒髪《くろかみ》と、ちょっとずれた眼鏡《めがね》と、桜色のくちびるを、順番にながめている。

高校生、なのだと思う。縮こまっている風情を眺めていると、小学生か何かに見えてくるが、さっき押しつけられた弾力が、それを全力で否定する。

顔に見覚えもある。怪物と戦っていた女の子だ。疲労で気が遠くなる前までの記憶は、はっきりとしている。

「気にしないでいい……」

盾哉は、ぶっきらぼうに言った。自分が、彼女を慰《なぐさ》める言葉を口にしたことに驚いた。そして、年上なんだから敬語を使うべきかと思った。思いはしたが、次の言葉もやはりぞんざいな言い回しのままだった。

「オレの服……それから……」

手にしていた武器のことは尋《たず》ねるのが、はばかられた。だが、できる限り急いで、それを取り戻したかった。取り戻して、出ていかねばならないと、盾哉は思った。

思った瞬間《しゅんかん》に吐《は》き気《け》がこみあげた。フラッシュバックする光景。何の変哲《へんてつ》もない床に穴が開き、たった今までそこに立っていた男が飲みこまれる——。

死ぬ。その単語で、祖父《そふ》の死体のようすが蘇《よみがえ》る。親切にしてくれた……自分を拾《ひろ》って、事故に巻きこまれたトラック運転手の血まみれの顔。彼は生きているだろうか。自分は、あそこから逃《に》げてしまった。

さらにひどい吐き気が、盾哉の胃を、ひっくりかえした。我慢しきれなくなった。吐いた。何も食べていなかったから、出てきたのは胃液だけだ。

「はい、大丈夫ですよ」

ひどく優《やさ》しげな声が、頭上から聞こえた。

それが、大慌《おおあわ》てしていた、平謝りしていた、あの声と同じものだと、一瞬わからなかった。

額に、ぽよんと柔らかいものが触れている。

前かがみになった彼のもとに、あの娘が跳《と》びこんできたのだ。盾哉は中学二年の男子としては、あまり大柄なほうではない。いっぽう、彼女は、高校生の女子としても長身の部類だろう。

彼女は、トレーナーのすそをもちあげていた。ちょうど袋のようにして、吐いたものを受け止めてくれている。

「ごはんにかかっちゃうっと、もったいないですからねー。いいですよ、全部、吐いてしまってください」

その優しい声に違和感があった。この声が、そんなに優しげであることが、どうにも納得《なっとく》しがたい奇妙な感覚。そして、恐怖。なぜ、この娘を怖がらねばならない？

盾哉は腕を持ち上げた。弱々しい力で、そっと少女の二の腕を押しやった。

「もう、大丈夫ですか？　ちょっと、ちょっとだけ待っててくださいね」

汚れを始末するために、彼女は部屋を出て行った。

出てゆく彼女を、視線で追う。一瞬、視界の端を、彼女の真っ白な腹部がかすめた。形のいいへそが見えた。

盾哉は、その刹那《せつな》に自分の奥から湧《わ》きあがった強い情動をもてあまし、つっぷした。先ほどとは、まったく別の光景がフラッシュバックする。

空の半分を占める、青白い月。

全身を焼き尽《つ》くそうと迫る、真紅の炎。

ぶつかりあう軍勢。

ふりそそぐ、銀の雨。

それらは断片的で、つながっておらず、ガラスごしに見たような遠さで、ともなっている感情はどこか他人事めいていた。直前まで見ていた夢のことを、盾哉は、ほとんど覚えていなかった。

「はい、水。ゆっくり飲みや」

少し離れたところにコップが置かれたことを、盾哉は認識した。

声のぬしは、最初の関西弁の娘だ。黒髪《くろかみ》の少女のことばかり気にして、すっかり忘れていた。彼女もいたのだ。金髪《きんぱつ》に翠眼《すいがん》。盾哉より背は低かったが、黒髪の少女——晴恋菜よりもふるまいは大人びている。

「失礼いたすぞ」

がらりと障子《しょうじ》が開いた。

盾哉は顔をあげた。そこにいる人物を見て、自分が古風な日本家屋にいることが、妙に納得できた。

そこに立っていたのは、忍者《にんじゃ》服をまとった、晴恋菜よりさらに長身で、精悍《せいかん》な雰囲気の若者だった。

「眠る前より顔色が悪くなっておりはせぬか？」

盾哉をまっすぐな見つめつつ、彼は部屋に入ってきた。

「どうしても無理であれば引き上げる。じゃが、可能であれば、いささかなりと話をうかがいたい。なにせ我々、自分たちが何に巻きこまれておるのやら、皆目《かいもく》、見当もつかんのでな」

……だったら自分も役に立たない。盾哉はそう思ったが、それを口にすることすらおっくうだった。忍者服の若者に、無表情な視線を投げ続けた。そして、彼が何者であるのかを、盾哉は理解した。理解して、失望した。

「拙者《せっしゃ》は……」

「矢澤浮雲《やざわうきぐも》」

自己紹介される前に名を口にしてやると、忍者服の若者は、さすがに驚いた顔つきになった。

「そしたら、うちの名前も知ってはるんかな?」

盾哉は、目だけを動かして、金髪の娘を見た。そして、ほとんど吐息と変わらない声で、言った。

「……アーマリア。……苗字は、なんか難しくて忘れた」

ぷう、とアーマリアの頬《ほお》が膨《ふく》れる。

「あかんやん！　うっきー。この子、さっぱりや」

「なんだ、お前。そういうの、怒《いか》りのツボか?」

ぷんすかやァと呟いているアーマリアを放置して、浮雲は、盾哉を見た。表情は柔らかで変わらないようでいて、瞳にこもった力が増している。


「どこで我らの名を?　つまり、これまでもゴーストと戦ってきた方か?」

「ゴースト……?」

腐《くさ》った死骸《しがい》のような……この世の外から来たような……まったくの異形《いぎょう》のものたち。この数日、自分を襲い続けてきた存在に、名があった。

それと悟《さと》って、盾哉は眩暈《めまい》を感じた。名があるということは、あれは世に広く存在するのか。幻覚でもなく悪夢でもない。逃げ場所なく立ち向かわねばならない実在。

名を知るということは、意識に存在が刻まれるということでもあるのだ。

浮雲は、盾哉に向かって、言葉を継いだ。

「さよう、あのカエルと人間をあわせたような化け物も、おそらくはゴーストであろう。人の憤怒《ふんぬ》や憎悪《ぞうお》、執着《しゅうちゃく》や渇望《かつぼう》、あるいは悲哀《ひあい》や情欲《じょうよく》……さまざまな思念から生じる。動く死者、実体なき悪霊《あくりょう》、歪《ゆが》んだ獣《けもの》……そういった連中のことを、拙者《せっしゃ》たちはまとめてそう呼ぶのだ」

その説明の間、盾哉は、ずっと虚空《こくう》を見つめていた。襲撃《しゅうげき》の記憶をよみがえらせていたのだ。

「……ゴースト」

もう一度呟くと、盾哉の体が震《ふる》えはじめた。

そのようすに、浮雲とアーマリアが顔を見合わせる。

「そっちの姉ちゃんも、ゴーストなのか？」

歯をがちがち鳴らしながら、盾哉が尋《たず》ねる。

シールディアが見えているのだと悟って、浮雲とアーマリアは驚愕《きょうがく》した。盾哉の質問に答える前に、晴恋菜が戻ってきた。

「すみません。おぜんざいを追加しろと、刃弥彦《はやひこ》さんがおっしゃって、遅くなりました」

障子が開く。膝《ひざ》をついている晴恋菜の前に、膳に載った椀《わん》がひとつ湯気《ゆげ》を立てている。けれど晴恋菜は、蒼《あお》ざめ震えている盾哉を見たとたん、その存在を忘れた。

「どうしたんですか！」

駆け寄るはずみに、案の定、膳を蹴飛ばしそうになったが、浮雲が鋼糸《こうし》で引き寄せて、ことなきを得た。

晴恋菜は、盾哉に触《ふ》れようと手を伸ばした。

反射的に、盾哉はその手をはねのけていた。

眼鏡の奥の目が大きく見開かれる。瞳が揺れている。罪悪感《ざいあくかん》にかられつつ、けれど手をとってやることもできずに、盾哉は目をそらした。

「ちょっと、晴恋菜ちゃん。おちつきいな」

アーマリアが、静かな動きで晴恋菜に近づいて、彼女を引き寄せた。にこりと、いたずらめいた笑みを浮かべて、アーマリアは晴恋菜のほほをつついた。

「告白してフラれた女の子みたいな顔になってるで？」

瞬間《しゅんかん》、ぼっと音を立てそうな速度で、晴恋菜の顔が赤くなった。

「え？　ややや、やだな、アーマちゃん。何を言うんですか。意味不明です。正体不明です。動機不明です！　そそそ、そもそも、この方のお名前も知らないのに。どうやって恋をすることなど」

「いやまあ、寝顔を見てるうちに、とか。すっごい無防備に、すうすう寝てやったし。この子の隣《となり》で」

晴恋菜の顔から、血の気がひいた。

「え？　あれ？　どないしたん？」

場をなごませようとからかっていたアーマリアが、戸惑うほどの変動っぷりだ。

「……いえ、なんでもないです。なんだか、とても幸せな夢を見たような気がしたんですけど。それが、全然、思い出せなくて」

「そうなん？　けど……」

幸せな夢ていう顔では、とアーマリアが言う前に。

「悪夢だ……っ」

唐突に盾哉が吐き捨てた。言ってから、彼は驚きの表情を浮かべた。そして、三人の視線が自分に集まっていることに気づいて、狼狽《うろた》えた顔つきになる。

「わ、わからない。なんでか……」

「実際に悪夢を見ていた、ということではござろう。尋常《じんじょう》な日々をすごしておったようには見えぬし。ああ、そうそう、おぬしの荷物、返しておこう」

浮雲は、すっと立ち上がると部屋を出た。

残されたのは、盾哉と、そして女子たち。

どうにも気まずい空気がたちこめたままだ。

「なあ、うちらはともかく、この子の名前は？」

アーマリアが、晴恋菜を指差した。盾哉は、一瞬だけ、晴恋菜を見た。だが、彼女の黒髪が視界に入った瞬間、びくっと恐れたように顔をそむけた。

彼のしぐさに、晴恋菜は、胸にずしんと氷の塊《かたまり》が落ちてきたように感じた。自分が傷ついたのだと、彼女はまだ悟《さと》っていない。他人の恋には聡《さと》くとも、自分の恋を認めるのは怖《こわ》いものだ。

「この子は矛城《むじょう》晴恋菜。きみが寝てる間、夜遅うまで、ずっと見守ってやったん。まだいっぺんも、その晴恋菜ちゃんにお礼を言うてんの、聞いてへんけど」

後半、加速度的にアーマリアの口調がきつくなった。

「あ、あの、アーマちゃん。お礼とかそういうのは別に、わたしは……」

「……ありがとう」

ひどくぎこちない声で、盾哉が言った。一瞬で、晴恋菜は幸せそうな顔になった。アーマリアの不機嫌《ふきげん》は、あまり直っていない。

「……雨堂《うどう》、盾哉だ」

相変わらずそっぽを向いたままではあるが、名乗った。

「まあ、よしとしましょか」

自分たちが立ちっぱなしだったことに気づいて、アーマリアは、晴恋菜の腕を引いて、座布団に戻った。二人とも、きちんとした正座ができるタイプだ。

それを横目でちらりと見て、あぐらをかいていた盾哉は、もぞもぞ足の位置を直そうとした。

「戻った」

その時、浮雲の声がした。障子が開く。彼は、右手に七支刀《ななつさやのたち》をさげていた。それを見て、盾哉の顔にぱっと喜色《きしょく》が浮かんだ。同時に。挑むような視線を浮雲に向けた。

「案ずる必要はござらん」

畳の上に七支刀を置き、すっとさがる。盾哉は、飛びつくように柄《え》を握り、武器を引き寄せた。

それを穏《おだ》やかな目で見つめながら、浮雲は、もうひとつの品を取り出した。

「それからこれは、おぬしのポケットに入っておった銭《ぜに》でござるが」

えらく可愛いキャラクターのついた財布である。

「……オレのじゃ、ない。そんな、財布」

否定するのも面倒だ、という口調で盾哉は答えた。七支刀を抱きかかえているような姿勢になっている。

「金がむきだしなのもどうかと思いまして。安物ですが、どうぞお使いください」

障子の向こうから声がした。

「カナカさん！」

晴恋菜が、ふわりと笑う。メイドがあらわれて、晴恋菜に一礼し、盾哉を見て微笑《ほほえ》んだ。

次の刹那。

少年は、ただの一跳《いちと》びで、部屋の外へ飛び出していた。

廊下で、刃がぎらついた。

「なにっ」

さしもの浮雲が驚愕《きょうがく》の表情で立ち上がる。反応できたのは彼だけだ。晴恋菜もアーマリアも、カナカも凍りついたように動けない。

動けないメイドの、そのすぐかたわらで、盾哉が刃をふりおろす——！

「ひっ」

カナカが、小さな悲鳴をあげた。

刃が斬ったのは、彼女のすぐそばの壁だ。さらにもう二度、刃が閃《ひらめ》いた。尋常ではない速度。常人には、そもそも盾哉が七支刀をふるったことさえ見えまい。少なくとも晴恋菜に見えたのは、その後に起こったことだけだ。

壁に歪んだ三角の穴が開いた。浮雲の手が伸びる。しかし、その手が届く前に、雨堂盾哉と名乗った少年は、穴をくぐっていた。出た先は、矛城家の庭。木々が森のようだ。浮雲は、盾哉を追って穴をくぐった。

晴恋菜の体も、ようやく動いた。穴の端《はし》に手をかける。その晴恋菜の手首を、カナカがつかんだ。行くなと、厳《きび》しい表情で彼女を見ている。

くしゃり、晴恋菜の顔が歪《ゆが》む。

カナカの手をふりほどく。

だが——その晴恋菜が見たのは、突如として空からふりそいだ、豪雨だった。

「……あ」

小さく漏《も》れる声。うたた寝するまではなんということもなかった雨が、どうしてかとてつもなく恐ろしい。

無意識のうちに、月を求めて空を見た。

真っ黒な雲しかそこにはない。

「……見失った」

そして雨の向こうから、浮雲が戻ってきた。

「どうして……」

傷ついた表情で、雨を見つめる晴恋菜のかたわらで、カナカは、じっと何か考えこんでいた。

4.

また、オレは雨に打たれている、と盾哉《じゅんや》は思った。

雨に打たれていること自体は、そう悪くもない。もう慣《な》れている。むしろ、下手に寝ているより、体力が回復してゆくような気さえする。

だが、気持ちのほうは、そうはいかなかった。

どうして自分が逃《に》げだしてしまったのか、盾哉は、その行動が理解できない。あの一瞬《いっしゅん》、とてつもなく嫌《いや》な予感がして、無我夢中で駆《か》けだしてしまったのだ。

けれど、あの時のことを思い返しても、何が自分にそういう行動をとらせたのか、さっぱりわからない。

金髪の少女と忍者服の若者。自分を助けてくれたトラック運転手、田中雄大《たなかゆうだい》に教えられた『こういう事態に詳《くわ》しい』相手に間違いない。

金髪のほうはツンケンしていたが、そういう態度にはなれているので、むしろ自然に受け入れられた。

ダメだったのは、あの親切な女子高生とメイドのほうだ。悪い人間ではないとわかっているのに、いらいらさせられる。あの無防備《むぼうび》さが、なんともわずらわしい。

盾哉は、雨の中を歩き続けている。

これからどうするべきか、まるで答えが見つからない。

あの短いやりとりで、浮雲とアーマリアも、自分を追っているあの『女』のことは知らないのだろうと見当がついた。だったら、わざわざ巻きこむ必要はない。彼らは彼らで、別のトラブルをかかえているようだ。

「……めんどうくさいよな」

自分に言い聞かせるように、わざわざ声に出してみた。

だが、それならどうする。

鎌倉《かまくら》に行ってみよう、教えられた相手を探してみようけてしまった。

——そう思ってやってきて、予想外に簡単に、たどりつそして、たどりついたチェックポイントには、次のポイントへ向かう指針《ししん》は、何も記されていなかったのだ。

どうせ、また怪物たちは襲いかかってくるだろう。

戦って倒して、倒して、倒して。あの『女』が出てくるまで戦うか。だが、人気のない山中はともかく、街中をこうして凶器をぶらさげて歩いていては、早晩、警察か何かに目をつけられるだろう。

街を出るか……それとも。

「……家にでも、行ってみるか」

ここは鎌倉。盾哉が、この冬まで住んでいた街なのだ。彼が生まれ育った家は、まだある。土地勘《かん》もあるから、自分が鎌倉市内のどこにいるか、おおよそ把握《はあく》している。この道をしばらく行けば、江ノ電の駅に出るはずだ。

と、そこまで考えて、矛城家に金を忘れてきたことに気づいた。小さく舌打ちをする。

そういえば、いまは何時だろう。雨が空を真っ黒に閉ざしている。もしかすると、もう終電もない時刻だろうか。雨の夜とはいえ、あたりを誰も歩いていない。

誰も？

ちりちりと、うなじの毛が逆立った。

そして、雨の気配が弱まってゆく。もともと通り雨でしかなかったのだろう。どんどん雨量が減少していった。

だが――。

やはり、人の気配はない。まったくない。盾哉は歩いた。もっと人の気配がないほうへと。うっかり誰かが迷いこんできて、とばっちりを受けたりせぬように。

やがて、雨はすっかりやんだ。

ちらほらと、夜空で星が輝きはじめる。そして、盾哉の目の前に、石造りの鳥居《とりい》が見えてきたところで。

雲が割れた。

雨によって大気中の塵が洗い流され、月は氷のように青白い。美しい月光が、異形《いぎょう》の影を浮き上がらせる。

鳥居から、人に似たものがぶらさがっている。

「しししししし」

奇怪《きかい》な笑い声。

人間めいた上半身が、逆さになってぶらぶらと揺れている。腰から下は、異様な蟲《むし》の姿。蜘蛛《くも》のような膨《ふく》れた腹、蜈蚣《むかで》のようにもぞもぞとうごめく不気味な脚《あし》、そして鳥居に巻きついている、蠍《さそり》のような奇怪な尾。

「拙僧《せっそう》の名を知るよしもあるまいがががが」

揺れ続けている。声が近づき、遠ざかる。拙僧という自称にふさわしく、なるほど僧侶《そうりょ》のような頭巾《ずきん》とぼろぼろの袈裟《けさ》をまとってはいる。

「サソリ上人《しょうにん》と覚えておけいいいいいいい」

声が揺れる。胴体も揺れる。古風に、名乗りをあげてから、怪物は宣言した。

「くじには負けたゆええええ、このようなつまらぬ役目をさせられおるががが、本来ならばばば、拙僧はそなたなど相手にする身分ではないのだだだだ」

拙僧という自らを謙遜《けんそん》する自称と、ちぐはぐに盾哉を見下してくる態度。そんな矛盾《むじゅん》など、いちいち気にしてもはじまらない。サソリ上人と名乗った怪物が、長広舌をふるっている間も、盾哉は、まったく歩調をゆるめず、前進していたのだ。

もう既に、怪物は七支刀《ななつさやのたち》の間合いのうち。

「そなたににに、勝手気ままにふるまわれてはははは、困るるるる」

だらりとぶらさげていた七支刀。それをふりあげる動作、それがそのまま、攻撃。ふりあげて、ふりおろすのではない。下段からふりあげが、もう斬撃《ざんげき》だ。怪物の頭を唐竹割《からたけわ》りにしてやるつもりだった。

だが、刃が敵の頭巾に触れたとき、そこには何の抵抗も生じなかった。盾哉の七支刀がふりあがるのと同じ速度で、サソリ上人の体もまた、はねあがっていたのだ。

鉄棒で大車輪をしているような動き。

盾哉の刃が、天を指すところまでふりあげられた。その時、サソリ上人の体も、さっきまでと上下逆に、鳥居の真上に直立していた。

「やれ」

震えのない声で、命じた。

ざっ。　ざっ。

ざっ。　ざっ。

ざっ。　ざっ。

ざっ。　ざっ。

参堂左右の並木、それぞれ五本ずつ、合計十本。その枝から何かがぶらさがった。

人の体だ。怪物めいたところは、ほぼない。サソリ上人と違って、人外の特徴はたった一つ死んでいることだけ。

首吊り死体だ。十体の首吊《くびつ》り死体が、一斉に盾哉の左右にぶらさがった。首が長くのびて、数十センチ。白目を剥いて、青黒く膨れた下が、口からはみ出ている。どこをとってもそっくりな、十体の首吊り死体。

それが、同時に、歯を鳴らした。

かちかちかちかちかちかちかち。かちかちかちかちかちかちかち。

かちかちかちかちかちかちかち。かちかちかちかちかちかちかち。

かちかちかちかちかちかちかち。かちかちかちかちかちかちかち。

かちかちかちかちかちかちかち。かちかちかちかちかちかちかち。

異様な共鳴《きょうめい》が、盾哉の臓腑《ぞうふ》を苛《さいな》んだ。直接、指でも突っこまれてかき回されているような苦痛。

ぐるんと死体の眼球が裏返る。黒目が戻ってくる。死者の瞳に、盾哉が映《うつ》る。映ると同時に、盾哉の首がぐいっと締《し》めつけられた。

十人の死者が、同時に、自己と盾哉を同一視した。壮絶な呪《のろ》いが、盾哉に窒息《ちっそく》をもたらしている。が、苦痛も窒息も、短い時間では、盾哉を押しとどめることはできなかった。盾哉は、一体の首吊り死体に走りより、七支刀を一閃《いっせん》させた。腰で上下が分断される。本当の死体のように、腐りはてた内臓が雪崩落ちることもなく、怪物はただ、銀色の粒子《りゅうし》にと返った。

だが、動けば動くほど、呪いは彼の体力を消耗《しょうもう》させる。

盾哉は耐えた。そして二体めを。返す刃で三体めを。

ついには右の一列すべてを。

だが、さしもの盾哉にとっても、それが限界だった。

雨さえふっていれば、条件は違っていただろう。だが、いまは晴れている。月光がふりそそいでいる。

右列の首吊り死体を全て斬り捨て、身をひるがえして、そのまま盾哉はくずおれた。徐々《じょじょ》に積み重なったダメージが、ついに彼を打ちのめしたのだ。

「ぐう……」

のどを掴み、倒れ伏したまま唸《うな》る。ほんの数メートルの移動、それが、いまはかなわない。痛みと窒息が、体力を奪い、それを癒《いや》すすべがない。

だが、しかし。

「恐ろしいヤツ、ツツツ」

逆《さか》さではなく直立しつつ、サソリ上人の声が震えていた。彼とて、千三百年を経た怪物だ。この屍呪《しかばねのろ》いの陣《じん》で、三体以上の首吊り死体を屠った戦士は、片手の指で数えられる程度。むろんその誰もが、盾哉より遥《はる》か年長だ。

そして盾哉は、倒れて動けないものの、まだ意識を保っている。瞳《ひとみ》に怒《いか》りの輝きを浮かべて、サソリ上人を見上げている。

だからこそ、魔物の長が、感嘆《かんたん》の声をあげたのだ。そして感嘆は、サソリ上人に、別の迷いを引き起こした。

「……いま、殺しておくべきかもしれぬ、ぬぬぬ」

サソリ上人の迷いに応じて、ざわざわと木々が揺《ゆ》れた。その奥から、さらに奇怪《きかい》な化け物どもが姿をあらわす。さまざまな動物をでたらめにひきちぎり、くっつけたような『妖獣』とでも呼ぶべき一群だ。

口から泡《あわ》を吹いているイノシシは、腰から後ろがアリの腹になっている。

三つの首を持つ大山猫は、首が互いを追いかけあって、くるくる回っている。盾哉を狙《ねら》っているのは、尾の先端についた虎の首だ。

夜目にもよく目立つ、真っ白なワニは、何度も何度も舌を出し入れしながら、じりじりと盾哉に近づいてゆく。

「こここ、こやつらの『食いたい』気持ちを抑えておくのはは、拙僧にも苦労ううう。カグヤさまに敵対するこやつのためめめ、何ゆえに苦労などどどど」

サソリ上人が、妖獣どもにかけた手綱《たづな》を緩《ゆる》めようとした、その時だ。表記しようのない悲鳴をあげて、白いワニが燃えあがったのだ。

「……雨堂さん！　大丈夫ですか！」

晴恋菜《せれな》の、炎の魔術だ。もう一条、赤い尾をひいて炎が飛来する。それとほぼ同時に、跳びこんできたのは渋柿色《しぶがきいろ》の忍者《にんじゃ》服をまとった若者と、レイピアをたずさえたセーラー服の骸骨《がいこつ》。浮雲《うきぐも》が、妖獣二体を相手どっているうちに、シールディアが高速の動きで首吊り死体を斬り捨ててゆく。

「おう、思うたより早う、迎えにこられたかかかか。名残《なごり》は惜しいがが、拙僧は退散するとしようううう」

ぶんと一回転して勢いをつけ、サソリ上人は、ひょうと跳躍《ちょうやく》した。遠い木に、また尻尾を巻きつける。体を揺らす。そしてふたたび飛翔ともいえる跳躍。

浮雲とシールディアも、二人の後方から駆けつけた晴恋菜とアーマリアも、逃げる異形には気づいていた。だが、追う余裕はない。

「刃弥彦さんが占ってくれた通り……！」

晴恋菜は、泣き出しそうな顔で、倒れ伏している盾哉に駆《か》け寄ろうとした。盾哉は、わずかに動けるようになっている。首をめぐらせて、晴恋菜を見た。

射抜《いぬ》くような光。

それに気圧《けお》されて、晴恋菜の足が止まる。

「雨堂《うどう》……さん？」

「何しに……来た」

老人のようにしわがれた声で、盾哉が言った。

「だって……」

答える言葉を晴恋菜は捜した。すぐに見つかった、単純な心を、そのままぶつけた。

「ほうっておけないんですもの」

盾哉が、くしゃりと顔をゆがめた。

駆け寄って抱きしめたいという衝動《しょうどう》が、晴恋菜の内側から沸《わ》き起こってきた。だが、その衝動が、むしろ晴恋菜を釘付《くぎづ》けにした。

立ち止まっているまま。理解できないその衝動が。

彼女の頬に、ぽつりと冷たいものが当たった。涙ではない。まだ晴恋菜は泣いていない。雨だ。雨雲がまた戻ってきたのだ。

一瞬にして、しのつく豪雨が、あたりを覆い、晴恋菜の視界から、また盾哉を奪《うば》った。


——神社の奥。裏山で。

雨が、地面にはねかえっている。

普通であれば、雨は逃亡者の救いだ。音を消し、視界をさえぎり、追跡者を邪魔してくれる。

だが、いまは違っていた。

「やはり、迷うのではなかったたったたたた」

サソリ上人が、呟《つぶや》いた。

魔物を追ってくる人影がある。滝のような雨が、その人影を隠す。そして次の瞬間には、ずいぶんと近くから、するりと姿をあらわすのだ、その人影は。まるで、水滴という鏡から鏡へ、虚像《きょぞう》が光に乗って渡るかのように。

そして影が、ささやきほどの言葉を発する。

「致命雷光《クリティカルライトニング》」

人影が刃をふるう。その動きに、雨粒が従う。彼からサソリ上人まで、まっすぐな道が作られて、そこを白すぎるほどに白い輝きが貫く。

だが。

それは、盾哉が、あの夢で見た、世界すべての稲妻《いなずま》を束《たば》ねたほどの光はそなえていなかった。せいぜいが、鎌倉全部の稲妻という程度。サソリ上人が、吹き飛ばされる。頭巾が焼ける。袈裟がずたずたになる。うごめく脚の三分の二がひきちぎれる。

そして、激しい勢いで、地面に叩きつけられた。

しばらくの沈黙。

雨滴に隙間に姿を消した人影が、距離を飛び越えて、サソリ上人のすぐかたわらに立った。いや、しゃがみこんだ。片膝をつき、七支刀で、その身を支えている。

盾哉であった。

屍《しかばね》どもの呪いで、根こそぎ奪いとられた体力は、まだほとんど回復していない。だが、雨が彼を助けた。サソリ上人を、彼だけが追ってくることができたのだ。

「……どういう、ことだ」

つぶされかけた喉はまだ回復しておらず、発声もままならない。それでも、盾哉は尋ねた。

「お前は……オレを……どうしたかった」

盾哉を、サソリ上人の、瞳のない眼窩《がんか》が見上げていた。干からび果て木乃伊《みいら》となった怪物は、眼球をとうの昔に失っていたのである。かりかりと、何かを削《けず》るような音がした。それが、サソリ上人の口から出ていることに気づいた時、盾哉は、怪物が笑っていることを悟った。

「すべては、我らが姫さまのためじゃじゃじゃ。知りたければばばば、あの黒髪《くろかみ》の娘から離れぬことよよよよ」

サソリ上人の言葉に、まだ余裕がある。盾哉は、とっさに七支刀をふりあげた。とどめを刺そうとしたのだ。

だが、すさまじい勢いで撥《は》ね上げられた泥が、盾哉の視界を奪った。とっさに後方に跳ぶ。こびりついた土をぬぐった時にはもう、サソリ上人の姿は消えて、もりあがった土山と、地の底深くへ伸びた穴だけが残されていた。

さすがに、その穴へ入りこむほど、盾哉も無謀《むぼう》にはなれない。

彼は、なんとか立ち上がり。

雨の中を、どこへともしれず歩みさっていった。

第八章　再会に水が差される

1.

「じゃ、今日はこれまで。気をつけて帰れよ」

　担任が教室を出ると同時に、晴恋菜《せれな》は鞄《かばん》を手に立ち上がった。一歩、踏み出そうとした瞬間、ぐん、と右に引っ張られた。

　脱色した髪の少女が、にやりと不敵《ふてき》に笑った。

「今日こそァ逃がさねえぞ！　マジ子」

　クラスメートの木菅玲香《こすげれいか》が、がっちりと晴恋菜の腕をホールドしていた。

「え、あの。木菅さん？　わたし……」

　すぱあーん、という音が晴恋菜の台詞《せりふ》を断ち切った。

「ひ、ひどいです、鷲尾《わしお》さん」

　晴恋菜は、一撃をくらった後頭部を押さえて、ちょっぴり涙目で左にふりむいた。

「おだまり」

　鷲尾芹《せり》は、瞬時に晴恋菜の抗議を斬り捨てた。手にはハリセン。クラスでいちばん小柄で、物理的には晴恋菜を見上げているのだが、完璧な上から目線だった。

「用事が用事がって、ここんとこ毎日じゃねえか。文化祭まで、あと何日もないんだぜ。ともかく寸法《すんぽう》あわせはしてもらうからな」

　ハリセンで肩をとんとん叩きながら、芹は、くいっと顎をしゃくった。玲香が、にやりと笑う。

「さあ、こっちおいで、うさぎちゃーん。恥ずかしがらなくていいって、あたしなんざ『ひとくいどら』だぞー」

「あんたは好きでやってんだろ」

　芹のツッコミは、晴恋菜の懇願《こんがん》にかき消された。

「でで、でも、本当に用があるんです。心配なんです。お願いです。武士《ぶし》の情けです、行かせてください」

　ずるずると引きずられながら、晴恋菜は抵抗を試みた。

「もう一週間近くなります。ちゃんとご飯食べてるかわかりませんし。着替えだってなさそうですし。野宿してる可能性が高いですし」

　これまで黙っていたし、これからもクラスメートには言うつもりはなかったことを、つい口走ってしまう。

　玲香が、ぴたりと動きを止めた。晴恋菜の顔をのぞきこんでくる。舌なめずりしている声で言った。

「男か、マジ子？」

「どっちかというと捨て犬か捨て猫ぽいけど？　弟でも家出したとか？」

　芹も、耳のピアスをいじりながら、瞳《ひとみ》をのぞいてくる。

「はいはい、そこまでにしたって」

　ぱんぱんぱんと手を打って、アーマリアが、二人の注意をひいた。

「アーマちゃん」

　晴恋菜が、ほっとしたようすで顔を輝かせる。

　けれど、アーマリアは容赦なくこう言った。

「ちゅうことでやね。黙《だま》ってる代わりに、今日はあきらめて、おとなしゅうクラスに協力する、いうことで」

「え」

「ほな、うちはさいなら〜」

　晴恋菜が絶句《ぜっく》している一瞬《いっしゅん》の隙《すき》をついて、アーマリアは、くるりと身をひるがえした。

「ああ、虹《にじ》っちゃん！　ローラ姫の衣装、試着してもらわないと……っ」

　と叫ばれたときには、すでに廊下の向こうに姿をくらましている。

「むう。矛城《むじょう》を救うふりでこちらを油断させておいて、まんまと逃げるとは、やるな、虹っちゃん」

　芹が、唸《うな》りをあげる。

「けどさ、せっかくお墨《すみ》付きも出たことだし、探してる男について、じっくり聞かせてもらおうじゃん」

　にやっと笑って、玲香が腕に力をこめる。

「あたしゃ、よそさまの家庭のもめごとなんてもんに首をつっこむようなめんどくさいことはゴメンだね。それより、クニっちぃ。押さえつけてる間に、測《はか》っちまえ」

「いえ、その、もう逃げませんから、別に抑えなくても……ひいい、どこ握ってるんですか、鷲尾さんんん」

「わははは、よいではないか、よいではないか」

「古いな、芹」

　文化祭が、近い。

　晴恋菜たちのクラスでは、文化祭に「ＲＰＧ喫茶」という企画を行う。コンピューターゲームのキャラクターやモンスターに扮して「やくそう」や「ポーション」と名づけた飲み物を出そう、というわけだ。『うちのクラスには本物の金髪《きんぱつ》がいる！』ということで、アーマリアは、お姫さま役をふられている。そこで彼女は『当日はがんばる代わりに、それまでの準備は免除』という条件を勝ち取っていた。

晴恋菜は『あそび人』だ。くじで決まった。

玲香の『ひとくいどら』というキャラクターがどこから湧《わ》いてきたのかは、誰も知らないわけだが、彼女が、かなり熱狂的な阪神タイガースファンであることは、クラスの誰もが知っていたりする。

「ふわあ。それじゃ、芹ちゃんと玲香ちゃん、マジ子ちゃんが逃げないように押さえておいてね」

淡々と言ってのけて、衣装作製班のリーダーである緋《ひ》田邑枝《だくにえ》が、メジャーを手にして、半目で近づいてきた。

「あの？　緋田さん？　目が、目が怖いですよ？」

「……ん」

晴恋菜の怯《おび》えをきっぱり無視して、邑枝は、てきぱきと彼女のサイズを測ってゆく。口にくわえたペンで、さささっとメモをとる。くわえたままで、隣の相棒がかまえた紙に数字を書いていくのだ。

「いつ見てもクニっちの芸はすげえなあ」

玲香は、晴恋菜の両腕を固定したままで感心している。

「痛い痛い痛い。木菅さん、痛いですぅ」

晴恋菜は、邑枝の器用な口に感心している余裕《よゆう》ゼロ。

「……ん」

一通り、測り終えて、邑枝がそっけなくうなずくと、玲香はようやく手を離してくれた。晴恋菜は、そのまま、へなへなと座りこんでしまう。

「……木菅さんのバカ力……」

潤《うる》むというより完全に涙を浮かべて、晴恋菜が呟いた。よっぽど痛かったらしい。

「なーんか言ったか、マジ子」

玲香が、凶暴そうにニタっと笑ったその背後で。

芹が、邑枝のメモをのぞきこんで、唾《つば》でも吐くような音を立てた。

「けっ！」

「どしたんだ、芹？　……けっ！」

「…………け……なのよ」

芹と玲香の後で、邑枝もメモを見直して呟くように言った。そこに記された、晴恋菜のスリーサイズを見て。

三人そろって、じろりと晴恋菜を睨《にら》みつける。もちろん、その目の奥には、からかってやれ、という光が宿っているのだけれど、人づきあいの経験が浅い彼女には、本当に怒られているように見えた。

「え？　あの……ここはわたしが怒るところですよ？　なんでみなさん、そんな目を？」

「どしたんスか？　……うわ、なにこのバストサイズ。ありえないっしょ」

メモ用紙を支えていた邑枝の相棒、陣代奈美子《じんだいなみこ》が、持ち前の大声をはりあげた。

「そ、そういうこと言わないでください……」

晴恋菜が、かあっと赤くなった。

「なんだってーーーーっ！」

小道具を作っていた男子たちが、どどどどどと押し寄せてくる。

「お前らは来るんじゃねえ！」

芹の一喝《いっかつ》とともに、玲香がぶんと豪腕一閃《ごうわんいっせん》。男子どもが、まとめて吹き飛んだ——。


——がららという音が午後の陽光と共にふってくる。

「なんやしらんけど、うるさいことになっとんなあ」

アーマリアは、真上を見た。灯台下暗《とうだいもとくら》しというか何というか。彼女は、自分たちの教室をのぞく窓の、まっすぐ下にいるのだった。

「まあ、ええわ。そないなわけで、今日は晴恋菜に休んでもらうことにしたん。無理やりやけど」

「そのほうがよかろうな」

アーマリアと並んで、校舎の壁に背中を預けつつ、浮雲《うきぐも》は応じた。

「矛城は、あの少年を探すのにちょっと入れこみすぎているようでござるからな」

……落ち着いて我が身をふりかえればよいものを……と浮雲は、心の中でだけ呟《つぶや》いた。それは、どうやら相棒のアーマリアも、じっと晴恋菜を見守っている視線に気づいていないようだ、と見極めたからだ。

そんな浮雲の思考を知らず、アーマリアは、晴恋菜について、優しげな笑《え》みを浮かべてこう言った。

「入れこんでる、ゆうかねえ。恋やん、恋。もしかして初恋とちゃうかなあ。あの子、思春期まだですー、みたいな感じじゃやしね」

「恋？」

浮雲が、眉間《みけん》にしわをきざんだ。いぶかしげな表情だ。

……まったくわかってへんなあ、そういうことにはとんやから……という思いを言葉に出さず、アーマリアはもう一人に同意を求めた。

「な？　お姉ちゃんも、そう思うやんな？」

隣《となり》のシールディアも、頭蓋骨《ずがいこつ》をかくかくと動かした。

白昼堂々、セーラー服の骸骨《がいこつ》が校舎の壁でひなたぼっこしているのだが、通りかかる誰も、それに気づかない。

女の子たち二人の意見に、浮雲は首をかしげた。

「いささか飛躍《ひやく》しすぎではないか？　一緒にいたのは半日に満たず、かわした言葉も数えるほどだぞ」

「……恋におちるんなんか、三秒あったら充分や」

アーマリアが、薄い微笑を浮かべて言った。姉を見る。シールディアのうつろな眼窩《がんか》が妹に向いている。姉を瞳《ひとみ》に映《うつ》して、アーマリアが寂しげに微笑《ほほえ》む。

「とりあえず、晴恋菜ちゃんのことは後回しや。今日は何をどう調べにいくのん？　ノートか？」

あの公家服の男と、カエル人間たちが狙《ねら》ったノート。

本文は丸ごと奪われたが、表紙だけは残った。晴恋菜が見つけたそれには、手書きのタイトルが記されていた。

『竹取物語の真実』というそれが、何ゆえに狙われたのか、さっぱりわからない。

竹取物語といえば、かぐや姫を主人公にした昔話。そういう認識しか、浮雲にも晴恋菜にもなかった。アーマリアに至っては、その内容もろくに知らなかったほどだ。

数日前の会話を思い出す。

『竹やぶで、女の子が拾われるんですよ。で、美人になっていろんな男の人にプロポーズされるけど、みんなふっちゃう……みたいな話です』

晴恋菜に説明され、なぜそんな物語が千年以上も語り継がれてきたのか、さっぱり理解できなかった。

『まあ、彼女の解説は、いささかはしょりすぎだが。おおむねそんなところだ。いちおう、月からやってきた娘だった、というオチはついているがね』

刃弥彦《はやひこ》の解説に、浮雲がうなずいた。

『そういえば何年か前に公開された映画では、最後に迎えに来るのが空飛ぶ円盤でござったな』

『えーっ。そしたら、竹取物語の真実て。もしかしてＵＦＯに乗ってきた宇宙人やった、いうことなん？』

『すごいです、アーマさん。その発想はなかったです』

『やろ？　せやろ？　うち、ちょっと頭のええこと言うたんちゃう？』

妙な盛り上がり方をする女子二人を見つめて、刃弥彦と浮雲は苦笑《にがわら》いをかわした。

『伝承《でんしょう》なら事実が元になっているという可能性もあるだろうが、竹取物語はフィクションだからねえ』

刃弥彦が、ゆるゆると首を左右にふりながら言った。

『小説だって、事実に取材するじゃないですか。アーマさんのアイディアを全否定しなくていいと思います』

当人に代わって、晴恋菜が抗議する。刃弥彦が、少し驚いた顔になった。彼が、説教モードに入ろうとしたその一瞬の隙をついて、カナカの声が響いた。

『まあ、なんでもよろしいですから、そろそろ食事をはじめていただけませんですかね。冷めます』

『……はい』

食事から湯気がたちのぼっていなかったのは、凍てつくようなカナカの視線ゆえ、だったかもしれない。

かくて、粛々と夕食がはじまり、会話は中断したままとなったのだが。

しかし、わからぬまま放置しておくわけにはいかなかった。刃弥彦も、心あたりを調べてくれるとは言ったが、浮雲も色々と動き回っているのだ。まず、手書きのノートが、どうしてこの学校の図書館に所蔵されていたのか、それを突き止めるところからだった。

アーマリアは、晴恋菜につきあって、盾哉を探していたから、その進展を把握していない。今日、晴恋菜をおいてきたのは、そろそろ『竹取物語』の調査にも手を出しておかねばと思ったからだ。

「ようやく、書いたOBの名がわかった」

と、浮雲が告げた。図書館に置かれているなら、つまりはこの学校の生徒か、もしくは教師が書いたのだろうと推測した。司書と図書委員に尋《たず》ねて、紹介された卒業生や元教師に聞き込みをしていた。

「鈴木愛子、という方だそうでござる。もう十数年前に卒業された方ということゆえ、当時の住所録は、おそらくあてになるまいが」

「ま、たどってはいけるやろ」

アーマリアは、にかっと笑った。

笑ったその顔が、ふっと曇った。空を雲が横切った。

「……たどっていって話を聞いて……巻きこむんかな」

呟くように言ったアーマリアを、浮雲がちらりと見た。

「おぬしも休んだほうがいいかもしれぬな」

その声には鋼の冷徹さが宿っていた。

「冗談《てんご》、言わんといて」

アーマリアが返す声は、真綿の柔らかさで、ふわりとその刃をくるみ、受け止めた。

「うちらは覚悟も決めてる。けど、できるかぎり巻き添えは少ないほうがええ。ちゃう？　単に、そのへんに気ぃつけなあかんな、いう念押しや。……自分に向けて」

一気にまくしたてた。アーマリアがそういう口調で話すときは、たいてい嘘《うそ》だ。浮雲はそれを知っているし、アーマリア本人も自覚している。

「力のない人々は、そもそも戦う道を選ぶことができぬでござるが」

あえて目を合わせぬまま、浮雲は、ぐいっと押しこむ力を言葉にこめた。

「矛城《むじょう》どのがどちらを選ぶかはご自身の決めること」

「……そらそうやけど。考えてみれば、うちらかて『巻きこまれた』ようなもんやったな、そもそものはじめは。……けど、うちは誰かを責めようとは思わん」

「責められても、いまさら退《しりぞ》かぬ。それを覚悟というのではないか」

浮雲の背がすっと壁を離れた。

「まあね。うちにはうちの、うっきにーはうっきーの、やることがある……それがどんな暗闇に足を踏み入れる所業《しょぎょう》であったとしても……あいたっ」

浮雲の背を追おうとしたアーマリアの頬を、シールディアがつねったのだ。

「ごめん。うちと姉さんの、やった」


骸骨の少女は、満足そうにうなずいた。

大またに歩く浮雲は、もう既にかなり離れている。

彼を追って足を速めつつ、アーマリアは、もう一度、ふりかえった。校舎が見える。窓の奥で誰かが動いている。クラスメートたちが、安らかな日常を繰り返している。

窓際に白い顔が見えて、アーマリアは、はっとした。あれは晴恋菜だ。一瞬、彼女が窓を突き破って、こちらに落ちてくるのではないかと思った。

けれど、晴恋菜はまた、教室の奥に戻っていった。

それでいいのだ――と思って、アーマリアは、身をひるがえした。

一瞬、視野の上方の隅を、何かが横切った。

白い――。

真昼の空に白く浮かんだ月。

それが、校舎を冷ややかに見下ろしているような気がした。錯覚《さっかく》かもしれない。

ふりかえったのは本当に一瞬だけ。アーマリアは、すぐにもう、姉とともに走り出していた――。

――浮雲とアーマリアが、校門をくぐるころ。

「さあて、マジ子。じっくり確認させてもらうぜえ」

わきわきと指を動かして、木菅玲香が晴恋菜に迫る。

「明らかにあの数字は間違いだ。そうだな、クニっち」

鷲尾芹が、自分の胸もとを見下ろしつつ、たぎる怒りをぎりぎりで押さえこんでいるかのような声で言う。

「……測り間違いはない……でも、確認……必要」

邑枝が半目で晴恋菜を見つめている。なぜか、手にしたメジャーを、ひゅんひゅんと音を立てて回転させせている。まるで、投げ縄《なわ》か何かのようだ。

「……うう……夢のE……」

「……まさか……伝説のF……？」

「……神話のG……」

玲香と芹にぶっとばされた男子たちが、積み重なったまま、奇怪な唸《うな》りをあげる。その唸りをBGMに、三人のクラスメートが、じりじりと晴恋菜に近づいてきた。

これまで戦った、どのゴーストより怖かった。

「あの、みなさん？　落ち着いてください？」

追いつめられた晴恋菜は、身をひるがえして逃げた。

だが、椅子《いす》に足をとられてしまう。小さく悲鳴をあげて、どすんと座りこんだ。眼鏡がずれている。

「う、うちのカナカさんよりカップは小さいんですよ？」

「じゃかっしぃ！　行けぃ！」

芹の号令一下、玲香と邑枝が飛びかかる。

「ええい、おとなしくせんか」

「……ぱふぱふ。……むう、この球体の直径が」

「たーすーけーてー」

玲香が押さえこんでいるうちに、邑枝がサイズを確認し、くわえたままのペンを突き出した。

「あーあ、雉《きじ》も鳴かずば揉《も》まれまい、っスのに」

陣代美奈子は、本人は正解だと信じていることわざを口にしつつ、メモ用紙をさしだして、邑枝のチェックをフォローする。

「ううう……道化師《どうけし》の衣装に、なんでそんな細かいサイズが必要なんですかあ」

逃《のが》れようともがきながら、晴恋菜が訴える。

玲香が、わざとらしく首をかしげた。

「あれえ、言ってなかったっけ？　もちろん『あそびにん』女子は、バニーちゃんスタイルだよ。あたしだって虎のビキニだし」

「が、学校がそんなの認めてくれるわけないでしょう?!」

「そこんとかァ、蛇《じゃ》の道は蛇《へび》ってやつだ」

「芹ちゃん、それを言うなら蛇《じゃ》の目は傘」

ハリセンが、またスパーンと音を立て、美奈子の後頭部に綺麗《きれい》なツッコミが入った。もののついでに、復活してのぞきにやってくる男子たちを粉砕《ふんさい》。

「何を騒いでいるの！」

がらっと教室のドアが開いたのは、そのときだった。

「やべえ」

玲香が、一瞬で晴恋菜から離れた。苦虫《にがむし》を噛みつぶしたような表情だ。美奈子が『うへ』と声をもらして教室の隅に逃げ、芹がしゃんと背を伸ばし、獰猛《どうもう》な表情で向き直る。変わらないのは邑枝だけ。晴恋菜の胸をわしづかみにしている。

「何をしてるんですかッ⁉」

入ってきた女性教諭《きょうゆ》は、窓ガラスがびりびりと震えそうな声をはりあげた。

「なんて、ハレンチな！　男子のいる前で！」

ドアを開けた教師が、ぎゃんぎゃんと怒鳴りつけた。

「古い言い回しだな、おい」

「ハレンチって……どういう意味？」

玲香と美奈子が、小声で言い交わす。

「日根《ひね》先生、ありがとうございました！」

晴恋菜は、ずれた眼鏡を直し、ボタンを急いで留めながら、深々と頭をさげた。男子生徒の間からどよめきが起きかけた。だが、芹の絶対零度の視線と、女性教諭の稲妻《いなずま》のような視線で、一瞬《いっしゅん》にして沈静化する。

重ねて礼を言う晴恋菜を、日根紅理は、騙されるものか、という目で睨んだ。日根は、英文法の担当教諭で、文化祭実行委員会の副顧問である。教師になって六年。そこそこ美人だが、生徒からの人気は、まったくない。

彼女は、つりあがった目で、教室内をぐるりと見回した。最後に、芹に視線をすえると、ぴしゃりと言った。

「こういうことをしているのなら、このクラスの企画は認められませんよ！」

ええーーっ、という合唱が起きた。芹が、右手の一振りでそれをおさめる。

「先生、すでに企画は実行委員会で承認ずみです。それを御一存で変更というのは……」

「このような、いかがわしいことをしているクラスが、さらに喫茶などというくだらないことをする。時間の無駄遣いです。あなたたちは文化祭の意義をわかっていません。Ｃｕｌｔｕｒｅがなんだか知っているのですか？」

３年間の英国留学によるクイーンズ・イングリッシュが彼女の自慢だ。

「かるちゃー、っていうと、あれですよね。骨《ほね》とかの原料になるの」

「それはカルシウムです、陣代さん」

美奈子が真剣に間違え、晴恋菜が生真面目《きまじめ》に訂正する。

「ふざけるんじゃありません！　やはり、くだらない企画を考える生徒は、中身も低俗なのね」

クラス中に、むっとした空気が流れた。晴恋菜は、自分の発言が招いた事態におろおろしている。

「先生。よろしいでしょうか？」

芹が、すっと手をあげて、発言の許可を求めた。

「なんですか、鷲尾さん」

日根は、やや落ち着いた表情で、芹にうなずいた。

「やべえ、あいつにしゃべらせるな」

玲香の囁き声の警告は、間に合わなかった。芹は、冷静すぎる声と丁寧すぎる物腰でこう言った。

「先生は、衣装の採寸《さいすん》をしている矛城さんと緋田さんを見て、破廉恥《はれんち》とおっしゃいました。人間は、自分を基準にしてものごとを判断する、と申しますね。つまり、願望ですとか、日ごろのおのが行動が反映するとか。先生には二人が何をしているようにお見えになりました？」

きりきりっ、という音が、日根教諭からはっきり聞こえたと、そこに居合わせた生徒全員が、後に証言した。

「くだらない挑発はおよしなさい」

帯電しているような声音で、日根が応じた。

「まったく反省の色がありませんね。あなたたちなどに飲食店なんて低俗な企画をやらせるなど、論外です」

「失礼ですが、先生には企画の強制変更権限はありません。文化祭実行委員会の総意、正顧問の野出川《のでかわ》先生の了解、その上で文書による勧告をお願いします」

芹は、一切の感情を声に出すことなく、背筋をまっすぐに伸ばして言ってのけた。

「……いいでしょう。素直に謝っているべきだったと、後で後悔《こうかい》しないといいわね」

「後で悔《く》やむのを後悔って言うんスよねえ。頭が頭痛って、おいら、こないだツッコまれたッスよ」

またこういう時にかぎって、年に数度しかない正しい日本語を美奈子が口走る。

日根の頬《ほお》に、さっと朱《しゅ》がさした。もう何も言わず、ずんずんと教室を出てゆく。晴恋菜は、おろおろした顔で、あわててその背に声をかけた。

「あのっ、先生。わたしは本当に助かったので！　先生？」

あの、ありがとうございました」

微妙に空気が読めていない晴恋菜の礼は、日根の細い背中にぶつかり、はねかえされただけだった。

2.

昨日はよく晴れていた。

蒼天《そうてん》に白い月が見えるほど。

だが、今日は曇っている。どんよりと垂れこめた雲が、空を濃灰色で埋めていた。

世間一般にとっても、雨堂盾哉《うどうじゅんや》にとっても、すっきりしない天候なのだが、その感覚の内実は百八十度違う。世間は、少しでも長く降らずにいてくれ、である。盾哉は、いいからとっとと降り出せ、だ。

盾哉は、樹上にいる。

晴恋菜《せれな》が通う学校から、50mほど離れたところに、小さな神社があった。その社に生えている高い木の上だ。

もう秋も深いが、その木は青々と葉を繁らせており、地上からでは、盾哉の姿を確認することはできない。

盾哉は、樹上で横になっていた。みごとな平衡《へいこう》感覚だ。自分の身体能力が、いつの間にかずいぶんとアップしていることを、こういう時に自覚する。雨が自分の味方であることも、いつしか気づいていた。

横になっているが、眠ってはいない。いつも眠そうな目つきだが、それは生まれつきだ。眠そうと言われなければ、目つきが悪いと罵《ののし》られる場合がほとんど。

寝てはいないが、眠くはある。

この数日、夢を見るのがいやで、ぎりぎりまで眠りにつかず、気絶するように寝ては闇の中に沈みこむ——という生活を送っているからだ。眠ったとしても、野良猫が近づいてきただけで目が醒《さ》める。眠りは浅く、短い。夢は見ずにすんでいた。

奇妙なことに、あのサソリ上人の一件以来、ゴーストどもの襲撃《しゅうげき》は途絶えていた。

むろん、油断はできない。盾哉は、公園や神社、寺の境内などを転々としている。春前まで住んでいた家は、この鎌倉にある。二度ばかり寄って、金や着替えを持ち出してきた。鍵《かぎ》は、昔と同じ場所に隠してあったし、現金を仕舞っておいた棚に、やはり現金があった。

数日前に人が出入りした気配も。

あるいは、父も、一度戻ってきたのかもしれない。だが、それを確かめに連絡する気にはなれなかった。

盾哉は、学校を見ている。校門から、下校する学生たちが出てきた。ひどくイライラした気持ちをかかえながら、盾哉はその光景を見つめていた。あせり、いらだつのは、自分が何をすればいいのか、わからないからだ。

追われ続けている間は、何も考えずに逃げていればすんだ。だが、放置されてみると、今度は気が狂いそうなほどイラついた。こちらから撃退《げきたい》に出向いてやる――と思っても、どこにいけば親玉がいるのかわからない。逃げたところで無駄なのもわかっているし、いつ襲われるかわからない以上、日常に戻る努力も無理。状況を打開するヒントは、サソリ上人が残した言葉くらいだ。

『すべては姫さまのため――』

『あの黒髪《くろかみ》の娘から離れるな――』

自分がこうなっているのは、矛城晴恋菜という娘が原因だ、という。

ありえない。盾哉は反射的にそう考えた。そして、数日間も考え続けているが、やはりありえない。この春までは、同じ鎌倉に住んでいた。だから、どこかですれ違ったことはあるかもしれない。だが、盾哉の住んでいた家と矛城《むじょうけ》家とでは、生活圏が異なっている。鎌倉《かまくら》は大きな市ではないが、それでも十数万人が住んでいるのだ。

やはり、あの戦いが初対面だったと思う。

彼女に向かって発した言葉も、彼女から聞いた言葉も、どちらも指を折って数えられる程度だ。顔だって……。

顔は、くっきり思い出せるけれども。

きちんと正面から見たのは、ごく短時間のことだったはずだが、わりと長かった睫毛《まつげ》の一本一本、微笑《ほほえ》むとこぼれる歯並びの完璧さ、すべて覚えているけれども。

だが、彼女と自分にかかわりがあるというのは信じ難い。まして、あんな化け物の言ったことだ。舌先三寸《したさきさんずん》のデタラメと考えたほうがいい。

ではあるのだが、他に手がかりはない。そして、何かするあてもない。だが、近づくことも無理だ。晴恋菜と話すと考えただけで、盾哉は、喉《のど》が詰《つ》まって、腹に重いものがたまって、指先にしびれるような感覚が生じる。

結局、盾哉は、遠くから晴恋菜を見張っていることしかできなかった。見張っている、のだ。決して、見守っているのでも、見つめているのでもない。

自分のやっていることの情けなさというか、うさん臭さは、充分に承知していたが、他にどうすればいいのか、孤独なままの盾哉には、まるで思いつけないのだった。

「……！」

盾哉は、半身を起こした。

矛城晴恋菜が、門をくぐって出てきた。彼女は、昨日をのぞく数日間、授業が終わるや否や、あの金髪《きんぱつ》の娘と一緒に、夜遅くまで街をさまよっていた。何かを探していたようだったが、目的がなんのかはわからない。

昨日は、違っていた。遅くに学校から出てきて、ひどく疲れたようすでまっすぐ自宅にもどっていた。

そして、今日は、昨日ともそれ以前ともようすが違う。晴恋菜と金髪の娘に、あの忍者服《にんじゃ》の男も一緒だ。そして、目的地が決まっているかのようなしっかりした足取り。

探していたものが見つかったのだろうか、と盾哉は思った。まさか、晴恋菜が探しているのが自分なのだとは、想像もしていない。盾哉は、自分が他人から必要とされる、という状況を経験したことがないのだ。

盾哉は、するすると樹からおりた。つかず離れずの距離を保って、三人の跡をつける。父からは、戦い方だけでなく、身の潜め方や尾行法も叩きこまれていた。

服も変えてある。七支刀《ななつさやのたち》は、野球のバットケースを調達して、それに入れた。

奇妙なことに、街のほとんどの人は、盾哉がそれをむきだしでぶらさげていても、気づいたようすさえ見せなかったのだが。一度など、パトロール中の警官とすれ違ったが無視された。だからといって油断はできない。だから、このケースを手に入れたのだ。ついでに野球帽も深々とかぶって、顔も隠している。

やがて三人は江ノ電に乗り、ＪＲ横須賀《よこすか》線に乗りついだ。隣の車両に乗り、マンガ週刊誌を読むふりをしながら、ようすをうかがう。

横須賀市の外れにあたる駅で、三人は下車した。尾行を撒《ま》こうとする気配はなく、晴恋菜に至っては、おりる駅につく三十秒前くらいから扉にはりついていた。

「……遠足の小学生か」

盾哉が、思わずそう呟《つぶや》いてしまうほど、晴恋菜は、いわゆる『テンパった』状態であるように見えた。

三人は、駅から住宅街のほうに歩いていった。午後遅くの住宅街は、危惧《きぐ》したより人通りが多く、まぎれこむの難しいことではなかった。

どこからか、コロッケを揚げる匂いがただよってくる。

盾哉の胸の奥で、小さく何かがうずいた。長野《ながの》で暮らしていた頃、従妹《いとこ》の秋那《あきな》がよく届けてくれた料理だ。

『こっちがあたしで、こっちが母さん』と示してくれたが、味も見た目も区別がつかず、そう言ってやると嬉《うれ》しそうな顔をしたものだ。

一瞬《いっしゅん》、思い出に気をとられた盾哉の足元を、幼稚園くらいの子供が、走り抜けていった。

「……っと」

蹴飛《けと》ばしてしまいそうになり、あわてて立ち止まる。

「ああー、すいません。こらー、やっくん。待ちなさい」

姉らしい少女が、盾哉に謝《あやま》りながら、駆《か》けていった。

まったく無表情なままで、ほんのわずかな間、盾哉の目はその姉弟を追った。

そして前方に向き直る。

眠そうな目が、はっと開かれた。その視線を横切ってしまった買い物帰りの主婦が、びくっと身を縮める。

駆け出してしまいそうな我が身を、盾哉は、どうにか抑えた。目を離した時間は、ほんのわずかだ。遠くに行ったはずはない。どれかの建物に入ったのだろう。

ゆっくりと周囲を見回す。ふと、何かが視野の片隅できらめいた。蜘蛛《くも》の糸よりもっと細い、糸のようなもの。

錯覚《さっかく》だったのだろう。目をこらすと、そんなものはどこにもないとわかった。その糸が、自分をがんじがらめに絡《から》めとっているような、盾哉はそんな妄想に囚われた。

何かが自分を捕まえているのなら、切り開くまで。

晴恋菜たち二人が、どの建物に入ったのか見当もつかず、盾哉は、ひとまずその糸が伸びているように見えた、四階建ての古いマンションに向かうことにする。

と、歩き出した盾哉の頬を、何かがぽつんと濡らした。

雨だ。あたりは、まるで夜のように暗くなり、通りを歩いていた人々は、小さな悲鳴《ひめい》をあげて、急いで帰りはじめた。あっという間に、薄暗がりの中で、ただ盾哉だけが雨に打たれて立っていたのだった――。


「――あーあ、とうとう降ってきてしもたねえ」

マンションの二階に出たところで、外からざあざあという激しい雨音が聞こえてきた。

「大丈夫です。折りたたみの傘を持ってきましたから。あ、でも入れるの、二人までです」

「傘は、うちも持ってきたよって大丈夫。話をそらしたら、あかんえ、晴恋菜ちゃん」

アーマリアが、にっこりと笑う。大阪人であれば、京都弁の似合うちょっぴり黒い笑《え》みやね、というところだ。

もちろん、晴恋菜にそんな切り返しができるわけがなく、頬をうっすらと染めて、途切れがちな声でこういうのが精一杯。

「そらしてるわけでは。本当に雨ですし……ええと、だからそういうのじゃないんです……一目惚れとかありえませんし、あっても迷惑なだけですし」

「そうかなあ。うちは、あの子が、晴恋菜ちゃんに熱い視線を注いでるのを感じるけど」

アーマリアの言葉に、ますます晴恋菜が赤くなり、階段をのぼる足までもつれている。

「だだだ、だからですね。……そう、わたしって一人っ子ですから。なんというか、弟とかいると、こういう感じに心配なのかな、と」

昨日、鷲尾芹《わしおせり》に『弟が家出したとかか？』と言われたのを思い出して、必死に言い訳してみた。

だが、アーマリアには、にやにやされるだけで、まったく信じてもらえたようすがない。

「うちは兄弟姉妹はお姉ちゃんだけやけど、フランスに年の離れた従弟がおるさかい、弟いうのがどういうもんかは知ってるし……」

「アーマちゃんの従弟さんなら可愛いでしょうねえ」

話をそらそうと、晴恋菜は、必死で食いついた。アーマリアの眉がさがる。

「ん〜、それがなあ、可愛いんよお。叔母ちゃん、いま、二人目を妊娠中で。女の子やったらユイットて、うちが名前を決めてんねん。そういえば、うっきーは三人兄弟の真ん中やんなあ。弟って、ああいう感じのもん？」

「かもしれん。拙者《せっしゃ》は、瀬戸内海《せとないかい》の祖母《そぼ》のところへ、忍者《にんじゃ》修行に預けられておったからな。兄と弟とも、あまり長いときを一緒にはすごしておらぬ」

晴恋菜の祈りが通じたか、浮雲《うきぐも》の返事は、微妙にアーマリアの意図からは外れていた。

そして、ちょうどその時、晴恋菜たちは、目的の部屋に到着したのだった。最上階の角部屋401号室。

浮雲がドアをノックして、名乗る。少しして、ドアが開いた。おだやかな態度の中年男性が顔を出す、頭に、なぜか包帯が巻かれている。包帯の男性は、浮雲とアーマリアを見て、にこりと微笑《ほほえ》んだ。

「やあ。あの時は本当に助かりました」

「お久しぶりどす、田中《たなか》さん」

アーマリアが、スカートのすそをつまんで、優雅《ゆうが》に一礼した。

「その包帯は、どうなされた？」

浮雲が、頭の怪我《けが》に視線を向ける。

「ちょっとした事故でね。たいしたことはないんですよ。さあ、奥へどうぞ」

田中は、愛想《あいそ》のいい態度で、三人を奥へ通してくれた。

「それで……彼は元気ですかね？」

「は？　彼というと……どいつのことでござろうか。丁《ひのと》どのなら、鍛錬のためとて故郷に戻りましたが。それとも……」

「ああ、そう。みなさん、元気ならそれでいいんです」

　田中の言葉に、微妙なすれ違いを感じて、浮雲は首をかしげた。だが、まさか、この人物が、自分たちのことを盾哉に教えたのだとは、知るよしもない。

　彼は、田中雄大《ゆうだい》。かつて、浮雲とアーマリアたちに、娘を怪異《かいい》から救われた人物である。

「妻に用事だという話、でしたよね」

　田中は、一瞬、空中に投げていた視線を三人に戻して、そう言葉を続けた。

「へえ、そうどす」

　アーマリアがうなずいた。

「うちらが探しとった相手が、つきとめてみたら田中さんの奥さんやったなんて、えらい驚きました」

「それはこちらも同じことですよ。妻が、高校生の頃に書いた論文について、あなたたちが尋ねてくるなんて」

　というわりには、双方、落ち着いていている。

「あら、なんで居間でわざわざ立ち話なんですか？」

湯気を立てるコーヒーカップを五つ、盆に載せて運んできた小柄な女性が、くすりと笑った。

旧姓鈴木《すずき》、いまは田中愛子《たなかあいこ》。

この女性が『竹取物語の真実』を書いた。

しばらく前、ゴースト事件に巻きこまれ、浮雲とアーマリア、ほか数人の仲間が救った家族の一人が。

そう聞かされた時、晴恋菜は『すごい偶然ですねえ』と驚いたけれど、浮雲とアーマリアは『よくあること』と平然とした態度でいた。

『ひとつの事件が、また次の事件につながり、ある事件でかかわった人とまた別の事件でつながって……その逆に、もっと早く出会って当然な相手とも、ずっとすれ違い続けていた、いうこともあるの。まるで、条件が整わんと会わせてやらんで、いうみたいに』

『おそらく、世の中には目に見えぬ何かの仕組みがあって、人と人、人と事件、人とゴーストの出会いの縁《えにし》を結んでおるのでござろう』

　晴恋菜が、そんな二人の言葉を想い起こしている間、浮雲たちと田中夫妻は、かつての事件について、その時、ともに戦った仲間たちの消息などを話していた。

「お嬢さんは、あれから？」

「元気です。もうすっかり普通の生活に。今日は塾なので、しばらくしたら迎えにいくつもりですけれど」

愛子が言って、時計を見上げた。

浮雲とアーマリアが、ちらりと視線をかわす。愛子の緊張を見てとったからだ。田中夫妻にとって、浮雲たちは、娘を怪物から救ってくれた恩人である。けれど同時に、自分たちよりも怪物側に近い存在、でもあるのだ。緊張するのは当然。むしろ、その感情を理性で抑えて、こうして歓迎してくれることが嬉しかった。事件の解決後、こう石もて追われることなど、二人には珍しくもない経験だったのだ。

「すみませんね、こちらばかり話してしまった。そちらのお嬢さんが、何か困っていらっしゃる方ですか？」

田中雄大が、晴恋菜に向き直った。

「大丈夫よ、この二人は、本当に頼りになりますから」

愛子夫人が、晴恋菜を力づけようとしたのか、手を重ねてくれた。その手は、ちょっとざらついていて、冷たかった。でも、芯のところから、ぬくもりがつたわってくるような気がした。

「あの……矛城《むじょう》晴恋菜と申します」

自分は、ゴーストの被害者ではないのです……と続けようとして、晴恋菜は口ごもった。なら、いったい自分の立場は何か。それがわからなくなった。

どうして、こんな風に走り回っているのだろう。

そう自分に問いかけたとき、自然に答えは浮かんできた。ゴーストが見えるようなって以来、それが人を襲わぬように排除するのが、『できる力』を持った自分の役割だと思ってきた。だが、いま、もう一度、問いかけたとき、浮かんできたのは、目覚《めざ》めて戦っているときは強いのに、眠っているときは無防備でひどく寂しげな、一人の少年の面影だった。

しばらく間をおいて、晴恋菜は答えた。

「わたしではなくて、まきこまれた人を助けたいのです。そして、これ以上、誰も苦しまないようにしたいのです」

晴恋菜は、深々と頭をさげた。

田中夫妻は、半呼吸ほどの間、さらさらと長い黒髪《くろかみ》が流れるのを見つめ、それから顔を見合わせた。

「詳《くわ》しい事情をお話ししたいところですが、何が起こっているのか、よくわかっていないのが実情なのでござる」

浮雲が、ぽりぽりと頭をかいた。

「愛子さんが書かはったノート……論文、ですか？　その中身を教えていただきたいんです。そしたら、何が起こってるのか推測するヒントになると思うんで」

「……と言われても。いま、ふりかえるとあれは高校生の妄想《もうそう》、としか思えないのよ」

田中愛子の言葉に、高校生たちが落胆の表情を見せる。

「それは違います。あれは妄想ではありません」

だが、田中雄大は、きっぱりとした声音《こわね》で言ってのけた。

彼は、困惑《こんわく》した表情の妻に向かって言葉を続けた。

「確かに、少し気をゆるめると、何もかもがなかったことのような気がします。娘は……忘れたままでいてくれたほうがいいように思います。ですが、常識に呑《の》まれるわけにはいかないと、私は思っていますよ」

妻だけではなく、晴恋菜たちに向かっても、田中雄大は語っている。

「隠されている真実……一度触れてしまった以上、忘れたほうが楽であっても、そうすることは許されない、そんな気がするのですよ」

田中雄大は、まっすぐに若者たちに向かい合った。

「あなたたちだけに背負わせておきたくはないんです。娘は……別にしたいと思いますけれど。自分くらいは」

そこで言葉を途切れさせ、田中雄大は、妻に、優しい視線を送った。


「ああ、あなたも……いまだけは別ですが、先々は忘れたほうがいいかもしれないね」

「いいえ。そうだったわ。あなたの仮説は正しい可能性が高くなってきた。この人たちに助けてもらったあの事件で、あなたが思いつき、私が調べてきたことは、やはり事実だったと確認できたのに、どうしてそれが妄想だなんて思ったのかしら」

話すうち、愛子の口調が凛《りん》としたものになってくる。

「この人はね」

田中雄大は、にこにこしながら妻をさししめした。

「高校生の頃には、歴史学者として大いなる業績をあげる天才として、期待されていたのですよ」

そして、不器用に右目をつぶった。

「そう呼ばれてた頃は、本当に生意気《なまいき》でしたけどね」

「あなただって、教授や院生の先輩から、よく叱《しか》られてたじゃないの。せっかく、何年かに一度の優秀な頭脳なのに、どうしてそんなくだらないことばかり研究するんだ……魔法なんて、って」

「十三世紀以前の歴史は、すべての真実がねじ曲がっている、なんて言いきればね。受け入れられなくて当然です。もうちょっと、オブラートにくるめばよかった」

自分たちは、魔法が実在したのではないかという説を研究し、異端としてはみだし、結局はアカデミズムの世界に残れなかったのだと、田中夫妻は告げた。

「……あの事件の時、拙者らの忠告をあっさり受け入れてくださったのは、そういう下地があったからですか」

浮雲が、深々とうなずいた。

「魔法は実在しますよ……もちろん！」

晴恋菜にとって、それは疑うべくもない現実だ。

しかし、それと同時に、多くの人々が、魔法をはじめとする超常のできごとを認識できないこともまた、この数ヶ月に思い知らされてきた。

「それでは」

田中愛子女史は、いずまいを正して、口を開いた。

「……竹取物語が、地球人と異世界からの侵略者の闘争の記録だった……といって、あなたたちは信じられる？」

魔法とともに生きてきた晴恋菜をして、とうてい素直にはうなずけない言葉だった。

3.

雨が小降りになりはじめている。

アパートの真下で、盾哉《じゅんや》は凍りついたように動けなくなっていた。

いくつも並んだ郵便箱。そこに、住人の名前が記されている。４０１号室に書かれている名は『田中雄大《たなかゆうだい》』。

山中をさまよっている盾哉を拾《ひろ》い、ともにゴーストに襲われ、そして事故にあわせて……。

『オレはあの人を見捨てて逃《に》げた……』

死ぬような怪我ではなかった。だが、トラック運転手という職業で、事故を起こせばどういうことになるか。それが推測できないほどには、盾哉だって世間知らずではない。これが同姓同名の別人ではないか……などという可能性は、盾哉の脳裏にはちらりとも浮かばなかった。そもそも浮雲とアーマリアのことは、田中雄大から教わったのだ。きっと田中が彼らに連絡し、矛城晴恋菜は、盾哉のことについて尋ねにいったのだ。

盾哉は、そう思いこんでしまった。

実際には、まったくそうではないのだが。

いまごろ、自分がどれほど恩知らずな人間なのか、田中雄大の口から告げられているだろう。盾哉は、そんな風に想像していた。

「まあ、どうでもいいけどな……」

盾哉が、自分に言い聞かせるように、そう口にした時だった。足元の水溜りが、盾哉を裏切った。

「ぐおっ⁉」

まったくの不意討ちだった。ふだんの盾哉なら、予兆《よちょう》に気づいていたかもしれない。雨水が不自然に流れて、盾哉の足元に集まっていたのだから。

だが、いまは違った。盾哉の意識は、完全に外界から閉じていた。その隙《すき》をついて、雨に偽装した化け物が、盾哉に忍びよっていたのだ。

「ぐ……ぐふっ」

盾哉は、溺《おぼ》れていた。

彼は、直径二メートルほどの水球に包まれていた。その球の表面には、髑髏《どくろ》のような赤ん坊のような怨念《おんねん》の顔のような紋様が、浮かんでは消え、分裂しては融合している。あるものは涙を流しているようであり、別のものはすがりつくような表情をあらわにしている。

この球体を構成する液体全てが、水そっくりに擬態《ぎたい》したゴーストの集合なのだろう。操られた水ではない証拠に、その表面は、降り注ぐ雨をはじいているではないか。

正体がどうであれ、盾哉が呼吸を封じられたことは違いがない。外へ出ようともがいても、水はまとわりついて離れない。盾哉は、バットケースから七支刀《ななつさやのたち》を取り出そうとした。しかし、そのとたんに激しい水流が起きた。手のうちから奪われ、流されてしまう。

ほんの二メートルほどの水球が、広大な海に匹敵する深みを持つかのように、盾哉を呑《の》みこんでいた。

「ぶぶぶ、苦しいか」

何かが破裂《はれつ》するような音とともに、異様な声が聞こえた。その声は、マンホールから染み出てくる、奇怪な汚泥《おでい》が発しているのだった。

ナゴンと名乗る、千三百年、存在し続けている怪物だ。ヘドロのような汚泥の表面に、人そのものの眼球が浮かび上がる。ぎょろりと動いて、水球の中でもがき苦しむ盾哉を見つめた。目の周辺で、ぶつぶつと泡がはじけ、嘲笑《ちょうしょう》の響きを奏《かな》でる。

「ぶぶぶ、苦しそうじゃのう、苦しそうじゃのう」

その声は、水に……いや、ウォーターゴーストにさえぎられて、盾哉には届いていないはずだ。しかし、盾哉は、はっきりと顔を動かし、ナゴンを睨《にら》みつけた。

ほんのわずかだが、汚泥は退《しりぞ》いた。

「ぶぶぶぶぶ」

だがそれゆえに、いっそう激しく嘲笑をはじけさせた。

「ぶぶぶ、息を断つばかりで芸がないと思うかな、ぶぶぶぶ。じゃが、ほれ、こうすれば……ぶぶ」

盾哉をくるむ水球の表面にさざなみが生じた。奇怪《きかい》な動きとともに、きゅるんと表面がじょうごのようにへこむ。一瞬だけ、盾哉に空気が届いた。

大きく開いた口の中に、外気が雨とともに流れこむ。かろうじて酸素をむさぼったが、刹那の救いにすぎない。ふたたびウォーターゴーストに覆われて、さすがに盾哉も、その顔を恐怖にゆがめた。

「な？　緩《ゆる》めて締《し》めて、緩めて締めて。恐怖で心を壊《こわ》すには、よい工夫であろ？　ただ締めるサソリ上人より、よほど上等。ぶぶぶぶぶ」

汚泥は、のたうって喜びをあらわにした。盾哉は、なんとか武器を手にしようと、水球の中で上下左右に動きまわっている。だが、狭い範囲なのに追いつけない。

「ぶぶぶぶ、お前が苦しむさまを、姫さまに見せねばならぬ。それにも、これは都合《つごう》がよい。ぶぶぶ。わしって頭良いのう」

ナゴンの表面で、無数の細かい泡がはじけた。それによって人の耳には聞こえぬ音が発生する。その音に命じられて、水球が徐々に空中へと持ち上がりはじめた。

「ぶぶぶ。ぼちぼち、急がねば、人が出てくるのう」

激しい雨は、もうおさまりつつある。

水球は、ぐんぐんと上昇した。平凡の古いマンションのすぐそばを、シャボン玉というよりは、間欠泉に吹き上げられる水晶のように。

四階に達したところで、水球の表面から、何本かの水流がほとばしり、部屋の窓を砕《くだ》いた――。

――田中夫妻の話を聞き終わった後、三人がその内容を消化しようと、沈黙していた、ちょうどその時だった。

突然、ベランダに面した窓が砕かれたのは。

激しい水流のしわざだ。窓ガラスを粉々にしただけでなく、室内を荒らしまわり、みなを狙った。

「危ないっ」

とっさに反応できたのは、やはりアーマリアと浮雲《うきぐも》の二人だ。アーマリアは愛子を、シールディアが雄大を掴んで、引き倒した。

「ぬぐうっ」

浮雲は、前に出ていた。突き出したてのひらで、水流の一本をそらしたのだ。

「あああ、浮雲さんっ?!」

それは晴恋菜《せれな》をかばってのことだった。水流といっても速度によるパワーゆえか、浮雲の手がずたずたに引き裂《さ》かれている。

「大丈夫ですか……！」

晴恋菜の呼びかけに、浮雲はふりかえり、一瞬《いっしゅん》後に、我に返ったように白い歯を見せた。

「うむ。なるほどこういう感触かと、いまわかったところでござるよ」

晴恋菜がきょとんとしている横で、ラルカンスィエル姉妹が、田中夫妻を引き起こし、隣の部屋に避難《ひなん》させようとしていた。

だが、田中雄大は、硬直したように動かない。

窓の外、空中を見つめている。そこには、水流を射ちこんできた何者かがいる。

アーマリアが、そして浮雲が、さらには晴恋菜が、みな窓の外を見つめて、そして驚愕した。透明な球体の中に囚われている少年の姿を、そこに見出したからだ。

「雨堂《うどう》くんじゃないですかっ！」

田中雄大が、盾哉を知っていることに疑問を抱く余裕《よゆう》は、誰にもなかった。ウォーターゴーストが、ふたたび水流を射ちこんできたのだ。


「今度は……っ」

浮雲が、怪我をしていない、もう一方の手を突き出した。水流が、そのてのひらに命中した――が、今度は引き裂かれなかった。

「この感覚……こうか……ッ！」

浮雲が、カッとその目を見開いた。全精神力を一点に集中させ、手首をひねる。

射ちこまれた水流は、ウォーターゴーストを構成する液体ではなく、表面をつたう雨水だった。それが幸いしたのだ。水は、浮雲のてのひらに受け止められた。いや、それだけではない。渦を巻き、凝縮し、そして鋭く回転する円盤となって、もと来たほうへと射ち返されたのだ。

「できたぞっ！　これが水刃手裏剣《すいじんしゅりけん》だっ！」

浮雲が叫んだのと同時に、水の円盤は、ウォーターゴーストを切り裂いていた。

それはこれまで彼が修行を続けつつもコツをつかめずにいた、忍者《にんじゃ》としての秘術であった。

だが、せっかくの技も、水対水という属性では、さほどの効果は得られなかったように見えた。切り裂かれた部分は、驚いたことに閉じなかったが、液体のかたまりにとって、それはたいした苦痛ではなさそうに見えた。

見えはしたが、もとより浮雲も牽制《けんせい》のつもりだったから、動揺はなかった。

そして、盾哉にとっては、充分な援護《えんご》だった。

切り口から、盾哉の頭部がのぞいた。

彼は、瞬時に息を整えた。もがいていたのが嘘《うそ》のように、落ち着いた動作で、口を尖《とが》らせた。

ひゅうっという呼気。それとともに、盾哉もまた、水流をその口からほとばしらせた。それは細い細いものでしかなく、まさしく針ほどのものだった。

だが、針でなければ貫けぬ一点もある。

盾哉が吐《は》いたのは、先ほどの一瞬で、口元に含んでいた雨水だ。雨が自分の味方だと、そう信じていたから賭けた。呼吸の助けになることは、さすがになかった。

だが、耐えに耐えて、狙《ねら》っていた機会が訪れたとき、それは武器となってくれた。

「ぶぶぶぶぶぅ！　たばかったか小僧ぅぅ」

地上のナゴンが、怒りの声をあげた。

同時に、ウォーターゴーストが、ばらばらになった。水のような、幾多のゴーストが集まって球となっていたのだ。盾哉は、呼吸を封じられ、破裂《はれつ》しような苦しさと痛みに耐えながら、もがくふりをして、その結合点を探っていたのだ。自分でも不思議なのだが、いつの間にか、そういうことがわかるようになっていた。無数の戦いをくぐりぬけてきた、闘士の勘でも持っているかのように。

細く細くしぼりこんだ雨水は、その結合点を正確に射抜いた。ウォーターゴーストの球体は崩壊し、盾哉は空中にほうりだされたのだ。

「しまった‼」

浮雲が歯噛みをした。これを警戒して、彼は手加減をしたのだが――。

「盾哉くん……っ‼」

とっさに少年をその名を呼んで、晴恋菜がベランダに飛び出した。彼女にとって、それからの一秒は、数十分にも引き伸ばされたかのように濃密に流れた。

晴恋菜が外に出るのを待っていたかのように、ぴたりと雨が止んで、雲は流れ去った。青空が見える。偶然なのか必然なのか、そこに白い小さな丸が浮かんでいた。もう日暮れも近い時刻。

夕方の月が、灰色の雲間からのぞいていた。

晴恋菜が、盾哉に手をのばした。届くはずもない。少年はまっすぐに落下してゆく。その真下に、でろうりと広がって、汚泥が待ちかまえていた。

むろん、クッションになるつもりなどではない。汚泥の一部が硬化して、太く鋭い串《くし》を形作る。

ぼこりと浮かび上がったナゴンの目玉は、しかし盾哉を見ず、晴恋菜を見ていた。

当の晴恋菜は、そんなこと、気がついてもいない。ただ必死だった。

このままでは盾哉が死ぬ。その想いだけが、彼女の脳裏を染めた。救わねばならない。その想いだけに、晴恋菜の全てが集中した。

『私は……知っている』

どこかで必ず見たはずの光景を、晴恋菜は思い出した。夢の中のようにおぼろな記憶。……だが、夢ではない。

『あれは確かに、あったこと。私が彼を愛したのも……彼と戦ったことも！』

そして、晴恋菜の中で、何かが目覚《めざ》めた。

同時に何かが眠りについた。

「我が戦士としての力……ひととき貸し与えようぞ」

青白い輝きが、ほんの一瞬、あたりを満たした。

同時に、晴恋菜もまた、宙に舞っていた。

「何してんの――――っ！」

絶叫をあげて、アーマリアはベランダに飛び出した。


ほとんど同時に、浮雲もやってくる。彼は、得意武器の鋼糸《こうし》を手にしていた。それで絡《から》めとって盾哉と晴恋菜を救えるものかどうか、浮雲にも自信はなかったのだが。

しかし、ベランダから身を乗り出したその時点で、二人の動きは止まった。

「はあ、これはまた」

アーマリアは、気の抜けた言葉を口にした。だがそれも、驚愕のあまりだ。

晴恋菜と盾哉は、空に浮かんでいた。といっても上昇できているわけではないから、落下速度がごくゆっくりしたものになっている、というべきだろうが。

まるで地球の重力を、完全に断ち切ったかのようだ。不思議な青白い輝きが、二人を包んでいる。晴恋菜は魔術を使っている。――髪の色が銀に変わってゆく。

「ぶぶぶぶっ⁉　おお、これは……⁉　まさしく月光の技……。月の戦士への加護」

汚泥《おでい》めいたゴースト――ナゴンの叫びが、アーマリアと浮雲の耳にも届いた。二人は、視線をかわした。月という単語が聞こえたからだ。

先ほど、愛子から語られた内容が脳裏によみがえった。

『かぐや姫は、異界からの侵略者だった……。本当に起きた戦いの記録が、ある理由でフィクションとして書き残された。私はそういう仮説を立てたわ』

むろん、根拠のない妄想ではない。はじめは、富士山麓での考古学の発掘作業のアルバイトをしたときに見つけた、遺物だった。奈良時代のもののはずなのに、当時の技術力では……いや現代の技術でも考えられない奇妙な機械部品のついた剣。

だが、愛子に衝撃を与えたのは、それが数日後にいずこへともなく消えてしまい、発掘メンバーの全員がその存在すら忘れていたことだ。

発見時は、ひどく興奮していた教授すら。

愛子は、同様の事例を探し、そして魔法の実在を示唆する史料を同様に見失った雄大と出会った。二人は、共同で研究を行ってきた。二人でなければ、自分たちも、発見したさまざまなことを忘れてしまったかもしれない。

何度となく、千数百年以前、世界には魔法をはじめとする超常のできごとが存在していたのだと確信したのに、その確信そのものを見失ってきたのだ。

田中雄大は、浮雲たちにこう告げた。

『世界の真実は、私たちの目から隠されています。何かの仕組みによって。ゴーストに気づかない人々と、戦うあなたたち。いまさら、言うまでもなかったでしょうが』

だんっ、という何かが激しくぶつかる音が、浮雲とアーマリアを正気に返らせた。

超低速での落下途中、盾哉が、壁を蹴って方向を変えたのだ。そして、彼と同様に、ゆっくりと落下していたバットケースを掴《つか》んだ。

中から、七支刀を取り出す。

「我らも行くぞ」

「うん」

浮雲が腕をさしだし、アーマリアとシールディアがそれにつかまった。彼は、鋼糸をくりだすと、それをベランダの手すりに絡ませ、すばやく壁をおりてゆく。

「晴恋菜ちゃん！」

青白い月光に包まれて、ふわりとおりてゆく晴恋菜に、あっという間に追いつく。

呼びかけられて、晴恋菜が、アーマリアたちを見た。眼鏡をかけていても、瞳は黒い。いや――月光の銀を帯びている。

銀を帯びた黒瞳は、醜い虫を見るかのような光を宿し、ぞっとするほど冷たかった。

「……え？」

戸惑うアーマリアの視界がぼやけた。水の塊《かたまり》がさえぎられたのだ。ウォーターゴーストの残滓が、襲撃をしかけてきている。アーマリアの顔にはりつこうとした。

だが、シールディアの剣がそれを迎え撃った。水のような特性を持っていても、超自然と超自然のぶつかりあいなら、斬れぬものではない。

ゴーストが無数の水滴となって散ったとき、晴恋菜は大地に到達して、そのまま、くたりとくずおれていた。目は閉じられている。

その晴恋菜めがけて、汚泥が押し寄せた。

「……めんどくさい……」

ぼそりと呟いて、盾哉が割って入る。

「ぶぶぶ！　どうしてくれよう……ぶぶ、喰らうかっ！」

汚泥が、津波のように盛り上がった。

だが、盾哉は動じない。逃げずに突き進んだ。七支刀をまっすぐ正面にかまえて。

「ぶぶぅぅっ！」

盾哉が逃げていれば、あるいは包みこめたのかもしれないが——。

ナゴンは、突き抜けられてしまった。壁のようにまっすぐ伸びた体の真ん中に、大きな穴が開いている。

盾哉の反撃で生じた隙を利用し、アーマリアは、気を失っている晴恋菜を、その場から引き離した。友の体をかかえたまま、きりっと汚泥状の魔物を睨《にら》みつける。

「そこの化けモン！　あんた、さっき月の戦士とか言うたね！　あれはどういう意味?!　まさか、あんた……」

かぐや姫の配下か？　地球を侵略しにきたのか？　という質問は、ついに口から出てこなかった。さすがにまだ、信じられずにいるからだ。むろん、問いかけたからといって、魔物が答えを返すはずもないが。

「ぶぶう。それは、いずれわかるときが来る。ぶぶっ。どうやら退き時か」

解体されても、ウォーターゴーストを構成していた個々の怪物どもは、まだ戦うことができた。しかし、その戦力はたかのしれたものでしかなく、すでにシルーディアと浮雲によって、掃討されつつあった。

逃げると決めた汚泥の逃げ足は、攻撃時の津波の勢いより、さらに速かった。まばたきするほどの時間で、マンホールにもぐりこんでしまう。

「こんのっ……」

アーマリアが、ぎりっと歯噛みしたとき、彼女の腕の中で、晴恋菜が動いた。

「あ。大丈夫か？　さっきのすごい魔法やったけど、そのぶん負担も……」

優しく問いかけるアーマリアの腕を振り払うように、晴恋菜は立ち上がった。彼女は、怒りと哀しみをいっぱいにはらんだ形相で、盾哉を睨みつけている。

盾哉は、ナゴンが消えるのを見届け、ふたたび立ち去ろうとしていたのだ。

「そこを動くでないっ！」

晴恋菜が、盾哉を怒鳴りつけた。だが、彼の足は止まらず、少女をふりかえろうともしない。

その盾哉の足が止まったのは、のんびりと形容してもいい、温かな声が頭上から落ちてきたからだった。

「もう逃げてはいかんですよ」

田中雄大にそう言われては、さすがに盾哉も、立ち止まった。しぶしぶふりむき、晴恋菜を見つめる。

視線が出会う。

それと同時に、晴恋菜は気を失った。髪が黒に戻る。くたりとくずおれ、アーマリアの腕に戻る。

「……ちょ……どないなってんの？」

アーマリアの問いに答えられるものは、誰もいない。

雨は止み、いくらか欠けた白い昼間の月が空から見守っている。

人々が、通りに戻り始めた。

第九章　死がのぞきこむ

1.

「ええと……じゃあ、これとこれとこれを明日までに作ってきますから」

晴恋菜《せれな》は、小道具担当の踏川大地《ふみかわだいち》に、チェックしたリストを見せようとした。

「おう、よろしく」

大地は、ふりかえりもせず、ほかのクラスメートと安室奈美恵《あむろなみえ》のファッションの是非《ぜひ》について話し続けている。

「おうらあ、フンダぁ！」

どどどと足音高くあらわれた玲香が、大地をあだ名で呼びながら、その頭をひっつかんで、力任せにねじった。

「ぐわはっ。れーか、い、いま何か変な音がした……」

「るっせぇ。このまま三百八十度回してやろーか！　お前がちゃんとチェックしてそろえるっつーから、矢部《やべ》も久能《くの》も自宅作業許可したんだろーが」

「だから、ちゃんと作業予定表作ったじゃーん」

「それをチェックしろつの。マジ子が見せようとしてたじゃねえか」

「え、そうだったの？」

「あの……木菅《こすげ》さん。わたしは別に……」

「いまのは、どっちかつーとマジ子が悪いんじゃない？　声がちっちゃかったしー」

大地と話していた女生徒が口をはさむ。

「そ、そうです。だから……」

晴恋菜の後頭部を、玲香《れいか》がぱーんとひっぱたいた。

「マジ子はそれだからダメだっつーの。なんでも自分が悪いってのはさ、たまにイラっとすんだよ」

「れーか。ヤバいって。呪われたらどーすんの?!」

さっき口をはさんだ女生徒が、ぎょっとして逃げ腰になる。そっちを見て、玲香は鼻を鳴らした。

「おーまえは、まだそんなこと言ってんのか。なあ、マジ子。魔法少女だからって呪《のろ》ったりしねえって。なあ、言ってやれよ……あ、あれ？」

ふりかえった玲香は、目をぱちくりさせた。

いつの間にか、晴恋菜が椅子の上に乗っている。片方の脚《あし》は机の上。腰をくいっと右にいからせ、腕組みをして胸を強調し、眼鏡《めがね》は外して手に持ち、そしてひとすじだけ銀に変わった髪を口にくわえて、三白眼《さんぱくがん》で玲香を見下ろしていた。

瞳《ひとみ》が銀の輝きを帯びている。

「キサマ……。わらわに手をあげることが、いかなる罪かわかっておろうな」

ほかの誰がやっても、それこそ普段の晴恋菜であれば、似合わない冗談でしかなかったはずだ。ギャグとしか思えない台詞《せりふ》なのに、居合わせた全員が言葉を失っていた。晴恋菜から吹き寄せた、冷気にも似た威圧感に。

「あっと危ない」

という棒読みの後で、いきなり椅子が押された。

晴恋菜が、あっさり転倒する。

「きゃあっ！」

あがった悲鳴は、いつもの晴恋菜のものに戻っていた。落ちかけたところを飛び出した玲香と大地が支える。

「おお〜」

周囲から拍手が起こった。


「やるじゃねーか、フンダ」

「だからさー、そのあだ名、やめてくんないかな」

「しょーがねーじゃん。あんたが犬のウン……」

「だーっ、だーっ、だーっ！」

大声で玲香の言葉をさえぎると、大地は、顔を彼女の耳に近づけ、泣きそうな声で言った。

「かんべんしてよー、ほんと。みんなはさー、単に名前からきたあだ名だと思ってんだからさー」

「あのう、そろそろおろしていただけませんか」

すぐ真上で二人に会話されている晴恋菜は、顔をほんのち赤くして、まだぎゅっと目をつぶっている。

「おい、フンダ。変なとこに触るなよ」

「しないから、そのあだ名で呼ぶのやめて」

つま先がとんと床につくと、晴恋菜は、ぺこぺこと頭をさげはじめた。

「すみません、ほんとにすみません。なんか、わけわかんなくなってしまって」

「いやまあ、いいんだけど」

ついさっきまで支えていたのに、大地は、いったん手を離すと、今度は気味悪そうに後ろにさがってしまった。ほかのクラスメートたちも、じっと押し黙っている。

「どーでもいいけどさ。虹っちゃん、さっき、わざと椅子にぶつからなかったか」

たった一人だけ、そのへんの空気を意に介さないようすで、玲香は、椅子をひっくりかえした当人に訊いた。

「さあ、どないですやろ」

アーマリアがおっとり微笑んで、玲香が肩をすくめる。

「……逃げないで、虹っちゃん」

そこへ、半目の邑枝《くにえ》がするするっと近づいてきた。右手に縫《ぬ》い針、左手にハサミ。

「いや、ごめん。それ勘弁して。怖いから」

「……おとなしく……仮縫い」

邑枝が、針をくわえ、つううっとひっぱりだす。

「というわけで、うちはまだ帰れません」

アーマリアは、晴恋菜に向かって言った。晴恋菜が、なぜか心細そうな顔になる。

「小道具の担当を確認したら、晴恋菜ちゃん、早う帰してあげて。大事な弟くんが、家で待っとるんやさかい」

「へ？　マジ子、ホントに弟とかいたんだ？」

玲香が、びっくりした顔で晴恋菜を見つめた。

「いえ、違います！　弟じゃないですよ!?　……あ、えっと。なんというか。いえ、弟……みたいに心配ではあるわけで。はい、そうですね。弟みたいな」

顔を、先ほどよりもっと真っ赤にして、晴恋菜は、あたふたと応じた。

「ふうん？」

玲香がニヤついたとき。

「遊んでんじゃねえ！　残りあと何時間だと思ってんだ！　時間がねえからってハンパなもんは許さねえぞ！」

という叱責《しっせき》が、教室中を震わせた。鷲尾芹《わしおせり》が、ぐるぅぅぅりと教室中を見回すと、全員が作業に戻った。

「つうことだ。何が待ってよーがかまわねーけど、割り当てはちゃんとやってこい」

晴恋菜に向かって、ひらひらと手をふる。窮地を救われた表情で、晴恋菜はぺこりと頭をさげると、知らん顔で衣装を仮縫いされているアーマリアをちらりとにらみ、教室を出ようとした。

晴恋菜の手がかかる前に、扉が、がらりと開いた。

入ってこようとした相手が、晴恋菜にぶつかりそうになり、ぎょっとして下がる。日根紅理《ひねあかり》だ。直面して気づいたが、彼女は、晴恋菜より背が低かった。

「思ったよりまじめにやっているようね。でも、もう文化祭は明後日《あさって》よ。間に合うのかしら？　……あら、矛城さん、それは帰る支度なの？」

とげとげしい声で言って、晴恋菜をじろりと睨む。

「先生？　担任でもらっしゃらないのに、生徒の作業配分まで口を出されるのは、いかがなものでしょうか」

芹が、ずかずかと近づいてきた。小柄な彼女は、やはり日根を見上げているはずなのだが、なぜか見下ろしているように感じられる。

「企画に口出しをしましたからね。責任を感じているだけです。時間不足を言い訳に、いい加減な展示をされては困りますからね」

日根は、先日の騒ぎのあと、文化祭実行委員会や顧問、このクラスの担任と、あちこちにクレームを持ちこんだ。話し合いがもたれた結果『ＲＰＧ喫茶』は、なぜか『不思議の国のアリス喫茶』に修正されていた。しかも、仮装だけでなく『文学としての不思議の国のアリス』についての展示を行う、ということになっていたのだ。

「ご心配無用。先生からも大量の資料をご提供いただきましたし。満足していただけるものをごらんに入れます」

芹の目の下には、うっすらとくまができている。

「というわけで！　矛城《むじょう》はさっさと帰って、頼んだことをやって。ただでさえ時間がないんだから、先生につきあってる暇《ひま》はないだろ」

芹の言葉に、残っていたクラス全員がうなずく。何人か、自宅に戻る晴恋菜に不満を持っているクラスメートがいたとしても、いま、この瞬間にはそれは消えていた。日根教諭への対抗心が優先していたからだ。

もっとも、そのせいでむしろ、晴恋菜の罪悪感《ざいあくかん》は強くなっていたのだけれど――。


――晴恋菜が、校門を出て、歩いてくる。あたりに人影がないのを見澄まして、盾哉《じゅんや》は、樹上からおりた。

今日もまた、ここから彼女を見張っていたのだ。ただし、田中雄大《たなかゆうだい》のもとで顔をあわせるまでと違うのは、それが晴恋菜も承知の上であるという点だった。

「あの、なんというか……護衛《ごえい》、ありがとうございます」

晴恋菜に頭をさげられて、盾哉はそっぽを向いた。

「……守ってなんかいない。オレは……」

見張っているだけだ、と言いかけて、盾哉は不機嫌《ふきげん》そうに黙りこんだ。説明するのが、面倒になったのだ。

いままで自分がのぼっていた樹によりかかると、顎《あご》をしゃくった。早く行け、という意味だ。

「そうはいきません。先にいってて、また逃げられたら、た、大変ですから」

晴恋菜の言葉が、すがりついてくるような響きに思えて、盾哉の中で、手をさしのべたいという気持ちと、ひどいイラだちとが、ぐるぐるめぐった。無言のまま、少し背を丸めた姿勢で歩きはじめる。晴恋菜があわてて追いかけてくる。彼女は、盾哉と肩を並べようとした。

盾哉は、はじかれたように飛びのく。晴恋菜の顔がくしゃりと歪《ゆが》んだ。二秒ほどで、もとに戻ったが。

「……そう露骨に、泣きそうな顔しなくていいだろ」

耐え切れずに、盾哉はそう言ってしまった。

晴恋菜が驚く。

「がまんしたつもりだったんですけど。すいませんっ」

例によって、ぺこりと九十度のお辞儀。

盾哉は、彼女に気づかれないよう、ため息をついた。うっとおしいなあと思いつつ、ほうっておけないのだ。

「いいから……行こうぜ」

また、先に立って歩き出す。

「……なんか、ヘコんでるだろ」

こんな話、したくないのにと思いつつ、盾哉は尋ねずにいられなかった。ただし、一切、晴恋菜のほうを見ず、ごく小さな声で言った。


「すみません。よく聞こえなかったんです……けど」

盾哉は、じろりと晴恋菜を見た。いや、本人はさりげなく視線を投げただけのつもりなのだが、晴恋菜はびくぅっと身を縮めている。

結局、また黙って歩きはじめた。もう一度、あんなセリフが言えるものか、そう盾哉が思っていると、今度は晴恋菜が細々と口を開いた。

「あのう、ちょっと聞いてもらっていいですか」

聞こえてたんじゃないのか、やっぱり？　と思った。

「また、なんか、わたし、壊《こわ》れてしまったみたいで」

盾哉が返事をしないでいるうちに、晴恋菜は語りはじめた。教室での話だ。人格が変容したかのように、強烈なセリフを口にした。

言葉の端々から、晴恋菜の大きな不安が伝わってくる。

盾哉は聞き流していた。盾哉を落下から救ったあの時以来、一日に一度くらい、晴恋菜が奇妙なふるまいを見せる。異様に高圧的で残虐《ざんぎゃく》な性格が、かいま見えるのだ。

だが、それまでの晴恋菜をまったく知らぬ盾哉は、深刻になれない。不思議なくらい『この女は、もともとこうなのだ』という気がするのだ。

「……すいません。わたしだけ、おしゃべりしちゃって」

気がつくと、晴恋菜の話が終わっていた。

「……盾哉さんのこと、訊《き》かせてもらっていいですか？」

晴恋菜との距離が、いつの間にか近づいていたことに気づいて、盾哉はまた急いで離れた。

後ろにいられると、どうも気配が掴《つか》みにくい気がしたので、1メートルほど離れて横に並ぶ。

「これまでの話なら、あの長髪の兄ちゃんと忍者《にんじゃ》服に全部話したから。だからあっちから聞いてくれればいい。オレはむしろ、そっちのことが知りたいね」

盾哉は、つっけんどんな口調で言ったつもりだったが、なぜか晴恋菜は嬉《うれ》しそうにこちらを見ている。

「なんだよ」

「……いえ。盾哉さんがそんなに長く話されるの、はじめて聞いたような」

晴恋菜は小さくうつむいて、頰《ほお》を染《そ》めた。

彼女のそんな反応が、盾哉のいらだちを刺激する。自分に、そんな風に言ってもらえる理由はないのだ。

それから、晴恋菜は、食べ物の好みだとか、幼いころのたわいないエピソードだとかを、ひっきりなしにしゃべり続けた。盾哉が『あんたについて知りたい』といったのは、そういうたぐいの情報ではなかったのだが。しかし、あまりにも晴恋菜がうれしそうなので、口をはさむこともできなかった。

それは、矛城家に着くまで続いた。

そうだ。いま、盾哉は、矛城家に滞在している。


──夜、八時。


矛城家に滞在するにあたって、盾哉が約束させたことが、ひとつある。

庭で寝起きする、ということだ。

屋根の下で、部屋を与えられてすごすのが、なんとなく閉じこめられるようで怖かった。何がどうなっているのか事情がわからない以上、どんな相手だって全面的に信用できない。それに、ここしばらくの野外生活でなれたのか、頭上の空があるほうが落ち着くのだ。空が見えないと息が詰まるような気がするほどだった。

今日は、よく晴れている。盾哉が、庭石に腰掛けて、夜空の星を数えていると、空腹感を刺激する匂いがただよってきた。晴恋菜が、夕食を運んできたのだ。

「……まんじゅうの盛り合わせじゃないみたいだな」

小声でつぶやき、盾哉は身を起こした。

「お待たせしました—」

古風な塗り膳《ぜん》に、御飯と味噌汁、おかずが三品。そして漬物。時代劇にでも出てきそうな夕食だ。盾哉が、草の上にあぐらをかくと、晴恋菜がその前にお膳を置いた。水筒で持ってきたお茶を、こぽこぽと注ぐ。

晴恋菜が何か話しかける前に、盾哉は機先を制した。

「そこに置いといたぞ。……文化祭、だって？」

飾り付け用、そしてお土産販売用の『懐中時計のぬいぐるみ』だ。ぬいぐるみといっても、丸く切ったフエルトを二枚縫い合わせて、パンヤを詰め、数字と針を接着剤で貼り付けただけだが。

矛城家に戻って、盾哉が庭でぼんやりしていたら、ふらりと浮雲があらわれて、作業を押しつけていったのだ。

することもなかったし、手先は器用なほうだ。

積んであった十個あまりを手にして、晴恋菜の眉《まゆ》が、きゅっと寄った。

「この縫《ぬ》い目、わたしよりまっすぐですね……」

彼女のぼやきを無視して、盾哉は、箸をとった。

「あ、ちゃんと食べてくれるんですね」

返事はしないで、ひたすら食う。美味《うま》い。矛城家に連れこまれた翌日には『餡子《あんこ》がこんもりかかったお粥《かゆ》』が出てきて、いやがらせを疑ったものだが。

晴恋菜は、立ち去りがたいようすで、かたわらで何かもじもじしている。いちいち文句を言うのも面倒で、とにかく早く食べてしまおうとした。だが、喉《のど》を詰《つ》まらせたり、みっともないことはしたくない。

「おかわりもありますよ？」

茶碗が空になったら、晴恋菜が声をかけてきた。

「……ん」

無言で突き出すと、いそいそとそれを受け取り、屋敷に戻って、ご飯をてんこ盛りにしてきた。

受け取って、何も言わずに食う。お茶も、からっぽになるとそそがれていた。もう1回、おかわりをして、綺麗《きれい》に食べ終わるまで、晴恋菜は盾哉のそばにいた。

「ごちそうさまでした」

子供のころからしつけられて習慣になっているので、食べ終わった後に、手をあわせてそう言ってしまい、盾哉はひどく照れくさい気分に襲われた。

そのまま、晴恋菜を無視して、ごろんと横になる。

目を細めて、夜空を見つめた。

「……星が好きなんですか？」

おずおずと晴恋菜が訊《たず》ねてきた。

「なんで、そう思う」

「さっきも星を見てらしたでしょう?」

盾哉は三十秒ほどじっと黙りこくっていた。遠い記憶をよみがえらせていたのだ。こうして尋ねられるまで忘れていた。亡くなった母の膝の上で、星の名を教わったこと。母は、自分の故郷のように星が好きだった。

盾哉が思い出に沈んでいる間も、晴恋菜は、じっと答えを待っていた。

だから、答えないわけにいかなかった。

「……嫌いじゃない」

盾哉は、それだけつぶやいた。

晴恋菜が何か言うだろうと思っていたら、しばらく、ただ沈黙が続いた。静かだ。鎌倉《かまくら》の街は、喧騒《けんそう》からはほど遠い。いつまでも静かだ。

耐え切れなくなって、盾哉は、晴恋菜に視線を向けた。

晴恋菜は、盾哉を見ていない。夜空をあおいでいる。つるんとした真っ白な頬で、ひとしずくだけの涙が、月光に輝いていた。

「あんたは、嫌いなのか、星?」

顔をまたそむけながら、ぼそりと言った。

晴恋菜はこう答えた。

「星は……綺麗ですよね」

盾哉は、晴恋菜が見ていた方角に目を向けた。そこにあるものを見て、ついこう口走った。

「月が、嫌いなのか?」

夜空に、氷のように冴え冴えと、青白く輝く、月。

「嫌いって……いうのかな。……月を見てると、なんだかとても厭な気持ちになるんです。とても悲しくて、世界全部を憎みたくなる。なのに、すごく懐かしくて、心がたかぶるんです」

目をあわせることのないまま、二人の会話が続く。

「……昔からなのか、その気持ち? それとも……」

「ずっと。子供のころから。だから、夜空は苦手です」

晴恋菜がそう答えて、また沈黙が落ちた。

秋の遅くの、冷たい風が流れていく。どこからか、かい細い虫の音が聞こえた。

迷いに迷った末に、盾哉は、口を開いた。

「オレは、月なんか好きでも嫌いでもなかった。それが……あんたと会ってから、月を見てると変な気持ちになる。胸のいちばん奥がもぞもぞしやがるんだ」

それは、いとおしい、という気持ちに似ているのだが、恋愛経験のない盾哉には、適切に表現できないのだった。

「けど、イライラしてぶん殴《なぐ》りたくなることもある」

手が届かないから、壊《こわ》したくなるのかもしれない。

「だけど……なんでだ？　どうして、急にそんな風になった？　これが誰かに植えつけられた気持ちなら……オレはそんなもんにふりまわされるのは、イヤだ」

晴恋菜が、びくりと身を震わせる気配が伝わってきた。

「ほんとに……昔から？　ずっと？」

盾哉は尋《たず》ねた。

「はい……。昔から。ずっとずっと昔から」

晴恋菜はそう答えた。

二人は、そのまま、月を見上げていた。何の答えも返してくれない、冷たく凍てついたような、青い月を。

2.

文化祭当日になるまで、盾哉《じゅんや》はずっと晴恋菜《せれな》を見張り続け――そして、何も起こらなかった。

だが、それが嵐の前の静けさでしかないことを、矛城家《むじょうけ》にいる誰もが悟《さと》っていた。

そして、ついにその日がやってきた。

戦いの日が――。


――校門には、火山と嵐をかたどったアーチがすえつけられている。入ってすぐのテントが受付だ。

文化祭への入場に、招待状などは必要ない。セキュリティを考えて制限されるべきだ、などという意見もあるが、誰もがそんな危なさは実感できずにいる。

盾哉は、校庭の片隅に生えた樹にもたれかかり、地面にじかに座りこんで、文化祭のようすを眺《なが》めていた。

あちこちに模擬店《もぎてん》が出て、仮装した生徒がチラシを配り、校内放送がひっきりなしに声をあげている。

校舎には、にぎやかな飾りつけが行われている。盾哉は、その一角を見上げた。窓に、模造紙に書いた大きな文字が貼りつけられている。

『アリスの不思議な喫茶店～ビクトリアン・ティータイムをあなたに』

晴恋菜たちのクラスの出し物だ。

盾哉が、そちらをながめていると、すぐ目の前を母子連れらしい二人が通りかかった。

小学生くらいの女の子が、はしゃぎながら、母親らしい女性の手をひいている。母親らしいほうは、ぐったり疲れた印象だが、女の子は、頭にうさぎ耳をつけて、うれしそうに懐中時計のぬいぐるみをふりまわしている。

盾哉が作らされた、ぬいぐるみだ。

通り過ぎる二人を視線で追う。

向こうが五メートルほど離れたところで、盾哉は、ゆっくりと立ち上がった。なかば閉じたような瞳は、去ってゆく少女の背を見つめていた。

女の子は、ひっきりなしにしゃべりかけ、母親らしい女性は、それに応じるように、頭を撫でたり、相槌《あいづち》を打ったりしている。

「だりぃ……」

うっそりとつぶやいて、かたわらに置いてあったバットケースを手にする。

母子づれらしい二人は、どんどんと人の気配がないほうへ進んでいった。

そもそも、盾哉がいた場所からそちらに行けば、校舎の裏側にしか通じていない。L字型をした新旧の校舎に囲まれた、木々のおいしげる中庭だ。日当たりがよければ、茶道部の野点《のだて》に最適なのだが、建物に日光をさえぎられて、昼間でも薄暗い。

表の喧騒とはうってかわった静けさだ。校舎の構造上、裏側には窓も少なく、見られることもあまりない。

女の子は、女性の手をぐいぐいと引いて、木々の陰に入りこもうとしている。

あたりに人の目が完全になくなった段階で、盾哉はケースから七支刀《ななつさやのたち》をとりだし、大またになって無造作に近づいた。声はかけなかったし、葉ずれの音さえほとんど立てなかったが、剣の間合いに入る前に、相手はくるりとふりかえった。

「なあに？　お兄ちゃん」

うさぎ耳の少女が言った。落ち窪《くぼ》んだ目が、ぎょろりと盾哉を見上げている。黒目は点のように小さい。

かたわらにいる女性は、うつろな瞳《ひとみ》であらぬ方を見つめていた。

盾哉は、返答もせず歩調もゆるめず、そのまま七支刀を下段からふりあげた。歩くときに手をふるその動きのまま、切尖《きっさき》がふりこの軌跡《きせき》を描いて、うさぎ耳の少女を切り捨てる――はずだった。

瞬時に数倍に伸びたうさぎ耳が、うねる触腕《しょくわん》のごとく、盾哉の剣を押さえこまねば。

「お兄ちゃん、ひどいよ」

少女の瞳《ひとみ》が大きくなり、涙でうるむ。

意に介さず、盾哉は七支刀を引こうとした。だが、動かない。がっちり握られている。

「ねえ、このおもちゃ、あたしにちょうだい……」

うさぎ耳の少女が、今度は嗤《わら》った。

いや、少女の姿をしたゴーストが。

ゴーストであることはわかっていた。少女に握りしめられた女性の手からは、赤い血が滴《したた》り続けていたから。そして、頭を撫でられるたび、うさぎ耳の少女が舌なめずりをしていたから。

「ちょうだいちょうだいちょうだい」

うさぎ耳の少女が、耳腕で力まかせに、盾哉の七支刀をもぎとろうとする。盾哉は逆《さか》らわなかった。引かれるままに、七支刀を押しこむ。うさぎ耳の少女は、自分で凶器を引き寄せる形になった。

「しゃがぁっっ！」

その口が、左右に大きく裂けた。愛らしい歯が、牙に変わる。突きこまれた剣を噛み止めて、二つの耳と顎《あご》の力で、盾哉をぶんと振り回した。

同時に、右手に握っていた女性をハンマーのように扱って、盾哉にたたきつけようとした。

さすがに意表をつかれた。女性はゴーストではない。餌だ。それはわかっている。盾哉は、とっさに七支刀を捨てて、彼女を受け止めた。抱きとめたまま、盾哉は地面に叩きつけられた。一瞬、意識が遠くなる。

やわらかい土の地面だったことが幸いした。これがコンクリート上だったら、おしまいだったろう。いや、土の上でも常人なら内臓破裂《ないぞうはれつ》で不思議のない衝撃だ。盾哉がかばっていなければ、女性のほうは死んでいた。

「もーっらった、もーっらった。おもちゃをもーらった」

歌うように言いながら、少女がうさぎ耳をふりあげる。いや、白い毛に覆《おお》われている他には、それはうさぎの耳と共通点などない。頭部から生えた一対《いっつい》の巨腕だ。

それが盾哉の七支刀をふりあげて、ふりおろす。

抱えていた女性の体を突き飛ばし、その反動を利用して、盾哉もころがる。かろうじて、切尖を避けた。

「お兄ちゃん、遊んでくれて、ありがとう。ね、お兄ちゃんは、ミミのこと、好き？」

きゃははと笑い声をあげながら、巨大なミミ腕が、七支刀を使って、ざくざくと地面を掘り返す。

盾哉は地面をころがってそれをかわし続けた。

彼が逃げ続けていることで、少女ゴーストは調子にのっている。だから気づかない。盾哉の動きが、彼女を軸として円を描いていることに。

時計の針が、軸のまわりを回るように。

周囲を回転しながら、横たわったまま、盾哉は距離を詰めてゆき——腕を伸ばした。

「……きゃっ！」

ゴーストがかわいらしい悲鳴をあげた。盾哉に、足首をつかまれたのだ。足を包む白い靴下のあちこちには、茶色いしみがこびりついている。これまでの犠牲者が流した、血の痕だ。盾哉は、少女ゴーストをひきずり倒そうとした。びくともしない。

「お兄ちゃんたら、いたずらなんだからァ」

ごっ、というにぶい音とともに、盾哉は空に舞っていた。蹴《け》り飛ばされたのだ。

余裕の笑みを浮かべて、少女ゴーストは、盾哉にとどめを刺そうと、一歩進み出て……がくんと姿勢を崩した。

「あれ？　……あれれ？」

体を支えようと、とっさに耳腕の七支刀を地面に突き立てた。彼女は、足元を見下ろした。まるでむしりとられたように、足首の後ろ側が、ごっそりなくなっている。

盾哉がやってのけたのだ。

声にならない絶叫は、ブラスバンド部のファンファーレにかき消されて、誰の耳にも届かない。

うさぎ耳の少女は、怒《いか》りに任せて耳腕をふりあげた。

だが、七支刀には、もうすでに盾哉がとりついていた。刃を握り、空中で体をひねる。

耳腕自体の力を利用して、七支刀をくるりと回転させた。血がしぶいた。刃が盾哉自身の手を切り裂いたのだ。だが同時に、てこの原理で、力が増幅され、ゴーストの怪力もしのいで、武器をもぎとることに成功していた。無茶苦茶なやり口である。

空中で動きはとれぬはずと見て、少女ゴーストは、落ちてくる前にそのまま盾哉を掴み、握り潰そうとした。だから、盾哉が、刃を敵に突き立てるためには、ただ待っていればよかった。

七支刀が、巨腕を貫く。

それを支えとして、身をひるがえす。敵そのものを足場として、盾哉は、巨腕を切り裂いた。その勢いのまま落下して、本体の顔面を貫いた。

命乞いの泣き顔を、正面から見据えたまま。

ゴーストは、銀色の液体に変わって、ばしゃりと地面に広がった。腐《くさ》りはててボロボロになった子供服もその場に残ったが、あっという間に風に吹き散らされた。

盾哉は、片膝《かたひざ》をついた姿勢で、呼吸を整えた。自分の手を見た。切り裂《さ》かれたてのひらから流れた血と、どす黒い液体に汚れ、ひどい悪臭をはなっている。

怪我が治《なお》るようすはない。

むしろ、それが盾哉を安心させた。さきほどの自分の行動が、どれも信じられなかった。敵の足首をむしりとり、打撃に耐え、さらには空中での軽業《かるわざ》の動き。

いつから自分は、こんなことができるようになった？

父に、命がけで戦闘術は仕込まれた。さっきのあれは、その域をはるかに超えている。ゴーストに追われ、逃げ続け、頭に血がのぼって反撃し、奇妙な人々に出会い。麻痺《まひ》し続けていた思考が、ようやく自分をふりかえりだした。しかし、疑問の答えに行き着くには、知識も時間も足りなかった。

「雨堂どの！　危のうござるぞ」

その声は、頭上から聞こえた。

何かがふってくる。人の体だ。それも二つ。

一つは黒い忍者服をまとう若者。もう一つは、真紅《しんく》のギターをかかえて、金色に染めた髪を逆立てた男。

忍者服のほうは、鋼《はがね》の糸を木々に絡《から》めて、振り子のようにおりてくる。

ギターのほうは、ただの物体のようにまっすぐ――盾哉めがけて落下。

「……っ！」

飛びのいたが、とっさにかざした左腕が、ギターの端にひっかけられた。

ずううんと音を立てて、ギターの男が大地にめりこむ。

「なんだ……？」

盾哉は、七支刀をかまえなおした。腕を動かしたせいで、赤い血が傷口から飛び散った。その血がギターを染めた。ギターの紅が深くなる。奇怪《きかい》な笑い声が響いた。

「ひゃははははぁ！」

ギターを持つ男が、跳《は》ねるように立ち上がった。その顔は、干からびたミイラのようでありながら、目だけはギラギラと精気に満ちている。くわっと開かれた口には、尖《とが》った乱杭歯《らんぐいば》が無数に生えていた。

「ブラッド！　アンド！　ロォォォォル！」

奇天烈《きてれつ》な叫びとともに、ギターをかき鳴らした。とんでもなく耳障《みみざわ》りな音。同時に、表の校庭では、ブラスバンド部の演奏が盛り上がる。

「ロックン！　デェェェド！」

爽《さわ》やかな行進曲をＢＧＭに、ゴーストが、血に濡れたギターをふりあげた。

盾哉は、それを防ごうとして、左右の腕がどちらも利《き》かなくなっていることに気づく。

真正面から、ギターがふりおろされようと……。

……止まった。ギターがまっすぐ天を向いた状態で。

「おぬしの相手は、拙者《せっしゃ》でござる」

敵の背後に忍び寄った、黒い忍者服がささやいた。

浮雲《うきぐも》だ。鋼糸を、敵の首に巻きつけた彼が、静かに動いた。両手が一閃《いっせん》すると、ギターを持つゴーストの首筋に細い細い光のラインが引かれた。

「不協和音は容赦《ようしゃ》願いたい」

浮雲が、音もなく横に位置をずらす。

髪を逆立てたゴーストの頭部は、地面にころがり落ちる前に、胴体もろとも銀の液体に戻っていた。

「これで五体めでござるな」

「六」

ぶっきらぼうに数字だけ言って、盾哉は七支刀の切尖をかたわらに向けた。うさぎ耳ゴーストの残骸《ざんがい》を示そうとしたのだが。しかし、てのひらの痛みで、武器を取り落としてしまった。

「や、これは」

盾哉の怪我《けが》に気がついて、浮雲があわてた表情になる。

「……どってことない」

もちろんただの強がりだが、盾哉は押し通すつもりで、しゃがんで七支刀を拾《ひろ》った。

「なるほど。では、休む暇《ひま》はない」

にこりともせず、浮雲はそう告げた。

「人に化けた怪物ども、われらだけで退治《たいじ》せねばならんのだからな」

「……はりきんなよ」

手を止めて、盾哉はつぶやいた。

そもそものはじまりは今朝のこと。

例によって、いつもの位置で学校を監視していた盾哉は、文化祭へとやってくる客の中に、異形《いぎょう》の存在を見つけてしまったのだ。行列にまぎれこむ腐り果てた男に、誰もが気づいていなかった。

今回のゴーストたちは、巧妙に人間に化けていたが、腕が腐っていたり、牙がはみだしていたりと完璧ではない。先ほどのうさぎ耳の少女も、耳がアクセサリーのたぐいではなく、じかに生えていた。

しかし、盾哉たち以外の誰もがそれに気づかない。

田中雄大によると、魔法や怪物といった超常の存在を認識させない仕組みがあるのではないかということだったが、盾哉はまだそれを疑わしく感じていた。ほいほいと信じられる話ではないし、信じてうかつな行動をとれば、それは誰かの死につながるのだ。

　ともあれ、ゴーストどもは、単独で入りこんできては、人目のないところに人間を連れこんで襲おうとする。

　盾哉と浮雲は、それをこうして倒しているのだ。

　晴恋菜には、ゴーストが少し入りこんだ可能性がある、としか伝えていない。クラスの仲間を守るためにも、みんなと一緒にいてくれと言ってある。

　敵の狙いが晴恋菜かもしれない以上、むしろ人目のあるところにいてもらったほうが安心だからだ。アーマリアは、護衛の意味もあって、晴恋菜の近くにいる。

　サソリ上人の言葉は、浮雲と刃弥彦に伝えてある。その上での判断だった。

「拙者とおぬし。二人だけでなんとかせねばならぬ以上、多少の怪我は辛抱していただかねばならぬ」

「……めんどうな話……」

　うつむいたまま、盾哉はごそごそとバットケースに七支刀をおさめた。怪我のせいでやりにくそうだが、浮雲は手助けしようとしない。

「……ああ、めんどうだから、そのおばさん、頼む」

　顔をあげずに盾哉が言う。浮雲の表情が曇る。

「といっても、どうしたものかな。命の別状のない被害者まで看病してる余裕はないのだが、だからといってのう」

　浮雲は、つかつかと近づいて、女性のかたわらにしゃがみこんだ。首筋に触れて、脈を確かめた。

「気を失っているだけのような。見つかりやすいところに寝ていていただいて……ん？」

　浮雲は首すじをぬぐって、空を見上げた。

「……味方が来てくれた」

　盾哉が、地面を見つめたまま呟いた。

　空が、どんよりと曇りはじめている。

3.

「あーあ、ふりだしてきやがったよ」

「ホントですか⁉」

　教室の隅っこをカーテンで区切っただけの厨房である。わずかに一つ残った窓から、玲香を押しのけるように、晴恋菜は空をのぞきこんだ。

「あ、ほんとだあ」

　小降りではあるが、確かに雨だ。

「なんでうれしそうなんだよ」

玲香はむっつりしている。文化祭の初日が雨なのは、あまり歓迎できる状況ではない。

だが晴恋菜は、安心の微笑を消すことができなかった。

「ええとですね。笑っているのはですね」

文化祭に化け物がまぎれこんでいる可能性があって、それと戦っている少年が、雨によってパワーアップするからだ……などという本当のことは説明できない。

「喜んでるとこ、あいにくだけどね、マジ子。雨がふっても、ビラ配りは中止しないから。あんたの番な」

カーテンをめくりあげて厨房に入ってきた芹《せり》が、どさっとちらしの束を置いた。彼女の仮装は、チェシャ猫。もこもこの着ぐるみである。

いっぽう、晴恋菜の仮装は、うさぎ。アリスを不思議の国に導くうさぎだが、ふかふかではなく、ダンスの授業のレオタードを利用した、バニーガール仕様だった。

『くくく、アリスのうさぎなら、バニーでも文句は言えまい、日根《ひね》め』

と、鷲尾《わしお》芹が悪役口調で言ったものである。

アリスにしたのは、これが狙いだったのかもしれない。

「あ……あの、ほんとにこの格好《かっこう》で行くんですか?」

ゴーストの話を聞いてから、そちらで頭がいっぱいで、すっかり忘れていた。

ウェイトレスのときは、まだエプロンがあるおかげで、気恥ずかしさもいくらか薄れているが——晴恋菜はバニースタイルにエプロンがむしろ扇情《せんじょう》的であることに思い至っていない——チラシ配りは、エプロンなしのはずだ。

「その格好でないと、意味がないじゃん」

日根に対する意趣返しの、だ。

「なんとか……そこをなんとかなりませんか」

晴恋菜は、必死で頼み込んだ。

チラシ配りとなれば教室を出ることになる。クラスのみんなが守れない。クラスの仲間が襲われるかもしれない、というのは、浮雲が、晴恋菜を教室にはりつけておくために言ったことだ。もちろん、晴恋菜がそれを疑うはずもなかった。

「ええと……わたし、事情がありまして」

何か言い訳をひねり出そうとする晴恋菜の額《ひたい》を、芹はおたまで『かん』と叩《たた》いた。

「行くの」

涙目になっている晴恋菜に、有無を言わせぬ一声を浴びせて、次の標的は玲香《れいか》。

「うひゃうひゃ笑ってんじゃねえ。紅茶セット二つだ。虎ビキニがアリスに出ねえから、たっての希望で厨房《ちゅうぼう》にまわしてやってんだ。さぼんなよ」

「はいはい、まかしてちょうだいっと」

　玲香は堂に入った手つきで、紅茶を煎れる。茶葉に沸騰《ふっとう》した湯をそそいで、蒸らしている間に手早く、ホットケーキを焼きにかかる。こちらも手際がいい。

　晴恋菜は、きらきらした目でようすを見つめていた。

「おい、なんだよ、マジ子。そんな目で見んな。なんかくすぐったいよ」

　ごく珍しく、玲香の頬が、ほんのり赤い。

「かっこいいですよ、木菅《こすげ》さん」

　まじめな顔で晴恋菜に言われて、玲香はさらに赤くなった。彼女の夢は、紅茶の専門店を開くことだという。

「あー……あのよ。こっちはずっとマジ子ってあだ名で呼んでんだから、そっちもあれだよ……名前で呼べよ」

　照れて言いながらも、手元にはよどみがない。

「……はい」

　アーマリアや浮雲といった仲間を得る前であれば、苗字《みょうじ》ではなく名前で呼べと言われても、無理です、と言っていたかもしれないが。

「ん？　だったら、あたしも名前で呼んでいいぞ」

「はあ？　何、対抗してんだよ、芹」

「対抗なんぞしてない」

「してるじゃん。ま、いいけど」

　玲香は、蒸らし終わった紅茶を濾しながら、ポットに移した。ホットケーキに、バターとシロップをそえる。いい香りが厨房に広がった。

「ほい、できあがり」

　盆に載せて、芹にさしだした。

「うむ。じゃあ行こうか、マジ子」

　芹が、視線でチラシを示した。

「う、え、あの」

　晴恋菜は、自分のバニースタイルを見下ろした。

「覚悟を決める時間は与えてやったろ」

　芹は、片方の手に盆を、もう一方で晴恋菜の髪を掴《つか》んで、外に出ようとした。

「芹、あんた、大雑把すぎ」

　玲香が盆を奪い取る。しかし、彼女は調理担当ということで、普段の制服のまま。これでウェイトレス役というのは、店のコンセプトに反する。

「虹《にじ》っちゃん〜？　こっち頼むよ」

　アリス担当の金髪少女に呼びかける。

「あ〜〜、芹ちゃん、玲香ちゃん。うち、もう、あかん〜。かんべん〜」

アーマリアから、泣き言が返ってきた。

顔をみあわせ、ぞろぞろと客席に出た三人は、しばし唖然《あぜん》とし、そして納得した。

「ま、そりゃそうだよね」

父兄来賓《らいひん》上級下級同級生。ぞろぞろ集まって、代わる代わるアーマリアと並んで写真を撮っていたのだ。中にはぐるぐると周辺を回って、あらゆる角度からシャッターを切っている猛者もいる。

「ふふふ、あたしの勘《かん》はさすがだぜ。これは商売になる」

芹の瞳が、きらんと光った。だがその騒ぎはヒステリックな一喝《いっかつ》で、幕を閉じることになった。

「なんですか、この騒ぎは‼」

教室の入り口に、髪をひっつめた、化粧気のない女性教諭が仁王立ちになっている。

「また出たよ……」

玲香がこっそりつぶやき、厨房へ逃げてゆく。いろいろなものをぐっとこらえた調子で、芹が進み出た。

「……えー、日根先生。大きなお声は、お客さまの迷惑になりますので」

「あなたたちは、いったい、何をしているんです！　こんな……いやらしい格好を認めた覚えはありませんよ！」

晴恋菜のバニーガールスタイルを睨みつけている。

「す、すみません！」

いつもの直角のお辞儀で平謝りする晴恋菜。

「もうちょっと自分の格好を考えてから動きなさい‼」

日根は、甲高い声で叫びながら、つかつかと近づいてきて、自分のジャケットを脱ぎ、晴恋菜にかぶせた。

「健全な高校生のやることですかっ！　この……谷間っ」

さしもの芹も、これには反論が難しい。

「ええと……。デザイン時は、ふだんの着衣の上からしか見てませんでしたんで、いろいろ判断をミスりまして」

「……測ってませんでしたか、いろいろと」

晴恋菜がぼそりと言った。

「あ、汚えぞ、マジ子。自分の保身に走ったな？」

「これでチラシ配りって言われたら、保身もしますっ」

「なんですって‼」

日根が、またキイィっと眉《まゆ》を逆立てた。

「どういうつもりですか、あなたがたはっ！」

気がつくと、撮影に集まっていた人々だけでなく、喫茶の客もいなくなっていた。

――ぺたぺたぺた。

ハイヒールが苦手《にがて》な日根紅理《あかり》の足音は、こうなる。

文化祭は、校舎すべての隅々《すみずみ》を使うというわけではないので、こんな足音でもそれなりに響くような、人気のない廊下もあった。

日根紅理は、その廊下《ろうか》を憤然《ふんぜん》と歩いている。

教科準備室に戻って、お気に入りのハーブティで気を落ち着けようと思っていた。その後は、退勤時間まで、静かに本でも読むつもりだ。彼女は、お祭り騒ぎがそもそも嫌いだった。

「……絶対に、今日をやりすごせば、ごまかせると思ってるんだわ、あの子たち」

結局、バニースタイルについては、芹が邑枝《もりえ》に頼んで『より、うさぎらしい、露出度の低いものを明日までに用意する』ということで押し通した。

「明日、必ず確認しなくちゃ」

日根は、ポケットからピンクの輪ゴムを取り出した。忘れてはいけないことがあると、指に輪ゴムを巻いて目印にするのが、彼女の幼いころからのくせだ。いちど『おばさんくさい』と言われて、普通の輪ゴムではなく、ピンクのにした。判断のしどころがずれている。

指に、三重にして巻きつけた。

「これでよし」

もし約束を守っていなかったら、あの生徒たちを後夜祭に参加させない、と日根は心に誓った。口が立つ鷲尾芹や、いつも傍若無人な態度の木菅玲香、目立つ転校生のアーマリア・ラルカンスイェル。そろそろ、お灸《きゅう》をすえておいたほうがいいと思っていたのだ。それに、目立たないと思っていた矛城晴恋菜。他の三人に染められないように気をつけねば。調子にのらせると、つねに学年十位内という成績を鼻にかけて何をしでかすか。先日も、授業を堂々と抜け出したそうだし。

「ああいうおとなしそうな子ほど、たがが外れると、何をしでかすかわからないんだから……」

ぶつぶつと口に出しながら、日根は、無意識に爪を噛《か》んでいた。

――と。

影が彼女とすれ違った。

空気の色がその瞬間に変わったことを、日根は知る能力を持たなかった。持っていたところで、避けようもなかったのだが。

「もし、お嬢《じょう》さん」

呼びかける声が、日根の耳に届く。

立ち止まる。

立ち止まってから。

……え？　という戸惑いが、日根に生じた。

たったいま、誰かとすれ違った。だからその相手が、背後から声をかけてくるのはわかる。それはわかるが。

すれ違う前に、声の主はどこにいた。

このまっすぐな廊下のどこに？

左右の扉が開く音はしなかった。考え事と、輪ゴムを指にはめているのに気をとられて、近づくのに気がつかなかった？　手元を見ていたせいか。しかし、すれ違ったのは、どんな相手だったろう？　どうして何もわからない。視野の隅とはいえ、確かに見たはずなのに。

それにしても、と日根は呆然《ぼうぜん》と正面を見詰めた。

どうしてこの廊下は、こんなに長いのだろう。教科準備室へ戻る、歩きなれたこの廊下は、いつから、まるで１kmも２kmも向こうまでまっすぐに伸びた？

「お嬢さん、あなたの不愉快さの源を消してしまいたくはありませんかしら？」

背後から聞こえる声は、男のものとも女のものともつかない。声と一緒に、濃い香りが押し寄せてきた。これは……白粉だろうか。いいや、それだけではない。何か、おぞましげな匂いがまじっている。

腐臭？

「お嬢さん、麿《まろ》を見るだけでよろしいのですよ。こちらをごらんになるだけで。あなたはもう二度と、あの娘たちに不愉快《ふゆかい》な思いはさせられずにすむ」

それはとても魅力的な声だった。

だからこそふりむいてはいけないと思った。確かに、あの少女たちは、若くて、美しくて、自分にないものを持っている娘たちは不愉快ではあったけれど。

それでも、あの子たちは、自分の生徒なのだ——。

生徒、なのだ。

……。

なぜ、壁を見ている。自分にはなぜ、壁が見えている。どこまでも続く廊下ではなく、右手にあったはずの壁が。

壁が流れてゆく——。

「ええ、そう。ふりむくだけでいいのですよ」

その声は、とても優しくて、まるで溺死体を包む深淵のようにやわらかに、日根をひきずりこんでゆく。

『フリムイテハ……イケナイ……』

自分の周囲が、急速に昏《くら》くなってゆくのを、日根紅理は、ぼんやりと認識していた。

4.

夕方には雨が止《や》んで、そして夜がやってきた。

いかに文化祭といえど、泊まりこみは許されない。生徒は、全員、家に戻っている。もちろん、教師も職員もそうだ。警備会社と契約しているから、宿直もいない。機械が、夜の学校をずっと監視している。

だが、機械では侵入を阻止《そし》できない存在が、入りこむ可能性がある。

というわけで、盾哉《じゅんや》たちは、屋上にいた。

これから徹夜で見張りだ。

警備装置は、浮雲《うきぐも》がなんとかしたらしい。詳《くわ》しいことは、誰が尋《たず》ねても『忍者《にんじゃ》の秘術は明かしてはならんのでござる』と教えてくれなかった。たぶん、非合法手段だ。

「拙者と雨堂《うどう》どのでなんとかなると申したのにな」

その浮雲は、いささか不機嫌《ふきげん》そうである。

アーマリアと晴恋菜《せれな》が、どうしても一緒に残ると言い張ったからだ。


「せやかて、今日は刃弥彦《はやひこ》さんとカナカさんも用事で出かけて、いつ帰るやわかれへんし。あの広い家に、女の子二人でおるより、自分らといっしょのほうがましやん」

それを聞いて、盾哉は、はじめて『そうなのか』と思った。今朝、学校に向かう晴恋菜を見張りつつ矛城家《むじょうけ》を出たときには、あの二人はいつもと変わりないように見えたが。見えた、といっても、あまりちゃんと観察していたわけでもないが。どうもあの二人は、盾哉にとっては『薄気味悪《うすきみわる》い』存在で、近づきたくないのだ。

「ふぇーっちょ」

妙なくしゃみが、盾哉の思考を邪魔した。

「す、すいません」

晴恋菜が、背を丸めている。

「いささか寒いな。焚《た》き火などできればよいのだが」

「そんな目立つ真似《まね》ができるか」

盾哉が、浮雲の意見をばっさり切り捨てる。

「へ、平気ですから」

といったそばから、またくしゅんとやった。

「どっちかっていうと、昼間、薄着《うすぎ》でいたせいで」

「……なんで文化祭で薄着になるんだ？」

つい尋《たず》ねてしまい、晴恋菜が顔を真っ赤にするのに、盾哉はあわてた。

「こ、答えなくていいっ」

いま、盾哉と浮雲はいつもの格好《かっこう》。女子は、体操着の長袖《そで》ジャージだ。

「これでもかぶっておけば、多少はしのげよう」

浮雲が、どこからともなく新聞紙をひっぱりだした。

「ええ〜。こんなん、なんぼの役にも立てへんやん」

「新聞紙を馬鹿にするもんじゃない……」

不満の色をあらわにしたアーマリアに向かって、盾哉が諭《さと》すように言った。

「……あったかいんだ」

放浪生活の間、かなり世話になったのである。

「よし、晴恋菜ちゃん。もっとくっついてあったまろ」

アーマリアは、晴恋菜をぎゅっと抱き寄せた。

「ふかふかやー」

「そ、そうですか？」

晴恋菜のほうは、複雑そうな顔色である。

「どない？　うらやましい？」

アーマリアは、盾哉に問いかけた。

盾哉は、曇り空をあおぎみて、応じなかった。

空は雲に覆われて、星も月も見えない。


アーマリアは、表情をひきしめた。

「ゴースト、なんのために入りこんだんやろ」

昼間、盾哉と浮雲が斃《たお》したゴーストは、十体に及んだ。そのことは、もう女子二人にも告げてある。大敵は、あのうさぎ耳の少女ゴーストくらいで、雨がふってくれたこともあって、後は盾哉にとっては楽な戦いだった。

「……人間を殺す以外の目的なんか、あるのか」

盾哉が吐き捨てるように言った。

「より効率よく殺すために、何か企むなどはござるな」

浮雲の声は厳しい。経験の重みは、自分に決して劣るものではないのだと、盾哉もすでに知っている。

「先に、この学校へ大量のゴーストが送りこまれてきたのは、その滅《ほろ》びによって、結界《けっかい》を破るためであった。我らのまだ知らぬ守りが、この学校に存在している可能性はあろうな」

その話は、盾哉も、簡単に聞かされている。

「あ。そういうたら、あの守りの魔術はなんやってんやろな。ノートを残した人が、かけたんかと思たんやけど」

だが、違っていた。あれを書いた田中《たなか》愛子《あいこ》も、その夫である雄大も、魔法の実在を唱える学者ではあるが、魔術《まじゅつ》の実践者《じっせんしゃ》ではない。知識はあっても、使えない。

「それはまたいずれ、どこかで調べよう」

　浮雲が会話をもとに戻した。

「今日のゴーストども、動きはでたらめであった」

「……おとり、だとかな」

　盾哉は、ふと思いついたことを口にした。

「オレたちの目をひきつけておいて、その間にどっかで悪だくみ……おい、まじめな顔すんなよ」

　浮雲に見つめられて、盾哉は半分閉じた眠そうな目を、さらに細くした。奥に剣呑な光が宿る。

「批判しようというわけではない。むしろ、その発想はあるな、と、気づかなんだ自分を責めておるのよ」

　浮雲が、首をゆっくり左右にふった、そのときだ。

がちゃり、と音を立てて、屋上に出てくる扉が開いた。

　全員が一斉に身構える。浮雲は鋼糸をくりだして、地を這《は》うほどに低い姿勢をとった。アーマリアは、シールディアとの連携ポジションをとる。晴恋菜は、取り落としそうになりながら、どうにか魔法のロッドをかざした。そして、盾哉が七支刀《ななつさやのたち》を上段にふりかぶる。

　その盾哉めがけてまっすぐに――。

　駆《か》け寄ってきた影は、棒立ちの盾哉の、がら空《あ》きになった胸にどん、と激突した。


　みんなが息を呑《の》む。

「じゅんくん‼　心配したんだよ‼」

　中学生くらいの少女が、盾哉に抱きついて、泣きじゃくっていた。髪は短くて、一目見た誰もが『可愛らしい』という印象を抱くであろう少女だった。

　盾哉は、彼女を抱きしめることもできず、ただしがみつかれるままになっている。そして、ようやくのことで、少女の名をつぶやいた。

「あきちゃん……」

「え？　なに？　誰？　どういうこと？」

　状況をのみこめず、アーマリアは何度もまばたきをくりかえした。はっと気づいて、かたわらの友を見た。

　背筋がぞっとした。晴恋菜は、青白い炎に包まれているように見えた。その瞳《ひとみ》は、すべてを凍てつかせるような光をはなっている。ただの嫉妬《しっと》などではない。世界そのものへの憎悪に匹敵する。

「その娘さんは、雨堂《うどう》くんのまた従妹《いとこ》で、津島秋那《つしまあきな》さんというお名前だ。雨堂くんからうかがった素性をたどって、今日、いろいろお話をうかがってきた」

　声が、扉のほうから聞こえてきた。刃弥彦《はやひこ》だ。

　ふっと空気がゆるんだ。アーマリアは、目をこすった。

そこにいるのは、いつもの晴恋菜だった。いや、いつもよりはちょっぴりおろおろして、悲しそうな晴恋菜だ。

「どうしても雨堂くんに会いたいとおっしゃるものでね。……迷ったのだが、こうしてお連れしたわけだ。たぶん、そのほうがいいと思ってね」

刃弥彦の言葉は、当事者の二人、盾哉と秋那には届いていそうになかった。

「もう大丈夫だからね、じゅんくん。心配いらないから」

秋那という少女は、盾哉にしがみつき、何度もそうくりかえしている。突然行方不明になった親族に対する態度としては、ある意味で当然のものであり、見方によっては普通ではなかった。

「ただの親戚とは思えへんけど」

「まあな。……どういうつもりかな、竹乃内《たけのうち》どのは」

浮雲たちの困惑以上に、盾哉は混乱している。

「……あきちゃん……」

盾哉は、少女の名をつぶやくと、大きく顔をゆがませ、そして、どんと彼女を突き飛ばした。そのまま、屋上の端、周囲をめぐる金網まで走りよる。

「ダメだ。オレは……」

「帰れるよ。うちに戻っていいんだよ。あの人が……」


秋那は、刃弥彦を指差した。

「弁護士さんとか頼んでくれて、警察のひともわかってくれ、もう大丈夫になったから」

秋那のその言葉に、浮雲とアーマリアは、顔を見合わせた。盾哉は、自宅が焼失し、祖父が死体で発見された件で、警察から疑われていたはずだ。それをどうにかするなど、尋常な手段で可能なはずもない。

刃弥彦は、軽く肩をすくめて、微笑《ほほえ》んだ。

晴恋菜は、心配そうに盾哉と秋那を見つめるだけだ。

「いや……そういうことじゃないんだ……。オレ……。あきちゃん……あれが、もっとひどくなってるんだ。だから、戻ると、迷惑をかける」

金網を握り締め、みんなに背を向けて苦しげに言う盾哉に向かって、秋那はきっぱりと首を左右にふった。

「じゅんくんが、変なもの見ちゃうって、あたし、わかったつもりで、ホントはどんなものか、全然わかってなかったんだけど」

秋那の言葉を耳にした晴恋菜が、無意識にうなずいている。本人は気づいていないだろうが、かすかに口もとに笑みも浮かんでいた。

けれど、その笑みは、秋那のこの言葉で消えた。

「あたしも見えるようになったから、もうわかるよ」

「……！」

盾哉がふりむいた。晴恋菜が立ちすくんだ。どちらも、衝撃《しょうげき》を受けた表情だった。だが、盾哉のほうは安心と恐怖のいりまじった複雑なショックだ。晴恋菜は、特別だと信じていたつながりを、突き崩された衝撃だった。

「……見えるだけじゃなくて、感じるんだ。なんだか、匂いみたいなものを。……それでね、あのね、いまもなんだか、嫌《いや》な気配がするんだけど」

秋那の言葉に、一度はゆるんだ緊張が、ふたたびピンとはりつめた。

「……雨堂どのっ！」

浮雲の警告より早く、晴恋菜が反応していた。たんっと床を蹴《け》って、跳《と》ぶ。前につんのめるように、地面に置きっぱなしにされていた七支刀をすくいあげる。それを盾哉めがけて投げて、浮雲は前転した。

一直線に飛んできた武器を、盾哉は、そちらを見もせずに受け取った。飛んでくるのを知っていたかのように。

その盾哉の背を見つめる晴恋菜の瞳には、また、あの青白い輝きが宿っている。そして口元には、戦いに飢えた舌なめずりのような笑みが。

「こっちへ……」

たたっと駆け寄った刃弥彦が、秋那をかばうのとほとんど同時。

金網の向こう側に、白い巨大なものが噴《ふ》きあがった。

――いや、立ちあがったというべきか。

三階建て校舎の屋上を、小屋ほどもある巨大な頭蓋骨《ずがいこつ》がのぞきこんでいた。巨大な頭蓋骨は、無数の小さな頭蓋骨の集合体だった。

「こいつを作るためかっ！　銀の液体……ふたたび形になるということもあるわけか！」

浮雲がほぞを噛《か》む。彼が倒したゾンビギタリストも、盾哉が斃《たお》したうさぎ耳の少女ゴーストも、その一部に組みこまれている。白骨《はっこつ》となって。

無数の白骨が組み合わさった巨人。ゴーストがばらばらになり、再度組み立てられ、肥大化した存在だ。

「歌川国芳《うたがわくによし》、相馬《そうま》の古内裏《ふるだいり》……」

秋那をかばう刃弥彦が、江戸時代に描かれた絵画の名をつぶやく。なるほど確かに、これはよく似たシチュエーションだ。

巨大骸骨が、骨の手をふりあげた。ただ動くだけで風が巻き起こり、校舎が揺《ゆ》れる。

「ダメっ、みんなの作った展示が……」

晴恋菜が立ちあがった。いつもの彼女だ。すばやく呪文を唱えた。炎が、稲妻が疾《はし》る。巨大骸骨の表面から、それを構成する骨片をいくつかは吹き飛ばしたものの、こたえたようすはまったくない。

骨《ほね》の巨拳が、ぶんとふりおろされた。

「こっちだ……！」

挑発《ちょうはつ》するように言って、盾哉が動いた。巨拳がそれを追う。屋上にはめりこまずにすんだが、次の攻撃はどうなるか。巨大すぎるからか、まだ組み立て終わっていないのか、いまのところ巨大骸骨の動きはにぶい。しかし、いつまでもこうであってくれるとも思えない。

「うちらの武器やと……」

アーマリアが、拳を握りしめる。

「だが、逃げるわけにもいかぬ」

人間と変わらぬサイズのゴーストなら、何体となく切り裂いてきた、浮雲の鋼糸だが、十数メートルの巨体には通用するものかどうか。

「水刃手裏剣なら、あるいは……」

浮雲の目が、水を探して動いた。そのときだ。

「あぶない……っ！」

刃弥彦が警告を発した。巨大骸骨が、その顎をくわっと開いたのだ。そこから、無数の尖った骨が、散弾のように吐き出された！

「ぬおうっ！」

とっさに飛び出した浮雲の体に、数本の肋骨《ろっこつ》が突き刺さる。アーマリアが悲鳴をあげた。

「なんの……これしき……」

どう見ても重傷だが、浮雲はなお、膝をつかない。だが、すばやい動きはもう無理だ。その浮雲を狙って、巨大骸骨が、拳をふりあげる。

アーマリアとシールディアが、敵の前に立ちはだかった。だが、少女たちでは壁にすらなれない。

「ダメぇぇぇ！」

晴恋菜の稲妻は、巨拳の表面でむなしくはじけただけ。浮雲とラルカンスィエル姉妹を、骨のハンマーがすりつぶそうとした、その直前。

「……おい」

低い、静かな声。だがそれは、屋上全体に響いた。巨大骸骨にも届いた。怪物が動きを止める。

「……こっちだ、つってんだろ」

盾哉だ。その足元が黒く染まっている。いや、黒ではない。濡れた床が、きらきらとかすかに輝きはじめた。

「……まさか……あれが効いている？」

　浮雲が、愕然《がくぜん》として唸《うな》った。盾哉は、雨水を、バケツに溜めておいたのだ。田中雄大を尋ねた時の戦いで、口中に含んだ雨水が役立ったから、降り注いでいるさなかでなくとも、いくらかは使えるのではないかと言って。

「魔法は信じることからはじまる……。彼がそう信じたのなら、な」

　戦いを見守る刃弥彦の表情は『ほくそ笑《え》む』という形容がふさわしかったかもしれない。

「いける……。いや、やってみせる」

　だらりとさげた右腕。昼間の怪我《けが》は、雨に打たれたことで、すでに癒えている。そして、盾哉は、右腕の延長にある切尖で、足元に作られた水溜りに触れた。

　銀色の輝きが、ますます強くなる。

「使える」

　自分に向かって、その確信を植えつける。むしろ、ねじこんだというべきか。もう揺るがない。信念となったそれを、ぶつける。

「天雨豪龍《ヘヴンリイ・レイン・プレッシャー》」

　つぶやくように命じて、盾哉は、ゆっくりと七支刀《ななつさやのたて》を動かした。円のように、渦巻くように。そして切尖が、巨大骸骨にぴたりと向いた、刹那《せつな》。

　盾哉の足元から、凄まじい竜巻と水流が巻き起こった。怒涛《どとう》が、縦横二メートルを超える頭蓋骨を直撃する。それが激突に耐えたのは、ほんの一瞬だった。半呼吸と経《へ》ぬうちに、微塵《みじん》に砕《くだ》ける。

　銀の輝きが、空にのぼってゆく。地から天への、逆さ雨のように。螺旋《らせん》を描いて、それは巨大骸骨の胴体も腕も脚をも吸い上げて、地上から消し去ってしまった。

「……信じられん」

　浮雲がようやくそう口にしたのは、何もかもが消え去って、一分はすぎてからのことだった。

　なおしばらくは、誰も動けずにいた。

「すごい！　すごいよ、じゅんくん！」

　ようやく、素直な賞賛を口にしたのは、秋那だ。彼女は、刃弥彦の陰から飛び出すと、盾哉に駆け寄り、その腕を掴んで、ぴょんぴょんと飛び跳《は》ねた。

「じゅんくん、まるで〈嵐の王〉みたいだった！」

　当然知っていると信じこんだ顔で、秋那が褒《ほ》め称《たた》える。

「なんだ、それ？」

　聞いたこともない単語のはずだった。なのに、なぜか盾哉の心は、ざわざわと騒いだ。コミックやアニメのキャラクターでもない。秋那はそういったものを、ほとんど読まないはずだ。

「あれ……？　じゅんくん、聞いて、ない？」

秋那は言いよどんだ。その表情が曇っている。だが、盾哉は、これが何か重要なことだと直感していた。だから、ためらわなかった。

「あきちゃん……。親父《おやじ》か、祖父《じい》ちゃんから、オレは聞いてるはずなんだな？」

戦い方を教えようと、心を通わせることを拒否したまま死なせた父。盾哉が、心を通わせることを拒否したまま瀕死《ひんし》のめにあわせてしまった祖父。その話題がつらいことであろうと、秋那は、心を配っているのだろう。

だが、盾哉は聞かねばならなかった。

雨堂家に、盾哉が知らない謎があるのなら。

「頼む、秋那。聞かせてくれ」

いつしか浮雲、アーマリアたち、そして刃弥彦も近づいてきている。晴恋菜だけ、少し離れたところに立ち尽くしていたが、いまは彼女を気遣う余裕がなかった。

「なんだ、〈嵐の王〉って？」

秋那は躊躇して、まわりのみなを見て、ようやく意を決して、口を開いた。

「……うん。あのね、笑わないでね。うちのご先祖はね、嵐をあやつって悪いやつと戦ったっていうおとぎ話があるの。お父さんから聞いた、うちの家系にだけ伝わってる話。悪いやつって……あの……おとぎ話だからね」

「ああ、それで敵は何なんだ？」

急《せ》かしたい気持ちを、盾哉は必死で抑えた。いくら、この世のものならぬものを見たことがあって、盾哉から話も聞いていたとはいえ、さっきの巨大骸骨は尋常ではなかった。秋那が、多少混乱した話し方になっても、あせらせてはいけないと、そう思ったのだ。

そして、彼女は何度も躊躇《ちゅうちょ》しみながら、こう続けた。

「ほんとにね？　笑わないでね？　嵐の王って言われた戦士は、月からやってきた悪いお姫さまと戦ったの。それが……カグヤ姫なんだって。そして、カグヤ姫が使った魔法の武器五つを奪って、どこかに隠したんだって。この世が危なくなると、嵐の王は、その武器を使って戦わないといけない……え？　なに？　これって……おとぎ話だよね？」

真っ青な秋那の、その問いに、そうだと応じてやれるものは、誰もいなかった。

「……竹乃内どの？」

浮雲の問いかけに、刃弥彦はうなずいた。

「ええ。この話を聞いたからこそ、です。私の口からではなく、このお嬢さんから語っていただくべきだと、そう思ってお連れしたのですよ……」

第十章　文化祭の終わり

1.

校舎の表側から、歓声《かんせい》が聞こえてきた。おそらくミス&ミスター学園コンテストが、はじまったのだろう。

コンテストの最中《さいちゅう》は、この中庭をのぞきに来る者もいないはずだ。

「さて。それでは、とっととすませてしまうかね」

入りこんでくる者がいないよう、見張りに立っていた刃弥彦《はやひこ》が戻ってきた。

津島秋那《つしまあきな》は、朝、眠ってしまっていたので、カナカが迎えにきて、矛城家《むじょうけ》に戻っている。

だが、他の五人は、まだこうして学園に残っていた。在校生三人は、そもそもサボるわけにいかないが。

「……なんで、ここの生徒でもないオレが、掃除《そうじ》までしなくちゃなんないんだ?」

骨のかけらを、手で拾ってバケツにほうりこみながら、盾哉《じゅんや》はぼやいた。

中庭のあちこちに、巨大骸骨《がいこつ》を構成していた残骸がちらばっている。動物の骨だったり、骨格標本だったり。謎めいた銀の液体や、思念体が物質化したものばかりではなく、現実の物質も、まじっていたようだ。

巨大骸骨を形作っていた『もの』の大半は、盾哉が産み出した雨と嵐の渦《うず》が、天空へ吹き飛ばしてしまったが、いくらかはこうして残ってしまったのだ。吹き飛ばされた、超常の物質に比べれば、ごくわずかな量だ。

見つかれば騒ぎになりそうではあるが、化け物のサイズを考えると、残った骨はごく少量である。

ゴーストが通常の物理法則に従う存在ではないといっても、その大半を天空の彼方に吹き飛ばした盾哉の能力は、ほんの数日で、大幅に成長しているとみてよかった。

だからといって〈嵐の王〉などという大げさな呼ばれ方が、許容《きょよう》できるものでもなかったが。

「……ほう?　すとぉむぶりんがぁ、でござるか?」

借り物の携帯電話を使っている浮雲《うきぐも》の声が大きくなった。

視線の気配を察して、盾哉は、わざと背を向けた。

「……なるほど。そう呼ぶと恰好良《かっこう》さげでござるな」

浮雲の通話相手は、田中雄大《たなかゆうだい》だ。夜中に電話もできないので、いままで待っていた。

「……らしい伝承はあったような気がする、と？　……お手数をかけますが、調査をお願いするでござる」

会話を終えて、浮雲は、携帯電話を見つめて、困った表情になった。

「ここだよ」

つかつかと近づいた刃弥彦が、通話機能を終了させる。

「で？　どうやら心当たりはあるようだったね？」

刃弥彦の言葉に、浮雲がうなずきを返す。

「二、三日はかかるが、調べてくださる、と」

魔法が実在すると信じて研究していた彼と、『竹取物語』が月と地球の戦いの記録だと考えているその妻。秋那によってもたらされた〈嵐の王〉という存在について、詳しく調べてもらうには、最適といえる相手だった。

「あきちゃんの……おとぎ話なんか」

盾哉は、ぼそりとつぶやいた。

「そういう風に言うものではない。家系に口伝されてきた秘密、いまでは空想としか思えぬことが真実だったという例を、拙者たちは何度も経験しておる。童話と考えられておった例というなら、アーマはフランスの実家で、長靴を履いた猫に出会ったというぞ」

「意味わかんねえ」

盾哉は、ぷいと顔をそむけた。

本当に、意味がわからなかったのだ。父と、戦いの鍛錬《たんれん》を繰り返していた子供時代に、子供向けの本など、ほとんど読む機会はなかった。

だが、浮雲と刃弥彦に、そんな事情は伝わらないし、もちろん盾哉は説明するつもりもない。

浮雲は、盾哉の薄い背を見つめていたが、たくましい肩をひょいとすくめて、後を続けた。

「ともかく、事件に竹取物語が絡《から》んでおること、おぬしと晴恋菜どのが、事件と縁で結ばれておるのは確か」

「……いいから、早く拾えよ」

盾哉は、落ちている骨に手をのばした。黄色く変色している。無造作に掴んで、バケツに入れた。人の骨なのか動物のものか。古いのか新しいのか。それとも骨の形をしているだけで、何かわけのわからないものなのか。

恐ろしさやおぞましさより、胸をしめつけられるような、不思議な感覚だけが、指先から伝わってくるようだ。

それは哀悼《あいとう》という感情だったが、盾哉はあらわす言葉を知らない。

「拾いながらでいいので、聞いてくれ」

淡々とした声で、浮雲が言った。盾哉は、背を向けて返事をしなかった。浮雲は、おだやかな声で続けた。

「かぐや姫の物語に登場する五つの品といえば、求婚者に、これをとってくれれば結婚してやるといった宝物なわけでござるが」

盾哉は、かぐや姫といえば『竹の中から見つかった娘が、育って月へ帰っていく』という話だとしか知らない。

浮雲が『竹取物語』のあらすじをたどった。

やぶの中で、光る竹を見つけた老人が、それを切ってみると、中に小さな女の赤ちゃんがいた。その娘は、あっという間にとても美しい女性に成長し、育ててくれた老夫婦に富をもたらした。

その美貌《びぼう》を聞きつけて多くの貴族がプロポーズしたが、かぐや姫と名づけられた娘は、無理難題をふっかけて、求婚者たちを挫折《ざせつ》させた。

ついには、時の最高権力者である帝から、妃にと望まれた。だが、かぐや姫は、自分は月からきた者で、次の満月の夜には迎えがくる、と告げて、最高権力者の望みも断ったのだった。帝は、軍勢を用意して、かぐや姫の帰還を妨害しようとしたが、それはかなわなかった。

「光る竹は、宇宙ロケットの比喩《ひゆ》じゃないか……といった話は、昔から言われてるようだがね」

刃弥彦は、くさむらから、何かの牙《きば》を拾《ひろ》いあげた。ためすがめつして、納得したようにポケットに仕舞う。

三人は互いに背を向けて、骨のかけらを掃除しながら会話を続けた。

「田中夫妻によると、かぐや姫は月から送りこまれたスパイで、地球侵略のための情報を集めていたが、愛に揺れて、月を裏切ったのそうでござる」

浮雲自身、あまり信じていない口調である。

「……安いアニメみてぇ」

盾哉は、思わず手を止めてつぶやいた。

「そういうことを言うものではないよ。みなさん、一生懸命考えて作っておられるんだから」

刃弥彦が、どこかピントのずれた叱り方をした。盾哉は、むっつりした表情で返事をしない。ただ、拾いあげた骨片をほうりこむとき、動作がいささか乱暴だった。

「ともあれ、求婚者たちを断るのに、出した無理難題というのが、世にも稀《まれ》な五つの秘宝をとってこいというものでござった」

　求婚者は、五人の高位貴族で、それぞれに一つずつ、課題が出されたのだという。

「……秘宝って、どんなもんだ？」

　盾哉は、一振りで千人を殺す魔剣だとか、火山をあやつる兵器だとかいったものを想像しつつ尋ねた。

　応じたのは、刃弥彦だ。

「まずは、蓬莱《ほうらい》の玉《たま》の枝《えだ》だね」

　蓬莱というのは、東の海に浮かび、仙人が住んでいるとされた楽園のような島だという。そこに生えている、果実の代わりに宝玉《ほうぎょく》がなっているという木の枝だ。

「ある意味、魔法っぽい品ではござるな。財宝がざくざく見つかる。軍資金、でござろうかな」

「確かに。何をするにも、資金は重要だ」

　刃弥彦が、財布《さいふ》をおさめたウェストポーチを、ぽんと叩いた。

「そして、次が燕《つばめ》の子安貝《こやすがい》」

　燕の巣の中で見つかるという貝のことである。盾哉が、つまらなそうに鼻を鳴らす。浮雲が苦笑いした。

「名前の印象からすると子孫繁栄のお守りでござろうかな。長期的に見れば子だくさんということは人口増加、つまり国力増加ではござるな。昔のことだから、人が多ければ、兵士も多かろう」

　軽くうなずいて、刃弥彦が続けた。

「さて、三つ目は、龍《りゅう》の頚《くび》の珠《たま》、だ」

　その名のごとく、水を統《す》べる幻獣たる『龍』の首についているという、美しい珠だ。

「そいつは強そうだよな……やっと三つめでかよ」

　肋骨らしい曲がった長い骨を拾いあげながら、盾哉は、皮肉っぽい口調で言った。

「龍、か。雨堂くんの使うあの技。激流が、あたかも龍の暴れるようでもござったな」

「……」

　盾哉は、骨を三つにへし折って、バケツに投げこんだ。

「四つめは、仏《ほとけ》の御石《みいし》の鉢《はち》」

　仏教の開祖である釈迦《しゃか》が愛用していたという、石造りの鉢のことだそうだ。

「田中どのによれば、大昔の有名人はみな超常の能力をそなえていたそうでござるがな」

　浮雲は、あまり信じていない口ぶりだった。

「最後は、火鼠《ひねずみ》の皮衣《かわごろも》。火にくべても燃えることのない衣服だそうだよ」

「魔法の品らしいといえばそうでござるが。宇宙戦争に役立ちそうには思えませんな」

「なんだよ、それ」

　盾哉は、目についた最後の骨のかけらを、がっしと掴《つか》むと、バケツにほうりこんだ。

「……で、集めたのはいいけど、どうすんだよ」

　浮雲とも刃弥彦とも目をあわせないで、つぶやくように言った。バケツ一杯の骨を、そこいらのゴミ捨て場や焼却場に持ちこむわけにもいくまい。

「そうだ、それだ！」

　浮雲が、いきなり手を叩いた。

「かぐや姫が使った魔法の宝がどんなものであったかより、いま、それを集めてどうなるのかが重要でござる」

「集めて？　どうするか？」

　盾哉はおうむ返しにつぶやいた。

「そうでござる、雨堂どの。首領であるかぐや姫は月へ戻ったはずなのに。いまさら何を狙っておるのか。五つの宝を集めたとして、何に使うつもりか。それをこそ考えるべきでござった。ご指摘、いたみいる」

　そんなつもりで言ったわけじゃないが、説明するのも面倒だ。盾哉は、校舎に囲まれた狭い空を見上げた。

　青い空には雲一つなく、月もまた姿を見せてはいなかった——。


　——その頃、校舎の表側で。

「……やっぱりさあ、虹《にじ》っちゃんとマジ子は出るべきだったと思うんだよな」

　教室の窓から、グラウンドの特設ステージを見下ろして、木菅玲香《こすげれいか》が言った。

　ウケ狙いのスクール水着やロボットの仮装、さまざまな衣裳に身をつつんだ、自薦他薦《じせんたせん》のメンバーが、観客と審査員にアピールしている。いまは、巨大ソロバン（実用性なし）を背負った丁稚《でっち》衣裳の一年生女子が、円周率の暗唱にチャレンジしているところだ。審査委員長の山幡《やまはた》は数学の教師だから、そこを狙《ねら》っているのだろう。

「虹っちゃんのゴージャスブロンドなら、小細工《こざいく》なしで優勝狙えると思ったんだけどな」

「悪いけど、堪忍《かんにん》して。ああいうんは苦手や」

　アーマリアが、あくびを噛《か》み殺しながら言った。

「個人的見解を言わせてもらうとやね。ミスター学園には、芹《せり》ちゃんがいちばんふさわしいと思うねん」

「だよなー」

玲香《れいか》がうなずいた。

「芹はこのクラスの、かっこいいけど厳しいパパだから」

話題の主の鷲尾《わしお》芹は、ミス・ミスターコンテストの運営委員でもあって、いまは舞台裏で走り回っている。芹がいなくて、そして客も大半はコンテスト見物に行っているので、こうしてのんびりとしていられるわけだ。

もっともアーマリアは、くつろいでいるわけではなく、客にゴーストがまぎれこんでいないか、警戒も兼ねて見下ろしているのだが。緊張と、ともすればあらわれそうになる徹夜の疲労をまぎらわせるために、アーマリアは玲香との会話を続けた。

「芹ちゃんが、うちのクラスのパパやとしたら、ママはやっぱり鉋倉《かんなぐら》くんやねえ」

「確かになー。いまも三つ子くらい入ってそうだしな、あいつの腹」

クラス一の体重と食事量を誇る、男子保健委員は、誰からも愛されるおだやかな性格の持ち主だ。

と、突然、玲香がけたたましく笑い出した。

「ちょ。なんやのん、どないしたん、急に」

「……やべえ。ウェディングドレス姿の鉋倉とか思い浮かべて、妙なツボに入った」

それを聞いたアーマリアが、ぽかんとした表情になり、それから同じように笑いだした。玲香とアーマリアの笑い声が、人気のない教室に響く。

「あぁ、大笑いしたおかげで、眠気がさめたわ」

にじんだ涙をぬぐいながら、アーマリアは言った。

「なんだよ？　今日はずっと眠そうじゃん。深夜番組でも見てた？」

「うん。そんなとこやね」

アーマリアは、にこりと笑ってさらりと流した。

「で、虹っちゃんはいいけど……あれはどしたの？」

玲香が、臨時厨房《りんじちゅうぼう》のかたすみに視線を送る。

「……まあ気になるわな、あのどんよりは」

そこで、晴恋菜が黙りこくっていた。そのあたりだけ照明が暗い気さえする。うつむいた顔を、流れた髪がなかば覆い隠し、長い睫毛が、憂いに震えていた。

「いろいろ、悩みの多い年頃なんやね」

アーマリアは、なにげない声で言った。

玲香が鼻を鳴らす。

「かかえこみがちなヤツだからな。あたしらの話も、まるで聞こえてないぜ、きっと」

という玲香の言葉を聴いて、アーマリアは『ああ、そうか』と思った。玲香は、晴恋菜を元気づけようと思って、わざと大声で話していたのだ。

「さすがに、あそこまでいくと、うっとおしいわな」

アーマリアがつぶやくと、玲香は、にやりと笑った。

「虹っちゃんもそう思うなら……まあ、いいよな」

立ち上がった玲香は、指を、妙な具合にわきわきと動かしながら、晴恋菜《せりな》に近づいていく。

「揉《も》むんか？」

平然とそれを見送り、アーマリアが淡々と尋ねた。

「揉む」

玲香が決然と答える。ぼんやりとして周囲が目に入っていない晴恋菜のバストまで、わずか数センチと彼女の指がせまったとき。

がらり、と教室の扉が開いた。

ぬっと顔が突き出される。

「うおっ?!」

玲香が、顔を見せた相手を確かめて、反射的に一歩半あまりもとびすさって、愛想笑いを浮かべた。

「あー……日根《ひね》センセ？　これは別に、なんでもないんですよ？　ほら、お客さんもいないんで、ちょっと休憩してただけで」


日根紅理《あかり》は、無言だった。

彼女には珍しく、下唇がだらしなく開いている。乾いてひび割れていた。目の下にうっすらとくまができており、瞳には精気がないが、ぎょろり、ぎょろりという動きだけは素速い。

と、その動きが止まった。

視線が向かっている先にいるのは――。

シールディアだ。誰にも認識されないはずの、アーマリアの姉。セーラー服をまとった骸骨《がいこつ》が存在しているほうに向いて、眼球が静止している。

「……先生？」

アーマリアは、我知らず立ち上がっていた。

日根は何も言わず、ふたたび視線を動かして、ぐるりと一周させた。

「誰も、いないのね」

ぼそりと言葉がこぼれ落ちる。かいま見えた舌は、どこか黒ずんでいるようだった。

「いまはコンテストの時間なんで……」

玲香が気圧されたようすで、窓の外を指差《ゆびさ》した。日根が目玉だけを動かした。異様な光をたたえて、屋外を睨む。

「……軽薄なっ」

吐き捨てるように言うと、日根は首をひっこめた。ぴしゃりと扉が閉められる。

「なんじゃ、ありゃ……?」

玲香が、出てもいない汗をぬぐうふりをした。

「なんだか、おかしかったですね、日根先生」

「うん。まあああの人はいつもおかしいけど……って、うわ、マジ子。いつ戻ってきた?!」

何気なく会話していた相手が誰だったかに気づいて、玲香がのけぞった。

「ずっといましたけど」

きょとんとした顔で、晴恋菜が返事をする。

「いや、でも、お前……」

その時、外で歓声があがった。どうやら、ミスとミスターの選出が終わったらしい。興味をそそられた玲香が、窓際に駆け寄る。その玲香と入れ替わりに、アーマリアが晴恋菜に寄り添った。ささやく。

「……気にしてることがあるんは、わかるけど」

そっと手を伸ばして、晴恋菜の手を握りしめる。

「今日は、学園を守ることに専念や。ゴーストどもを、やっつけなあかん」

「……それができる力が、わたしにはない……」

晴恋菜が、手を抜きとる。そして豊かなその胸の前で、両手を組み合わせる。祈りの形に。

アーマリアは、晴恋菜の横顔を見つめた。まだ知り合ってそれほど長い月日ではない。だが、この少女のことは、よく知っているつもりでいた。優しくて、ちょっと気弱で、地味な娘。

——それは、大きな勘違《かんちが》いだったのではないか。

いま、晴恋菜の横顔を見ながら、アーマリアはそんな奇妙な不安にかられていた。

冷たくこわばった少女の横顔は、冬の夜に浮かぶ月のように、凍てついて、そして赤く染まった満月のように、戦いの狂気をたたえているように見えた。

2.

空の紫が濃さを増してゆき、やがて全き夜の色に染まるころ。大地を、赤々とした炎が照らした。

文化祭の終幕、後夜祭だ。

どのクラスも、苦労して作り上げた飾り付けや小道具を、嬉々として炎にくべている。それはまるで、祝祭にささげられるいけにえのようで、夜空に向かって伸びる炎は、血よりも鮮やかな赤に輝いていた。

「……結局、今日は何も来えへんかったね」

炎を囲む生徒たちの輪から少し離れて、アーマリアと浮雲《うきぐも》がたたずんでいる。輝かしい炎の明るさも、二人のところまでは届かない。死せる姉とともに戦う少女と、古来の戦闘術を伝える青年は、華やかな光を避けて、影に沈んでいる。

「来なかった、ように見えはするのでござるが」

浮雲の声からは、まだ緊張が抜けていない。

「どこからか、我らを監視する気配は、確かにあった。それも複数」

「……せやろか。たまに妙な感じはしたけど」

アーマリアは首をかしげた。視線に気づいてふりかえったのは、今日、三度。しかし、そのうちの二度は盗撮《とうさつ》小僧。残りの一度は、すぐに消えてしまった。

アリスの衣裳は、火にくべられるのかと思っていたが、縫った邑枝が欲しいと言ってきたので、素直に渡した。

「うっきーが殺気を感じたんやったら、間違いないいんやろけど。なんのつもりやったんかな」

「雨堂《うどう》くんも感じていた。だから、まだ警戒している」

浮雲は、少し間をおいて、言葉を続けた。

「次は本気で来るだろう。そのとき、敵の意図が掴《つか》めるかどうか……」

アーマリアとシールディアがうなずく。

しばらく沈黙が続いた。

楽しげな、学生たちの歓声が、彼らを柔らかく包んだ。

「まさか自分が、文化祭いうもんに参加できるとは、夢にも思えへんかった」

ぽつりとアーマリアが言った。哀しげな声で。かたわらのシールディアが、かくんとうなずいた。娘たちの視線が、そろって浮雲に向けられる。

「拙者もだ」

影に沈んだ顔から、声だけが淡々と届く。

「だが、これはしょせん、一時の夢。この世の外なる者との戦いを選んだ我らもまた、この世からは、はみだしてしまったのだ。日常など、拙者らには既に縁なきもの」

「わかってる」

アーマリアが答えるその向こうで、ひときわ激しく燃え盛った炎が、風にあおられて揺れていた。

「わかってるけど、思うのん。ゴーストと戦って、その後で戻ってこれる場所があればええな、て。そこだけは、日常の側にあって、クラスメートは誰も、うちらが戦ってることなんか知らんねん」

「この学校でのように、か」

「うん。この学校で、みたいに」

演劇部が、大道具をいくつかほうりこんだ。火の粉が飛び散り、さらに赤々と炎がたちのぼる。アーマリアの顔が、一瞬、照し出された。

浮雲の声は、変わらず影の中から聞こえる。

「そうだな。そういう学校があれば。いや、いっそ、学校という枠組みの中で、ゴーストから我が身を守り、時には人を救う、そんなシステムが構築できれば」

ふっと、浮雲の声が低くなった。こもりつつあった熱が、瞬時に冷める。

「できれば、それは素晴らしいことだがな」

「……ま、夢やね」

「ああ」

アーマリアの声には、夢と切り捨てるには切実すぎる憧憬がこめられており、浮雲の声には自分を律する厳しさが強すぎた。

「単なる夢物語だ。実現するには、ハードルが高すぎる」

「……うちらはええよ。覚悟を決めて、こうしてるから。けど……誰も彼も、がそれでええんやろか。望まん戦いに巻きこまれた、誰もが」

アーマリアの瞳が、炎の向う側へ投げられる。

望まずして、戦いの場に身を置いた少年と、彼のそばにいる二人の少女へ――。


――晴恋菜《せれな》は、秋那《あきな》と一緒に、校庭でいちばん高い木を見上げていた。

炎の明かりは、まったく届いていない。空に浮かぶ月の輝きだけが、彼らの行動を導いている。

さわさわとこすれあう葉は、黒い闇のかたまりでしかなかった。いま、盾哉は、そのかたまりの奥にいる。

「じゅんくん、なんでおりてこないの？」

秋那が、あたりをはばからない大きな声で言った。

「あ、あの津島さん……。この時間は、本来は部外者立ち入り禁止なので」

晴恋菜があたりを気にしながら声をかけたが、秋那の耳には届いていないようだ。

「ほーら。ごはんですよー。カナカさんって人に教わって作ってみたんだー」

大きな弁当箱をとりだして、かぱっと開ける。

「かにさんういんなあ……」

中身を見て、晴恋菜が呻いた。

「ほらほら。お味噌汁もあるんだよ」

ポットを取り出して、紙製のカップにそそぐ。あたりに、食欲を刺激する香りが広がった。樹上からの反応はなかったが、晴恋菜のおなかが、ぐうと鳴った。

「あ、もちろん、晴恋菜さんのぶんも預ってきてますよ」

秋那が、てきぱきともう一つの弁当箱をとりだし、味噌汁をいれてくれる。地面にビニールシートを広げた。

「すいません……」

晴恋菜は、赤面《せきめん》しながら弁当を受け取り、腰をおろした。人ごみのほうをうかがったが、誰もこちらに注意を向けているようすはない。

「おなかがすいたら、おりてくるんだよ。じゅんくん」

秋那は、樹上に大声で呼びかけると、自分もよっこらしょと腰をおろした。

「おっしょうばん、おっしょうばん」

歌うように言いながら、自分用であろう小さな弁当箱を取り出した。こぶりなおにぎりが三つ、入っている。

「おかかと、梅干と、ツナマヨ。晴恋菜さんはマヨが苦手だっていうから、そっちは梅干中心にしときました。じゅんくんは酸っぱいもの食べられないから、おかかと、あと牛肉のしぐれ煮」

「はあ」

自分の弁当箱に並んでいるおにぎりを見つめながら、晴恋菜はあいまいにうなずいた。ふと気がつく。

「しときました……っていうことは、津島《つしま》さんが？」

問いかけに含まれた、かすかな嫌悪《けんお》。

「カナカさんと、半々を担当したんですね－。でも、見分けつかないでしょ？」

秋那が、えへへと笑う。

「……ええ。見分けられません」

晴恋菜は、何度練習しても型くずれしてしまうのだが。

「いつもこうなんですよ、じゅんくん。なんか、考えごとしはじめると、こもって出てこないの。でも気にすることないです。そのうち、自己完結しますから」

盾哉のことはよく知っているという自信に満ちた秋那の言葉に、晴恋菜の心の奥が、ちくちくと痛む。まだ恋を自覚したことのない少女は、痛みの意味がわからない。

「ええと……津島さんは、じゅ……雨堂さんの……」

「父親同士が従兄《いとこ》なんですよ。遠い親戚《しんせき》ってやつです」

おにぎりをほおばって、秋那は顔をしかめた。

「塩、つけすぎたかも」

「いえ、美味《おい》しいですよ」

あわてて自分も食べて、晴恋菜は告げた。

「それ、カナカさんが握ったぶんじゃないですか?」

秋那に問われて、晴恋菜は、ぐっと言葉に詰まった。

「お料理も掃除もうまいし、美人だし。かっこいいですよね、カナカさん」

「そうなんですよ」

晴恋菜は、ぱあっと明るく笑った。自分のことを褒《ほ》められてもうつむくばかりだが、家族のことなら素直《すなお》に喜ぶのだ。秋那は、晴恋菜の笑顔に刺激されてか、自分もにこにこと笑いながら、こう言った。

「しばらくおいていただけることになったんで、その間は、カナカさんにいろいろ習おうかと思って」

「え?」

笑顔がはりついたまま、晴恋菜は首をかしげた。秋那は、晴恋菜の表情がこわばっていることに気づいたようすも見せず、微笑《ほほえ》みながら続けた。

「じゅんくんのこと、やっぱり心配ですし。両親も、面倒《めんどう》みてあげなさいって言ってくれたので。刃弥彦さんが説明してくれたおかげですけどね」

「あ、でも……」

ふと口をついて出た言葉に、晴恋菜は戸惑った。自分は何を言いたいのだろう。それがわからないまま、彼女の口は、勝手に言葉をつむいでいた。

「……でも、あんな目にあったのに。怖《こわ》くないですか」

何を恐れるのか……について、晴恋菜は、口にしなかった。彼女は、怖い。晴恋菜の魔術《まじゅつ》が、まるで通用しない敵だった。無力さを思い知らされた。

「平気ですよ」

秋那は、無邪気《むじゃき》そうに笑っている。

「また、盾哉くんが守ってくれますもん」

そうだ。彼は強い。晴恋菜は、昨夜のすさまじい破壊力を思い出した。そして、今日、ずっと頭から離れなかった疑問が、また自分を苛《さいな》むのを感じた。

盾哉は、ゴーストと戦う、強い力を持っている。本当かどうかはさておいて、彼の家系に伝わる〈嵐の王〉という呼び名もふさわしいと思えるほどに。

強いが、無敵ではない。

では、その盾哉は、誰が守るのか?

疑問の答えを、晴恋菜は出すことができない。昨日の夜ならば『守るのは自分』と答えられたかもしれない。けれど、思い知らされた。自分の魔術は、あの巨大なゴーストには、まるで通じたようすがなかった。自分には彼を守る力がない。力が力が力が力が力が。

——私がいる——。

脳の奥底で、誰かがささやいた。

「あ、そうだ。ごめんなさい。これ、カナカさんに届けるように言われたの。忘れるところだった」

秋那が、細長い包みをバッグから取り出した。ぎこちない動きで、黙ってそれを受け取る間も、晴恋菜の脳のいちばん深いところで、誰かがささやき続けていた——。


——炎がそろそろ消えようとしている。

フォークダンスも、終わりだ。それぞれのクラスごとに、集まりはじめている。ほとんどのクラスは、これから打ち上げにいくのだろう。晴恋菜たちのクラスは、ほぼ全員が残っていた。日根に無理難題《むりなんだい》をふっかけられて、一致協力したたまものかもしれない。

「なあ、マジ子のやつ、どこに行ったんだ?」

玲香の疑問に、誰も答えられなかった。

「虹《にじ》っちゃんなら、カレシといたっスけどねぇ」

美奈子が、アーマリアたちのいる影を指差した。

「わかってんだよ、そんなこたぁ。邪魔しちゃ悪いからほうってあるんじゃん」

せっかくの文化祭、本番中はずっとこきつかってたからなぁ、と玲香は言った。

「……まあ、こき使ってたっていえば、マジ子もだしな。おい、ここにいないからって、クラスの和を乱すやつだとか、そういうつまんないこと言うなよ」

「誰もいいやしねぇ」

玲香の後頭部で、芹のメガホンがぽこんと音を立てた。

いまどき、一致団結とか、いつもべたべた馴《な》れ合ってろとか、暑苦しくていけない、と芹がつぶやく。この1ヶ月、クラスをみごとにまとめあげた彼女の言葉だけに、誰も反論できない。沈黙の中で、芹は、玲香を、首から提げた予定記入ボードで小突いた。

「お前ね、ちょっと晴恋菜を過保護すぎだ」

「だってさあ」

と、玲香が口をとがらせた時だ。

「……鷲尾さん」

いきなり、日根紅理がぬっと首をつきだした。

「せ……センセ……」

いつの間にか、日根は黒い服に着替えている。玲香と芹の間に、白い生首だけが浮かんでいるように見えた。

集っていたクラスの面々に、緊張が走る。また芹との間に一戦がはじまるのかと、全員がわずかに身構えた。

だが、次に日根が発した言葉は、みんなを驚愕《きょうがく》させた。

「ごめんなさいね、今回は。先生、言いすぎたと思うの」

「いや……その。謝《あやま》られるようなことは」

さすがの芹が、返す言葉に困っている。立場が上の相手と戦うなら得意だが、下手《したて》に出られると困る。

日根が、芹たちの戸惑いを無視して、一方的にしゃべり続ける。その声には抑揚《よくよう》というものがまるでない。だが、それに疑問を持つ者はいなかった。日根に、心を込めて謝罪でもされたなら、腰を抜かして、みんな立てなくなっていただろう。

「あなたたちには、感情的になって迷惑をかけたわ。お詫びに、ジュースとお菓子を用意したの。後で、みんなで教室まで来てくれるかしら」

言いたいことだけ言うと、日根はガラス玉のような眼球をぐるりぐるりと動かした。

『なんだろ？　どうなってんの、日根のやつ』

『校長か教頭にでも叱られたんじゃね？』

クラスのみながささやきあっている。芹が返答に困っているので、クラスのもう一人のまとめ役、のほほんと立っているだけで喧嘩《けんか》がおさまるといわれた、鉋倉のまん丸い体が進み出た。

「ありがとうございます、先生。ファイアストームが消えたら、みんなでおうかがいします」

温厚を絵に描いたような彼の言葉に、クラスメートたちもうなずく。

「待っているわ」

告げることだけすませてしまうと、日根は、首をするりと彼女たちの間から引き抜き、すたすたと立ち去った。

茫然と見送る芹たちの背後で、後夜祭の象徴であるファイヤーストームが、がらがらと崩れた。

祭りは、終わったのだ。

最後の煙がたちのぼって、空中で渦を巻く。

その向こうでは、赤い月がぬらぬらと輝いていた。おぼろな煙の陰影が、まるで嘲笑っているように見えた。

ひたひたと迫る破滅に、まだ誰も気づかぬことを、笑っているのだった。

第十一章　闇の海が囲む

1.

ほとんどの学生が下校してしまい、闇に包まれた校舎。

つい一時間ほど前の喧騒《けんそう》が、嘘のようだ。

『あなたの悲鳴は誰にも聞こえない……』

そんな、大昔の映画のキャッチフレーズを思いだしながら、その男性教師《きょうし》は、廊下《ろうか》を見回っていた。祭りの後の寂しさというやつか、奇妙なほどに校内が寒々しく感じられる。自分たちだけが、世界の外にぽつんと取り残されたような、おかしな気分。

「やれやれ、どうかしてるな」

疲れているのだろうと、男性教師は、首を左右にふった。

子供のころから、たまにそんな感覚に襲われることがある。人々の視線が少ない時、互いを観察し合うことができない状況、そんな時、『この世の外のもの』を見た経験が、少なからずあった。

成長するにつれて、そんなことも減り、いまではめっきりなくなっていたのだが。

「やれやれ。文化祭のせいか、今日はどうも感傷的だな」

男性教師は、ハンドライトで、とんとんと自分の肩を叩いた。自分は世界の守りから切り離されてなどいない……そう、おのれに言い聞かせる。

守るべき『常識』に縛られた身こそが、常識の守りを支えていることなど、彼には思いもよらない。

『確か、まだ一クラスだけ、居残りしてたはずだな』

男性教師は、そちらの教室に足を向けた。

帰らせようとしたら、後輩の女性教諭《きょうゆ》である日根が、自分が集めたのだと、さえぎった。真面目すぎて教師間でも浮いているような後輩だったから、学生たちにいささかの同情は禁じ得なかった。

もし、まだ説教が続いているのなら、いい加減に解放してやろう——男性教師は、そう考えていた。

彼が、廊下の向こうから、ひたひたとやってくる人影を見出したのは、そのクラスがある、旧校舎2階への階段をのぼりきったときのことだった。

「ん？　きみ、うちの生徒じゃないな」

制服ではない。中学生くらいに見える。男性教師の声に、警戒と怒りの響きがまじった。

「おい、返事をしなさい」

声をかけた刹那《せつな》、その人影が猛スピードで駆け寄ってきた。手に、武器のようなものを握っていることに気づいて、男性教師の動きが止まった。うろたえているうちに、一気に間が詰まる。人影が、躍《おど》りかかってきた。

「ひ……っ？　わっ?!」

ネクタイを掴《つか》まれ、引きずり倒された。その直後、男性教師の首があったあたりを、何かが高速で飛び過ぎていった。倒れなければ、その何かは、彼の頚動脈《けいどうみゃく》を切り裂いていったはずだ。

「ななん、なんだ、いまのは?!　鳥かっ、虫かっ」

混乱してわめく男性教師の言葉を無視して、人影が弾《はじ》けるように立ち上がった。

とっさに真下からハンドライトの明かりを向けた。

少年だ。

その光のライン上を、高速で横切る二つの存在。

一つは、戻ってきたもの。鋭い鎌を足の先にそなえた、イエローの小鳥。じぃっ、と血に飢えた声で鳴く。

もう一つは刃。少年の剣。それがいわゆる七支刀《ななつさやのたち》であることを、古典担当の教師は見てとっていた。

化物鳥の飛翔は、引き寄せられたかのように、剣の軌跡《きせき》と交錯《こうさく》し、刃によって二分された。飛び散った黄色い羽毛は、空中にあるうちに銀の液体と化し、まがまがしい月光を反射しながら、闇に融けて消えた。

「何が起きた……」

茫然《ぼうぜん》と横たわっている教師を、少年がじろりと見下ろした。ひどく寂《さび》しそうだ、と教師の経験が教えた。

「死にたくなきゃ、あっちの教室にこもってろ」

少年が、武器の切尖《きっさき》をつきつけて言った。年に似合わない、すさまじい威圧感が、男性教師を圧倒した。

「けっ、警察……！　百十番……っ！」

男性教師は跳《は》ね起き、泳ぐような姿勢で走り出した。少年――盾哉は、その後ろ姿を見守り続けている。その背中が、渡り廊下に通じる角を曲がって見えなくなった。

渡り廊下の向こう、新校舎の教室のひとつに、刃弥彦《はやひこ》がいる。彼が、うまく丸めこんでくれるだろう。

彼が守ってくれている教室には、三十人ほどの学生と、女性教師一人が避難している。秋那《あきな》と、晴恋菜《せれな》も一緒にいる。胸にもやっとしたものが生じるのだが、盾哉《じゅんや》はそれを強引に押し殺した。

ほかのところを回っている浮雲とアーマリアは、目当ての二人を見つけただろうか。あるいは、この男性教師のように、まだ存在を把握していなかった誰かを。

この学校に残っている者がいたとしても、おそらく、逃げようともしていないはずだ。学園の領域内に、大量の化け物が侵入しているというのに。

浮雲《うきぐも》たちが、巻きこまれた誰かを、あの教室に送りこんでいるなら、さらに教室の人数は増えているはずだ。戻って守りにくわわるべきか。あるいは、学園を包囲するゴーストたちを突破すべく打って出るか。

「雨さえふってればな……」

そうつぶやく自分に、盾哉は戸惑《とまど》った。いつから、戦いや殲滅《せんめつ》を望むようになったのだろう、自分は。

ふと気がつく。いつの間にか、自分が抵抗なく剣をふるっていることに、常識ではありえない力や存在への疑問を、忘れてしまっていたことに。

「おい、なんなんだよ、ありゃあ！」

女生徒らしい声が、盾哉の意識を引き戻した。くるりと身をひるがえすと、廊下を走りはじめた。

ずらっと並んだ窓の外をちらりと見下ろす。

グラウンドには、無数の化け物がうごめいている。

いや、そこはもうグラウンドというにはふさわしくない。

そこにあるのは地面ではなく、水面だからだ。

夜空を写さぬ、ねっとりと濁《にご》った水が、あたりを覆《おお》っている。それまでの地面と同じ高さであるにもかかわらず、ぼこりと泡が浮かび、はじけたかと思うと、そこから奇怪《きかい》な化け物が出現する。

はじけた瞬間、濁り水が銀色に輝く。

徘徊する化け物は、すでに数十。その大半は、カエルのようにはいつくばった姿勢、ぬめぬめした膚《はだ》の、怪人どもだ。ぎょろりと大きな目に、裂《さ》けたような口。だらりとはみだした、青黒い舌。

かつて戦ったカエル人間に似ているが、こいつらは服もまとっていなければ、サイズもひとまわりでかい。

何故か、まだ校舎の中に入りこもうとはしていない。げろりげろりと奇怪な鳴き声をあげながら、水面を這いずりまわっていた。何かを待っているのかもしれない――。

盾哉は、そんなふうに思った。待っているとして何をなのか、それは思いつけなかったのだが。

「うお、なんかカニみたいのもいるぞ!?　タコもいる。あれ特撮か？　ＣＧとかか？」

「馬鹿言ってんじゃねえよ。映画ン中じゃない、現実だぞ、こりゃあ」

大声をあげているのは、派手に髪を染めているのと、小柄なピアスの、二人の女生徒だった。

面倒そうな相手だと、盾哉は、内心でため息をついた。だが、迷っている暇《ひま》はない。

「……おい、あんたら」

盾哉は、ぼそりと声をかけた。

「ひやあああっ‼」

「うおっ！」

その途端、二人が悲鳴をあげてとびすさった。小柄なピアスのほうが、もうひとりを守るように、前に出る。

「……脅《おど》かすな」

盾哉の姿を認めて、ピアスのほうが緊張をゆるめる。だが、盾哉が、武器を手にしていることに気づいて、またその身をこわばらせた。二人の少女が、それぞれに身構えようとするが、盾哉は、あえて気づかないふりをして七支刀を持ち上げ、切尖を、あの教室に向けた。

「死にたくなきゃ、明かりのついたあの教室に行け」

「どういう意味だ。なんで、あたしらがあんたを信用しなけりゃなんない？　あの海産物はなんだ？」

ピアスの娘が、立て続けに訊いてくる。

聞いてた通りだな、と盾哉は思った。彼女たちこそ、盾哉と浮雲たちが探しに出たふたりだ。ずけずけとものを訊ねてくるピアスが、鷲尾芹《わしおせり》。こんな状況でも、好奇心に目を輝かせているのが、木菅玲香《こすげれいか》。晴恋菜が友人たちのもとに駆けつけた時に、既《すで》に教室を出ていた二人。

それにしても『海産物』とは。

彼女たちには、そう見えているのか。むろん、本当のおぞましい半妖半人めいた怪物を見て、恐怖でパニックを起こされたり、気絶されるよりはましだが。教室に残っている学生たちも、何か不気味だと思っていても、真の危険までは感じていないだろう。だが、校舎のまわりをひたひたと押し包んだ、奇怪な水に――魔の海に足を踏み入れたくないから、外へ出せとは騒がない。

それにしても、と盾哉は思った。自分たちと、一般学生たちと、この認識の差はどこから来るのだろうか。

うっかりそんなことを考えてしまい、黙っていたら、みるみるうちに芹の顔つきが不機嫌なものになってきた。

「ちょっとあんた？　答えられないの？」

こちらに詰め寄ってこようとしている。

「……めんどくせぇな」

盾哉は、思わず本音をつぶやいていた。芹と玲香が、そろってむっとした顔になる。盾哉のほうも、ますますそっけない声になって、こう言う。

「説明だったら、教室にいるおっさんがしてくれる」

何か襲いかかってきてくれないか、と思った。さっきの男性教師のときのように。そうすれば、この気の強い姉さんたちも、驚いて逃げてくれるだろうに。

盾哉は、外のグラウンドではなく、空を見上げた。

星は見えない。雲も見えない。あの、鎌をそなえた小鳥や、奇怪な蟲《むし》たちや、空飛ぶ魚といった理不尽《りふじん》な怪物が、群れなしているからだ。

ただ――。

月だけが、地上をのぞきこんでいる。

「悪いけど、あたしらは戻るわけにはいかないんだ」

芹の声を聞いて、盾哉は、視線を彼女たちへと戻した。玲香も、ずいっと進み出る。

「友達を見つけなきゃいけな……」

「……矛城なら、教室で待ってる」

盾哉は、玲香の言葉をさえぎった。

「え？」

日根教諭に呼ばれて、クラスの大半が教室に戻った。だが、ちょうどその時、盾哉が、学園に近づく不気味な影を発見したため、晴恋菜はクラスメートに合流しそこねたのだ。

日根は、ジュースやケーキを教室に用意していた。芹と玲香は、晴恋菜を探してくると、教室を出たのだ。

はじめに見つけたゴーストを、学園の塀の外で倒し、戻ってきた盾哉たちは、グラウンドの状況を見て愕然とした。盾哉が見つけたのは、氷山の一角。

一つだけ明かりのついていた、晴恋菜の教室には、まだ数十人の生徒がいた。彼らの安全のため、刃弥彦が、外に出ないようにと口先三寸で説得。

そして、盾哉と浮雲、アーマリアが、他に校内に人が残っていないか、探索に出たのだ。集まったクラスメートから、芹と玲香が自分を探しに行ったと聞かされて、晴恋菜はもちろん追いかけようとしたのだが、刃弥彦と盾哉が止めた。刃弥彦が止めた理由は知らない。盾哉が止めろと言ったのは、ただのカンだ。

盾哉が実際に口にしたのは『足手まといになる』であり、そして晴恋菜は、その言葉で、肩を落として、しゅんとしつつ従ったのだった。

ともかく、晴恋菜が教室にいると聞かされて、芹と玲香は、顔を見合わせている。

盾哉は、言葉を重ねた。

「あんたらのことを心配してる。はやく行ってやれ」

「わかった」

芹がうなずく。説得できたかと、盾哉はほっとした。

「ああ、ちょっと待って。もしかしてさ、あんたが、例の……マジ子の弟くん？」

木菅玲香が訊ねてくる。質問の意味がまったく理解できなかった。盾哉には姉などいない。『まじこ』などという知り合いもいない。盾哉は、返事のしようもなく、むっつり黙りこんだ。

「そんな訊き方では、彼だってわかるわけないだろう」

芹が、苦笑いする。

「え、なんでよ？」

玲香は、芹に何を注意されたのか理解していないようすだ。盾哉は、そっけない口調で二人を急かした。

「どうでもいいから、早く行けよ」

ここにいると危ないんだ……という説明は、面倒になってはしょってしまう。さっきから、不穏《ふおん》な殺気が、ひしひしとあたりに満ちている。源がわからない。だから、さらに盾哉はいらつき、言葉遣《づか》いもぞんざいになった。

だが、玲香や芹に、そんな乱暴な説得法は通じない。

「おまえなあ、中坊だろ？　年上相手には口のききようってもんがあるんじゃないの？」

玲香は手を伸ばして、盾哉の逆立《さかだ》てた前髪を掴《つか》んだ。

「やめろ」

反射的に、その手を払い除けた。

「いてっ」

玲香が、くちびるをとがらせる。だが、彼女より叩く、芹が口をはさんだ。

「いまのは玲香が悪い」

「そうかあ」

「立派な男の頭を撫でるのはよくない」

きっぱり言われて、玲香がしぶしぶ引き下がる。そして芹が、表情と口調をあらためてこう言った。

「きみは、ここしばらく矛城《むじょう》くんが心配していた、年下の友人だろう？」

盾哉は、三度、まばたきをした。芹の言葉を咀嚼するのに、それだけの時間が必要だったからだ。

「あたしが言ったじゃん。マジ子の弟くん、って」

盾哉は、やっと理解した。マジ子というのは、晴恋菜のニックネームなのだと。なるほど、真面目な子でマジ子か、似合っているなと、盾哉は思った。

「ともかく、キミが矛城の近くにいるなら、頼みたいことがある」

芹は、まっすぐな瞳で、盾哉を見つめた。

「あの子から逃げないでやってくれ」

心臓を射ぬかれたような気がした。

『何を言われてるのか、わからない……』

と、しらばくれる言葉が、何故か口から出ない。

「訊いたところでちゃんと答えそうにないから、質問はしなかったんだがね。ここしばらくの矛城は、何かを失うことを怖がってるように見えた」

わかってる、と盾哉は思った。だが、その対象が自分だと考えることを避けてきたのだ。そして、自分の中にある、晴恋菜に対する奇妙な感情と向き合うことからも逃げていた。

芹が、じっと盾哉を見つめている。

彼女に代わって、玲香が口を開いた。

「あいつとはさ、まだそんな深いつきあいでもないんだけど、いろいろ、ややこしい事情をかかえてることはわかってんだ。あたしらは、なんもできないけど。あんたは、いろいろからんでそうだし」

「なんで……?」

ふと、その疑問符が口をついた。

「あんたらは、なんで、あいつを心配する?」

「友達だからな」

芹からのなんの無理もない、自然な返事。玲香が、隣でうなずき、そして盾哉に問いかえた。

「あんたは、マジ子のこと、嫌い?」

その玲香の問いかけに対して、盾哉は答える時間を与えられなかった。

刹那に満ちた、鋭い殺気。

天井が割れた。粉々に砕けた。正確には切り裂かれた。十数センチの破片が、盾哉にふりそそいだ。

天井の穴をくりぬいたその主が、落下の勢いを生かして襲いかかってくる。

「逃《に》げろっ!」

少女たちにはそう呼びかけつつ、盾哉自身は、破片から逃げなかった。体をひねって、最低限のダメージに抑えつつ、襲撃者《しゅうげきしゃ》を迎え討つ。

跳ね上がった七支刀と、ふりそそいできた鋭い鋏《はさみ》が、かっと音を立てて噛《か》み合った。火花が散る。

「……おまえはっ」

盾哉が息を呑《の》んだ。天井の穴からぶらさがった怪物が、盾哉を見下ろして、けたたましい笑い声をあげた。

ぼろぼろになった頭巾《ずきん》と袈裟《けさ》をまとった木乃伊《みいら》のような上半身。無数の脚《あし》と尾をそなえた節足類の下半身。

サソリ上人《しょうにん》だ。

「こたびはもはや手加減無用ううううううう」

その両腕の先端が、鋭い鋏になっている。左右から暴風のように盾哉に襲いかかった。

「え？　なに？　でっかい蜘蛛《くも》」

「違うぞ、玲香。こいつは……こいつは……」

芹の声がうわずっている。

危険だ、と盾哉は感じた。彼女は、自分たちの頭上に何がやってきたのか、正確に認識しようとしている。そうなれば、心が耐えられるかどうか。

「ひひひひひい！」

「……っ！」

少女たちに気をとられた瞬間、サソリ上人の鋏が、盾哉の右肩をえぐった。飛び散った血が、闇の中で黒いしぶきになった。

「きみっ！」

その鮮血が、芹たちのパニックをむしろ鎮《しず》めた。女性にとって、血は日常の現実だ。

「大丈夫かよっ」

気遣う玲香への返答は、右腕でふりあげた刃が、サソリ上人の鋏を撥《は》ね上げる音。

「邪魔だから逃げてくれ……っ！」

少女たちが息を呑《の》む気配。余計な問いかけも言い訳もなかった。遠ざかって行く足音だけが聞こえる。

それを確かめ、盾哉は、サソリ上人の攻撃をさばき、間合いをとった。大きく脚を開き、膝を地面すれすれまで静めて、低い姿勢をとる。七支刀を頭上にかざした。我流のかまえだ。目に、静かな怒りの炎を揺らめかせながら、サソリ上人を睨《ね》めあげる。

「この間は逃がした……」

盾哉は自分の脳裏に、殺された祖父と、殺したあの女が浮かぶものだと思っていた。

もちろん、そのことも考えた。

だが、同じ重みで思うのは、髪《かみ》の長い少女のこと。

『あんたは、あいつが嫌いか？』

まだ答えは出ない。見ているといらいらする。べたべたされると不愉快《ふゆかい》だ。彼女が自分ではなく、自分を通して誰かを見ているのではないかと思うことがある。

だのに、目が離せない。

盾哉は、思いのたけをすべて、切尖にこめて、サソリ上人につきつけた。

「……今日こそは、いろいろ教えてもらう」

「いいいいのかなななななな」

ブランコのように揺れながら、サソリ上人が、笑みを含んだ声で言う。

「あの娘たちちちちち、わわわわしからは逃げたとしてもももも、全てから逃げられるかののののの」

盾哉の切尖に揺らぎはない。

「はははははじめよるぞ、鬼百合めがががががが」

サソリ上人がひときわ大きく揺れると同時に、次々に窓ガラスの割れる音が校舎に満ちた。同時に、腐り果てた潮の匂いが押し寄せてくる。

ゴーストたちの侵入がはじまったのだ。

そして、盾哉は言った。

「滅《ほろ》ぼされたくなきゃ、壁《かべ》になってくれるやつらを呼び戻したほうがいいぞ」

彼は、七支刀を、校舎の床に突き立てた。まるで豆腐か何かのように、刃がずぶずぶともぐりこむ。横にふるった、縦にふるった、斜めにふるった。いつの間に、こここここここまでの破壊力ををををを」

一気なる破断。床が粉々に崩れてゆく。ひび割れは裂断《れつだん》となり、廊下《ろうか》の前後に伸びた。

「追って来い……」

刃を真上に向けて、下の階へと落ちながら、盾哉は不敵に笑った。

2.

「やべえよ、マジ子！　あんたの弟くん！」

玲香《れいか》が教室に駆けこんできた時、それは起こった。

ずううんという震動が、屋内にいる者たちに、異変を知らせる。

「おい、みんな！　大変だ！」

窓から外を見ていた一人が叫んだ。芹《せり》と玲香が無事であったことを喜んで駆け寄ろうとした数人も、外の出来事への興味と板ばさみになって立ち止まる。

「……あいつだ」

芹が、大きくうなずき、すたすたと窓に歩みよった。

一瞬、躊躇《ちゅうちょ》していた玲香が、小走りに追いかける。出端をくじかれた感じで、一瞬立ち止まったクラスメートたちも、さらにその後に従った。

「うわっ、また崩れるぞっ！」

最初の声のぬしが、また叫んだ。興奮しやすい性格で知られた、サッカー部の今出川達也《いまでがわたつや》だ。彼の声につられて、つい晴恋菜《せれな》への伝言も忘れて、芹と玲香が、窓をのぞきこんだときには、見えているのは、高々とあがった水柱だけだった。

それがおさまると、半壊した新校舎が見えた。

さっきまで自分たちがいたあたりだと気づいて、芹と玲香は、慄然《りつぜん》とした。さらに、一拍遅れて、崩れた校舎の残骸が見当たらないことに気づいた。

沈んでしまったのだ。

つい一時間前まで、自分たちがフォークダンスに興じていた、堅固なはずの大地に。

「どうなってんだ、あれ?!」

「グラウンドが海になってるって……ありえないだろ！」

「ありえなくても……事実だな」

芹の冷徹な呟《つぶや》きは、ちょうど静まりかえった一瞬に、教室に響き渡った。

「…………」

誰もが無言で、崩壊した校舎を見つめる。ほとんどのものが、窓際に立ち尽くしていた。

「……と、先生が二人と、大人のひとが一人。わたしと矛《む》城《じょう》さん、竹乃内《たけのうち》さんも入れて三十二人ですね」

秋那《あきな》は、窓に駆け寄らなかった、数少ない一人だ。彼女が、教室内にいる人数を確かめ終わると、刃弥彦《はやひこ》がうなずいた。

「……おそらく、いまのお嬢《じょう》さん二人で最後だね」

刃弥彦は、するりと扉に進み出て、きっちりそれを閉じた。そして、隙間に何かを貼りつける。奇怪《きかい》な紋様《もんよう》が描いてある。東洋とも西洋ともつかない呪符だった。

よく見れば、教室のあちこちに同じものが貼《は》ってある。

「さて、除霊建築《じょれいけんちく》の秘術とやら、私にきちんと実践《じっせん》ができたものかどうか……」

つぶやいて、符《ふ》の角度や呪文字のかすれを点検する刃弥彦だが、彼のそんなふるまいに注意をはらっている者は誰もいなかった。

窓から外を見ていないのは、片隅で壁《かべ》によりかかって、虚空《こくう》しか見ずにつぶやきを繰《く》り返している日根紅理と、机に向かって何か作業をしている晴恋菜とそして――。

いや、秋那も、窓から外を見る一人の叫びを耳にして、そちらに駆《か》け寄った。

三回めの崩落。雨のようにふりそそぐ、銀色に輝く水滴。その向こうに、彼は立っていた。幕があがった舞台に立つ、主役のように。足場になっているのは、濁《にご》った海に呑《の》まれつつある、校舎の残骸《ざんがい》。

「おい、誰だあれ？

「飛んだっ？　飛んだぞ、おいっ」

跳躍《ちょうやく》があまりに優雅な動きだったから、鳥の飛翔にも似て見えたという、それだけの話だ。

「あれ……あの子だよね」

「ああ。心配は、いらなかったようだな」

つい先ほど、その少年に助けられた、芹と玲香が、ささやきをかわす。その二人の横に、するっと入りこんできたショートカットの娘がいる。

「……じゅんくん。がんばってるね」

秋那は、敵を足場として華麗に移動している少年の名をつぶやくと、するすると隙間《すきま》にもぐりこみ、ぺたりと窓ガラスにはりついた。秋那の口もとに微笑が、瞳に期待の光が浮かぶ。左右の学生たちがさらに窓に密着したせいで、彼女の顔は闇に隠れた。

そして、みながどよめきを発する。

人間の倍ほどもある大タコが、おのが頭上を足場とした少年に、その触腕をことごとく斬り落とされ、水面下へずぶずぶと沈んでいったからだ。

巨大なカエルやカニが、少年に迫ってゆく。殺到する、とはいかない。移動速度が、微妙に鈍いからだ。

少年は、決して包囲されることがないよう、的確に動いては、カニの背を足場に化け物エビを斬り捨て、カエルの頭に立って鎌をそなえた小鳥を切り払う。

前後左右をはさまれても、少年はあわてない。七支刀《ななつさやのたち》を水面に叩きつけ、水しぶきを高々とあげる。それは一瞬の後には、極小の雨となってふりそそぎ、少年の姿を一瞬《いっしゅん》だけ覆い隠す。視界が晴れた時、彼の姿は、四方の敵のいずれかの上にあり、一閃《いっせん》した七支刀が、足下の敵の急所を貫くのだ。闇の海から来た怪物が、その底に沈み還るその前に、また少年は跳躍《ちょうやく》する。

「自力のみであの移動が可能になったか……なんという成長速度だ。夢で学んだだけとも思えないが……」

ついに刃弥彦も、窓際に立っていた。敵を翻弄《ほんろう》する盾哉の姿を、目を細めて観察している。ぶつぶつと小声で分析結果を口にしているようすは、いささか危ない人物のようだ。むろん、窓際に集まった学生たちは、巨大な水棲生物の間を跳躍する盾哉に気をとられて、刃弥彦の独語には気づいてもいない。

窓から外を見ていないのはもう、教室の壁によりかかって、うつろな瞳を虚空に向けている日根と、そして晴恋菜だけになっていた。

窓に背を向けている晴恋菜は、どよめきが起こるたびに、びくりとふるえている。また、わっと声があがった。

「虹《にじ》っちゃん?!　虹っちゃんじゃない」

ぴくり、と晴恋菜はふるえた。そのはずみで、指先をざっくりと切ってしまった。血が、木の表面に流れる。

だが、晴恋菜はその痛みを意に介さなかった。

『自分の血をすりこんで、魔力《まりょく》を高めるっていう技法もあったような気がする』

晴恋菜は、ひたすら新しいワンドの作成に集中していた。魔術を使う、精神集中の助けとなる武器である。秋那から渡された包みに、材料と手紙が入っていた。

『奥様にお尋ねしたところ、魔術の成長にあわせて、こういったものは作り直したほうがよいということでした。指示していただいたように、材料はそろえてあります』

このごろ、頻繁《ひんぱん》に出かけていると思ったら、こういうことだったのだと、晴恋菜は納得していた。なんとなく、初対面のときの印象の悪さで、盾哉と顔をあわせるのが嫌なのかと思っていたが。

カナカの心遣いと、母の教えがありがたかった。それにしても、カナカは、本当に自分のことをよくかってくれている。それが、晴恋菜には嬉《うれ》しかった。自分が、力のなさを自覚したのは昨夜だというのに、まるで、そうなるのがわかっていたかのような、手回しのよさだ。

晴恋菜は、カナカの手紙と、その心情を全面的に信頼して、無条件に受け入れ、作業を続けていた。あせりが、起こっていることの『都合よさ』から、目をそらさせている。――はやくこれを完成させて、盾哉たちを手伝いにゆかねば。一削《ひとけず》り一削りに、おのれの命をこめて。全霊を集中して呪文を封じてゆく。

「あいたっ」

また、木ではなく自分の指を削ってしまった。よく切れるナイフを使えばいいのだろうが、このワンドは自然の黒曜石《こくようせき》で削って形を整えないと、役に立たない。

晴恋菜は、怪我の手当てもせずに、ひたすらに作業を続けた。おのれのようすが、傍から見ればかなり異様な姿になっていることも自覚できていない。

だが、窓際で、外の戦いに熱狂している生徒たちの姿もまた、異様なものではあった。

この空間ではすでに、常識、という大切なものが粉々にされつつある。

「……これで……形は……いい」

前のワンドを作ったときは、形を整えるのに、数週間かけた。だが、今回は十数分。いまこの場に間に合わなければ意味のないものだからだ。

晴恋菜は、削った木の棒を見つめた。本来なら、これから魔術儀式で聖別し、奇跡をなす力を吹きこむ。

『もう充分。我が血を分け与えたのだ……思い出す。月の我が都を襲いし、原初なるヴァンパイアからむさぼり、飲み干せし、血の命の儀式……』

脳の奥底から、自分のものとは思えない記憶が蘇《よみがえ》る。昨日まではおぞましかったそれが、いまは心強い。

彼を守るために、力を欲する今となっては。

「マジ子っ⁉ あんた、何やってんのっ！」

晴恋菜の意識をこちら側に一瞬で引き戻したのは、玲香の声だった。手首を掴んで、ぐいっと引き寄せる。

「どうしたの、あんた、これ！」

傷ついた指を、玲香はとっさに口に含んだ。けれど、一本きりではないのだ。玲香の口が赤く染まった。

吸血鬼。脳裏に浮かんできたのは、無限の殺戮《さつりく》の光景。血をすすり、その奔騰《ほんとう》する生命力に酔って、緑なす月の大地を赤く染める異界からの殺戮兵器の姿。

玲香に呼び戻された、晴恋菜として人格が、その光景に耐えられない。気分が悪くなってくる。

「こんらけ、けらしらら、あらりまえ」

傷を吸いながら、玲香が何か言おうとしている。

「なに、間抜けなことしてんだ」

芹がつかつかと近づいてきて、玲香の口もとから、晴恋菜の指をひっこぬいた。

「あたし、救急箱持ってるよー」

わらわらと女の子たちが集まってきた。よってたかって、晴恋菜の手当てをはじめる。男子はまだ、窓際だ。

「忍者《にんじゃ》と戦ってるのって……スライムか⁉」

彼らがかわす声からして、浮雲も戦っているらしい。骸骨《がいこつ》がどうしたと言っているから、シールディアも見えているのだろう。この一夜が終わったら、自分たちはどうなるのかと、晴恋菜はちらりと思った。

いや――。

明日のことを心配するのは、今夜を生き延びてからだ。

「も、もう大丈夫です。大丈夫ですから」

ほうっておくと、両手を包帯でグローブのようにくるまれてしまう。晴恋菜は、みんなに頭をさげると、よろよろと立ち上がった。

「あ、どうする？　保健室……は無理だよね」

女生徒の一人が言って、ほんのわずかな失笑が起こった。ちょうどその瞬間、天井の蛍光灯が明滅した。

「ひいっ！」

誰かが悲鳴をあげた。ほんの一瞬だが、この教室を支配した。明かりを奪われ、訪れた暗闇が、原初の恐怖を思い出させたる。かつて、人が明かりを手にする前、闇に何がひそんでいたのかを。世界を認識する、その方法が、彼らすべての中で組み変わる。

明かりは、一瞬で元に戻ったが、理性に生じたほころびは、もはやどうにもならなかった。

「なんだよ……のんきに見物してる場合じゃねえよ……なんだよ、あの化け物！」

窓際から、男子生徒たちが、あとずさってくる。巨大な水棲生物にしか見えていなかったゴーストどもが、おぞましくグロテスクに見えはじめたのだ。

「俺、覚えてる……俺、怪物に襲われたんだっ」

クラスメートの一人、上条《かみじょう》が悲鳴をあげた。彼は、犬のような野獣のゴーストに襲われて、大怪我《おおけが》をした。文化祭の前日まで入院していたのだ。それを、これまでは野犬の襲撃だと認識していた。けれど、超常の刺激を受けた脳が、抑圧し、封じていた忌《い》まわしい記憶を開放してしまった。ひとたび、闇にむしばれた意識は、加速度的にねじれてゆく。

「逃《に》げなきゃ！」

女生徒の一人が叫んで、みなが反射的に扉に殺到《さっとう》しようとした、そのとき。

「だ、ダメです」

誰より早く扉に飛びつき、そしてそれに背を向けたのは、晴恋菜だった。全身で、扉を覆《おお》い隠すようにして、ぶるぶるとその身をふるわせながら、赤ん坊がいやいやをするように、首を左右にふる。

「どけよ、こらっ」

今出川が、いつものように真っ先に興奮して、拳をふりあげる。威嚇《いかく》するだけではなく、性急に実力行使に出た。晴恋菜めがけてふりおろそうとする。

が——届かない。

「な……っ。なにすんだ、れーかっ！」

玲香が、その手首を背後から掴んでいた。逆の拳をふりあげようとしたその男子は、絶対零度より冷たい芹の視線を浴びて、沈黙した。

「こっちから出ればいいじゃん」

別の生徒が、教室後方の扉を目指す。はっとした晴恋菜は、あわててそちらに向かおうとした。足がもつれた。ころぶ。倒れきらずにすんだのは、そこにぼうっと突っ立っていた、日根にぶつかったからだ。

「す、すいません、先生っ。……あの……大丈夫ですか」

日根は、ほとんど白目だけしか残っていないような眼球をぐりりと動かした。晴恋菜を見たようには思えない。異様さを気にかけつつも、晴恋菜はまず教室を出ようとするクラスメートたちを止めねばならなかった。

「みなさん……っ！」

「……少し、休みたまえ」

おだやかな刃弥彦の声が聞こえて、ふわりと柔らかな風が吹いた。白い、短冊《たんざく》状の紙切れが三枚、渦を巻く風に乗って、先頭の学生にまとわりつく。見る間に歩調をゆるめ、そのまま倒れこんだ。後に続く動きが止まる。

「……効果があった……効果が。……世界が元に戻ろうとしているのか……」

誰にも聞こえぬ声で、眠りを誘う呪符《じゅふ》をはなった男が呟《つぶや》いた。浮かびそうになる笑《え》みを、どうにか噛《か》み殺す。

「ごらんのように、いまは常時ではない。外に化け物がいるのも確かだが、きみたちは幸運なことに、化け物を退治《たいじ》する力の持ち主とも、こうして一緒にいる」

長髪の青年が、胸の前で、両手を複雑な形に組み合わせている。いつの間にか、手袋をはめている。手の甲の、五芒星《ごぼうせい》の縫い取りが鮮やかだ。

「……刃弥彦さん」

兄とも師とも慕《した》う男が、禁忌《きんき》を破って常人に魔術を使ったこと、つまり級友たちを眠らせたことに戸惑っていた晴恋菜だが、その言葉に彼の意図を悟った。自分の力を見せつけることによって、安心させようとしたのだ。

一歩間違えれば、パニックを助長していただろう。

だが、刃弥彦の、整った顔立ちと包容力を感じさせる雰囲気が、恐怖を打ち消した。彼のかたわらに、まったく無害そうな、無垢《むく》な雰囲気の少女がたたずんでいたことも成果をあげただろう。つまり、秋那の笑顔が、晴恋菜の級友たちをなだめたのだ。

クラスメートの自分は、信用してもらえなかったけれど……ちくりとした痛みを、晴恋菜は感じた。

「きみたちに頼む。結界符《けっかいふ》を見張って欲しい」

　刃弥彦は、玲香と芹、鉋倉、そして上条と今出川を指名した。クラスのリーダー格と、いちばんパニックにおちいりやすい者に責任を持たせた。芹と玲香は、傷ついた表情の晴恋菜に、声をかける機会をなくした。

「符が無事なら、化け物は中に入れない。くれぐれも、破れたり汚れたりしないよう気をつけてくれたまえ」

　そういうと、返事も待たず、刃弥彦は身をひるがえした。すたすたと窓に向かう。

「私が出たら、これを窓に貼りつけて封じるように」

　三枚の札を秋那に手渡して、刃弥彦は、無造作に窓を開けた。ここは三階だ。しかし、刃弥彦は、なんの躊躇《ちゅうちょ》もなく、窓の外へと身をおどらせた。

「あっ！」

　クラスの半分ほどが、驚愕《きょうがく》の表情で窓に押し寄せる。そのいちばん先頭にいるのは、晴恋菜だった。彼女は、だだっと開いた窓に飛びつき、身をのりだした。

　真下に、刃弥彦の姿はなかった。もう彼は飛び出している。どう着地し、どう衝撃を殺したのか。体術か魔術かもわからないが、怪我はなく、まとった作務衣に濁水のはねひとつないように見えた。


　その手が、立て続けに複雑な印形を結んだ。最後に、両手を真下に向かって、激しく押しつけるように動かした。

　裂帛《れっぱく》の気合が、晴恋菜の耳にも届く。彼女の目には、刃弥彦の手から白い光が放たれたように見えた。次の刹那、複雑に曲がりくねった線が、彼から四方に伸びた。水面を疾ったラインが、化け物たちの前後左右を行き過ぎる。最後に八角形を描いて、光が消えた。怪物どもが奇怪な鳴き声をあげた。

「やつらはしばらく動けん！　いまのうちだ」

　刃弥彦が叫ぶ。浮雲が、アーマリアとシールディアが、そして盾哉が、それぞれの武器をふるう。

「致命電光《クリティカルライトニング》……っ！」

　盾哉の七支刀から放たれた一直線の電光が、まとめて数体の敵を焼き尽くした。

「すげえ……」

　晴恋菜のまわりにいた、誰かが声をあげた。晴恋菜の中に、誇《ほこ》らしさがこみあげてくる。けれどそれは、表に出る前にかすれて消えてしまう。

　自分は、あそこにいない。なぜだ。どうして、刃弥彦は、連れていってくれなかった。

「大丈夫ですよ」

秋那が、近づいてきた。手に持っている何かをさしだす。それは、直径三センチほどの球体だった。カナカから託された『短杖の材料』の一つだが、どこで手に入れてきたどういうものなのか、わからない。晴恋菜の知識には、ないものだった。

「おい、閉めるぞっ！」

今出川が、窓際で外のようすを見ている連中を、次々にひきはがした。彼の顔には怯えの色が濃い。他の者より、さらにくっきりと『外』を見てしまったのかもしれない。以前にゴーストに襲われた経験のある上条は、もう窓に近づこうともしない。

「そっちのガキも」

今出川に肩を掴まれようとしたとき、秋那は、あっと小さく声をあげて、窓に張り付いた。今出川が、両手で秋那を引きはがそうとした時、玲香と芹がさえぎった。

「じゅんくん……っ！」

秋那が悲鳴をあげたとき、晴恋菜の手が彼女の肩を握りしめ、すがるようでもあり、はげますようにでもあり、ともに力をこめた。

盾哉が、ヒルとオニヒトデをかけあわせたような怪物に、のしかかられた。姿が、一瞬、視界から消える。心臓の鼓動《こどう》が半分打つ程度の時間でしかなかったが、晴恋菜にはそれは無限の長さに思えた。

高々と水しぶきがあがった。夜空に届きそうなほど高い水柱だ。空中で無数の水滴に分割され、そして降り注ぐ。豪雨に出会ったような波紋が、水面に広がる。まるで、その波紋の一つからあらわれたように、いつの間にか盾哉が少し離れた位置にたたずんでいた。

七支刀をふるって、自分を食らおうとした怪物を斬る。だが、一体を斃しても、彼に休む余裕はない。

「雨さえ降っていれば……」

秋那が、悔しそうに言った。

「……なんです？」

「これもうちの言い伝えなんです。世界には、魔法を阻む呪いがかかってるんですって。それがなくなれば〈嵐の王〉はすべての力を出し切れるって。でも、雨が降っていると、空から魔法の源がふりそそぐから、完全ではなくても、ぐっと強くなれるんだって」

「……そうなんですか」

晴恋菜は、秋那の言葉をすべて信じた。魔法だの、呪いだの、世間一般では一笑に付されるだけのそんな存在が、晴恋菜にとっては日常だ。あえて気づかぬようにしてきたけれど、自分の日常と、他者の日常の齟齬《そご》が、晴恋菜の世界を矛城家だけに閉じ込めてきた。

もし、自分の日常が、世界にとっても日常なら？

それは甘美な誘惑だった。いまの晴恋菜は、自分が誘惑されていることに気づかない。

「私に雨をふらせる力があれば……」

カナカからもらった謎の球体をワンドにはめこみながら、晴恋菜は言った。問いかけというより、無意識の独り言に近かったが、秋那はそれに答えた。

「雨がなくても……せめて、他の人に魔法の存在を信じてもらえばいいんじゃないでしょうか。そうすれば、呪いを弱められるかも」

「魔法を……信じてもらう？」

晴恋菜は、空を見上げた。

「さて、そろそろ窓を閉めようか」

冷静な声で、芹が言った。

「最後の戦士を送り出した後で。いや魔導師かな？　ウィザード？　ソーサラー？」

「鷲尾さんは、テーブルトークRPGとかやる人？」

鉋倉が言った。ふりかえった晴恋菜に見えたのは、彼の丸い背中だ。怯えたクラスメートたちが押し寄せてこないよう、壁になってくれていたらしい。

「……ソード・ワールドとガープス。あとダブルムーン」

「ぼく、文庫版D&Dとワースブレイドなんだけど」

意味不明の会話をかわす二人を尻目に、封印の札を手に近づいてきた玲香が、にやりと笑った。

「なんかしんねーけど、ワケアリだろ？　いってこいよ」

彼女たちと『友達になれた』と思った日に聞いたのと同じ言葉。ふりかえった芹が、むっつり言った。

「あんな危ないとこに、あんたを送り出すのはイヤなんだけどね。あのおっさんが、あんたの師匠だっていうなら、できるんでしょ、同じようなこと」

玲香と芹を見つめ――そして晴恋菜は、眼鏡《めがね》を外した。こみあげてきた熱いものが、まぶたの端からあふれるのを、拳の甲でぬぐう。

晴恋菜の瞳《ひとみ》が、月光と同じ色に染まっているのを、三人の少女が見た。

二人は驚きつつも、そのことをおのれの胸におさめておこうと決めただけだったが。

もう一人は、違っていた。

胸のいちばん奥で、こうつぶやいていたのだ。

『いいわね。懐かしい色に、近づいてきたわ』

そして晴恋菜は、宙に躍り出た。

空を覆っていた、鎌《かま》をそなえた小鳥の群れが、ぎぎゃあと鳴いて、嵐を構成する雲のように渦《うず》を巻く。その中核、台風ならば目のあたりに、煌々《こうこう》と月が輝いていた。ほの蒼《あお》く、皓《しろ》く輝く、天空の女王の姿を見開いた瞳に吸いこんで、晴恋菜はその光に、身をゆだねた。

3.

晴恋菜《せれな》の髪が、銀色に変わってゆく。

彼女は、ゆるやかに、ゆるやかに落ちていた。田中雄《たなかゆう》大《だい》のマンションを訪ねたとき、あのときに生じた現象と同じだ。いや、あの時よりいっそう、彼女を包む月光は濃厚で、神秘の輝きを帯びている。

銀に染まった髪は、下から上へと流れていた。眼鏡は戻っており、瞳《ひとみ》は黒い。それゆえか、あるいは強い意志のためか、その人格はまだ晴恋菜だ。

だが、彼女を待ち受けていた怪物たちにとって、内面の人格などは、どうでもいいことであったらしい。

月光に包まれ、頬《ほお》に鋭さを、唇に妖艶《ようえん》さを、そして瞳《ひとみ》に深淵《しんえん》の闇《やみ》を宿《やど》し、いささかならず面変わりした晴恋菜の容姿。それにこそ、ゴーストは惹《ひ》かれ、狂乱した。

「ぶぶぶぶぶ！　カグヤさま！　わしらが姫さま。ぶぶぶぶぶう！　ぼうっ！　ぼうっ！　ぼうっ！」

感極まったのか、いまは粘液状の怪物と化した、かつての求婚者、中納言石上麻呂《ちゅうなごんいそのかみのまろ》が、その表面で、ひときわ大きなあぶくをはじけさせた。常人であれば、歓喜の哄笑《こうしょう》にあたるのがこれだ。

「余所見《よそみ》とは。なめられたな、拙者《せっしゃ》も！」

ナゴンと戦っていた浮雲《うきぐも》の手から、水の刃が放たれた。先ごろ開眼したばかりの、水練忍者の秘術、水刃手裏剣。だが、超高速回転で鋼鉄やダイヤをも切り裂く水流も、この粘体《ねんたい》にはさしたる効果をあらわさない。

「ぶぶぶぶっ！　カグヤさま。こたびこそ、わしに機会を与えてくだされ、ぶぶぶ」

波を蹴立《けた》てて、ナゴンが晴恋菜の着地点へと急ぐ。

その後方から金髪の少女が、一撃をはなつ。

「新しい技を身に着けたんが、うっきーだけやと思たら、大間違い。新調した武器、見てもらお……っ！」

アーマリアの手から鞭《むち》がほとばしった。ただし、それで敵の体を打つわけではない。ひゅんひゅんと回転する鞭が、浮雲に、あるいは盾哉に、切り裂かれたゴーストたちの残滓《ざんし》を集めてくる。空中にただよう恨みつらみの念を、回転が集め、しなわせて放つ。悪意を以《も》って悪意を制するこの技を、名づけて雑霊弾《ざつれいだん》。

「食らいや……っ」

方法は知っていたものの、ついぞ使う気になれなかった技だが、おのれ自身の好悪など気にしていられる余裕はないと悟って、アーマリアも踏ん切りをつけた。くわえて、シールディアは水面を駆けて、ナゴンに迫った。

「……効いてへんっ」

アーマリアは愕然《がくぜん》とつぶやいた。三十六の人面を背負ったカニを砕き、七体連携の技を使うカエル人間を粉砕した悪意の塊も、この粘液獣にとっては、表面の泡をはじけさせれば吹き飛ばせる程度のものでしかなく、シールディアの剣もいくら斬っても癒着《ゆちゃく》してしまう。

「ぶぶぶぶぶ！　わしは五百年の研究で、この肉体を作った。打撃も魔術も効かぬわ。わしを滅ぼしたくば……」

「……月光で凍《い》てつかせればよいのだな」

その声こそが、真空の宇宙空間のごとき、絶対零度に近い冷たさをそなえていた。

晴恋菜が、空中で静止している。止まっているわけではない。落下速度が、限りなく遅くなっているのだ。


彼女は、眼鏡を外していた。

月光を蓄えた瞳が、地上の双月となって、ナゴンを見つめる。青白く、静かな狂気を誘う、沈闇《ちんあん》の月。鮮血の赤に染まり、凶熱に肉を沸《わ》き立たせる月。

「ぶぶぶぶぶ、その瞳。その瞳。絶対なる星界の彼方《かなた》を見せてくださる、その瞳。まさしく、あなたこそがわれらがカグヤさま。再生されたる御身に、ふたたび仕《つか》えられることを嬉《うれ》しく嬉しく嬉しすぎじゃあああああ、ぶぼばばばばばばばばば！」

ナゴンの下半分が立て続けに破裂《はれつ》した。その衝撃波が、彼を宙に浮かせる。四方八方すべてから、晴恋菜を包みこむ。いや、抱きしめようとする。

「さがりや、下郎《げろう》」

切れ長につりあがった瞳。いつのもかすかに垂《た》れた目とは正反対のつり目で、晴恋菜が吐き捨てる。

「我はもはや、カグヤにあらず」

人格は変わったか、見掛けは変わったか、その答えには主観があろうが、彼女の願いは変わりはしない。

「滅ぼす前に聞きたいことがあるぞ、矛城どのっ！」

「……手加減など……まだ無理ぞ……」

低くかすれた声で、晴恋菜は浮雲の願いに応じた。

ナゴンの粘液体が、雪崩れ落ちてこようとした瞬間、生理的な嫌悪感に耐え切れず、力を解き放っていた。

「月煌絶零《アブソリュート・ルナ》……っ！」

右の青白い月が、何もかもを静止させる光を放つ。究極の秩序たる、あらゆる運動の絶対停止。すなわち、この宇宙に存在しうる最低の温度。完全なるゼロ。

殴打《おうだ》も斬撃も刺突も通じず、エネルギーも吸収してしまう、あらゆるものを与えられても、すべてを貪欲に飲みこむ魔物であっても、持てる何もかもを奪われては、存在しようもありはせぬ。

「いまぞ、砕《くだ》け……っ」

凍りついたナゴンを、がっと蹴《け》りつけながら、晴恋菜は言った。ナゴンを蹴り飛ばすのではなく、彼女が離れるための蹴り。ナゴンは、まっすぐ落ちている。

「よみがえらせても、素直に吐くタマやない……っ」

アーマリアの、蛇鱗《へびうろこ》模様のついた鞭が、雑霊弾を形成するべく回転した。だが、弾体形成が間に合う前に、ナゴンは濁水《だくすい》に沈みそうだ。

「やむをえんでござるな……っ。水刃手裏剣《すいじんしゅりけん》ができたなら、こちらもできるはず……」

ナゴンが水面に達したタイミングで、浮雲が肉薄する。

肉薄を通り越して、密着する。水を自在に操る彼ならば、水面であっても足場の不利はない。てのひらが凍りついたナゴンに押しあてられた。短時間の接触であっても凍傷を負うほどの冷気だが、かまわない。体内の水流を一点に集中。練りあげた気によって超高圧で一気に放出。

「できるぞ！　爆水掌《ばくすいしょう》っ！」

どかんという爆裂音とともに、直径数メートルの氷塊となったナゴンが、全身にひび割れを生じつつ、ふたたび空中へと吹き飛ばされた。

「できる、拙者は忍びなり。ついに……きわめた」

自らの力の解放に、歓喜の哄笑を浮雲が響かせる。

「……うっきー？」

その笑いに、アーマリアは一抹の不安を感じた。だが、いまは戦いのさなかだと、不安を疑問を押し殺し、念入りに集めた特大の雑霊弾を鞭を唸らせて放った。

「通常の三倍……ううん五倍やよっ！」

五回分の雑霊弾をまとめて、最も深いひびに正確にぶちこまれ、ナゴンの氷塊が四分五裂した。きらきらと飛び散る破片を、シールディアが、超高速の連続斬で粉になるまで砕き、剣風に吹き飛ばさせる。

「……石上麻呂《いそのかみのまろ》もついに散ったか……。カグヤさまに滅ぼしていただけるとは、幸運なやつ」

その対決から、三十メートルほどを隔てた位置。

サソリ上人《しょうにん》と、盾哉が対峙《たいじ》している。

「まともにしゃべれるんなら、最初からそうしとけ」

巨大亀の上に立って、背を丸めた姿勢の盾哉が、ぼそりと言った。同じ甲羅《こうら》の上に、サソリ上人もはりついている。ようやく、盾哉はやつを追い詰めたのだ。

「話してもらうぞ……」

「いいとも教えてやろう」

上下逆《さか》さで揺れていなければ、サソリ上人の声は震えず、むしろ美声といえるほどだった。

「教えてやるとも。お前は、拙僧《せっそう》らと同様に、カグヤさまに仕えるために生まれてきた存在なのだ」

「ふざっける……なっ」

盾哉がぐんと前傾《ぜんけい》すると、その重心移動にともなって、亀の甲羅がぐんと傾いた。七支刀がサソリ上人めがけてふるわれる。ゴーストを率いるゴーストは、右手の鋏をあげて受けた。カッ！　という鋭い音とともに、サソリ上人の鋏が断たれた。

「ほほう、これはすごい。カグヤさまも喜ばれるぞ。当代の〈嵐の王《ストームブリンガー》〉は、たいそう優れた能力を持つ、と」

「……うそつきめ……っ」

サソリ上人が、どぼんと水に飛びこんだ。腹の左右に突き出た無数の足で水をかき、逃げる。それを盾哉が追う。

右半円。描いて切尖が水面を撫で、ざざざざあっというスコールのような水音とともに、しぶきの幕が跳ね上がる。盾哉の姿が消える。

「おう……達者《たっしゃ》な技ぞっ……」

右から来るか左から来るか。鋏を失った右からと、サソリ上人は読んだ。毒針をそなえた尾をかざす。

「がら空き……」

だが違っていた。力のこもらぬつぶやきとともに、盾哉は真正面から斬撃を叩きつけてきたのだ。

「ぎひぃぃぃっ！」

右顔面をごっそりえぐられて、さしものゴーストが悲鳴をあげる。

「ひひ、これは……これは、よい！　千年ぶりに味わえば、痛みとて甘露《かんろ》よのう……」

「オレはわかる。……カグヤはオレの敵だ。それだけはわかる……」

「違うぞ。〈嵐の王《ストームブリンガー》〉はカグヤさまのために存在する。カグヤさまたち〈月帝姫《ルナエンプレス》〉がいればこそ〈嵐の王《ストームブリンガー》〉もまたいるのだ。ぬしらは表裏一体。お前が強くなれば、カグヤさまも強くなる……」

「意味のわかることを言えっ」

今度は横殴りに七支刀をふるった。だが、問答とともの戦闘は、やはり無理があった。基礎能力が高まり、超常の異能を操れるようになっているとはいえ、盾哉にはまだ、経験が圧倒的に不足している。

「隙じゃっ」

どんっ！　と音を立てて、サソリ上人が毒針を発射した。その太い尾にそなえられた、長さ五十センチ、最大の太さ五センチの、まるで鉄芯のような針。表面はぬらぬらと毒液で覆われている。常人なら、毒なしでも、四肢の末端に刺さっただけでもショック死できる。

「読めてる……そのくらい」

その凶器をはじいて、だるそうに盾哉はつぶやいた。

「これもか？」

嘲笑《ちょうしょう》とともに、水面直下で何かが動いた。

盾哉は、それに対応しようと瞬時に動いた。だが、大毒針を跳ね除ける動きは、必要最低限だけでなく、わずかに大きく流れすぎていた。だから、完全に体勢を立て直すのが、わずかに遅れた。急所ではないが、腕、脚、顔面の一部が、カバーしきれない姿勢で、その攻撃を受けることになった。サソリ上人の胴体左右に生えた、蜘蛛《くも》にも蜈蚣《むかで》にも似た無数の脚《あし》。それが、長さ十センチの太矢となって、一斉に盾哉を狙《ねら》ったのだ。

放たれたのは二十本。

刺さったのは二本、かすめて頬に傷を作ったのが一本。

どれも、ぬらぬらする黒い液体に濡れていた。毒だ。

心臓の鼓動を狂わせ、呼吸中枢を麻痺《まひ》させ、激痛を脳に送りこむ。恐るべき毒液。だが、それをもってしても、盾哉には片膝をつかせることしかできなかった。

「……なんと。わずか数日でこの成長……ありえぬぞ。おぬし……もしや……夢を見せられているなっ⁉　あやつ……なんのつもりだっ！」

盾哉には意味不明の言葉を、狼狽《うろた》えたサソリ上人が口走った。どちらにしても、いまの盾哉は、毒の苦痛ゆえに、その言葉を聞き取ることもできなかったのだが。

「きゃつらがそのつもりなら、もうかまわぬ。〈燕の子安貝〉と〈蓬莱の玉の枝〉は我らの力で見出そう。〈嵐の王《ストームブリンガー》〉よさらば……」

苦痛で動けぬ盾哉に向かって、サソリ上人が、左手の鋏をふりかぶる。七支刀の間合いの外だ。おそらく、鋏は手首から外れて飛ぶ。変則的な軌道で。毒の苦痛にさいなまれ、薄れる意識の中で、盾哉はそれを悟った。

だが、視界が二重にぶれた。いや、さらに三重に。毒が視神経に回ったのだ。

「さらば……。おぬしがカグヤさまとともに来てくれさえすれば悲劇は起こらな……」

あたりが真紅《しんく》に燃え上がったのは、そのときだった。

熱はない。熱はないのに、燃えていた。溶鉱炉《ようこうろ》にほうりこまれた鉄のように、サソリ上人の肉体が溶ける。

「……！」

声すら発することなく、サソリ上人が焼失した。熱のない、赤い月光で。死の意思そのもので、熱なく生き物をとろかすこれを『極月焼煌《ウルティメイトルナ》』と呼ぶ。

からんからんと音を立てて、盾哉に突き刺さった脚矢が抜けたのは、その時だった。

「……盾哉くん……っ」

彼を見つめて、ぼろぼろと涙をこぼしている少女がいる。

彼女の瞳は、清らかな水に洗われて、きらきらと輝いていた。その色は、淡い茶色。髪は、やはり銀。

晴恋菜は、盾哉に向かって手をさしのべ——落ちた。

「きゃうっ」

彼女を包む月光は、すでに消えている。

水しぶきはあがらなかった。そこにあるのは、平凡な地面だ。濁水はもはやない。ナゴンとサソリ上人という、指揮者を斃《たお》したからだと、盾哉は思った。

「……何やってんだ、あんた」

膝をついた姿勢のままで、盾哉がつぶやいた。

「……待ってろ……すぐに行く」

そして晴恋菜に聞こえぬように、彼はそっと口にした。

第十二章　短き惨劇

「グラウンドが元に戻った！」

外を見ていた今出川《いまでがわ》が、歓喜の声をあげた。

そこにいた全員が、どっと窓に押し寄せる。

「ほんとだ！」

「怪物も消えるぞ。どうなってんだ？」

「ボスキャラをやっつけたんじゃねえ？」

口々に言う。安堵《あんど》と喜びが、全員をつつんでいた。

「いやいや。親玉は、まだ斃《たお》されてなどおらぬ」

その声の中に、含み笑いのこもった、ぬるっとした響きのそれがまじった。

「あんた……誰だ？」

それまで、その男はじっとしていた。窓のすみで、じっと動かず、外の光景を見ていた。彼がわずかなりと身じろぎしたのは、晴恋菜が、月光を浴びて外に躍り出たときだけだ。

「誰だ？　先生でも職員さんでもない。父兄がまだ残ってたはずは……」


斬《ざん》……ん。

問いかけていた今出川達也《たつや》が、右肩から袈裟《けさ》懸《が》けに切られた。体が二つに分割される。上がずり落ちはじめるまで、達也はそのことに気がつかず、ようやくさとった時にはもう死んでいた。

「あの妖術《ようじゅつ》に必要なのは、首だけでおじゃる。首をくれれば、あとは生きていてもよいのに。わざわざ死なずとも、のう……くいひひひひひ」

その男——常人の姿をとって、まぎれこんでいた鬼百合公爵は、たちの悪い冗談を飛ばしながら、無造作に刀をふるった。公家《くげ》とはいえ、剣技の心得はある。江戸時代には、幕府と天皇家の対立にちょっかいをだして、柳生一門と剣だけで五分以上にやりあったこともあるのだ。

ただの高校生が、逃《のが》れられるものではない。

二度目の、水平な一振りは、二人の少女の命をあっさりと刈った。

緋田邑枝《ひだもりえ》と陣内美代子《じんないみよこ》の首が、床にころがった。

その次は……。

「おや？」

がっしと、鬼百合の腕にしがみついた者がいる。日根《ひね》紅理《あかり》だ。うつろな傀儡《くぐつ》の瞳《ひとみ》に、ほんのわずかだけ、生気《せいき》が戻っている。いや、人がましさとでもいうか――。

「わたしの……生徒……だめ……」

ぶるぶると全身をふるわせながら、やっとのことで、それだけを口にした。

鬼百合公爵は、にこりと笑った。

「これだから、人は面白いのう」

「……そんなこと、言ってる場合？　早くしないと、あいつらが戻る」

伸びてきた繊手《せんしゅ》が、日根をあっさり引き剥がした。

「……しょ、初代《しょだい》さま……。い、いつの間に、やつらにまぎれ……」

鬼百合が、恐怖と驚愕もあらわにつぶやいた。

「もちろん、あんたたちが遊んで、役に立たないからに決まってんじゃん。こいつにやらせなさいよ。予定通り」

刃を鬼百合の手から奪い、日根に持たせる。

「さ、やりなさい」

命じられた時、日根の脳から最後の自我が吹き飛んだ。


彼女の動きが、人間のそれではなくなる。神速で、上《かみ》条講太《じょうこうた》の額《ひたい》の真ん中に、剣の切尖《きっさき》を突き入れた。そのまま、踏川大地《ふみかわだいち》も串刺《くしざ》しになる。

「きゃあああああああ！」

やっと全員が、何事が生じているのかを把握《はあく》した。だが、逃げることすらできなかった。もう遅い。少女の姿をした、絶対の女王があらわれ、その気配だけですべてを支配下に置いたのだ。

「久しぶり、久しぶりね。こういうの、ほんとうに。あははははは。いい、あんたら、恨《うら》むのなら……」

彼女が発した凄絶《せいぜつ》な憎悪が、全員から意識を奪った。殺戮《さつりく》の宴《うたげ》は、はじまってしまった――。

――何が起きたのか、盾哉《じゅんや》たちには理解できなかった。人が死んでいる。クラスメートたちが、死んでいる。

その半数以上が、首を失っていた。

「木菅《こすげ》さん……、鷲尾《わしお》さん……っ！」

晴恋菜《せれな》は、呆然《ぼうぜん》と友人の名をつぶやいた。だが、探そうとはしていない。あまりの衝撃《しょうげき》の大きさに、彼女の表情は、まったくうつろなものだった。心を根こそぎ、どこかに持っていかれたような。

「まだ息がある……はよう、救急車っ！」

アーマリアは、血まみれになりつつも首を残している級友たちの鼓動《こどう》を確認している。どうやら、首を刈《か》られなかったものは、生きているようだ。呆然としていた刃弥彦《はやひこ》が、のろのろした動作で、携帯電話を取り出す。

「ここまでやるのか……。やつらがそのつもりなら」

誰にも聞こえぬ声で、そうつぶやいた。

「どうなっている？　これは……どうなってんの」

アーマリアが呻《うめ》く。互いに互いの声が届いていない。彼らは、ただ声に出さずにいられないだけなのだ。

答えるように言葉を発した浮雲《うきぐも》とて、同様だ。

「拙者《せっしゃ》らが戻ってきたことに気づいて犯人が自殺して、完遂《かんすい》できなかった……」

「そんなことやない！　どうなってるんよ！」

自殺――そう見えているのは、教室の中央で、みずからの喉《のど》を日本刀で突いている女性。日根紅理だ。

「日根教諭が犯人にされるのだろうが……むろん間違いだ。間違い。くそ、首がない理由が説明できぬくせに、犯人に見せかける……意味がわからん。わからん」

浮雲が何度も自分の頭を殴りつける。盾哉はそれにかまう余裕がない。気づいてすらいないだろう。彼は、少女を探すのに、その無事を祈るのに懸命だった。

「……あきちゃん、どこだ、あきちゃんっ⁉」

盾哉の声に応じて、細く小さな手がふられた。それは、百キロ近い大きな体の陰に隠されていた。

「あたしが……じゅんくんのこと見てたら、急に悲鳴があがって。この人が……あたしに覆いかぶさって……たぶん、隠してくれたんだと思う……」

鉋倉《かんなぐら》の下からひきずり出された秋那が、ぽつりぽつりと語る。アーマリアが浮雲の腕を引き、刃弥彦が晴恋菜を抱えるようにして、集まってくる。

「誰かわからない。重くて。何も見えない。男か女かわかんないような声で」

犯人を、彼女は見ていないという。

「恨むなら、世界そのものを恨め……そう言ってた」

それだけぽつりと言って、秋那《あきな》は、盾哉にしがみつき、そして大声で泣きはじめた。

彼女の泣き声のほかに、この教室には、もうどんな音もない。

窓外から、月がのぞきこんでいる。

何もかもを知っているものがいるとすれば、それは月だけだった。

第十三章　ととのえられる儀式

九百九十九本の人脂蝋燭《じんしろうそく》の炎が揺れ、闇《やみ》を禍々《まがまが》しいオレンジに染めている。

鎌倉《かまくら》の街へと連なる山中の一角。その地下にもうけられた空間だ。常人であれば、即座に嘔吐《おうと》してしまう悪臭が充ちている。物理的に存在する匂いだけではない。人を昏倒《こんとう》させ、狂乱に堕《お》としうる、まがまがしい怨《おん》の気、恨《こん》の念も、この空間にあふれていた。

それは邪悪なエネルギーとなって、外部にまで噴《ふ》き出てゆく。陰に陽に陰に陽にと、炎が揺れるたび、闇と熱が波打った。波は逆渦《さかうず》となり、瘴気《しょうき》を運んでゆく。この地底の部屋の天井には、細い細い穴が開けられていた。そこからふりそそぐのは月光だ。蒼《あお》ざめた月光を食らうかのように、瘴気は天へたちのぼり、そして、暗雲へと変じてゆく。

ここで行われているのは、邪悪な魔力を生みだすための儀式だ。螺旋《らせん》の形に配置された九百九十九本の人脂蝋燭。その中央に配置されているのは、巨大な宝珠《ほうじゅ》であり、宝珠を囲む十三個の首である。

おぞましいというべきか、哀《あわ》れに思うべきか、若々しい姿をとどめた首は、白い皿に載せられ、いまだ呪《のろ》いの言葉をつむぎつづけている。くちびるを動かすたびにごぼりごぼりと切断面から鮮血が噴《ふ》き出る。その血が、響き渡る呪詛《じゅそ》によって瘴気へと変化し、そして宝珠へと流れこんでゆく。赤い瘴気は、宝珠の内で蒼黒く濁《にご》り腐って、夜空へとたちのぼってゆくのだ。

――ふと。

一心不乱に呪詛をとなえていた公家装束《くげしょうぞく》の人影が、その動きを止めた。

あふれかえる呪怨の念をかきわけるように、あでやかな気配が、唐突に、彼の背後にあらわれたのだ。

公家装束の目が動いた。文字通り、目――眼球の位置が。体表を移動し、髪をかきわけて、後頭部に移る。

その視線を受けて、気配はこごり、女の姿になった。二メートル近い長身に、一メートルを超えそうなバスト。

豊満で妖艶《ようえん》な、しかし半透明の姿。

「邪魔をしちゃったかしらねー、鬼百合《ゴブリンリリィ》ちゃん？」

幻影の女は、たわむれかかるような声音で尋ねた。

「いいえ、そのようなことはございません。初代《しょだい》さまにおかれましてはご機嫌うるわしゅう」

公家装束――鬼百合公爵《ゴブリンリリィ》は、慇懃《いんぎん》に応じた、腕の動作は止まっているが、呪詛の声は途切れていない。忌まわしい声が響き続け、人脂蝋燭の炎を揺らし続けている。

一つの口から、同時に二つの言葉が出ているのだ。

だが初代さまと呼ばれた幻影の女は、そのことにさほど驚いたようすも見せなかった。

「ご機嫌、あんまり、うるわしくないわよ。あんたのオロチ召喚《しょうかん》が成功したら、少しはましになるかも」

そう呟きながら、彼女が宝珠に視線を投げかける。

「あれが、あんたがカグヤから預かった〈龍《りゅう》の頚《くび》の珠《たま》〉か。……やっと見せてくれたわね」

「さようです。お待たせいたしましたことは、お許しくださいませ。深海においておかねば、これまでにお見せした芸当は無理でした。されど初代さまをそのようなところにおいでいただくわけには」

この鬼百合が、海のゴーストを使役し、校庭を海に変えた秘密が、この超古代の魔術兵器――メガリスだ。この〈龍の頚の珠〉の、さらに恐ろしい機能を、鬼百合は引き出そうとしているのだ。初代さまが、自ら刎《は》ねてきた首たちを見つめて言った。

「あれが、これまでの深海の闇や、昔々のカグヤの魔力の代用品ってわけ？」

「代用と申しますか……ま、そう御理解いただいてよろしいかと。生をまっとうできなんだ者らの悔《くや》しさ、あらゆる望みを絶たれた憎しみ、おのれに不可能となったことをなしとげる者への嫉妬。それらが、オロチを形作る闇の源となります。首だけではございませぬのよ。あの皿も、なかなか苦労して集めましたの。右の端は、一夜で三十人を殺し、自殺した男の頭蓋骨《ずがいこつ》から……」

「うんちくはいいのよ、どうでも。成果さえあがればね。できなきゃあ、どれだけ苦労しようが関係ないの」

ひらひらと手をふり、初代さまは、ふと気がついたような口調で言葉を続けた。

「それにしても、だらだらしゃべりながら呪文を唱えるだとか、あんた、器用ね？ゴーストならでは？」

「これは、百音声明《ひゃくおんしょうみょう》と申しましてね。以前からの、得意技でございますの」

鬼百合《ゴブリンリリィ》の声に、わずかな不満が漏《も》れる。が、声にまじる感情は、遠き日々の思い出を恋う酔いに変わった。

「カグヤさまは、かつて、この芸をたいそう面白がってくださいました。やれ、ニワトリとイヌとヤギの真似をいっしょにせよ、でござりますするやら」

「はんっ！」

短い声を初代さまがあげる。笑いと怒りの、ちょうど中間あたり。

「カグヤって子は！　それが月帝姫《ルナエンプレス》の言うことなの？　数百万の月軍をひきいてるっていうのに、子供みたいな……」

「子供のようなところに、みな、惹《ひ》かれていたのでございますよ」

きっぱり言われて、初代さまが、まばたきをする。その仕草《しぐさ》をよそに、千四百年を在り続けてきた魔物、鬼百合公爵《ゴブリンリリィ》が夢を見る少年のように目を細めた
「憧《あこが》れました。子供のような、あの残酷《ざんこく》さに。恋をしました。笑い、はしゃぎながら、地球の戦士を殺し尽くされる、あの姿に」

そして、鬼百合は、ふたたび、その手を激しく動かしはじめた。呪詛を唱える声が大きくなる。

「もう一度、あの方を見とうございます。あの方が、敵の返り血に染まる、美しいあのお姿を。そのために、我ら五人、卑怯未練《ひきょうみれん》恥知《はじし》らずに、ゴーストとなろうと、この世にしがみついてまいりましたゆえに」

「その五人も、もう、残りはあんた一人だものね。がんばらなきゃね」

はげますような、からかうような初代さまの声音。それに鬼百合が、微笑《びしょう》しつつ言葉を返す。

「いえいえ、まだです。まだ、わたくしだけになったのではございませぬ」

後頭部にあった鬼百合の目が、ぐるりと頭の周囲をめぐって、元の位置に戻る。

木製の奇怪な柱が、そこに立っていた。

めぐる途上で、視線は空間の四隅《よすみ》を捉える。

柱——いや墓標《ぼひょう》だ。

そのうちの一つには、びっしりと無数の蟲《むし》がたかり、別の一つはじくじくと黒い汚液《きたなえき》をにじませている。さらに別の一つは、鋭いトゲを、表面から突き出したり引っこめたりしている。最後の一つは、目のない蛇を産み出しては、ぼとり、ぼとりと床に落としていた。

「四百年前、三十年前に一人ずつ、そしてつい先日に二人

「……。カグヤさまに仕えし同胞《どうほう》ども。肉身は滅ぼされましたが、きゃつらめの執念は、これこのとおり」

鬼百合《ゴブリンリリィ》の笑《え》みに呼応して、四つの墓標が、がたがたと揺れる。

「この鎌倉《かまくら》の街、今宵、地獄に変えてごらんにいれます」

「……ふうん。あんたに、地獄がどういうところか、わかるのかしらね」

鬼百合《ゴブリンリリィ》の言葉は、初代さまの逆鱗《げきりん》にあたる部分に触れたらしい。周囲に、ゆらりと赤い炎がたちのぼった。比喩ではなく、錯覚でもない。

魔術か超常能力によって投射された思念体であるがゆえに、その姿には、感情がダイレクトに反映される。すなわち、その炎は、確かに狙ったものを焼きつくす力を秘めているのだ。

「……初代さま、お戯《たわむ》れは、そのあたりにて」

炎が鬼百合《ゴブリンリリィ》を襲わなかったのは、自制が働いたのか、それともその第三の声が響いたからか。

「あんたのことなんか、呼んでないわよ。ちゃんとあっちを見張ってなさい」

ふんと鼻を鳴らして初代さまが言った。

「……見張っておりましたゆえに、参上つかまつりました。そろそろ、肉体にお戻りくださいませ」

そう初代さまに告げた新たな声の主も、また女だった。

だが、姿は、初代さまに比べて、ひどくぼんやりしたものにすぎない。彼女もまた、なんらかの魔法で、精神体を投射しているのだろうが、魔力が劣るようだ。

おぼろな影でしかないその姿を見れば、盾哉《じゅんや》は叫びをあげていたに違いない。彼にはわかったはずだ。盾哉の祖父《そふ》を殺したあの『女』に間違いない。

「はいはい、戻るわよ。いいけどさ。月帝姫《ルナエンプレス》の始祖《しそ》なのよ、あたしは？　配下に侮辱《ぶじょく》を受けて、それを罰するのに文句を言われるすじあいはないと思うんだけど」

口調はおだやかなものに聞こえるが、炎は色をオレンジイエローに変えて、まだたちのぼったままだ。

「……ごもっともでございます」

ゴーストの女は、ひざまずいて、恭順《きょうじゅん》の意を示した。

「いまの月こそが地獄だと……。初代様のお怒り、お察しします」

「お前にわかるの？　ぬくぬくと、水と大気と緑に満ちた、この地球で暮らしてきたお前に。その全てを失った、月の民の想いが……」

抑えられた静かな声とともに、炎が青白い竜巻となり、ゴーストの女を襲《おそ》った。幻の体に幻の炎。幻影は幻影を滅ぼせる。

「……申し訳ございません」

炎に右腕を焼き尽くされながらも、その苦痛をかけらも見せず、ゴーストの女は答えた。顔を伏せ、ますます姿をおぼろに、感情を隠したまま、彼女は言った。

「……カグヤさまさえ取り戻せば、きっと月は……」

その言葉に、かえって怒りの炎が激しくなった。

だが、その時、無数の人脂蝋燭がゆらめいた。首からたちのぼる瘴気が、どっと邪悪な宝珠に流れこんだ。初代さまの怒りの炎もまた、瘴気の流れに導かれ〈龍の頚の珠〉に吸いこまれる。

「これは……」

初代さまにとっても想定外の事態だったようだ。彼女の表情が、一瞬にして平静なものに戻り、炎が乏しくなる。だが、うっすらと笑みをうかべ、彼女はまた炎を激しく燃やした。

「なるほど。……この私を、ただ一人凌駕《りょうが》した天才。月帝姫《ルナエンプレス》の中の月帝姫《ルナエンプレス》カグヤ。彼女が作ったオロチは、他の月帝姫《ルナエンプレス》とは一味も二味も違うということね。いわば超オロチ。その憎悪もとびきりだわ。あたしも食べようとするって、さすがよね」

そして〈龍の頚の珠〉は、いつの間にか数十センチほども、宙に浮かんでいた。

取りこんだ炎が、さらなる魔力に変わったのだ。

たちのぼった闇は、暗雲となっている。

月光は、もはや届かない。分厚く広がった黒雲が、さえぎってしまったのだ。それはもう、雲には見えなくなりつつあった。空をうねる、濁流だ。

「あたしを満足させてくれるかしら、この子は」

その光景を眺める初代さまが目に宿《やど》した光は、淫蕩といえるものだった。ゴーストの女が、顔を伏せたまま応じる。低く、冷静な声で。

「姉さま……いえ、カグヤさまなしでは、百八の頭を生じることも不可能でしょう。このメガリスにこもる残滓だけでは、せいぜい三つか四つ。それも一晩とは持ちませぬけれど。それでも、あの忌まわしい〈世界結界〉をゆるがし、嵐の王をおののかせるには充分でしょう。さすれば、きゃつめも隠されたメガリスを求めるはず……」

「いえ、いえ。妹ぎみさま。〈世界結界〉も嵐の王《ストームブリンガー》も、どうでもよろしいのです」

熱に浮かされたような声で鬼百合《ゴブリンリリィ》が言う。妹ぎみと呼ばれたということは、このゴーストは、カグヤの妹として生きていた過去があるということか。初代さまと妹ぎみと、二人の間を、高揚《こうよう》した鬼百合《ゴブリンリリィ》の言葉が流れる。

「オロチを見れば、きっとカグヤさまは思いだしてくださいます。我らとともにあった、あの日々を。あの魔術師どもが作りあげた〈世界結界〉によって、おぞましい『常識』が世界を縛り、楽しき超常が、詠唱銀が追放される以前の、魔法に満ちた日々を」

　呪詛の声が、さらに高まった。

「……そう、であれば、よろしいのですが」

　妹ぎみ、の呟きは、期待より不安があらわだ。

　だがその不安は、はたして自分たちの計略がうまくゆくだろうかという心配であるのか。

　それとも、カグヤの身を案じてのことなのか。

　彼と彼女の言葉を聞き逃すことなく、けれど聞いたことをおくびにも出さず、初代さまは、怒りをさらに燃えあがらせた。だが、抑えきれぬ、歓喜《かんき》と快楽《かいらく》の気も、その炎にまじっている。

「わたしが率いていたころの月降戦争《げっこうせんそう》の決戦に比べれば、千分の一どころか、万分の一にも足りないけれど。でも、考えてみれば、わたしだって最初の最初は、これより少ない戦力ではじめたのだったわ」

　瞳に深淵をたたえて初代さまが呟《つぶや》き、そしてさらに高く高く、瘴気をたちのぼらせてゆく。たちこめてゆく。暗雲が。鎌倉の上空に。

　そして少年と少女のゆくてに。

第十四章　龍の珠が目覚める

1.

鎌倉《かまくら》に、大いなる破壊《はかい》が訪れる――その前に、物語の時はいささか遡《さかのぼ》る。

日が西に傾きはじめた時刻。盾哉《じゅんや》は、いつもの樹にのぼって、閉ざされた校門を見ていた。見つめるでも、見張るでも、眺めるでもなく、ただ漫然と見ている。

あの学園祭から、三日がすぎていた。

学校は、いまだ再開されていない。

翌日には、数え切れないほどの取材が集っていた校門前だが、いまは、もう――。

一台、バンがやってきた。校門から五十メートルほど手前で止まり、何人かおりてくる。どこかのテレビ局の、ニューススタッフだろう。カメラマンに音声、彼らの助手。手ぶらなのはディレクターだろうか。最後にスーツの女性がおりてくる。レポーターか、アナウンサーだろう。盾哉には派手に見えるスーツだが、テレビ画面を通せば、むしろ地味に見えるレベルかもしれない。近くをうろついていた野次馬たちが、集ってくる。

その中に、黒い影。

盾哉が、ゆらりと動いた。

動いたのは本人だけ。彼が腰をおろしていた枝は、葉先一つ揺れない。

一瞬すらかからず、盾哉は地面におりたっていた。無雑作《むぞうさ》に歩き出す。右手に、七支刀をぶらさげて、ごく日常的な、乱れのない歩調で。昨日や一昨日ほど野次馬も多くない。かきわける必要もなく、女性アナウンサーの声が聞こえる距離に近づけた。プロは手早い。もう位置を決め、収録を始めている。

「……校舎倒壊により九人の死者、二十一人の重傷者を出した事故から三日めの今日……」

盾哉は、立ち止まった。

あらためて言葉として聞かされると、いまだに衝撃《しょうげき》だ。納得しがたく、受け入れがたい。奔騰《ほんとう》しそうになる感情を、盾哉は、強引に押さえつけた。そのために利用したのは、この取材陣に近づいてくる、いくつかの影。

「……堂々と……」

いらついた口調で、言葉が漏《も》れた。

カメラの後ろを通り過ぎ、反対側の野次馬をくぐりぬける。正面から近づけば、殺気に怯えて、向こうが道を空けてくれる。提げた七支刀も見えないはずなのだが、目つきだけで充分だ。

逃げないのは、ゴーストだけ。

盾哉は、歩調をまったく変えず、ただ歩幅だけを広げて、間合いを詰《つ》めた。地面をはいずる死骸が、群集に襲いかかろうとしていた。ねっとりと肉が地面に広がり、灰色でぬるぬるしている。まるでナメクジとゾンビをまぜあわせたような醜悪《しゅうあく》さ。そんなのが三つ。

背後から、女子アナウンサーの声が聞こえた。

「……と学校側は語っており、この悲惨な事件の責任が誰にあるのか……」

「うるさいな……」

ぼそりと呟いて、地面めがけて切尖《きっさき》を突きたてる。真ん中の一体を狙《ねら》った。ナメクジゾンビの胴体を貫いた。が、致命傷にならない。貫かれるのと同時に、ナメクジゾンビがくるんと丸くなり、盾哉の剣をくるみこんだ。

同時に、もう二体が跳ねる。左右の空中から盾哉に迫ってくる。とっさに柄から手を離し、背後へジャンプした。背中で感じる。人々に近づいていることを。

その人々が、誰もこちらに気がついていないことにも。

野次馬たちの、のんきな会話が聞こえてくる。

「……この事件もすぐ忘れられちゃうんだろうな」

「当日からしたら、すっかり取材も少なくなったしな」

盾哉とゴーストの戦いに、誰も目をくれぬように、晴《せ》恋菜《れな》のクラスメートたちが死傷したあのできごとの真実も、誰も知らない。

まだわずか三日。なのに、新聞の記事の見出しは、もうかなり小さくなっているし、ニュース番組で取り上げられる時間も短くなっている。原因の追及もうやむやで終わるだろう。そもそも追求のしようがないのだから。

本当のことは、誰にも知られることはない、
わきあがる憤りをふりきるように、盾哉は動いた。

ステップする。ほんの数日前までは、雨の中でしかできなかった、魔術的ステップだ。それが魔法的なものだと、認識すらしていなかったステップ。

べたりとアスファルトの地面に落ちたナメクジゾンビ

が、驚くほどのすばやさで盾哉を追ってくる。だが、彼らが、盾哉のいた位置に到達した時、すでにそこに残るのは一陣の風のみ。

盾哉は元の位置に戻り、手放したはずの武器を手にしている。七支刀《ななつさやのたち》をねじり、刃から左右に突き出た枝刃で、ナメクジゾンビの肉体をえぐる。

「うちの子の友だちが入院しているんだけど」

「そうなんだ？」

「床が崩れた時は、この世の終わりかと思ったたって」

主婦らしい二人の話し声が、盾哉の耳に届いた。

この世なら、とっくに終わっているんだよ——言葉を飲みこみ、消えゆくナメクジゾンビから、刃を引き抜いた。ねっとりとまだ尾を引く。おぞましい感触。

左右から、残ったナメクジゾンビが飛びかかってくる。無防備《むぼうび》な野次馬を襲うことをしないのは、どうしてだろう——浮かんだ疑問もまた押し殺して、盾哉はステップを踏む。ふりむきすらせず、攻撃をかわす。

盾哉を見失って、ナメクジゾンビどもがぶつかりあう。

「おつかれさまッした！」

「まだ早いわよ。この後、ご遺族へのインタビューがあるんだから」

背後から、ＴＶの取材チームがこの場を引き上げてゆくやりとりが聞こえる。

遺族——殺された者たちの家族。彼らは、死者のことは忘れないだろうか？　盾哉自身、死んだ母の記憶は風化《ふうか》している。他の家族も同じかもしれない。だが、祖父《そふ》を殺された怒《いか》りは？　それなら、まだくすぶっている。

けれど、あの犠牲者たちの家族も友人も、正しい相手への憎しみも怒りも抱けない。あれが、老朽化した校舎の倒壊《とうかい》などではなく、何者かによる惨殺《ざんさつ》であった、ということを、知ることさえできないのだから。

「……偽の犯人さえ、な。……っ」

たぎる感情に気をとられていたせいで、ナメクジゾンビがふきだした粘液をかわすのが遅れた。まともにかぶることはなかったが、首筋をかすめた。火傷《やけど》のような痛みと、そしてきつい異臭。

だが、その痛みも、盾哉の思考を完全にナメクジゾンビたちに向けることはできない。

「日根《ひね》……紅理《あかり》」

晴恋菜たちから聞いた、死んでいた女の名を呟《つぶや》いてやる。死の意味さえ奪われた女の名。

そして、七支刀で、空を断つ。

刃をふる動作《どうさ》に巻き起こされた風が、もう一体の吹き出した汚酸《おさん》をさえぎる。さえぎるどころか、はねかえって、ナメクジゾンビ自身を焼いた。

けれど、苦痛の悲鳴はあがらない。

「死んでいるんだもんな」

あまりにたくさんの感情がまじりあいすぎて、真っ白になった声で、盾哉が呟く。

死者は、何も語らない。

あの死者たちの惨状さえ、生者へと何も語りはしなかったのだから。

駆けつけた救急隊員や警察官が、現場を見たにもかかわらず、真実は知られることがなかった。日根紅理による殺戮ということにすら、ならなかった。

倒壊事故だと、認識し処理した。生徒たちが死んでいた場所と、崩れた部分が離れていることも問題にはならなかった。それどころか、重傷を負った本人たちの間にも、あれは事故だったと、記憶を捏造《ねつぞう》する者すらいる。人々は事故なのだと信じ、あらゆる矛盾《むじゅん》から目をそらした。いまも盾哉の戦いから目をそらしているように。

「ぐふ……っ」

汚酸で溶けたナメクジゾンビから、白い煙がたちのぼった。それを吸いこんでしまって、盾哉は咳《せ》きこんだ。

「あら？　変なにおいがしない？」

「そうね……」

立ち去ろうとしていた野次馬たちの声が聞こえた。

そちらを見もしていないのに、盾哉は、ふりむこうとする人々の気配を、はっきりと感じた。

音もなく踏みこむ。魔術《まじゅつ》的なステップで、距離を渡る。あふれた魔力が、首の火傷を癒《いや》してゆく。

盾哉が止まったのは、右の敵に対して無防備になる位置だった。かじりつかれた。牙がくいこむ。右のわき腹から血が噴き出た。だが、気にしない。

左の敵をめがけて、剣を突き出す。ナメクジゾンビは逃げようとしたが、盾哉の動きが勝った。魔力だけではない。この武器の扱いも身につけている。左の敵はずたずたになって消え去り、残りは噛みついている一体。

「ねえ、ちょっと。またテレビ局が来たわよ」

結局、野次馬の主婦は、こちらを見なかった。

あせることもなかった――そう思ってから気がつく。なぜ、あせったのだろう。

世間が、ゴーストの存在に気づかぬことにいらだっていたはずなのに。殺された人々の、死の理由が知られないことを怒っていたはずなのに。

　どうして、この怪物たちを、人の目に触れさせてはいけないなどと思ったのだろうか。そもそも、見たところで、認識などしてもらえないのに。

　なのに、どうして。

　身じろぎしたら、脇腹の傷口から、痛みが脳天まで駆け上がった。考えている場合ではない。まだ敵はいる。

　柄《え》を握った拳を、牙を喰いこませているナメクジゾンビの頭にふりおろす。滑ってうまく当たらない。

　もう一度。今度はうまくいった。ごべりと、ゴーストの腐った頭がめりこんだ。そのへこみに指をかけて、左手で頭をひきはがす。牙が抜けて、傷口に残っている。

　気にせずに、右手をふるう。

　ナメクジゾンビの頭が飛んだ。

　ごろんごろんところがる。そこへ、車が走りこんできた。別のＴＶ局の取材者だ。

　ぐしゃり、と、頭がつぶれる。

「いやねえ。生ごみの袋かしら」

　ただよった悪臭に、その取材車がやってくるのを待っていた主婦たちが、鼻の頭にしわを寄せる。

　ほら、やはり認識してもらえない。


『こういうのは、ゴーストがかかわった事件においては、しばしばある出来事なのでござる』

　浮雲の言葉を思い出す。

　なぜそうなるのだ、という自分の問いも思い出す。

　だが、その盾哉の疑問に、浮雲もアーマリアも答えを持っていなかった。

　頭を軽く左右にふって、盾哉は歩き出した。

　脇腹がずきずきと痛む。さすがに、もう自分のステップだけでは癒せないことがわかる。腹も減っていた。財布は、胃の中身よりさらに空である。

　仕方がない。あそこに、一度、戻ろう。

　盾哉は、歩き出した。ただし臨戦態勢は解いていない。

　この三日のうち、ほとんどの時間はそうしていた。鎌倉を歩いて、そして出くわしたゴーストを掃除《そうじ》した。

　眠くなったら、あの木に戻った。ここで待っていれば、ゴーストが集まってきたからだ。集まってくるから滅ぼす。それ以外に、何をすればいいのか、わからない。

　もう一度、思い出す。

　盾哉の『なぜ、人は、ゴーストから目をそらすのか？』という問いに、アーマリアたちはこう言ったのだ。

『なんで、うちら、疑問に思わへんかったんやろ？』

『確かに気になるが、まずはこの事件を片付けねば』

だが、事件が片付くとは、どういうことだろう。次々に、自分たちの前に化け物があらわれる。だが、そいつらは何をしたいのだ。どうすれば、これは終わるのだ。

盾哉は、ただ歩き回り、そして戦っていた。鎌倉の街を歩いていれば、ゴーストが寄ってきた。盾哉を、美味《うま》そうな餌《えさ》だと認識して集まってくる。いくらでも戦えた。戦っていれば、何も考えずにすんだ。

晴恋菜が、いま、どうしているのかも。

学校の前から立ち去ろうとしている盾哉の背後から、きゃあという叫びが聞こえた。

だが、ゴーストの気配はない。強い風が吹きはじめている。悲鳴はそのせいだろう。

風が、盾哉の、逆立《さかだ》った髪《かみ》をなぶっている。

ぽつりと、水滴が頬《ほお》に当たった。

盾哉は空を見上げた。鎌倉の空に、ゆっくりと真っ黒な雲が、広がりはじめていた。

2.

盾哉《じゅんや》が、矛城家《むじょうけ》にたどりついた時、すでに日は暮れかけていた。

玄関の戸に手をかけて、盾哉は躊躇《ちゅうちょ》した。動きが止まる。脇腹の傷は、血はどうにか止まっているし、腹は減っているが、長野《ながの》から鎌倉まで歩いた時のことを考えれば、まだ我慢できる範囲のことだ。

そっと、手を離した。だが、背までは向けなかった。

盾哉は、小さく息を吐いた。

刹那《せつな》、がらりと戸が開いた。

メイド服の女性が、けわしい表情でそこに立っていた。カナカだ。眉間《みけん》にしわを刻んだまま、彼女は言った。

「うちは、ただでさえ変わった家ですから、ご近所の評判には気をつかっているんです」

いきなり言われて、めんくらった盾哉の動きが止まった。さっと白い手が伸びてきて、盾哉の肘《ひじ》を掴《つか》む。

「早く入ってください」

家の中にひきずりこまれた。どこをどういう具合にされたのか、気がついたら、玄関の上がり口に座らされていた。矛城家は、古風な日本家屋だ。玄関にはちゃんと土間《どま》があって、広い。上がり口には、屏風《びょうぶ》すら立ててある。

そこに、盾哉は腰をおろしていた。

立ち上がって、出て行くことは可能だったろうが、盾哉はそうはしなかった。七支刀《ななつさやのたち》をかたわらにおいて、座ったままでいた。カナカが戻ってきた。救急箱と、ぬるま湯を入れた洗面器を持っている。

無言のまま、かたわらにすとんと座りこむ。ふわっと広がったメイド服のスカートが、きれいな円を描く。その円を歪めて身をのりだし、盾哉の手当てをはじめた。服をまくりあげられる。乾いた血ではりついていたが、かまわずにひきはがされた。ぐっと奥歯をかみしめて、悲鳴を我慢する。

カナカが、むっとしたような顔つきになった。まくりあげただけでは気がすまないようで、無言のまま、盾哉の上着を脱がせようとする。盾哉は、あえて逆らいもしないが、協力もしないでいた。すると、遠慮なく、ぐいぐいと腕をつかんでふりまわされた。くっつきかけた傷口が開いて、また出血する。

それでも盾哉は、一声もあげなかった。

カナカは、清潔そうなガーゼをとりあげると盾哉の傷をぬぐった。傷口の奥に、ガーゼがつっこまれる。脳天まで痛みがかけあがったが、口からはみ出てきそうになるのを、どうにかこらえる。

洗面器のぬるま湯が、黒くにごった血と白い膿に染まり、悪臭をはなった。

カナカが、一度、立ち上がって湯を捨てにいった。トイレで流す音が聞こえてくる。それで隠れることを願って、盾哉は大きく息をつき、呻きをあげていた。

汚れた自分の手を洗ったカナカが戻ってくる。盾哉は、丸まっていた背を、どうにかのばし、歯をくいしばってその姿勢を維持した。

カナカは、別のガーゼを持っていた。奇妙な匂いのする軟膏《なんこう》を塗る。刃弥彦《はやひこ》の手製薬だろう。傷口に、それをつっこまれた。悲鳴をあげそうになったが、自分の太ももを握った手に、爪が皮膚に喰いこむまで力をこめて、どうにか辛抱《しんぼう》した。

カナカが、小さくため息をついた。

くるくると、包帯を巻いていく。その手つきは、心なしか、先ほどまでより丁寧に感じられた。一般的な『優《やさ》しい』手つきには、いまだほど遠いが。

「……強情《ごうじょう》ですね、あなたも」

巻き終わった包帯を、医療用テープで留めて、カナカはぽつりと言った。

やっぱり、わざと乱暴にやっていたのか、そう思ったが、口には出さなかった。

はじめて会った時、この女性に対して、盾哉はいわれのない恐怖を感じた。この家とつかず離れずで暮らすうち、いくらかうすれてきたものの、いまもまだ、恐怖は消えていない。その恐れが、口を開くと、吹き出しそうな気がする。人間が、恐怖の対象に向かって行うことといえば、逃走か攻撃だ。

前回は、逃《に》げることを選んだ。

いまは――かたかたと、七支刀が震えている。自分をふるえと、さそうかのように。

「玄関先で、半裸にして申し訳ないのですが」

カナカは、感情をたたえない、黒目がちな瞳《ひとみ》で盾哉を上から下まで眺めた。日にあたっていないせいか、盾哉は色白だ。服を着ていると、貧弱そうに見える体躯だが、裸体になると鋼の糸をよりあわせたような筋肉を、しっかりとまとっている。

盾哉は、脱がされた服に手をのばした。動いても、もう痛みはない。処置の過程はともかく、結果はたいしたものだ。しかし、スムーズな動きにもかかわらず、盾哉の手は、服に届かなかった。

彼に先んじて、カナカが、それを奪いとったからだ。血にまみれて、ぼろ布に等しいそれを、彼女はくるりと丸めてしまった。

「ここでお待ちください。着替えを持ってまいります」

カナカの言葉に、盾哉はすぐにはうなずけなかった。玄関先で、上半身をさらしたまま待つのは、どうにもおちつかない。そんな盾哉の目を見つめて、カナカはきっぱりと言った。

「これから先には、雨堂さまには入っていただきたくありません。晴恋菜さまの、修行のさまたげになります」

上半身裸であることを、先に意識させられていなければ、その一言でかっとして、外に駆け出していただろう。

けれど、足の代わりに、盾哉の胃が、活発に動いた。

その瞬間に、腹が、ぐうと鳴ったのだ。

「着替えと、食事をお持ちします」

カナカが、空気一つ乱さぬ動きで立ち上がった。先ほどの不器用な指先の動きとは正反対の、スムーズな動きで、盾哉に背を向ける。

視線がそれて、盾哉はようやく息をつくことができた。カナカが、廊下《ろうか》を数歩歩いたところで、盾哉は、ぼそりと呟くように言葉を投げた。

「……秋那《あきな》は、どうしてる?」

カナカの足が止まる。一呼吸半ほどの沈黙があって、答えが戻ってきた。

「昨日には、もう起き上がられました。ショックは残っているでしょうが、体調に出るほどではありません。いまは、書物から魔法を学んでいらっしゃいますよ」

「おい！　そんなことにあいつを関わらせるな！」

盾哉の声が荒くなった。

「お約束したのは、彼女を危険な目にあわせないことだけです。……この家にいれば安全ですし、外出させない理由付けに、魔術《まじゅつ》の鍛錬《たんれん》はよい口実です。……つらい記憶から、思考をそらすのにも」

「そりゃあ……まあ……。でも！」

盾哉は、もう一度声をあげたが、カナカは、いっさいふりかえらず廊下の奥に消えてしまった。

彼女が戻ってくるまで、十五分はかかったろうか。

盾哉は、これからどうするのか、ずっと考えていた。

結論は、まるで出ない。

とりあえず、この屋敷の外で、ゴーストでも狩っていようか、と思う。中にいれば安全だとカナカは言ったが、それを鵜呑みになどできない。

カナカに頼んで、秋那を呼んでもらおうかと思ったが、それもやめた。あの殺戮《さつりく》の後、彼女は高熱を出して、そのまま部屋にこもり、ベッドからすら出てこなかった。

盾哉は、その直後に、この屋敷を出ている。我ながら薄情《はくじょう》だとも思ったが、それは秋那の望んだことでもあった。しばらく、盾哉の顔を見るのもつらいのだ、と。部屋の扉ごしにしか、話してくれなかった。

それが、魔術書を読めるまでに回復している。彼女も、精神が、かなりタフにできているのかもしれない。

むしろ自分なんかより。

盾哉は、自嘲をまじえてそう思った。

晴恋菜にしても、そうだ。

この屋敷を出たのは、自分が、晴恋菜のこもっている部屋に乱入してしまうのではないかと恐れたからでもある。

そう、先ほどのカナカの言葉は図星だった。だから、かっとしそうになったのだ。

晴恋菜《せれな》がいるのは、屋敷の最奥《さいおう》にある部屋だ。

刃弥彦によれば、そこは瞑想《めいそう》のために用意された部屋なのだという。みずからの内面と向き合い、魔法を見出す、そんな修行のための部屋だ。

晴恋菜は、その部屋にこもっている。達成するまで食事も睡眠も、一切とっていない。

盾哉は、そのことを知っている。

直接、晴恋菜と顔をあわせていないけれど、ちゃんとそのことを本人から聞いているのだ。この数日の『晴恋菜とのやりとり』の曖昧《あいまい》な記憶を、手探りしていると、カナカが無表情なまま、戻ってきた。

「出ていっているかと思いました」

盾哉は、無言のまま、彼女の手から服を受け取った。

「……ありがと」

トレーナーをすっぽりとかぶりながら、盾哉は、ごくごく小さな声で言った。服を着終えた盾哉が頭をつきだすと、カナカが、盾哉を見つめていた。

「……なんだよ」

「いえ」

カナカは、まばたきをして元の無表情さを取り戻した。

「礼を言われるとは、思っていなかったものですから」

そういいながら、しゃがみこんで、左手の盆を、盾哉の膝《ひざ》の先に置いた。丸い、不恰好《ぶかっこう》なおにぎりが三つ、皿に載せられている。たくわんがそえてあったが、うまく切れずにつながっていた。

「一言、申しあげておきますが、お作りになったのは、アーマリアさまです」

盆に載せてあった小さなポットから、ふくよかな香りの緑茶を湯のみにそそぎながら、カナカは言葉を続けた。

「ですから、毒を仕込まれたとか、そういった心配をする必要はありません」

盾哉の手が、ぴくりと止まった。

「……冗談です」

ポットを戻しながら、カナカが言う。

「二人は？」

「矢澤《やざわ》さまは朝からずっと戻っておられません。アーマリアさまはお昼ごろ、一度帰ってこられて、矢澤さまかあなたが戻られたら食べさせてくれ、とこれを」

それを聞きながら、盾哉は思いきってむんずとおにぎりをつかみ、はむっとかじりついた。

「……美味《うま》い」

意外だ、という調子で呟《つぶや》いてしまう。

「ええ、わたくしも、ひとついただきましたが、見た目に反してかなりのものです」

そのカナカから目をそらしつつ、盾哉は尋ねた。

「どこに行くとか、言ってなかったか？」

「おっしゃっていましたよ。田中《たなか》さまと〈世界結界《けっかい》〉の伝承について調べてみる、とか」

「……なんだ、そりゃ？」

田中さまというのは、田中雄大《ゆうだい》のことだろう。元教師で、いまはトラックの運転手。かつて娘を矢澤浮雲《うきぐも》とアーマリア・ラルカンスィエルに救われたことがあり、しばらく前、長野《ながの》から鎌倉《かまくら》まで放浪した盾哉とも出会っている。彼は、世界にはかつて魔法が実在しており、何かの手段によってそれが隠蔽《いんぺい》されているのではないか、と考えていた。歴史学者として、妻とともに、その仮説を裏付ける研究を進めている。

「……それで……せかいけっかい、だって？」

「はい。そういう単語を口にしてらっしゃいましたね。なんのことだかは、わたくしには、よくわかりませんが」

盾哉の疑問に足して、カナカが首をかしげてみせる。

「ああ、でも、あなたのことをおっしゃってましたね。そう、雨堂《うどう》さまの疑問に答えが出るかもしれない、と」

どの疑問のことだろう、と盾哉は思った。

なぜ、人がゴーストのことを忘れるか、なのか。

自分たちが何ゆえにゴーストに狙われるか、なのか。

それとも、夢で見るあの世界のことだろうか。

カナカは、盾哉がいると、晴恋菜の心が乱れて、修行の邪魔になると言ったけれど。

じつのところ、盾哉は、毎夜、晴恋菜に出会っているのだ。夢の中で。昨夜も、会った。思い出す――。

3.

地平線の果てまで広がっている美しい森を、盾哉《じゅんや》は見下ろしていた。

まるで緑の絨毯をしきつめたような、その森のところどころに、百数十階建てのビルに匹敵する大きさの樹がそびえている。

盾哉の視点は、その超巨大樹の頂《いただき》からのものだ。

おのれが立つ樹を見下ろす。

無数の葉がしげり、それをかきわけて、あざやかな真紅の花が咲き誇《ほこ》っていた。花は、家ほども大きい。

その花々の合間、超巨大樹のふしくれだった山肌のような幹《みき》から、並みのサイズの――いや、並みのにくらべて巨きな木々が、また生えている。

これらの木々もさらに、オレンジやイエロー、パープルの極彩色の花々を咲かせている。

そして木々の幹をまるで大地としたかのように、また緑の草が風に揺れており、細い茎の先端で白、黄色、桜色、淡い色合いの小さな花が開いては散ってゆく。

巨花たちは、絢爛豪華《けんらんごうか》という言葉が似合う、きらびやかな色合いだ。しかし、細かな花びらがおぼろにその色合いを霞《かす》ませて、柔らかな景色になっている。けれど、その美しい光景が盾哉にもたらすのは、緊張と、戦いの予感だけだ。

視線をあげると、遠くの二つの超巨大樹の間を、きらめくかすかな糸がつないでいるのが見えた。

それは糸ではなく、列だ。超巨大樹から超巨大樹へ、真っ青な翼竜《よくりゅう》の群れが渡っているのだ。その背に、輝く鎧をまとった少女戦士たちを乗せている。

盾哉は、ふたたび真下をながめた。

下に広がっているのは、緑の絨毯。この高さからだと、草原と区別がつきづらいが、並みの大きさの木々が、すきまなくびっしりと大地を埋めつくしているのだ。

視線を西へずらしてゆく。

――と、緑のはざまから、ひょいと猫が顔を出した。小さな蛇《へび》をくわえている。

いや、猫に見えるのは錯覚《さっかく》だ。

超巨大樹と並みの木々は、比率でいえば、長寿の巨木と雑草ほどにも違う。猫に見えるあれも、それだけ大きい。雌獅子《めしし》型の巨獣だ。くわえられている蛇でさえ、体長は十メートル以上あるだろう。

その獣が、何を見つけたのか、大きく口を開けて咆哮《ほうこう》した。蛇が落ちる。それより早く、獣は、見つけた何かに飛びかかった。

爆発した。

炎が、巨獣の内側から膨《ふく》れあがり、その胴体を十字に焼いたのだ。それは、翼を広げた鳥のようにも見えた。

夢の中で、盾哉は息を呑んだ。

戦いが、はじまったのだ。あれはおそらく、炎と太陽の申し子たちが使う、火焔鳥の拳《フェニックスブロウ》、と呼ばれる魔術だろう。その最終奥義を、三人ばかり同時に使ったに違いない。互いの魔力が増幅されて、恐ろしく威力が高まっている。盾哉は、ふとトリプルクロスという言葉を思いつき、自分のセンスにあきれた。ともあれ、こんな風に魔術を判別できるのも、この数日、続けてみている夢によって得た知識のおかげだ。

盾哉は、眼下の光景を注視し続けた。

巨獣を引き裂いた炎は、そのままどこまでも伸びていった。炎が羽ばたき、森に灼熱《しゃくねつ》の刻印を刻む。

無数の悲鳴があがった。

人のそれは少ない。動物の、そして植物の悲鳴だ。断末魔が、森の空気を満たしてゆく。

森を十字に断ち割った炎の鳥は、そのまま暴れ、さらに広がっていく。無数の命が呑《の》みこまれようとしていた。

超巨大樹の枝々から、一斉に、青い翼竜に乗った女戦士たちが飛び立った。

猛スピードで炎の中心に飛来し、上空から、手にしていた槍を次々に投げおろす。

だが、その槍は、地上から噴き上げた炎によって焼きつくされた。槍そのものが魔力をまとっていたおかげで、互いの威力は相殺《そうさい》されたようだ。

と、一瞬《いっしゅん》の間も置かず、炎熱地獄と化した地上から、人型の炎が飛びあがった。

炎を操る魔術師たちだ。両腕に装備した刃が、炎の翼と化している。一番上にいる三人が、あのトリプルクロスを放った炎の遣いに違いない。

三人の男女が、正三角形を描く。その中心に炎の魔力が集中されている。太陽より激しく、炎が燃え盛る。極大火焔《かえん》砲撃のトリプルクロスを用意しているのだ。

蓄えられた炎の魔力が解放されれば、青い翼竜の少女戦士たちどころか、森が消滅するに違いない――が。

『……来た』

盾哉は身をこわばらせた。いや、肉体のない夢の中だから、そんな感覚に襲われた、ということだが……。

青白い光が、地平の彼方からほとばしった。すさまじい魔力を秘めたそれが炎熱の三角を直撃する。

「……っっっ‼」

陽焔の使徒たちの間から、悲鳴があがる。

絶対零度の冷気が、炎そのものを一瞬で凍りつかせたのだ。三角の炎ばかりではない。冷気の射線上にあった、森を呑み尽《つ》くそうとしていた炎も、凍りついている。炎を発していた筆頭の三人が、結晶体と化して砕け散った。

『……月煌絶零《アブソリュートルナ》』

盾哉は、その輝きを見たことがある。夢の外でも。もっとも、その時は、もっと光の規模が小さかったけれど。

『……よし』

盾哉は身構えた。肉体がないから、気持ちだけだが。

冷光が飛来した方角から、急速に近づいてくる飛翔する人影がある。長い髪をたなびかせた女が、怪物の背に乗って、やってくる。蒼い鱗に覆われたばかでかい蜥蜴《とかげ》。

蝙蝠《こうもり》に似た翼をそなえ、氷柱のような角を無数にそなえている。少女たちがまたがる翼竜の、何倍も大きく、貫禄もある。伝説のドラゴンそのものだ。

だが、絶対零度の冷光をはなったのは、ドラゴンではない。上に乗る女だ。大きな動作で、彼女は両腕で円を描いた。魔力が収束する。

青白い輝きがふたたび放たれた。生き残った陽焔の使徒を呑みこもうとする――。

爆発音が轟いた。

冷光が、地上から噴《ふ》きあがった炎の柱に阻まれたのだ。

炎と絶対零度の光と、魔法と魔術がぶつかりあい、超常のエネルギーが拡散したのである。

炎が消え去ったはずの地上から、熱と光につつまれた一羽の巨鳥が舞い上がっていた。召喚《しょうかん》の魔術か、それとも散っていった陽焔の使徒たちが、その命を魔力に変じて、魔物を呼び起こしたものか。

炎の巨鳥、まさしくフェニックスだ。

その背に、たくましい一人の男が、すっくと仁王立ちしている。手にした七支刀《ななつさやのたち》は、やはり身長ほどに長い。

氷のドラゴンと炎の鳥が、まっすぐ互いに近づいていく。少女戦士たちと陽焔の使徒たちが、それぞれのリーダーの後に従う。

数百メートルをへだてて、二つの軍団がにらみあった。

『……いる……あいつも』

あの戦いの――いや、彼女の近くに行かなければ。

盾哉が念じた瞬間《しゅんかん》、彼は、不死鳥の上に移動していた。

七支刀をふりかざした男の肩越しに、盾哉は、こちらに向かって、無数の槍《やり》を放ってくる女の姿を見つめた。

は太古の記憶の中だから、そんなことも可能になる
彼女をとりまく女戦士たちも、魔力で生み出した光る槍を投げつけてくるが、数百人の配下を越える数を、彼女は一人で産み出している。槍の色は緑。竹の槍だ。けれど、なめてはかかれない。光の槍を迎撃し、打ち消している炎の壁を、竹槍はやすやすと貫いている。陽焔《ようえん》の使徒たちが、次々と墜《お》とされていた。魔力を帯びた槍は、盾哉の知る現代のミサイルを超える威力を持っている。

「カぁグぅヤぁぁぁぁぁ！」

七支刀の男が吼《ほ》える。

不死鳥が、炎の翼をはばたかせた。一気に彼我の距離が縮まる。

遠くの点でしかなかった女の姿が、一瞬で、瞳《ひとみ》の表情までわかるほど拡大された。

ふりおろされた刃が、魔力を発して数メートルに伸び、女を真っ向から断ち割ろうとした。

がんっと音を立てて、それが受け止められる。女の手に、

ひとふりの錫杖が握られていた。

男が、彼女をにらみつけて怒鳴る。

「ヤドリギ使いの術を盗みやがったかッ、カグヤ！」

あの竹の槍のことだ……と盾哉は直感した。他の夢で、木々から槍を産み出す植物の魔法使いを見たことがある。

女は、真紅《しんく》のくちびるをにやりとゆがめた。

「人聞きの悪いことを言わないで、嵐獅丸《あらしまる》。改良してあげたのよ。ちゃんと人が殺せるように。そっちこそ、わたしの庭をだいなしにしてくれたわね、侵略者！」

ののしる彼女――カグヤだが、なぜだろう、憤怒《ふんぬ》の中にどこか楽しげな響きがまじっているように思えるのは。

「どっちが侵略者だ。最初にちょっかいかけてきたのは、てめえらじゃねえか」

男が七支刀を天にかざす。七つの切尖《きっさき》すべてから、稲妻《いなずま》がほとばしる。言葉とうらはらに、男の――嵐獅丸の声に憎悪はない。

「それが持てる者の傲慢《ごうまん》なのだわっ」

カグヤの髪が渦を巻いて、稲妻を払い落とす。余波を食らった騎竜《きりゅう》の少女戦士たちが、あわてて逃げた。

そしてカグヤは、そのまま髪を嵐獅丸に叩きつけた。

銀の魔力の奔流《ほんりゅう》となって、彼女の髪が嵐獅丸を襲う。


「あなたたちの大地、地球っ。水も空気も豊富で、維持するために詠唱銀《えいしょうぎん》を費やす必要もない！　少しばかり分けてくれたって！」

「お前らの少しは、地上の九割だろうがっ！」

嵐獅丸がどんと背中を蹴ると、不死鳥が、かっとくちばしを開いて、全身から炎を噴き出した。

「そのくらいはいただかねば、初代《しょだい》さま以来の眠れる月帝姫《ルナエンプレス》がたが納得してくれないものっ」

蒼いドラゴンが角から冷気を発して、炎を防ぐ。

「言ってくれる。月だって、これだけ美しいってのに！」

魔力が交錯《こうさく》し、二体の魔巨獣の咆哮《ほうこう》がとどろく。カグヤの怒《いか》りは、それよりなお激しい。

「その美しい森を、燃やしたのは誰よ！　この緑を維持するため、月の民がどれほど……っ」

ここは……ここは地球ではないのか。

カグヤと嵐獅丸の会話からようやくそれを悟り、盾哉は、空を見あげた。

空の真ん中に、青と白の球体が浮かんでいた。明るすぎて、その色ははっきりとはしないけれど。

月は、常に地球に同じ面を向けているだとか、水も空気もない不毛の大地だとか、そんな初歩的な知識が脳裏をよぎり、そして思い出しても無駄だと悟る。

ここは夢の中だが、同時に、古えの時代でもある。世界に魔術が満ちていた時代だ。現代の常識など、通用しない。この時代の月は、水も空気もあり、緑豊かな命に満ちた星なのだ。

夢を重ねて見るうちに、盾哉はそれを知った。

彼だけではない。

嵐獅丸とカグヤが、視線をあわせる。互いの瞳をのぞきこむ。彼ら同士が、どんな感情をいだきあっているのかまでは、盾哉にはわからない。彼が見ているのは、カグヤの瞳を通じて、こちらを見ている彼女の瞳だ。

夢の中の女、記憶から構成されたあの女の奥に、確かに、晴恋菜がいる。

彼女は、戦いを見つめている。おのれを知るために。おのれの中に、何がいるのかを知るために。

だが、どうして自分も夢を共有しているのか。

いまにしてわかる。

盾哉は、嵐獅丸の肩ごしに、戦いを見つめている。自分は、嵐獅丸の中にはいない。

けれど、晴恋菜はカグヤの中に……。

「……聞いてらっしゃいますか、雨堂《うどう》さん？」


カナカの声が、盾哉の意識を、夢の回想からひきずりもどした。

「聞いてなかった」

正直に答えると、カナカに嫌な顔をされた。手元を見ると、からっぽだ。もう食べ終わっていたらしい。

「もう少し、味わって食べてあげて欲しいものですね」

カナカは、ウェットティッシュをさしだしつつ言った。

「謝《あやま》っておく」

指先をぬぐって、盾哉は、捨て場所を探した。

「手の拭《ふ》き方がぞんざいなわりに、そういうところはきちょうめんですね。ここへどうぞ。捨てておきます」

お盆をさしだしながら、カナカが言った。

「痕跡を残すなって、親父《おやじ》に教わった。祖父《じい》ちゃんは、置くべきところにものを置いてないのは事故のもと……」

盾哉の、珍しい長台詞が、ふと途切れた。真正面から、カナカの顔をこれほど長い時間にわたって見つめるのがはじめてのことだと、やっと盾哉は気がついた。

そして、カナカを見つめる盾哉の、眉間《みけん》に刻まれたしわがどんどん深くなる。

盾哉は、その時、夢の回想から完全に覚《さ》めていた。別の記憶にもぐっている。夢よりは昔の、しかし、忘れようもないほどにくっきり刻まれた記憶に。

盾哉が自分を見つめている理由を知ってから知らずか、カナカはその視線を、正面から受け止めている。そんなカナカの態度もまた、これまでになかったものだ。

「話を戻してよろしいですか？」

カナカが、平然とした声で言った。

「待ってくれ」

盾哉は、カナカの顔を正面から見つめ続けている。

「……わたくしは、あなたが、晴恋菜さまをどう思っているかお尋ねしたいわけなのですが」

カナカの言葉が耳に入らないようすで、盾哉は、彼女の耳を、目を、口もとを見つめている。見つめて、記憶と照らし合わせる。

「……似てる」

ようやく、しぼりだすように盾哉が言った。その時だ。

がらりと玄関が開いた。

「あれ、盾哉くん、戻っとったん！」

アーマリアが不自然なほどはしゃいだ声をあげた。右手に、スーパーのビニール袋を握っている。

「あら、買い物してきてくださったんですか」

すっと、ごく自然に盾哉から視線をそらして、カナカが立ち上がり、アーマリアに近づく。

「おにぎり作って、なんかスイッチ入ってしもた。今日は、お祖母《ばあ》ちゃん直伝《じきでん》の、プロヴァンス料理をご馳走《ちそう》するさかいな」

「あらまあ、てっきりお好み焼きとおっしゃるかと」

「言葉はこれやけど、基本、舌は南仏なん。……ちょっと、盾哉くん。せっかくたまに戻ってんのに、どこ行こうとしてんの！　人が少ないと、腕のふるいがいがないなあ、と思てたん！」

こっそり外に出ようとしていた盾哉を、セーラー服のスケルトン、アーマリアの姉シールディアがさえぎった。

盾哉は、玄関ごしに外を見た。もう日は暮れかけている。

カナカは、アーマリアにこう告げていた。

「ありがたいです。わたくしは、少し用事がありましたので。ラルカンスィエルさまに夕食の支度《したく》をお願いできるのでしたら、夕食の前に行ってすませてきます……食べてからゆくと、消化に悪そうですから」

にこやかだが、瞳《ひとみ》には何の感情も見せず、カナカは優雅に一礼した。

「ええよ、まかせといて」

アーマリアが満面の笑みで返す。けれど、彼女の青い瞳も、その真意を映してはいないようだった。

「では……」

くるりと背を向けて、カナカが、屋敷の奥へ向かおうとする。出かけると言ったはずだが。着替えでもするのだろうか。あるいは……。

というその憶測《おく》を打ち切って、盾哉は、けわしい表情のまま、カナカのその背に声をかけた。

「……夜。さっきの質問に答える……庭で」

カナカからの返事はなかった。

4.

料理ができあがるまで、盾哉《じゅんや》は、外ですごした。もう住み慣れたといってもいい、矛城家《むじょうけ》の庭だ。

そこで、空をぼうっと見上げてすごした。庭に出た時、空のてっぺんは、まだ濃い紫で、端のほうには、ほんのり夕焼けが残っていた。

西の赤みがすぐに黒く染まったのは、雲が湧《わ》いて出たからだ。黒は、どんどんと紫を侵食した。暮れの紫が夜闇の濃紫に変わっても、西から広がってきた黒雲とは、はっきりと差異がわかった。

星が、隠されたからだ。

月も見えない。

盾哉は、今日のいつごろ、月がのぼるのか知らなかったけれど、できれば眺《なが》めてみたいと思っていた。

果たしてあの緑の森のなごりはあるのだろうか。

あったとしても、肉眼で見えはしないのだろうが。

闇の中で、盾哉は、いつの間にかまどろんでいた。そして、ふわりとしたぬくもりを感じていた。

誰かの膝《ひざ》に、頭を乗せている。

その誰かは、いとおしげに、盾哉の髪《かみ》を撫《な》でていた。安らぎが、てのひらから伝わってくる。やがてその手からのぬくもりは、盾哉をつつみこみはじめた。ゆったりとゆすり、安らかであれと慰めてくる。けれど同時に、その手は、盾哉にずっしりと重みをかけてくるのだ。

優しくて、そして、遠慮のない手。ずぶずぶと、ぬるま湯にひきずりこまれてゆく感覚。ただし、そこは毒の沼でもある。毒の刺激は、苦痛ではなく、興奮と快楽をもたらす。手は、いとおしげに盾哉を抱く。母のいつくしみと、恋人のみだらさを兼ね備えた手。闇《やみ》の中で、ぬくもりが盾哉を癒《いや》し、その心をゆるませようとする。

とても、心地よかった。心地よい、その手を。

盾哉は。

――はねのけた。

はっと、まぶたを開く。

起き上がって、自分の頭が向いていた方角を確認する。

そちらには、離れが建っていた。どれほどのものなのか、矛城家は、と思う。鎌倉の街中に、離れとこの広い庭を持つ屋敷をかまえている。

その離れは、かなり特異な建物だった。

扉は一つきりで、ごく小さい。大きさは茶室で、造りは蔵だ。むしろ座敷牢に近い。

瞑想のための部屋だと、盾哉は聞いている。

あの月光を駆使した戦いで、晴恋菜《せれな》の中には、晴恋菜ではない誰かがいた。

その誰かを突き止めるため――。

魔力をコントロールすることを目指して――。

晴恋菜は、この離れで瞑想を、カナカが言うところの修行を続けている。もちろん、いまさら『誰か』などという曖昧《あいまい》な存在だなどと、盾哉は思ってはいない。

夢の中では、彼女はカグヤの中にいた。

だから、そういうことなのだ。

けれど、あのパワフルな女を、晴恋菜がコントロールなどできるのだろうか。中にいるのがカグヤだと、盾哉も晴恋菜も知っていて、他の誰に告げていない。どうして晴恋菜の中に、カグヤがいるのかという理由がわからないからだ。

夢の中で、二人の戦いをたどってゆけば、そのうちに、カグヤが晴恋菜の中にいるわけも、見えるだろうか。

あの夢、太古の記憶は、晴恋菜が、自分自身の奥底へ深く沈んでいっている影響だろう。だが、おのれの内側でカグヤの人格と出会って、晴恋菜はどうなるのか。

それが懸念《けねん》されるから、刃弥彦《はやひこ》が、つきっきりで、ようすを見ているのだ。

盾哉にも、単に夢を通じてではなく、彼女につきそう機会はあった。おのれの内側へと沈む修行をともにと、申し出られていたのだ。

刃弥彦は、あの夜の後で、盾哉にもこう尋ねた。

『きみの中には？　何かを感じないのか？』

雨を受けて傷を癒し、嵐で敵を滅ぼし、稲妻《いなずま》で邪を撃つ。わずか数週間、いや数日で、盾哉はそんなことができるようになった。晴恋菜のように、秘められた何かがあるのではないか、そう疑われたのも当然だと思う。

『何も、いない』

だが、盾哉はこう答えるしかなかった。刃弥彦は、信じきれない顔つきだったが、無理に押してくることはしなかった。だが、本当だ。盾哉は、自分がふるう力は、ものごころついてから今日まで、父によってほどこされてきた訓練の成果だと、瀕死《ひんし》の目にあってまで身につけたおのれの力だと感じていた。

刃弥彦に問われた時には、それは直感であって確信ではなかった。けれど、毎夜、見る夢で、いまはもう、それが真実だとわかっている。

夢の中で、盾哉は、常に嵐獅丸《あらしまる》の『かたわら』にいて『内側』にはいない。盾哉は、この三日、瞑想する晴恋菜と、夢の中で語りあってきた。だからこそ、戸惑っている。晴恋菜と、どう接してゆけばいいのか。

カグヤは、嵐獅丸に、恋慕《れんぼ》の瞳を向けている。

恋愛などというものには、生まれて十四年、まったく無縁だった盾哉だが、あれはわかる。いくらなんでも理解できる。だが『晴恋菜』が『盾哉』を、どう思っているのかというのは、別の話だ。

うたた寝のさなか、夢ともうつつともつかぬ、あの狭間《はざま》の時に、盾哉を取りこもうとしたアレは、どちらの手だったのだろう。


盾哉は、離れを見つめていた。

「雨堂さま、食事ができあがったそうです」

いつの間に外出から戻ったのか、カナカが、縁側から声をかけてくるまで、ずっと。


矛城家《むじょうけ》は、古風な日本家屋なので、座布団《ざぶとん》を使って、ちゃぶ台を囲むことになる。

囲んでいるのは三人というか四人というか。

盾哉と、ラルカンスィエル姉妹、そして帰ってきたカナカだ。矛城家の舵をとるメイドは、どこか疲れたようすで、珍しく足を崩して座りこんでいる。

それにしても、ちゃぶ台とメイド服は似合わない。

「うっきーは、遅うなるて。言うても、あと一時間もしたら戻ってくるかしらんけど、先にはじめとこか」

「矢澤《やざわ》さまは、古い友人にお会いになるということでしたが……もしかして、女性ですか?」

アーマリアの顔色で察したらしい。

「カナカさぁん、わかってても黙ってるもんやわ」

ぼやくアーマリアの隣で、骸骨姿《がいこつ》の姉がうなずく。

「失礼しました」

「いえいえ。さて、晴恋菜ちゃんは修行が終わるまで辛抱やし。秋那ちゃんはどうやった、雨堂くん？」

「……あとで、って。顔色は悪くなかったけど……」

　盾哉は、ぼそりと答えた。呼んできてくれと言われて、部屋の外から声をかけたのだが、ふすまを開けてさえくれなかった。

『ごめん、いま寝てた……あとでいく』

『恥ずかしい顔だから、じゅんくんの前に出たくない』

　盾哉は、とにかく顔だけは見せろとねばった。

　出てきた秋那はパジャマ姿で、しかも前のボタンがはだけていたから、即座に盾哉のほうが背を向けたのだが。で、ろくにやりとりもせずに、ここに戻ってきた。

　顔を見て、無事なのは確認した。睡眠時間がでたらめなのは、やはりまだショックから抜けていないせいだろう。カナカは、もう大丈夫そうだと言っていたが……彼女が「似ている」相手のことを思えば、言葉をどこまで信用できるのか。だが「似ている」だけで疑っていいのか。自分に対してはともかく晴恋菜への忠誠は、本物だ。

「どないしたん、変な顔して」

　アーマリアが声をかけてくる。思考を堂々めぐりさせていた盾哉は、黙って首を左右にふって、食事に箸をのばした。大きな鍋に、ぶつ切りにされた魚と野菜がほうりこまれ、スープで煮込まれていた。米の飯の代わりに、用意されているのは、軽くトーストされたバケットとバター。でも、使うのは箸《はし》で、飲み物はほうじ茶である。

　盾哉の視線を捉えて、アーマリアが口を開いた。

「フランスにおったころからこう。魔術師《まじゅつし》に酒と煙草はご法度《はっと》やのん。魔力を捉える感覚がにぶうなるさかい。で、紅茶は気取り屋のジョンブル、コーヒーは新大陸の野暮天が飲むもんや、いうて」

　アーマリアは、一瞬、戸惑った顔の盾哉に向かって、にこにこと笑いながらそう説明した。

　アーマリアが、深皿に鍋の料理をよそう。ブイヨンスープの、ふくよかな香りが、盾哉の鼻腔をくすぐった。夕方に、おにぎりを三つ食べたところだが、じつのところ、あれくらいでは多少、腹の虫をなだめるくらいにしかなっていなかった。

　無造作に座りこみ、無言のまま食べはじめる。

　アーマリアが、南仏出身の祖母《そぼ》に教わったという煮込み料理は美味《おい》しかった――のだろうと思う。

　味も、じつのところ、よくわからない。緊張のせいだ。この後の、カナカとの会話をどうするか考えがまとまらない、というか、そもそも考えにならない。

そのカナカは、盾哉の目の前で、アーマリアとシールディアと料理談義に花を咲かせている。スケルトンのシールディアは、言葉を発することはできないのだが、身振りだけで充分に会話に参加していた。会話を途切れさせないまま、アーマリアは、優雅な動作で食事を続けている。女性三人が会話しているのを幸い、盾哉は、黙りこんだまま、機械的に、料理を口に運んでいる。

気がつけば、鍋がからっぽになっていた。

「さすが育ち盛りの男の子。よう食べたねえ！　どないしよ、うっきーと、後で秋那《あきな》ちゃんに持っていこと思てたぶんが足りへんわ」

アーマリアが感嘆の声をあげる。

「……ま、そしたらちょっと追加してくるわ。な、お姉ちゃん。あ、片付けもしとくから」

食べ終わった食器をかかえて、アーマリアとシールディアが立ち上がる。

「あんまり、いじめんといてあげてな。中学生の男の子なんて、自分の気持ちにも不器用なもんなんやから」

カナカに向かって笑いかけると、アーマリアは、盾哉にウィンクしてみせた。

やっぱり、悟られていたか。だが――。

盾哉は、立ち上がって、カナカをうながした。

ふたたび、庭へとおりる。

空からは、どんよりと雲が垂《た》れ下がってくる。いや、それはもう雲にさえ見えない。よどんだ闇そのものだ。星はなく、むろん月もない。

剪定《せんてい》された木々や、石灯篭《いしどうろう》の間を通り、池のほとりに出た。そこまでは無言だ。

池からたちのぼる水の匂い。自然の水の香りが、雨に似て、盾哉を勇気づけてくれる。

「アーマリアさんは、なんか勘違《かんちが》いしてるけど」

ぼそりと言ったら、間髪をいれず返された。

「一概に勘違いとは言えないでしょう。私は、あの方がほのめかされたように、雨堂さまと、恋についてお話をしたいと思っていますよ」

いきなりの鋭い攻撃に、盾哉が立ちすくむ。無防備な彼に向かって、カナカは鋭く踏みこんできた。

「私は、お嬢さまをずっと見てきました。だから、お嬢さまが抱《いだ》いておられる気持ちがわかります。でも、私は、お嬢さまが辛い思いをするのをもう二度と見たくない。今度こそ幸せになっていただきたいのです。そのためだけに……私がここにいると言ってもよいくらい」

もう二度と。

今度こそ。

少女の恋に使うには、強すぎる言葉ではないか？

「だから、雨堂さまにお尋《たず》ねしたいと思ったのです。お嬢さまの気持ちを、どう受け止めるおつもりですか？」

その質問に対する答えを、盾哉は持たなかった。いや、答えるどころではなかった。相手のペースで会話を進めさせるつもりはない。盾哉には盾哉の、聞かねばならない質問がある。

会話がかみ合っていないことは承知で、盾哉はこう尋ね返した。

「オレ、カナカさんに似ている人を知ってます。どんな人だか、わかりますか？」

カナカは、いぶかしげに眉《まゆ》を動かした。自分の質問に答えろ、話をそらすなと怒ることもしない。

盾哉の言葉の、続きを待った。

「最初はカグヤに似てると思った」

そのセリフを聞いて、カナカの雰囲気が変わった。背筋が伸びる。左足を半歩引いて、かまえた。

「そして、夢で毎晩、カグヤの顔を見てるうちに、カグヤが誰かに似ていることに気がついた」


ぴんと、緊張の糸が二人の間に張られる。盾哉が、ごくりとつばをのみこんだ。カナカは、両肩の力を抜いている。一流の戦士であれば、戦いの前に不要な力をこめることはしない。

盾哉が、口を開こうとした。

その、刹那《せつな》だ。大地が大きくぐらりと揺《ゆ》れた。さらに揺れた。揺れ続ける。地震だ。大きくなってゆく。池に大きな波が生じた。木々の枝が揺れる。

どこか遠くで、犬が吠えた。遠吠えだ。

遠吠えが重なった。さらに重なった。もう一つ、二つ、三つ、四つ、無数に。すべての犬が吠えている。

そして——。

大地から、恐るべき破壊の力が、闇に包まれた天へ駆《か》けのぼった。いや、ひきずりだされた。

それは、緑色に輝いた。壮大なジョークにしか思えない。竹だ。直径が数十メートル、高さ数百メートルの、巨大な竹が出現した。

盾哉は、声も失ってそれを見つめていた。

竹がゆらりと動き、次の瞬間、それは恐ろしく巨大な、緑の鱗《うろこ》を持った蛇《へび》に姿を変えていた。

植物と動物、その双方の性質をそなえた巨大な怪物が、高みから鎌倉《かまくら》の街を睥睨《へいげい》している。

「……オロチ」

三日間の夢で覚えたその名を、盾哉が呟《つぶや》く。

と、同時に、雷鳴がとどろいた。稲妻が、次々にオロチを撃つ。表面ではじけるたび、そこが金属の光沢《こうたく》に変化してゆく。

オロチが吼えると、風が吹いた。嵐が巻き起こった。

雨が降りはじめる。怒涛《どとう》の雨が。

ふりそそぎはじめた激しい雨は、そのすべてが、うっすらと銀色に輝いていた。

5.

しのつく銀の雨が、オロチの表面ではじけている。

オロチの姿を、盾哉《じゅんや》は、夢で見たことがあった。

その時は、いくつもの首を地面から天へと伸ばし、幾千幾万の魔術戦士たちを相手にしていた。口から炎を、あるいは稲妻《いなずま》や冷気をはなって、地球の大地を不毛の荒野へと変えていた。

別の夢では、無数の角やトゲで身を鎧っていたし、巨大な翼をそなえ、果ては無数の触手をのたうたせていた。

その体長が数キロメートルに達していたことさえもある。数キロのオロチ五体がその力を一つにして破壊ビームとして放った時には、アトランティスの首都ポセイドニアが滅んだ。ポセイドニアは、大陸沈没時も、魔術《まじゅつ》で逃げ出した、空中浮遊都市だった。大陸消滅から一万年あまり、世界最強の要塞《ようさい》都市とたたえられてきたその都は、オロチの首三本を道連れに滅《ほろ》んだ。

その、最悪最兇の戦いにあらわれたオロチに比べれば、このオロチは、数千分の一の……いや数万分の一以下の力しか持たぬかけらにすぎない。

だが、それですら、盾哉は動けなくされた。

人は、おのれの理性と感覚を超えたものに出会った時、その衝撃《しょうげき》で、すべてを吹き飛ばされてしまうことがある。

夢では見たことがあった。夢は嵐獅丸《あらしまる》の記憶だ。嵐獅丸にとって、オロチは、理解を絶した存在ではない。彼らの、超絶の力を支える、魔術という理があった。いかに莫大《ばくだい》な力を持とうと、その延長にオロチは存在している。だが、盾哉には、魔術への理解はない。それは忘れさられて久しい。

夢の中で知ったつもりになっても、それは『つもり』でしかなかった。嵐獅丸が、自分の内側にはいないことを、盾哉は、はっきりと思い知っていた。

夢の記憶をのぞきみるのは、やはり映画を見るようなものでしかなかった。

現実の迫力は、桁《けた》が違う。それも三つ以上は違う。数百メートルの高さに達する、巨体の蛇を、ただ呆然《ぼうぜん》と盾哉は見上げた。

地から天へとのびあがり、暴風と豪雨の中、鮮烈な淡緑に輝いている。シンプルな、ほとんど太さに変化のないシルエット。頭部は蛇《へび》に似ているが、はみだした無数の牙《きば》が、その印象を裏切っている。

絶対的な威圧感。

人の領分を越えているのだと、盾哉の本能が囁く。

オロチに眼はない。だが、頭部がぐねりと動いた時、それがこちらを『見た』のだと盾哉は感じた。

口が、大きく開かれる。

濃緑の口腔《こうこう》の奥深く、赤々とした溶岩の灼熱《しゃくねつ》。浴びせかけてくるつもりだ。この、矛城家に向かって。

みんな死ぬ。溶岩を浴びて、助かるはずがない。遺体すら残らないだろう。黒焦《くろこ》げどころか、融けてなくなってしまう。

「……雨堂《うどう》さん」

盾哉の肩を、ほっそりとした指がつかんだ。

「お嬢さまの気持ちに、どう答えてくださるのです？　お返事をいただいていません」

雨でずぶ濡《ぬ》れになったカナカが、盾哉に問いかけてくる。

つい先ほどまでと、彼女の口調は、まるで変わっていない。

盾哉は、カナカの手を感じていた。けれど、どうしようもない。どう答えようもなかったのだ。

その瞬間《しゅんかん》、までは。

オロチが、溶岩を吐く瞬間まで――。

「うおおおおおおおおおおおおおおおッ‼」

できるとは思わなかった。

けれど、やるしかなかった。

七支刀《ななつさやのたち》を、ふりあげる。切尖《きっさき》をまっすぐ、オロチにつきつけた。

雨が。

風が。

そして稲妻が。

嵐が、盾哉のまわりにあった。それが、盾哉の下知《げじ》に従った。銀色の雨が渦となる。竜巻となる。激しかった雨が、この世の限界まで激しくなった。水滴の全てが、オロチの頭部に集中する。

すさまじい爆発が生じた。

ＧＵＯＯＯＯＯＯＯＯＯＯＯＯＯＮＮＮＮＮＮＮ‼

それは咆哮《ほうこう》だったのか、それとも風雨の極限が引き起こした轟音《ごうおん》だったのか。高熱の物体と、大量の水がいちどきに接すれば、水蒸気爆発が生じる。だが、これは単なる物理現象ではない。どちらも魔術に産み出されたものであり、爆発は、魔力そのものの拡散だった。

盾哉の理性は、いまだ魔法を知らない。

だが、本能と感情は、どうにかそれを捉えることに成功したようだった。

「……あいつが瞑想《めいそう》してんのは、あいつが戦ってんのは、オレたちを守るためなんだろう」

荒い息をつきながら、盾哉は前に進み出た。しっかりとした足取りに迷いはない。

「守りたいって気持ちには、守ってやる、で返すよ。からっぽなオレにだって、それくらいはできるからな。……なんか文句あるのか」

「私がお尋《たず》ねしたのは、そういう意味ではなかったのですけれどね」

小さなため息をカナカがもらす。

同時に、盾哉の七支刀が翻《ひるがえ》った。容赦《ようしゃ》のない軌跡は、間違いなく、カナカの手首を落とすことを狙《ねら》っていた。

だが、それは果たされていない。メイド服をぐっしょりと濡《ぬ》らし、豊満な肉体に貼りつかせた美女は、盾哉の刃が迫る刹那《せつな》、数歩の距離を離れていた。

盾哉が使う、あの独特なステップに似ていた。

カナカを雨が打つ。前髪《まえがみ》が落ちて、表情は見え難い。

雨が、盾哉の舌に油を差したのだろうか。彼は、饒舌《じょうぜつ》に言葉を続けた。

「いまのオレにはわかるんだ。この雨は、ただの雨じゃない。これまでも、ずっと雨にまじっていた、銀色の雨。今夜は逆だ。銀色の雨に、普通の雨がまじってる」

「……詠唱銀《えいしょうぎん》」

カナカが応じた。

「詠唱銀と言うのですよ。全ての超常、全ての魔法の源のこれは。この銀色の雨が降る今は、禁じられた魔法が解放されるのです……あのように！」

カナカが、腕をふりあげた。

指先が空をさす。それと同時に、咆哮がびりびりと天と大地をふるわせた。

盾哉は、慄然《りつぜん》とした。背筋が震えた。オロチが回復している。銀の雨がその表面をつたい、吸収され、魔力となって破壊された我が身を癒しているのだ。

超巨大な怪物の怒号《どごう》が、雲と嵐を裂いた。溶岩が、でたらめな方向に噴《ふ》き出される！

かっとあたりが真紅《しんく》に染まった。オロチの頭部は、まだなかばまでしか再生されておらず、溶岩は狙いをそれて、あらぬ方へと飛んだのだ。

ビルが一つ、瞬間的に燃え上がった。

「……っ！」

盾哉が息を呑《の》んだ。

「廃ビルですね。たぶん、誰もいません。不幸中の幸い、というところですか」

カナカのその声が終わらないうちに、また、オロチが溶岩を吐いた。今度は、間違いなく矛城家の屋敷に。

だが、屋敷が燃え上がることはなかった。

「うっきーが守った！」

縁側にあらわれたアーマリアが断言する。彼女は見た。一直線に迫る燃える溶岩を、地面から湧きあがった白い霧がさえぎったのだ。その術には盾哉も見覚えがあった。

「霧影分身術《むえいぶんしんじゅつ》……絶対転身」

夢の中で出会った、水練忍者《すいれんにんじゃ》を名乗る術者がそう呼んでいた。おのれの身を守る術だ。しかし、それを最大限の威力で発揮し、敵の攻撃のライン上に立ちはだかれば、それは鉄壁《てっぺき》の防御陣。

夢で得た知識と、現実に守られた実感の差。

その違いが、もぞりと盾哉の中でうごめく。

「なんやろ？　どうしたんやろ？　体の中から、めっちゃくちゃ力が湧いてくるねん」

アーマリアが、縁側から飛び降り駆けよってきた。かたわらにはシールディアがいる。だが、いつものどこか朧《おぼろ》な姿とは違っていた。銀色の雨に打たれるスケルトンの少女は、しっかりと存在感を主張している。

いや、それどころか……。

盾哉はまばたきをした。アーマリアのかたわらに、彼女によく似た、身長は拳《こぶし》ひとつぶん高く、胸もやはり拳一つぶん大きな、赤毛の美少女の姿を幻視したからだ。

あれが……シールディアか？

「わたくしは、お嬢さまのようすを見てまいります」

カナカが一礼して、入れ替わるように屋敷へ戻る。

「秋那ちゃんも！」

アーマリアが、彼女の背に声をかける。

「いや、秋那はいい！」

盾哉の語気の鋭さが、アーマリアを驚かせた。

「あの方に危害がくわえられることはありません」

カナカは、きっぱりと応じて、屋敷へ姿を消した。

いぶかしげだったアーマリアだが、いまはそれを追求している場合ではない。

「とりあえず、ここを守る？　打って出ようか？」

アーマリアは、左手で、盾哉のひじに触れて言った。

彼女の右手に握られたムチは、銀色の雨に濡れて、長く太くなったように見える。さらに柄の部分に見慣れぬ機械のようなものがくっついていた。

「それは？」

ふと尋ねた盾哉に、アーマリアはいぶかしげな表情を返した。そして、はっと盾哉の七支刀を指差す。

七支刀の柄には、文字の刻まれた回転するリングがあったはずだ。いまそこにあるのは、奇妙な素材のカバーで覆われて、内部はさらに激しく回転している、不思議な機関だ。

盾哉にもアーマリアにも、答えはなかった。

天をあおぐ。ふりそそぐ雨は、なおも銀色だ。この詠唱銀と呼ばれる物質が、もたらしたものなのだろう。

天をあおげば、またオロチの姿が目に入る。

化け物は、大きくのたうっていた。その胴体に、大きな切り傷が生じている。数十メートルにわたる傷だ。

盾哉は、それを夢で見たことがある。水刃手裏剣超奥義《すいじんしゅりけんちょうおうぎ》だ。銀色の雨の中で、浮雲がそれを使いこなせるようになったとしても、不思議ではない。盾哉が放った雨も、格段に威力が上昇していた。あれと同様の技を嵐獅丸が使うのも夢で見ている。

いま、この鎌倉《かまくら》の街は、いにしえの時代に戻っているのかもしれない。忘れられていた、魔法の時代に。

そこまで考えて、盾哉は気がついた。

魔力が、超常が、この街にあふれているのだとしたら、それによって利点を得るのは、自分たちだけではない。

盾哉は、視線をオロチから、自分たちの高さへおろした。まっすぐ正面には、矛城家を守る塀がある。

その塀に無数の影がうごめいている。乗り越えようとしては、はじき返されていた。

「やっぱり……オロチだけじゃなかった」

どこから発生したのか、ゴーストどもが、屋敷へと押し寄せてきているのだ。ただ、水際で止まっている。

「刃弥彦《はやひこ》さんが、この屋敷には結界が張ってある、言うてはった。けど、これやと、こっちも出られへん」

アーマリアの顔にあせりが浮かぶ。その顔つきを見て、ようやく盾哉もさとった。外には浮雲がいる。彼女は、彼のことを案じているのだ。

この銀色の雨の中、たった一人で、浮雲はあのオロチと戦っているのだ。ほうってはおけない。

「いま……掃除《そうじ》する」

降り続ける雨のおかげだろうか、盾哉は、あの雨の技を使っても、さほど疲労を感じていなかった。いやむしろ、力がどんどん増している気がする。

盾哉は、七支刀をふりかぶろうとした。

だが、その刹那。

離れからほとばしった、赤い光がゴーストの群れをなぎ払った。熱をともなわない輝きが、ゴーストどもを溶かしてゆく。

極月焼煌《ウルティメイトルナ》。これは、カグヤの技だ。

だが、その恐ろしい魔術が、百体を超えるゴーストを焼きつくしたその瞬間、何かが砕ける音が確かに響いた。巨大で、しかし繊細な、とても大事な何かが、間違いなく砕けたのだ。

それは普通の音ではなく、盾哉の魂に直接届くような音だった。かたわらにいるアーマリアの表情を見る限り、彼女もまた、同じ音を聞いたに違いない。

敵が一掃されたというのに、盾哉の心にあふれてくるのは、不安ばかりだった。

そして、そのとき、狂喜に満ちた高笑いが、矛城家の庭に響き渡った。

6.

くわけけけけけけけけけ。

きひひひひひひひひひひ。

ちゅりりりりりりりりり。

闇のさなかをいきつもどりつするうちに、それはもはや笑いですらない奇怪な妖響《ようきょう》となっていた。頭蓋《ずがい》の内側にもぐりこんだその狂笑は、盾哉《じゅんや》の脳髄《のうずい》そのものをゆさぶり、その無数のしわにもぐりこんで、奥底の深淵《しんえん》に隠れていたものをひきずりだしてゆく。

脳はただ、肉体器官としての脳髄ではなく、物質的に生命を維持するだけの存在ではない。その中核には、詠唱銀《えいしょうぎん》へと、すなわち神秘へと通じる魔術構造が秘められている。従来の『常識』によって知られたものとは明白に異なる、世の人々が知る科学がまだたどりついていない、魂《たましい》そのものへ、妖しい狂笑《きょうしょう》は襲いかかっていった。

人の魂は、世界の本質につながっている。それこそが、常識の束縛《そくばく》を超えた、超常の真実だ。

魂は、すべてつながっている。

空間と時間を、はるかに超えるそのつながりこそが宇宙意識《アカシックレコード》。四次元時空を内包し、すべての夢と想いをつなげる、超常の時空だ。

その妖笑の奇響によって五次元的にゆすぶられた盾哉の脳は、深い深い記憶の淵への回廊を開いた。

それは、あたかも悪夢を見るのに似ている。

だが、並みの悪夢はおのがうちから出ずるもの。これは違う。盾哉という個人を超えた、時空に刻まれた想いが、奔流のように流れこんでくるのだ。

いま、矛城の屋敷は無数の凶悪なゴーストに囲まれ、さらに鎌倉《かまくら》の街までもが巨大な妖獣兵器——オロチに蹂躙《じゅうりん》されようとしている。その最中、悪夢に囚われてしまえば、どうなるのか。

長い夢を見て、現実では一瞬《いっしゅん》。夢と現実は時の流れが異なる。ならばよい。すぐに戻れる。だが、その逆なら、まったくの無力な状態におちいって、争いのまっただなかに立つことになる。

だが、そんなことは、実はどうでもよかった。自分を守るつもりはない。鎌倉の人々や、アーマリアや浮雲《うきぐも》、秋那《あきな》なら、多少は守ってやらねばという気持ちがある。

けれど、本当に心の底から考えているのは——。

たった一人の娘のこと。

——守れるか。

そして彼女のことを想うその時、盾哉の直感が囁《ささや》いた。

この夢を見ねばならない、と。

宇宙意識とつながりかけている時の囁き。それは理性と現在の知識を越えた、超越理性の判断に他ならない。

盾哉は、目覚めたままの夢に、我が身をゆだねる。

がくんと、我が身が落ちる。いずこへともなく、どこまでも、落ちてゆく感覚。両足は地面についている。物理的な肉体は、しっかりと大地に立っているのだ。

『よくも……ッ！』

誰かが叫んでいる記憶。その足元に誰かが倒れている。

『うわあああああっ！』

誰かが泣いている記憶。悲しんでいる、怒っている、憎んでいる。

『おほほほほほほほ』

誰かの高笑い。男とも女ともつかない、異様な笑い——。たったいま聞こえた、あの笑いによく似ている。

似てはいるが、あれほどに魔妖の力をこめたものではない。これは残滓《ざんし》だ。遠い過去に響いた笑いだ。

共鳴。記憶にあった、あの妖笑。狂気が響きあったのだから、あるいは狂鳴《きょうめい》と記すべきなのかもしれない。

この笑いが鍵《かぎ》にして扉だ。

盾哉を、過去の記憶にいざなう。遠い昔に生きた誰かが、意志と願いと夢を持つ、全ての存在が共有する、夢という時空に刻《きざ》みつけた、めくるめく生命の曼荼羅《まんだら》、欲望と希望とのあやなすタペストリ。

怒鳴《どな》りあっている。武器がぶつかりあっている。魔術《まじゅつ》が交錯《こうさく》している。その騒音が、まざりあって、うわーんと盾哉の脳内一杯に響いている。

盾哉がアクセスしているのは、無数の戦いの記憶だ。

この三日、夢で見ていたのは、カグヤと嵐獅丸の戦いだ。だが、いまあふれだしてきたのは、それとはまったく別の戦いだった。

——船。

真紅《しんく》の旗印《はたじるし》をかざす武者たちが海をゆく。数百の軍船に、刀槍をかざし弓をたずえた武者が鈴なりだ。姿形からして、かなり古い時代の、日本の侍らしく思えた。

戦いは、軍船に乗る赤が一方。

空より来る、白がもう一方。

盾哉の視界をいま占めているのは、赤い武者《むしゃ》たちの頭上から、純白の馬に乗った武者たちが、逆落《さか》としに襲いかかってゆくのだ。

真っ青な空に白い雲。その雲を目くらましに使い、白い武者の一団は、赤い旗印の船団へ、稲妻がふりそそぐように奇襲をかけた。

白の一団がまたがるのは、白い翼を持つ白馬。突き抜けた雲が、その速さにひきずられ、天から海面へとずんずんのびてゆく。

赤の旗印に対する、それは白い旗幟のごとく見えた。

先頭きって空を駆《か》け下りてゆく小柄な武者が、海面まであと十数メートル、というところで、弓に鏑矢《かぶらや》をつがえ、ひょうとはなった。

その矢とともに、白光のような闘気《とうき》が放たれる。瞬時に莫大《ばくだい》な量の闘気が海面に叩きつけられた。

音すら遅れるほどのエネルギーの量。海面が、まるでクレーターのようにぐんとへこむ。

次の刹那《せつな》、巨大な爆発が生じたかの波紋が高速で広がり、赤い旗印の軍船はその半数弱が飲みこまれた。

——かに見えた。

水面を割って、無数の妖獣の群れがあらわれる。どれも巨大だ。軍船と変わりのない大きさである。伝説の麒麟《きりん》に似たもの、あたかも青龍《せいりゅう》のごとき姿のもの。それらが、軍船を支え、多くがかろうじて沈没をまぬかれた。

傾いた船々に、先頭の武者に続く天馬の武者たちが、次々と襲いかかってゆく。船側も反撃しているが、動きがにぶい。むしろ強敵は、巨大妖獣。だが、彼らも船を支えていると、本来の働きはできかねるようすだ。

そこへ、あの小柄な武者が斬りこんでゆく。

巨大妖獣たちが、黒、黄、紫、緑、さまざまな色彩の血を噴き出すが、小柄な武者の純白には一点の穢《けが》れもつくことがない。

その姿を目の当たりにするうち、盾哉の喉《のど》から、その武者の名がほとばしっていた。

「義経《よしつね》えええいッ！」

その怒声《どせい》とともに、ぐんと加速感。

次の瞬間には、その男と顔をつきあわせていた。野性味と端正さの融合した顔立ち。惜しいことに、いささか前歯が目立つ。

白い武者——源《みなもと》義経は、盾哉と目をあわせて破顔《はがん》した。

「おおぅ！　嵐獅丸《あらしまる》の跡継ぎか！　親父《おやじ》の仇《かたき》を討てる程度に、鍛《きた》えてきたか！」

ずううんとその言葉が、盾哉の芯に響く。

これは嵐獅丸の息子の記憶なのか？　だが、源義経がどのくらいの時代に生きていたかくらい、盾哉も知っている。源平の戦いは、平安から鎌倉へと時代が切り替わる頃の話。十三世紀、だったろうか。嵐獅丸とカグヤが戦っていた時代と、へだたりがありすぎはしないか。それとも、この時代の人間は、長生きなのか。

「いまは俺が嵐獅丸だ！　百三十七代目嵐獅丸、先祖代々の護《まも》りの責務、果たしにきた！」

盾哉の疑問に、みずからの喉から出た声が応じてくれた。いや、むろんそれは盾哉が声を発したのではなく、この記憶本来の主が、おのれの声を聞いたわけだが。

嵐獅丸が子孫を遺《のこ》していたということの意味が、少しおくれて盾哉の心にざわめきを生じさせる。

誰かと結婚した——それはカグヤとなのか？

ざわめきの意味を自問する余裕なく、記憶はさらに流れてゆく。

百三十七代目嵐獅丸が、源義経に対して叫ぶ。

「返してもらうぞ！　月の秘宝！　あれは、おぬしらごときの小さな争いに持ちだしてよいものではないのだ！」

「この日本国をいずれが支配するか、すなわち〈世界結界〉の是非を問う争いを、小さいと言ってのけるか。魔法を消すか否かの争いを、小さいと言いおるか」

源義経がうっすらと笑う。

百三十七代目嵐獅丸の視線が、海面の戦いを離れ、源氏の武者たちがふりそそいできた、雲の上に向かう。

巨大な、さしわたしが数百メートル……いや1キロ以上もある偉容がそこに浮かんでいる。

その速度と形状から、燕《つばめ》の子安貝《こやすがい》と呼ばれる超絶魔導器《メガリス》。そこから、源氏《げんじ》の武者たちは、あらわれたのだ。指揮下の源氏武者が、平家の軍船、そして妖獣兵器とぶつかりあう光景を背に、源義経は、端正な顔を、凶暴な笑《え》みに歪《ゆが》めた。

「この日《ひ》の本《もと》は、海を大気を地底を流れ、世界の生命を循環する詠唱銀が、全て必ず一度は通る、いわばこの大地の要《かなめ》。我らが〈世界結界〉を左右するのだぞ。生命使いの一角を担《にな》うそなたが、知らぬわけもあるまい」

数千の平家武者を萎縮《いしゅく》させたというその笑みに、嵐獅丸は、ふんと鼻を鳴らして応じた。

「あれを使ってこの程度の人数しか運べない……」


空からゆっくりと目を下ろし、百三十七代目嵐獅丸は武器をかまえた。盾哉の使う七支刀《ななつさやのたち》とは違う。一枚の鏡《かがみ》である。金属鏡だ。その縁は、鋭く研ぎあげられている。

鏡は、燕の子安貝を映し出している。

百三十七代目が、言葉を続けた。

「……お前たち、あれに生身を乗せてきただけだろう？使い方もわからない小物の争い……やっぱり小さい」

鏡がゆっくり傾けられ、笑みを浮かべる義経を映《うつ》す。

その笑みは、すでに人の域を超えた、魔王の笑みだ。

「なるほど、やはりそうか。あれには、まだまだ知られざる力があるということだ。では、おぬしら一族が、カグヤから奪って、隠し伝えているという残る三つの超絶魔導器《メガリス》もいただいて、力の真実を語ってもらおう」

義経が、その太刀を抜きはなつ。

「……絶大」

ぼそりと呟くと、義経の全身から黒い煙のようなものがにじみ出た。

「……黒影暗夜剣《こくえいあんやけん》」

煙──いや、闇《やみ》の瘴気《しょうき》が太刀をとりまいた。白い刀身が黒く染まり、その切尖が遥か天にまで伸びる。

「月の兵団より奪いとった超絶魔導器《メガリス》のありか、吐いてもらうぞ！」

怒涛のごとく、闇の瘴気が百三十七代目嵐獅丸へと雪崩落ちてくる。

「……あれは……預っているだけだ！」

盾のようにかまえられた鏡から、電光がほとばしって、瘴気の斬撃《ざんげき》を受け止めた。白と黒が、激しく交錯し、すべての風景を飲みこんでゆく――。


鏡からあふれた、真っ白な雷撃《らいげき》は、記憶を引き裂き、また異なる時代への通廊《つうろう》を開いた。

無数の戦いが、盾哉の内側にあふれた。

巨大な湖の、すべての水が宙に浮かんでいる。あれは、琵琶湖だろうか。その水が渦となって膨大な軍勢を飲みこもうとしている。これはカグヤと出会うより前のことだと、直感がささやく。

今の知識で奈良時代と呼ばれる、その直前のころ……。

琵琶湖の全ての水を配下として、盾哉に挑む若者がいる。そう、いまの嵐獅丸は、無力なる数万の来訪者のために防壁となる、たった一人の老人だ。

若者は、怒りと苦痛をこらえた声で呼びかけてくる。

「あなたは人の王ぞ！　地球そのものが選びし人の王、守りの壁なる嵐獅丸ぞ！　そのあなたが……なにゆえに土蜘蛛《ぐも》に味方するかっ！」

「……王がいかなるものか、お前はまだ学ばねばならぬな、大海人皇子《おおあまのみこ》よ」

「じゅうぶんに学んだ！　だからこその大地の龍脈の力だ！」

「地の力のみならず。天の機、人の心を悟れ！」

嵐獅丸が一喝《いっかつ》する。威厳のある響き。その言葉の重みを盾哉は理解できず、意識が逃亡する。

そして。

また。

記憶が、時代を跳《と》ぶ。

現代に近づいた。といってもやはり千数百年の彼方ではある。今の知識では、平安と呼ばれる時代――。

カグヤとの戦いを知らぬ者たちに請《こ》われて、力を貸した時の記憶だ。海の向こうとこちら。界を渡ってきた同胞が、異界たるこの地で、わずかな空間のへだてによっていがみあう。

体長数キロの巨大なムカデ妖獣が、十三本もの尾を持つ山ほどもある狐とぶつかりあっている。その光景を照らすのは、富士の山にかかった真紅の月。月に向かって地上から伸びる光は、あれは？　戦う十三尾の狐。それは無数のゴーストの集積体だと盾哉は知っている。その恐るべき戦いの合間を駆け抜ける美女。あれは……。

「貪狼《どんろう》っ！　封神台の力で目をくらませたかよ！」

嵐獅丸が叫ぶ。自分は……百……いくつだ？　もうわからない。

わからないままに手をかざす。月に向かって。

そして時代がまた飛ぶ。

さしわたしが数百メートルほどもある生首が、空を待って、魔法陣《まほうじん》に守護された都へ、妖しの炎を浴びせかける。あれは悪路王の弟子たる将門《まさかど》……。

ぐるぐると時がうずを巻く。

海を渡って押し寄せる、蒙古《もうこ》の大魔法軍団。そいつらを率いる、義経転生体たる百四十五代目嵐獅丸と戦う百四十七代目の記憶。〈世界結界〉をめぐる最後の戦い。世界から詠唱銀を追放する大魔術儀式をめぐる、決定打たる戦いだ。

十数回目の月侵略で、海に沈められた蓬莱《ほうらい》の島——またの名をムー。そこで戦った三代目嵐獅丸の記憶。

絶大な冷凍魔法で、いまでいうベーリング海峡に氷の橋をかけ、稲妻をあやつる部族と決戦をくりひろげたのは、あれは何代目の嵐獅丸なのか。

うずまく記憶。

笑みをかわしあう、嵐獅丸と女性。その女性は、どこかカグヤに似ていたけれど、もちろんカグヤではない。

彼女は赤ん坊を抱いている。それが、次の嵐獅丸だ。

彼女の顔を、盾哉は知っている。

記憶。記憶。記　憶。　記憶　記憶憶　ＫＩＯＫＵ。

記憶。記憶。　記憶憶。記記　　憶憶　。

魔法がこの世に満ちていた時代の記憶が、魔法がこの世から追放される時代の記憶が、魔法を失ってどん底へと落ちていった時代の記憶が、これまで経験したどの嵐よりも、雨よりも激しく、盾哉にふりそそいだ。

その中をもがきながら、盾哉は、ひとつの記憶に手を伸ばした。押し流されない。忘れない。幾多の嵐獅丸が、彼の中を通り過ぎてゆく。だが、盾哉は忘れない。自分が何者か。なぜここにいるのか。

忘れるわけにはいかない。ほんの数日前まであれば、この記憶に翻弄され、自我をすりつぶされ、おのれが誰であるのか見失っていたかもしれない。

だが、自問自答を続けた日々が、彼を鍛えていた。おのれが何者か、何をすべきか、その答えはまだないけれど、ないからこそ、他人の答えに従うことはできないのだ。

いまは、記憶のさなかから、よりださねばならない。自分に――いや守るべきあの人に必要となるあれを。

指先が……そこに届く。

「……くんっ？　盾哉くん⁉　大丈夫ですかっ⁈」

肩を誰かがゆすっている。

反射的に、盾哉は、その手をはねのけていた。

「きゃっ」

小さな悲鳴があがった。その声に、ずきりと胸を突き刺されて、盾哉はふりかえった。

罪悪感が、心を突き刺すナイフの正体だ。

こちらを見上げている顔に、怒りも悲しみも怯えもない。たったいま、自分を突き飛ばした相手に、救いをふりはらった相手に向けて、無条件の信頼の笑みを、彼女は向けてくれる。

かっと顔に血がのぼった。真っ赤に染まっているであろうことが自分でもわかる。だが、どうして赤くなってしまったのかは、よくわからない。

もちろん、彼女にもわかるはずはない。きょとんとした表情で、晴恋菜は盾哉を見上げている。膝を立てた姿勢で座りこんでいるから、スカートが少しまくれていた。

彼女から、顔をそらしながら、盾哉は怒鳴った。

「出てくるな！　あんたは隠れていろ！」

叫び終わる前に、彼は走り出している。

「無理です、一人じゃあ！」

晴恋菜の声をふりきって、盾哉は走る。その前に立ちはだかる、あの哄笑。そしてまたなだれ込んできた、ゴーストの群れ。だが、いまの盾哉には、それは一振りでなぎはらえる、木っ端のかたまりにしかならない。

『……記憶に惑わされ、自分の力を見誤っていないか？』

自問してみる。答えを知る方法は一つしかない。盾哉は、七支刀をふりあげた。その一瞬で、無限の雨が彼にふりそそいだ。まばゆいほどの銀色の輝きが、盾哉を包む。雨。銀色の雨。それが盾哉の中にしみこんだ。そして、盾哉の中にずっと存在していたものを、現出させる。

胸《むね》に鏡。

額《ひたい》に勾玉《まがたま》。

嵐獅丸たちが、使いこなしてきた武器。忘却期《ぼうきゃく》の――というか俗人の王権がそれを真似てきた、究極魔術の武具だ。それをかまえたまま、盾哉が走る。

ゴーストの群れが、おのずから割れてゆく。

……あの哄笑《こうしょう》が、途切れていた。

第十五章　燕が死を運ぶ

1.

鎌倉沖《かまくら》。その海底。

いまは漆黒に塗りつぶされたそこに、ほのかな光が三つともった。

海と陸をへだてたその先にあらわれた三つの品が、同時に輝いている。太古の記憶を鋳型として、銀色の雨が結実した
七支刀《ななつさやのたち》、勾玉《まがたま》、そして鏡《かがみ》。それらと同じ輝きが、闇に包まれた海底にあらわれたのだ。

遠くすぎさりし日に、封じられた扉が、開こうとしている。開くための鍵《かぎ》は、ごく単純なもの。そこに、それがあると、思い出すこと。

なぜならば、魔力とは願いであり、世界とは認識であるからだ。

願いを以《も》って世界を変貌させるもの、それが魔法。

光から、幾多の泡《あわ》がふきだした。

泡は、海面へとのぼってゆく。月光も星明りもなく、まるで墨《すみ》を流したように黒い海面で、かすかな光を宿した泡がはじける。光がまたたく星のようだ。それはまるで、あるべき夜空が、天から海面に移ったように見えた。

海面に光が満ち、そして大きく揺れた。

時ならぬ嵐によって、激しく乱れていた海面が、さらにその様相を一変させる。

幾多の荒波が統合され、海面が山のように盛り上がった。白銀の山、輝くドームだ。だが、水はすぐさま、即席の山腹を流れ落ちてゆく。

山と言うには微妙に歪んだ形の、巨大な物体が、水面下から姿をあらわした。

それは、ゆっくりとした速度で海面にあらわれ、さらに空へと浮上してゆく。

さしわたし数百メートルはある。いびつなドーム状の円盤だ。最も形態の近いものをさがせば、殻《から》を閉じた二枚貝か。だが、素材は貝殻ではない。未知のものだ。

巨大物体は、海面から数百メートルの高さに浮かび上がると、音もなくすべるように陸の方へと動きはじめた。

　これが、通常時であれば、大きな騒ぎになっていただろう。だが、いまは異常事態のただ中だ。

　暗黒の夜。稲妻と、そして暴風と、銀色の雨が荒れ狂い、何よりも超常の怪物たちが、鎌倉という古都を蹂躙、陵辱しているさなか。

　巨大物体が浮かぶ沖合いから見ても、いくつもの炎の柱が、地から天へとのびているのが、はっきりと見える。その柱は、まるで生き物のようにうねり、無数の火の粉を生み出していた。

　オロチと呼ばれるエネルギー生物兵器と、数え切れない超常の怪物ゴースト。それらに追われる、鎌倉の住人のほとんどが、巨大物体の出現も知らずにいた。

　だが「ほとんど」であって、「すべて」ではない。

　たとえば、これを解き放ち、呼び覚ました『記憶』の主は、出現した巨大物体を出迎えるべく、すでに移動を開始している。

「おまえは……ここにいろ」

　ふりしぼるような声だけを、おのれの背後で座りこんでいる少女に残して。


　もちろん、少女は従わない。友の手を借りて、立つ。

　──しのつく銀の雨の中。

　少年が駆けてゆく──。


　少年を見送るのは、邪悪な一対《いっつい》の瞳《ひとみ》。

　その行く手をはばむのは、無数の異形《いぎょう》であった。どす黒いタールのような人影が鉤爪《かぎつめ》をふりあげ、野牛の蹄《ひづめ》と角《つの》を持つ人食い鮫《ざめ》が大地をえぐり、腐り果てた屍《しかばね》が両手にかまえた死霊《しりょう》の銃をかまえる。

　ほんの数日、いや数刻前であれば、そのうちの一体に対しても苦戦していたであろう。

　だが、いまの少年は、猛《たけ》る戦人《いくさびと》であり、その肉体からあふれる闘気《とうき》は太古の記憶に支えられて無尽蔵《むじんぞう》だ。

　命を讃《たた》える歌を、彼は思い出している。代々の嵐獅丸たちに伝えられてきた、無限の活力をもたらす歌。実際に歌う必要はない。意識のありようだけでよい。

「おうおう、みごとな太刀さばきであることよ……」

　盾哉のその姿に、くすくすと小さく笑いが起こる。

　ふり続ける雨を鏡面として、幻影で我が身を隠し、盾哉《じゅんや》を監視し続けていた笑い声の主、鬼百合公爵《ゴブリンリリィ》。

盾哉が充分に遠ざかったと見て、幻影を解いた。

戦いの傷跡《きずあと》が雨に打たれている、矛城家《むじょうけ》の庭に、鬼百合《ゴブリンリリィ》は立っている。満足げに、彼は周囲を見回した。くすくすという笑いは、まだおさまっていない。

「おやおや、鬼百合《ゴブリンリリィ》。さっきまでとは、笑いの大きさが違うじゃないの。もう大笑いしても気づかれないわよ？」

その鬼百合《ゴブリンリリィ》の背後に、ゆらりと気配があらわれた。成人男性として長身である鬼百合《ゴブリンリリィ》をさらに超える体躯《たいく》でありながら、女としての豊満さと妖艶さも、しっかり兼ね備えた、その姿。

この事態を引き起こさせた、初代《しょだい》さまと呼ばれる女だ。だが、日が暮れる前に鬼百合《ゴブリンリリィ》を訪れた時とは異なり、確固たる肉体をそなえている。

「あまりに嬉《うれ》しすぎると、笑いも出てきにくくなるものでございますよ、初代さま」

背を向けたまま、鬼百合《ゴブリンリリィ》が返答をする。

失礼といえば失礼、無防備といえば無防備。だが、その本音は、正面から向かい合うのは恐ろしいというところなのではあるまいか。

「ここまで予定通りというところ？」

「むしろ、予定よりはるかに早うございます。こちらが考えておりましたのは、あやつめに絶望を与え、悶絶《もんぜつ》させ、現実を拒絶させて、さらなる絶対的力を求めさせること。さすれば、あやつめは、おのがうちに眠っている太古の記憶へと手をのばすものと、そう踏《ふ》んでおったのでございますが」

「……あなたが考えていたより、あの少年の絶望と呪詛《じゅそ》は深かった、ということですか」

もう一つの声が響いた。彼女もまた、この闇をもたらす儀式のおりと違って、肉体をそなえている。盾哉の祖父を死に至らしめた、あの女性型ゴーストだ。

彼女の表情には、憂《うれ》いが深い。

「そして、我らが考えているよりも、晴恋菜という人格は、深く根をおろしていた……」

呟く声は、切なくふるえている。可憐なものを慈しむ光を瞳に宿して、女性型ゴーストは、少年を、こけつまろびつして追う少女の姿を見つめている。

「晴恋菜《せれな》なんて、存在しやしてない」

不愉快《ふゆかい》そうに初代さまが吐き捨てる。

「あんなのは、カグヤの本当の人格が眠っている間に発生してしまった、かりそめの人格。……じゃないの？」

という初代さまの言葉が向けられたのは、そこに居合わせた四人め。

「はい。申し上げました」

彼は、少し離れた場所で、地面に両膝をついた姿勢で控えている。立場としては初代さまが最も高い地位であり、女性型ゴーストと鬼百合《ゴブリンリリィ》が対等であり、この四番めの人物が、最も位が低いのだろう。

だがその態度は悠然《ゆうぜん》としている。初代さまに対する怯《おび》えも、隔意《かくい》もない。

「いまはまだ、晴恋菜としての意識が優先しておりますが、それももう、ほんのしばらくのことです」

腰を傾け、礼はつくしつつ、顔をまっすぐ正面に向けたまま、彼は——刃弥彦《はやひこ》は言った。それを聞いて初代さまが鼻を鳴らす。

「どうだか。何日も蔵にこもって、結局、なんにも変わってないようじゃない、あれ」

「確かにそう見えましょう」

ほんの半瞬《はんしゅん》——息を吸い終えてから、吐《は》くのにうつる、その程度の時間。刃弥彦の返答に躊躇《ちゅうちょ》があった。

だが、それに気がついたのは、たぶんその場の一人だけだ。初代さまも鬼百合《ゴブリンリリィ》も、刃弥彦が間髪いれずに応じたと感じている。

躊躇に気づいた一人も、刃弥彦がその半瞬に何を思いめぐらせたのかまでは、わからない。

「けれど、この数日で準備は完璧に終わっています。仕掛けは既に埋めこまれました。あとは引き金を絞るのみ」

まったく感情を見せぬまま、刃弥彦は淡々と告げる。

「ふうん？」

その真偽を判定しそこねて、気分のおもむくまま奔放《ほんぽう》にふるまうはずの初代さまが、ただ、眉《まゆ》を寄せた。

「おお、ごらんなさりませ、みなさま！」

その場に湧き出しかけた不穏《ふおん》な空気は、鬼百合《ゴブリンリリィ》の歓声によって、霧消《むしょう》した。

彼が見つめているもの。

海上から、ついに鎌倉市街上空へと到達しつつある、巨大な二枚貝。盾哉がその遠い過去の記憶の中で見た、飛翔する要塞。その大きさからは信じられないほど多くの戦士たちを運んでいた、超絶の魔導器。

「我らが長年探し求めた燕の子安貝……ついに手の届くところへまいりましたぞ！」

「……ゾアン・クラム・アグゼ」

鬼百合《ゴブリンリリィ》の歓喜と女性型ゴーストの吐息が重なりあう。

「地球の呼び名と、月の呼び名。ややこしいことだわね」

そして初代さまが、大きく顔をしかめる。

「どうやら……出てきますね。予想していたより、いささか速いのは……少年のイマジネーションが、計測以上に伸びているということでしょうか」

刃弥彦が、冷徹な観察者の声音《こわね》で呟く。

固く閉ざされていた貝殻が静かに開きつつあった。いや、この距離ではたとえ音がしていても届くまい。鎌倉の市街には、なおも暴虐《ぼうぎゃく》の騒音が満ちているのだ。そして、この距離であっては、さしも彼らの超越した感覚をもってしても、何か砂粒のようなものが、ぼろぼろとこぼれているようにしか見えない。感覚で捉えられなくても、知識はその正体を教えてくれる。

「あれは……あたしらの側じゃないんでしょうね」

そう言った初代さまの口もとが、ほころんでいる。美味しい餌を目前にした肉食獣のように、舌がちらりと見えて、くちびるをなめた。

――少年たちも、その出現には気がついていた。

むろん、空を見上げる余裕さえあれば、燕の子安貝に気がつかないはずもない。だが、闇夜を、ひらひらとまいおりてくる品は、鋭い視覚がなければ捉えられなかっただろう。それを見て取ることが可能になっている自分は、世の『常識』からはもう完全に逸脱《いつだつ》しているのだと、盾哉は自覚していた。

カードと、そう形容するのが、いちばん近い。その言葉から連想されるよりも、サイズはかなり大きい。

そのすべてに、人物画が描かれている。

全身に、魔法の呪紋《じゅもん》を刻んでいるのは、魔法王国ヤマタイの戦士たち。髷《まげ》を結い、ハニワ兵士を操る呪法士《じゅほうし》たち。大鎧《おおよろい》をまとうのは鎌倉の都を守った源氏の侍。

それは、ただの絵ではない。

空を飛べるゴーストたちが一斉に殺到《さっとう》する。ゴーストが、その手にした兇器でカードを引き裂く寸前。

銀色の輝きとともに、戦士たちが三次元の実体をそなえた――

「砕《くだ》けてゆきます、砕けてゆきます。流れこんできます、流れこんできます」

鎌倉の街中、さまざまな場所で、銀の光がはじけている。その光を目にするたび、鬼百合が、熱に浮かされたように呟き続ける。

と、はじけたきらめきのいくつかが、急速に大きくなりはじめた。ほとんどのものは大地におりたったが、何体かの戦士たちは、飛翔能力をそなえていたようだ。

銀の光が五粒、猛スピードで、鬼百合たちのもとへ近づいてくる。

「……初代さま、ここは」

逃亡を提案しようとした女ゴーストを、初代さまは右手のひとふりで黙らせた。

「懐かしいわね。あれ、あたしが現役のころの連中よ」

空をふりあおいで初代さまが、瞳《ひとみ》をぎらつかせた。

彼女らに迫る戦士たちは、いま現在知られている、どんな史実にも登場しない姿をしている。

白い貫頭衣《かんとうい》めいた服をまとい、手には錫杖《しゃくじょう》。その先端の赤く塗られた円は、おそらく日輪の象徴《しょうちょう》だろう。

「あたしが沈めてやった、ムーの戦士ども。あんなのまで入ってるとはね」

「嵐獅丸《あらしまる》も、ムーの日輪王の血に連なるものでございますから。最後の生き残りが、奪われた燕の子安貝に封じられていても、不思議は……」

「解説不要っ！　どうせ、すぐにお別れっ！」

とんっと地を蹴《け》りながら初代さまが歓喜の声をあげる。

古代ムーの戦人たちは、どうやら実際に飛行しているようだ。日輪の輝きが、彼らにその力を与えているのか。

一方の初代さまは、月の戦士が使う重力制御によって、跳躍《ちょうやく》の距離と速度を強化しているにすぎない。

「だけどね、甘いこと考えてもらっちゃ困るのよ！」

白い歯をむきだして初代さまが笑う。彼女は、まっすぐ上空へと突き進んだ。

ムーの戦士たちは、なんの反応も示さない。無表情なまま、軌跡《きせき》を変える。二人が右、二人が左、もう一人が上に。初代さまの軌道がほぼ直進と見て、包みこむような位置をとった。

「あんたたちの戦術ってば！　一万と二千年たっても変わんない。愛しちゃいそうよ！」

初代さまは、空中でぐんと加速した。真下から刃弥彦が投擲《とうてき》した呪符《じゅふ》を蹴ったのだ。自分と、自分以外に働く重力を複雑精妙に操作すれば、実際に飛翔する能力があるのに劣らない機動が可能。

予想を外されても、あわてたようす一つ見せず、ムーの戦士たちは位置を取り直した。陽光を束ねた熱球の魔術が、初代さまを焼きつくそうと襲う。

「あんたたちは、しょせんは魔封札《まふうさつ》に焼きつけられた力の残滓《ざんし》！　あたしは本物を五十人……」

熱球が、初代さまの白い膚《はだ》を、わずかに赤くする。

「……まとめて殺《や》ったんだから！」

何の武器も持たず、ただ手刀だけをふるって、初代さまは、五人の戦士の首を瞬時《しゅんじ》に落とした。

その頃、地上でもまた、燕の子安貝からあらわれた意志なき戦士たちが、鬼百合《ゴブリンリリィ》たち三人に攻撃をしかけていた。

だが、鎌倉武士の闇をまとった斬撃も、平安陰陽師《へいあんおんみょうじ》の札も、古墳《こふん》時代のハニワ使いも、鎧袖一触吹き飛ばされてゆく。

「これこれ！　この感覚！　千三百年、縛られていた手足が、ようやく解放されたわ」

鬼百合《ゴブリンリリィ》が、ふわりと動く。公家装束の袖が柔らかにひるがえり、手元から伸びた緑の蔦が、一気に十人あまりもの鎌倉武士たちを縛り、締め上げて粉砕する。

「ああ、妙なくせがついてしもうておるわのう。そう、こんなに大きく動かずとも……」

腕の動きを止めて、拳を胸の前でかまえて、小指をぴくりと動かした。わずかな動きで、指の先端から、緑の蔦がほとばしり、侍たちを締め上げ、くびれさせ、破裂させてゆく。

もとより、この戦士たちは、人格などほとんど残っておらぬ、魔力をよりあわせただけの戦うだけの魔術からくりにすぎない。それであっても強いはずなのだ。鎌倉の岸辺から、この屋敷まで、はばむゴーストを切り伏せてきたのだから。

だが、おのれらの二十分の一の数しかいない鬼百合たちに、彼ら古代戦士は、まったく歯が立たなかった。ある者たちは刃弥彦が呼び出した毒沼に呑みこまれ、別の者たちは女ゴーストの放った冷気に凍りついた。

「千三百年の束縛に比べれば、この数年など一瞬。一瞬の苦労で、この解放感を得られたのでありますれば、まさに安いもの」

鬼百合は酔っている。殺戮《さつりく》の快楽に、酒より深い酩酊《めいてい》に、麻薬より抜け出しがたい背徳《はいとく》に。

「こうとわかっていれば、もっと早くに嵐獅丸の記憶をひきずりだしていたものを。ああ、このような魔術からくりでは辛抱できぬ。赤く流れる血が見たい」

彼が、ふらりと市街へさまよいでようとした、その時。

「バカ、油断するんじゃないわよ！」

空から戻った初代さまが、その後頭部に、強烈な蹴りをはなった。

「まだまだ〈世界結界〉が壊れたのは、せいぜい、この鎌倉の一部くらいなんだからね。見てみなさいよ、オロチだって、もうほとんど止まっちゃってる」

そう言われてふりあおいでみれば、先ほどまで大いに暴れていた、破壊エネルギーの権化たる大蛇は、なるほど、天へのぼる輝く柱のようだ。

何も知らぬ者が見れば、突如として出現した、巨大な二枚貝とそこから飛び出してきた戦士たちを警戒し、睨《にら》みあっているようにも思えるだろう。

「この地球だけじゃない。月までも覆う、あのいまわしい〈世界結界《けっかい》〉を破壊しつくすには、まだまだ足りないんだからね。最後の最後まで、あいつらをしぼりつくさなきゃいけないんだから」

「……あいつ、ら、と申しますと？」

いつの間にか近づいてきていた女ゴーストが、硬さを含んだ声で初代さまに問いかけた。押し寄せてきた戦士たちは、もはや一人たりと残っていない。

「嵐獅丸の子孫と、そのまわりの連中。……誰のことだと思ったの？」

からかうような初代さまの声音に、彼女は何も答えなかった。軽く頭をさげて言う。

「では、最後の記憶の扉までも開いて参りましょう。まだまだ、小僧めを追い詰める手立ては残っております」

静かな動きで、鬼百合もうながして、彼女は歩きはじめる。かたわらにいた刃弥彦も、一礼をして、その後を追いかけた。

「あんたら……あたしも行かないと仕掛けにならないってこと忘れてるでしょ」

苦笑《にがわら》いして呟《つぶや》きつつ初代さまは動かない。

そして、火事の煙に閉ざされ、真っ暗な空を見上げた。暗黒だけしか見えない。けれど彼女の瞳には、冴え冴えと蒼く輝く月が、くっきりと映しだされている。

「月を地獄に変えたあいつら……。あの力に対抗するにはこれしかないのよ。たとえ姉妹星《しまいぼし》のすべてを破壊することになっても、必要な力を手に入れる」

言葉だけをとれば悲壮な決意。けれど、彼女の口元には、やはり舌なめずりにも似た笑みが浮かんだままだ。

「あたしたちは……月帝姫《ルナエンプレス》。月の民、全ての母なのよ、カグヤ？　だから……躊躇《ちゅうちょ》しないわよ」

ぎらぎらと飢えた光を瞳に宿して、初代さまは、その姿を、この数年まとい続けていたかりそめのものに変じて、とん、と大地を蹴った。

2.

冷徹に、というのとも違う。

冷静に、といえばさらに異なる。

淡々と、というのが最も近いだろうか。

空から舞い降りてきた戦士たちは、嵐吹き荒れる鎌倉《かまくら》の街路で、ゴーストを排除している。

「この人たちて、いったいなんやのん……!?」

戸惑いに満ちた声が、晴恋菜《せれな》のものであれば、盾哉《じゅんや》の舌はもつれて、答えが出てこなかったかもしれない。

だが、緊張しきった声で問いかけてきたのはアーマリアだったし、そのかたわらのシールディアに至っては、はっきりと怯《おび》えていた。

そう。表情もなく声も出さない、白く磨き上げられた骨格だけの少女。彼女の感情を、盾哉は、見間違うことなく理解できるようになっていた。

スケルトンの感情を、そのわずかな動作で察することができるのは、共に幾多の戦いをくぐりぬけてきたからなのか。それとも、いま、盾哉たちの周囲で、武器を魔術をふるっている古代の戦士たちが理解できるように、何か特殊な感覚が、盾哉にそなわったのだろうか。


ゴーストが太刀《たち》に割られて、黒い体液がふきあがり。太刀に闇をまとわせた鎌倉武士が、四つの頭と角を持つ野犬に、その腹を突き破られ。

そして、どちらもが虚空へと消えてゆく、その合間を盾哉たちは駆け抜ける。

彼らが走ると、足元で、道路に溜まった雨水がはじけた。飛び散るその粒は銀色に煌いている。

「止まれっ」

盾哉が叫ぶ。アーマリアと晴恋菜は、理由も尋ねずに従った。雨粒が水溜りとなって、すぐ前方に溜まっている。その暗い水溜りから、手がしのびでていた。水深など1センチに満たないというのに、あらわれた手は、成人男性のそれより大きく、明らかにその先には腕と肩と胴体と、すべての肉体がつながっているとしか思えない。

それが地面をまさぐり、近づいたものを無限の水深の水溜りに引きずりこもうとしている。

盾哉たちは、攻撃の体勢をとった。いやとろうとした。けれど、その刹那《せつな》。上空から飛来した一枚の呪符《じゅふ》が、ぺたりとその手にはりついた。水溜りから出てきた青黒い手が、呪符を中心にぐぐっと膨《ふく》れあがり、弾《はじ》けた。

「あれ……あれや！　あんなところから」

まだ空中をひらひらと舞っている、半紙サイズの紙。盾哉やアーマリアの感覚からすれば、ミニサイズのポスターほどのそこから、人間の上半身が突き出ていた。

「陰陽師《おんみょうじ》……？」

晴恋菜が呟《つぶや》く。映画で見た姿に似ていたからだ。

その陰陽師は、紙から抜け出して、すたんと大地におりたった。紙もまた落ちてくる。濡れても強さを失わないそれは、白紙に戻って、道路にはりついた。腐った死体のようなゴーストがそれに近づいて拾いあげ、首をかしげた。一瞬後には、絵姿から実体したばかりの陰陽師に吹き飛ばされる。

「ちょっと、おじさん……？」

おそるおそる声をかけたアーマリアを、陰陽師はまったく意に介さなかった。どこを目指すのか――ゴーストを感知する手段があるのか、駆け去ってしまう。

アーマリアが、ふたたび叫ぶ。

「せやから、どうなってるのん⁉」

これまで、いくつものゴースト事件にかかわってきた彼女をもってして、この事態は、まったく理解を超えている。敵が出現する、それならばむしろ想定の範囲内だ。けれど、この味方はなんだろう。いや味方と考えてよいのか。まったくの無表情に、ゴーストを滅ぼしてゆく、この戦士たちはいったい何者なのか。

「……遠い昔に、誰かが仕掛けたんだ」

盾哉も、きちんと理解できているわけではない。つい先ほど、噴火《ふんか》のように爆《は》ぜあがってきた記憶から、この状況に符合するものを、どうにか拾いあげた。盾哉は、

「遠い遠い昔だ。月から攻めてきた連中がいて、そいつらと戦ったやつらがいた」

地球を守った、というべきなのかもしれない。だが、盾哉はなぜか、そういう表現を使う気になれなかった。

「月から来た連中は、追い返された。で……」

天空からの侵攻軍、そのリーダーがカグヤ。盾哉はその名を呑みこんで、続きを言い換えた。

すぐそばに、体温が伝わってくるほどの近さに、カグヤである少女がいるからだ。

「……勝って、月の戦士を運んできた船を奪った」

「えーと、ようするにあれなん？　あっこに浮かんでるんは、月から来たっていう。月星人のＵＦＯとか、そういうものなん？」

アーマリアが、はるか前方の空を指差す。

彼女たちが目指したもの。盾哉が出現を感知し、そし

てすぐに、誰も疑えないほどはっきり姿をあらわした、常識を根本から粉砕する存在。巨大な二枚貝の形をしたものだ。暗い空にたれこめる暗雲は、その巨大な浮遊物に触れようとしている。

「なんか、UFOとか、そういう言い方すると、すごく安っぽいですね」

ぽつりと晴恋菜が呟き、あわてて口をふさいだ。

「むぎゅ、うぎゅぎゅ」

手で口もとを押さえたまま言い訳しようとしたので、何を言っているのか、まるっきりわからない。

「ええから。あんたに、悪意がなかったんはわかってるから。ほんで、あのUFOがどないしたん?」

盾哉は一息をついて、言葉を続けた。

「あれは、たくさんの戦士を運ぶために、その力だけを抜き出して、絵画に封印できる……」

どうしてそんなことを知っているのかと、盾哉に尋ねる者はいなかった。

とにかく知っているのだろうと納得する。晴恋菜はそもそも、誰かを疑うということをしない。戦いの場で、仲間を疑えば、それは大きな隙につながると、若いながらも百戦錬磨《ひゃくせんれんま》のアーマリアは知っている。

「誰かが操縦《そうじゅう》してるん?」

「違う、たぶん、自動的にやってるだけだ」

記憶の底をさらってみる。だが、あれについての知識があるはずだという自覚はあるのに、肝心のそれが出てこない。ひきだしが、どこかでひっかかってしまっているような感覚。だまっている盾哉を見て、アーマリアは、形のいい眉を、きゅっと真ん中に寄せた。

「そしたら……」

アーマリアが口にしかけた言葉は、轟音にさえぎられた。音というより、全身に叩きつけられる圧力だ。

音を発したのは、大地を割ってあらわれた、さらに二体のオロチだ。そのうちの一つが、我と我が身のすべてを、巨大な貝に叩きつけた音だった。

オロチは砕けた。だが、飛行物体は、その打撃を受けても大きくゆらいだにすぎない。だが、残る二つめのオロチと、三つめのオロチが、連続した攻撃を試みる。

二枚貝そのものが損傷しなくても、あれが地面に落ちれば、鎌倉市街に甚大な損害が出る。

それをふせいだのは、地上からほとばしった、鋭いエッジをそなえた水の渦《うず》だ。銀色の輝きを帯びた、あれは水練忍者《すいれんにんじゃ》の超絶奥義《ちょうぜつおうぎ》。

攻撃を妨害され、オロチが、また動きを止める。二枚貝も、さらに高度をとった。上半分が、たれこめる暗雲に触れた。もう、古代戦士の力を封じたカードを、まいてはいないようだ。また睨みあいになる。だが、盾哉たちの関心は、いまはもう二枚貝から離れていた。

「手裏剣の出どころ、確かめたか？」

盾哉に言われてアーマリアが、まばたきをする。そのかたわらで、シールディアが、首を左右にふった。顎《あご》の骨が、からからと鳴る。

「わたし……見ていました」

おずおずと晴恋菜が口をはさんだ。

「手裏剣が打ち出された場所、だいたいわかります。美味《おい》しい甘味屋《かんみや》さんがあるあたりです……」

盾哉は、彼女と目をあわせずに言った。

「じゃあ、アーマリアさんを案内して、おっさんを迎えに行ってくれ。あれに乗りこむにしても、他の方法をとるにしても、合流したほうがいい」

そういう盾哉の肘《ひじ》を、アーマリアが掴《つか》む。

「自分にしたら殊勝《しゅしょう》なこと言うけど。せやったら、一緒に来たらええやん」

彼女の言葉と一緒に、晴恋菜が不安な瞳《ひとみ》を向けてくる。

幸い、いま、晴恋菜たちだけを行かせようとしたことに他意はなかった。なので、盾哉は、罪悪感を抱く必要なく、アーマリアの手をふりきることができた。

「いや。オレはまず、あいつらの足止めだ」

狭い路地の間から、黒いかたまりがあふれだしてきた。それが見えた時、醜怪《しゅうかい》なゴーストとわたりあってきたアーマリア、シールディア、そして晴恋菜の三人が、互いの手をにぎりあった。かろうじて、彼女たちは悲鳴をのみこんだ。七支刀をかまえなおして、盾哉は言った。

「たいして強くはなさそうだけど、数が多い。それに……相手したくないだろ？」

声も出せずに、アーマリアたちはうなずいた。

無理もない。あらわれたのは、ゴキブリの羽を持ったドブネズミであり、ドブネズミの足を十対あまりも生やしたゴキブリであり、そいつらが互いにもつれあい、喰らいあう、人間以上の大きさを持つかたまりだったのだ。

「オレなら、雨で流しちまえる。……きれいにしてから追いつく。……ウソじゃない」

「わかった」

アーマリアとシールディア、そして晴恋菜が、くるりと背を向けて、走りだした。

「そうたいして、他のと変わんないと思うけどなあ」

盾哉が呟いた時、ネズミゴキブリの群れが、ぶおおおうんと、巨大な波のように動いた。

盾哉を包みこむように、迫ってくる。

「……」

気合すら、盾哉は放たなかった。手には七支刀《ななつさやのたち》。胸《むね》に鏡《かがみ》。額《ひたい》に勾玉《まがたま》。

まず、鏡が光った。降り続く雨を、それが吸収する。

銀色の輝きがそこに宿り、勾玉に移る。輝きが凝縮され、強く激しくなる。

額の輝きが、渦を巻いた。

盾哉は、ゆるやかな動きで、七支刀の先端に円を描かせた。波紋が広がる。

ゆるやかな動きのようではあったが、空中高く津波のように広がったネズミゴキブリどもが、黒い瀑布としてふりそそいでくるのよりは、はるかに速かった。

七支刀の先端から放たれた衝撃波《しょうげきは》、すなわち、盾哉の内からほとばしった純粋な魔力《まりょく》だけで、ネズミゴキブリたちが、そのかりそめの肉体を構成する原初の元素――詠唱銀《えいしょうぎん》へと戻されてゆく。

黒い妖獣たちの瀑布《ばくふ》は、ただの銀の雨に戻って、盾哉の周囲にふりそそいだ。

盾哉の視線が、その銀幕を突き抜けて、空に向かう。

ゆらゆらと、細い光の柱がまたひとつ、暗雲を求めるようにのぼってゆく。先ほど、体当たりで砕けたオロチが、再生しようとしているのだ。

そして、盾哉の耳は、しのつく雨音のカーテンに包まれてもなおその先の、幾多の悲鳴を、戦いの喧騒《けんそう》を、そして重い巨大な足跡を捉えていた。

長い、長い、息を吐く。

『どうしてこんなことになった？　いきなりすぎる』

時はあまりにも急激に流れている。逆らいようもない。いまは流されるべきなのか。記憶に流されて、あの燕の子安貝を呼び出したのはいいが、呼び出してから先についての記憶のひきだしが開かない。あれは、ただ戦士を運ぶだけのものではないはずだ。

あそこに行けと、太古の記憶は囁く。だが、たどりついてどうなるのか。

引き寄せられたのが自分が、自分が引き寄せたのか。それすらもわからない。

戦士の札を撒き終えて、子安貝は、オロチに反撃するでも逃げるでもなく、ただ浮かんでいる。

あそこへたどりつけという記憶に従ってみるとして、どうやれば空にたどりつけるのか。

「まずは、さっきのをウソにしないことか……」

約束通り、晴恋菜たちを追いかけようとしたら――。

真紅の輝き。熱なき熱。背後からの一撃。

「……ッッ!!!!」

間違いなくそれは、極月焼煌《ウルティメイトルナ》。カグヤが使ってみせた、恐るべき技だ。

盾哉は、戦士として、この数時間で極限の成長をとげていた。完全には不意をつかれなかったのだ。半歩だけではあるが、かわした。

蒸発したのは、盾哉の右半分、しかも表面だけだ。

呟いたのは、極月焼煌《ウルティメイトルナ》の狙撃者。

「やはり……見せなくていい夢まで、あの子は見せていたようですね……」

右半分だけ。むろん、普通であれば、それは致命傷どころの話ではない。すでに死体や残骸とみなしていい。

だが、銀色の雨の中であれば。

雨が集中する。あたりの雨のすべてが、倒れ伏した盾哉にふりそそいだ。狙撃者の、常識を超越した視覚によっても、その内側を見通せない濃厚な雨。

それがふたたび、まばらな雨に戻った。

熱によってとかされ、蒸発させられた盾哉の表面は、すべて、完全に癒されていた。立ち上がってすらいる。

「……本当の力を、やっと見せてくれたんだな」

盾哉は、少し背を丸めた姿勢でいる。つんと立った前髪は、雨の中でもしおれもしない。

極月焼煌《ウルティメイトルナ》の狙撃者と、はじめて出会った時も、こんな姿勢でいた気がする。

「できるんなら、あの時にどうして使わなかったんだ」

盾哉の質問を、狙撃者は――彼の祖父を殺した女ゴーストは、正面からその顔をさらして、受け止めた。

彼女にも雨はふりそそいでいる。

「やはり、あなたを殺しておくべきだった」

言うが早いか、ふたたび極月焼煌をはなつ。予備動作さえなく、極限の魔術を使ってみせる。だが、盾哉もすでに、真正面からであればどれほど敵がすばやくとも、その攻撃をさばける感覚をそなえている。

極月焼煌《ウルティメイトルナ》をかわし。

その一瞬に死角へと移動した敵は、今度は冷気の攻撃をはなっていた。

「月煌絶零《アブソリュートルナ》……ッ!」

容赦《ようしゃ》のない攻撃。

盾哉は、それをぎりぎりでかわした。

息を詰めて、七支刀の一撃をはなつ。稲妻も風も伴わないその斬撃を、女ゴーストはかわしきれない。肉体に届く傷ではない。だが、衣服の胸もとが裂けて、豊満な乳房がぎりぎりまでまろびでた。

「強くなった……」

「強くしてもらった……！」

交錯《こうさく》する言葉。女ゴーストが、表情をゆがめた。笑いたいのか、怒りたいのか、自分でもまるでわからない顔つきで、彼女は、自分に言い聞かせるように呟いた。

「ずっと迷っていた。どちらが姉《ねえ》さまのためになるのか。みなが止《と》める声に耳など傾けるのではなかった……あなたは、いてはいけない」

熱線と冷気。

稲妻と旋風。

一瞬のぶつかりあいだったが、それは幾多の戦を重ね合わせたような濃密な時。その時を、よどませたのは、少女の悲痛な叫びだった。

「どうして、二人が……‼」

悲鳴。どうしてか、晴恋菜が、この戦いの場に戻ってきていた。

そして、彼女は、大事な二人が、どうしてか命を奪いあっているのを見た。恋した、年下の少年と、姉とも慕うメイドと。

カナカが、盾哉の祖父《そふ》を殺した。

3.

晴恋菜《せれな》は戻ってきたのだ。

アーマリアが、浮雲《うきぐも》のいるであろう位置を把握したから、盾哉《じゅんや》を迎えに戻った。

だが、そこで遭遇《そうぐう》したのは、この光景だ。

「おまえたち、その御方《おかた》の目から、この卑《いや》しい光景を隠しておくれ」

カナカが、右手をふるうと、ふわふわとした黒い布の袋のようなゴーストが、空中からまいおりてきた。どことなく愛嬌《あいきょう》のある表情が浮かんでいる。

「いや、ちょっと……どいてください」

晴恋菜は、黒いふわふわたちを攻撃できずにいる。手をふりまわして押しのけようとした。だが、押されても、ゴーストたちはやんわりと圧力を吸収してしまっているようだ。そればかりか、押されるたびに黒いガスのようなものを噴出《ふきだ》している。晴恋菜の悲痛な表情が、その黒いガスに覆《おお》い隠されてゆく。

カナカは、盾哉の祖父を殺したゴーストは、視界を閉ざされてゆく晴恋菜の姿を、優しい微笑《びしょう》を浮かべて見つめていた。その微笑があったからこそ、盾哉は、晴恋菜を救いに行こうとはしなかった。

他の誰であれ、カナカは平然と殺すのだろうが、晴恋菜だけは髪の毛一筋も傷つけることはしない。それを信じられる微笑を、カナカは浮かべている。

盾哉は、カナカをずっと睨《にら》みつけていた。晴恋菜の前で彼女を攻撃するのは、盾哉も望まない。

晴恋菜が、黒いガスに閉じこめられたのを確かめて、カナカは、盾哉に向きなおった。

視線がぶつかりあう。カナカの表情から微笑が消える。怒《いか》りの表情でも哀しみでもなく、そのまま照れを押し隠す苦笑《くしょう》になった。

左手があがって、あらわになっている胸もとに触れる。一瞬、指が複雑な動きをしたかと思うと、彼女の衣装《いしょう》は、いつものメイド服に戻っていた。

「さあ、死んでください」

カナカが、三たび笑った。冷ややかな狂気の笑い。どれが、この女の本当の笑いなのだろうと、このさなかに盾哉の思考がそれる。

その刹那。カナカの右瞳が、蒼い輝きをはなつ。月煌絶零《アブソリュート・ルナ》だ。冷気が盾哉に押し寄せる。軌跡《きせき》は見えている。跳《と》ぶ。かわした。

冷気が、しのつく雨を凍らせる。水滴が氷滴になって、地面に落ちて音を立てる。

「あなたがいらっしゃるから、あの子が、姉さまに戻る羽目になったのです」

カナカの言葉。それとともに、左瞳が赫《あか》く輝く。極月焼煌《ウルティメイトルナ》だ。極熱が、瞬時《しゅんじ》に降る雨を蒸発させ、高熱の蒸気が爆発したように膨れ上がる。

アスファルトが焼け、ビルのガラス窓が砕けた。

盾哉の視界を覆《おお》いつくす白熱の蒸気。その向うから、突き出される刃。薙刀《なぎなた》というべきか槍《やり》というべきか。柳の葉のようなゆるやかなカーブを描く刃がついた、長柄《ながえ》の武器だ。

真っ赤な血が、雨に溶けた。

盾哉の顔の右半分が、紅に染まっている。頭の形が、妙につるんとした印象になっていた。

切り飛ばされた盾哉の耳が、水溜りに落ちる。

雨が激しくなって、盾哉を包んだ。水しぶきのカーテンが、彼の姿を覆う。カナカが舌打ちをした。

「なんという厄介《やっかい》な……っ」

彼女は、柳葉槍をすばやく数十回、雨の柱に突き入れた。水幕の向こうで、金属のぶつかりあう音がする。

「本当に……死んでくださいな。跡形もなく……っ！」

カナカの斬撃が加速する。雨粒をすらさらに細かく断ち割り、飛び散らせるほどに。

盾哉の顔が見える。耳が再生している。それを見てとった瞬間、カナカの左の瞳が赫く輝いた。極月焼煌《ウルティメイトルナ》！

砕かれた雨粒が、瞬時に蒸発。盾哉を巻きこんで……いや巻きこまれていない。彼は、かわしている。

ほとんど地面に這うような姿勢。

「……あんた、なんでだっ⁉」

言葉をぶつけると同時に伸び上がりながら、盾哉は七支刀《ななつさやのたち》をふるった。だが太刀筋が甘い。カナカは、よけようとさえしなかった。柳葉槍の長柄で絡めとり、そのまま盾哉を投げとばす。

盾哉が水たまりをころがり、しぶきをあげた。そこへ、カナカが月煌絶零《アブソリュートルナ》をはなつ。雨ごと、彼を凍らせようというのだろう。

だが、盾哉は、ほんのわずかな差で、それをかわした。雨まみれ、泥まみれになってころがる。跳ね起きる。それをカナカが追う。数歩で間合いが詰まる。

「わたくしは、あなたの祖父の、仇《かたき》なのですよ」

「そんなの……わかってる」

仇としてあらわれた時ではなく、カナカとして接していた時の口調で、彼女が告げる。

そちらが、真実のカナカに近いのだろうか。

「でしたら、どうして、あなたの攻撃はこんなにも鈍《にぶ》いのですか。わたくしのふところにもぐりこめば、鏡と勾玉が使えるでしょう」

まるで叱咤《しった》するような、教え導くようなカナカの口調。

「そのさそいには……のらない」

盾哉が、七支刀をふるう。カナカの袖口《そでぐち》をかすめる。

メイド服の袖に仕込まれていた、ナイフの射出装置が、ぽとんと地面に落ちる。

「……またさそってもらえるか？」

「いいえ。もう、おさそいはしません」

間合いが詰められた。カナカがつまさきを跳ね上げる。そこにも刃が仕込まれていた。かんと鋭い音がした。胸の鏡でその切尖を受け止めたのだ。

「どうして……挑発する?」

敵は、祖父の仇。そんなことはわかっている。最初に出会った時、理性は気づかなかったけれど、無意識の直感はそれを悟っていたに違いない。だからこそ、この女の前から、盾哉は逃げだしてしまった。

あの時の恐怖は、いまはない。

けれど、もっと大きな困惑がある。

「……あんたじゃ、オレを殺しきれない。この雨がある間は、オレは命をいくらでも使える」

カナナカの斬撃と魔術は、盾哉にダメージを与えている。けれど、その傷は、すぐにふさがっているのだ。

「さっきの言葉は、どういう意味なんだ。どうして、オレがいると、あいつがカグヤになる?」

カナナカは、姉になるといった。それがカグヤをさしているのだと、盾哉も理解できる。

「お前たちはどうしてこんなことをしてる……?」

「素直すぎて答える気になれません」

カナナカの柳葉槍が、盾哉の七支刀を絡めとる。

スカートがひるがえり、白いペチコートがちらりと見えた。雨を裂いて、つま先のナイフが盾哉の喉をえぐる。

いや、浅い。

「さすがに、喉《のど》を引き裂かれては癒《いや》せませんか?」

「さっきは、半分なくなった。限界は、オレも知らない」

知らない、知らない、知らない。自分の言った言葉が、脳内で響きあう。本当に、盾哉自身は何も知らない。

整理もできてない太古の記憶なら、脳内にたくわえられている。だが、自分がどうして、こんなところで、剣をまじえているのか、それを教えてはくれない。

何度も、食事を作ってもらった相手。肩を並べていたいと感じた少女の、姉代わりの女性となぜ戦う。

いや――。

姉ではなくて、妹、なのか。この、どこから見ても成熟した大人にしか見えないメイドが。たくみに秘め隠していたのであろう妖艶さを解放した、この女性が。

あの、どこかおどおどして、すらりとしたスタイルなのにいつも背を丸めていて、眼鏡で素顔をごまかしていた、あの少女の。

妹だというのか。

彼女の感情が、まっこうから盾哉に叩きつけられた。

「あなたさえ見つからなければ! 嵐獅丸の血を、こんなにも濃厚に受け継いだあなたさえいなければ!」

怒りの声。とともに斬撃――。

受け止めるべき七支刀は、まだ足もとにころがったままだ。斬撃は、盾哉の肩から喰いこんで、おそらくは肺にまで達した。すでに神経がいかれて、痛みはなく、ぼんやりした熱さしか感じられない。

ざあっと雨が激しくなる。また銀色の液体が、ぬるぬると盾哉の中に入りこむ。傷がふさがれてゆく。

「またそれですか！　昔もそうでした！　この詠唱銀の雨がある限り、あなたは蘇《よみがえ》り続ける。嵐獅丸！　何度もでも壊せる、姉さまの最高の玩具《がんぐ》であり続ける」

壊れてゆく。カナカの、忠実なメイドとしての顔が。

冷静さ、冷徹さは、彼女の本性ではなかったようだ。だが、晴恋菜を何よりも大事と考える、その想いは。

――どちらなのだ、大切なのは？　晴恋菜なのか、それともカグヤなのか？

傷をふさいだ盾哉は、カナカに向かってふみだした。

足元の七支刀を、蹴ってはじいて、手元に戻す。

銀の雨で傷を癒すそのついでに、勾玉にこめておいた魔力を、実体ある光として噴き出させる。物理衝撃光線《オプティックブラスト》が、カナカの胸を直撃。

大きな隙《すき》だと判断して、七支刀の刺突を連鎖。

だが、彼の攻撃速度は、ぎりぎりでゆるんでしまった。

この女が大事に思っているのが晴恋菜だというのなら――という疑問が、ほんのわずかに刺突をゆるませる。

そしてカナカのカウンターが届く。百戦錬磨《ひゃくせんれんま》。だが、左の肺を貫いたその攻撃も、またも銀の雨に癒される。

「もう、本当に。〈世界結界〉を砕いたりするのではなかった！　何度殺せばいいのです」

言葉だけとれば、あせりの表明。

だがこれも、自分が祖父の仇だと挑発するのと同じ、カナカの誘い。盾哉を呼び寄せて、そしてとどめを刺すための。雨がある限り死なないと、盾哉に思いこませようとしている。そう思いこんだ盾哉が、無謀な行動に踏み切るのを待っている。

あいにく、嵐獅丸の記憶が教えてくれていた。

怪我が癒えるといっても、それは表面上のことにすぎない。疲労は蓄積する。たぶん、殺されてやれるのは、あと三度。そうでなくても、全身まるごと蒸発させられたり、氷に閉じこめられてしまったらおしまいだ。

完璧な殺され方でなく、適度に殺されて、ようやく三度、そうなるまでに、どれほどの情報をこの女から引き出せるだろう。自分の口下手、コミュニケーション能力の不足を恨めしく思いながら、盾哉は必死で考えた。

武器をかまえ、一旦、距離をとったカナカと視線が出会う。いまのカナカの目は、赫くもならず蒼くもならず、術の前兆はない。

だが、それだけに、きりきりと盾哉の中へ、憎悪をねじりこんでくる瞳だ。

盾哉の目もまた、カナカに見られている。

「落ち着いた目をしていますね」

ぼそりと、カナカが言った。低い呟《つぶや》きだけに、先ほどまでより真実味がある。

「似ていますよ、姉さまをさらっていった、あの時の目に。恋の情熱でもなく、愛の滅私でもなく、ただおのれの望みを、まるで客観のように判断し、まんまと姉さまを奪い去った、あの時の目です」

カナカの周辺から、熱のようなものがたちのぼっている。いや、それは盾哉の錯覚だろうか。彼女から伝わってくる、あまりにも長い時をかけて蓄積された、その感情のほとばしりが、熱として感じられているのか。

「あなたに夢を見せたりしなければ、こうも早く……あなたが嵐獅丸になりきることはなかったでしょうね」

カナカの舌からはなたれた、言葉のトゲ。

自分が、嵐獅丸に、なっている？　それが盾哉の動揺をさそった。いまの自分は、誰だ。もう自分は、嵐獅丸になろうとしているのか。では、自分を突き動かしている衝動、これも自分のものではないのか。この、思慕の念すらも、押しつけられたものか。

混乱が、盾哉を飲みこむ。彼の動きが止まる。

隙ができていた。

カナカは、その隙を利用した。

だが、即座に攻撃したわけではない。それではダメだ。ダメだと、もうわかっている。ちまちました攻撃では、回復されるだけなのだ。

カナカは、その体内で、魔力を凝縮した。この七百年、彼女が、これほどの魔力を使える機会はまったく存在しなかった。封じられていたのだ。

だが、盾哉との、濃密な戦いが、わずか数分で、カナカに昔の腕前を取り戻させていた。

『戦い嫌いのそなたも、ようやく少しは使えるようになってきたのう』

いまから放とうとするわざを、はじめて使った時、姉は、そう言って笑った。笑いながら、カナカが殺した死骸《しがい》を、踏みつぶした。カナカが、とめどなく流す涙をぬぐおうともしてくれなかった。

そんな、姉を取り戻すための七百年。

そして、晴恋菜という少女となった彼女と一緒にすごした、数年――。

カナカの瞳が、赫く、蒼く、同時に輝いた。盾哉が、はっと正気に返った。すでに遅いのだと悟る。おのれが混乱しているうちに、カナカが大技を放つ準備をととのえていた。もう逃げるには遅い。

真っ向から、受け止めることができれば、あるいは助かる道はある。雨が盾哉の全身を打つ。鏡と勾玉に、銀の光が集まる。

できるのか、自分に――。

「あんたは何者なんだ？　何をしたいんだ？」

盾哉は問う。震える声で問う。自分が何かという答えは、自分で見つけるしかない。だが、そのためのヒントは、まわりに問いかけていいはずだ。対峙している相手が誰なのかわかれば、相対して、自分のこともわかるかもしれない。

だが、カナカは答えない。

その時だ――。


――悲痛な声。また、もう一度。

「カナカさん！　盾哉さん！」

黒いガスから、晴恋菜が抜け出してきた。

カナカにとっても盾哉にとっても、それは早すぎた。

彼女は、状況を把握《はあく》していない。だが、カナカがすさまじく強力な魔術を、盾哉に向かって放とうとしていることだけは、直感していた。

盾哉が、それを相殺《そう》するため、おのれの武器に魔力を集めているのもわかった。彼の魔力の源は、銀色の雨だ。

ぶつかりあう。大切な人たちが、殺しあう。

止めるには。

彼女を止めるには。彼を止めるには。

乱して考えがまとまらない。目前の二人は、たぶん力ずくでないと止まらない。でも、どちらかを傷つける可能性のある、どんなことも、晴恋菜にはできない。

自分にしか見えない怪物たちを追い払うために使ってきた、稲妻かあるいは炎を、カナカと盾哉の双方に、同時にぶつけるべきだ。大丈夫、彼女や彼なら、怪我《けが》さえしない。

思った通りに、抑えきれれば。

自分の中にひそんでいる、何者かが暴れはじめる可能性が、こわい。噴《ふ》きあがってくる怒り。それが恐ろしい。攻撃を制御しきる自信がない。その怯えが、自分自身の内側とのリンクを断ち切らせ、彼女は、おのれの内にある大いなるエネルギーを封じこめ続けることしかできないのだ。魔術を放つことはかなわない。

だが、動かなくても、大切なあの人たちが、お互いを傷つける。いやだ、どちらも傷つけたくない。どちらが傷つくことも、許せない。

いやだいやだいやだいやだ。

思うばかり。気持ちが空回りする。動けない。そんな晴恋菜の前で、カナカと盾哉が、魔力をぶつかりあわせようとしている——。

——そして、爆発。

ごく小規模なものだ。この鎌倉のあちこちで起きているものに比べれば。あるいは、カナカと盾哉が、いまから引き起こそうとしていたものに比べれば。

だが、二人の対決を妨害し、それぞれにかまえを解かせるには、その爆発は、充分なものだった。

高められた魔力が、虚空《こくう》に霧散してゆく。

「久しぶりに使えた術ですが、狙《ねら》いも威力も、まずは意図しておりましたとおり。やれ嬉しいこと」

爆発の術符《じゅつふ》を投げつけてきた者は、カナカへと近づいて、盾哉に聞こえぬ声で言った。

「どうなさったのです、カナカさま。これはちと、我やあのお方の予定とは、違いますぞえ」

平安貴族の衣装をまとった男が、そこに立っていた。

鬼百合《ゴブリンリリィ》公爵であった。

4.

「やれやれ。あのお方がおっしゃるように気をつけておいて、ようございました」

烏帽子《えぼし》に直垂《ひたたれ》、公家装束《くげしょうぞく》をまとって、鬼百合《ゴブリンリリィ》公爵が、ほほほと笑った。あらわになった口の中は鉄漿《おはぐろ》。本来ならば、鬼百合《ゴブリンリリィ》がまとっていたのはもっと古い時代の衣装なのだろうが、長く存在している間、最もなじんだのが、この姿なのであろう。

「さてさて、カナカさま。ここは引いて……」

鬼百合《ゴブリンリリィ》のそんな言葉など、むろん、盾哉とカナカのどちらも聞いていない。一度、かまえを解いたが、爆発の主が、鬼百合《ゴブリンリリィ》とわかった時、かまえなおしている。

まず、盾哉《じゅんや》が一気に間合いを詰めた。

カナカが、柳葉槍をひるがえした。

どちらもまだ、大技のために溜めこんだ魔力を、放出してはいないのだ。

「あ……あ……」

それを見つめる晴恋菜《せれな》が、震えている。

震える少女の願いを、はっきりと知っていてもなお、盾哉もカナカも、戦いの矛《ほこ》をおさめることができない。

カナカには、戦うべき明白な理由がある。盾哉は、戦う理由を見出さねばならない。

盾哉の七支刀《ななつさやのたち》が、カナカのふとももあたりを斬りつけた。スケートが裂《さ》けて、ガーターベルトがあらわになる。そのベルトに、はさみこまれていた十三本の投げナイフが、盾哉の顔面を一斉に襲った。

晴恋菜には、その戦いを止められない。

しかし、割ってはいる者がもう一人。

「なりませぬというのに」

ゆったりとした動作で首をふり、鬼百合《ゴブリンリリィ》の袖《そで》がひるがえる。その袖が、盾哉とカナカと、それぞれの武器と腕をふわりと巻き取る。

「わたくしの申し上げること、これは初代《しょだい》さまのお言いつけ同様と思うていただかねば、困りまする」

二人の動きを袖で制した状態で、鬼百合《ゴブリンリリィ》がその口を大きく開ける。歯を鉄漿で染めたその口は、深い闇へ通じる洞《ほら》としか見えない。

そこから、黒い闇《やみ》が泡《あわ》となってあふれだす。

「うおっ！」

「……くっ」

黒い泡が、盾哉とカナカを共に襲った。カナカはとっさに、左の瞳《ひとみ》にたくわえた魔力を放出する。パワーがぶつかりあって、至近距離で小爆発が生じた。

鬼百合《ゴブリンリリィ》の黒い泡は、何もかもを吸収して消化する、空虚な闇だ。だが、極月焼煌《ウルティメイトルナ》の魔力は呑みこみきれず、闇《やみ》泡《あわ》が消失し、残った熱がカナカの半面を焼いた。

「……ッ！」

悲鳴さえあげずに、カナカがのけぞった。たたらを踏んで四歩さがり、そしてのけぞった背をまっすぐに戻した。

ダメージを受けた顔を、隠そうともしない。美しかったその顔の、左目から頬にかけて、真っ黒に焦げた肉がぼろぼろとこぼれ落ちる。白い骨がのぞいた。

彼女が負った傷は、そう簡単には治らない。

そして盾哉は、こぼれおちかけている臓腑《ぞうふ》を、腹部に押し戻している。鬼百合《ゴブリンリリィ》の闇泡は、盾哉の腹部表層を、ごっそり削り取った。癒しにも時を必要とする負傷だ。

盾哉と、カナカと、そして鬼百合。その位置関係は、おおよそ正三角形。鬼百合《ゴブリンリリィ》と、そして大きく瞳を見開いて、こちらを睨みつけている晴恋菜を線で結ぶと、四人は位置はあたかも矢の形をなしている。

その運命の矢が、どの方向に飛ぼうとしているのか。鬼百合《ゴブリンリリィ》は、方向を定めるのは自分であると、確信していた。盾哉とカナカを同時に相手にしても、いまの自分なら、余裕であしらえると自負している。

むろん、たったいまの攻防は、盾哉とカナカが、正面の敵しか見ていなかったがゆえかもしれない。けれど、奇襲によって彼らの戦力は大きく削がれている。そして鬼百合《ゴブリンリリィ》は、たったいまの一撃で、自分の技が、この七百年、ありえなかった威力を発揮できることを知った。ふりそそぐ雨こそは、これまで彼らを縛り、抑えつけてきた〈世界結界《けっかい》〉が砕《くだ》けた証だ。

カナカが、月の皇族《こうぞく》とはいえ、戦いの専門家ではないことを、鬼百合《ゴブリンリリィ》はよく知っている。目の前の小僧、鬼百合《ゴブリンリリィ》の百分の一あまりの年月しか知らず、戦いの経験に至っては数百分の一にも満たぬ少年など、本来の力を十全にふるえるいまであれば、まさしく歯牙《しが》にもかけぬ。たとえ、嵐獅丸《あらしまる》の記憶をついでいようが、こいつは嵐獅丸ではないのだから。

鬼百合《ゴブリンリリィ》は、運命の方向をいかに定めるか、思いめぐらし、ふと困惑した。

ここで殺してよいものか。この少年が、亜空間に刻まれた嵐獅丸の記憶にアクセスできる。血脈に伝えられたその力は、まだ全ての記憶を読みとってはいない。嵐獅丸の記憶こそが、魔術によって封印され、隠蔽されたメガリスを見つけ出す鍵だ。少年を命の危機に追い詰めることで、刻まれた記憶にアクセスさせ、その記憶をたどって、封印の解放を行わせるのに成功した。だが、少年はいまだ、鬼百合《ゴブリンリリィ》たちが求める最も深い記憶には達していない。たとえば〈燕《つばめ》の子安貝《こやすがい》〉とともにあるはずの〈火《ひ》鼠《ねずみ》の皮衣《かわごろも》〉は、まだ姿を見せていない。ゆえに、少年には、もう少し生きていてもらわねばならない。

だから、カナカが、本気で少年を殺そうとしているのを見て、邪魔《じゃま》をした。だというのに、その自分が、このまま少年を殺しては意味がない。久々によみがえった力に酔って、つい双方を傷つけすぎた。そればかりか余計なことを言ってしまったかもしれない。なぜ、戦いを止めたか、少年に疑問を持たせてはならない。いやはや、千三百年という経験があっても、慢心《まんしん》という大敵、油断という危機からは逃れられぬものだ。反省しつつ、ふと思いついた口上を、盾哉に向かって投げてみる。

「長い年月をともにした我が盟友《めいゆう》、サソリ上人《しょうにん》とナゴン、きゃつらの仇《かたき》を討つのは、わたくしでござりますれば、あなたに殺させるわけにまいりませぬ」

これならよかろう、と鬼百合《ゴブリンリリィ》は内心で哄笑《こうしょう》する。やつらのあだ討ちなどという殊勝《しゅしょう》な気持ち、この我のどこを探してもあるわけがないのに、小僧は信じたらしい。動揺《どうよう》した顔つきを見せている。

ははは、人間としての生を捨ててはや千年以上。情を信じる少年が、鬼百合《ゴブリンリリィ》はこっけいでしかたない。

もう少し、少年をからかってやりたくなった。それに、カグヤが再臨すれば、また妹を側近とするだろう。力関係を明らかにしておくなら、いまのうちだ。

「カナカどの。いかに、月からおいでのカグヤさまの妹御《いもうとご》とはいえ、勝手なごふるまいは許されませぬ。ましてや、そもカグヤさま最後の戦にすら遅参されたあなた。もう少し罰を受けていただきましょう」

反省したつもりで、鬼百合《ゴブリンリリィ》はまだ慢心している。重大なことに気がついていない。

四人の描く矢の形。なるほど鏃《やじり》の切尖《きっさき》は鬼百合《ゴブリンリリィ》だ。けれど、矢を放つ起点は、晴恋菜なのだ。

彼女の瞳《ひとみ》が、めまぐるしくその色を変えていることに、まだ鬼百合《ゴブリンリリィ》は気がついていない。少女は、盾哉とカナカのいずれかを狙わねばならない状況であれば、攻撃衝動を抑えこんだ。葛藤《かっとう》が、彼女を凍りつかせた。

だが、いまは。

晴恋菜が、カナカと盾哉を救えない自分に絶望する。明け渡す。攻撃への衝動に、すべてをゆだねる。その時、彼女の表裏が逆転する。噴《ふ》きあがってきた過去が、すべてを呑《の》みこむ。盾哉が経験した現象とよく似ているが、決定的に違うことが一つ。盾哉を呑みこもうとした記憶は、外部からやってきた。だが、晴恋菜のこれは、すべてが、何もかもが、彼女の中にある。

鬼百合《ゴブリンリリィ》が、カナカに向けて魔術をふるおうとした。

時が、切り替わった。


じゃッ！

異音が、とどろいた。

「は？」

きょとんとした顔で、鬼百合《ゴブリンリリィ》が、自分の体を見下ろそうとした。だがそれは無理だった。彼の頭は落下している。高度は彼の背の高さだけだったから、落下は一瞬《いっしゅん》で終わった。

ごろんと、鬼百合《ゴブリンリリィ》の生首が、銀色の雨に満たされた地面にころがった。

「お？　あ？　い？　があああああああッ‼」

鬼百合《ゴブリンリリィ》が吠《ほ》えた。それがせいぜいだ。肺や声帯があるはずの部位を失って、なお吠えることがかなうというのも、彼が超常の存在であるがゆえか。

だが、その鬼百合《ゴブリンリリィ》であっても、首から下の全てを失うのは、とりかえしのつかないダメージであった。

「……妹を傷つける者は許さぬ。カナカや、平気か？」

声が近づいてくる。

鬼百合《ゴブリンリリィ》の首から下を蒸発させたのは、カナカが使うのと同じ極月焼煌《ウルティメイトルナ》。ただし、その威力は比べるべくもなく大きく、しかし野放図に広がることなく狙った範囲のみに絞りこまれていた。

完全な制御。それは、晴恋菜が望んで、しかし果たせなかったことである。


少女が、カナカに近づいてくる。

それを見つめる、カナカの表情は複雑であった。笑《え》みを浮かべようと、努力はしているのだ。けれど、カナカは、どうしても笑えないでいる。

近づくにつれ、少女のまとっている衣服が変容してゆく。外出する時は『校則に書いてありますし』と常にまとっていた制服。それが、ほろほろと、ほぐれるように彼女の肉体から離れ、消えてゆく。一足ごとに、少女から、成熟した女の肉体へ、近づいてゆく。豊満で妖艶《ようえん》な肉体が、あらわになりきる前に、十二の色が彼女を覆う。長かった髪が、さらに伸びる。月光色にきらめく。

「矛城《むじょう》……っ！」

この状況で、盾哉が呼ぶのは、彼女の苗字《みょうじ》だ。下の名で呼ぶ覚悟は、まだできていない。

そして苗字で呼ばれても、少女は――もはや少女ではなくなった女は、ほとんど反応しない。

たった一つ、小指がぴくりと動いただけだ。

「……おお……おお……おおおおお」

鬼百合《ゴブリンリリィ》の咆哮《ほうこう》は、静まっていた。もはや、彼の口から漏《も》れているのは、苦痛の雄叫びではない。歓喜の呻《うめ》き、満たされた欲望がうちにおさまりきらず漏れ出る、その悦楽《えつらく》の声だ。

「おおおお、カグヤさま。まさしく。かりそめにあらず。こたびこそ、本当に。心底のカグヤさま……」

首のそばを通りすぎようとしていた彼女が、その声に気づいて足を止めた。

「お前だとわかってはいたのだがな。つい、かっとなった。まあ、許せ」

「いえ、いえ、いえいえいえ。お帰りをこの目で見れたこと、いいえ、お帰りの扉をこのわたくしめが開けられたというそのことが、何よりも歓喜。何よりも悦楽。他の四人に自慢してやれますわ」

鬼百合《ゴブリンリリィ》の生首は、とろけはじめている。やはり、いかに超常のものとはいえ、ここまでの損傷《そんしょう》を受けては、存在が維持できないのだ。

「形も心も、ありようは変わりますが、またお仕えできますことを、御ン《オ》間近でその美しさを讃《たた》えさせていただけますことこそ……」

「うるさい。話が長い」

女が。

完全にカグヤの意志を持って行動するようになったその肉体が、生首を蹴る。

「ところで、カナカ」

にこりと笑った。あでやかさをきわめた、恐ろしく美しい微笑《ほほえ》み。

「見ていたわよ、カナカ。あたしを裏切ろうとしたわね。あたしを眠ったままでいさせたかったのね？」

カグヤの髪《かみ》が、ひゅんと風を裂《さ》いた。

「……！」

カナカの、焼け爛《ただ》れた半面が、その髪に鞭《むち》打たれた。鞭がひるがえって、左肘《ひだりひじ》を砕いた。さらにひるがえって、左膝《ひだりひざ》を砕いた。

「可愛い妹を殺したりなんてしたくないから。ちょっとやりすぎそうになったら、早く止めるのよ」

常人の感性であれば、まったく理解しがたい行動である。たったいま、腹心の部下を滅ぼして救った妹だ。その妹が自分を裏切っていたと、いたぶっている。いたぶられて死ぬ前に自分を止めろと言う。

「まさしく、それでこそカグヤさま。なんとお美しい。それを目に焼きつけて滅んでゆける、この幸せ」

陶酔《とうすい》しきった口調で、ほとんど溶けかけた生首が言う。

眼球が、ころんところげおちた。

そちらに向かって、カグヤが無邪気な微笑《びしょう》を向けた。

ついさっき、足蹴《あしげ》にした配下へのものとは思えない、嬉しそうで親しげな笑《え》みだ。

「ありがとうね。あなたの褒め方、いつも素敵だったわ」

その笑みを芯に映して、眼球が崩れ落ちる。笑みを浮かべたまま、カグヤが、カナカに向き直る。

「まだいけるわよねえ？」

髪が、鞭となってしなう。今度は、右膝が砕かれた。カナカは、声もあげず、顔を伏せて地面に倒れこんでいる。鞭が、さらにふりあげられる。

「よせえええええ！」

盾哉は叫んでいた。なぜ止めようと思ったのか、自分でもわからない。責められているのは、彼自身の祖父の仇だ。盾哉をも殺そうとしていた、人間ですらない化け物だ。なのに、盾哉は、カナカを助けようと、叫びをあげていた。

じろりとカグヤが、盾哉を一瞥《いちべつ》する。

「……ぐっ⁈」

盾哉の全身が、白い霜《しも》に覆われた。命を奪うには、冷気が足りない。心臓までは届かなかった。けれど手足は完全に凍りついている。身動きはとれない。

何より恐ろしいのは、冷気がそこで止まったのは、盾哉が防いだからではない、ということ。カグヤが手を抜いたのだ。手加減してくれたのでは、ない。服についた塵《ちり》を払う時、丁寧につまみあげて、ゴミ箱まで運ぶ者もいれば、その場で適当に払って落ちたかどうかさえ確かめない者もいる。

カグヤは後者だった。それだけのことだ。それだけで、盾哉は助かった。

もうひとつ。カグヤは、二つのことを同時にやるのは、あまり得意ではなかったらしい。盾哉を凍りつかせているその間、カナカへの鞭打ちが止まっていた。

「姉……さま」

だから、カナカは顔をあげて呼びかける猶予《ゆうよ》を、ようやく得ることができた。

「ごらんくだ……さい」

わずかに動く右手を使い、カナカの指が魔法陣《まほうじん》を描く。自分が浸かっている水たまりを、幻影の鏡面に変えた。

「……何を見せたいの？」

いぶかしげに、カグヤがそれをのぞきこむ。そのようはまったく無防備だった。当然だ。彼女を傷つけられる者など、この場にはいやしない。

「何、これ？」

カナカの描いた魔法陣は、連鎖した。次々に水たまりを、虚像《きょぞう》を映すスクリーンに変えてゆく。おかげで盾哉も、それが見えた。

荒野だ。生き物の気配どころか、風すら吹かず、永遠の闇に閉ざされた荒野。盾哉は、それの光景を、科学教育番組で見たことがあった。

「……月？」

盾哉の口からその単語が漏れた時、カグヤは、バカにした声をあげた。

「おろかすぎ。何言ってるかな。月はねえ、緑がいっぱいの綺麗《きれい》なところ。あたしを生んだんだから、綺麗じゃないとおかしいってものでしょ」

「いえ、姉さま……これが、いまの月、です」

カナカが、なんとか言葉をしぼりだす。

「私が、血迷いました。間違いました。これが月なのです……救えるのはきっと姉さまだけ」

「何を？　何を言ってるの、あんた？」

カグヤがうろたえる。

「地球の者たちが、おのれの平和だけを求めて、月を見捨てたの、です。きゃつらがはりめぐらせた〈世界……結界〉が魔法をこの世から追い払って……」

「魔法をなくす？　そんなことしたら、月は……！」

カグヤの顔色が真っ青になった。彼女の、数メートルの長い髪が伸びて、妹の体をつりあげる。

「いいわ。あそこで詳しい話を聞かせなさい」

ふわり、と、カグヤの体が宙に浮かぶ。いや、違う。浮かんでいるのではない。そう、盾哉の中の、嵐獅丸の知識がささやく。カグヤ本人に教わったことだ。彼女のひんやりとした膚を両腕の内側におさめて、熱い吐息を互いの耳に吐きかけながら、色々と話した。どちらも男女の睦言になれておらず、無粋な話ばかりしてしまった。魔術の原理、戦いの術理。カグヤは「月に向かって落ちる」ことで、空を飛ぶのと同様の動きを行える。

「ま……て」

ようやく、わずかに氷が融けてきた。だが、戦えるほどではない。

「待ってください、姉上」

カナカが言った。ちょうど、盾哉と同じタイミングで。その言葉が、盾哉のセリフを覆い隠さなかったなら、わずらわしがったカグヤに、盾哉は今度こそ完全に凍りつかされていたかもしれない。

「姉上……鬼百合《ゴブリンリリィ》……いえ大伴御行どのの頭蓋のうちに

……姉上がお預けになったものが」

「あ、あれ。やなとこにしまってるわねえ」

カグヤの髪が伸びる。肉と皮はとろけたが、まだ頭蓋骨《ずがいこつ》だけは残っていた。その鬼百合の内側を探って、髪が、美しい深青色の球体を取り出す。

「……龍《りゅう》の頚《くび》の珠《たま》……使いこなして……この夜を」

「ふん。ま、あとでまた褒《ほ》めてやるわよ」

カグヤが落下してゆく。空に向かって。盾哉は迷った。そんなことをして意味があるのか。だがないとしても、いまは、そうするしかないのではないか。迷い、それを振り切って、彼は最後の希望にすがった。

名を、呼んだ。少女の、その名を。ようやく呼んだ。

「せ……晴恋菜ぁぁぁっ！」

反応は、ない。

まったく、ない。

いや、ほんのわずかにだけ。小指が、ぴくりと動いた。

「無駄ですよ……」

カナカが、メイドだった時と同じ口調で、応じる。

「もう、無駄なのです……」

だが、カグヤは、眉間に深いしわをよせて、自分の小指を見つめている。カグヤとしての意識とは、まったく断絶したところで動いた、その指を。

そしてカグヤは、盾哉を見つめた。

「あんたなんか、全然嵐獅丸じゃないわ」

きっぱりと、切って捨てるように彼女はそう言った。

「でもね、ちょっとだけ嵐獅丸でもあるみたい。……上で待っててあげる。たどりつけたなら、嵐獅丸点を10点、あげるわ」


まるで月に似て、煌々《こうこう》と青白く夜空に輝く、巨大メガリス燕《つばめ》の子安貝《こやすがい》。それに向かって、きらびやかな十二単《じゅうにひとえ》の美女が「落ちて」ゆく。

盾哉は、心まで凍りついたように、ただそれを見送ることしかできなかった。

見ていたのは、じつは盾哉だけではない。

この状況の全てを離れて見て取っていた者が、一人だけいる。彼もまた、とあるメガリスの力を借りていた。

「……仕掛けは、全て……うまくいった」

その人物——刃弥彦《はやひこ》は、小さく呟いた。カナカか鬼百合、いずれかが生贄になると思っていた。できれば鬼百合。それを彼は望み、これもまたうまくいった。

なのに、彼の表情には苦悩が浮かんでいる。

刃弥彦の瞳は、憧れたカグヤも、同志たるカナカも追ってはいない。彼の瞳は、凍りついた盾哉を捉えて動けずにいる。

「似ている」

何に似ているのか、それは刃弥彦の胸深くに沈められ、似たものの名が、ささやきに乗ることはなかった。

第十六章　燃やされたネズミは獅子を噛む

1.

　不愉快な、ぎりぎりという音が、さっきから耳の奥で響いている。何だろうと思っていたが、盾哉《じゅんや》は、はたと気がついた。それは、彼自身の歯軋《はぎし》りの音だ。

「たどりつければ……」

　空に舞い上がっていったカグヤはそう言った。そしてもちろん、いまの盾哉に、空を飛ぶ手段はない。ましてや、あれをひきずりおろすことなど、無理な話だ。

　無理でもなんでも、しかし今の盾哉に、あきらめるという選択肢はない。

　空に浮かぶ、巨大な魔術要塞《まじゅつようさい》を、盾哉は睨《にら》みつけた。

　その悔《くや》しみと怒りとが、記憶の蓋《ふた》を、また一枚開く。

空に浮かんでいるあの巨大な魔術要塞についての記憶。嵐獅丸《あらしまる》は何度もあれと戦い、そしてようやく奪取に成功したのだ。燕《つばめ》のように早く飛び、貝の形をしているから、燕の子安貝《こやすがい》。いや、少し違う。そうだ、それは月の言葉から名づけられたのだ。

　誇り高くその名を呼ぶ、カグヤの表情が、ありありとよみがえる。漆黒《しっこく》の長い髪《かみ》だけをその身にまとって、嵐獅丸と対峙《たいじ》する高貴なる月の女帝。

『あれはゾアン・クラム・アグゼ。すなわち、燕より早く、貝より固く、億の子らを宿すもの、という意味よ』

　まるで勝利者であるかのように、誇り高く、決してうなだれることなく、おとがいをつんとあげて、嵐獅丸を見下すかのような姿勢で、そう告げるカグヤの姿。

　そうだ。あれは、カグヤから燕の子安貝を奪うことに成功した日のことだった。

　嵐獅丸の記憶が連鎖的にひきずり出されてくる。

　たった今、月の最も重要な魔術兵器を奪われたばかりだというのに、彼女は堂々としていた。敗北感など微塵《みじん》も感じさせず、こちらを見下ろしていた。

　その、決して高みからおりてこない美しさに、オレは。

『違う！』

否定する。オレ、ではない。自分は嵐獅丸ではない。これは嵐獅丸の恋だ。雨堂《うどう》盾哉の恋ではない。

が、湧《わ》き上がる気持ちにそうして蓋をすると、記憶もまた封じこめられてしまう。

『いや、だめだ。流されて……たまるか！』

盾哉は、気持ちをどうに切り離しながら、記憶の底へもぐった。だが、その時に、記憶から押しつけられる気持ちだけではなく、盾哉自身の感情をも切り捨てたことに、彼は気づいていない。捨てたといっても全てではないからだ。怒りと悔しさと憎しみと、モチベーションの半分を支える情は、むろんそのまま。

押し殺した残り半分に気づかず、暴力的な感情にだけまかせて、盾哉は記憶をひきずりだす。

遠い過去からよみがえった記憶の中で、カグヤの宣言が、にわかに敵意に満ちたものに思えてくる。受け取る側の思いこみで、同じ表情と同じ口調でも、伝わる意味がこれほどに違ってくるものか。

あからさまな挑戦だと、盾哉には感じられる調子で、カグヤが言葉を続けている。燕の子安貝、つまりゾアン・クラム・アグゼ、月の住人たちが侵攻に使用した、巨大な要塞魔術兵器について。


「いまは、これをおまえたちにゆだねておくわ。だけどね、うかつに動かせば、ここに眠っている月の戦士たちも目が覚める……ふふ、そうなったら、あっというまにこれは、わたしたち月のものに逆戻りよ」

くすくすと笑いながら、カグヤが月へと落ちてゆく。

それを見送る嵐獅丸の、複雑な思いを、盾哉は切り捨てた。いまはただ、得た情報にだけ意識を集中する。

『あの中には、こちら側だけではなくて、カグヤの側のやつらもいる……？』

空を見上げた。そこに浮かぶ、巨大な二枚貝に似た要塞から、また無数の戦士が飛び出してくる――幻視だった。過去の記憶が、現在の風景に重なりあったのだ。

月と地球の重力を自在に操り、空を滑りおりてくる、軽装の月戦士たち。彼らが、手にした小刀をふるうたび、魔力が空中に三日月を刻む。

その機動力で肉薄してくる、空駆《そらが》けのつわものたちを、赫《あか》い熱線と青の凍線が援護する。カグヤほどの威力はなくとも、月の魔女たちも熱気と凍気を操った。

そして、その彼らの間を、兎《うさぎ》の姿をした妖しげな獣が飛び回り、蟹《かに》のような怪物が盾になっている。あちらにいるのは、大きなヒキガエルだ。

世界の各地に、月にはさまざまな生き物が住むという伝承がある。月面の模様がそう見えるからだと思っていたが、少なくともこの三種の怪物は、実際に、月に存在していたようだ。

そんな月の戦士たちが、あの巨大な要塞の中で眠っている。先ほどあらわれた太古の戦士たちと同様に、絵姿として封じられた状態で。

年をとることもなく。つまりは、往時の戦力を保持したままで。おそらく、人格は既《すで》に失われているだろう。逆に言えば、説得など通用しない、戦闘マシーンだということだ。

うかつなことをすれば、彼らが復活すると、記憶の中でカグヤは言っていた。あれは、自分たちの空中要塞を逆用されないようにという脅《おど》しだったのだろうか。それとも、単に事実を述べていたのか？

記憶を引きずり出せば出すほど、結局、増えていくのは疑問と恐怖だけなのだ。

答えが知りたければ、やはり、さらに嵐獅丸の記憶へともぐっていくしかない。

だが、単に思い出すだけで、ゾアン・クラム・アグゼ、すなわち燕の子安貝は出現した。このまま、太古の記憶をたどればさらに何かが起こるかもしれない。

だが、他に方法があるだろうか。

盾哉は、もう一度、周囲を見回した。

あたりに動くものの気配はない。生きているものも、生きてはいないものも。建物の一部は崩壊している。

雨は相変わらず激しい。

盾哉は、ふと気がついた。自分は、ここを知っている。

数日前に、通ったことのある道だ。あの時は昼間で、サラリーマンやＯＬがたくさん行き来ていて、観光客らしいのもいたし、昼間で、明るくて、空気が柔らかで。

雨が、骨の芯まで沁みこんでくる。

それが自分を冷やさず、むしろ熱くさせることに、ぞっとする。あたりが静まり返り、廃墟同然になっていても、自分がまるで動揺しないことにぞっとする。

遠くで、オロチの一頭が吠えていた。音にひかれて、盾哉はそちらを見た。衝撃波が口から放射され、ビルの窓が粉々に割れている。ビルが完全に砕けなかったのは、白いきらめきと無数の弾丸らしきものが、直前で衝撃波《しょうげきは》とぶつかりあったからだ。

地上からはなたれた、防御のためのその攻撃は、燕の子安貝からやってきた太古の戦士たちによるものだろうか。

それとも……。

オロチが、もう一度、衝撃波を吐く。

今度は、地上からの迎撃はない。

「迷ってる暇なんて、ないってことだよな……」

口に出してみて、自分を追い詰める。

カグヤは、燕の子安貝へ向かった。そこに、本当に、かつての月の戦士たちが眠っているのであれば、彼女は、それらを目覚めさせるだろう。カグヤを阻止する手がかりは、嵐獅丸の記憶にしかない。

盾哉は、自分の怯えを強引に押さえつけ、嵐獅丸の記憶に埋没していった。

——沈む。

——沈む。

銀色の雨が、盾哉の全身を打つ。その雨に、自分自身を溶かしてゆくような感覚。足元の水たまりが、深淵《しんえん》となって盾哉を呑みこんでゆく。

無限とも思える深みに沈みこみ、盾哉が見た、さらなるいにしえの記憶。

愕然とした。

それは、長い長い、何度も繰り返された戦いの記憶だった。止まろうとしても、もう止まれない。


カグヤと戦っている嵐獅丸。彼は、決して最初の嵐獅丸ではなかった。そして、カグヤは、最初の「月からの来訪者」ではなかった。

何度も、何度も、彼女たちは月からやってきていた。

その古い記憶が、重石となって盾哉にまとわりつく。記憶をくみ出そうとしていたが、この深さは盾哉にとって予想外だ。必死であがき「現在」への浮上を試みる。

だが、無理だった。

過去へ、遠い過去へ沈んでゆく。

血に連なる者へ、記憶を受け継がせる。それは太古の魔術が残した呪いだ。本格的な魔術に接して数週間の少年が、あらがえるはずもない。

長い戦いの記憶が、盾哉を呑みこんでゆく。

月帝姫《ルナエンプレス》が生まれるたびに、月は、地球に戦いを挑む。

彼女たちは、飛びぬけて強大な魔力を持ち、月の住人であれば従わざるを得ないカリスマをそなえている。

それに対抗する地球の戦士たちを率いたのが、歴代の嵐獅丸だ。

無数の戦いを目の当たりにしながら——いや実際に戦いながら、盾哉は、過去へとさかのぼっていった。

それは、まだ月が、緑に覆《おお》われていた時代。

膨大な魔力に支えられて、生命があふれていた時代。

月と地球は姉妹星として、競い合っていた。睦まじい時をすごしたこともある。だが、生まれてきた月帝姫《ルナエンプレス》は、誰しもが、全てをその手に握ることを望んだ。彼女らの熱狂に、月の住人は誰もが巻きこまれた。それもまた、月帝姫《ルナエンプレス》が持って生まれた魔法だったのかもしれない。

ある意味では、地球の住人たちもすべて、彼女たちの熱狂に呑みこまれていた。月帝姫《ルナエンプレス》が、燕の子安貝に――いや頭上に浮かんでいるこれだけではなく、その同類である多くの魔術要塞に――月の戦士たちを詰めこんで攻めよせるたび、真正面から迎え討ったのだ。

和平の道など探ろうともせず、ただぶつかりあった。月帝姫《ルナエンプレス》は、みな、戦いを求める激しい気性の持ち主だった。戦う力を鍛え上げるためであるかのように、月帝姫《ルナエンプレス》が月に生まれれば、地球には嵐獅丸が生まれ、さまざまな戦士たちが双方のもとにつどった。

盾哉は、記憶をたどっていった。

いや、記憶が盾哉をふりまわしていた。

すでにそれは『思いだす』などというレベルのことではなくなっている。あたりに広がる、廃墟《はいきょ》と化した鎌倉《かまくら》の街。盾哉が、迷いと怯えをふりきって、記憶に潜ろうと決意したそのきっかけである、破壊の風景。ほんのわずかな時間しかすぎていないのに、もう盾哉はその存在を忘れている。見えなくなっている。

いや、わずかな時間、というのはあたらないかもしれない。盾哉の中を、いま膨大《ぼうだい》な時間が流れている。

いくつもの戦いの記憶だ。互いをとぎすまし、練りあげ、きわめ、磨きあう、壮絶な闘争の記憶。

それが、盾哉のうちから噴き上げてきている。

盾哉が求める、燕の子安貝についての知識は、奔流《ほんりゅう》のように浮かび上がってきて、そこに指をかける暇もなく、意識の別の場所へ吹き飛ばされていった。

かろうじて摘みとれたのは、確かに無数の月の戦士が眠っているという事実だけだ。嵐獅丸の封印がかけられているから、あそこに向かったカグヤも、そう簡単には解放できまいが……。

それを知っただけで、一旦は、記憶の再生を止めておくべきだったのかもしれない。

けれど、盾哉にはあせりがあった。燕の子安貝に至る手段は、まったく手がかりもつかめていなかった。

だから彼は、歴代の嵐獅丸の記憶をさらに呼び覚まし――そして、幻影の風景が、盾哉の視界をぬりつぶしていった。カグヤと戦う嵐獅丸。この数日、夢で見続けていた光景。そこで見たオロチが、現在の鎌倉を蹂躙《じゅうりん》しようとしているオロチたちと重なりあう。

オロチ――それは月が使う、最も強力な魔術兵器だ。

さらなる過去の戦い。アバロン――永劫《えいごう》の騎士の都が、オロチによって崩壊する風景。剣の王であったその時代の嵐獅丸の怒りが、盾哉にしみこんでゆく。

最後の歯止めが、そこで切れた。

「うわあああああっ！」

盾哉の現実の肉体が、その怒りに突き動かされた。

誰もいない通りを、盾哉が駆け抜ける。七支刀がふるわれるたび、ビルの壁面に巨大な裂け目が生じる。

ついには一軒の、小さな雑居ビルが倒壊した。だが、盾哉の目には、その現実の光景は見えていない。

盾哉の視界は、いまや太古の戦いの風景に満たされ、彼はそのおりの嵐獅丸の動きに追随しはじめている。

いま、盾哉がふるうのは、覇王のふるう大帝《たいてい》の剣《けん》。

大帝アレキサンダーの東征は、月からの侵略とぶつかりあい、前進を阻まれたとは、いまに生きる誰もが忘れている事実。かの大帝もまた、嵐獅丸の血に連なる者だった。大帝がふるう聖と魔をあわせもつ大剣は、オロチの首を数本、まとめて断ち落とした。

実際に断たれたのは、数棟のビジネスビル。

崩れ落ちる瓦礫《がれき》は、いまの盾哉には、敵の放った隕石弾に見えている。

しのつく雨の中。

盾哉の姿が明滅する。雨に溶け、またあらわれて、滝のような瓦礫《がれき》をすべてよけきる。

そして放つ稲妻。

爆散する、巨大なネオンサイン。オロチの首一つを粉砕した記憶と、その光景がそっくり重なり合う。

ほとばしる大帝の笑いを、盾哉がなぞる。

「あはははははははははあっ！」

アレキサンダーが感じたものと同じ、勝利の爽快感が、盾哉の血を沸き立たせる。

忘れているわけではない、自分が何をするべきかを。

盾哉は探す。燕の子安貝にたどりつく方法を教えてくれる記憶を、

止まれなくなっている。無数の戦いの炎が内側から盾哉を焼いた。たどったところで意味のない記憶をたどり、時代をさらにさらにさかのぼった。

記憶の中にだけ存在する、幻の敵と戦いながら。いや、現実の世界でも、盾哉が無制限にはなつ魔術攻撃の気配

にさそわれて、ゴーストは近づいてきていた。それは記憶の中の怪物たちと重なりあい、結局は打ち砕かれてゆくのだが。

そして——。

ようやく、盾哉がたどりつく。

燕の子安貝に、ではない。もうそれ以上は進みようのない地点に、つまり最初の戦いの記憶にだ。

地球が、燃え上がっていた。宇宙に浮かぶ蒼い美しい宝石のような星が、かたわらに従えた瑞々しい翠の妹星とともに、血と炎の、戦いの紅で燃えていた。

盾哉は、地球全体を一望のもとにおさめている。魔術で再構成された映像でも、何かの視点を中継されているのでもない。

間違いなくそれは、肉眼で見た光景だった。

人工衛星の飛ぶ高さ、いやそれよりも高い、宇宙空間からの視野だ。

九つの頭を持つ、巨大なオロチが、地球そのものをしめあげている。

四つの首が、全大陸の融合した超大陸を横断し、残る首は超大洋を蹂躙している。

オロチの核となっているのは、数千㎞の全長を持つ、巨大な槍。いや、そう見える、膨大な命の結晶。魔力の根源体。

——と、そのオロチたちが、星辰の彼方へと、その首を向ける。

ふりそそぐ奇怪な光。それが帯びた、強烈極まりない害意、敵意、憎悪。嵐獅丸という地球の意志は、そもそもこれと戦をすべく生まれたのではなかったか。

「お前たちかっ！！！」

数百の、もしかしたら数千の、世代を重ねたすべての嵐獅丸が同時に吠える。盾哉の目前に、侵略の光が迫る。縦横に重なりあった無数の濁った蛍光が、濃緑によどんで、壁のようにのしかかる。

「お前たちがっっ……」

嵐獅丸たちの記憶が、盾哉本来の自我を押しつぶす。凶暴な怒りの衝動が、彼を完全に呑みこんだ。

真横に伸ばした七支刀の切尖と、額《ひたい》の勾玉《まがたま》と胸《むね》の鏡《かがみ》が、二等辺三角形を描く。その長辺がどこまでも伸びてゆく。無数の雨が、その三角の空間に溜めこまれ、地球をも断ち割るほどの銀の刃が形成される。

「全部、斬り払ってやるっっっっ！」

刃が、濁《にご》った緑の壁に向かってふるわれようとした、その刹那《せつな》。

背後からの強烈な衝撃が、盾哉を襲った。

「ぐわはっ⁉」

それは、嵐獅丸の記憶にはなかったものだ。つまり現実の時間において、現実の盾哉の肉体が攻撃を受けたのだ。魔術による攻撃だ。手加減ぬき。盾哉の右腕と左足が、一瞬消滅した。銀の雨が集まり、彼を復元する。

肉体の再生が、精神をも賦活《ふかつ》した。萎縮《いしゅく》しきっていた本来の盾哉の心が、圧迫されつつも目覚める。

「正気に戻らんかっ、バカモノっ！」

声とともに、盾哉の自我を、何者かが支えた。暖かいものが流れこんできて、しぼんでいた本来の心をふくらませる。同時に、盾哉の脳内いっぱいに広がっていた、嵐獅丸の記憶という悪夢が、一気にひきずりだされた。

「あああああああああああああ！」

それは強烈な刺激であり、盾哉を絶叫させた。

だが、死ぬかと思えるほどの苦痛の後、盾哉は太古の呪縛《じゅばく》から抜け出していた。

誰かの、実在する手が、自分の腕を掴《つか》んでいることを意識する。胸を小さな手が支えてくれている。背を、ごつい手が押さえてくれている。

「かなり荒っぽいやり口だったが、それも自業自得《じごうじとく》」

腕をつかんでいる誰かが言う。

「……まあ……やばいことになりかねへんかってんもん。しょうがないわな」

正面から少女の声。そのかたわらから、こつこつと、顎《あご》の骨《ほね》のぶつかるかすかな音が聞こえた。

「……シールディアさん」

現実が見え始めた盾哉の目に、最初に飛びこんできたのは、骨だけになっても妹を守り戦う少女の姿。そして、もちろん姉を慕い続けるアーマリア。

背にいるのが浮雲《うきぐも》、そして腕を支えてくれているのは、刃弥彦だ。彼らを、見知らぬ十人ほどの若者が取り巻いている。みな、多かれ少なかれ負傷している。

浮雲のつてで集まってくれた、ゴーストと戦う力を持つ者たちだろう。

「どないしたんよ。ナニがどうなってるん？　晴恋菜ちゃんはどうしたん？　わかってるん？　もうちょっとでこの病院を粉々にするとこやってんで！」

アーマリアが、奔騰《ほんとう》する感情を抑えかねて叫ぶ。

盾哉は、のろのろと目前の建物を見上げた。ぬるりとした緑の光に包まれた敵――ではない。

病院だった。五階建てほどの、かなりの患者数を収容していそうな大病院だ。もし、盾哉の攻撃がそこに向かってふるわれていたら、何が起こっていたのだろう。

2.

「……オレが……みんな？　……殺しかけた？」

そう呟《つぶや》いた瞬間の盾哉《じゅんや》は、もう嵐獅丸《あらしまる》でもなく、超絶の力を得た戦士でもなかった。

中学生という年齢相応に、迷い、戸惑《とまど》い、怯《おび》える少年だ。膝は震え、いまにも腰はすとんと落ちそうだ。

けれど、盾哉にただの子供でいてもらうわけにはいかない。それが、彼らを取り巻く事情だ。だから、仲間たちは、盾哉を叱咤《しった》せざるをえない。

アーマリアの表情にはためらいがあった。けれど、浮雲はもはや迷いを持っていない。かたくなと形容していいほどの、決意に満ちた表情だ。

「拙者《せっしゃ》たちの怪我は、きみのせいではない。だが、きみは、はるかに大きな被害をもたらすところだった」

「すまん……だけど、オレは」

「ふん、わかっておる。動くなとかじっとしていろとは言わん。言える余裕もない」

浮雲が、自嘲の笑みを浮かべた。

「なんにしても、じゅんくんが無事でよかったよ」

集まった若者たちのかきわけ、淡いブルーの傘をさし、レモンイエローのレインコートをまとった少女があらわれる。秋那《あきな》だ。彼女のことは、完全に頭の中から消えていた。わきあがる罪悪感《ざいあくかん》。だが、一瞬だけ顔をそむけた後で、この少女の安全への義務感が、すぐに戻ってきた。

「なんで、こんなとこにいる」

硬い声音で盾哉が呟いた。秋那が困った顔つきで、刃《は》弥彦《やひこ》を見る。

「あの屋敷に一人で残すよりは安全だからね」

刃弥彦がおだやかな声で言った。やんわりとした声音に含まれた圧力が、それ以上の追及を拒絶する。

秋那は、ちらちらと盾哉に視線を送りながら、みなに向けて話しはじめる。

「病院で訊《き》きこんできましたけど……」

盾哉はその言葉に軽く目を見開いた。けれど、アーマリアたちは当然という表情で受け止めている。

ほんの数時間で、自分のまた従姉妹は、大きく変わったらしい。彼女は言葉を続けている。

「自分たちに何が起こったのか、わかっている人とわかっていない人は、だいたい一対九でした」

なんのことだと、盾哉は、眉をひそめた。

「やはり、田中《たなか》先生の予想したとおりでござるな」

顎に手をあてて考えこみながら、浮雲が呟いた。「田中さんが……なんだって？」

研究者として、田中雄大《ゆうだい》は『かつて世界には魔法が実在したのではないか』という説を唱えている。

そして、彼の仮説が、正鵠《せいこく》を射抜《いぬ》いていたことを、いまの盾哉は、生々しい記憶として知っていた。盾哉は、けわしいまなざしで浮雲を見つめた。

「うむ、田中先生は、現在、なんらかの巨大な魔術《まじゅつ》によって、他の魔法が抑制されているのではないか、という仮説を立てたのだ」

盾哉だけではなく、他の十人あまりの若者たちにも、浮雲は言葉を向けている。

「田中先生は、それに〈世界結界《けっかい》〉という仮名をつけているのでござるよ」

「……じゃあ、世間の連中が、魔法に気がつかないのはそのせい、だってことか？」

盾哉の独《ひと》り言《ごと》めいた呟《つぶや》きに、浮雲が反応した。

「飲みこみが早いでござるな。魔法の実在を隠蔽《いんぺい》するために、超常現象を認識錯誤させておるのではないか、と」

学校での虐殺も、人々は、異様な殺人ではなく事故だと認識した。真実を覆《おお》い隠すベールが、この世にはあるというのだろうか。けれど、なんのためにだ？

盾哉が、告げられた仮説を理解しようと咀嚼《そしゃく》していると、刃弥彦が口をはさんだ。

「しかし、彼女によれば一割あまりの人間は、正しく状況を理解しているとのことですね。ゴーストや、我々の使った魔法、超常能力を理解していた？」

刃弥彦が言うと、秋那が小さくうなずいた。盾哉の右《みぎ》肘《ひじ》に、傘を持たない左手を絡《から》めながら、彼女は見聞きしてきたことを伝えた。

「はい。でも、まわりの人に信じてもらえなくて、みんな怒ったり泣いたりしてましたけど」

それから、悔しそうな顔つきで、盾哉を見上げて、秋那は言った。

「魔法が本当にあるんだって、みんなに信じてもらえれば、あんな喧嘩《けんか》起きないのにね」

まっすぐな瞳に気圧されて、盾哉は、顔をそらし、ふと思いついたことを口にした。

「癒《いや》しの魔術で、治してまわれば信じるだろう……」

「ああ、それは無理なんじゃ」

それに答えたのは、浮雲の応援に駆けつけたうちの一人だった。彼は、体内に共生する白く輝く蟲によって、自分の怪我を治療することができるそうだ。そして、浮雲たちのように超常の力をふるうことができる者にであれば、効果があるという。しかし――。

「先日、兄貴夫婦が事故におうてのう。わしは精一杯の力を尽《つ》くしたが、どうにもならんかった。姪《めい》だけは、わしと同じ蟲《むし》を宿しておって助かったが……」

言葉の最後は、巨躯《きょく》に似合わぬか細い声になった。

秋那が、盾哉の腕をさらに強く掴《つか》んだ。目をあわせないまま、彼女は言葉を重ねた。

「魔法さえあれば、もっとたくさんの人が助かるのに。どうして〈世界結界〉なんてひどいものを作ったんだろう。そんなものなければ……」

「いや、違う」

激してきた秋那の言葉を、盾哉は強い口調で遮《さえぎ》った。

「なきゃ……だめだ。必要なんだ……」

盾哉は、病院を見上げている。

「オレは……もうちょっとでこれを壊すとこだった……〈世界結界〉がなかったら……もっとひどいことになる……どこもかしこも戦うばっかりの、どうしようもない世界になるんだ」

盾哉の表現はつたない。けれど、こめられた気持ちの深さが、真実味を感じさせた。秋那が不満そうに見つめていることに、盾哉は気づかず、後を続けた。

「魔法はすごい……超常の力はすごい……でも、空に浮かんでるあいつらも……暴れてるやつらも、同じ根っこから出てきてる。ダメだ、やっぱり」

一言一言に、恐怖がにじみ出る。沈黙が続く。

「……確かにそうもしれへん」

アーマリアが、ようやく口を開いた。

「生まれついて、こんな力を持ってしもた、ウチらや。これがもっと自由に使えて、みんなから褒めてもらえたら、どんなに気持ちええやろか。なんべんもそう思うた。けど……さっきの雨堂くんを見てるとな」

アーマリアが、首をゆるやかにふった。

「きみをせめるつもりはないねんで。けどな、正直、うちは怖かった。なんで、うちらがここに集まったと思う？

きみが発してた魔法の気配がものすごかったからやねん。オロチよりもすごいもんがいる……魔法そのものが押し寄せてくるみたいな、すっごい感覚やった」

そうだったのだろうか。盾哉自身には、わからない。

だが、確かにあの時、我が身のうちには、すさまじいパワーがあふれていたような気がする。

アーマリアは、表情に怯えを浮かべながら続けた。

「あんな力は……あかんと思う。うちには〈世界結界〉を作った人の気持ちがわかる気ぃがする。自分の想像を超えた力を手にしたら……人は何をしてしまうか……」

集まった超常の力を持つ者の何人かは、アーマリアの懸念に、同意のうなずきを返した。

「それは、どうでござろうな」

ところが、浮雲は、アーマリアの言葉にうなずかなかった。かすかに、酔いにも似たものを感じさせる口調で、彼は言った。

「力は操《あやつ》る者次第。きゃつらのように強大な力から、人を守るには、こちらにも力は必要だ」

「いや、それは……無理だ」

浮雲の言葉に、なにか危ういものを感じて、盾哉は口をはさもうとした。

だが、その時、激しい頭痛と吐き気が、彼を襲った。

「どうしたの！　じゅんくん」

自分に向かってよりかかってきた盾哉を、秋那があわてて支えた。

「ここに来るまでに無理をしすぎたか。彼を通って放出された魔力が膨大《ぼうだい》すぎて、体がついてゆけなくなったのかもしれん。いや……いまも、彼は魔力を放散している。さっきに比べれば、よほどかすかだが。」

刃弥彦が、いささか鋭すぎる洞察を披露する。それに、盾哉は返事もできない。

この症状は、刃弥彦の考えたような理由だけではない。確かに魔力は、いまも噴き出そうとしている。そして、それを封じこめ、盾哉の存在自体ときしみあっている何かが、確かにこの世界に満ちているのだ。

それが〈世界結界〉か。あまりにも、いまの世界とそぐわない存在になりつつある盾哉を排除しようとしているのかもしれない。

排除されても、別にいい。ただひとつ、やるべきことさえ、やってしまえば——と盾哉は思う。

「顔色が真っ青や。病院で、休ませてもろうたほうが、ええんと違う？」

心配顔で、アーマリアも近づいてきた。秋那と一緒に、盾哉を支えようとする。

「……だい、じょうぶ、だ」

吐き気を押し殺しているせいで、言葉が途切れ途切れになる。と、急に気分が楽になった。暗くなりかかっていた視野の片隅で光が広がる。刃弥彦の、癒しの符だ。

「ところで、雨堂くん」

だが、刃弥彦の口調は、固いものだ。

「晴恋菜くんは、どうしたのかね」

あっ、と誰かが声をあげた。みなが、もう一人欠けていることに気づかずにいたのだ。

「な、なんで……うちは……」

アーマリアが動揺している。

「……あいつは……力に呑みこまれた」

これ以上、黙っていても仕方がない。他のみんなを巻きこみたくはないが、ごまかしきれるものでもないだろう。

盾哉は、晴恋菜が、戦いの中で、完全にカグヤの人格にとってかわられたことを話した。だが、カナカのことは、自分の胸に仕舞っておくことにする。これ以上、彼らを混乱させても、はじまるまいと思ったからだ。

「それから……カグヤっていうのは……月の女王かなんかだ。魔法が満ちてた時代には、月は緑の星だったたって。で、地球と戦争してた」

このことは言わなければならなかった。上に浮かんでいるのが、燕の子安貝と呼ばれる月の輸送船であり、蛇状の巨大エネルギー体がオロチと呼ばれる魔法兵器であることも。盾哉の話ぶりはつたなく、言葉はごく短いものだった。けれど、仲間たちは、必要で充分な情報を得たと感じたようだ。

「あそこに、無数の月の戦士とやらがいる？　晴恋菜くん……いやカグヤを止めなければ、それが鎌倉《かまくら》を襲うというのかね」

刃弥彦が、苦いものを吐き捨てるように言った。彼らは、ふたたび一様に黙りこんだ。集まっている中には、晴恋菜のことを何も知らない者も多かったが、事態の深刻さは、誰もが理解していた。

「月は無慈悲《むじひ》な夜の女王、か」

能力者のひとりが、盾哉には意味不明な言葉を呟いた。

「あそこへ、行かなきゃいけないんだ」

盾哉は、拳を握りしめ、みんなを見回した。

「誰か、その方法を」

だが、彼の呼びかけへの答えは、意外なところからやってきた。

「それは、あたしたちが知ってる」

病院内から出てきた二人の少女が、自分たちに近づいていたことに、誰も気がついていなかった。そして、彼女たちを見て、盾哉は大きく目を見ひらいた。驚愕するだろう、それは。

「あんたたち……は……」

木管玲香《こすげれいか》と鷲尾芹《わしおせり》。

晴恋菜のクラスメートが、そこにたたずんでいた。

雨の中、一つの傘を、二人で共有して。

3.

「だあああああ、飛んでる、飛んでる。ホンマにっ、なあ、ホンマにっ?!」

アーマリアが、大騒ぎする。家々の屋根をはるか下に見る高さを、何のささえもなく、風と雨に殴られながら飛んでいけば、それも当然かもしれないが。

「ええか、あんた、ええ子やからなっ。ほんまに、ええ子やからな。絶対にひっくりかえったりしたらあかんで」

空を飛ぶ馬の首にしがみつき、アーマリアが、その長い耳にささやきかける。

「……これが本当の馬耳東風《ばじとうふう》……」

アーマリアの後ろに乗っている秋那が思わず口走っていた。彼らは飛翔する馬にまたがっている。盾哉、浮雲、刃弥彦が一頭ずつ、女の子二人がまとめて一頭。むろん、生身の馬ではない。

「そろそろだぞ……」

盾哉が、正面、やや下方を指差した。

そこに燕の子安貝が浮かんでいる。貝が、口を開いている、内部には、超近代的なあるいは魔術的なシルエットの建造物が、びっしりと建ち並んでいた。ある建物は積み木をでたらめに重なりあわせたようであり、別の建物は異次元の幾何学でねじくれた形状だった。ひときわ目立つのは、複雑な曲線が優美に組みあわさった高い塔だ。半透明のチューブが、塔と各所をつないでいる。

「運命予報の二人が告げたとおりでござるな」

まだ疑いを捨てていない口調で、浮雲が呟く。

「ああ、あれもだ」

盾哉は、立ち並ぶ建造物の一点を指差した。

前を見つめる少年の瞳から、もはや迷いは消えている。

と、盾哉が指した一点に、動きが生じた。

「なんぞ来よるえ!」

アーマリアが金の髪を乱して叫ぶ。表情がひきしまった。

肩の上に、セーラー服をまとった骸骨《がいこつ》が出現する。姉の細剣の切尖《きっさき》が、妹が見つけた異形《いぎょう》の影を追う。

それらは、大尖塔《だいせんとう》を取り巻く建造物の一つからあわられた。歪《ゆが》んだ立方体を支える細長い三角錐《さんかくすい》だ。その立方体にいくつもの穴が開き、そこからぎらぎらとした輝きをはなつ、奇怪な火球が飛び出してきた。

常人の身長より二回りは大きなその球体には、にやにやと笑う巨大な顔がついていた。絵本に出てくる擬人化された太陽、その性悪バージョンだ。

高速で、盾哉たちめがけて近づいてくる。

「あれが、月の戦士でござるか？」

「違うだろう、明らかにゴーストだ」

浮雲の言葉に、刃弥彦が答える。火球体のゴーストに続いて、鎌をそなえた小鳥の群れや、空をうねり進む蛇《へび》に乗った少女があらわれた。

「ゴーストによる迎撃システムか、それとも、あたりに満ちた魔力で勝手に実体化しているのだろうかね」

「どっちでも関係ねえ」

刃弥彦《はやひこ》の分析を一蹴して、盾哉は、馬の脇腹を蹴《け》った。さらに加速させるためだ。

「突っこみすぎでござるぞ、雨堂《うどう》くん」

言葉では制止した浮雲《うきぐも》だが、現実の行動は、盾哉を追い越す勢いでの突貫だ。

「あせったら、あかんよ。雨堂くん、うっきー」

空中にいることでのパニックを消し去り、アーマリアが、鞭をかまえた。

「さあ。怖いかもしれんけど、逃げたらあかんで、きみら。うちらをしっかり運んでや」

アーマリアが馬の首を撫でてやる。全力で、空中を疾走《しっそう》していても、ひんやりとした感触だ。魔術で動かされている、陶器製《とうきせい》の馬だから当然だが。

「怯《おび》える心配より、猛《たけ》って突出することを恐れたほうがよさそうだよ。さすが、源氏《げんじ》の軍馬」

あえて、わずかに後方へさがりつつ、刃弥彦が言った。指先に、ひんやりとした銀の光をはなつ符を3枚、すでに用意済みだ。

「……どけ」

先頭を飛翔《ひしょう》する盾哉が、おぞましい火球体とぶつかりあった。雨を受けても消えるどころか、さらに燃えあがる妖火。それが、触手のように四方から盾哉を包む。

「この……エセ太陽め」

いつもの眠そうな目つきのまま、盾哉は、無造作に七支刀《ななつさやのたち》をふるった。にやにや笑いが、抗するすべなく上下に分割される。ゴーストの断面にざあっと雨がふりこみ——次の瞬間、半球となったそれぞれが破裂した。

「その強さ、どうやって手に入れたのか、教えてくれる気はないのでござるか——ぬんっ！」

盾哉に声をかけつつ、浮雲が、手裏剣をはなつ。雨をつかみとり、回転する渦《うず》とした、水刃手裏剣《すいじんしゅりけん》だ。彼に迫っていたエセ太陽が、歪んだ笑みに細められたその目を、手裏剣に貫かれた。が、まだ霧散はしない。しつこく、浮雲に追いすがってくる。

さらに四発の手裏剣を叩きこんで、ようやく始末した。すでにその間、盾哉は三体のエセ太陽を葬っている。

邪魔する敵はいなくなっており、浮雲は容易に盾哉に追いついてきた。

「拙者《せっしゃ》らも、その力に目覚めれば、あるいは街は……」

そう口にして浮雲が、真下を見た。そこでは、集まってきてくれた彼の友人たちが、まだ街を守って戦っているはずだ。

「……壊《こわ》すだけだ……助ける力じゃない。捨てたいよ」

そう応じながら、盾哉は、胸の鏡に指先を触れた。周囲の雨が流れこみ、銀色の輝きに変わった。鏡面から、一直線に稲妻《いなずま》がほとばしる。

盾哉の進路を邪魔していた、鎌《かま》を持つ鳥の群れが、それで一掃《いっそう》された。わずかたりと速度をゆるめることなく、盾哉は、ゴーストたちが出現した立方体を目指す。

「あそこからなら、入れる」

開いた道は、すぐさま閉ざされた。蛇にまたがる少女を容赦なく切り捨て、背に蛾の羽を持つ妖女を稲妻で打つ。どれも一撃。外しもしない。跡すら残さない。

盾哉の姿を、浮雲が、憎悪すら感じさせる光を瞳に浮かべて見つける。

「それだけの力を得ていながら……捨てたい？」

口蓋から出はしない疑問。盾哉には届かない。

鎌を持った鳥どもの生き残りが、浮雲に群がる。

一人の浮雲が、妖鳥に覆《おお》い隠された。

だが、その左右にさらに二人の浮雲と乗馬の姿が浮かび上がる。敵を幻惑する分身術だ。妖鳥たちが、ざあっと広がり、左右の浮雲に襲いかかろうとした。

ふりかえった盾哉が、七支刀をふるう。雨が弾丸と化して、分身もろとも妖鳥どもを打ち抜いた。ことごとく、雨に溶けて消えてゆく。

「荒っぽいな」

残った本当の浮雲が、苦笑いをした。

「すまん……。怪我は?」

気遣《きづか》う盾哉に、浮雲は挑むような瞳を向けた。

「壊《こわ》す力、拙者は救ってくれたぞ」

その視線を受け止めず、盾哉はその身をひるがえした。

「本当に救うのは……あいつらみたいな力……」

盾哉は、ちらりと視線を地上に向かわせた。その動きは、浮雲にも伝わった。

「運命予報、か」

浮雲の呟《つぶや》きに、そういう意味で言ったのではないと首を左右にふろうとして、盾哉は思いとどまった。もう、立方体の開口部は目の前だ。そこに飛びこむ。むろん、内側には、数え切れないゴーストが、今にも飛び出そうと待機していた。魔のうごめく、闇のよどみ。

そこから、強烈な邪気妖気《じゃきようき》が、むわっと押し寄せた。すさまじい悪臭を嗅いだような嘔吐感が、全員を襲う。

同時に、奇怪《きかい》な物体が飛び出してきた。

四つの墓標だ。名が書かれている。石作御子《いしつくりのみこ》、車持御子《くるまもちのみこ》、左大臣阿部御主人《さだいじんあべのみうし》、中納言石上麻呂《ちゅうなごんいそのかみのまろ》。カグヤ腹心の四人の墓標。びっしりと蝨をたからせ、黒い汚液をにじませ、鋭いトゲを出し入れし、目のない蛇《へび》を産む。

ただの墓標。だが、この一夜で遭遇したどれよりも、恐ろしい敵だと、その圧倒的な妖気が告げている。

「これも予報通り!」

浮雲が叫ぶ。驚愕《きょうがく》と、わずかな安堵がにじみ出た。

「なら、あの作戦の通りに……いけるのか、雨堂くん?!」

刃弥彦が声をかけた時には、盾哉はもう精神統一をはじめていた。できるはずだ。この雨の中なら。すでに、やり方の記憶は引きずりだしてある。

思念をこらす。周囲の雨が、すべて銀色に輝く鏡になった。墓標の妖魔どもを越えた向こう側。そこにある鏡が盾哉を映す。彼だけでは足りない。浮雲を、アーマリアとシールディアを、秋那を、そして刃弥彦を映す。

あれは虚像。

こちらが実像。

あれが実像。

こちらが虚像。

虚実を入れ替えることによって、空間を跳躍《ちょうやく》した。墓標の妖魔どもをかわして、盾哉たちは、彼らが護る暗闇へと、躊躇《ちゅうちょ》なく躍《おど》りこんだ。

先頭は、むろん盾哉だ。七支刀をふりまわし、そこにみっちりと詰まったゴーストを切り開く。その向こうに、チューブ通路が見えた。斬る。斬る。斬る。そして進む。

疲れきっているはずの四肢には、まだ力が残っている。まだ動く。魔術での癒しのおかげではない。心にそそぎこまれた、壊すのではない力のおかげだ。

盾哉に力を与えてくれたもの。それが、あいつを――晴恋菜も助けてくれるかもしれない。

盾哉は思い出す。

ほんの数十分前に見た、あの微笑《ほほえ》み――。


――そう、あれは病院の前でのこと。

「あたしたちは、夢を見たんだ」

「たちっていうな。こっちは夢なんぞ見ねえ」

「いいじゃん。起きて見たか、寝て見たかの違いじゃん」

「うるせえ。一線を引け、はっきりと引け。明確に引け」

彼女たちのやりとりを聞いていると、ここが、昼間の平穏な学園か何かのように思えてくる。けれど違うはずだ、ここは戦場の真っ只中だ。かもし出される空気の違いに、盾哉たちがだまりこくっていると、芹と玲香は不安になったらしく、おずおずとこう言ってきた。

「ええと、あたしらのこと、覚えてるよね？」

「どうやってこの短時間で、同級生のことを忘れいっちゅうねん」

アーマリアが、彼女らの後頭部を平手で叩くふりをした。本当ならいい音をさせてツッコむのだろう。

「こちらのショートカットが鷲尾芹どの。それから……むう、木管どのは、黒髪になっておられるな」

「そうなのよー。手入れする暇《ひま》がなくってさ」

浮雲が、能力者たちに、二人の女子高生を紹介した。アーマリアが転入していたクラスの生徒であり、つまり矛城晴恋菜とはずっとクラスメートであったのだ、と。

「あんたら……平気なのか。……その……」

盾哉が問いかけて、そして言いよどむ。

彼女らの同級生、クラスメート。そう呼ばれる者の多くが、もうこの世にはいない。虐殺《ぎゃくさつ》されたのだ。謎の人物によって。彼女たちが、かろうじて軽傷ですんでいたことは知っている。だが、肉体の怪我《けが》はともかく、心の傷は容易に癒えるようなものではなかったはずだ。

「うん……まあ、ね」

玲香が困ったような声で、鼻を頭をこする。そして、少し迷った後で言葉を続けた。

「んー。じゃあ、まあ……えっとさあ。同級生のよしみで信じて欲しいんだけどぉ」

「あたしたちは未来を見た」

芹が、さらりとそう言った。

「あーっ、ちょっと芹ぃ。ひどくない？　いちばんインパクトあるセリフ、奪ってくれちゃってさー」

「くだらん」

すねてしょげる玲香を、芹はあっさりと切って捨てた。

「そんなことより、言わなくちゃいかんことがある」

芹は、まっすぐに盾哉を見つめた。

「まず、あたしたちが未来を見てしまったことを信じてくれ。証拠ならある。あたしらが、ここにいることだ」

「……オレが……ここに来るのを知ってて？」

「そうそうそう。今日ね、昼寝してたら、今晩来るなってわかって」

盾哉の反問に、元気を取り戻した玲香が割って入る。

「ほんで、あわててこいつに電話したの。見舞いに来て隠れてろって」

実は、玲香はまだ松葉杖をついている。

「あ、あたしの入院先ね、ここ」

後ろの病院を指差した。盾哉のかかえた罪悪感が、ますます厳しいものになる。

が、そのときだった。


少女たちが、微笑んだのだ。玲香の足だけでなく、芹も腕を吊っている。だがそれ以上に、彼女たちは、級友の死を目の当たりにしてきたはずだ。それを忘れてしまったわけではない。気にしないほど冷酷なはずもない。

けれど、彼女たちは、盾哉に微笑《ほほえ》みを与えることができるのだ。

「あたしらさ、きみとマジ子の夢をのぞいちゃったんだ」

「だから、ひとまとめにするなというのだ」

むっとする芹を、今度は玲香が無視して言葉を続けた。

「それの本当の意味はわかんなかったけどね」

「玲香は頭があまり良くないので」

けろりとした顔で、芹が言う。

「なーんだとぉ。じゃあ、あんたはわかるってのかよ」

「このままだと、世界は滅びる」

絡んでくる玲香を無視して、芹は言葉を続けた。

「ただの予感だ。そのはずだ。だけど、あたしとこいつは見ちまった。地球をぐるっと一巻きする、ばかでかいオロチが大暴れするところを」

「どうして、あんたたちにそんなことがわかる？」

浮雲の背後から、一人の能力者が声をあげた。

「この人たちの言ってることは……大昔にも起こった」

ふりむきもせず、背を丸めたまま、盾哉がむっつりと口にする。

「どうして、こんなもんが見えだしたのはわからん。あたしらが死にかけた……殺されかけたせいかな」

芹は、ぐるりとそこにいる者たちを、戦う力を持つ者たちを見回した。

「あたしらは戦えん。できるのは、見えたことを伝えるだけだ。ほうっておいたら、そうなってしまう運命を」

「ほうっておいたら？」

アーマリアが繰り返す。

「うん。虹っちゃん。たぶんね、変わるよ」

玲香が、くちびるをきりっと結んでうなずいた。

「……なんや、いつのまにか、追い越されとるな」

アーマリアが苦笑いする。ゴースト事件をくぐりぬけてきて、人より多くの経験を積んできて、おとなびた知恵を身につけたつもりでいた彼女。

けれど、まだつきあいの短いこのクラスメートは、そんなアーマリアより、はるかに大きなものを背負った、おとなの顔つきをしている。

「先に未来にたどりついたってわけじゃないよ。あたしらが見たのが本当の未来かどうかは、天気予報と同じくらいにアテにならないからね」

「……ふむ。玲香にしてはシャレたことを言ったな。では、今後は運命予報とでも呼称するか」

「冗談言ってる場合か！」

怒声《どせい》がひとつ飛んできた。能力者たちの誰かだ。

「冗談もいえない状況なのかね？」

平然と、芹が切り返す。

「いいかね。いつだって冗談は言えるんだよ。そうでなくっちゃいかんのさ。親友と片想いの相手が死んでも、人間は冗談を飛ばさなきゃいかん！」

芹が、笑って怒鳴りつけた。

「ぐずぐずしている暇はない。あいつを助ける方法も見たんだな。だから、オレを待ってたんだろ」

盾哉は、一歩、進み出た。

うつむいていた顔をあげる。正面から、芹と玲香を見つめる。視野に飛び込んできたのは、白く光る歯。

微笑《ほほえ》み——。


ただだだだだだだん‼

墓標の一つが射出したトゲが、チューブの外壁に突き刺さる。かわしたのは、盾哉の反射神経ではなく、馬の性能だ。それは、鎌倉に隠されていた、もう一つの魔術兵器によって作られた。

いま、盾哉がまたがる飛翔馬は純白。かつて嵐獅丸が戦った敵、義経が乗っていたのとよく似たもの。

『この馬たちを作る魔術兵器の大半は、義経がモンゴルに持ち逃げしたはずだが……よく残っていたものだ』

嵐獅丸としての記憶がささやく。それが、盾哉の意識をそらした。

「危ない、じゅんくん！」

盾哉をかすめて飛ぶ紫電。

秋那のものだ。盾哉の致命雷光《クリティカルライトニング》とよく似た戦闘魔術。それが、盾哉に襲いかかろうとしていた目のない蛇たちを焼いた。蛇というより、肉食の大蛆だ。

「ほうら、あたしを連れてきてよかったでしょう」

アーマリアの背後から、秋那が声をかけてくる。

「……よくない」

盾哉は、そっぽを向いて、ぼそりと言った。彼女を、この突入に同行させるつもりはなかった。だが、地上での戦いで、秋那も充分に戦える力はあると、能力者たちが保証した。浮雲と刃弥彦は、悟ったような顔つきのまま反論もせず、そして最後に頼ろうとしたアーマリアは、なにやらほくそえむ顔つきで、秋那の味方をした。その意味がわからないほど、いまの盾哉はにぶくはない。歴代の嵐獅丸の記憶には、さまざまな恋愛の経験も含まれていたから。まあ、触れたくはなかったので断片的だったが。それに、理解できるというのと、感情的なおりあいがつくというのは、また別の話ではあるし。

「雨堂くんが心配するんもわかるけど。晴恋菜ちゃんが一方的に有利ていうのもうちとしては……うひゃあ」

墓標の妖魔の、黒い汚液がアーマリアを襲った。だが、それが届くことはない。シールディアの細剣が、優雅な軌跡を描く。ゆるやかに見えて鋭いそれがまきおこした剣風が、液体を吹き散らす。黒い汚液に濡らされたチューブが、腐食され虚空に溶けてゆく。

飛翔する馬たちの機動力がなければ、もっと苦戦していたろう。魔術馬が手に入ったのも、芹と玲香の運命予報によるものだ。馬に乗って飛ぶ盾哉たちの姿を、二人は見たと告げた。それがフックになって、嵐獅丸の記憶がひきずり出された。

鎌倉の史跡、その一角に隠されていた、古い魔術兵器を出現させることができたのだ。

その起動方法も、記憶の堆積《たいせき》から発掘できた。

『……だけど……まだ何か忘れている。……そうだ、強大な魔術兵器には、使用のために代償が必要で……』

まとわりついてくる、盾哉自身のものではない過去。それが、時に足をひっぱる。

黒い靄のような蟲の群れが、爆散する散弾のように、盾哉を襲った。

「じゅんく……」

秋那の悲鳴もなかばで途切れた。鼓膜、というより耳そのものが直撃を受けて、吹き飛ばされたから。

もし先ほどの汚液でチューブが溶融《ようゆう》していなければ、あるいはそのまま、盾哉は倒されていたかもしれないが。

いまは隙間から、銀の雨が降りこんできていた。

ほんのわずかな時間で、盾哉の肉体が再生される。ただし、馬のほうはそうもいかなかった。

チューブ通路の、中空に盾哉がほうりだされる。このまま、そこからはみだし、燕の子安貝の中のどこともしれない場所に落下するのか――。

「攻撃を任せた！」

浮雲の手が伸びた。盾哉を掴んだ。くるりと彼をふりまわす。盾哉の背が進行方向に向けられる。つまり、盾哉が追っ手と正対する。墓標の妖魔が四体。

確かに、これをひきずったまま先には行けない。

「……あわせろ、秋那」

不本意だ。しかし、ここまで来てしまったのなら、その力も借りて、敵を一刻も早く撃退してしまうのが、次善の選択ではないか。

「指図しなくても、わかってるよ、じゅんくん」

わずかに不満そうに言った秋那が、先んじて稲妻をはなった。汚液をはなつ墓標の妖魔に命中する。盾哉はあわてなかった。落ち着いて、秋那の稲妻が引き裂いた傷口に、おのれの電光を叩きこむ。

墓標の妖魔が、真っ二つに裂けた。その破片が、至近距離にいたトゲの墓標を巻きこんだのは、望外の幸運だ。

そこへ、刃弥彦の符とアーマリアの雑霊弾《ざつれいだん》が殺到する。どちらも、これまでにない大威力をそなえていた。

「今度は正面！」

浮雲が、盾哉の体をぐるりと回す。盾哉は小柄だが、右腕一本でこれは信じられない膂力だ。これほどの怪力の持ち主ではなかったはずだが。

だが、そんな思考も一瞬。チューブの通路は終わろうとしている。馬たちは急角度のチューブを駆けあがっていた。その到達点に、燕の子安貝の中核、大尖塔への入り口が開いている。

「……ぬう。まさしく彼女たちが言ったとおり。これでは、運命予報、信じねばなるまい」

「まだ信じてへんかったんいな、ウッキー」

苦笑いして、アーマリアは背中の荷物に触れた。持ってゆけば役に立つと、二人が託してくれた、友の形見がおさまっている。

「けど、ここまでや。芹と玲香に見えたんは。この先は、出たとこ勝負のいちかばちか」

浮雲が唸《うな》り、アーマリアが声をあげ——。

「先に行く」

まだ、吹きこんだ雨が残っているうちにと、盾哉は宣言した。躊躇《ちゅうちょ》なく、浮雲が手を離す。

きらきらと、雨粒が光る。それを鏡にして、盾哉は、尖塔の内部へ移動する。

その一瞬、世界が彼のまわりで流れる。粒が伸びて線になり、そして全てがきらきらとつながる。

芹と玲香が見せてくれたあの光景が、盾哉の脳裏によみがえった。

『世界はな、みんな、つながっているのだよ』

『不思議な糸が、あたしたちをめぐりあわせた』

それは銀の雨のふりしきる中でだけ起こせた、たった一度の奇跡。芹《せり》と玲香《れいか》と手をつないだ者たちは、確かにその時、きらきらと輝く糸を目にしたのだ。世界のすみずみまではりめぐらされた、出会いと別れを導き、認識を左右する糸を。そして、その糸は、さまざまな場所で、あらためてつながり、ときに断ち切られていた。

人の、強い意志によって変革されてゆくもの。

それが。

「運命」

——に導かれて、盾哉は、カグヤのもとへたどりつく。

4.

きらきらと光る雨粒を鏡として。

さらに、尖塔《せんとう》内部に満ちた魔法の力を利用して。

盾哉《じゅんや》は、跳躍《ちょうやく》した。

一瞬、一瞬ごとの実体化ごとに、尖塔の内部を垣間見る。高く伸びたその塔は、ほとんど空洞だった。内壁にはびっしりと、奇妙なケースらしきものが並んでいる。

月の戦士たちが封じられているのだろう。

その数は、戦慄《せんりつ》すべき多さだった。彼らを記録している紙片は、雑誌ほどの大きさにすぎない。ぎっしり詰めこんでいるとすれば、この尖塔だけで十数万体。

だが、盾哉はそれを気に留めない。注意をそらしている余裕などない。ただ、まっすぐに上へ。乗騎たる飛翔馬を失った盾哉は、念をこらし意識を集中し続けて、か細くなってゆく銀の雨を渡ってゆくしか、そこにたどりつけないのだ。

塔の最上部へ。

がらんどうになっているこの巨大な尖塔の、その最上部だけは、閉ざされた部屋になっている。盾哉は跳《と》ぶ。

もう、雨が尽きかけていた。彼自身の集中力も――いや、それはまだだ。

まだ、盾哉は力尽きない。

最後の跳躍。虚空を、身体をバネがはじけるようにのばして、渡る。高さ数十メートルの空中。身体能力と魔力を得た盾哉にとっても、落ちればただではすまない。

残り三度と数えた死は、とっくに使い果たし、思った以上にもちこたえている肉体だが、いつ回数が尽きてもおかしくない。肉体の限界を超えて、魂も尽き果てるまで、
それでも盾哉は救いを目指す。

眼前に取っ手のついたドア。天井につけられた出入り口は、明らかに飛翔能力をそなえた者たちのためのものだった。階段も梯子もつながっていない。

そのドアをめざした、ぎりぎりまで手をのばす。

指先が届かない。――落ちる。

「ぬおうっ！」

七支刀《ななつさやのたち》をふるった。切尖が壁に刺さった。よじのぼる。ドアをこじあける。内部からの攻撃を警戒する余裕もなく、とにかくころがりこんだ。そこで攻撃を受けていれば、盾哉はもうおしまいだったかもしれないが。

出迎えは、静かな声と含み笑いだった。

「おいおい、ちょっと待て。あの言葉の後で、もう再会というのか。これは早すぎるだろう。わらわがなんだか間抜けに見えるではないか」

盾哉が飛びこんだのは、球形の空間だった。蒼《あお》ざめた光に満たされた、静謐《せいひつ》な空間。内壁のあちこちを輝くラインが走り、時には外の風景を映す幻像となる。

おそらくは、その内壁すべてが床だ。重力は、その床に向かって働いている。

というのも、声は、盾哉の頭上からふってきて、彼から見れば天井に思えるそこに、カナカが逆さづりの状態で立っていたからだ。

もちろん声の主はカナカではない。下顎の部分を失っている彼女は、話しづらいだろうから。

盾哉に話しかけたのは、彼が追ってきた女だ。カナカのかたわらで、横たわった姿勢になっている。

「……おまえ……っ！」

盾哉が、晴恋菜《せれな》を——いやカグヤを睨みつけた。彼女は、盾哉の直上にいる。重力が錯綜《さくそう》するこの空間内では、盾哉がカグヤの直上にいるというべきかもしれないが。

晴恋菜と同じ顔。

晴恋菜とまったく異なる表情。

うすもの一枚をまとったきりの見事な肢体は、記憶の中で、嵐獅丸が憎しみといとおしさをこめて見つめたそれと同じ。晴恋菜の自我が肉体を支配していたころと異なるのは、その髪が完璧な銀に変わり、さらに長く長く、数メートルほどにものびていることだろうか。

「何をしてやがる」

盾哉は、目をそらさず彼女をにらみつける。高慢を凝縮したような笑みが、迎え撃つ。

カグヤは、楕円形の台座に横たわっていた。その台座には、複雑な紋様《もんよう》が刻まれていた。なんらかの魔術に使われるものに違いない。

肉体を大きく破損《はそん》させた状態で、カナカは、横たわるカグヤの周囲をめぐり、紋様の溝に妖《あや》しげな液体を流しこんだり、四肢に魔術紋を描いたりしている。それは、瀕死の重傷者が、健康な誰かを治療しようとしているような、奇妙に逆転した光景に見えた。

「わらわが何かしたいわけではない。妹がうるさいからお仕置きしてやったら、ついやりすぎた。だからな、ちょっと願いをきいてやることにしたのだ」

カナカは黙々と作業を続けている。コードのようなもので、晴恋菜の肉体を台座に固定している。カグヤは、たったいま半壊させたばかりの妹に、我が身を無防備にゆだねて、盾哉を見下ろしている。

「嵐獅丸《あらしまる》の子孫。そなたは何がしたくて、ここへ来た？」

「……オレはっ」

ここまで無我夢中できた。来ればなんとかなる気がしていた。会えば、晴恋菜がなすべきことを教えてくれるか、新しい夢が見られると。運命予報は、二人は出会えると導いてくれた。

——だが。

得られると期待していたアドバイスではなく、投げかけられたのは問いだ。

何をしに？　救いにきた。守りにきた。だが、誰から誰を救う？　誰から誰を守る？

盾哉が言葉に詰まった、その時。

どがががが、と、無数のトゲが、盾哉の立っている場所に突き刺さった。

いや、すでに盾哉は宙に舞っている。ここは、重力のくびきがゆるい。空中で身をひねってバランスをとる。

七支刀をふるった。さらに飛んできていたトゲが、叩き落とされる。が、その影から、今度は無数の妖蛆《ようじ》が飛来した。墓標の妖魔が二体。何を守るか、どのように守るか、一切、迷うことをしない者たち。そいつらが、まっすぐ盾哉に向かってくる。

「わらわの居室を汚すでないわ！　愚か者ども」

カグヤの叱責で、墓標の妖魔どもが動きを一瞬だけ止めなかったら、盾哉は追い詰められていたかもしれないが。

半拍子遅れた次の攻撃を、盾哉はぎりぎりでかわした。

同時に、浮雲たちが、盾哉の開けた扉から入りこんできた。

馬でくぐるには大きすぎたのか、単身だ。墓標の妖魔のあと一体は、彼らに倒されたらしい。むろん、残る者たちも倒すつもりだ。

「うちらが！」

アーマリアが、姉とともに球形の内面を走る。彼女の鞭と雑霊弾、シールディアの細剣の連携。それが、トゲを打ちはなつ墓標の妖魔に立ち向かう。

「雨堂くん！」

アーマリアは、姉に声をかける必要はない。目すらあわせなくても、コンビネーションが決まる。だから、盾哉をうながす。晴恋菜を救えと。

だが、どうすればカグヤを晴恋菜に戻せるのか。

「極限爆水掌《きょくげんばくすいしょう》！」

忍者である浮雲は、この複雑な重力方位を一瞬で見切った。たくみに身をひるがえし、目のない妖蛆を発生させる墓標の妖魔に接近した。てのひらから、莫大な水を放出。この空間から外へたたき出す。

「早くするでござる」

追い討ちの水刃手裏剣をはなちつつ、彼も、盾哉をうながす。

「あの魔術、何をする気か知らんが止めねば……」

「いや、待ちたまえ！」

浮雲の言葉をさえぎった刃弥彦の声には、盾哉が、はじめて聞くたぐいの響きがまじっていた。この男も、そういう感情を抱くことがあるのか。困惑と迷い。

彼は気がついたのだろうか、と盾哉は思った。

あの、ぼろぼろの、動く死体のようなゴーストが、カナカのなれの果てであることに。あまりに損傷がひどすぎ、服も残骸で、アーマリアや浮雲は、気づいていないようだけれど。

しかし、刃弥彦が口にした言葉は、盾哉の予想と少し違っていた。

「どういうことだ？　あの魔法陣、精神と肉体を分離させるものに見える。だが、あの術式構成では、引き剥がされるのは……」

ほとんど独り言のような、冷静そうな分析を、秋那の怒声が断ち切った。

「バカなことやらせちゃダメでしょ！」

叱咤《しった》する声。同時に、稲妻がほとばしる。秋那が、先走って動いた。狙いは、晴恋菜＝カグヤが固定されている台座だ。彼女を台座とつないでいる、コードを断ち切ろうとしていた。

だが、それが届くより早く、半身がぼろぼろになっているカナカが、身をのりだして、的を覆い隠した。

「どういうつもりなのっ！」

怒りに震える秋那の叫びが、カナカに向かう。そのカナカが、ぐるりと室内を見回す。口が失われているから、彼女はもう話すことができない。

秋那に、ぞっとするような冷たい瞳を向け。

そして盾哉に、すがるような祈るような目を向けて。

カナカは、最後にまだ一本だけ残していたコードを、晴恋菜＝カグヤの額にさしこんだ。

「なにを……したんだ！　あんたは……矛城とカグヤの、どっちが大事なんだ⁉」

それまで、動けずにいた盾哉は、その時になってようやく、叫びをはなった。

カナカと目をあわせて。

彼女の、残された上唇が動く。だが、声はもちろんなく、その動きから言葉を読み取れるような感覚は、さすがに盾哉にもない。けれど、カナカの瞳に浮かんだ微笑《ほほえみ》は、言葉がなくても、盾哉に確信を抱かせた。だから盾哉は、カナカの行動を、見逃した。

「まか……せろ」

そして盾哉がしぼりだしたささやきが、果たして彼女に届いただろうか。

「やめろーーーっ！」

秋那が、さらに憤怒の声をあげた。だが、すでに遅い。球形の部屋のあちこちに浮かんでいた、外部の景色を映す幻像が、奇妙な幾何学模様に切り替わった。虚空のスクリーンが拡大し、部屋全体が、異様な輝きに満たされる。それがどのくらい続いただろう。時間の感覚を失わせる、光と闇の明滅が、盾哉たちの意識を翻弄した。

そして。

「ホントにもう、どういうつもりよっっ‼　カグヤがそうなら、あんたが代わりになりなさい！」

聞きなれない声の怒声が響き、赫と蒼のビームが、閉鎖された空間を裂いた。明滅がやむ。完全な暗闇が訪れて、その中で風が渦を巻く。熱気と凍気がぶつかりあい、真空が生じて、あたりを荒れ狂った。

「矛城……！」

盾哉が、そしてアーマリアと浮雲と刃弥彦とが、晴恋菜を呼ぶ四人四様の声が交錯する。

空間がはじけた。球形の部屋が、耐え切れなくなって崩壊する。屋根も消えて、雨が降りこんできた。そして、月光も。分厚い雲が、空を覆い隠しているというのに、ここにだけは、月光が届く。

「晴恋菜ちゃん！　どこに行ったん⁈」

アーマリアの悲鳴のような声。あの、魔術をほどこされた台座は、どこにも見えない。むろん、そこに横たわっていた、晴恋菜の肉体も。

そして、盾哉たちは、空中にほうりだされていた。

「来いっっ‼」

浮雲が叫ぶ。飛翔馬が、それに応じてやってくる。刃弥彦とアーマリアもまた、自分の馬を呼び寄せた。

だが、盾哉には馬はいない。そして秋那は、少し離れすぎた位置にいた。落ちはじめる。

「があああああっ！」

落下する盾哉に追いすがる咆哮《ほうこう》。

「なんだ⁈　あんた……どうして！」

咆哮のぬしは、カナカだ。だが、その容貌は大きく変化している。鼻から上の顔と髪のほかは、原形をとどめていない。彼女は大きくふくれあがっている。何枚もの、いや何千枚もの巻物が、その肉体に重なり合い、体長数メートルの、奇怪な獣になっていた。

盾哉は、その生物の名を知らない。アノマロカリス。カンブリア紀に生きた、甲殻《こうかく》を持つその怪物は、当時最大の捕食生物として知られている。

むろん、その時代にも詠唱銀《えいしょうぎん》はあった。カンブリアの地球もまた、修羅が魔術闘争をくりかえしており、アノマロカリスはその頂点に立った種族のひとつだ。

突き出た五つの眼柄の先、五色に染まった眼が、魔術攻撃をはなった。

赫い月光の熱気が、浮雲を焼き焦がし。

蒼い月光の冷気が、姉妹を凍てつかせ。

緑の月光の瘴気が、刃弥彦の内臓をかきまわし。

紫の月光の妖気が、秋那の魔力を涸らし。

黒い月光の魔気が、盾哉を侵食する。

続いて襲いかかった暴風が、盾哉たちを攪拌した。がつんがつんと壁にぶつかりながら、落ちてゆく。

そのままでは、数十メートルではなく、数百メートル分を落下した加速度で、階下の床に激突するだろう。

自らを救うために、策を工夫している時間は、ほぼ与えられなかった。

おのれを信じるしかない。ちょうどいま、天井が破壊されて、銀の雨が吹きこんでいる幸運を頼り、もう一度やってのけるしかない。自分だけではなく、全員を。さっきよりは、遥かに長い距離を――。


盾哉は思念をこらし。

跳んだ。

雨の鏡面を利用し、空間を越えて、塔のさらにさらに下、床のあるところまで。

空間転移で距離を稼いだとはいえ、盾哉は相当な勢いで床に叩きつけられた。

「ぐがはっ」

ごろんごろんとわざところがり、衝撃をなんとか逃がす。だが、完全にダメージを殺しきれなかった。左手が動かない。そして、雨はもうふりこんでいない。急速な治癒は望めない。それでも、横たわっている場合ではない。立ち上がろうとした。

「うぐっ」

熱いものが、腹の底からこみあげてきた。こらえきれず、盾哉は吐いた。赤い血が地面にぶちまけられる。魔術による無茶な転移は、身体の内側に相当の負担を与えた。血で汚れた地面を、盾哉は見つめた。地面だ。床ではない。土のグラウンドである。だが、もちろん外へ出たわけではないはずだ。

盾哉は、さらにこみあげてきた血をかろうじてのみこみ、顔をあげた。

地面の謎より、秋那がこの落下の衝撃に耐えられたかどうかだ。

少女は――。

ふわりと地面におりたつところだった。

浮かんだ疑問。

それを吹き飛ばす、猛スピードで、塔をくだってきたのだ。

カナカ・アノマロカリスの襲撃が迫っていた。

だが、その五つの眼柄を総薙ぎにする勢いで、巨大な水刃手裏剣が襲いかかった。カナカの顔を持つ、巨大なアノマロカリスが、それを寸前で回避する。

盾哉は、あたりを見回した。

かつて本で見たことのある風景がフラッシュバックする。

荒廃した、一つの生命もない、土くれと岩と砂だけの荒野。あの写真では、重い宇宙服に包まれた飛行士が、そこを歩いていた。

月。小惑星の激突や宇宙線から守ってくれる大気を持たない、乾ききった大地。そこに似ている。

『ここは公園だったはずだ……緑の森と芝生があって……渓流の脇を散歩できた』

何代目のだろう、嵐獅丸の記憶が、一瞬ひらめいた。

そして、悲しげな咆哮が、盾哉の耳に届く。記憶に足をとられていた彼を、正気に返らせる。

アノマロカリスが泣いている。

いや、泣いているのはカナカではないか。

わからない。彼女はどうしてしまったのだろう。盾哉は、武器をかまえて、ひたとカナカの顔を睨《にら》みつけた。

そこには。

ただ、虚無。

空白だ。彼女の瞳は、アノマロカリスの眼と変わりがない。表情がない、思いがない。先ほどの魔術儀式が、どのようなものであったとしても、それはカナカの自我をも吹き飛ばしてしまったのだろう。

「……いまの彼女は、ただの暴走する魔術構成体にすぎないようだ」

いつの間にか、刃弥彦が、盾哉のかたわらに立っていた。右手の中指と人差し指にはさまれた、一枚の符。それが、盾哉の左肩に貼《は》りつけられる。

動くようになった。

「いまのうちよ、じゅんくん」

秋那が駆け寄ってきた。いつもと同じ秋那に見える。

彼女は、やっと回復した盾哉の左腕をつかんだ。

「アーマリアさんと浮雲さんが時間を稼いでくれている間

に、何か、見つけないと」

「なにか？」

「あいつをやっつけられる何か……あ、ごめんなさい」

秋那が、とってつけたように刃弥彦に謝罪する。刃弥彦は答えない。じっと、カナカを見つめている。秋那は、そのようすに眉をひそめた。

たっぷり五秒はすぎただろうか。刃弥彦は、ぶるぶると震える手を、自分の眼前にかざし、そして握り拳を作った。額を、がっと鋭い音が立つほどの勢いで、拳にぶつける。つうっと一筋の血が、彼の額から、鼻筋にそって流れ落ちた。

ふりかえった表情は、仮面をつけたように動かない。

「彼女は……もうダメだ。あれはただのぬけがらだ。倒すほかは、ない」

一切の感情を排除した、淡々とした現状把握《げんじょうはあく》。

やはり、刃弥彦は、カナカであることに気がついていたのか、と盾哉は思った。あの部屋で彼女を目にした時の刃弥彦は、刻まれた魔術紋様の働きについて分析するだけだったけれど。

そういえば、あの魔術はなんだと言っていたろうか。精神と肉体の……。


「危ない！　ほら、じゅんくん、急いで！」

盾哉の思考は、秋那によって妨害された。

だが、確かに彼女の言うことも間違いはない。アノマロカリスが乱打する、五色の魔術攻撃。その一つが、アーマリアがまたがる飛翔馬をとらえたのだ。

アーマリアとシールディア、二人が絡《から》まりあい、ボールのような姿勢になって地面をころがる。それを緑の瘴気光線と、紫の妖気光線が追う。瘴気は命なき砂すら腐らせ、妖気は岩をとろけさせてゆく。

ころがって逃げる、逃げる。かわす以外に、対処の方法がない。なんとか注意をそらせようと、浮雲が、水刃手裏剣をはなつ。だが、効果がない。

「このままじゃ、やられちゃう！」

秋那の叫びが、盾哉のあせりをさそう。もう迷ったり怯《おび》えたりしている場合ではないと、盾哉は決断をくだした。もう一度、嵐獅丸の記憶に手をのばす。

どこかに……。

何かが……。

あったはず……。

思い出した……！

「メガリス。火鼠《ひねずみ》の皮衣《かわごろも》……ここに埋めた。……手がかりは」

　それはあまりにも都合よすぎはしないか。強大な敵に追い詰められ、たどりついたのが、必要とする魔術兵器が隠された場所であったなどというのは。

　だが、そこを深く考えている余裕はなかった。浮雲とアーマリアを救う。そして、姿を消した晴恋菜＝カグヤをもう一度追う。そのことで、盾哉の頭はいっぱいだ。

　思い出した目印へ走る。

　それはちょうど、アーマリアとシールディアが、転がって逃げてゆく先の。

「そこだ‼」

　奇妙なものが、岩と岩の間に、突き刺さっていた。月面の荒野そっくりのこんな場所には、とことんふさわしくない。古風な櫛だ。髪をくしけずり、まとめておくための、古代のスタイルの櫛。

　そこへ飛びつき、手をのばす。盾哉が引き抜く。アーマリアとシールディアが、絡まりあいながら、ころがってくる。盾哉が、彼女たちを飛び越える。

　手にした櫛。それにくっついていた奇妙な光沢の布が、ずるりと引きずり出された。

　盾哉がまとった布に、五色の光線全てが命中する。


はじける。燃える。凍る。腐る。衝撃。

　いや、布はびくともしない。

「……火鼠《ひねずみ》の皮衣《かわごろも》。魔法のエネルギーを制御する。確率を偏らせる。そして防ぐ。魔術を、エネルギーを」

　ただしその代償がある。鼠というネーミングの由来になった悪臭。盾哉の身にしみついてゆく。布というか皮そのものは、匂うわけではないのだが。

「だから、カグヤはめったに使わなかったっけ」

　盾哉の口もとに笑みが浮かび、そして半瞬後に彼は戦慄する。自分の感情が、また嵐獅丸の記憶にひきずりこまれたことに。

　攻めなければ、カナカを。

　五色の光線が襲う。どれひとつ、防壁《ぼうへき》を貫けない。間合いを詰めて、剣を突きこんでやればいい。

「あの顔の部分以外は、装甲が堅いぞ」

　刃弥彦の忠告。そんなことではないかと思っていた。容赦などする必要はないはずだ。盾哉は、祖父の顔を思い出した。びっくりするほど、鮮明だった。彼を殺された悔しさ、恨み、怒り、自分でもおののくほどそれは鮮明で衰えていなかった。

　なのに。

盾哉は動けない。

剣をふるえない。うつろな瞳のカナカの顔を見つめている。彼女は、何をしようとしていた？　晴恋菜を頼まれた。そう確信している。だが、何をどう頼みたかった。

彼女の肉体をどこへ消した。

「そのまま、ひきつけていろ！」

声を轟《とどろ》かせたのは浮雲。狂気のごとく怒りに歪んだ表情で、彼は一気に近づいた。自らまたがる飛翔馬を、カナカの顔面に激突させる。

何を犠牲にすることもいとわず、敵を撃滅する容赦《ようしゃ》のなさを、いつ浮雲は身につけたのか。

「……あ」

拍子抜《ひょうしぬ》けするほどに軽い叫びが、盾哉の喉《のど》から漏れた。

アノマロカリスが、ばらばらになる。もとの巻物に戻る。月の戦士たちを封じた、魔力の巻物たち。そこから汲み上げた魔力を、攻撃と防御に使っていたのだろう。

もはや、それが再生する気配はない。

盾哉が、ほんのわずかに気を抜いた。

――と、その時。するりと、手にした布が抜けていった。火鼠《ひねずみ》の皮衣《かわごろも》が、盾哉の手から奪いとられる。

「もう飽きたわ。ぼちぼち潮時だと思わない？」

秋那が、嫣然《えんぜん》と笑った。

少女ではなく、数千年のよわいを経た、女王の顔で。

第十七章　玉の枝に昨日が映る

1.

盾哉《じゅんや》は、無防備なまま、棒立ちになっていた。

何が起こっているのか、さすがに理解を超えている。秋那《あきな》の瞳が、赫《あか》と蒼《あお》に染まり、その指先に稲妻《いなずま》が宿っても、なお動けない。

その黄金色の稲妻が、盾哉を撃とうとしているのはわかったけれど、では自分はそれにどう対処するべきなのかが、まったく思い浮かばない。思考は空白のまま、肉体は硬直したまま。

無防備に、盾哉が吹き飛ばされようとした、その寸前に、刃弥彦《はやひこ》が声を発した。

「お待ちください、初代《しょだい》さま」

「うるさいわよ」

彼女は、躊躇《ちゅうちょ》なく稲妻を発した。

盾哉は、鏡をかざして跳《は》ね返した。

刃弥彦の言葉が、盾哉の硬直を解いていた。相変わらず思考は空白だが、肉体は自動的に動いてくれる。

地面を蹴《け》った。間合いをとる。

「あきちゃん……!?」

「そう呼ばれるのも飽《あ》きたのよ」

右目から赫い輝きがほとばしった。間違いなく、カグヤの使う極月焼煌《ウルティメイトルナ》だ。七支刀《ななつさやのたち》をかざして、軌跡を変える。

驚愕《きょうがく》の色を浮かべた盾哉を見つめて、秋那は、ふふんと鼻を鳴らした。

「思い上がっちゃダメよ。〈嵐の王《ストームブリンガー》〉の魔術《まじゅつ》が、門外不出だとでも思ってた？　あたしたちは本物の〈月帝姫《ルナエンプレス》〉よ。まがいものの魔女どもと違う。一目見た魔術くらいコピーできるわ」

「……一目見た？　何度も喰《く》らった、の間違いだろ」

盾哉の意識の外から、そんな言葉がこぼれ落ちる。だが、秋那の笑《え》みは、そのくらいの挑発では崩れない。

「そうね。何度も使ってたわ。何度使っても、あたしに傷もつけられなくて」

「……じゃあ、あんたは……本当に？」

さっきの言葉と一緒に、よみがえってきた記憶がある。

あの、地球全体を包んでいたオロチとの戦い。あのオロチを率いていた〈月帝姫《ルナエンプレス》〉の顔だ。そちらは成熟した女だったが、確かに面影がある。

「思い出した、じゅんくん？」

一瞬だけ、もとの秋那に戻って、笑ってみせた。

「最初の嵐獅丸は、あんたが生まれた時に〈嵐の王《ストームブリンガー》〉の中から生まれた……」

盾哉の問いかけが、秋那の表情を失わせ、また初代さまを浮上させる。

左目の蒼が濃くなる——。

盾哉は、もう防御のかまえすらとらなかった。自分のまた従妹が、いつから月帝姫《ルナエンプレス》に入れ替わっていたのか。それとも、最初から月帝姫《ルナエンプレス》だけが存在していたのか？

「どないしたん、二人とも！」

異様な雰囲気を察したアーマリアとシールディアが、浮雲《うきぐも》とともに駆《か》けてくる。カナカ・アノマロカリスとの戦いで、どちらも馬を失っている。

「あれ、邪魔」

めんどうくさそうに秋那＝初代さまが手をふる。


「そうですね。では、こうしましょう」

刃弥彦が両手を舞わせ、指が複雑に踊った。空中に文字を描いているようだ。術を使い終わらないうちに倒すべきなのか、盾哉が逡巡《しゅんじゅん》している一瞬で、刃弥彦の魔法陣が最後の一筆まで達した。

ずぶり、と盾哉の足が沈んだ。ふくらはぎあたりまでが、泥に飲みこまれている。ただの泥ではない。この術は見た覚えがあった。ゴーストの足止めに使われていた。だが、かつて盾哉が見た時よりも、ずっと強力だ。

「ちょ……っ?! 刃弥彦さん！ どういうこと！」

アーマリアと浮雲が、ずぶずぶと泥沼に飲みこまれてゆく。いや、二人だけならまだしも、尋常な物理現象であれば影響を受けないシールディアまでも。

むろん、盾哉もだ。

「ああ、ラルカンスィエルくんたちも、矢澤くんも。じつに申し訳ないんだが、わたしの本当の目的のためだ」

あっというまに、盾哉たちを肩まで飲みこんだ泥沼を見まわして、刃弥彦は、ふだんの穏やかな笑みを捨て、冷ややかな顔つきで続けた。

「……この真・八卦迷宮陣《はっけめいきゅうじん》の中で、しばらく、おとなしくしていたまえ」

「あんたは……矛城《むじょう》の味方じゃなかったのかっ！」

盾哉の口からほとばしった叫び。刃弥彦は、その言葉を吟味《ぎんみ》するように、盾哉に視線をあわせ、彼をのぞきこんできた。盾哉も、刃弥彦の瞳をのぞく。

何も読み取れない。

「まさか、刃弥彦さん。あんたっ……！」

声をあげたアーマリアを哀れむような顔で見下ろして、秋那が、その指先に稲妻を宿らせる。

「秋那ちゃん、なんで……？」

「ちーがうの。秋那じゃなくて、アキナさま、って呼んで欲しいなあ、アーマちゃん」

楽しげにアキナが告げる。冷酷な微笑を浮かべて、色違いの目で、アーマリアと浮雲を見つめる。

「お待ちくださいませ」

刃弥彦が静かな声で割って入った。

「この者たち、まだまだコマとしての使い道がございます。たわむれに壊すのは、いささか惜しいかと」

「ふふん？」

冷徹な瞳で、秋那が刃弥彦を見つめた。

「あんた……何を考えてるの？」

「先祖より代々受け継いだ使命のみ。すなわち、月をもとの緑の星に戻すことのみでございます」

「あんたの相棒も、同じことを言ってたわ。なのに、何かややこしいことをたくらんでいたみたいだけど？」

秋那が、カナカの残骸《ざんがい》を指差《ゆびさ》した。

「……あの方は、月よりもカグヤさまを大事に思うておりました。それを自覚なさっていたからこそ、私めには月そのものへの忠誠を教えこまれたのです。幅広い視野を持って、月のために働け、と」

「ああ、うるさい。じゃあ、あれを寄越しなさいよ。あんたがかかえこんでるのはわかってんの」

「……やはり、あなたさまはお見通しでしたか」

刃弥彦はうなずき、ふところから一つの巻物を取り出した。複雑な呪文を唱えながら、その巻物を綴《と》じる紐をほどく。きつく巻かれていた、布とも革ともつかない素材が、だらりと伸びて――。

奇怪な光がそこからあふれた。フラッシュめいているが、瞳を灼くことのない、千倍も強烈な月光のような。

光がおさまった時、それまで存在しなかったものが、その場にそびえていた。

形は巨大な樹木だ。しかし、幹は見たこともない金属からできており、表面には電子回路のような紋様が走っている。枝には透明の輝く球体が鈴なりになっていた。

「……蓬莱《ほうらい》の玉《たま》の枝《えだ》」

嵐獅丸の記憶が、盾哉の口をついて出た。

「あの木はいったい何なんだ、雨堂くん！」

浮雲の問いかけに、盾哉は呻くような声で応じていた。

「……探知器。……で、操縦器」

「そういうこと。ほら」

アキナが、幹の表面を走る紋様を指先でなぞった。球体のいくつかがほのかな光を宿し、それに呼応して、周囲にいくつかの幻像が浮かんだ。

燃える鎌倉《かまくら》の街、陽がのぼりつつある海。

アキナは、それらの幻像からの光で、さまざまな色彩に染まっている。変わったのは表情と動作だけ、身体のラインが変化したわけでもないのに、完全に大人の女に見える。官能的とさえいえる手つきで、彼女は、蓬莱の玉の枝を操作し続けた。

「ここはね。かつて、この、ゾアン・クラム・アグゼに乗った者たちの、憩《いこ》いの場だった」

口調が少し変わっている。失われたものを懐かしむ声音だ。彼女が手をふると、木を中心に、泥沼以外のあたり一面が、緑の草原に変わっていった。天井が、晴れた空の映像で覆われる。それが映像だとわかるのは、色が、盾哉たちの知っているものと異なるからだ。深い青紫の空に、水色の球体が浮かんでいる。白昼の残月ならぬ、白昼の残地球。

「そして、ここから全てを操ることができたの」

彼女の指が踊るたび、幻像の内容が変わる。鎌倉の町並みを、高みから見下ろし、あるいは通りにおりたつ。燃えている建物や、破壊されたものはある。だが、戦っている者たちの姿はない。おだやかな朝の日差しが、ゆっくりと街に満ちはじめている。

「……オロチが消えているわね」

アキナが、眉をひそめた。

「夜が明けかけております。鬼百合《ゴブリンリリィ》どのがかけられた魔術儀式の効力も切れ、世界結界がまた詠唱銀を押しとどめているのでしょう」

刃弥彦が告げる。アキナは不機嫌そうにその言葉を聞いていた。彼女を見つめていた刃弥彦の表情が、いぶかしげにゆがめられる。

「ところで初代さま？　移動の指示をお出しになりましたか？」

鎌倉の幻像が、ゆっくりと移動している。人の歩くほどの速度だ。

「あたしは知らないわよ？」

『……わらわだ』

　声なき声が、草原に響き渡った。いや、草原にではない。全員の脳内に、ダイレクトにだ。

「カグヤ？　あんた、直接、これに憑依《ひょうい》してる?!」

　アキナが、ぐるりと天井を見回した。

「なぜそんなこと……？　あ、そうか。そういうこと。まあ、悪くないんじゃない」

　盾哉たちをおいてきぼりにして、勝手に事態は進んでいる。口をはさもうとしても応じてくれるわけはなく、どう口をはさめばいいのかもわからないまま、盾哉たちは、ただ奇怪な会話を聞いていることしかできない。

「あんたが隠したあれんとこへ移動してんの？」

『あんた？　わらわを、あんたと呼びつけるそなたは、何者じゃ？』

　カグヤの声音は、まだ、どこかぼんやりしている。アキナが苦笑いした。

「何者だ、はないでしょ。あんたが〈月帝姫《ルナエンプレス》〉になった時、あたしにも挨拶してくれたじゃない。たくさんはいたけど、あたしは特別だったはずよ」

　自信満々の態度で、アキナが胸をはる。

　わずかに間を置いて、カグヤの思考が戻った。

『もしかして初代さまかえ？』

「そうよ。最初の〈月帝姫《ルナエンプレス》〉たるアキナ。あんたたちを導く存在よ」

『はてはて、アキナさまに導いていただいた記憶はないがのう。そもそも先代以前の〈月帝姫《ルナエンプレス》〉は、みな眠っていたではないか』

「そうもいかなくなったのよ。だから、代表であたしがおりてきたわけ。さあ、あんたも自分を取り戻して、メガリスもそろった。これでいまいましい〈世界結界〉破壊の準備は完了。さあ、カグヤ！　世界に魔法を取り戻して、月を緑に！」

『ああ、カナカもそんなことを言っていたな』

　高揚した調子で呼びかけるアキナに対して、カグヤの思考は、冷淡といっていい感触だった。

『そういえば……カナカはどうした？』

　誰も答える必要はなかった。アキナが、憑依《ひょうい》していると表現したように、いまやカグヤは、この魔術兵器そのものなのだ。自分の内部を検索するくらいは容易だ。

『……ほう』

カナカの残骸を発見したカグヤが発した声は、どれだけ鈍感《どんかん》な者でも、剣呑《けんのん》さを感じるものだった。アキナは、空をあおいで、無意味に両手をふった。

「ちょっと待って！　あんたの妹は、もう先に……」

赤銅色《しゃくどういろ》の奇怪な光線が、頭上からアキナを撃った。てのひらに命中する。即座にてのひらから魔力を展開し、アキナは、光線をはねかえした。

「痛いじゃない！　あたしをなんだと思ってんのよ！」

『わらわの妹を傷つけるのは、初代さまとて許さぬ』

「……あんた〈月帝姫《ルナエンプレス》〉なのに、あたしに従わないっていうの？　ちょっと！　待ちなさいってば！」

逃げるアキナを追って、同じ赤銅色の光線が、次々に放たれた。

「カナカなら、あたしが来た時には、もうとっくに壊れてたわよ。あんたの精神を、魔術儀式で肉体からひきはがそうとしてたから、てっきり裏切ったんだと」

『裏切っていたとしても、あれを罰することは、わらわにしか許されぬのですよ』

いっそ優しげともいえる響きの、カグヤの思考波。赤銅色の光線は、飛び回るアキナに命中しない。だがもしかするとそれは——。

「あんた！　あたしをいたぶろうっていうの？」

憤然と言ったアキナは、肉体を急旋回させた。高速でかきまぜられた水がしぶきをあげるように、土と草とが舞い上がる。

アキナが発した魔力で強化された土ぼこりが、赤銅色の光線を防いだ。稼いだ一瞬の時を使って、アキナは、蓬莱の玉の枝に飛びついていた。

「どうせ、これの迎撃《げいげき》機能を使ってるんだ。ちゃんとした操縦器さえあれば、後は魔力の強いほうが勝つ」

彼女の腕が幹を抱きしめる。周辺の空気が震えた。枝に鈴なりの、数百の水晶球が、それぞれに異なるリズム、異なる強さで明滅しはじめる。

「……さすが……壮絶な魔力」

それまで、黙って状況を観察していた刃弥彦が蒼ざめた顔で呟いた。首だけが泥から突き出た状態で彼を見上げていた盾哉は、ふと問いかけた。

「……本当に、あんたは矛城が大事じゃないのか？」

が、その返事を聞くことはできなかった。

空気の震えが一瞬で高まり、爆発したからだ。アキナが、悲鳴をあげて吹き飛ばされた。

「あきちゃんっっっ！」

それまで信じていたような、従妹ではない。月帝姫なのだと言われても、すぐにそれを納得できるはずもない。

アキナが地面に叩きつけられる姿に、盾哉は、怒りと恐怖を感じた。身体に力が戻る。わずかではあるが、泥を押しのけるほどの。

横たわっていたアキナが、動いた。なんとか立ち上がり、カグヤに呼びかける
「カナカを……使ったのは……メガリスをそろえるため。こいつらを追い詰めるほどの力は、あの子でなきゃ無理だった。本人だって、あんたのためになら喜んで……」

『メガリスなどなくても、わらわは勝利します』

「……かもしれない、わね」

悔しげにアキナは呟いた。

『あなたは初代さま。その後にあらわれた、どの月帝姫より優れた力を持っておられた』

カグヤの思考波は、常識を諭すように淡々としている。

『もちろん、わらわが生まれるまで、の話。ご存知か？　あなたが生んだオロチは、頭が九つ』

アキナは、反撃の気力さえ失ったようすで、その思考波を受け止めている。

『わらわは、オロチに百八の頭を生やすことができる』


事実だと、嵐獅丸の記憶が、盾哉に告げる。彼女は、地球そのものを破壊することも、可能なのだと。

——晴恋菜さま。

夢の中で、誰かが呼びかけている。

盾哉ではない。

だから、ただの夢の中の声だと思った。

——晴恋菜さま。

けれど、何度も何度も聞いているうちに、聞き覚えがある声だと、思った。

——晴恋菜さま。

聞き覚えがあるどころではない、と思った。とても大事な人だと、家族だと。

だから名前を、呼んだ。

——長らく、晴恋菜さまをお世話してまいりましたが、おいとまをいただかねばなりません。

どうして？　晴恋菜はすがった。すがろうとした。でも、そうする手足が見当たらない。夢の中だからか。

——夢であって、夢ではありません。

カナカが言った。意味は、よくわからない。

——夢よりも高度な精神の時空。あなただけの場所。

……わたし、だけ？

——はい。

晴恋菜のいだいた疑問に、カナカが答えてくれる。髪を、優しくブラッシングしてもらっている時の感覚。

——カグヤ姉さまと共有したものではない。あなただけの、夢のありか。そのために、わたくしは、適当な口実を作って、カグヤ姉さまには、燕の子安貝へ移っていただきました。

何を言われているのか、晴恋菜には、意味がわからない。黙ってカナカの言葉の続きを待った。いつだって、カナカは、晴恋菜の信頼に応えてくれたのだから。

——けれど、姉さまはいずれ、身体に戻ろうとするでしょう。お嬢さまを追い払って。

カナカに、抱きしめられた気がした。晴恋菜に、はげましの気持ちが、直接しみこんでくる。

——戦って、ください。

そういわれて、びくりと晴恋菜はふるえた。

——大丈夫。彼がいます。

浮かんでくる、面影ひとつ。

……知っていたの？　そんな晴恋菜の問いかけに、からかうような声が答えた。

——隠せているつもりなのは、当人がただけですよ。

そして、晴恋菜は、もう一度、強く強くカナカに抱きしめられた。

——どうしてでしょうね。千三百年の想いです。それが、どうして、たった数年の想いに勝ってしまったのでしょう。育てたあなたを失いたくないと思ってしまったのはなぜなんでしょう？

晴恋菜には答えようもない、カナカの問い。

——こびりついた狂気を、あなたとの日々が解きほぐしてくれた気がします。そう、だからやっと楽になれる。ひとつだけ、約束してくださいますか？

なんでも。なんでも聞くよ。

——泣かないでください。

とても優しい微笑《びしょう》が、闇《やみ》に沈んでいった。

2.

「待ちなさいよ、カグヤ」

かなりのダメージを受けたアキナではあったが、さすがに〈月帝姫《ルナエンプレス》〉だ。常人であれば立つことも難しい負傷であれ、しばしの休息で動ける程度には回復している。

「あんた、わかってんの？　カナカって、あんたが復讐してやるような相手じゃないわ」

蓬莱《ほうらい》の玉《たま》の枝《えだ》に近づき、アキナは、水晶球をひとつもぎとった。もちろん見かけだけにすぎない。それは、複雑な魔術行程を経て生成された、時空結晶体だ。

「これを見なさいよ！」

アキナが、その結晶体を叩きつぶす。

盾哉《じゅんや》は、嵐獅丸《あらしまる》の記憶から、蓬莱の玉の枝の機能を知っていた。あれは、燕《つばめ》の子安貝《こやすがい》に、搭乗者の意志を伝えるものであり、その一環として周囲の状況を幻像として映し出す。希少な魔法金属や魔力を感知し、位置を知らせる。もともとは敵の位置を知るためにつけくわえられた機能だが、月の軍団は、軍資金を得るためにも使用していた。そしてさらに、魔力を結晶させた水晶球を破壊することで、時間軸を越えて、指定した物事を見ることが可能になるのだ。

けれど、それには代償《だいしょう》があったはず。

盾哉が、代償についての記憶をたどるより早く、アキナは行動を終えていた。

彼女が見せようとしているのは、カナカたちの過去。

戦いとそれにかかわる知識の記憶にまぎれて、盾哉が、いまだ掘り出すことがかなわない、そんな過去だ。

「ごらん。あんたの男を寝取った、妹の姿を」

あまりに下卑《げび》たアキナの物言いに、自分を支えてくれた従妹《いとこ》が、もうどこにもいないことを、盾哉は思い知る。

彼女がさししめす幻像の中には、愛し合う男女の姿があった。盾哉にはわかる。男は嵐獅丸で、女はカナカだ。どういう経緯があったのかは、わからない。太古の記憶の中で、嵐獅丸は、カグヤに恋をしていた。カグヤも、嵐獅丸が好きだった。

だが、対立する月と地球、そのリーダーである二人が結ばれるはずもなかった。激しい戦いの後——どうなったのだろう？

嵐獅丸の記憶は、ぼやけている。

「そしてカナカが産んだ子供の子孫が、こいつらよ」

アキナが、盾哉と刃弥彦《はやひこ》をさししめす。

「あんたを裏切った妹を守ってやるなんて……」

『知っておりますよ、アキナさま』

カグヤの声は冷徹なものだった。

『カナカは、すべて話してくれておりますゆえ。あなたに教えていただく必要はありませぬ』

この回答は、アキナの意表をついた。さしもの彼女が、完全にうろたえた顔になる。

「ま、待ってってば」

彼女は、とっさに盾哉に駆け寄った。はじめにひきずりこまれた者以外は、泥の上を駆けても影響がない。アキナは、盾哉の髪をつかみ、顔を上に向けた。

「見なさいよ、こいつを。嵐獅丸の子孫でも、いちばん血の濃いやつ。記憶をそっくりうけついでるわ。こいつから嵐獅丸の記憶をひっぱりだすために、あたしは何年もかけた。こいつの家庭環境を操作して。それもこれも、あんたに新しい嵐獅丸を与えるために」

操作して、環境を、操作して、環境を。

家庭を。

アキナの必死の抗弁《こうべん》が、盾哉の脳内でリフレインする。

彼だけが反応したわけではない。過去を映し出す幻像もまた、彼女の思念に呼応して、変化する。過去。

衝撃的な、死の瞬間。盾哉の母——。

「お前が……お前がやったのか！」

絶叫した。怒りがほとばしった。盾哉がその一瞬で肉体の自由を取り戻す。七支刀が、アキナの心臓をめがけて繰り出された。

だが、彼の切尖《きっさき》より、カグヤの反応はなお速かった。

頭上からほとばしった凝縮された月光が、盾哉を打ったのだ。蒼い三日月の冴え冴えとした月光、赫い満月の濁った月光、そして新月の漆黒《しっこく》の闇《やみ》。

蒼が七支刀《ななつさやのたち》を折り、赫が鏡《かがみ》を割り、闇が勾玉《まがたま》を砕いた。

朦朧《もうろう》とする盾哉の意識に、カグヤの思考波が刻まれる。

『誰かに嵐獅丸の記憶を焼きつければ、嵐獅丸になる？　愚かなこと。失われたものは戻りはしない。そやつはそやつでしかありえはしない』

「でも、世界結界を破壊して、月に魔法を取り戻すためには、嵐獅丸の記憶を鍵として封印を……」

アキナは、カグヤが、月と嵐獅丸を求めていると思いこんでいたに違いない。その二つをうまく使えば、破壊の権化すら操ることができる、と。

しかし、アキナによる必死の説得が招いたのは、全員の魂を穢《けが》すような、悪意に満ちた哄笑《こうしょう》だけであった。

「あんた……あんたは……〈月帝姫《ルナエンプレス》〉じゃない！　〈月帝姫《ルナエンプレス》〉なら月の民の幸せを優先するはず……」

その言葉に応えたのも、またあざけりの高笑いだけだ。

『そなたは、なにゆえに嵐獅丸が、愛する我を封じたかを知らぬ。言うたはず。世界はわらわ一人で滅ぼせる。月の民など邪魔なだけ』

その瞬間、盾哉たちを支えていた大地が、ぽっかりと口を開いた。カグヤの精神は、いま、燕の子安貝と完全に一体化している。魔法金属で作られたこの巨大な移動要塞を、ささやかに変形させるくらい思いのままだ。

ただひとり、刃弥彦だけが、そこに残っている。

「……話し相手の一人くらいはいたほうがいい」

カグヤの真意をつかめぬまま、刃弥彦は、まったくの無表情なままでうなずいた。

……ああっ！

晴恋菜は、悲痛な声をあげた。

朝日が煌く空を、盾哉たちが落ちてゆく。その光景が、脳裏に見えたからだ。

先ほどの、カナカとの接触で、自分が置かれた状況は把握している。いま、自分は眠っている。少なくとも、肉体は。晴恋菜という人格は、いまだ肉体に閉じこめられている。

だから何もできない？

いや、そんなことはない。

……何もできないんだったら、どうして見えるの？

そうだ。見えている。感じとっている。それは肉体の五感によるものではない。魔法によるものだ。

魔法は、思いによって現実を変換するすべ。

たとえ肉体による救いの手が届かなくても、魔法であれば届くのではないか？

晴恋菜は、必死で虚空に手をさしのべた。

——届いて。

明るくなりつつある空を、盾哉たちは落下している。

ここまで飛翔してきた魔法の馬たちは、もういない。

盾哉たちが、いかに常人よりはるかに優れた身体能力を持っていても、一千メートル近い落下に耐えられるものではないだろう。

そして、致命的なことに、すでに雨は止んでいる。

「でも、あたしは平気。なんとかなるわ！」

声をふきちぎろうとする、真下からの風に逆らって、アキナが声をはりあげた。

「あんたたち、あたしと手を組みなさい。そうすれば助けてあげる！」

「……秋那ちゃん！　あんた、ほんまに……っ？」

アーマリアの問いかけに、秋那が笑う。獅子のような笑みで。そして、臣下を叱る直前の、王者の風格をただよわせて告げる。

「アキナさまって呼ぶように言わなかった？」

空中を落下しながら、優雅な動作で、右手をアーマリアに突き出す。指差している？　いや違う。柔らかに曲げられた指。彼女は、接吻を待っている。忠誠の誓いを。

「本当にきみは、雨堂くんに太古の記憶をよみがえらせるため、彼の母上を死なせたのかね」

浮雲の言葉が割って入った。空中で身をひねり、彼はアーマリアの腕をつかんで、自分のもとに引き寄せた。混乱しきった表情の少女は、なすがまま、恋人の胸にすがった。そのアーマリアを、シールディアが抱きしめる。

「もう、どうでもいいよ」

盾哉は言葉をほうりなげた。

両手をポケットにつっこみ、背を丸めた姿勢のまま、彼は落ちている。

「雨堂くん……！」

叱責するような浮雲の声に、

「どうでもいいんだよ」

その、本当に投げやりな言葉に、アーマリアが、哀しげな表情を向けた。

「晴恋菜ちゃんが待ってるよ。あの子はまだ、きっと待ってる」

盾哉が、顔をそむけたその刹那《せつな》。

風が、止まった。

この風は、落下する勢いによって生じるもの。それが止まるということは。

「なに⁉　これって、この重力軽減は、月の⁉　でも、あたし以外に誰が？」

「晴恋菜ちゃん⁈」

アキナの疑問に、アーマリアが答えた。

盾哉が、くるんと、その身をひるがえした。落下しつつ、アキナに正対する。彼の険しい視線を受け止めて、アキナがふっと口もとをゆるめた。

「他には考えようもないわね。単なるカグヤの仮面人格だと思っていたけど。そちらを肉体に残したか。カナカが、両方を生き残らせるために、あの魔法儀式をやったってことじゃないの。……ふうん、あのかりそめの人格がどこかに残ってんなら……」

アキナは、思慮深い大人の顔を作った。

「もう一度提案する。お前たち、あたしと手を組め」

それを聞いた盾哉が、空中でみがまえようとする。バランスがとれない。

「よしたまえ。武器を失ったいま、争っても互いにダメージを負うだけだ。地面にたどりつくまで、話を聞こう」

「ちょ、うっきーっ？」

とがめるように見上げたアーマリアと、浮雲は目をあわせない。

「話を聞く？　いまさら話すことがあるの？　当面、共通の敵はカグヤ。あれは〈月帝姫《ルナエンプレス》〉の枠を越えていたわ。あんなだとは思わなかった。あいつを排除しないといけないのは、そちらも同じはずよ」

アキナの言葉に、浮雲は首を左右にふった。

「こっちは、わからんことだらけでござってな。そもそも、〈月帝姫《ルナエンプレス》〉とはなんなのだ？」

「それは――」

アキナが、語り始める。

太古の昔。世界には魔法が満ちていた。人は誰もが超常の力をふるっていたし、邪悪な思念から生まれるゴーストとの終わりなき戦いが続いていた。

その時代には、現在では奇跡と呼ばれる事例がありふれていた。月は緑に覆われており、そこには多くの人々が暮らしていたのだ。だが、魔法がなければ、月は岩石球に戻ってしまう。地球はそんなことは起きない。不安

からか、月と地球の関係は、姉妹星でありながら常に不安定だった。そして、数世代に一人、月には〈月帝姫《ルナエンプレス》〉が生まれるようになった。

「あたしたちは、月の民を率いて、地球を支配するために生まれた。最初のあたしとの戦いは、いろんな神話での世界の終わりの原型になったみたいね。ラグナロクだのハルマゲドンだの。オロチは、その時に、月の全力を結集して創造方が発明された、最終決戦兵器」

地球を一巻きにして、破壊寸前まで追いこんだという。

その時の記憶が、あらゆるドラゴン伝承の源になった。いや、もちろん魔法が存在した当時には、多くのドラゴンが大地を闊歩《かっぽ》し、空を舞っていたのであろう。だが、ミドガルドヘビやマルドゥク、テュポーンといった、世界を滅ぼす災厄の龍は、オロチが元になった魔術兵器だ。

後年も、フェンリルや平氏《へいし》の四霊など、オロチに源を持つ魔術兵器は生み出され続けた。

「だけど、月にあたしたちが生まれると同時に、地球にはいまいましい嵐獅丸たちが誕生したっていうわけよ」

天空を味方につけ、空からふりそそぐ超常の源《みなもと》、詠唱銀《えいしょうぎん》を操る者。〈嵐の王《ストームブリンガー》〉の頂点は、代々、嵐獅丸の名を受け継いだ。

月と地球、それぞれの代表者が、死力を尽くして戦う数万年の歴史が、幕を開けたのである。

アキナを撃退した初代嵐獅丸は、ギルガメシュやスサノオといった、神話の英雄の原型となった。

戦いが終わらなかった一つの原因は〈月帝姫《ルナエンプレス》〉たちが、不死の肉体を持っていたためだ。殺されない指揮者がいる限り、月の民は熱狂し、決して退かない。だが、死にはしないものの、通常の活動が続けられる時期は限られている。ほんの数年。〈月帝姫《ルナエンプレス》〉が眠りにつくと、月の民の熱狂もおさまる。

数世代に一人あらわれ、眠る先代たちから知恵を授かり、狂乱した民を引き連れて、彼女たちは幾度も地球に戦いを挑んだ。

一方、嵐獅丸には、そのような不死の肉体はなかった。戦いの間は、詠唱銀を浴び続けることで、どんな負傷も癒すことができる。命そのものを讃え、配下をふるいたたせることもできた。しかし、老衰や病いには勝てない。

ただ、最も血の濃い子孫に、戦いの記憶を引き継がせることが可能だった。月の民が押し寄せるたびに、追いつめられることによって、記憶が目覚め、その者が嵐獅丸の名を受け継ぐ。


アキナがそこまで語ったところで、彼らは、大地におりたった。鎌倉市を少し離れた、山のふもとだ。

木々の合間に広がった、ごく狭い緑の空間。一夜の激戦など、まるで悪夢にすぎなかったかのように、平穏な森の中だ。鳥が、どこかで鳴いている。

「まだ続けんのか」

着地して、そのまま、盾哉はどさりと腰をおろした。足を前に投げ出し、軽く曲げた姿勢で、背を曲げ、うわめづかいに全員を見回す。

その盾哉から右斜め前に数歩。浮雲とラルカンスィエル姉妹がおりたった。

浮雲は、腕組みをし、足を軽く開いて立っている。だが腕組みをほどく動作は、そのまま攻撃につながることを、盾哉は知っている。

彼の右手にアーマリア、左手にシールディアがいる。それぞれ鞭と細剣をかまえていた。

盾哉から左斜め前に数歩の位置。アキナたちがおりたった。アキナは、みがまえもしていない。

「続けんのか」

盾哉が、ふたたび吐き捨てる。

「……ああ、もう少し聞きたいことがある」

浮雲が、軽くうなずいた。アーマリアは不服そうだ。

「あんたが聞くっていうなら、あたしは話すわよ」

アキナが、盾哉に、ちらりと視線を投げた。

「好きにしろ」

うつむいてしまった盾哉を見て、アキナが小さく肩をすくめた。

「……戦いに終止符が打たれたのが、カグヤの時代」

アキナは、言葉を続けた。

カグヤは、数千世代の〈月帝姫《ルナエンプレス》〉たちが、戦いを終わらせるべく力をそそいで産みだした、はじめての「意図して産みだされた」〈月帝姫《ルナエンプレス》〉であった。

ところが、そのカグヤが、嵐獅丸と恋に落ちたのだ。

アキナもその詳細な経緯はわからない。

盾哉は、断片的な記憶をよみがえらせたが、もちろん口に出しはしなかった。

それまでの〈月帝姫《ルナエンプレス》〉は、活動期の終焉《しゅうえん》を迎えて、月に戻ってから眠りについた。

だが、カグヤは、月に戻らなかった。いずこへともなく、姿を消したのだ。カグヤ以降、月に〈月帝姫《ルナエンプレス》〉は生まれなくなった。嵐獅丸は記憶を受け継ぎ、ときおり存在が囁《ささや》かれる、月の五つのメガリスを封じ続けた。

「そして、カグヤが封じられて数百年。月は、あの娘と、そして一緒に消えた、五つのメガリスを探し続けたのよ。でも、その途中……〈世界結界〉が作られた」

それは世界から魔法を打ち消すための、巨大な儀式魔術であった。超常の源である詠唱銀を、世界から放逐するための魔術だ。これによって、人類は、永劫《えいごう》に続く戦いから、ようやく解放された。だが、失われたものも多い。魔法に支えられていた命は、ほとんどがその力を失い、眠りについた。

「……だが、あなたは、こうして起きている。二重に不思議なことではござらんか？〈月帝姫《ルナエンプレス》〉は不死の肉体ゆえに眠り、月全体は魔法の枯渇《こかつ》ゆえに眠っているのでござろう？」

「ちょっとした裏技があってね」

代償は不死を捨てること……そんなことは決して口にはしないけれど。

「肉体は寝てても、心は起きてるの。そうじゃなきゃ、そもそもカグヤを生み出せないもの。あとはちょっと手助けをね」

「手助け？」

「月にはいろいろな居候《いそうろう》もいるってこと」

アーマリアが問い詰めようとしても、アキナはさらりと受け流してしまった。

「あたしは、月を元に戻したくて、こうして出てきた。そのために〈世界結界《けっかい》〉を破壊しなきゃいけない」

「オロチが暴れれば、世界に魔法が戻るとでも？」

「大雑把《おおざっぱ》に言えばね。世界に不思議があることを、人に刻みこむいちばん効率のいい手段は恐怖だから。そのために、あたしは十数年前に地上にやってきた。そして、何百年も、ずっとカグヤを探してたあいつらと出会ったわけ」

カナカと刃弥彦のことだろう。

「さて、それでどうしてたか、っていうと」

「……聞きたくないな」

盾哉が、背を丸めて、顔だけをあげて言った。

表情にこめられているのは、ほとんど殺意そのものだ。

「こらえてくれ、雨堂くん。……カグヤを倒すには、確かに手を組む必要がありそうでござる」

「浮雲くんっ?!」

アーマリアとシールディアが、浮雲を左右から愕然《がくぜん》として見た。呼びかけが変わっている。

「こやつは、緑の月を取り戻したいと言う。されど、あのカグヤは、おそらく月も地球も好き放題に荒らすだろう。……食い止めるのには、力が必要なのだ」

熱に浮かされたような、浮雲の呟《つぶや》きであった。

「あたしの目的は、本当に月の復活。カグヤを止めたら、あらためてあんたたちと戦うことになるけど。それまでは休戦よ。じゅんくんも、それでいいでしょ？」

そう言い放った時、アキナは、盾哉が知っている秋那の表情に戻っていた。

「……カグヤを止めるまでは、休戦……や」

アーマリアがそう言ってしまったのは、その表情にほだされたせいかもしれない。しかし、盾哉の反応は、違っていた。

「あんたたちは好きにすればいい」

彼は、無造作に立ち上がり、くるりと背を向けた。

「オレも好きにする」

盾哉は、歩き出した。

誰も、追いすがる気配はなかった。

3.

「まず目指すべきは……」

アキナの声が、夜明けの森に響いた。

行く手に、特徴のあるシルエットが見えてきた。日本に生まれ育って、その形が意味するものを理解できない、ということはまずあるまい。

……富士山、なのね。

と、晴恋菜《せれな》は理解した。それが、燕の子安貝の目指す地なのだ。

カグヤという人格への畏れは、いまの晴恋菜の中では、かなり薄くなっている。分割されて、自分が存在し続けていられたという、その事実のおかげだ。

冷静に、自分の中になお残された記憶の欠片を探り、魔術感覚で周囲のようすを見てとり、そして推理した。

竹取物語で、かぐや姫が求めた五つの宝物。その最後の一つが、いまだ姿をあらわしていない。カグヤが目指しているのは、その〈仏《ほとけ》の御《み》石《いし》の鉢《はち》〉だ。

それがそろった時、カグヤは、オロチを本格的に創造するだろう。

カナカが切り離してくれたはずのカグヤだが、いまもなお、晴恋菜には、そのカグヤとのわずかなつながりが残っている。

だから、彼女が抱く感情がわかった。

カグヤは、とても楽しそうだ。

なにもかも、ぶち壊せるという、間近な、そして確実な未来が、彼女をうきうきさせている。

カグヤが、その魔力を全力で発揮すれば、オロチ百八体を同時に顕現《けんげん》できる。その豪語はウソではない。そして、彼女は、破壊欲以外の欲望を、ほとんど持っていない。そう生まれた。〈月帝姫《ルナエンプレス》〉としての存在をきわめたことによって、必然としてそうなってしまったのだ。

なんとかしなければ。

晴恋菜は、強くそう願った。だが、具体的な手段はまるで思いつかない。

肉体の中に、いまだ晴恋菜の意識はあるが、つながってはいないのだ。肉体そのものは、眠ったままである。

いずれ、ここにカグヤが戻ってくる。そうなれば、肉体はカグヤが支配するだろう。

それまでに何ができるか。くじけそうになる彼女の心を支えるのは、一人の少年の面影《おもかげ》……。

その面影のあるじは、崩壊した街角で、憮然《ぶぜん》と立ち尽くしていた。

徒歩での移動は、なれている。盾哉は、さほどの時を経ずして、鎌倉に戻った。

朝日は完全にのぼりきっている。

夜の明けたばかりの時刻にしては、通りは人が多い。

彼らの歩調は、三種類に分かれている。

呆然《ぼうぜん》と、とぼとぼと歩く者たち。

急ぎ足で駆けてゆく者たち。

要救助者と救助者という二種類が、まずいる。それが、通りをゆく人数を増やしている原因だ。

最後の一種類は、ふだんとまったく変わらぬ人々。

カバンを手に、スーツ姿で駅へ向かうサラリーマンであり、朝練か何かで早めに学校へ向かう生徒であり、ウォーキングに精を出す老人であり。

つまり、昨夜のあの騒ぎを、まったく認識していない人々が、数多く存在するのだった。

「あの……すいません」

その三種類の、どれとも違う盾哉に、声をかけてきた人物がいる。二十代なかばほどの、気の弱そうな男性だった。盾哉が、いつもの目つきの悪さを維持したまま見返すと、男性は、いささかひるんだようすだった。彼は、自分の背後を指差《ゆびさ》しながら、おずおずと口を開いた。

「……ここに、ビルがあったと思うんですが……ご存知ありませんか？」

盾哉は、ちらりと視線を投げかけた。

そこに広がっているのは、空白だった。もはや廃墟や残骸とすら呼べない、ただの空白がそこにある。学校の1つくらいは、すっぽりおさまりそうな空き地だ。

盾哉は、男性の問いに返事をせず、あわせていた視線をそらして、歩き出した。

「……うちの会社。どうなったんだっけ」

男性は追いすがってはこなかった。ただ空白を見つめたまま、ぶつぶつと呟き続けている。

「……そうか……もうなかったんだよな。ええと、オレの会社は火事でなくなった」

男性の声が変わっていった。なかば眠っているような、うつろな声になり。

「はやく再就職の口を探しにいかなきゃ！」

男性は声をはりあげた。いささか不自然な、自分に言い聞かせるような口調だった。大またの足音が近づいてきて、そして盾哉を追い越していった。

「これが……〈世界結界〉か？」

世界の人々に、超常の現象と存在を認識させなくなっているという、巨大な魔術。

魔法を包み隠す魔法。だが、いかに〈世界結界〉という魔術が強力なものだったとしても、これほどの被害を、街に刻まれた傷跡《きずあと》を、なかったことにできるのだろうか。人々の意識を、完全に消しきれるものか。

盾哉は、指先をぴんと伸ばした。じじっと、小さな音がして、そこから小さな火花がほとばしった。

「えっ？」

盾哉とすれ違おうとしていたＯＬが、かすかな声をあげた。盾哉が、そちらを見ると、彼女は顔を蒼ざめさせて、急ぎ足で立ち去った。睨みつけられた、とでも思ったのだろう。

去りゆくＯＬの背から目をそらしつつ、盾哉は、背筋があわだつのを感じていた。

彼女は、あの平凡そうなＯＬは、確かに、盾哉が創りだした小さな稲妻《いなずま》を見たのだ。常人であれば、決して見えないはずのものを。いや、そもそも、衆人環視の中で、魔法が働くはずはないというのに。

連綿と受け継がれてきた、嵐獅丸の記憶が、盾哉に〈世界結界〉の知識を与えてくれる。

盾哉は、足を止めた。

完全につぶされた家がある。そのかたわらで、呆然と座りこんでいる中年の男女がいる。倒れた柱を持ち上げようとしている、高校生くらいの少年たちがいる。

そして、そのかたわらを、無関心に行き過ぎる、出勤途中のたくましい青年がいる。

どこからどこまでが〈世界結界〉の仕業《しわざ》なのだろう。

手伝ってやれとささやく自分が、心のどこかにいる。

けれども、盾哉の肉体は、その指令に従わない。

えいやっと声をかけて、少年たちが柱をほうりだした。

「……無事だ！」

「生きてるぞ！」

声をかけあって、柱の下にあった大きな隙間《すきま》から、真っ黒なかたまりをひきずりだす。泥と埃で汚れて、そうとしか見えない、子供の姿。

呆然としていた中年の男女が、互いに顔を見合わせ、はじかれたように立ち上がって、走りよった。咆哮と聞き間違えそうな、大きな叫びをあげて。

盾哉は、その光景を、ただ見つめていた。

子供と、その父母と、子供を救った少年たちと。

彼らは、何かでつながっているだろうか？

よく見えない。

盾哉は、空に視線を向けた。きらきらとした無数の糸が、かぎりなくはりめぐらされているのが見えた。

誰かと誰か、何かと何かをつなぐ、運命の糸。世界は、魔法で満ちている。たとえ、人の目はふさがっていても、さまざまな魔法が、いろいろなものをつなげている。

自分は、どこかとつながっているのだろうか。

盾哉は、むしょうにいらだたしくなった。何もかも壊してやりたくなった。

空へ手をさしのべる。無限とも思えるほどに重なりあう糸だけれど、物理的な存在ではないゆえ、視界をさえぎることもない。

光さえ触れえぬ糸に、盾哉は手を伸ばす。

いっそ、ひきちぎってやることはできないのかと。

声は、ブレーキ音と同時に聞こえた。

「雨堂くん！　無事だったのかね！」

盾哉はふりかえった。

軽自動車だ。その運転席側の窓ガラスがおりて、見知った顔がのぞいていた。

田中雄大《たなかゆうだい》だ。口元は安堵《あんど》にほころび、目には盾哉の心身を案じて覗《のぞ》きこむ光があり、そしてその手は、盾哉にさしのべられている。盾哉は、一歩、退いた。ただ傷つけるだけの自分に、大きくがっしりとしたその手にすがる資格はないと思ったから。

けれどそれは、償《つぐな》いから逃げだすことの裏返し。

走り出してしまいそうになった盾哉の足を止めたのは、車のドアが開く音だ。

助手席から、田中雄大の妻、愛子があらわれる。一瞬、立ち去ることを躊躇《ちゅうちょ》した盾哉は、彼女に肘《ひじ》を掴《つか》まれた。

「怪我《けが》はしてないみたいね……？」

きづかわしげに、彼女は言った。

汚れた頬、破れた袖《そで》に、彼女の指先が触れる。落ち着いた、大人の女性のぬくもりが、盾哉に伝わった。

盾哉は、母をろくに覚えていない。だからだろうか、こんな風に触れられると動けなくなってしまう。

田中雄大も、車をおりてきた。

「雨堂くん、ここで会えてよかった。じつは、きみを探している人を……」

彼が言うのに続いて、後部座席にいた人物もおりてきた。田中雄大より、さらによく見知った顔が、盾哉の前にあらわれる。

「……父さん」

雨堂槍哉《うどうそうや》。盾哉の父だ。幼いころから、盾哉に、戦うすべを叩きこんだ男。

槍哉の見た目から、そのふるまいを予測することは、誰にもできなかったろう。体格は、盾哉に似ている。さすがに盾哉よりは10センチばかり背が高いが、体格も姿勢も似ている。顔立ちにも共通点が多い。

盾哉の髪は逆立っているが、槍哉の髪はオールバック。

無言で無表情なまま、父が、盾哉の前に立った。盾哉は、父を見上げた。いつもの冷たい瞳だ。盾哉の隙を探している目。それを真っ向から受け止めて、盾哉が立つ。

父と子の間に流れる、奇妙な空気を察したのだろう。愛子が、盾哉から手を離して、一歩離れた。盾哉が動けるようになる。そして口を開いた。父に向かって。警戒をこめた口調で。

「どうして……？　どうして、ここにいる？」

「きみを心配して、探しに来られたんだよ。どうやら、刃《は》弥彦《やひこ》さんが連絡をとっておられたみたいで……」

あの裏切り者が？　父の代わりに、田中雄大が答えてくれたその言葉が、盾哉を考えこませた。刃弥彦の思惑がいったいなんだったのか。そこに意識が向かう。

盾哉は、父から目をそらした。

その瞬間、首筋にひやりとする感覚。

『……しまったっ！』

跳《と》んだ。

間に合った。

父の手刀が、盾哉の首があった空間を薙《な》いでいった。タイミング、角度、パワー、全てそろっている。柔軟な筋肉に守られている頚骨《けいこつ》でさえも、充分に砕きうる一撃。

「雨堂さんっ?!」

田中夫妻が、驚愕《きょうがく》の叫びをあげる。その声が発しはじめられてから終わるまでの刹那《せつな》に、さらに数撃の攻防があった。どんという音と一緒に、盾哉を吹き飛ばしたのは、槍哉がはなった平凡な前蹴《まえげ》りだ。型こそ平凡だが、威力は、並みの格闘家なら内臓破裂に至るほどだった。

だが、盾哉は、1メートルほど後方に跳んで、その威力を受け流した。腹にくっきりとついた靴跡だけが、攻防の証明だ。

「いくらかは成長したか」

槍哉が、ぽつりと言った。

「雨堂さん、あなた……」

愛子が、槍哉に向かって手を伸ばした。

「ダメだ！」

警告と一緒に、盾哉は不用意に飛びこんでいた。もちろん、槍哉は、愛子を盾にした。これまでずっと盾哉にそう教えていたように、使えるものは全て使う。

突き出された盾哉の拳に向かって、愛子を突き飛ばす。

父の目論見では、盾哉は、彼女を避けようとしてバランスを崩し、つけいる隙を見せるはずだった。

ほんの数日前の盾哉ならそうなっていただろう。いや、昨日でも、そうなっていたかもしれない。

たとえ、詠唱銀があふれていなくとも。

魔法が、その身に満たされていなくても。

ほんの一日足らずの経験が、盾哉を成長させていた。いや、その能力は、とっくに彼にそなわっていたのだ。足りなかったのは覚悟。自分のすべてを使いきる覚悟。

だからこそ一瞬でそれはなしとげられる。

盾哉は、少年。

すなわち、わずかなきっかけで目覚め、これまでの自分をぬぎすて、新たな自分になれる年頃。かくあるべきという観念を、自分についても、そして世界についても、柔軟に確信しうる年齢なのだ。

だから、盾哉は、父にまさった。

まるで、愛子の身体をすりぬけたかのように、盾哉と父の間合いが詰まっていた。手足をふるう余地すらないような距離。

コンパクトに折りたたまれた肘が、父の鼻をかすめた。


血しぶきが散る。槍哉の鼻骨が明らかに折れていた。あの重い前蹴りで盾哉から距離をとった父が、歪んだ鼻を、ぐぎりと音を立てて元に戻す。

「甘いな。いまので、私の顔面を陥没《かんぼつ》させられないから……勝機を逃す！」

父の上着がひるがえった。車までさがって、かなりのサイズのケースをとりだした。そこから何が出てくるか、盾哉にはわかっている。盾哉は、愛子をいったん引き寄せ、そして田中雄大に向かって突き飛ばした。

盾哉と槍哉の攻防は早い。田中夫妻は、彼ら父子が何をしているのか、いまだに把握できないでいる。それでも、割りこむべきでないことだけは理解したに違いない。田中雄大は、盾哉のところへ行こうとした妻を捕まえ、ひきさがった。

父と子だけの空間ができる。

その時にはもう、槍哉の手元には武器があらわれていた。古風な弦楽器だ。黒檀《こくたん》と、それからよくわからない樹木の胴部は、古代から雨堂家に伝わっているものだという。それに、ところどころ現代の部品が組みこまれている。弦は、いまどきのもの。

かかえられるサイズの琴のようでもあるが、持ちやすいように片方が細くなっており、くびれたシルエットは、琵琶かマンドリンのようでもある。だが、太いほうの先端には、厚い金属の刃が組みこまれていた。

現代の形にすれば、斧刃《おのは》のついたギター、スラッシュギターとでもいうべきしろものだ。

だが、父はこう呼んでいる。〈天の沼琴《アマノヌゴト》〉と。滅多に本など読まない盾哉が、ふと手にした日本神話で、それが嵐の神が愛用した楽器だと記されていて、驚いた記憶がある。

いまの盾哉には、また別の記憶もある。

遠い遠い昔、とある〈嵐の王《ストームブリンガー》〉がそれを手にしていた記憶。愛した妻に、それを弾き聞かせていた記憶。彼の名はスサノヲ――。

父が〈天の沼琴〉をかまえた。

「後はないぞ、盾哉……。また入院したくなければ、受け止めてみせろ」

無表情、無感動。だが、瞳だけはぎらぎらと光らせて。あの目で見られた後、幾度、打ち据えられて重傷を負ってきたことか。

次に、槍哉が何を言うかも、盾哉にはわかっている。

「お前は戦う力を持たねばならん。お前は戦わねばならん。お前は強くなるのだ」

幼いころから、何回も何十回も何百回も、何千回も聞かされてきた言葉。

そのたびに、盾哉は、だまってうなずいてきた。

けれど今日は、はじめて、盾哉は、父に問いかけた。

「なんのために?」

答えがあるとは思っていなかった。だが、あった。

「雨堂家は、嵐の王《ストームブリンガー》だ。人々を守るために戦う」

けれど、答えた槍哉の目に、守るべき人々の姿が映っているのだろうか。血走った父の瞳に、盾哉が見たのは、妄執《もうしゅう》だけだ。それが、雨堂の血だというのか。

力を――。

求めて――。

その目を、ほんの数時間前にも見た。頼りになる先輩だと感じはじめていた若者の目。もはや少年ではなくなっていた、青年の目。そして、妄執の輝きがあるべき、もう一人の男の目に、とっくに大人になっているはずの男の瞳に、そのぎらつきが見えなかったことも。

あの男が――刃弥彦がなぜ槍哉を呼んでいたのか。

わかった気がした。

「ぼうっとしているな!」

父の怒声。その時にはもう、間合いが詰《つ》まっていた。

「明日などないと思え！」

いつもの言葉。このセリフをはなった時の、父の斬撃を、盾哉はかわせたことがない。それでも、最大で二ヶ月の入院ですんでいたのだから、かなりの手加減をされていたのだと思う。殺さないようにしていたのだから。

けれど、今日のは違っていた。

これまで受けたどの攻撃よりも、容赦《ようしゃ》がなかった。父は、本気で盾哉を殺そうとしているように思えた。

だから、盾哉も、覚悟を決めた。

受け止める。父の一撃を。父の願いを。

「強く……なってやる‼」

素手であっても、盾哉の気魄《きはく》は、父に勝っていたのだ。たとえ〈天の沼琴〉を使っていても、槍哉は、盾哉に及ばなかった。はじきかえす。くるくると〈天の沼琴〉が宙に舞い上がる。

「……なに?!」

父の、全面ががらあきになっている。そこに、盾哉は、全身全霊をこめて、拳をくりだした。なんの細工もない、真正面からのパンチ。それが、父の頬にめりこむ。

「守ってやる！　オレが嵐の王《ストームブリンガー》だ！」

叫びがまず届いたのだろう。父の瞳が大きく見開かれた。そこにあったのは、息子に乗り越えられたことを知った父が抱く、相反する二つの感情。誇《ほこ》りと寂しさだ。

そして、次の瞬間に、槍哉の意識は断ち切られた。かくんと膝が折れ、そのまま地面に倒れこむ。それとほぼ同時に〈天の沼琴〉が落ちてきた。すとんと、盾哉の手におさまる。

弦が激しく震え出した。中央にはめこまれた、円形の紋様が、高速で回転している。にもかかわらず、音はなく、盾哉の手にふるえは伝わってこない。

「雨堂くん……きみたち、父子は……」

問いかけようとして、途中で、田中雄大は言葉を切った。そして、気がついた。

盾哉は、田中雄大に顔を向けている。そして、その背筋は、まっすぐにのびている。

田中雄大は、口にしようとした質問を、自ら出した答えに変えた。

「どうやら、きみは、卒業したようだ。お父さんの教育を。おめでとう」

田中雄大が、右手をさしだした。まるで卒業証書をもらうように、盾哉が、その手を握りしめる。

かたわらで、田中愛子は、まったく理解できないという顔で呆れ、とりあえず雨堂槍哉のようすを見た。

「軽い脳震盪ね。病院には連れていったほうがいいけれど……あなたは、一緒にはこれない、わね」

愛子が、盾哉を見上げて、ため息をついた。

「何があったのかは、あとで聞かせてもらえるね？　それから、それも調べさせて欲しい」

田中雄大は、盾哉の手元に視線を落とした。〈天の沼琴〉は、槍哉の手にあったときより、はるかに精気を感じさせる。ぎごちなくつなぎあわされていただけの、現代と古代の部品がなめらかにつながりあっているようだ。

「こいつも目が覚めたようです。眠っていた能力を、俺に貸してくれるって」

田中雄大はうなずいた。盾哉の言葉の意味が、本当に理解できたわけではない。だが、疑う必要もなかった。

「矛城くんたちを、頼むよ」

なぜ、盾哉がここに一人でいたのか。道をとぼとぼ歩く彼を見つけた時には、そのまとった空気から、いやな想像しかできなかったものだ。

なのに、ほんの数分で、少年は、田中雄大に、こんな言葉を口にさせるように、変わった。


だが、盾哉はまだ大人ではない。

少年だ。まだまだ変わる。囚われることなく、まだ伸びる。まだ透き通っている。

全てをまぜあわせれば、真っ白に輝くか、真っ黒によどむか、どちらかだと、そう考えられている。

だが、心は時に、ひたすらに澄むこともあるのだ。

深い湖のような瞳が、田中雄大を映している。大いなる嵐は、乾ききった砂漠を、たった一夜で、潤いと恵みの湖に変えることもあるのだ。

「田中先生」

盾哉は、これまでの彼とまるで違う、落ち着いた声音で言った。

「かぐや姫が、何かをどこかに隠したとしたら……」

「富士山だ」

間髪をいれずに、田中雄大は答えた。

「あそこしかない。富士山だ」

盾哉はうなずいた。同時に〈天の沼琴〉が、その震えを極限まで高める――。

ふっと、盾哉の姿が消えた。

その太古の楽器に秘められた魔術が、少年を望む場所に運んだのだ。

彼を見送って、田中雄大と田中愛子が、互いの手をのばし、よろめきかけた体を支えあった。

ぽつりと、田中雄大が呟いた。

「魔法は存在したのだな」

「……ええ、魔法は実在したのよ」

長年、追い求めてきた真実に手が届いた今、二人の研究者の表情は、畏怖《いふ》と苦《にが》さをたたえて、こわばっていた。

超常の実在。

それが告げる、恐ろしい未来を予測して。

だが、盾哉を見送った瞳には、その未来を似合う若き世代への希望がある。そして、とりあった手には、彼ら新世代を支える決意が、強く強く握りしめられていた。

そして、二人の組み合わさった手の上に、一滴の雨が落ちた。あたたかく、力強い雨が。

第十八章　仏の御石は祈りを砕く

1.

富士山。

日本の象徴《しょうちょう》ともいうべき霊峰《れいほう》である。

この美しいシルエットを持った、日本列島で最も高い山が〈霊峰〉と呼ばれるのには、忘れられた理由がある。忘れてしまった、のではない。

無理やりに忘却された理由が、あるのだ。

「ここは、この島国の霊力を集めるのにちょうどよいのだ。それがゆえに、さまざまな魔と神とが、互いを知らずに身をひそめておる」

刃弥彦のかたわらにたたずみ、カグヤが言った。そのきらめく髪は3メートルほどもの長さに伸びて、四方八方に広がっている。彼女の髪が、ダイレクトに魔術飛行《まじゅつひこう》要塞《ようさい》〈燕《つばめ》の子安貝《こやすがい》〉の要所につながり、全体をコントロールしているのだ。

カグヤの姿は、半透明である。

月帝姫《ルナエンプレス》の始祖であるアキナも、しばしば見せた、幽体《ゆうたい》分離《ぶんり》の秘術だ。

これを使うとき、月帝姫《ルナエンプレス》たちは、彼女ら自身が考える『最も自分らしい姿』をとる。

長い髪はともかく、刃弥彦を越える長身と、それにふさわしく豊かな胸とくびれた腰、長すぎるほどの美しい脚、幾重《いくえ》にも重ねた魔術衣も、それを覆い隠すことがない。

たぶん、彼女が愛した嵐獅丸と、幾度となく戦ったときに、カグヤがとっていた姿、なのだろう。

だろう――推測しかできない、そんなおのれこそが、刃弥彦が憎悪する対象だ。嵐獅丸の血族として生まれ、ついに嵐獅丸の力も記憶も得ることがかなわなかった。

それゆえにカナカと出会った時、彼は、カグヤの探索と復活に手を貸すことにしたのだ。

月帝姫《ルナエンプレス》は滅びない。

殺せない相手だから、当時の地球の当時の地球の魔術師たちは、カグヤに呪いをかけて封印をほどこした。彼女を、赤ん坊に返して、彼女の武器でもあった、巨大な竹の中で眠りにつかせたのだ。

七百年の長きにわたる、魔術を忘却しきった時代を経て、言い伝えは、まったく逆転してしまった。

かぐや姫は、赤ん坊として光る竹から生まれたのではない。赤ん坊にされて、光る竹に封じられたのだ。

もともと不死であったものに、さらなる不死と不老をも与えた、その大魔術儀式の舞台となったのが、この山だ。霊力を受信し、増幅するアンテナとして、日本列島が生まれた時からそびえている、この山。かぐやたち、月の軍勢最後の拠点でもあった、この山だ。だからこそ、この地は『不死の山』と呼ばれたのである。

「そういえば……かつて我らと共闘した妖狐《ようこ》どもが、このあたりに隠れ里を築いているはずじゃが。やつらも、さぞかし驚いておるじゃろうのう。一段落したら、我らのもとに迎えてやるのもよいかもしれぬ」

カグヤの髪の一本に、きらめくかすかな光が走った。それに呼応して、足もとがスクリーンに変わって、真下の光景が映し出された。宙に浮かんでいるようだ。

樹海と呼ばれる深い森が広がっている。

「さて、どうでしょう？　土蜘蛛《つちぐも》や妖狐、人狼といった異界からの来訪者は〈世界結界〉によって、著しく力を失いました。はたして生き延びておりますかどうか」

「魔術と超常が戻ってくるのだ。問題ない」

カグヤの髪の一本に、きらめく光が走った。

刃弥彦のはるか足下に、巨大な龍の首があらわれる。

カグヤが、オロチをふたたび顕現《けんげん》させたのだ。

頭部だけでも十数メートルある龍が、一軒家を二つ三つまとめて噛み砕けそうな顎を、大きく開いた。そこから、強烈な炎がほとばしる。

たったいま、かつての味方がいるかもしれぬと言った樹海を、強烈なエネルギーがなぎはらった。オロチの頭部そのものが、火炎のブレスと化したのだ。

「……」

さすがに刃弥彦が、絶句する。

「破壊すればよい。無視できぬほどの破壊で、世界はかくあるものだという確信をも壊してしまえば、詠唱銀は大いなる雨となってふりそそぎ、この世に妖狐たちも戻ってこれよう」

「……いまので、滅びていなければ、ですが」

唾をごくりと飲みこんで、刃弥彦は言った。その一言で、あるいは処断されるかもしれないという覚悟はしていたが、カグヤは、からからと笑った。

「おまえは面白いな。さすが、月と地球、双方の血をひくだけのことはある」

「……はい」

それを言うならば、カグヤと戦った以降の、歴代の嵐獅丸はみなそうだ。カグヤを喪った後、嵐獅丸は、その妹との間に、子をなして〈嵐の王《ストームブリンガー》〉の長としての血筋を後世に伝えた。それがどのような経緯を経てのことだったのか……あの少年なら『覚《おぼ》えて』いるのかもしれない。

だが、刃弥彦は知らない。

カナカは、彼の遠い遠い母は、ついに語ることはなかった。もはや、世界のどこにも、彼の長年のパートナーの気配はない。カナカは、その肉体も精神も滅びた。

その目的までも滅びるのかどうかは、これからの刃弥彦の行動にかかっている。

カナカと刃弥彦の目的は異なっていた。いま、それを引き継いでやるべきか。

「……ああ、やはり短時間しかもたぬな」

カグヤの言葉が、刃弥彦の思考を破った。せっかく形作られたオロチが消滅している。先ほどの攻撃で、維持できなくなったらしい。

「仏の御鉢の石。オロチを形作る魔力源たるメガリス。いったい、富士のどこにありますので？」

刃弥彦は、そう尋ねた。

「ほれ、あそこよ」

カグヤの声とともに、髪一筋に光がきらめく。

今度は、正面の虚空にスクリーンが生じる。そこに映し出されたのは、白い雪に覆われた、富士の山頂だ。

だが、刃弥彦が見慣れた光景とは、ひとつ大きく異なっている。火口から噴煙があがっているのだ。

「私も、常人に比べれば長生きはしてきましたが……富士のあのような光景は、はじめてです」

「昔はいつもああだったぞ」

くすくす笑いをともなう、カグヤの思念。

「我が近づいたことを察して〈仏の御石の鉢〉が、活動を再開したと見える。あれは膨大な超常の力、精気を発するゆえな、命なき大地とて、魔術の活力を得るのだ。揺れるぞ。揺れるぞ。あの山が咆哮するとき、この列島そのものがオロチとなろう」

言葉を連ねるうち、カグヤの思考の調子が、どんどんと歪んでいく。刃弥彦は、こう尋ねてみた。

「あれを……〈仏の御石の鉢〉を取り戻されれば、もはや魔力を満たすのに肉体すら不要になられるのでは？」

いかに強力な魔術師、超常の能力者とはいえ、その力の源は、本来の肉体にある。それを離れて存在しようとすれば、やがて無理が生じる。だが、膨大な魔力の供給源があれば、そのかぎりではない。

「ふん、身体を捨てる気はないぞ、我は」

不機嫌そうに言って、カグヤは、しばらく黙った。そして、ぽつりと続けた。

「あの、かりそめの心は、もう少し身体を眠らせていれば、深みに縮こまってしまうであろうしな」

刃弥彦は、深々と礼をした。

表情を隠すために。そして冷淡な声で、こう応じた。

「そのように仕向けましたゆえ」

けれど、そのじつ、刃弥彦は、確信している。

カグヤの肉体の中にいる、矛城晴恋菜の心が長い眠りの果ても、ずっと生き残り続けるであろうことを。

『我はもはや、カグヤにあらず』

校庭での戦いで、少女は確かにこう言ったのだ。それゆえに、彼は、この数日、少女の人格を封じこめて、肉体をカグヤに明け渡させるために努力してきた。

だが、晴恋菜の人格は、思いのほか強靭《きょうじん》だった。


千四百年と十七年。すごしてきた歳月の重みは比ぶべくもなく、少女の心など、すぐに吹き飛ばされると思っていた。

それにかすかな憐《あわ》れさを思えなかったわけではない。だが、長らく一つの目的だけを追い続けた心は、自分の情をあっさりと断ち切れる狂気をそなえていた。

だが、少女の心は消えなかった。

すごした年月の長さが、心の強さ、この世にあり続ける強さを決めるわけではないのだ。

晴恋菜の心と対峙した数日が、彼女を育てた十数年より濃厚であったように……。

その思いが去来したがゆえに、刃弥彦が頭を下げ続けていた時間は、思いのほか長くなっていたかもしれない。

「これ、刃弥彦《はやひこ》や」

カグヤの声に、わずかな不審の念がまじっていた。そのままであれば、カグヤは、刃弥彦への疑念をはっきりしたものにしていたかもしれない。だが、ちょうどその時、警告音が響いた。カグヤの頭部から外へではなく、外からカグヤに向けて、光が送りこまれる。

それに応じて、虚空のスクリーンがまた新たに生じた。空が映しだされる。遠くに背景となっている風景を見て、刃弥彦は呟いた。

「箱根の方角か」

「……どちらじゃと?」

カグヤが、よくわからぬ、という顔で呟いた。映像の真ん中には、激しく輝く球体が存在している。

「ほほう、そうか、九つめのオロチか」

カグヤは何かに思いあたったらしい。

「アキナどののオロチは八頭というのは嘘。敵をだます戦略で、いずこかに九つめを隠したという噂があった」

それを聞いて、刃弥彦はふと思いだした。

「いまの世のものが箱根と呼ぶ地域に、九頭龍《くずりゅう》神社なるものが存在していると聞いたことがあります。あるいは関係あるのかと」

「どうでもよいわ。そんなこと」

言い出しておいて、カグヤが一蹴する。

「それよりも気にせねばならんのは、燕の子安貝では、アキナどののが作るのオロチの一撃は、防ぎきれぬということじゃな。しかも、あの速度と距離では、激突狙いをかわしようもないぞ」

カグヤのあっさりとした口調に、かえって刃弥彦は愕然《がくぜん》とした。


迫ってくる光球を、スクリーン越しに見つめる。

迫ってくる〈燕の子安貝〉を、スクリーン越しに見つめる。アキナのオロチ内部に作られた空間。そこは操縦席であり、動力源でもあった。

そこにいて、アーマリアは、行く手を見つめている。数十キロの距離が一瞬で詰まってゆく。もうほんのわずかでたどりつく。

——あそこに、晴恋菜ちゃんと刃弥彦さんが、まだおるのやろうか。

見つめ続けながら、アーマリアは、自分が、がたがたと震えているのを感じていた。

震えているのは、恐怖と不安のためばかりではない。彼女の体から、命を支えるエネルギーそのものが、奪われつつあるせいだ。

「よし、あいつはオロチを出してない!」

アーマリアの後方で、アキナが嬉しげに声をあげた。

ムカついた。精神的にも肉体的にも。

身体に由来《ゆらい》する吐き気のほうは、寒気と同じ原因だ。ずっと慣れ親しんできた魔力、それがずるずると引き出され続けているせいである。

心に原因を求めれば、友達を傷つけ、殺した敵の命令に従って、自分の魔力を供出しているこの状況がまずひとつ。そいつが、自分の親友の肉体を滅ぼそうとしているという、間近に迫った現実がもうひとつ。そして何よりも決定的なのは。

「オロチが出ていないということは、こちらを迎撃できないと考えてよいのでござるか？」

決定的なのは、自分が愛している男が、感情をまったく共有してくれないことだ。彼の問いかけは、アキナと同じような、喜びの感覚に満たされている。

「オロチを産むには、時間がかかる。こっちは凝縮してるだけ。形は球だけど、もうオロチだ」

「鎌倉のときは、オロチが体当たりしても、びくともせんかったやんか」

ふりかえって、言葉をたたきつけた。つい嫌味ったらしい口調になってしまう自分自身が、またムカついた。

そんなアーマリアの背を、シールディアが撫でてくれる。

姉のはげましだけが、霊媒士の少女を支えていた。

「あそこに出たのは、本物の十分の一の力もないまがいものよ。全然違うわ」

アキナは、自信たっぷりだ。そのかたわらで、浮雲がうなずいている。何かにとりつかれたような表情。

刃弥彦の目に似ている、と思う。いや、認めたくはないが、アキナやカグヤに、そしてカナカにも。

自分はいま、どんな顔をしているのだろう――。

「アーマ、気をひきしめるでござる。外壁をぶちやぶって飛びこんだら、敵と決戦。カグヤを打ち破らねば、矛城どのは救えぬ」

浮雲の口調は厳しいものだったが、アーマリアは、ぱっと自分の気持ちが晴れてゆくのを感じていた。

晴恋菜を救う――浮雲がそう言ってくれたことで。アキナの案内で、箱根の神社に向かい、そこで太古の儀式の真似事をして、九頭めのオロチとやらを掘り出して。

その間ずっと、浮雲は、力が必要なのだとしか言わなかった。何かを守るためでも救うためでもなく、敵を倒すために。駆《か》けつけてくれた仲間たちは、疲労困憊《ひろうこんぱい》して、いまはあの神社で休んでいる。儀式は、彼らの、超常の能力を、ぎりぎりまでしぼりとったのだ。

アーマリアが、必死で制止しなければ、彼らも連れてきていたかもしれない。戦力として。

だが、いま戦う力を持って、このオロチに乗りこんでいるのは、アーマリアたちだけだ。

もうすぐ〈燕の子安貝〉にたどりつく。

そこでカグヤさえ倒せれば、そうすれば全ては元通りになるだろうか。

無理だ。無理なのはわかっている。だが、元通りにはならなくても、少しでも近づけるために、いまはできることをするしかない。

ここしばらく愛用している鞭を、アーマリアは、しっかりと握り締めた。手に入れてから、まださほどの時もすぎていないのに、もうぼろぼろだ。柄は、手のなかに吸いつくようだった。汗と血が、しみこんでいるからだろうか――。

「ようし！　行くわよおお！」

続いて歓声でもあげそうな調子で、アキナが、九頭めのオロチを加速させた。戦いを前にしての歓喜に、アーマリアは嫌悪感を覚える。だが、いまはそんなことに気をとられている場合では……。

「なんだ！　あれは‼」

浮雲が叫んだ。前方を見つめている。スクリーンに映し出された光景。そこにあるのは、ぐんぐんと近づいてくる〈燕の子安貝〉だが――さらにその向こうから、こちら以上の速度で、空中に浮かぶ魔術要塞に近づいてくるものがある。オレンジに輝く、長大きわまりない巨体。宙をうねり、のたうち、〈燕の子安貝〉へと。いや、そのかたわらを通り過ぎて、アーマリアたちが乗る、九頭めのオロチへ向かう軌道で。

来る。富士山の頂、火口の中から噴きあがったマグマと黒炎が絡み合い形成された、恐ろしい魔獣。

溶岩のオロチが。

「まさか！　カグヤのしわざなの！」

アキナの声に恐怖がまじった。自分たちが優位だと確信していた時の高揚感は吹き飛んでいる。

このオロチは、卵の形で封じておいた、魔術エネルギーの擬似生命体で、乗り物だ。長い時間をかけて作った兵器だから、いまもこうして動かせる。動力源である魔力は、数万年かけてちびちびと溜めてきた。使える時間が限られているから、極限まで縮めて体当たりという戦法を選んだ。〈世界結界〉に阻まれていなければ、アキナの魔力で巨大化もできるものを。

同じ〈世界結界〉の縛りを受けているから、カグヤとて、四つのメガリスの支援を受けても、そう簡単にオロチは作れないと判断していた。

とんでもなく甘い判断だった。カグヤは、そろわぬメガリスと、束縛《そくばく》された魔力のもとでも、これだけのオロチを、簡単に生み出してみせたのだ。

アキナは、あっさりと諦《あきら》めた。

勝てない相手だ。

浮雲たちは、アキナの判断を理解しなかった。

「かわせ！」

浮雲が、オロチのコントロールを奪おうとする。

「無理よ！」

アキナが、何かを操作した。

がくん、と、アーマリアの膝が砕けた。ごっそりと彼女の内側から、魔力が奪われたのだ。

「きさま……何を……」

浮雲の声が、背後から聞こえた。彼も同様らしい。

尋ねる必要はなかった。彼女たちから奪った魔術で、オロチの防御力を、一瞬だけ強めた。そして稼いだ時間で、アキナは逃げた。

三人をほうりだして。

追うのも無理だ。もう、アーマリアの身体は、指一本、動かなかった。倒れこむ。その身体を、シールディアが支えようとする。アーマリアの身体は、姉を通り抜けてしまった。シールディアは、その存在自体が、超常の力によって保持されているのだ。

姉が！　喪われる！　自分のことなら諦めかけていた。けれど、シールディアまで消え去るのは耐えがたい。アーマリアは、膝をついた。手をついた。ぎりぎりで、その身を支えた。

スクリーンを見る。すでに、自分たちが溶岩のオロチに飲み込まれているのを知った。破壊されるのではない。噛み砕かれ、溶かされ、消化されて吸収されるのだ。

あたりに高笑いが響き渡った。声の質は、親友そっくりで、けれど彼女が決してそんなふうには笑わない、そんな嘲《あざけ》りの哄笑《こうしょう》。アーマリアたちの魔力で強化された防壁が、あっさりと破れる。

人の肉体が耐えられるはずのない熱が、あたりに満ちる。せっかく倒れずにはすませたけれど、何をするにも、もう間に合いはしない、そんなタイミングで――。

その時、アーマリアを支えたのは、太くたくましい、いつものぬくもりをたたえた、浮雲の手だった。彼が、一着のエプロンドレスでアーマリアをくるむ。芹と玲香に託された、クラスメイトたちの形見、アリス喫茶のエプロンドレス――。

2.

「……まさか、あんなことができるなんて。カグヤ、本当にあたしより……強い。なのに、どうして！　あたしに従って月に戻る気もないわけ!?」

アキナは、ぜいぜいと荒い息を整えることもせず、周囲の、罪もない木々にあたり散らす。

彼女のオロチは、カグヤが創りだしたオロチに呑みこまれた。あっさりとしたものだった。浮雲《うきぐも》とアーマリアとシールディアから、かき集めた魔力は、ほんの一瞬、押し寄せる溶岩に抗うことしかできなかった。アキナだけが脱出する時間を稼いでくれた。

カグヤの目を少しでもくらますため、わざとオロチの一部を爆散させ、落下にまぎれたから、ぎりぎりまで自然の破片と同じでなくてはならなかった。いや、まずは自由落下より速かった。爆発の加速があったから。激突の寸前で、なんとか速度をゆるめたが、それでもかなりのスピードで地面に激突するはめになった。さしものアキナも、がたがただ。むろん、常人なら死に至るようなダメージを受けても、月帝姫の肉体である。しばらく休めば、蘇生《そせい》可能だ。だが、休む暇はない。彼女を運ぶ者も、守る者も、もういないのだ。この深い森は、〈世界結界《けっかい》〉の影響下にあっても、いにしえの魔法の守りのなごりがあって、なかなかアキナを抜けさせてくれない。

「浮雲にアーマリア、もうちょっと鍛えればいい兵士になったでしょうに。助かったってことはありえないわよね。刃弥彦は、いまごろカグヤにしっぽをふってるんでしょうし。……役立たずばかり！」

アキナは、右手を無造作にふるった。かたわらに立っていた、樹齢数百年の巨木が、幹ごとへし折られる。それが、月帝姫の実力だ。けれど、この程度の腕力など、圧倒的なカグヤの力の前には、なんの役にも立たない。

「あれから……もうかなり経った。そろそろ、月がのぼってもいいけれど」

アキナは、天をあおいだ。木々の隙間から見える、空は赤い。夕焼け、という意味ではない。頭上の空は、紅蓮《ぐれん》に燃えていた。〈世界結界〉が支配する、この忘却期《ぼうきゃくき》にはありえなかったはずの光景だ。

空で踊るマグマ。それそのものは、アキナにとっては歓迎すべき事態であったかもしれない。ありえないことが起き、人々の『常識』が破壊される。そして信じる心を失い、不安と恐怖に人々が身をゆだねた時、大地には憎悪と悲しみが満ちて〈世界結界〉は砕けるだろう。果てない争いの時代が、またやってくる。

魔法と超常に満ちた時代が。

詠唱銀《えいしょうぎん》が世界に戻ってきさえすれば、月はふたたび、命のあふれる緑の星になる。

はずだった。

それが目的だと、カナカや刃弥彦には告げていた。なのに、魔法なき世界の破壊を目前にしていても、アキナは、鬱々として楽しまぬ表情だ。

燃える空を見上げて、彼女は憎々しげに呟いた。

「だけど、カグヤが、あんなで、あたしに逆らうっていうんじゃあ、あいつらをどうにもできないじゃない」

「誰のことなんだい、あきちゃん」

予想外の声だったが、落ち着いた仕草で、アキナはふりかえった。浮かべた笑みは『秋那』としてのもの。

「じゅんくん」

「いや、雨堂盾哉《うどうじゅんや》、か」

若者の名を呟いて、笑みを消した。

若い男。もはや少年ではない深みのある表情が、彼女を『秋那《あきな》』からアキナへと、一瞬で引き戻した。


「もう、懐柔《かいじゅう》するのは、無理みたいね」

「なのに、オレは、あきちゃんって呼んでしまうけどな」

憂いを秘めた、盾哉の瞳が、アキナを映《うつ》す。そこに見えるのは、少女の顔。それが、老成した女の表情を宿す。どこか疲れたような顔になる。

「よく……ここまで来られたわね。雨も降ってないのに」

「これの、おかげ」

盾哉が、手にした武器を軽く持ち上げてみせた。

「……懐かしいわね。〈天の沼琴《アメノヌゴト》〉なんて」

アキナは、その武器を見知っていた。彼女が戦った地球の戦士にも、何人か似たものを使っていた者がいるのだ。雨雲から雨雲への転移が可能になったということは、武器が、この若者を信頼し、全てを覚醒させたということ。

奇妙な感慨と達成感が、アキナを満たす。カグヤを封印から解き放つ、鍵でしかなかったはずの、この若者だけれど。鍵としての役目を果たさせるため、力を目覚めさせ、鍛え上げたのは自分だ。戦いで追い詰めるのはカナカにやらせたが、指示を出したのは自分だ。

アキナの作品と言っていい。

ならば——。

アキナは、雨堂盾哉を油断なく見つめた。どうするべきか。この若者を、どうすれば自分の、究極の目的のために利用できるか。

　そんなアキナの思考を察してかどうか。雨堂盾哉が、口を開いた。背を、まっすぐに伸ばして。

「あきちゃん……ほんの一瞬でもさ。オレのこと、従兄《いとこ》のじゅんくんだと、思ってくれたこと、あったか？」

　一瞬、アキナの心はざわめいた。彼女がこの世に生を受けて数万年になる。そのほとんどを眠りについていたけれど、目覚めてすごした時間だけでも数百年になる。

　その数百年を、アキナは、ずっとただ一人ですごしてきた。アキナも、なみの月人の両親から生まれてきたはずなのだが、あまりに幼いころから傑出した魔術の才能を示したため、徹底した教育を受けて、その記憶はない。いや、ともに暮らしていた、彼女を神のごとく崇《あが》め奉《たてまつ》っていたうちの誰かが、あるいは両親であったのかもしれない。だが、それはもう知るよしもないこと。

　続けて生まれてきた月帝姫たちは、あるいは姉妹と呼ぶべき存在だったのかもしれない。だが、君臨し統治している時期の月帝姫は、みなが独立孤高であろうとしたし、眠りについてしまえば、融合した精神体として子孫たちにアドバイスする無機質なものでしかなかった。

　だから、アキナにとって、この少年を見守り、覚醒《かくせい》へと導こうとしていた数年は、はじめての歳月だった。家族めいたものとの暮らし。星丸ごとや多くの民や国の名誉なんてものではなく、たった一人をいつくしみ育てる経験。日常。雨堂盾哉は、アキナの作品であり、ある意味では子でもあった。

「本当に、従兄だと思ったことがあったか。そんなことが訊きたいの……じゅんくん」

　ゆっくりと舌先に乗せて、その呼び名を味わう。最後の一度になる、おそらく。芳醇《ほうじゅん》で優しい味がした。

「あなたのこと……目的のための道具だとしか、思ったことはないわ」

　秋那の表情を作って、自分でも完璧だとほれぼれするような笑顔を浮かべて、アキナは、言葉を放った。

　そして、同時に、左右の手それぞれで複雑な印《いん》を結んだ。もう忘れかけていた古代の術法。はじめて彼女に魔術を教えてくれた師匠のやり方。誰かに教え導かれた、たったひとつの記憶を、数万年をへて、アキナは思い出した。

　そして微笑みながら、雨堂盾哉に告げてゆく。こうするのが、おそらく正しい。自分が、いちばん望んでいることのために。いつかそこに、彼にたどりついてもらうためには、この行動が正しいと、月帝姫としての全ての経験から信じて。

「全部、嘘《うそ》だったの。ごめんねなんて、かけらも思ってないけど、でも、ごめんね」

アキナの右の瞳が赫く、左が蒼く。たった一人で二つの術を同時に使う、魔術師の知識を裏切る、ダブルクロスのアビリティ。

炎もなく敵をとろかす魔力の奔流と、全てを凍りつかせて砕く妖術の輝きが。

螺旋《らせん》となって、雨堂盾哉を襲った。

全霊の気合を、アキナはこめた。この至近距離で命中すれば、大爆発を起こして、おそらくはアキナ自身無事ではすまないほどの、莫大な魔力ではあったが、容赦できるほどの余裕はなかったのだ。

ただ、そこに立っているだけの、雨堂盾哉からの威圧。

赫と蒼の螺旋が、彼に届くと見えた、その刹那――。

無造作にかかげられた〈天の沼琴〉。弦が、一斉に震えた。本来なら目に見えるはずもない、波紋が、宙に広がり、稲妻に変わる。電光が魔力の奔流をはじいた。

「なんですって?!」

アキナの驚愕。

真上に向かって軌道を変えられた魔力流は、そのまま紅蓮に燃え盛る空へ突き刺さった。アキナがはなった攻撃魔術の奥義、その威力が半端なものでなかったことは、空を覆う炎が引き裂かれたことでもわかるだろう。

真紅の炎の向こうに。

濃い藍色の空。

そして、煌々《こうこう》と輝く月。

魔力流の行く手を追っていたアキナは、その一瞬、月光に注意を奪われた。自分に仕えるために存在すると思っていた、その故郷の姿。記憶にある緑の星とはまったく違う、命を拒絶するかのような、枯渇した姿。

意識をそちらに奪われた、ほんの一瞬で。

雨堂盾哉は、間合いを詰めていた。詠唱銀を含む雨を鏡面とする、瞬間転移の魔術ではない。純粋な身体能力と、そして鍛えられた技術による体さばきだけで。

それだけだ。これまでの、どの嵐獅丸の動きとも違っていた。記憶をひきだし、身をゆだねたのではない。彼独自の動きだ。自分が見つめ続けた、それとは悟られぬようにアドバイスもした、雨堂盾哉ならではの動き。

それが、数百数千の戦闘経験をそなえた月帝姫アキナの虚をついた。月への思いに意識を囚われて隙ができていたとはいえ、この月帝姫《ルナエンプレス》を凌駕《りょうが》したのだ。

その時――。

自分でも理解しがたかったが、アキナは、おのれと対等の技倆《ぎりょう》を示した相手に、これまでのように不遜《ふそん》だと怒るでもなく、妬《ねた》み憎むこともせず、口元に、作りものではない微笑《びしょう》を浮かべたのだった。

「……じゅんくん」

もう呼ぶことはないと決めていた名を、そう決めた数十秒後にふたたび口にして。

その響きが消えないうち、いいや、口の中から出てゆきもしないうちに、雨堂盾哉の武器が彼女を貫いた。

ほとんど捨て身の、単純な斬撃だ。アキナには知るよしもなかったが、それは、盾哉の父、槍哉《そうや》が、息子に向かって最後に使ってみせた闘技だった。

ただし、父が使った時のように明日を見ない怒りと絶望ではなく、昨日を断ち切る悲しみと希望をこめて。

本来は楽器である〈天の沼琴〉だが、そなえられた刃は、武器として充分な威力をそなえている。

無防備な、アキナの腰にそれが喰いこみ、反対側へと駆け抜けた。アキナの上半身が、地面に落ちてゆく。

迷いも容赦もない、その斬撃をふるった後に、雨堂盾哉が呟いたのは、彼にさまざまなことを教えてくれた、先達たる友の名だ。アキナと一緒にいないことで、彼は、そのたどった道を悟ったのだろう。

雨堂盾哉の、逆立てられていた髪が、ぱさりと落ちる。彼の目元が隠れる。だらりと両腕が、胴の左右にたれさがった。力を失った指、ずるずると〈天の沼琴〉が、盾哉の手の中からすべり落ちようとする。

「しゃっきりしなさいよ！」

地面に倒れこんだまま、アキナは、雨堂盾哉を叱責《しっせき》した。うつむきかけていた少年の頭がはねあがる。若者が、大きく目を見開き、そしてすぐに戦いの姿勢をとった。

「だいじょうぶだってば。いくらあたしでも、ここからは生き返れないわよ」

蒼白になったくちびるは、自分でも驚くほどスムーズに、微笑みの形を作った。

雨堂盾哉は、若者から少年の顔に戻り、泣き出す寸前まで、自分の顔をくしゃくしゃにゆがめて、そして、ひきしめた。

男の顔に、なっていた。

アキナは、ふふっと小さく笑った。

「残念だわ。地球なんてどうなってもいいから、魔法を呼び戻して、月を元の緑に戻したかったんだけど。カグヤは、それすら考えてないみたいだし」

アキナは、空を指差した。紅蓮の炎が勢いを増している。月への窓は、もう姿を消しつつあった。

雨堂盾哉は、そちらを見ない。油断などしない。いつアキナが反撃をはじめても対処できるよう、彼女の顔をじっと見つめている。

――覚えていてくれるだろう、この死に顔を。

アキナは、そう思った。

「このあたしを倒したんだから、空のあいつだって、なんとかなるわよ」

言葉を続ける。そして、ほんの少し迷った。月を救う――そのための最後の障害について教えるべきかどうか。悪夢に潜み、ネジを埋め、かつての月に似た緑に光る、あいつら。異形の存在を教えておくべきか。

迷っている時間は、もうない。全ての感覚が失われていく。もう胸から首もとまで消え去っている。

よし、と決めた。さっき、盾哉は『あいつらって誰だ』と尋ねた。教えてやらない。そのほうが、この子は自分で探りだすだろう。そして、挑《いど》んでくれるだろう。

仕《つか》えるだけのものだと思っていた月。それを救える力が自分にないなら、力を持つものを育てるために、それを捨てゴマにするのも、統治者としての役目だ。

『月帝姫こそは、月の民全ての御親なり』

君臨し、崇められることを意味するのだとばかり思っていたその言葉。だが、いま、自ら育て上げた戦士が、自分を滅ぼして、そこに立っているいま、月の親という言葉のもう一つの意味を、悟れた気がする。

だから――教えない。

与えてやれる、最後の試練だ。

それからついでに、与えてやれる、最後のアドバイス。

「あいつをなんとかしたら、集めて、伝えるの。そなえるの。守ってあげて、そして育ててあげてね。このままだと、ひび割れはどんどん大きくなる。たくさん、喰われる。そうなると……月も困るの。いつかすべての魔法が戻ってくるはず。その時のために……じゅんくんが育てて。あたしのとは違う方法で。一人じゃダメよ。たくさんの仲間が必要よ……生命使いを再生するの」

そうして、無数の力が結集した時。

月の命も、救ってやって欲しい。

盾哉に賭ける。自分の力で可能だと思っていた。カグヤを従えて、月の民を蘇らせて、それをアキナが率いて。

だが、無理なようだ。地球を犠牲にして月だけでも、というのが無理なら、なんとか、もろともに生き延びられるよう、いま、地球に種を蒔いておくしかない。

いや、蒔《ま》いた種は、もう芽を出した。それがつみとられないようにしなければならない。

「でも、まず、いまを生き延びなきゃいけないわね」

アキナは、盾哉に、ふところに隠したものをさしだそうとした。無理だった。もう腕が動かない。

「あたしの胸もとに勾玉が入ってる。それがあれば、オロチのかけらで、あそこまで登っていくぐらいは、なんとかなると思う……そしたら、まかせるから」

アキナの言葉を、雨堂盾哉は、口をはさまず反論もせずに聞いていた。

そして最後に、力強くうなずいてくれた。

自分を騙し続け、翻弄して、家族と友達を犠牲にした相手なのだ。憎しみをほとばしらせて、死骸までずたずたにするほど怒りをぶつけるのが、当たり前だろうに。どうして、この子は、いまうなずいてくれるのか。

雨堂盾哉が、アキナの上にかがみこむ。

「おっぱい、触っちゃダメだからね」

くすっと笑って、からかってやった。数万年の生涯の、最後の言葉がこんなだというのも、まあそれはそれで面白いだろうと、アキナは目を閉じる。

うかんだのは、はにかんだ表情でこちらを見る、矛城晴恋菜の顔。カグヤの、仮面にすぎないと思っていた人格。その人格との、ほんの数日をすごした思い出がなぜか、最後にあふれてきた。

友達、という言葉が浮かぶ。対等なものを、アキナは求めていたのかもしれない。だから、カグヤを欲した。最初の月帝姫《ルナエンプレス》たるおのれを越えた、最後の月帝姫《ルナエンプレス》。だが、カグヤではなかった。求めるべき相手は、カグヤではなかったのだ。それでも、求めた。求めた結果が、これだ。

――ああ、自分は、カグヤに裏切られて、寂しかったのだな。

――それを盾哉が。

アキナの意識は、そこで闇に落ちた。恐怖はなく、満たされた思いのまま。

3.

「いけ！　オロチっ！」

盾哉は叫ぶ。飛翔する。

嘘ではないかと疑う気持ちは強かった。だが、警戒して切り捨てたところで、代替案はない。ただ、地上から、彼女がいるはずの場所を睨みつけているだけ。

そのぐらいなら、誰であろうと信じ、なんであろうと試すのみ。樹海で発見した、オロチの破片に触れ、アキナから得た勾玉を手に、思念を集中してみれば、それはブーメラン状の飛翔体に変化した。

いまだ、盾哉の手に勾玉は輝いている。取り出すとき、触れてしまった胸のふくらみの、柔らかさの記憶と一緒に。かすかな赤面は、まだ消えていない。

勾玉とは、もともとは、月の民が、故郷の石を魔術道具として使っていたのが発祥であるという。それが、戦ううちに、地球の魔術師たちにも広がった。昨夜の戦いで、盾哉が使ったのもそういう類。

どうして盾哉がそんなことを知っているのか？　簡単だ。嵐獅丸の記憶が教えてくれる。まるで、本を読むように。父を打ち倒し、そして〈天の沼琴〉を手にしたその時から、記憶が、盾哉を混乱させることはなくなっていた。理由は、彼自身にも見当がつかない。ただ、過去の嵐獅丸たちの感情や欲望が押し寄せてきても、きっぱりと追い払えるのだ。まるで、心の中に、しっかりとした壁が築かれているかのように。

いま、盾哉の頭上には、月が輝いている。

これまでに見たこともないほど、煌々と光り輝いている。

その月光が、カグヤのオロチたちに、力を与えていた。荒れ狂い、うねり猛る、富士の火口から身をもたげた、破壊の巨魔たち。

『我ならば、たかが八つの頭ではすまぬ』

そう、カグヤが言い切ったのは真実だった。はたして、彼女が預言した百八に届くかどうかはわからないが、二十を越える長大なオロチの首が、火口から伸びて、そして大破壊にそなえての奉納舞がごとく、互いにじゃれあってでもいるように、くねり、うねっている。

空に広がる紅蓮の炎をつっきり、星と月の見える高度に達した盾哉が見たのは、そんな光景だった。

それ以上のものも、盾哉は見ている。

天空に広がる、ごくごく微細なひびだ。夢で見た記憶がある。あれは夢ではなく、夢という領域を通じて、盾哉の精神が感知した現実であったのかもしれない。

現実、といってもこれまで知っていたそれではなく、もう一つの、追い払われ押しこめられた現実のほうだ。

魔法、超常。それらがこの世にあることによって、無数の悲劇がくりかえされてきた。人の憎しみと妬みは、愛や悲しみすらもが、歪み、そしてゴーストとなって起き上がった。力を持ちすぎれば、人そのものが歪んだ。力の誘惑に溺れた。月と地球のように、さまざまな勢力が合い争った。時には、広大な虚無の彼方からやってきて、争いを喰らうために、無意味な闘争を生む、神に等しい力の外敵さえいたという。

人々が戦いに倦み、幾多の研鑽を経て、戦いを終わらせるために無限にも思えるほどの血を流して生み出したもの。それが〈世界結界〉だ。

超常の源である、詠唱銀を、世界の果てのその向こうへと、押しやった。人々が『不思議など存在しないのだ』と、自らを騙し信じこむ、その強固な精神の力を束ねて。

だが、七百年の歳月を経て〈世界結界〉は、ほころびはじめている。

それゆえに雨が降った。詠唱銀をとけこませた、シルバーレインが。超常の力のほとんどを失い、自ら生み出せる、あるいはたくわえた、わずかな力で七百年を生き延びてきたものたちが、ふたたび、うごめきはじめた。

たとえば、赤ん坊として、黄金の竹の中で眠っていたカグヤの肉体が成長をはじめたのだ。

彼女のもとに、七百年を生き延び、あるいは、超常が忘れさられたそのさなかに生まれた者たちがつどい――ほとんどが滅んだ。

カグヤはいま、その滅びを、世界そのものにもたらそうとしている。

盾哉の足下に広がる、炎の絨毯。いまは富士山の周辺を取り巻いているだけだが、どんどん広がっている。

また一頭、オロチが出現した。それに応じて、ぐんと炎が拡大する。

これを見た記憶を〈世界結界〉は、人々からぬぐえるのだろうか。異常気象か、それとも富士山の噴火という自然現象と記憶をすりかえられるのか。富士山が噴火する――それだけでも十分、人々の『日常を信じる常識』は揺るがされるだろうが。

こんな事態だというのに、報道やさまざまな政府機関の調査は、ヘリも徒歩の一団も見かけない。みな、気づいていないのかもしれない。

まだ、人々の多くが気がついていないのなら、間に合うかもしれない。

間に合わず、人々がこれを認識してしまったら。

世界には自分の知らないものが、畏れるべきものが、恐れるべきものが、懼れるべきものが、無数にあるのだと、不安に心を砕かれてしまったら。

そうすれば、ひびは広がる。魔法が世界に流れこむ。それを使って、カグヤは、ますますオロチを増やす。オロチが撒き散らす破壊は、人々を容易に絶望させるだろう。奇跡が産む希望より、絶滅の恐怖こそが、いとも簡単に常識を破壊する。

多くの人々が、今日と変わらぬ明日を信じられなくなった時、あの細いひびは、一気に巨大な亀裂となり、魔法は、怒涛となって世界に押し寄せ、全てを超常の戦乱に沈めてしまうだろう。

そうなる前に世界を救う――。

――などと、盾哉は考えてはいなかった。

彼が願っていること、目指していることは、全人類などという大きなものの救済ではない。

たった一人の少女を、助けることだ。

そのために、風を切り裂いて飛ぶ、魔物のかけらに乗っている。落ちれば助からない高さを、吹きさらしのまま仁王立ちで、ひたすらに魔法の翼を突き進ませている。

盾哉は、別に世界なんて救いたくない。魔法があろうがなかろうが、どうだっていい。

けれど、いまは彼女を救うために魔法は不可欠だ。

そして、あの娘は世界を救いたいと思うだろう。

そんな娘だから、盾哉は彼女を助けたい。

彼が乗るオロチの破片が、富士火口の直上に突入する。

そこには〈燕の子安貝〉だったものが浮かんでいた。

それはいま、大きく変形している。すでに貝の形はしていない。平べったくなり、直径が大きくなって、円盤のようだ。1キロほども直径がある円盤の、その中心から、小さな木が伸びている。いや、円盤に比べて小さいというだけ。本当は50m近い高さがあるだろう。あれは〈蓬莱の玉の枝〉か。その頂点で煌いているのは〈龍の頚の珠〉。円盤の周辺に、毛皮の房がついているように見える。防御壁を張る〈火鼠の皮衣〉に違いない。

そして、円盤の中心から少しずれた場所に、高さ数十メートルの黒いドームがある。あれが、富士に隠されていた〈仏の御石の鉢〉だ。

五つのメガリスが一つになっている。すなわち、真のオロチが顕現できる。

アキナが、最初に地球に来襲した数万年前、豊富に存在した詠唱銀によって具現化したオロチどもは、超大陸をずたずたに引き裂き、いまの大陸を生んだ。

その時に比べれば、まだまだ小さなものだが。

二十を越えたオロチが、いま、同時に盾哉に気がついた。一斉に鎌首をもたげる動きをする。溶岩と、光熱のエネルギーとが、魔力によって束ねられ、擬似生命を得た破壊のための魔獣。

溶岩、すなわち地球そのもののエネルギーと、戦うことになるのだ。

いかに、盾哉が、歴代嵐獅丸の記憶を制御できるようになり、強い決意がその魔力を統御しているといっても、地球そのものを敵に回せるわけがない。いまのオロチは、たとえ一本だけであっても、鎌倉を荒らしたオロチすべてをあわせた以上の力をそなえているのだ。

だというのに、油断さえしてくれなかった。二十を越える、溶岩の邪龍が、すべて盾哉に向かってくる。獅子が鼠を狩るのに全力を尽くす、どころの騒ぎではない。

逃げ場はない。生身の肉体など、燃える焦げるを通り越して、一瞬で蒸発するほどの熱量が、逃げ場のない形で、盾哉を取り囲んだ。

くねり、うねり。盾哉の乗る魔術飛翔体をはるかに超える速度で動けるくせに、きちんと逃げ道を断ってくる。

前も後ろも右も左も上も下も、すべてが溶岩と光の塊で囲まれた。オロチと呼ばれるように、それは蛇体のようにうねり、蛇に似た頭部で牙をむく。

灼熱の吐息が、半径五百メートルの空間を完全に満たす、その直前に。

盾哉は、無作為に一体のオロチを選び、その大きく開かれた顎の中に、魔術飛翔体を突入させていた。

自殺？　むろん、そんなはずはない。盾哉は、そんなことはしない。

「これもオロチ。お前たちもオロチだ」

それが、突入直前の、盾哉の呟きだった。そして、彼は勾玉を握りつぶし、その粉塵を我が身にまとった。オロチ制御のための魔術具を、詠唱銀そのものに戻したのだ。

そして、詠唱銀を肉体に同化させた。

それは、彼が〈嵐の王《ストームブリンガー》〉だからできることだ。天空からふりそそぐ、シルバーレインによって、傷ついた肉体を補完し、回復する〈嵐の王《ストームブリンガー》〉の秘術。それを応用したのだ。

昨夜の戦いで、盾哉の肉体は、すでにその多くが詠唱銀そのものに置き換えられている。もっと時間を費やせば、やがて本来の肉体が回復し、それによって詠唱銀が排出されていっただろう。

だが、いまはまだ違う。盾哉の肉体の数割が、詠唱銀の置き換わったものだ。そうでなかった部分を、勾玉を砕いた詠唱銀でコーティングした。そんなことができた魔法使いは、地球誕生以来、ほとんどいない。盾哉はそれをやってのけた。自分を、オロチの一部だと誤認させる。そして、彼の肉体は、魔術飛翔体の中へ、アキナのオロチの内部へ、連続して沈みこみ、そしてカグヤのオロチへ突入したのだ。

灼熱。

煌光。

それが、盾哉を呑みこみ、同化しようとする。肉体の残っていた部分は、やはり一秒と持たずに蒸発した。そして残ったのは、生命エネルギーそのもの。

つまりは、オロチと同じもの。

エネルギーそのものを、魔術によって制御した、擬似生命。それが、オロチの本質だ。

溶岩をまとい、それを身体として利用していても、その芯になっているのは、やはり魔術なのである。

オロチという、まったく同質の魔術。だから、オロチは、オロチを傷つけない。

オロチとなった盾哉は、猛スピードでその内部を突き進んだ。どちらに行けばいいのか、迷うことはなかった。

呼んでいる声がするから。

さかのぼる、さかのぼる。その間にも、強烈な魔力の流れが、盾哉の意識を削りとってゆく。いま、盾哉は、強い思念の力で、詠唱銀を自分の形にすることで、自分自身であり続けているのだ。だが、それがはがれてゆく。魔術は心が支える。心は経験が形作る。

盾哉を支える思い出は——。

声がする。いつの間にか、このメガリスネットワークに入りこんでいた、少女の声が。

『覚えてくれてますか』

覚えている。触れ合った時の、指先の柔らかさ。

『覚えてくれているんですね』

夕食のおかわりを要求した時に、微笑んだ嬉しげな顔。

『ほら、あの時、盾哉さんてばいいましたよね』

背中合わせで、ぽつりぽつりと言葉を交わした夕暮れ。

『わたし、本当に楽しかったんです』

肩を並べて、買い物を手伝った時の、楽しげな沈黙。

『いま、わたしの中にカグヤさんはいません。だから信じてくれますよね……？』

盾哉は、守られた。ひとかけらの自我を失うこともなく、呼び声に応えて、飛び出した！

詠唱銀だった肉体を、通常に近いものに再構成する。根源の魔法使いたる〈嵐の王《ストームブリンガー》〉なればこそ。大地全ての守護である、生命使いの一翼をになった〈嵐の王《ストームブリンガー》〉の最後のひとりであればこそ。

盾哉だからこそ、できる。いにしえの時代に〈嵐の王《ストームブリンガー》〉がもたらしたのは、シルバーレインの嵐だ。詠唱銀あふれる、シルバーストームだ。

「何代目か知らないけど……オレが嵐獅丸ってことで納得してくれ。月の女王さん」

肉体だけではなく、武器も再構成した。右手に七支刀、額に勾玉、胸に鏡。そして、左手で〈天の沼琴〉。〈天の沼琴〉は本来、両手で使う武器だから、左腕を二つ作ってみようという誘惑にかられたが、止めた。〈天の沼琴〉の形状のほうを変化させた。

完全武装。

なのに、その下にまとっているのは、いつものジャージ。かっこ悪いといったらない。けれど、盾哉に、他の選択肢はなかった。

それまでの日々に別れを告げた夜。

はじめて友達になれそうだった、ひとりのクラスメートを見送った夜。

あれからつきあってくれた、この衣装の以外のものを、自分がまとっているようすが、思い浮かばなかったのだ。

これはもはや、盾哉の肉体の延長になっている。鎧でも兜でも盾でもないが、詠唱銀から作られた兵器。詠唱防具とでも呼ぶべきものだ。

その姿で、盾哉は、カグヤに対峙した。

4.

「認めぬ！」

盾哉の言葉に、カグヤが怒りの言葉を叩きつけた。

「決して決して認めぬ！　あたしの嵐獅丸は一人だけだ。お前などではない」

盾哉が飛び出したのは、あの空間だった。ほんの二十時間ほど前に、彼が追いだされた〈燕の子安貝〉内部の、公園でもありブリッジでもあった、広大な空間。

いま、そこは、無限とも思えるほどにのびきった、カグヤの髪で満たされている。きらめきが髪を走り、戻り、それがオロチたちを操っているのだった。

だが、いまそれらの輝きは急速に数を減少させている。

カグヤは外界に注意を向けていなかった。目の前にあらわれた、盾哉一人に、意識のすべてを集中させている。その身体は、宙に浮かんでいる。盾哉が出現した時には半透明だったが、徐々に濃くなり、いまは実体をそなえているかのようだ。

「まさか……あれじゃないよな。惚れた男にもう会えないから、世界を滅ぼすとかそういう、小物めいたことは言わない、よな？」

盾哉の、失望をまじえたまじめな問いかけに、カグヤは、からからと笑った。

「我は中途半端が嫌いでの」

一旦、途切れていた、オロチを操る光が、また激しい勢いで、送り出されはじめた。

「もうどれほどすぎたのかも、よくわからぬが。我は、この青き星を、月の軍門に下させるべく、この姉星におりたった。嵐獅丸が、我を赤子に変えたとはいえ、結局、戦はまだ終わっていなかったのじゃ。それだけのこと。我は、嵐獅丸を好いておった。心の底から慕うておった。けれどな、恋は恋。戦は戦。ほだされて止めることもなかった。だから続ける、それだけのこと」

無数のスクリーンが、虚空に開く。一つが映しているのは富士の火口。そこから、また新しいオロチの頭が生まれてきた。

と、その光景を貫いて、赫い死線が盾哉を襲う。

直撃——と見えたがその時には、盾哉はわずかにその位置を変えていた。赫い死の光は、盾哉の胸の鏡を直撃し、そのまま反射されている。

跳ね返された光が、この制御空間のかたすみへ走り、数人の戦士をまとめて蒸発させた。

魔力を封じた絵姿から、月の戦士たちが召喚されてきたのだ。人格もなく、願いも望みもなく、からくり仕掛けのように、ただ戦うだけ。武器をふりあげて、盾哉のもとへ殺到してくる。

その攻撃をかわし、盾哉は跳んだ。虚空に外部の情景を映すスクリーンに跳びこむ。魔術によって生じた虚像だ。障害にはならない。そこに浮かんでいる風景は、首をもちあげたオロチが遠くに見える都市の夜景に向けて、大きく口を開けているというものだった。

そのオロチを操る髪——先ほどまで一体化していた経験が、盾哉にそれを教える。

盾哉が跳躍した。左右の刃をふるう。カグヤの髪が断ち切られる。光が途切れた。オロチが口を閉じる。だが、一方に武器をふるっている間、他方からの攻撃には無防備になるのが剣の理というもの。

カグヤからは、蒼い凍気が。そして盾哉の背後と頭上から、月の戦士たちが。

「何が嵐獅丸なものか！」

カグヤの嘲笑が、攻撃を追いかけて。

「だから、嵐獅丸なんだって」

盾哉の声が、それをはねかえす。同時に、飛びかかっていった戦士が、吹き飛ばされた。全身が血まみれで、左足は凍りついて砕け、片方の腕はちぎれかけている。だが、銀色の光が、彼を覆った次の瞬間、その肉体は、元に戻っていた。

そのようすを見て、カグヤが、にやりとほくそえんだ。

「お前……いまの我と同じ存在になっているのじゃな」

「ということは、あんたも、いまは詠唱銀のかたまりってことか」

武器をかまえなおして、盾哉は、無造作な歩調で進んでゆく。その左右から、月の戦士たちが斬りかかった。常人どころか、最上級の達人であってもかわすのも難しい攻撃だ。それが、タイミングをあわせて左右から。かわすのも難しい。

だが、そもそもかわす必要すらない。すでに盾哉はそこにいない。月の戦士たちは、互いを切り裂きあい、もとの詠唱銀に戻って、雲散霧消《うんさんむしょう》した。雨の中であれば、それを鏡としてくぐりぬけ、盾哉は、自分の居場所を自由に決められる。達人の域に届いた〈嵐の王〉であれば、それができる。いま、雨はふっていない。けれど、肉体のすべてを、オロチの炎に焼き尽くされた今、盾哉の肉体そのものが、シルバーレイン。

「愚かな！　我は戻るべき肉体がある。されど、そなたは全てを失っておるのだぞ。もし、我がなそうとすることを止めて、この忌まわしき〈世界結界〉とやらを維持したら、それはつまり、そなた自身が……」

「世界の外に追い出される？　とっくに追い出されてる。関係ないね」

盾哉が、自分の可能性を、完璧に把握してゆく。

一歩を踏み出しただけで、彼は、距離を無意味にした。

純粋なる魔法、純粋な思念。それには、時も空間も意味をなさない。カグヤに肉薄して、盾哉は、刃をふりあげる。もはや、詠唱兵器の形をとる必要すら失せていた。その肉体が、銀の輝きを帯びてゆく。盾哉そのものが、一振りの剣となる。真っ向から、カグヤを斬り伏せ……。

――られない。

「だから愚かだという」

十重二十重《とえはたえ》に、彼女の髪が、カグヤを守る城壁となっていた。

「純粋なる魔力になりきる方法。我はそなたより千三百年の長があるのじゃぞ」

カグヤの全身もまた、盾哉同様に銀色に変わってゆく。

「我が勝つ」

その宣言が、そのまま魔術になった。世界が書き換えられてゆく。カグヤが勝利して、盾哉がどこにもいない。

「俺はここにいる。誰にも見てもらえなくたって。いや……そうじゃないな」

穏やかに、盾哉が宣言する。世界から無視されるのにはなれている。だが、無視しなかった人も、ちゃんといてくれた。そのことは、覚えていた。

盾哉が、銀色から元に戻る。七支刀や勾玉は消えていた。ぶらさげられているのは、バイクのヘルメット。

その思い出が、盾哉をこの世につなぎとめた。

「別にあんたに恨みがあるわけでもないし、世界を守ろうなんて大げさなことも考えてないんだ。でも、けじめは必要だよな。あんたのせいで、あいつが死んだわけじゃないのはわかってる、わかってるけど」

盾哉の手の中で、ヘルメットがシャープペンシルに変わる。それは、彼が、友人からもらった、唯一の品。

ぶんと左手をふるう。黒い線が、カグヤをぬりつぶす。詠唱銀を黒く変え、魔力を打ち消す。

「ささやかな思い出が、魔術となって、力を増すか。うむ、それこそは魔法の基礎よ。だがな、言うたはずぞ。それは、我が千三百年前に通り過ぎたところじゃと」

カグヤの顔が、瞬時に元に戻った。彼女もまた、手をかかげた。そこに握られているのは、ただの箸だ。贅沢なものですらない。木っ端を削っただけの、ささくれすらあるようなもの。

盾哉が、嵐獅丸の記憶を検索する。読み取れる。

戦いのはずみで、二人きりとばされた絶海の孤島。怪我をして動けぬカグヤに、嵐獅丸はとどめを刺さず、不器用な手で作った箸で、食事を与えてくれた。

ほんの三日間の、蜜月。

その思い出が、消されようとしたカグヤを支える。そして彼女が、箸を正面、盾哉の目を狙って突き出した。本気で、眼球を貫くつもりだった。

ぎりぎりでかわす。頬が削られた。回復しない。いまの盾哉とカグヤは、ともに魔術エネルギーの塊にすぎない。滅ぼそうという意志が、回復させせようという意志を上回れば、支える思い出の強さが上回れば、欠損が癒えることはない。

　箸を引く、くりだす。

　シャープペンシルが空中に線を書く。

　箸《はし》。シャーペン。世界の命運をかけた戦いが、こんな日常的な品で行われている。二人とも可笑しくなっていた。笑う。笑いつつ、盾哉が、カグヤに向かって指摘する。

「やっぱり、惚れた男が死んだから、世界を道連れに無理心中なんじゃないのか」

「それのどこが悪い？　心中させるのは、青い星だけ。我の緑なる月は、緑を取り戻すのみじゃによって」

　ついに認めた。

　刹那、箸が、長大な矛《ほこ》に変わる。ぞぶり。小さな箸のままならかわしていただろうが、最小限の動きでしかなかったため、瞬間の巨大化に反応しきれなかった。盾哉の顔が、半分消滅する。

　だが、その時には、盾哉が手にしていたシャープペンシルも、〈天の沼琴〉に変貌していた。横殴りにふるわれたそれが、カグヤの首をはねる。胴体が、ぼろぼろと銀の粉になって崩れる。盾哉を貫いた矛も、ともに。

　長い長い髪をひきずったまま、カグヤの首が、宙に舞う。

　盾哉と間合いをとろうとする。盾哉もあえて追わない。いや、追えない。顔面を削られたのは深手すぎた。

　宙高くから、カグヤが声を浴びせてくる。

「惚れたのどうのと、人をバカにするが。そなたなあ。そなたとて、我が仮面を好いたがゆえに、ここに来たのではないのか⁉」

　子供が言い返すような口調。それによって盾哉は悟る。

この女性は、子供なのだと。アキナよりもさらに。月帝姫。絶対なるカリスマ。月のシンボル。幼い娘を、そのようにおだてあげて、まっとうに育つはずがあるものか。ましてや、月帝姫は、莫大な魔力と絶大な才能とともに、激烈な飢えのごとき支配欲を授けられるという。

　この女性を倒さねば、世界は滅びる。滅びるのだが、盾哉には、それはわりとどうでもいいことなのだった。

「あの身体と同じ顔の我を、よく傷つけられるものよな」

　カグヤの言葉も、世界を滅ぼす魔性のものには思えない。なんだか、すねた子供のようだ。

「顔で好きになったわけじゃない」

　思わず反論してから、はたと気がついた。

「まだ本人にも言ってないのに！　お前なんかに！」

盾哉は、空を駆けた。ここに来るまでは肉体があった。だから、空は飛べなかった。だが、いまはもう、彼自身が魔術体なのだ。

「ああ、好きだよ。好きになったよ。恋したよ！　何か悪いのか！」

盾哉は復活させた〈天の沼琴〉を両手でかかえ、むちゃくちゃな動作で切りかかった。太刀筋もなにもあったものではない。

「だから、あれは我じゃ。我を好いておるなら、忠誠を誓えばよかろうが」

めまぐるしく動いて、カグヤの生首は、盾哉の攻撃をかわした。でたらめすぎて、かえってかわしづらい。

「お前は、晴恋菜じゃない！」

大振りの一撃。その隙をついて、カグヤの生首は、盾哉から離れた。追おうとする盾哉の行く手を、数十人に及ぶ月の戦士たちがはばむ。どの一人をとっても、まさしく一騎当千の兵士たち。現代の一個師団すら五分で壊滅させうる戦力。

その戦力に、盾哉から、極大の稲妻がほとばしる。

それで、後には何も残らない。きれいさっぱりと。


が、稼いだ時間で、カグヤは間合いをとっていた。おのれの髪を、盾哉との間に、縦横無尽にはりめぐらせる。自分の髪を使って、カグヤは即席の結界を作り上げた。

これで、一気に間合いを詰められることはない。その状況を作っておいて、カグヤは叫んだ。

「刃弥彦。肉体をおよこし！」

いつの間に姿をあらわしたのか。交錯する髪が作った壁の向こうに、刃弥彦の姿があった。

「そのままのほうが、呪力の反応が速いのではございませんか？」

慇懃《いんぎん》な口調で、彼が言う。その口調がどこかおかしいことに、カグヤは気づかない。気づけるほどに、刃弥彦のことを知らず、知ろうともしなかった。

切り捨てた仮面の人格、晴恋菜の記憶を拾いあげていれば、それが、刃弥彦が怒る直前の口調だとわかっていたはずなのに。彼は、決して声をあらげず、丁寧に淡々と怒るのだと。

「肉体があったほうが、魔力を集めやすいのよ。つべこべ言わず、よこしなさい」

「しかし、いまだ矛城晴恋菜という人格は、あの身体に強く根付いておりますが」

「そんなもの、すぐに押しつぶしてしまえるわ」

カグヤの返答に、刃弥彦がゆっくりと右の眉をあげた。

「では……どうぞ」

刃弥彦がひきさがる。彼の背後に、移動式の寝台があった。そこに、長い髪の少女が横たわっている、おのれ本来の肉体へと、カグヤが飛びこもうとする。盾哉によって消耗させられた魔力を、肉体の活力で補おうというのだ。それをされては、戦いの天秤が、一気にカグヤに傾くだろう。だが、盾哉は、髪に動きをさえぎられ、止めることができない。

眼前をゆきすぎるカグヤの霊体を、刃弥彦が座視する。

「あんたはああああああっ！」

盾哉が、怒りの叫びをあげた、その時。

「入れませんよ、カグヤさん」

少女が、まぶたを開いた。

「私はいま、とても幸せなので。ところが、それは分けてあげられないのです」

矛城晴恋菜が、微笑《ほほえ》む。心の底から幸福そうに。

「何をいうのか、ただの影が！」

すさまじい形相のカグヤの生首が、おのれの肉体に、ぶつかり、そして完璧にはねつけられた。


「ありえぬ……っ」

もう一度、とびこむ。だが、どうしても進めない。固い殻でも、力の壁でもない。やわらかく、温かい、けれどどうしても押しのけることができない何かが、晴恋菜の中からあふれている。

「好きだと言ってもらえたら、なんでもできるんです」

「そんな幸せ！　なくした女の恨みで貫くまでじゃ！」

髪を束ねて槍として、晴恋菜の額を貫こうとした時、一筋の鞭がカグヤを跳ね飛ばす。

「させるわけないやんか、アホっ！」

鞭が、カグヤの生首を、したたかに打ち据えた。怒りに燃えた瞳で見つめる、血まみれのエプロンドレスをまとった、金髪の少女。

「アーマリアさん！　生きて……!!」

盾哉が歓喜の声をあげた。

「なんか嬉しいな。雨堂くんが、そないに喜んでくれるやなんて」

アーマリアは、悲しげに寂しげに笑った。

「裏切り者のはずのこの人に、助けられた。オロチの中に、通路を作ってくれてね」

また寂しそうに微笑《ほほえ》む。

「晴恋菜さんが、いつの間にか、オロチをコントロールする魔術回路につながりを作っておられたので。おおかた、大母上《カナカ》のさしがねでしょう」

「小娘の分際で、なかなかやるけれど、鞭ならわたしのほうが、まだまだ上よ！」

笑《え》みの余裕を取り戻し、カグヤがその髪を鞭としてふるう。だが、それはアーマリアに届く前に、ほとんどが刃によって斬り防がれた。わずかに届いたものも、詠唱防具となったエプロンドレスを貫けはしない。

「シールディアさ……ん……？」

違う。それはスケルトンではあるが、シールディアではなかった。持っているのは、細剣ではなく、日本刀。身長も、シールディアよりはるかに大きい。

まとっているのは、ボロボロになった忍者服。

誰なのか、わからないはずはない。

オロチに喰われて助かったのは、ただ一人。シールディアは妹がくぐるトンネルを維持するために、その魔力をささげ、浮雲は肉体でかばいきり、そして二人の残留思念も合流したエプロンドレスは、鉄壁の防具となって、アーマリアを守った。

「そういう……ことやねん」

口を微笑みの形にしたまま、アーマリアが、透明な涙を、ぼろぼろとこぼす。白い磁気のような頬を、水滴がころがり落ちる。

「ええわ。こうなって、やっと理解できたって、こいつが言うねん。自分が持って生まれた力を阻害する〈世界結界〉と、力が欲しい気持ちのせめぎあいで、目に見えへんとこで、心がおかしいになってた。こうなってすっきりした。いつまでも、うちを守ってやれるて。……アホや。ホンマモンのアホやったんやで、この人」

「まったくじゃ。バカのきわみじゃな」

カグヤが嘲弄《ちょうろう》する。

「あんたにだけは！　言わせん！」

アーマリアが鞭をふるう。だが、ふりあげる動作すら終わらないうちに、カグヤが赫い光を、右目からほとばしらせた。熱なき熱が、アーマリアをとろかそうとする。

だが、彼女に光が届くより早く、スケルトンが、身を投げ出してアーマリアをかばっていた。ただでさえぼろぼろの忍者服が消え去り、骨が溶け落ちる――その前に、刃弥彦が手をのばし、呪符を骸骨に貼り付けた。

消えかけていた骨が戻ってくる。

その光景を見て、カグヤが面白そうに笑った。

「そっちにつくということかえ、刃弥彦。お前は、もっとすっかり狂っていると思ったがのう」

「申し訳ございません、カグヤさま」

刃弥彦は、深々とお辞儀をした。

「そなたも青い星の住人であった、ということかな」

「いいえ」

顔をあげて、刃弥彦は微笑んだ。

「やはり私は、矛城晴恋菜の兄代わりであった、ということなのです。この子が、あなたをはねつけられるほど、強くなっているかどうか。その試しを、この娘《こ》はくぐりぬけてみせた」

兄代わりであったと、刃弥彦は言った。

それは照れ隠しだ。もっと、もっと深い。

遠い母であるカナカと一緒に、赤子として封じられていたカグヤの肉体を発見した十数年前。その子を、弟子たちの――数百年生きている刃弥彦は多くの魔術組織に弟子を入りこませている――コネで選んだ夫婦に預けた。

彼らは、真実の子と同様にこの娘をいとおしんだ。

刃弥彦もまた、ずっと見守ってきた。かりそめでしかない人格、そう思うからこそ、逆についつい手をかけてしまった。


嵐獅丸の血につらなりながら、その力も記憶もなく、すべてを自力でつかんできた自分。

その自分によって、すべてを奪われると決まっていながら、一途に慕ってくれる娘。

「試しを、この娘《こ》はくぐりぬけた。強くなっている」

二度、くりかえす。大切なことだからだ。

「わたくしは、強いほうにつきます、カグヤさま。それに……」

刃弥彦は、ひょいと肩をすくめた。

「あなたは、甘味の素晴らしさがおわかりにならない」

その言葉をはなった時、無数の閃光が、、刃弥彦を撃った。カグヤの髪が、オロチを操るための魔力を弾丸として、彼を襲ったのだ。

あの刃弥彦が、なんの反応もできない威力と速度。

「刃弥彦さんっ！」

ぼろくずのようになって倒れた兄であり師である人に、晴恋菜がすがりつく。

「わかったであろ、嵐獅丸の僭称者《せんしょうしゃ》」

カグヤの声が、冷厳とした権威を帯びる。

「我は遊んでおっただけ。諦めて従うがよい。あくまで、おのれは嵐獅丸であると言い張るのなら、それでもよい。

認めてやろう。はじめて月に降伏する、はじめての敗北する嵐獅丸としてのう！」

激烈な怒り。それとともに、カグヤがはりめぐらせた髪が、すべてオロチと化した。

これが最期――。なら、すべてを叩きつければいい。

盾哉が、おのれを一発の弾丸に変えようとした刹那。

「……まだです！」

晴恋菜が叫ぶ。

「だまされないで！　これはまだ、この人の全部じゃありません。だから！」

晴恋菜が、ひとつの道筋をさししめす。

「いまの私には……世界はひとつに見えます！　だから、わかるんです！」

ぶれて、二重に見える世界。

それを矯正する眼鏡は、いま、晴恋菜のもとにはない。

カグヤの見る憎しみに偏《かたよ》った世界と、晴恋菜がまっすぐに見る世界と、重なった世界が少女を混乱させてきた。

だが、いまもはや人格はひとつ。互いの価値観を知りつつ、重なることはない。

「この、光をたどって！」

黄金の光が、晴恋菜の瞳からあふれだす。

愛に満たされた月だけがはなつ、その輝きが、盾哉の体を満たす。

夢を共有して、いや未来を共有して、ただひとすじの道へと、光が導く。

これまで、夢を見せていたのは、カナカでもアキナでも刃弥彦でもない。お互いだ。盾哉が晴恋菜に、晴恋菜が盾哉に。夢を、未来を共有したがゆえに、彼らは成長した。

そして、いま道を見出す。オロチをかわし、カグヤにたどりつく道を。

盾哉がステップを踏む。

気は充《み》ち、術をきわめ、神秘のすべてを我が物として、カグヤの髪が変じたオロチの九割を、盾哉は、はじきかえした。

「おろかものめ！」

だが、残る一割は、盾哉にたどりついた。ふともも、右脇腹、そして心臓。えぐりこみ、そして背中側へと抜ける。

「……バカなっ！」

カグヤが驚愕《きょうがく》に目を見開いた。

にもかかわらず、盾哉は、倒れない。オロチに貫かれたままの体を、強引に前に進める。魄はこぼれず、式は正しく、その存在こそが神秘の結晶。

「永遠を気取るか！　それは月帝姫《ルナエンプレス》のみの……」

「いいえ、カグヤさん。誰だって、永遠にはたどりつけるんです！　愛しささえすれば」

まっこうから、気恥ずかしげもなく、少女が言いはなつ。その瞳から、黄金の光は消えない。あふれ出る。

そうだ、たぶん間違いなく、この少女からは、愛は無限に湧き出してくる。

その愛に後押しされて、盾哉は進む。その瞳から、一滴の雨がこぼれた。嵐の王から涙があふれ出る時、それは悲しみでも怒りでもなく、優しさにふれた時のみ。彼の胸にこれまで溜めこまれた、海ほどの涙が、すべてその一滴になった。

こぼれた一滴が、盾哉の手にある詠唱兵器に落ちる。

はなたれる銀の光が、黄金の輝きとまじりあう。

突き出された、その手に握られているのは、小さな消しゴム。

「椚原《くぬぎはら》……届けるぞ」

盾哉がかまえる。

横殴りにするどく、ふるう。


シャアアアアアアアアッ！

なぎはらわれたのは、カグヤの存在そのもの。

カグヤの生首が、どんどん薄れてゆく。盾哉があらわれた時とは逆に、実体を失い半透明になって、そこで止まらずに、さらに薄れて消えてゆく。

「あはははははははは。嵐獅丸《あらしまる》はもういない。我と対等に戦える者など、もう誰もおらぬのじゃ。青い姉星を、我がはじめて従えるのじゃ」

カグヤの笑いが、うつろにこだまする。

同時に、周囲に浮かぶ、外界を映すスクリーンが、すべて画像を切り替えた。

視点は、オロチの頭のもの。盾哉と戦いつづけながら、カグヤはなおも、新たな頭を作り続けていたのだ。

すでに、オロチの頭部は、三十を越えている。それらの目が、さまざまな都市を捉えている。東京、大阪、名古屋、札幌、仙台、福岡……。むろん、通常の光学的な方法で見ているわけはない。魔術による視野だ。だから、どこまでも遠くを見ている。ロンドン、ワシントン、モスクワ……それらの街には、まだ強固な〈世界結界〉の守りがあるのだろう。画像がぼやけている。

もっとも明白に映しだされているのは、鎌倉《かまくら》。

「あいつ、何をする気?!」

悲鳴のような声をあげたアーマリアにも、もうわかっている。見えるということは、魔術を届かせることもできるのだ。カグヤほどの術者になれば。そして、五つもの魔術兵器を連結させたこのオロチであれば、これらの大都市をまとめて粉砕することも可能だろう。

「カグヤの人格は、このメガリスの中枢にコピーされている」

刃弥彦が、うっすらと目を開けている。

「ひとりを倒しても、もうひとりいる、というわけだ。月帝姫《ルナエンプレス》は永劫不滅《えいごうふめつ》なのだよ。……そして彼女は、地球を破壊するのに躊躇《ちゅうちょ》するまい」

「止めなあかん。止めな……けど、どうやって!?」

うろたえるアーマリアの問いに、なんでもな日常的な行為であるかのように、刃弥彦が応じた。

「このメガリスの中枢に入りこむ……詠唱銀そのものになればできる。そして、もうできているな」

盾哉がうなずいた。

「俺が行くよ。アーマリアさんは、そいつを連れて……」

「わたしも行きます」

凛とした声が、盾哉の言葉をさえぎった。晴恋菜が、まっすぐ彼を見つめていた。黄金の光は消えているけれど、それよりもなお、はっきりとした感情があふれ続けている。

盾哉は顔をそむけた。赤く染まった頬を隠すために。

「わたしが、カグヤさんを説得……」

「無理だ。戦って抑えこむしかない。いまの俺ならなんとかなると思う。肉体がないからな。あいつと同じ、純粋な魔術体だ」

衝撃を与えるために、盾哉は、おのれの身体を、銀色に変えて見せた。

だが、晴恋菜は、まるでひこうとしなかった。

「わたしも、行きます」

「私が、手伝おう、雨堂くん」

半身を起こして、刃弥彦が声をかけた。はっとふりむいた晴恋菜の、その額の真ん中に、一枚の符が貼りついた。

「……なに……を」

晴恋菜は、もう自分の力では、指一本、動かせなくなっている。だが、意識はちゃんとあった。

「これでも、二百年ほど魔術の研究を続けてきたのだよ。このくらいの芸当はできる。さあ、アーマリアくん、きみはわがままは言うまいね。こうなった晴恋菜くんを連れて、脱出できるのはきみたちだけだ」

「……刃弥彦さん、あんた」

「私も、嵐獅丸の血を引いている。……だが、私には、嵐獅丸の記憶は伝えられなかった」

そう言った刃弥彦の瞳は、煮えたぎる憎悪と、ぞっとするほど冷ややかな諦観《ていかん》をたたえていた。だが、それは一瞬で消えて、次に浮かんできたのは、慈しみの笑みだ。

「大丈夫だ」

晴恋菜に背を向けたまま、盾哉は告げた。

「あいつを抑えこんだら、ちゃんと帰る。あんたに言いたいこともあるし」

晴恋菜に表情を見せずに、落ち着いた声で、盾哉は言葉を続けた。

「だから、待っててくれるとありがたい。ああ、そうだ。一つだけ、頼みたいんだ」

おだやかに染《し》みとおる声で、盾哉は続けた。

「あきちゃん、なんだけどな。頼んできたの。俺たちみたいな、ちょっとはみだした力を持っちゃったやつに、そんなのどうってことないって教えてやれって」

アキナが言ったことを、盾哉は、そんな風に解釈したようだ。盾哉は、ずっと背を向けたまま、言葉を続けている。晴恋菜と目をあわせない。けれど、背筋はまっすぐに伸びている。声は、張りがあって、落ち着いて、のびやかだ。

「そういう場所があればいいと思うんだ」

晴恋菜が、それに答えを返す。

「きっと……あなたが……帰れる場所を……作ります」

「まだ話せるのか。私の符も、まだまだ研究が必要だねえ。私の研究室も頼むよ」

刃弥彦が言うと同時に、晴恋菜は、まぶたを閉じた。眠らされたのだ。

晴恋菜を、スケルトンがかかえあげる。

アーマリアは、ぐっとくちびるをかんだ。全身をわななかせた。拳で、涙をぬぐう。

「先にいって、待ってる。ってまあ、どうやって地面まで落ちるか、アドバイスはないんかいな」

「ない」

盾哉と刃弥彦が、同時に答えた。

「役に立たん男どもや。うちがおらんかったら、どないなるやら。もう絶対に、死んだりでけへんわ」

ぼやきながら、アーマリアが走り出す。

「さて、それでは史上最強の女と喧嘩するかね。なんせ、史上最強だ、男二人がかりでも文句は言われまい」

「あんた、動けるのか？」

「ああ、それは無理だ。たぶん、あと1分ほどで死ぬ」

あっさりと、刃弥彦は言ってのけた。さすがに、この発言には、盾哉も気を呑まれる。

「なに、心配はいらない。その前に、私が調べ上げた、この魔術兵器の仕組みは、全部、きみの頭に叩きこんでゆく。カグヤを魔力ずくで抑えこみ、五つを分解させる。まあ、カグヤは、ずっと抑え続けなきゃいかんから、分解したうちの〈燕の子安貝〉を封印にすることになるが」

「これからずっと、あいつと喧嘩しっぱなしかよ」

苦笑いした盾哉に、さらに刃弥彦が問う。

「これをどこで眠らせる？　これが眠る土地では、ふりそそぐシルバーレインは、すべてこれが吸収することになる。ゴーストの出現も抑えられるだろう」

「そうなのか？」

「きみがカグヤを制止し続けるには、魔力の供給が必要だろう。腹がへってはどうとやら、だ。だから、この眠る地では、ほかに詠唱銀がまわらない。どこがいい？」

刃弥彦の問いかけに、盾哉の答えは決まっていた。そんなもの、1箇所しかありえないではないか。

「鎌倉——」

あの街はいま〈世界結界〉が弱っている。魔術という才能、常人を超える力という呪いを持って生まれた者には生きやすい街であるに違いない。

ならば、そこでマイナスを減らしてさえやれば。

「じゃ、行くか」

盾哉は、ぐるんと肩を回し。

「生きたまえ」

刃弥彦はそう応じ、一枚の呪符を飛ばした。

そして、事切れた。


盾哉が。

詠唱銀になってゆく。

銀の光が。

満ちる。

エピローグ　魔の日々が帰り、我らが起動する

田中雄大と愛子が、軽自動車を走らせて、ようやく富士のふもとにたどりついた時、夜は明けて、さわやかな朝の空気が広がっていた。

そこに、二人の少女がたたずんでいる。〈世界結界〉がその機能を保持しているため、スケルトンの姿は、一般人である彼らには見えないのだ。

「ラルカンスィエルくん！　矛城くん！」

田中雄大は、車を路肩に止めると、草原にたたずむ二人に駆け寄った。

「その……」

口を開きかけて、彼は絶句した。きみたちだけなのかなどと、尋ねられるはずもない。

その時、矛城晴恋菜は、にこりと笑った。

「田中先生。学校って、どうやったら作れるか、ご存知ですか？」

唐突な質問に、さらに絶句する。

「彼を待っている場所が必要なんです。そうしたら、アーマちゃんが、学校を作ろうって」

「前に、うっきーが言うてた。うちらみたいな、不思議な力を持ってしもた若いのが集まれる場所があればいいのに、て。うちら、このせいで、ちゃんと学校に通えへんかったから」

「……たくさんの人の協力が必要になるよ？」

「がんばって、頼んでまわります」

矛城晴恋菜がまっすぐに微笑む。

「わかるんです、なんとなく。私だけじゃない。同じ発想をしている人が、いまこの国にたくさんいます」

あやとりでもするような手つきをしながら、晴恋菜は言葉を続けた。

「私が作るんじゃなくて、みんなで作る。それなら、できると思いませんか？」

ほんの3秒ほど沈黙して、田中雄大と愛子は、同時にうなずいた。

「できる」

「できるわ」

「よかった」

晴恋菜は、心から笑った。

「じゃあ、校長先生と教頭先生をお願いしますね」

「え？　いや、ちょっと待ってくれたまえ。それは、私の柄じゃ……」

「もう決めました」

ふふふと、晴恋菜は笑う。

「お金もいるやろうけど、このへんが役立つと思うねん」

アーマリアが手にしているのは、蓬莱の珠の枝だ。この魔術兵器には、地底に秘められた貴金属や宝石を見つける力もある。

「あと、むやみに魔術とか使わせせん仕組みもいるかと思うねん。〈世界結界〉と軋《きし》みあうしな。あの、絵に魔力を封じとく仕組みでなんとかならんかな」

アーマリアは、具体的に考え始めている。彼女の実家は、ヨーロッパ有数の魔術師集団であり、知識と資金を併せ持っている。それについては、晴恋菜の養父母とて同様だ。ネットワークはある。

「鎌倉に、空き地もようけできたことやし、あそこは使えんやろか」

魔術災害によって生じた土地だけに、一般人は、そこに土地があることを失念する可能性もある。

いささかきょとんとして聞いていた田中夫妻も、自分たちの持つ、学校法などの知識から具体的な方法を検討しはじめた。二人が、熱中し始めたのを見計らって、アーマリアが、晴恋菜にささやいた。

「それにしても、帰ってきたらこらしめたらんとな。最後でなんか、ほかの女の子の名前言うとったで？　朴念仁《ぼくねんじん》やと油断してたら、まったく」

「だいじょうぶです。あれは、ただのともだちですから」

すべてを見通している、そんな微笑《ほほえ》み。

「アーマちゃんは、聞いてないでしょ？　盾哉くんが言ってくれた、あの言葉。わたし、身体は寝てたけど、心は起きてたから、届いてましたよ。だから、だいじょうぶ。信じて、決してゆらがない」

風が吹いて、少女の髪を舞い上げた。その髪は漆黒。もはや銀に染まることはない。


彼女は待つ。

待ち続ける。

盾哉が戻る日を。
その日は、盾哉が、カグヤを圧倒し、戦いを諦めさせた時に訪れるのだろうか。
それとも。

いまは、地平線の下で見えない、月の、その一角が緑色に輝く。命の象徴であるはずのその色が、どこか濁ってよどんでいた。

そして。
二十一世紀が、戦いの時代となる――。

シルバーレインアーリーデイズ　あとがき

うわはははははははははははははははははははははははははは！

今回は、だいぶ笑ってもよろしいと思いますねん。

というわけで、ようやくアーリーデイズの完結篇をお届けできます。こういう形式になってしまったことについてはお詫びのしようもありません。すでに一巻と二巻を購入してくださった方には、完結篇ぶん（本書の十三章以降）のために、この価格をお支払いいただき、感謝の念にたえません。

ただ、プロローグから十二章も、全面的に改稿しておりますので、文庫バージョンより格段に読みやすくなっていると思います。また、本来文庫で三巻になる予定だった部分は、二〇一〇年の春に一旦、完成していたのですが、これも見直して、徹底的に改稿しました。

晴恋菜と盾哉にはずいぶんと苦労もさせられましたが、それだけに愛しさもひとしおです。書きやすかったのは、芹と玲香ですねえ。クラスの面々は、もっと活躍させてやりたかったのですが、物語がああすることを要求してきたので、泣く泣く……。

私は、小説を書くときには、けっこうキッチリしたあらすじを作るほうです。ところが、その通りに書き終わることとは、まずありません。私の作るあらすじは、ＴＲＰＧのシナリオなんですね。小説を書くのも、ゲームマスターをするのも、私の感覚としてはあまり変わりません。ただ、ＴＲＰＧには「私ではないプレイヤー」がいるのに対して、小説は「ＰＣを動かすのも自分」だというだけの話です。で、私というプレイヤーは、私というＧＭの思うままに動いてはつまらないからと、こう……あらぬ方に飛んでいくんです。その結果、まったく予想外の結末へころがってゆくわけで。

ええと、一言申しあげておきますが、こういうプレイをするのは、相手が私自身の時だけですよ？　ふだんは、わりといいプレイヤーだと思います（そこのＳＮＥメンバーは、ええっ？　という顔をしない！　テストプレイの時は穴を見つけるために、わざとひねくれたプレイをしているの！　ホントだってば）。

さて、この物語の後、銀誓館学園が成立されていまに至るわけです。登場人物たちの何人かは、すでにＰＢＷに登場していますが、未登場の面々も、近々（これを読まれている時期によっては既に）いろいろＰＢＷで、みなさんと一緒に、事件に挑むことになるはずです。もしよろしければ、彼ら彼女らのハッピーエンドのために、みなさんの手も貸していただけると幸いです。

総じて、アーリーデイズの執筆は楽しいお仕事でした。好き放題、何を書いても「面白いからいいです」の一言でＯＫしてくださった上村さんには感謝のきわみです。トミーウォーカーのみなさま、編集の宮野さん、いろいろ支援してくれたグループＳＮＥの面々、ありがとうございます。

そして誰よりも『楽しみにしてます』と言ってくださったあなた。あなたのために書いた本です。楽しんでいただければ、これにまさる喜びはありません。

いつかどこかで、一緒にゲームの卓でも囲めれば嬉しいのですけどね。

またいずれ。

二〇一一年八月初頭

友野〝これと同時にシルバーレインＲＰＧのサプリメント『兇鬼戦線』も出ています。登場人物たちのその後の姿なんかも見れたりするのでよろしければ〟詳

シルバーレイン
アーリーデイズ

2011年9月1日　　初版発行

著者　友野詳
監修者　上村大

企画・編集　宮野洋美（宮野事務所）
デザイン＆ＤＴＰ　熊谷まさみ（宮野事務所）

発行人　藤原健二
発行所　株式会社新紀元社
〒101-0054
東京都千代田区神田錦町3-19　楠本第3ビル4F
TEL:03-3291-0961 FAX:03-3291-0963
郵便振替　00110-4-27618
http://www.shinkigensha.co.jp

印刷・製本　三共グラフィック株式会社

ISBN978-4-7753-0956-8